HEYNE

Das Buch
Grazia, die Verlobte eines Archäologen, macht im Berlin des Jahres 1895 eine seltsame Entdeckung: An einer Ausgrabungsstätte begegnet ihr ein geheimnisvoller Fremder, der vor ihren Augen im Wasser der Havel verschwindet. Seitdem nimmt sie eine unglaubliche Veränderung an sich wahr – sie kann aus dem Nichts Wasser erschaffen. Wenig später zieht es auch Grazia in den Fluss, doch sie findet sich nicht am Grund wieder, sondern in der Wüste einer anderen Welt. Hier trifft sie auf den gefangenen Krieger Anschar, dem sie das Leben rettet, als er zu verdursten droht. Gemeinsam fliehen sie in sein Land, die ferne Hochebene Argad, die von der Wüste eingeschlossen ist und unter einem uralten Fluch leidet. Dort hofft Grazia den Weg nach Hause zu finden, doch schnell muss sie begreifen, dass sie diese Welt nicht so ohne weiteres wieder verlassen kann. Zwei verfeindete Könige wollen ihre magische Gabe für sich nutzen, und da ist vor allem Anschar, der sich ihretwegen in große Gefahr begibt. Zwischen dem archaischen Krieger und der jungen Gelehrtentochter nimmt eine Liebe ihren Lauf, wie sie undenkbarer nicht sein könnte. Als Grazia das legendäre gläserne Tor findet, das sie in ihre Welt zurückbringen kann, muss sie eine Entscheidung treffen …

Die Autorin
Sabine Wassermann wurde 1965 in Simmern geboren und studierte Kunst an der Städelschule in Frankfurt am Main. Das Interesse an der griechischen Sagenwelt und der Antike brachte sie zum Schreiben. Sie lebt als Malerin und Schriftstellerin in Bad Kreuznach, wo sie 2001 mit dem Förderpreis für Kunst und Kultur ausgezeichnet wurde. »Das gläserne Tor« ist nach mehreren historischen Romanen ihr erster phantastischer Roman.
Mehr zu Autorin und Werk unter: www.sabinewassermann.de

Sabine Wassermann

DAS GLÄSERNE TOR

Roman

Originalausgabe

**WILHELM HEYNE VERLAG
MÜNCHEN**

Verlagsgruppe Random House FSC-DEU-0100
Das FSC-zertifizierte Papier *München Super*
für Taschenbücher aus dem Heyne-Verlag
liefert Mochenwangen Papier.

Originalausgabe 01/2008
Redaktion: Angela Kuepper
Copyright © 2008 by Sabine Wassermann
Copyright © 2008 dieser Ausgabe by
Wilhelm Heyne Verlag, München,
in der Verlagsgruppe Random House GmbH
Printed in Germany 2008
Umschlaggestaltung: Nele Schütz Design, München
Karte: Andreas Hancock
Satz: Greiner & Reichel, Köln
Druck und Bindung: GGP Media GmbH, Pößneck

ISBN: 978-3-453-52339-5

www.heyne.de

Gott, was ist Glück!
Eine Grießsuppe, eine Schlafstelle und keine körperlichen
Schmerzen, das ist schon viel.
                                        Theodor Fontane

Ihr Götter, was ist Glück!
Der Mann geht dorthin, wo es stürmt; die Frau begleitet ihn.
Den Atem dazu, mehr braucht es nicht.
                                        Argadische Weisheit

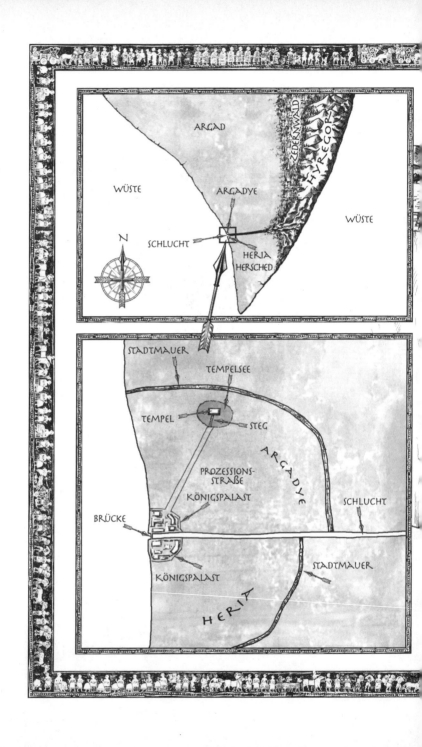

DER ERSTE KRIEGER

1

Das Wasser leuchtete, als seien Lampen darin versenkt. Langsam begann das kreisförmige Licht zu pulsieren, es schien im niederprasselnden Regen zu tanzen. Grazia traute ihren Augen nicht. Ein Licht in der Havel? Sie reckte den Kopf, um über das Schilf hinwegzublicken. Vielleicht spiegelte sich etwas von der gegenüberliegenden Seite? Aber dort erstreckte sich nur der dicht bewachsene Ufersaum.

»Friedrich?«

Sie drehte sich nach ihrem Verlobten um. Auf der kleinen Lichtung, zwischen Kiefern und Eichen, sah sie ihn bei der Grube stehen, gemeinsam mit dem Meier, der sie vorgestern ausgehoben hatte, als er zufällig auf einen menschlichen Knochen gestoßen war – und dabei möglicherweise einen der erstaunlichsten Funde in der Geschichte der Archäologie gemacht hatte. Die beiden Männer wirkten gehetzt, während sie sich im Wind plagten, eine Plane über die Grube zu breiten, damit möglichst wenig Wasser eindrang. Regen konnte so viel zunichte machen! Grazia biss sich ungeduldig auf die Lippe. Es war kein guter Augenblick, Friedrich zu stören.

Sie beschloss, der Sache allein auf den Grund zu gehen. Also rückte sie nach einem Blick in den steingrauen Himmel ihren Schirm zurecht und machte sich auf den Weg zum Ufer. Ihre Stiefeletten versanken im Schlamm, und sie musste mit einer Hand das knöchellange cremefarbene Kleid raffen. Am Steg, der hinaus auf die Havel führte, blieb sie stehen. Die hölzernen Bohlen waren morsch und glitschig vom Regen. Vorsichtig setzte Grazia einen Fuß vor den anderen. Der Wind riss an ihrem Kleid, peitschte den Regen trotz des Schirms in ihr Gesicht und ließ sie frösteln. Nein, das war zu viel des Guten, am Ende würde sie noch ausrutschen und ins Wasser fallen. Das seltsame Leuchten war immer noch da, dicht neben dem Steg, doch schwächer als eben noch. Großer Gott, was war das? Tatsächlich Lampen? Unter Wasser? Sie wusste ja, dass man jetzt, am Ende des neunzehnten Jahrhunderts, mit elektrischem Licht die unmöglichsten Dinge anstellen konnte, gar die Nacht zum Tage machen. Sogar der Kronleuchter im Salon ihrer Eltern war ans Stromnetz angeschlossen. Aber Glühlampen im Wasser? Oder was mochte es sonst sein? Die Insel war voller wunderlicher Geschichten. Einst hatte hier ein Glasgießer im Auftrag des Großen Kurfürsten geheime Experimente durchgeführt, wohl auch mit Phosphor. Aber das lag mehr als zweihundert Jahre zurück.

Friedrich musste davon wissen. Sie kehrte zur Grabungsstätte zurück, wo die Männer Steine auf die Ränder der Ölplane legten. »Friedrich!«, rief sie gegen den Regen an. »Bitte komm, ich muss dir etwas zeigen!«

Ungeduldig winkte er ab, als habe er sie nicht richtig gehört. »Wir sind hier für heute fertig. Bei diesem Mistwetter kann man ja nichts machen. Regen ist der Feind des Archäologen, er kann so viele wichtige Spuren zunichte machen.«

Er ärgerte sich, das wusste sie. Kaum hatte der alte Meier, der auf der Insel wohnte, das Erdgrab entdeckt, hatte es nach all den sonnigen Spätsommerwochen angefangen, Schusterjungen zu regnen. Heute hatte Grazia ihren Verlobten begleitet, um sich die Grube anzusehen, aber kaum waren sie von der Fähre gestiegen, war wieder der schönste Wolkenguss im Gange. Friedrich warf einen ärgerlichen Blick zum Himmel. Dann zu ihr.

»Geh zum Fährhaus, du wirst dich noch erkälten. Ich komme gleich nach.«

Grazia wollte protestieren. Aber vielleicht war das Licht ja gar nicht mehr da? Oder sie hatte sich getäuscht? Besser, sie sah selbst noch einmal nach; nicht, dass sie ihn noch mehr verärgerte, weil sie ihn zum Ufer lockte, wo es nichts zu sehen gab. Sie lief zum Steg zurück. Das Licht war fort. Nein, ganz leicht schimmerte das Wasser noch. Eilig setzte sie einen Fuß auf das morsche Holz, um einen letzten Blick zu erhaschen, bevor es möglicherweise ganz schwand. Doch dann hielt sie inne.

Auf dem Steg lag ein Mann. Und er war nackt.

Unwillkürlich kniff sie die Augen zu. Dann sah sie wieder hin, weil sie es nicht glauben konnte. Er presste seine Hand auf den Brustkorb, der sich heftig hob und senkte. Ein Havelfischer, der sein Boot verloren und dann im Wasser die Kleider ausgezogen hatte? Grazia warf einen raschen Blick zurück. Von Friedrich war nichts zu sehen. Was sollte sie jetzt tun? Sie konnte sich doch unmöglich einem nackten Mann nähern? Aber er schien in Not zu sein, vollkommen erschöpft, also schritt sie allein über den Steg. Am Ende angelangt, hoffte sie, dass Friedrich nicht kam. Was würde er denken, wenn er sah, wie sie sich zu dem Fremden hinabbeugte? Noch nie hatte sie einen nackten Mann leibhaftig vor Augen gehabt. Zögerlich ließ sie den Blick über seinen Körper gleiten und streckte die Hand aus. Sie wollte ihn an der Schulter berühren, nur ganz leicht, und fragen, wer er war und was ihn plagte.

Kaum trafen ihre Fingerspitzen auf seine Haut, schlug ihr ein gewaltiger Wasserschwall ins Gesicht. Vor Schreck ließ sie den Schirm fallen und fuhr hoch.

Nach Luft schnappend wischte sie sich über die Augen. Als sie wieder sehen konnte, war der Mann fort, offenbar in Windeseile zurück in die Havel gesprungen. Grazia zupfte an ihrem nassen Kleid und blickte ins Wasser. Nur wenige

Meter entfernt pulsierte unvermindert, wenn auch schwach, das Licht.

Die Sache war ihr längst nicht mehr geheuer. Sie wollte zum Ufer zurück, drehte sich um – und erstarrte. Der Fremde stand unmittelbar vor ihr.

Sie schluckte. Er war mehr als zwei Meter groß und vollkommen wie Apoll. Das braune Haar verlor sich hinter seinen Schultern. Sein Blick bohrte sich beinahe schmerzhaft in ihren Kopf. Diese Augen! Silbern glänzende Regenbogenhäute – so etwas gab es? Sie drehte sich weg, nestelte an ihrem durchnässten Hut und räusperte sich.

»Würden Sie mich bitte ans Ufer lassen?«

Verstand er sie überhaupt? Er sah nicht so aus, als sei er aus dieser Gegend. Eher wirkte er südländisch, mit seinem dunklen Haar und der sonnengebräunten Haut.

»Wer sind Sie?«, fragte sie und wagte dabei einen zögerlichen Blick, jedoch vermied sie es, tiefer als bis zu seiner Taille zu schauen. Was für eine entsetzliche Situation. Schlimmer noch, sie verspürte den Wunsch, ihn zu berühren. Das durfte nicht sein. Aber vielleicht löste er sich ja wieder auf, diesmal endgültig, wenn sie es tat? Als spüre er ihre Verwirrung, streckte er eine Hand aus. Langsam trat sie näher, betete darum, dass niemand sie sah, und berührte seine Hand. Diesmal geschah nichts. Der Fremde schien den Atem anzuhalten und schloss die Augen, als sei er erschöpft. Das Regenwasser perlte von seinen Wimpern, lief an seinen Wangen herunter und aus seinen durchnässten Haarsträhnen.

Er war schön.

Und er hatte Angst.

Fast vergaß sie, dass sie an ihm vorbeiwollte. Seine Lider hoben sich ein wenig, sein Blick, der wieder auf ihr lag, wurde starr. Sie wollte ihm die Hand entziehen. Mit einem Satz war er bei ihr, packte ihre Schultern. Rücklings drückte er sie auf den Steg und warf sich auf sie. Entsetzt versuchte sie sich gegen ihn zu stemmen, aber er war schwer, und bevor sie schreien konnte, hatte er seine Lippen auf ihre gepresst.

Wasser ergoss sich in ihre Kehle. Die weit aufgerissenen – und immer noch ängstlichen – Silberaugen dicht vor den ihren, begann er Unmengen von Wasser in sie hineinzupumpen. Sie glaubte zu ersticken, versuchte zu schlucken, doch es war so viel, dass sie einfach nur den Mund aufsperren konnte. Das Wasser durchflutete ihren ganzen Körper und floss aus ihrem Unterleib. Sie hing in den Armen des Fremden, der sie aus sich heraus mit Wasser füllte, und fühlte sich dennoch nicht bedroht, nur grenzenlos verwundert. Irgendwann schloss sie die Augen, bereit, in dieser Umarmung zu ertrinken. Da hörte es auf. Sie spuckte, schluckte ein letztes Mal und sah auf.

Er stand über ihr. Sein Kopf war leicht vorgebeugt, die Brauen gerunzelt. Schuldbewusst sah er sie an. *Ich wollte dich nicht erschrecken*, schien er sagen zu wollen. *Aber es war notwendig.*

Mit einer Hand an der geschwollenen Kehle, die andere das besudelte Kleid raffend, stemmte sie sich hoch. »Warum?«, flüsterte sie. Er streckte die Hand nach ihr aus. Sie zuckte nicht zurück, als er ihre Wange berührte, mit einer Zärtlichkeit, die sie nicht erwartet hätte. Nicht nach dem, was er mit ihr getan hatte.

Es war notwendig ...

Waren es seine Gedanken, die ihr da durch den Kopf gingen? Oder deutete sie nur seinen Blick?

Verzeih mir.

Warum? Er hatte sie nicht verletzt, nur zu Tode erschreckt. Jäh wandelte sich sein Blick. Die schönen Züge verzerrten sich vor Furcht. Er warf den Kopf zurück, als fahre ihm schmerzhaft etwas in den Körper, und verwandelte sich in Wasser, das nach allen Seiten stob und sie erneut überschüttete. Sie riss die Hände hoch; zwischen den gespreizten Fingern sah sie ihn menschlich werden und dann zu Wasser, wieder und wieder, bis sie es nicht mehr ertrug und das Gesicht bedeckte.

Er schrie in ihrem Kopf. Keuchend nahm sie die Hände fort. Und sah nur noch seine Finger, die sich an die Kante des Stegs klammerten, so fest, dass Holzsplitter herausbrachen. Ohne nachzudenken, warf sie sich nach vorn und versuchte seine Hände zu greifen. Das leuchtende Wasser umspülte seine Schultern, das Licht pulsierte stärker als zuvor und schien an ihm zu zerren. Blankes Entsetzen stand in seinen Augen, der Regen prasselte auf sein Gesicht. Sie umklammerte seine Handgelenke, wohl wissend, dass sie nichts gegen das ausrichten konnte, was ihn in die Tiefe zog.

Verzeih mir!

Seine Finger lösten sich vom Steg, glitten durch ihre Hände. Er versank im Wasser.

Das Licht erlosch. Es blieb nur ein kaum wahrnehmbarer Schimmer.

»So schnell wird man durch einen Grabfund nicht zu einem zweiten Schliemann, und die Pfaueninsel ist nicht Troja. Eine kleine Sensation haben wir hier allerdings.«

Die kraftvolle Stimme ihres Vaters, die durch das geöffnete Fenster drang, schreckte Grazia aus dem Schlaf. Sie warf einen Blick zum Wecker, der auf dem Nachttisch stand. Fünfzehn Uhr! Abrupt setzte sie sich auf und warf die Bettdecke zurück. Dann atmete sie tief durch, tapste zum Fenster und lehnte sich hinaus. Auf dem Balkon des Nebenzimmers stand Carl Philipp Zimmermann, ihr Herr Vater, und klappte sein Zigarrenetui auf. Mit Bedacht wählte er eine Zigarre, knipste das Ende ab und warf es hinunter auf die Straße. Als Nächstes holte er aus der Westentasche das Streichholzetui, dessen Inhalt er sich ebenso sorgfältig widmete. Derweil lehnte Friedrich am schmiedeeisernen Geländer und strich sich zufrieden lächelnd den Schnurrbart glatt. Er sah gut aus mit seinem dunkelblonden Haar und den kräftigen Schultern, aber fremd war ihr der zehn Jahre ältere Mann immer noch, obwohl er ihr schon vor einem Jahr vorgestellt worden war, als Sohn eines befreundeten Professors. Ihr Vater hatte geglaubt, ihr eine Freude zu machen, da er Archäologie studiert hatte. Nicht nur das, Friedrich hatte sogar Heinrich Schliemann kennen gelernt. Er war in dessen Haus in Athen gewesen, wo goldene homerische Verse an den Wänden prangten und die Hausdiener auf die Namen von Sagengestalten hörten. So etwas wollte sie auch: einen Mann, der verrückt genug war, einen ganzen Salon mit einem Mosaik auslegen zu lassen, das den Zweikampf zwischen Achilleus und Hektor zeigte. Einer, der sie bei seiner Arbeit um sich haben wollte, so wie Schliemann seine Sophia. Der ihr beim Frühstück zuhörte, wenn sie aus dem erstmals übersetzten Gilgamesch-Epos vorlas. Oder aus den eher trockenen Schriften ihres Vaters. Die Gelehrtentochter würde einen Gelehrten ehelichen und stets Verständnis für das aufbringen, was er tat. Eine ideale Verbindung, mit der beide glücklich sein sollten.

»Eine kleine Sensation?«, rief Friedrich. »Sie könnte eine große werden, je nachdem, was die Gegend um das Grab noch birgt! Bisher wissen wir ja wenig. Das Grab könnte Teil einer größeren Siedlung sein.«

»Einer havelländischen Hochkultur?« Ihr Vater wiegte zweifelnd den Kopf. »Genauso gut könnte es von Reisenden aus dem Schwarzmeergebiet angelegt worden sein.«

»Mit Verlaub, ich halte das Grab nicht für skythisch. Wie auch immer, was es zu finden gibt, will ich finden, und wenn ich die halbe Insel auf den Kopf stellen muss.«

»Bei allem wohlwollenden Interesse der Öffentlichkeit für Geschichte, dafür bekommen Sie keine Genehmigung. Die Pfaueninsel kann man nicht auf den Kopf stellen.«

Die buschigen Brauen des Vaters hatten sich streng zusammengeschoben. Grazia lächelte in sich hinein. Als klassischer Philologe war er eben ein Mann der Bücher, nicht der Hacken, Spaten und Pinsel. Gern wäre sie auf der Stelle hinübergelaufen, um ihm die Stirn glatt zu küssen. Ihre Blicke trafen sich, und bevor er ärgerlich werden konnte, dass sie im Nachthemd an ihrem Fenster stand, wich sie ins Zimmer zurück, wo es an der Tür klopfte. Ihr kleiner Bruder stürzte herein und blieb wie angewurzelt stehen, als besinne er sich jetzt erst darauf, dass man nicht in das Zimmer einer Dame stürmte.

»Justus!«, tadelte sie ihn und sank zurück aufs Bett. »Was ist denn?«

»Ich hab's gesehen!« Er trat zu ihr und flüsterte aufgeregt: »Was der Friedrich in seinem Kasten hat.«

»Für dich Herr Mittenzwey. Von welchem Kasten redest du?«

»Ach, das kannst du ja gar nicht wissen. Also, der Herr Mittenzwey hat ihn vorhin gebracht, um ihn Papa zu zeigen. Da drin hat's geblitzt und geblinkt, so was hast du noch nicht gesehen. Wie geht's dir eigentlich?«

»Gut.«

»Siehst aber nicht so aus.«

Sie blinzelte in das Spiegelbild über ihrer Frisierkommode: ein vom Schlaf aufgequollenes Gesicht, über und über mit Sommersprossen übersät, die es jetzt zu dieser Jahreszeit besonders schlimm trieben. Darum herum eine Korona flammend roten Haares, lockig, zerzaust und sich gegen jedes Bemühen, es in Form zu bringen, zur Wehr setzend. Der Zopf, in den Grazia es zu bändigen versucht hatte, war schon wieder halb aufgelöst. Schrecklich.

»Hau ab, du Lausejunge.«

Der zehnjährige Bengel grinste von einem Ohr zum andern und rannte wieder hinaus. Grazia rieb sich die Augen. Vor drei Tagen hatte Friedrich sie vollkommen durchnässt auf dem Steg gefunden und nach Hause gebracht, hier in die Stadtwohnung ihrer Eltern. Soweit sie wusste, hatte er seitdem weiter am Grab gearbeitet, während sie in ihrem Zimmer lag, umsorgt von den Eltern, dem Bruder, dem Dienstmädchen. Sogar ein Arzt war gekommen, hatte sie untersucht und nichts festgestellt. Sie fühlte sich nicht krank, auch nicht im Kopf, wenngleich ihre Erzählung verrückt geklungen hatte. Der Arzt hatte die Vermutung geäußert, sie sei ausgerutscht und in den Fluss gefallen. Und obwohl sie nicht schwimmen konnte, hatte sie es irgendwie wieder zurück auf den Steg geschafft. Die Meinung ihrer Mutter war, dass sie das Ganze vergessen sollte.

Den Fremden vergessen? Grazia sah ihn vor sich. Die seidig glänzenden Haare. Der Blick, der sie an sich gezogen hatte. Sein Körper. So vollkommen. Als sei er gar kein Mensch, sondern das fleischgewordene Idealbild eines Menschen.

Sie läutete das Glöckchen auf ihrem Nachttisch. Im Salon hörte sie die Mutter, wie sie Justus zurechtwies, die Nase nicht zu dicht an den Kasten zu halten. Erneut klopfte es, diesmal verhaltener. Das Dienstmädchen kam herein, ein Tablett mit Tee, Honig und zwei gebutterten Stullen in der Hand. »Guten Morgen, Fräulein Grazia! Wie geht es Ihnen heute?«

Grazia seufzte. Anfangs hatte sie es ja noch angenehm gefunden, den Tag im Bett zu verbringen, aber jetzt hatte sie wirklich genug davon. »Gut, Adele, wirklich. Bitte bring mir Waschwasser, ich will aufstehen. Mir tun vom ewigen Herumliegen ja schon die Knochen weh.«

»Ob das Ihrer Frau Mutter gefällt?« Adele stellte das Tablett auf dem Nachttisch ab und sah Grazia prüfend an. »Ein bisschen frische Luft täte Ihnen sicher gut. Außerdem haben die Herren im Salon … Also, das müssen Sie sich ansehen!«

Jetzt war Grazia wirklich neugierig, was Friedrich so Wundersames in seinem Kästchen hatte. Sie wartete, bis Adele die Waschschüssel gefüllt hatte, entledigte sich ihres Nachthemds und wusch sich mit dem lauwarmen Wasser. Rasch schlüpfte sie in ihren Unterrock, nahm das Korsett vom Stuhl und rief Adele herein, die vor der Tür gewartet hatte, damit sie ihr beim Schnüren half. »Mach hinne, Adele«, trieb sie das Mädchen an. »Bald ist Kaffeezeit, und dann muss ich ewig warten.«

»Keine Sorge«, erwiderte Adele gut gelaunt. »Ihr Herr Vater hat gesagt, dass er seinen Nachmittagskaffee heute später möchte. Er hat einen Photographen bestellt. Wahrscheinlich wegen dieses Fundstücks.«

Ein Grabfund! Grazia ließ sich in die Kleider helfen, schlüpfte in die Pantoffeln und eilte hinüber in den Salon, wo sich ihr Vater und Friedrich inzwischen in den Sesseln vor der Bibliothek niedergelassen hatten. Auf dem Teetisch lag ein glänzendes Mahagonikästchen, das in der Tat geheimnisvoll aussah. Der Vater, der soeben seine Taschenuhr zuklappte und in die Westentasche steckte, sah auf.

»Wo bleibt nur der Photograph? Kindchen, lass nicht deine Mutter sehen, dass du mit zerzausten Haaren herumläufst. Was soll denn Friedrich denken, hm?«

»Ich denke, dass sie aussieht wie Daphne, die vor Apoll flieht«, murmelte Friedrich, der sich erhob und einen Diener machte. »Wäre ich ein Maler, würde mir dieses Motiv jedenfalls vorschweben. Guten Tag, Grazia.«

»Guten Tag, Friedrich.« Das Kompliment war steif geäußert, dennoch errötete sie. Er konnte ja nicht ahnen, wie sehr er die Wirklichkeit damit getroffen hatte. Sie trat an den Tisch, streckte die Hand vor und ließ sie sich küssen, wobei sie den Kasten beäugte. Friedrich schob ihr den Sessel zurecht, während sie sich setzte. Schon wollte sie nach dem Kasten greifen, da kam Adele mit dem Tablett. Schnell nahm Friedrich ihn an sich, als das Dienstmädchen Anstalten machte, sich mit dem Ellbogen Platz zu verschaffen.

Grazia griff nach dem Honigtöpfchen und betupfte ungeduldig eine Brotscheibe. Derweil setzte sich Friedrich an die andere Seite des Tisches und legte den Kasten auf die Knie.

»Bitte lass mich doch hineinsehen«, drängte sie ihn, aber er schien entschlossen, sie warten zu lassen, bis sie gegessen hatte.

»Kind, iss anständig!«, ermahnte sie ihr Vater. Errötend zupfte sie ein Haar vom Brot, das sich im Honig verfangen hatte, und versuchte es von der Hand zu schütteln. Er hielt die Hände vor dem Bauch verschränkt, über dem sich deutlich die Weste spannte, und musterte sie wohlwollend. Dann nahm er wieder sein Zigarrenetui zur Hand und spielte damit herum, während Friedrich auf ihre Hände starrte. Sie machte eine Faust, damit er nicht ihre angeknabberten Nägel sah. Hastig spülte sie mit einem Schluck Tee den letzten Bissen hinunter und leckte sich die Finger. Schon wollte sie fragen, ob sie den Inhalt des Kastens endlich sehen durfte, als Justus durch die Balkontür gesprungen kam.

»Der Photograph kommt! Er steigt gerade aus dem Kremser!«

»Dann nichts wie hinunter, Junge, und hilf ihm beim Tragen.« Der Vater nestelte eine Münze aus der Hosentasche und gab sie ihm. »Hier, für den Kutscher.«

Justus' Wangen glühten vor Aufregung, und auch Friedrich schien vergessen zu haben, dass er Grazia etwas zeigen wollte. Sie neigte sich vor, um bittend seine Hand zu berühren, aber da erschien die Mutter, mahnte den Jungen mit erhobenem Finger, nicht so laut zu sein, und winkte sie zu sich. Grazia wollte protestieren, aber sie wusste schon, das hatte keinen Zweck. Innerlich tief aufseufzend, folgte sie ihrer Mutter zurück in ihr Zimmer.

»So weit kommt es noch, dass dich sogar der Herr Photograph mit offenen Haaren sieht«, sagte die Mutter. »Willst du dich nicht lieber wieder ins Bett legen?«

»Bloß nicht!«

Die Mutter schloss die Tür und schob einen Stuhl vor die Frisierkommode. Ergeben ließ sich Grazia darauf nieder. Draußen hörte sie Schritte und den Photographen, der sich über das anhaltend trübe Wetter beklagte. Die Mutter füllte einen Porzellanbecher mit dem Rest aus dem Waschwasserkrug und drückte ihn Grazia in die Hand.

»Was soll eigentlich Friedrich von dir denken?« Schwungvoll legte sie ihr einen Frisierumhang um die Schultern. »Früher hätte es das nicht gegeben, dass eine Frau so unordentlich vor ihrem Zukünftigen erscheint. Dein Vater ist viel zu nachsichtig mit dir.«

Grazia unterließ es, mit den Schultern zu zucken, und hielt den Becher hoch, damit ihre Mutter den Kamm eintauchen konnte. »Hast du mich je gefragt, was ich über Friedrich denke?«

»Mit achtzehn Jahren kann man noch gar nicht wissen, was man da denken soll. Aber gut! Sprich dich aus.«

»Oh … nun, er ist nett.« Sie musste überlegen, schließlich hatte ihre Mutter sie noch nie dazu aufgefordert. »Ich mag ihn ja. Aber er ist irgendwie ein bisschen zu streng für meinen Geschmack.«

»Das kommt dir so vor, weil er um einiges älter ist. Das gibt sich mit der Zeit.«

Aus den Augenwinkeln beobachtete Grazia, wie die Tropfen vom Kamm fielen, sobald die Mutter ihn aus dem Wasser nahm. Was sieht er in mir?, fragte sie sich und betrachtete den

Verlobungsring an ihrer linken Hand. Wenn er von dem Grab sprach, war Feuer in seinen Augen. Wenn er sie ansah, loderte es auch, aber nicht immer und schon gar nicht so stark.

»Dass sich Brautleute lieben müssen, sind neumodische Flausen«, unterbrach die Mutter ihre Gedanken. »Das kommt von dem ganzen romantischen Schund in den Buchläden. Liebe entsteht mit der Ehe und wächst langsam. Was die jungen Leute heutzutage Liebe nennen, ist doch nur flüchtige Tändelei, die dem Alltag nicht standhält. Sei froh, dass du so einen ernsten und fleißigen Mann bekommst. Obwohl es ja durchaus anspruchsvollere Tätigkeiten gäbe, als in der Erde zu wühlen.«

Der Kamm fiel zurück in den Becher. Nun wurde Grazias Kopf mit Nadeln traktiert. Mit einem starren Blick in den Spiegel wartete sie auf das Ende der Prozedur. Sie fand, dass eine toupierte Stirn und ein Knoten auf dem Hinterkopf mühelos die zehn Jahre überbrücken halfen, die sie von Friedrich trennten. Als die Mutter ihr auf die Schulter klopfte, schrak sie zusammen, stand auf – und schüttete einen Schwall Wasser auf den Boden.

»Kind! Was machst du denn da?«

Grazia starrte nach unten, wo der Kamm in einer Wasserlache lag. Hätte der Becher nicht halb leer sein müssen? Er schien bis zum Rand gefüllt gewesen zu sein, als habe ihre Mutter nie den Kamm eingetaucht. »Verstehe ich nicht«, murmelte sie und wollte ihn aufheben, was in Korsett und Tageskleid nicht einfach war, doch die Mutter nahm ihr den jetzt leeren Becher ab und stellte ihn auf die Frisierkommode.

»Darum soll sich Adele kümmern. Eine Dame bückt sich nicht. Dreh dich um.«

Grazia gehorchte und ließ sich Puder auf die sommersprossige Haut auftragen. Dann durfte sie endlich zurück in den

Salon. Hier hatte der Photograph inzwischen seine Apparatur aufgebaut und befestigte an der Rückseite ein schwarzes Tuch. Der Vater und Friedrich saßen immer noch am Teetisch, und immer noch war das Kästchen geschlossen.

»Du wunderst dich sicherlich, dass ich damit nicht einfach ins Photographenatelier gegangen bin«, wandte sich Friedrich an sie.

»Na, mir wundert det ooch«, warf der Photograph ein. »Det Ding wäre leichter zu tragen jewesen wie die janze Ausrüstung. Aber wat ditte kostet, soll mir nich jucken, Herr Mittenzwey.«

Friedrich stand auf und winkte sie herbei. Da war plötzlich wieder das Feuer in seinem Blick, doch Grazia wusste nicht, ob es nun an ihr lag oder jenem ominösen Fund. »Grazia, du kennst gewiss das Bild von Sophia Schliemann, wie sie das Geschmeide aus Troja trägt?«

Das kannte sie natürlich, sie hatte ja Schliemanns Biographie gelesen, darin war die Photographie seiner Frau abgedruckt: eine ernste griechische Schönheit, mit glänzendem Goldschmuck behängt, von dem man nur vermuten konnte, wie er ursprünglich getragen worden war. Erst dann ging ihr auf, was Friedrich da gesagt hatte. »Geschmeide? Du hast …«

»Ja, ich habe in der Grube Schmuck gefunden. Sieh her.« Er hob den Deckel.

»Donnerlittchen!«, entfuhr es dem Photographen. »Na, nu versteh ick det. So wat kann man nich einfach durch die Jejend schleppen.«

Auf einem schwarzen Samtpolster lag eine Art Kollier. Es bestand aus einer Goldkette, an der dicht an dicht Schnüre hingen, ebenfalls aus Gold. Längliche Perlen aus blau schimmernden Steinen waren an ihnen aufgereiht, unterbrochen von Goldperlen, in die fremdartige Muster eingraviert waren. Die Schnüre endeten in goldenen Tierköpfen. Daneben lag ein kleiner Reif mit zwei geflügelten Wesen, die an Sphingen erinnerten und sich anstarrten. Der Schmuck wirkte schlicht, archaisch und unendlich kostbar.

»Ich hab dir's doch gesagt!«, triumphierte Justus, der herangelaufen kam und Anstalten machte, sich über das Kästchen zu beugen.

»Justus!« Grazia packte ihn am Matrosenkragen und zog ihn beiseite. »Darf ich es anfassen?«, fragte sie Friedrich mit ehrfürchtiger Stimme.

»Natürlich, du sollst es sogar tragen. Ist es nicht wundervoll? Sieh dir die Steine an. Kannst du dir vorstellen, was das ist?«

»Nein.« Ganz vorsichtig berührte sie die Steine. Sie fühlten sich samtig an. »Es sieht ein wenig nach Lapislazuli aus, es ist aber keiner, oder?«

»Wir wissen nicht, was es ist«, erwiderte der Vater an Friedrichs statt. »Das muss ein Geologe herausfinden. Die Herkunft dieser Kette wird das jedoch auch nicht klären. Stilistisch würde ich den Schmuck ja eher den Skythen zuordnen, aber Herr Mittenzwey sieht das anders.«

»Ich glaube, es handelt sich um ein Fürstinnengrab einer Kultur, die es noch gänzlich neu zu entdecken gilt. Der Schmuck sieht ganz und gar nicht slawisch aus. Skythische Einflüsse hingegen sind durchaus vorhanden.«

»Eine Fürstin?« Das war neu für Grazia.

»Die Knochen stammen zweifelsfrei von einer Frau. Das Geschmeide selbst deutet ja darauf hin. Mehr Kopfzerbrechen bereitet mir das Alter. Wenn ich wüsste, wie die Tote gelegen hat, könnte das ein Hinweis sein, aber leider hatte der Meier sämtliche Knochen schon herausgeholt. Und dann der Regen ...«

»Der Brauch, Dinge mit ins Grab zu geben, ist doch heidnisch? Es müsste also mehr als tausend Jahre alt sein.«

Sein Bart zitterte, als er unwillig die Lippen schürzte. »So einfach ist das nicht.«

Verlegen senkte sie den Blick. Er hatte natürlich recht. Auch christliche Gräber konnten Schmuck aufweisen, denn so leicht hatten alte Völker ihre heidnischen Bräuche nicht vergessen. Vor ihrem inneren Auge sah sie eine Frau in antikem Gewand, die Kette auf der Brust, an den Händen weitere Kleinodien, wie sie durch die Hallen eines Palastes schritt. Welche Kultur mochte sich hinter diesem Fund verbergen? Wie waren diese Menschen dereinst auf die Pfaueninsel gekommen? Hatten sie wirklich dort gelebt? Gab es ein Gräberfeld? Oder hatte ihr Vater recht, und dort war außer diesem einen Grab nichts zu finden? Unendlich viele Fragen warf dieser Schmuck auf, und unendlich viele Träume.

»Grazia, du hörst ja gar nicht zu. Ich sagte, ich sähe dich gerne damit photographiert. Deshalb habe ich den Photographen herbestellt. Dich in sein Atelier zu begeben, wäre dir derzeit nicht zuzumuten. Deinen Vater habe ich schon gefragt. Er erlaubt es.«

Die Mutter schürzte die Lippen. »Damit behängt, wirst du aussehen wie ein Mädchen vom Varieté. Aber gut, dein Vater hat ja offensichtlich nichts dagegen.«

Dieser hob nur die Brauen. Ein wenig ärgerte es Grazia, dass man ihr nicht zutraute, den Weg ins Atelier zurückzulegen. Weder war sie bettlägerig noch unfähig zu laufen. Und gefragt, ob sie sich überhaupt mit diesem Schmuck ablichten lassen wollte, hatte Friedrich sie auch nicht. Ihr war danach zu schmollen.

Aber dann überwog der Stolz, als er ihr das Geschmeide um den Hals legte. Die Perlenschnüre reichten bis zum Ansatz ihrer unter dem weißen Sommerkleid wohlverschnürten Brüste. Ob die Frau, die einstmals Besitzerin dieses Schmucks gewesen war, ihn auf die gleiche Art getragen hatte? Oder ganz anders? Dies würde wohl für immer ein Rätsel bleiben.

An dem Reif hing ein schmales Kettchen. Wofür es gut war, begriff sie erst, als Friedrich es ihr um die Ohrmuschel legte. Der Reif pendelte gegen ihren Hals – uraltes Gold berührte sie, voller Geheimnisse.

»Sie werden hier doch nicht mit diesem schrecklichen Blitzlichtpulver arbeiten?«, wandte sich die Mutter an den Photographen.

»Gnä' Frau, det jibt bloß harte Schatten, nee, nee. Det Fräulein Tochter möge sich ant Fenster stellen. Wird zwar nich so jut wie in mein Atelier, aber det jeht schon. Wenn Se so freundlich wären und een Betttuch holen täten?«

Sie sog pikiert den Atem ein. »Ein Bettlaken? Du lieber Himmel. Justus, sag Adele, sie soll eins bringen.«

Sofort stob der Junge aus dem Salon. Der Photograph richtete seine Kamera zum Fenster hin aus, wo eine mannshohe Geigenfeige stand. »Det Kolonienjewächs im Hinterjrund sieht schön exotisch aus. Wissense, det ick als Lehrbub noch det Palmenhaus auf der Pfaueninsel abjelichtet hab? Da jab et Pflanzen, die warn viermal so hoch wie det hier.«

»Die Pfaueninsel ist in jeder Hinsicht ein kleines Wunder«, sagte Friedrich und nahm Adele, die herangelaufen kam, das Laken aus der Hand. Der Photograph wies Friedrich an, sich gegenüber dem Fenster hinzustellen und das Laken hochzuhalten. Grazia lehnte sich ans Fensterbrett, legte eine Hand darauf und ließ die andere herabhängen. In diesem Moment kam sie sich sehr mondän vor, und mit jeder Aufnahme wurde sie mutiger, bis sie gar mit halb geschlossenen Lidern aus dem Fenster blickte, während sie die Brust herausdrückte und den Rock mit beiden Händen raffte, sodass ihre Fesseln hervorblitzten. Gut nur, dachte sie, dass das Laken mich vor Mutters Blick schützt. Ob diese Photographien auch in einem Buch erscheinen würden? Oder in einer Zeitschrift? Das hielt sie für unwahrscheinlich, dennoch genoss sie die Aufmerksamkeit. In diesem Augenblick fühlte sie sich schön.

Schließlich nahm der Photograph das Tuch ab und verstaute Kamera, Stativ und die belichteten Magazine in seinen Koffern.

»Na, so een hübschet Motiv möchte man öfter vor de Linse kriejen. Da werd ick mir jleich dransetzen und de Bilder entwickeln, Herr Mittenzwey. Werte Damen?« Er schlug die Hacken zusammen, machte einen Diener und setzte schwungvoll die Mütze auf. Der Salon leerte sich, als die Eltern ihn hinausbegleiteten und Justus und Adele anwiesen, beim Tragen zu helfen. Friedrich ging zu Grazia, um ihr den Schmuck abzunehmen. Seine warmen Finger nestelten lange in ihrem Nacken, bis es ihm gelang, den Haken zu öffnen.

»Morgen sehe ich auf der Insel nach dem Rechten.« Sorgfältig verstaute er das Collier in seinem Kasten. »Eventuell ist der Boden ja wieder etwas abgetrocknet und ich finde das Gegenstück hierzu.« Er nahm ihr den Ohrring ab und legte ihn dazu.

»Darf ich mit?«

»Nein, mein Fräulein. Du brauchst noch Ruhe.«

»Ach, Friedrich. Es geht mir gut. Ich möchte doch so gerne wissen, wie das Grab inzwischen aussieht.«

»Nein.«

»Aber ich …«

»Nein.« Hart schlug er den Deckel herunter. Die plötzliche Strenge in seiner Stimme überraschte sie. »Ich will nicht, dass so etwas … so etwas *Skandalöses* noch einmal passiert. Meine Braut, durchnässt am See liegend und von einem nackten Mann plappernd! Du kannst Gott dafür danken, dass keine Ausflügler in der Nähe waren. Sie hätten sich die Mäuler zerrissen!«

Sie schluckte. »Das stimmt wohl, aber es war doch nicht meine Schuld. Es ist ja auch gar nicht nötig, dass ich ans Ufer gehe. Du hattest doch bisher nichts dagegen, wenn ich deiner Arbeit zusah?«

»Dich aufs Betteln zu verlegen, wird dir nichts nützen. Und diskutieren will ich mit dir auch nicht.«

»Heißt das, ich darf gar nicht mehr zur Ausgrabungsstätte?«

Mit verkniffener Miene wandte er sich ihr wieder zu. »Vorerst nicht. Ich möchte, dass du das akzeptierst. Und bitte, Grazia …«

»Ja?«

»Versuch nicht, deinen Vater zu beschwatzen, dass er mich umstimmt. Du würdest damit meine Autorität untergraben. Versprich mir das.«

Sie schluckte wieder. So ein Gnatzkopp, dachte sie. Wollte er wirklich, dass sie als ordentliche Tochter und Braut ihren Platz ausschließlich zu Hause einnahm und nicht dort draußen bei seiner Arbeit? Tränen traten ihr in die Augen. Nicht wegen seines strengen Auftretens, sondern weil sie plötzlich befürchtete, dass er das immer von ihr verlangen würde. Ihr Vater war wirklich zu nachsichtig mit ihr gewesen, sonst würde sie nicht anders als ihre Mutter darüber denken.

»Ist gut«, presste sie heraus.

»Schön, das freut mich. Setz dich ein wenig an die frische Luft. Das tut dir gut.« Er schenkte ihr ein Lächeln, das wohl versöhnlich wirken sollte, und gesellte sich zu ihrem Vater. Dieser steuerte seinen Sessel vor der Bibliothek an, um endlich seinen Nachmittagskaffee einzunehmen. Da die beiden Männer sicherlich keinen Wert auf ihre Gesellschaft legten, setzte sich Grazia auf den Balkon. Sie bemerkte kaum, wie Adele eine Karaffe mit Wasser brachte, ein Kristallglas füllte und es ihr in die Hand drückte. Ihre Gedanken kehrten zur

Insel zurück, die ihr jetzt verwehrt war. Zurück zu dem geheimnisvollen Mann. Nie würde sie erfahren, wer er gewesen war – wenn er wahrhaftig existiert hatte.

Als sie das Glas abstellte, bemerkte sie, dass es noch bis zum Rand gefüllt war. Aber sie hatte davon getrunken. Sie war sich sicher, es fast leer getrunken zu haben.

2

Er hatte mit ihr etwas getan, das war ihr jetzt klar. Grazia setzte sich auf und entzündete die Kerze auf dem Nachttisch. Mitternacht. Seit Stunden lag sie im Bett, wälzte sich von einer Seite auf die andere und grübelte darüber nach, was es mit dem Wasser auf sich hatte. Es musste mit dem Mann zu tun haben. Irgendetwas hatte er bewirkt, als er sie dazu gebracht hatte, Unmengen von Wasser zu schlucken. Durch einen Kuss. Sie berührte ihre Lippen, versuchte nachzufühlen, wie es gewesen war. Anders als bei ihrem ersten und einzigen Kuss mit Friedrich, ganz anders – selbst wenn nicht das Wasser durch sie hindurchgeflossen wäre. Allein bei dem Gedanken daran fühlte sich ihr Inneres kühl an, als schlucke sie es wieder. Wenn sie die Lider schloss, sah sie den Fremden sich über sie beugen. Nach ihr greifen. Dann wollte sie zurückzucken und doch auch nicht. Seine kalte Haut anfassen, um sie zu wärmen. Seine Finger ergreifen, die sich hilflos an den Steg geklammert hatten.

Aber das, was er in ihr bewirkt hatte, erschreckte sie. Hatte sie sich auch nicht getäuscht? Sie holte den Porzellanbecher von der Frisierkommode und schlüpfte wieder unter die Decke, den Becher zwischen den Knien. Wie war es geschehen? Wie hatte sie das gemacht? Sie hatte an den Fremden gedacht und dabei irgendwie das Trinkglas aufgefüllt. Starr hielt sie den Blick auf den Becher geheftet, rief sich die Begegnung ins Gedächtnis und stellte sich vor, wie er sich füllte.

Nichts geschah. Natürlich nicht. Das ist doch albern, dachte sie, dennoch legte sie die Hand auf den Becher und schloss die Augen. Sicher hatte sie sich getäuscht, und was sie hier versuchte, war nichts als Spielerei. Als Kind war sie auf einen Hocker gestiegen und herabgesprungen, im Glauben, mit genügend Willenskraft fliegen zu können. Das hier war genauso unsinnig, und doch – sie glaubte, dass es gelingen konnte. Sie spürte, wie ihr Atem regelmäßig ging und sie sich entspannte. An nichts versuchte sie zu denken, nur an den Moment, als das Wasser durch ihren Körper geströmt war. Ihre Finger über dem Rand des Bechers zitterten, und ein Kloß wand sich ihre Kehle hinauf. Was, wenn jetzt wirklich etwas passierte?

Kühl wurde es unter ihrer Hand. Sie riss die Augen auf. Wahrhaftig, der Becher war bis zum Rand gefüllt, das Wasser schwappte über. Mit einem Aufschrei warf sie ihn von sich, sodass er auf dem Boden zersprang, und hüpfte aus dem Bett.

»Das gibt's doch nicht, das gibt's doch nicht«, murmelte sie, während sie die Scherben auflas und dabei lauschte, ob jemand wach geworden war. Vom Stuhl am Bettende riss sie ihr Beinkleid und trocknete die Dielen. Das *konnte* es nicht geben! Sie musste träumen. Ja, das war die einzig denkbare Erklärung: Sie lag immer noch krank im Bett und schlief. Jedoch, wenn dies ein Traum war, dann war es auch der Mann selbst gewesen, und dann hätte es die drei müden Tage im Bett nicht gegeben. Nein, nein, all dies geschah wirklich!

Ich sollte es Vater erzählen, überlegte sie. Oder Friedrich?

Aber sie würden nur wieder den Doktor rufen und sie bis auf weiteres in ihrem Zimmer einsperren. Oder gleich in die Irrenanstalt. Grazia schüttelte sich vor Entsetzen. Nein, das taten sie natürlich nicht, aber sie wären sehr erschrocken. Nichts mehr würde sein wie zuvor. Grazia durfte es niemandem erzählen. Höchstens Justus, der hätte für derartige märchenhafte Vorgänge am ehesten Verständnis.

Sie löschte die Kerze und schlüpfte zurück ins Bett. Wenigstens war die Decke halbwegs trocken geblieben. Sie zog sie sich über den Kopf, aber an Schlaf war nicht zu denken. Was sollte sie tun? Vielleicht gar nichts, außer darauf aufzupassen, dass ihr so ein Malheur nicht wieder passierte. Doch wie konnte sie eine solche Fähigkeit ignorieren? Ständig würde sie daran denken müssen. Es kam ihr vor wie ein Fluch, der sie womöglich eines Tages den Verstand kosten würde.

»Er hat mich gebeten, ihm zu verzeihen«, flüsterte sie in die Stille. Deshalb? Weil er sie … verändert hatte? Ihr Herz krampfte sich zusammen, und das nicht nur, weil sie sich vor dem, was sie unversehens zu tun imstande war, fürchtete. Angst hatte in seinen Augen gestanden, in diesen seltsamen silbernen Augen. Er hatte trotz seiner heftigen Umarmung so hilflos gewirkt, beinahe zart. War er überhaupt ein Mensch gewesen? Aber wenn er keiner war, was war er dann?

Grazia warf die Decke zurück und atmete tief auf. Hier zu liegen und die Gedanken kreisen zu lassen, machte alles nur noch schlimmer. Sie stieg aus dem Bett, schlüpfte in den Morgenmantel und tastete sich aus dem Zimmer. Glücklicherweise war niemand von dem Zerspringen des Bechers wach geworden, es herrschte tiefe Stille. Als sie am Schlafzimmer der Eltern vorbeiging, hörte sie den Vater schnarchen. Leise öffnete sie die Tür zum Jungenzimmer und schlich sich an Justus' Bett. Auf seinem Bauch lag aufgeklappt ein Buch. *Der Kurier des Zaren.*

»Justus«, flüsterte sie und schüttelte ihn. Ihr Bruder grunzte, rieb sich die Augen und setzte sich widerwillig auf.

»Ist's wirklich schon Zeit zum Aufstehen? Ich bin doch gerade erst eingepennt.«

»Pscht.« Sie setzte sich zu ihm an die Bettkante, klappte das Buch zusammen und legte es beiseite. »Was liest du auch heimlich im Bett?«

»Och, tust du doch auch«, murrte Justus. »Was ist denn los? Brennt es?«

»Nee. Pass auf, ich will gleich nachher in der Frühe auf die Pfaueninsel.«

»Was?« Erst jetzt schien er richtig aufzuwachen, denn er machte große Augen. »Das hat dir der Fried... ich meine, der Herr Mittenzwey doch verboten?«

Sie lächelte. Hatte der neugierige Bengel das also mitbekommen. »Ja, und Papa auch. Da sind sie beide einer Meinung. Ich muss aber auf die Insel. Wenn ich Glück habe, ist Friedrich noch nicht dort, und keiner merkt es.«

Bewunderung angesichts so viel Wagemutes, den er ihr wohl nicht zugetraut hätte, blitzte in seinen Augen auf. »Nimmst du mich mit?«

»Das geht nicht.«

»Wieso denn nicht?«

Abwehrend hob sie den Finger. »Hör zu: Bevor du zur Schule gehst, sagst du, ich sei im Grunewald spazieren. Nach drei Tagen Herumliegen muss man sich ja die Beine vertreten. Sie werden deswegen zwar schimpfen, aber sie werden es glauben. Sag, ich sei mit der Eisenbahn gefahren und am Bahnhof Grunewald ausgestiegen.«

»Na, hoffentlich krieg ich wegen dir nicht den Hosenboden stramm gezogen«, sagte Justus so ernst, dass Grazia sich kaum das Lachen verbeißen konnte.

»Ich werde mich für dich in die Bresche werfen, wenn das

passiert«, versprach sie ihm. »Du darfst aber keinem sagen, dass ich weiter zum Wannsee fahre.«

»Ist gebongt. Aber dann hab ich bei dir was gut! Was willst du da eigentlich?«

Sie zuckte mit den Achseln. Wie sollte sie das erklären? So genau wusste sie es ja selbst nicht. Nachsehen, ob das Licht noch da war. Ob *er* da war und mit ihr sprach. Ihr Antworten gab. »Schlaf weiter. Das erzähle ich dir dann später.«

»Na jut. Hier«, Justus nahm seine Taschenuhr vom Nachttisch und drückte sie ihr in die Hand. Er hatte sie erst vor wenigen Wochen zum Geburtstag geschenkt bekommen und trug sie seitdem immer bei sich. »Damit du deinen Zug nicht verpasst.«

»Danke«, sagte sie gerührt, drückte ihn in die Kissen und deckte ihn zu. Dann ging sie zur Tür, wo sie beschwörend den Finger an den Mund legte, und schlich zurück in ihr Zimmer. Hier fand sie keinen Schlaf mehr, ihr Herz klopfte aufgeregt. Als es hell zu werden begann, beschloss sie, dass es Zeit war. Adele stand immer als Erste auf, setzte das Waschwasser in der Küche auf und weckte die Eltern, sobald es erhitzt war. Bis dahin musste Grazia fort sein. Es würde seltsam erscheinen, dass sie das Frühstück nicht abgewartet hatte. Nun, ihre Eltern würden glauben, dass sie sich habe fortstehlen wollen, damit sie niemand zurückhielt, was ja auch stimmte. Schlimmstenfalls handelte sie sich eine Ohrfeige ein; aus dem Alter, den Hintern versohlt zu bekommen, war sie heraus. Und Stubenarrest hatte sie ja gewissermaßen schon. Welche Folgen es auch nach sich zog, sie konnten nicht schlimmer sein als die Ungewissheit. Sie musste noch einmal zurück, musste nach dem geheimnisvollen Fremden sehen. Darauf hoffen, dass er sich erklärte. Falls er dort war und nicht tot am Grund lag!

Sie trat zur Waschschüssel, stellte sich mit geschlossenen

Augen davor und ließ die Hände über dem Porzellan schweben. Zunächst tat sich nichts, aber dann spürte sie einen kühlen Luftzug an den Handinnenflächen, als halte jemand Eisstücke darunter. Es plätscherte. Die Schüssel füllte sich. Es war einfach unglaublich, geradezu beängstigend. Gerne wäre sie hinausgelaufen, um alle zu wecken und das Kunststück vorzuführen. Andererseits, wollte sie diese Fähigkeit, oder was immer es war, behalten? Geheuer war sie ihr nicht, aber immerhin ersparte sie ihr jetzt, in die Küche zu schleichen und den Hahn aufzudrehen, was Adele sicherlich gehört hätte. Rasch beugte sie sich über die Schüssel und sog einen Schluck auf. Das Wasser war kühl und wohlschmeckend wie sonst keines. Wie reines Quellwasser.

Grazia richtete sich auf und wischte bedächtig die Tropfen vom Kinn. Wenn es nun giftig war! Nein, der Fremde hatte ihr auf solche Weise gewiss nicht schaden wollen.

Sie wusch sich und kleidete sich an. Ohne helfende Hand war es mühselig, das Korsett zu schnüren. Ganz zu schweigen vom Drapieren der gelockten Haare. Den schiefen Knoten verbarg sie unter einem weißen Hut, den sie mit Nadeln feststeckte. Dann schlüpfte sie in ihr Sommerjäckchen, steckte Theodor Fontanes Havelland-Band, an dem sie gerade las, in die Handtasche und hängte sie sich an den Arm.

Eine halbe Stunde später saß sie im Zug, das Buch auf dem Schoß.

Pfaueninsel! Wie ein Märchen steigt ein Bild aus meinen Kindertagen vor mir auf: ein Schloß, Palmen und Känguruhs, Papageien kreischen, Pfauen sitzen auf hoher Stange oder schlagen ein Rad, Volièren, Springbrunnen, überschattete Wiesen, Schlängelpfade, die überall hinführen und nirgends; ein rätselvolles Eiland, eine Oase, ein Blumenteppich inmitten der Mark.

Der Zug ruckte, rasselte und zischte. Grazia sah auf und

klappte das Buch zu. Es fiel ihr schwer, sich auf die Lektüre zu konzentrieren. Sie hatte gehofft, Ablenkung darin zu finden, doch die Gedanken glitten immer wieder zu dem, was sie mit ihren Händen – oder Gedanken – zu schaffen imstande war. Dagegen war ihr heimlicher Ausflug kaum der Rede wert, nur deshalb wagte sie ihn überhaupt. Sie wünschte sich, alles wäre vorbei und wie zuvor. Sie wünschte sich, Friedrich hätte dieses Grab nie gefunden, denn dann wäre sie nicht in der Nähe des Stegs gewesen und alles andere nicht passiert.

Und doch war es nicht nur die Furcht, die ihr Herz pochen ließ. Wann war das Leben so aufregend gewesen? Abenteuer kannte sie nur aus Büchern. Nicht einmal der seltene Anblick eines Motorwagens, der vom Zug überholt wurde, und dessen Chauffeur fröhlich winkte, da sich alle Zugreisenden, die an den Fenstern saßen, die Nasen platt drückten, konnte sie jetzt beeindrucken.

»Wenn das so weitergeht, fliegen wir noch«, sagte der Fahrgast ihr gegenüber und zwinkerte ihr zu. Grazia lächelte höflich. Er zog aus der Rocktasche eine Tageszeitung und faltete sie auseinander. Auf der unteren Hälfte der Titelseite, eingerahmt von Reklame für allerlei Wundermittelchen, stand ein Artikel über den Grabfund. »Ein havelländisches Troja?«, hieß es da arg reißerisch. Man liebte es, Bezüge zu Troja herzustellen, aber selbst Grazia, die ihr archäologisches Wissen für bescheiden hielt, wusste, dass das unsinnig war. Der Text ließ sich kaum entziffern, zu lesen war nur, dass der Kaiser höchstpersönlich Geldmittel fließen lassen wollte, damit die Sensation ans Tageslicht kam. Verwunderlich war das nicht, Wilhelm II. war sowohl an fortschrittlicher Technik als auch an der Vergangenheit interessiert. Aber dass Friedrich ihr das nicht erzählt hatte, enttäuschte sie. War sie für ihn nur ein nettes Mädchen, das nichts im Kopf hatte? Sie, die Tochter eines Philologen? Eine, die ein mehr oder weniger hübsches

Modell hergab, um den Schmuck zu tragen, die aber ansonsten in ihrem Zimmer am besten aufgehoben war? Ärgerlich schnaufend stopfte sie ihr Buch in die Handtasche. Der Zug fuhr ohnehin in den Bahnhof Wannsee ein. Die Bremsen quietschten, ein Ruck ging durch Grazia, sodass sie sich an der Sitzbank festhalten musste. Sie beeilte sich, auf den Bahnsteig zu kommen, wo es durchdringend nach verbrannter Kohle roch. Am Ausgang warteten die Kutscher neben ihren Kremsern auf Fahrgäste. Grazia wäre gern gelaufen, doch dazu war es zu weit, also legte sie den Weg zur Fähre mit einer Droschke zurück. An der Ablegestelle angekommen, steckte sie vorsichtig den Kopf aus dem Fenster. Niemand war hier, nur der Fährmann hockte vor seinem Häuschen und las eine Zeitung. Grazia stieg aus, bezahlte den Kutscher und sah ihm zu, wie er das Gespann wendete. Erst dann wandte sie sich an den Fährmann, denn jetzt ging ihr auf, dass sie gar nicht auf die Insel konnte, ohne dass Friedrich davon erfuhr.

»Hab ick det Frollein nich schon neulich jesehn?«, fragte der Mann, nachdem er sie übergesetzt hatte und ihr beim Aussteigen half.

Grazia setzte eine steife Miene auf. »Ja, in Begleitung von Herrn Mittenzwey.«

»Ach ja, der Herr Archäologe! Der is schon fleißig bei die Arbeet.«

O nein!, dachte sie. Welch ein Pech.

»Und ick hatte mich schon jewundert, dat Sie alleene unterwegs sind. Na, det is ooch en Ding, wa? Alte Knochen uff meene Insel!«

Lachend nahm er einen Groschen entgegen. Grazia beeilte sich, das Fährhaus hinter sich zu lassen und durch einen offenen Laubengang in die kunstvoll angelegte Gartenlandschaft einzutauchen. Gottlob war sie hier allein, sodass sie stehen bleiben und ihre Gedanken sammeln konnte. Hinter dem

Garten ragte das weiße Ruinenschlösschen auf, das Friedrich Wilhelm II. vor hundert Jahren hatte bauen lassen. Auf dem sorgfältig gepflegten Rasen stolzierte ein Pfau, seine Schleppe elegant hinter sich herziehend. Ihr Erscheinen bedachte er mit einem nervösen Rucken des Kopfes. Eine Pfauenhenne schrie. Sein Hals wurde länger, dann trippelte er auf das Schloss zu, als sei es selbstverständlich, dass es für einen Vogel wie ihn keinen angemesseneren Ort für ein Rendezvous gab. Grazia runzelte die Stirn. Friedrich würde wohl kaum ähnlich erfreut auf sie zueilen.

Der Gedanke, er könne sie stören, wenn sie auf den Fremden traf, missfiel ihr. Und wie sollte sie ihr Hiersein erklären? Einfach sagen, sie habe sich die Grabungsstätte ansehen wollen? In der Früh? Sie würde ihre Nervosität ohnehin nicht verbergen können, aber vielleicht hatte sie Glück, und er bemerkte sie gar nicht. Sie ging durch einen Rosengarten, vorbei an Eichen und Winterlinden, deren welke Blüten den Boden benetzten, und blieb im Schatten einer Kiefer stehen, vor sich einen runden Springbrunnen, in dessen Mitte eine hohe sprudelnde Säule stand. Stockenten schwammen im Wasser und ließen sich nicht stören, als sie an die Einfassung trat und die Finger benetzte. Sie blickte zurück zum Schloss, das durch die Blätter der Bäume schimmerte. Der Zauber der Insel nahm sie gefangen. Preußens Arkadien nannte man sie, und es war wahrhaftig so, als sei man in einer verwunschenen Welt, mit ihren pittoresken Gebäuden zwischen knotigen Eichen und Büschen. Vögel pfiffen, Pfauen balzten, und das Wasser der Fontäne gischtete ihr ins Gesicht. Gern hätte sie hier verweilt und vergessen, was sie herführte. Als ihr Blick auf den schmalen Weg fiel, der zur Grabungsstätte führte, straffte sie sich und ging weiter. Sie musste sich unziemlich durch die Büsche schlagen, um zum Ufer zu gelangen. Glücklicherweise gab es zu so früher Stunde keine Ausflügler, die sie dabei beobachten konnten. Sie verbarg sich hinter einer Buche und reckte vorsichtig den Hals.

Auf der Lichtung, nur wenige Schritte entfernt, lag Friedrich bäuchlings und mit aufgekrempelten Ärmeln im Gras und wühlte in der Grube. Einiges hatte sich hier verändert. Ein meterhoher Zaun umstand weitläufig die Grabungsstelle, und statt des Meiers waren gleich mehrere Arbeiter damit beschäftigt, Friedrich zur Hand zu gehen. Ein junger Mann, vermutlich ein Student, saß an einem Klapptisch, vor sich eine Schachtel, und notierte etwas in einer Kladde. Knochen lagen in der Schachtel, soweit Grazia erkennen konnte. Die Männer unterhielten sich, wobei sie nicht von ihren Tätigkeiten aufsahen, auch dann nicht, als Grazia langsam zum nächsten Baum schlich. Was, wenn Friedrich jetzt den Kopf hob? Ihr schlug das Herz bis zum Hals. Würde er ihr zürnen? Gar die Verlobung lösen?

Das Rauschen der Blätter verriet, dass es zu regnen anfing. Die Männer sprangen auf und schickten sich an, die Plane über die Grube zu werfen. Grazia nutzte die Ablenkung, um im Schutz der Bäume zum Ufer zu laufen. Da war auch schon der Steg. Unschuldig ragte er in die Havel. Nichts erinnerte an das, was hier geschehen war. Die Holzbohlen waren ein wenig getrocknet, sodass die Regentropfen dunkle Flecken hinterließen. Hoffentlich gab es nicht wieder so einen heftigen Guss wie vor drei Tagen. So oder so würde Grazia nass werden, da sie nicht daran gedacht hatte, ihren Schirm mitzunehmen. Vielleicht sollte sie unter dem Blätterdach warten, bis es vorbei war, und dann nach Hause fahren. Was erhoffte sie sich auch von diesem Ausflug? Der Fremde war fort, versunken vor ihren Augen, und lag vielleicht tot auf dem Grund.

Ein eisiger Schauer lief über ihren Rücken, als sie den Steg betrat. Langsam schritt sie ihn ab und starrte rechts und links ins Wasser. Trüb war es, grünlich. Algen und winzige schwarze Fische schwammen darin, aber tiefer als einige Handbreit konnte sie nicht blicken. Schließlich stand sie auf dem letzten Brett. Ihr war schwindlig, vermutlich von der langen Wegstrecke. Gern hätte sie sich hingesetzt, aber dazu war der Steg zu feucht. Warum nur hatte sie ausgerechnet ihr weißes Sonntagskleid angezogen? Plötzlich erschien ihr der Ausflug so lächerlich und dumm, dass sie sich auf dem Absatz umdrehte. Augenblicklich würde sie sich wieder an Friedrich vorbeistehlen, um heimzufahren, das hoffentlich erträgliche Donnerwetter der Eltern über sich ergehen zu lassen und für die nächsten Tage in ihrem Zimmer zu bleiben.

Und dann? Wollte sie auf ewig an diese Begegnung zurückdenken und sich den Kopf darüber zermartern? Irgendwo hier musste die Antwort auf ihre Fragen zu finden sein. Sie versuchte in die Tiefe zu schauen und sich gegen den Anblick eines Leichnams zu wappnen, der womöglich genau in diesem Moment auftrieb. Ihr schauderte es, und als sie das Licht sah, musste sie einen leisen Schrei unterdrücken.

Es war schwach. Kaum wahrnehmbar für jemanden, der nicht wusste, dass es da war. Sie beugte sich vor. Dass dort unten etwas leuchtete, erschien ihr so unfassbar wie bei ihrem letzten Besuch hier. Und noch seltsamer – je länger sie hinschaute, desto stärker wurde es. An den Rändern waberten Wasserpflanzen, deutlich beleuchtet. Ein Fisch verschwand im Lichtkreis, als werde er darin verschluckt, doch dann kam er auf der anderen Seite wieder hervor.

»Grazia!«

Sie fuhr herum. Am Ufer stand Friedrich, Hose und Hemd beschmutzt, die Arme bis zu den Ellbogen voller Schlamm. Sein Gesichtsausdruck schwankte zwischen Fassungslosigkeit und Ärger. Dann stapfte er auf sie zu, so heftig, dass der Steg ins Wanken geriet.

»Ich hatte dir doch gesagt … du hattest es mir versprochen! Grazia, was soll das?«

»Bitte, Friedrich.« Es fiel ihr schwer, nicht heiser und schuldbewusst zu klingen. »Mach mir keine Szene.«

»Ich weiß gar nicht, was ich dazu sagen soll. Nur dass ich enttäuscht bin. Das genügt fürs Erste, ansonsten reden wir später darüber.« Auf einmal war er so dicht bei ihr, dass sie sein Rasierwasser riechen konnte. Er hob die Hand, um sie am Ellbogen zu berühren, aber dann schien er sich darauf zu besinnen, wie dreckig er war. »Ich bringe dich nach Hause zu deinen Eltern.«

»Nein, bitte brich nicht deine Arbeit ab«, fiel sie ihm ins Wort. »Es hört sicher gleich wieder auf zu regnen. Und ich kann allein fahren.«

»Warum bist du bloß hergekommen?«

»Weil ich …«

»Nur, um deinen Dickkopf durchzusetzen, ja?«

Das wollte sie empört von sich weisen, aber vielleicht war es gar nicht so falsch. Wie auch immer, sie musste ihm nur das Licht zeigen, dann würde er verstehen. Sie drehte sich auf dem Absatz um und blickte ins Wasser. Ja, es war noch da. »Sieh doch nur, Friedrich, sieh dir das an!«

»Was? Was denn?«

»Da unten im Wasser. Das Licht! Es kann doch nicht sein, dass du es nicht siehst.«

Aber er sah gar nicht hin. Stattdessen griff er ungeachtet seiner schmutzigen Finger nach ihrem Arm. »Grazia, nicht schon wieder so eine merkwürdige Geschichte! Was ist nur mit dir? Mir scheint, du bist wirklich krank.«

»Ich bin nicht krank!«, schrie sie ihn an. Erschrocken schlug sie die Hand vor den Mund. »Verzeih, ich wollte nicht laut werden.«

»Du bist nicht nur laut, du bist überspannt.«

»Überspannt? Bitte!«

»Komm jetzt.« Er wollte sie mit sich ziehen, doch sie riss sich von ihm los und machte einen Schritt zurück. Ihre Stiefelsohle rutschte über die Kante. Mit einem lauten Schrei fiel sie in die Havel.

»Grazia! Mein Gott! *Grazia!*«

Sie wollte ihm antworten, doch das Wasser schlug über ihr zusammen und erstickte jeden Laut. Verzweifelt suchte sie mit den Füßen Halt. Sie paddelte hilflos mit den Armen und reckte den Kopf nach oben. Es gelang ihr, Luft zu schnappen, doch als sie den über ihr knienden Friedrich um Hilfe anschrie, schwappte das Wasser in ihren Mund. Er streckte eine Hand nach ihr aus. Wild schlug sie danach, bekam sie jedoch nicht zu fassen.

»Bleib doch ruhig«, rief er ihr zu und machte Anstalten, ins Wasser zu springen. Da bekam sie die Kante des Stegs zu fassen. Er packte ihr Handgelenk, dann das zweite. »Ganz ruhig«, ermahnte er sie. »Ich habe dich ja.«

»Friedrich«, keuchte sie. »Etwas ist … da unten.«

Nein, nicht das Licht. Etwas war dort, ein Sog, der an ihren Beinen zerrte, ohne sie zu berühren. Friedrich stemmte die Füße gegen die Holzbohlen und versuchte sie hochzuziehen. Schweiß perlte durch seinen Schnauzbart. »Du bist zu schwer«, stieß er zwischen zwei Atemzügen hervor. »Ich kann dich nicht hochziehen!«

»Hilf mir!«, schrie sie. Seine Finger glitten an ihren Händen ab. Wieder wollte sie schreien, doch das Wasser drängte in ihren Mund. Sie wollte es ausspucken, warf den Kopf in den Nacken und tat einen gurgelnden Schrei. Mit aller Kraft versuchte sie sich dem Sog zu entziehen, versuchte zu strampeln, nach Friedrichs Händen zu packen …

Ihr gelang nur ein letzter Atemzug. Das Wasser schlug über ihr zusammen, dunkel und kalt. Das Licht umschloss sie, nur noch schemenhaft sah sie den Steg und Friedrich, wie er sich herabbeugte. Seine entsetzt aufgerissenen Augen, seine Hände, wie sie das Wasser durchpflügten, auf der Suche nach ihr. Allzu rasch wurde er kleiner, dann sah sie nichts mehr. Das Licht erlosch, wurde zu Schwärze. Sie hätte tot sein können, hätte nicht das Blut in ihren Ohren gerauscht und sie nicht gespürt, wie sich ihr Kleid bauschte und an der Hüfte verfing. Allmählich schmerzten ihre Schläfen, und die Lungen schrien nach Luft. Vor sich glaubte sie das Gesicht ihres Vaters zu sehen. Justus ... Niemand war da, sie starb allein. Sie würde sterben. In den Tod sinken.

Aber das Licht kehrte zurück. Unter ihren Füßen pulsierte es, breitete sich aus und umschloss sie wie eine Röhre, bis sie vollkommen darin eingetaucht war. Eine Wasserpflanze trieb dicht vor ihrem Gesicht vorbei, weißlich glänzend. So unwirklich ... Grazia wurde müde, konnte nicht mehr gegen den brennenden Wunsch, Luft zu holen, ankämpfen. Auch nicht gegen die Reue, auf den Steg gegangen zu sein. Was würde ihre Familie sagen? Ihre Eltern, die noch glaubten, sie läge im Bett? Ihr Bruder, der sich nun auf ewig Vorwürfe machen würde, ihr geholfen zu haben?

Etwas leuchtete unter ihren Füßen, heller noch als das sie umgebende Licht. Eine kreisrunde Öffnung, wie das Ende eines Tunnels. Und das, was sie dort sah, war rot, ockerfarben, von harten Schatten durchzogen – eine Wüstenlandschaft. Sie wollte schreien, als sie erkannte, dass sie wie aus großer Höhe zu fallen drohte. Immer näher kam die Öffnung. Tief, tief unter sich erkannte sie Sanddünen und schroff aufragende Klippen. Dürre Vegetation. Gar eine Schlange, die sich tänzelnd durch den Sand pflügte.

Ich sterbe, dachte sie. Das sind nur Bilder, die mir mein sterbendes Hirn vorgaukelt.

Die Lichtsäule bahnte sich ihren Weg bis zum Sandboden.

Grazia konnte sehen, wie der Sand aufspritzte. Plötzlich schwand der Druck des Wassers um ihre Beine. Luft umhüllte sie, dicke, heiße Wüstenluft.

Sie stürzte in die Tiefe.

3

Felsengras war das zäheste Material, das er kannte. Es war geschmeidig und gleichzeitig so fest, dass man es nur mit einer scharfen Klinge durchtrennen konnte. Zum vermutlich hundertsten Mal in diesen zehn Tagen, seit ihn das Wüstenvolk gefangen genommen hatte, versuchte Anschar mit einem scharfkantigen Stein die Grasfessel an seinen Füßen zu durchtrennen, die ihm nur winzige Schritte erlaubte. Doch außer Blasen an den Händen brachte es ihm nichts ein. Die Knoten zu lösen, hatte er aufgegeben; sie waren zu klein und zu fest, seine Fingernägel längst gesplittert.

Mit einem Aufschrei schleuderte er den Stein, der von der Wand seines Gefängnisses abprallte. Es war eine Felsenhöhle, ein kleiner runder Raum mit einer niedrigen Öffnung, vor die seine Wärter einen Felsbrocken geschoben hatten. Ob er hier drinnen gefesselt war oder nicht, machte keinen Unterschied, aber irgendwann würden sie den Steinblock beiseiteschieben, und dann musste er sich bewegen können, wollte er die Gelegenheit zur Flucht nutzen.

Obwohl der Gedanke sinnlos war. Er konnte schließlich nicht kopflos in die Wüste rennen, das wäre sein Tod. Zuerst musste er ein Reittier stehlen, Proviant, ausreichend Wasser.

Eine Waffe. Die Wüstenmenschen waren zwar einfältig, aber sie würden ihm kaum die nötige Zeit für derlei Vorbereitungen lassen.

Einfältig, ha!, dachte er grimmig. Immerhin war es ihnen gelungen, ihn, einen der zehn besten Krieger Argads, einzufangen. Er errötete vor Scham, wenn er nur daran dachte. Dass es mehr als hundert Wüstenmänner gewesen waren, die seine kleine Reisegruppe überfallen hatten, änderte daran nichts, obgleich es ihm als Einzigem gelungen war, zu überleben. Die anderen – vier weitere Krieger, die seinem Befehl unterstanden hatten, und dazu der Priester, den sie hätten schützen sollen – lagen irgendwo dort draußen und verrotteten in der Sonne. Manchmal wünschte er sich, ihr Schicksal geteilt zu haben; dann wieder fragte er sich, ob es nicht doch einen Grund gab, dass er noch lebte. Einen tieferen Grund als den, welchen die Wüstenmenschen haben mochten, ihn zu verschonen. Einen göttlichen Grund. Aber das war unsinnig. Die Götter hatten die Welt ja längst verlassen.

Anschar kniete vor der Öffnung. Der hüfthohe Felsblock verschloss sie nicht ganz, ein handbreiter Streifen ließ Licht und ein wenig frische Luft herein. Draußen, nur wenige Schritte entfernt, sah er die Wüstenfrauen um einen kupfernen Kessel beisammensitzen, unter dem ein Dungfeuer brannte. Allesamt hatten sie ledrige, tief gebräunte Gesichter und waren in einfach geschnittene Gewänder gehüllt, die ihre mageren Gestalten umflatterten. Während eine der Frauen im Kessel rührte, flochten die anderen das Felsengras zu Körben und wanden es zu Seilen. Sie scheuchten die Kinder und schnatterten unentwegt auf eine schrille Art, die das Gehör ermüdete. Die Männer ließen sich selten blicken.

Das Dorf war recht groß, Anschar schätzte es auf vierzig oder fünfzig schäbige, vielfach geflickte Zelte, auch wenn er bei seiner Gefangennahme nicht alles hatte überblicken können. Die Wüstenmenschen waren Nomaden, aber es gab auch feste Siedlungen, die seines Wissens nicht viel anders aussahen. Diese Menschen hier, so glaubte er, würden irgendwann weiterziehen. Was geschah dann mit ihm, wenn sie sie verließen? Würden sie ihn hier drinnen verrecken lassen? Beständig kreisten seine Gedanken um Flucht und die Verachtung, die er wie jeder Mensch des Hochlandes für das Wüstenvolk empfand. Würde er doch wenigstens in den Händen eines ehrbareren Gegners sterben!

Eine Greisin, noch faltiger und verschrumpelter als die anderen Frauen, schöpfte etwas aus dem Kessel in eine Tonschale, bedeckte sie mit einem Fladenbrot und stapfte auf wackligen Beinen in seine Richtung. Anschar wandte sich ab und lehnte sich an die Wand, damit sie ihn nicht sah. Diese Leute sollten nicht denken, er warte auf das Essen. Sein Magen knurrte längst. Sie brachten ihm unregelmäßig seine karge Ration; manchmal bekam er mehrere Male am Tag eine bis zum Rand gefüllte Schale, dann wieder nur einmal oder gar nicht, je nachdem, ob sich jemand seiner erinnerte.

Die tönerne Schale kratzte über den Stein. »Der Herr des Windes möge dich daran ersticken lassen«, brummte die Frau.

»Und dich schrundige Alte schicke dein Wüstengott recht bald in die Unterwelt«, gab Anschar zurück.

»Das tut er«, kicherte sie. »Aber bestimmt erst nach dir.«

Der Sand unter ihren bloßen Füßen knirschte, als sie sich entfernte. Anschar nahm die Schale und klemmte sie zwischen die Knie. Wie erwartet, war es der übliche Brei, den die Wüstenmenschen aus den Wurzeln des Felsengrases kochten. Das Gras wuchs auch in der Hochebene reichlich, und es war vielfältig zu verwenden. Dort jedoch verfütterte man die Wurzeln an Nutztiere, und nur, wer sich kein anständiges Essen leisten konnte, ernährte sich selbst davon.

Der Brei war ungewürzt und schmeckte bitter. Anschar riss ein Stück von dem Brotfladen ab und formte ihn zu einem Löffel. Als er ihn eintauchte, hörte er die Frauen aufschreien.

Rasch stellte er die Schale in den Sand und kniete sich vor den Stein, um durch die Spalte zu schauen. Die Frauen waren aufgesprungen, einige hatten achtlos ihre Arbeiten fallen lassen. Alle blickten sie mit aufgerissenen Augen in eine Richtung. Was immer sie derart in Aufregung versetzte, verbarg sich außerhalb seines Blickfelds. Eine Gefahr? Die Decken vor den Eingängen der Zelte wurden zurückgeworfen, Männer traten heraus, in den Händen einfache Wurfspieße.

Anschar hoffte auf einen Angriff – von wem auch immer. Doch es war nur ein einzelner Mann, der auf den Dorfplatz lief, hinter sich ein Schweif von aufgeregt plappernden Menschen. Er trug eine Frau auf den Armen. Deutlich war eine schlanke Hand zu erkennen, die leblos herabbaumelte; lange, rötlich schimmernde Haare, ein helles Gesicht. Der Rest ihres Körpers war in ein weißes Gewand gehüllt. Kinder sprangen neben ihr her, versuchten nach ihren Haaren zu haschen und wurden von ängstlich kreischenden Frauen fortgejagt. Dann verschwand der Mann mit ihr irgendwo zwischen den Zelten, gefolgt von einigen der Frauen.

Anschar ließ sich wieder in den Sand sinken und hob die Schale auf die Knie. Das war keine Wüstenfrau gewesen. Dazu war ihre Haut viel zu hell, ganz zu schweigen von der Haarfarbe, die es, soviel er wusste, weder in der Wüste noch in der Hochebene gab. Wie Feuer. Höchst eigenartig. Er aß langsam und fragte sich dabei, wer sie wohl war und woher sie kam. Und warum sie hier war. Eigentlich kümmerte es ihn nicht, aber er war für alles, was seine Gedanken ablenkte, dankbar.

Der Tumult verebbte, die Frauen versammelten sich wieder um den Kessel und nahmen ihre Flechtarbeiten auf. Das Gespräch drehte sich um die Frau. Der Wüstenmann hatte sie offenbar irgendwo dort draußen in der Wildnis gefunden.

Plötzlich wurde ein Lederbalg durch die schmale Öffnung geworfen. »Das wurde auch Zeit«, rief Anschar. »Oder wollt ihr, dass ich hier verdurste, ihr Hunde?« Er wickelte die Schnur ab und hob die Öffnung an die Lippen. Das Wasser schmeckte abgestanden und war zu warm für den Geschmack eines Argaden, aber anderes gab es hier nicht. Viel zu schnell ging das Wasser zur Neige, sein Durst war noch lange nicht gelöscht. Wollten sie ihn quälen? Oder war das nur Nachlässigkeit? Er kniete vor der Öffnung, um mehr zu verlangen, als er die Dorfherrin in Begleitung einiger Männer näher kommen sah. Abwartend hockte er sich neben den Stein. Die Höhle verdunkelte sich.

»Anschar von Argad? Ich will etwas von dir.«

Ihre Stimme war rau und schroff. In den ersten beiden Tagen seiner Gefangenschaft war sie oft hergekommen, um ihn zu fragen, wer er sei. Er hatte geduldig geantwortet – zumindest fand er, dass er geduldig gewesen war.

»Was immer das ist, warum sollte ich es dir geben, wenn ich nicht einmal ausreichend Wasser bekomme?«, erwiderte er, ohne sich zu der Öffnung umzudrehen.

»Das bekommst du. Ich lasse dich jetzt herausholen und ermahne dich, keinen Widerstand zu leisten. Hast du das begriffen?«

Ihr herablassender Ton ärgerte ihn. Aber er war bereit, ihn hinzunehmen, wenn er nur für ein paar Augenblicke aus diesem Loch herauskam.

»Ja.«

»Stell dich hinten zur Wand und lege die Hände auf den Rücken.«

Sie misstraute ihm. Nun, das war verständlich, also gehorchte er, so sehr es ihm missfiel. In seinem Rücken knirschte der Sand und ächzten die Männer, als sie den Felsen beiseiterollten. Er hörte, wie der Schaft eines Spießes gegen die Felswand klapperte. Sie hatten Grund, sich ihm vorsichtig zu nähern, und das erfüllte ihn mit Stolz, auch wenn dies angesichts seiner Lage lächerlich war. Eilig schlangen sie ein Grasseil um seine Handgelenke, dann drehten sie ihn um und bedeuteten ihm, hinauszutreten. Er musste sich tief bücken, um durch die niedrige Öffnung zu gelangen. Das ungewohnte Licht stach in seine Augen. Er blinzelte, straffte den Körper und blickte nicht weniger hochmütig auf die Frau herab, wie sie es tat.

Ihr Name war Tuhrod, und für eine Wüstenfrau an der Schwelle des Alters war sie nicht gänzlich unansehnlich. »Folge mir«, befahl sie und schritt über den Dorfplatz. Die Frauen unterbrachen ihre Unterhaltung und glotzten. Mit hoch erhobenem Kopf und kleinen Schritten ging Anschar zu Tuhrods Zelt. Es war das größte Rundzelt, mit verblassten Stoffbahnen und quastenbesetzten Säumen geschmückt. Tuhrod hob die Decke an, die den Eingang verhängte, und schickte seine Begleiter mit einer Handbewegung fort.

»Geh hinein. Es droht dir keine Gefahr.«

Finster sah er sie an. Glaubte sie gar, er fürchte sich? Er duckte sich und trat in das Zelt, in dem es um einiges kühler als in seiner Höhle war. Normalerweise hätte er es erbärmlich gefunden, jetzt schien es ihm ein angenehmer Aufenthaltsort zu sein.

»Warum hast du mich herausgeholt? Wegen dieser Frau? Oder willst du mir endlich sagen, was aus mir werden soll?«

Tuhrod verhängte den Eingang, trat zu ihm und legte nachdenklich einen Finger auf die Wange. »Wegen der Frau. Was dich betrifft, weiß ich noch nicht, was ich mit dir tun soll. Ich halte dich nach wie vor für einen Sklavenhändler.

Deinen Behauptungen, es sei nicht so, habe ich bisher keinen Glauben geschenkt, aber das muss ja nicht heißen, dass sie gelogen sind. Ich bin noch unschlüssig.«

Sie trat an die Zeltwand und nickte ihm zu. Dort lag die Frau, im Durcheinander bunter Stoffe, Kissen und Felle kaum auszumachen. Über ihren Körper war eine Decke gebreitet, die Tuhrod gerade so weit zurückschob, dass er die Schultern sehen konnte.

»Hast du so etwas schon einmal gesehen?«

Er trat näher. Das weiße Gewand, das den Körper der Rothaarigen vollständig bedeckt hatte, war verschwunden, stattdessen trug sie ein anderes, ebenso weiß, aber ärmellos. Ihre Haut war ungewöhnlich hell, was sie nicht gerade anziehend wirken ließ, zumal Gesicht und Arme, soweit er erkennen konnte, mit kleinen Flecken übersät waren. Unwillkürlich zuckte er zurück.

»Ist sie krank?«

»Ich weiß es nicht. Schorfig sind diese Flecken nicht. Sie sind eher wie Muttermale, nur viel kleiner. Aber hast du je so helle Haut gesehen?«

»Nein.«

»Und solche Haare?«

»Die erst recht nicht.«

»Das habe ich befürchtet.«

Neugierig geworden, kniete er neben der Frau und beugte sich über sie. Auch die Brauen waren hellrot. Sogar die Wimpern. Sie zitterten leicht. Ihr Mund war einen Spalt weit geöffnet, sie atmete entspannt.

»Sie hat im Schlaf gesprochen«, sagte Tuhrod. »Nur kurz, aber das war schon seltsam genug, denn es war völlig unverständlich. Meines Wissens spricht dein Volk nicht anders als wir. Ist das so?«

»Ja. Wahrscheinlich hatte sie Albträume, was nicht verwunderlich wäre. Kann man in dieser Gegend von angenehmeren Dingen träumen als Sand im Mund und Wurzelbrei in den Ohren?«

Mit einem ärgerlichen Schnauben bedeckte Tuhrod den Arm der Frau und richtete sich auf. »Spar dir deine Beleidigungen. Sie verbessern deine Lage nicht.«

»Ist das eine Drohung, Weib?« Er warf den Kopf zurück. »Aber womit drohst du denn? Dass ich in der Höhle gesotten werde? Das werde ich schon seit zehn Tagen. Dass ich sterben muss? Bei der heiligen Dreiheit, ja, allmählich fange ich an, mich danach zu sehnen! Allein der Gedanke, unter euch dreckigen Wüstenhunden zu sterben, hält mich davon ab, mit dem Kopf gegen die Felswand zu rennen.«

»Ich sollte dir auf der Stelle den Schädel einschlagen lassen«, erwiderte sie mit vor Empörung bebender Stimme. »Nur damit du den Mund hältst, du argadischer Grobschlächter!«

»Du stinkende Wüstenhure, versuch es!«

»Die Sandgeister mögen dich ersticken, du …«

Ein schriller Schrei ließ sie verstummen. Die Rothaarige hatte die Augen aufgerissen und den Kopf gehoben.

»*Achduheiljabimbam!*«, stieß sie hervor.

»Das meinte ich«, sagte Tuhrod, die einen Satz rückwärts gemacht hatte und erschrocken die Hand auf die Brust presste. »Hast du je solche Laute gehört?«

»Nein.«

»Wir haben sie geweckt.«

»Es scheint so.« Oder träumte die Fremde noch? Sie hatte grüne Augen, eine Farbe, die so fremd war wie ihr rotes lockiges Haar.

»Ogottogott«, flüsterte Grazia. Der Albtraum wollte und wollte kein Ende nehmen. Dieser halb nackte Mann, der sich über sie beugte und entsetzlich stank, war doch ebenso wenig wirklich wie der auf dem Steg. Jedoch hatte sie noch nie von Gerüchen geträumt. Er schien geradezu in Schweiß zu schwimmen. Dunkelbraune Haare hingen in verschwitzten Strähnen an ihm herunter. Fast berührten sie ihr Gesicht. Sie versuchte seinem durchdringenden Blick auszuweichen und zog sich die Decke über das Gesicht. Was war das für eine Decke? Der Stoff fühlte sich rau an und verströmte ebenfalls einen strengen Geruch. Außerdem kratzte er auf der Haut. Grazia hielt erschrocken die Luft an, als ihr bewusst wurde, dass sie nur noch ihr Unterkleid und darüber das Korsett trug. Fast nackt und schutzlos, befand sie sich in einem Raum mit wildfremden Leuten.

War sie vielleicht in einem Krankenhaus? Vorsichtig schob sie die Decke bis zur Nase zurück. Der Mann war aufgestanden und hatte sich einer Frau zugewandt. Jetzt sah Grazia, dass seine Hände im Rücken gebunden waren. Womöglich war sie doch in einer Irrenanstalt gelandet, wo man die Verrückten fesseln musste. Ihre Geschichte klang ja auch verrückt genug! Aber das hier sah eher aus wie ein Zelt, und diese Leute wirkten selbst wie aus einer Geschichte entsprungen. Die Frau trug ein einfach geschnittenes und bunt besticktes Gewand, das sie wie eine Decke umflatterte, während sie auf Grazia deutete. Aufgenähte Muscheln klapperten an den Säumen. Der Mann sagte ein unverständliches Wort und schüttelte den Kopf. Ein Wortwechsel folgte, der feindselig klang, schließlich ging die Frau zu einem Korb, hob den Deckel und zog einen schwarzen Strumpf heraus.

Grazia glaubte wieder in Ohnmacht zu fallen. Wie konnte diese Frau ein so heikles Kleidungsstück einfach herzeigen, als sei es ein Küchentuch? Noch dazu einem *Mann*? Als Nächstes wurde der Inhalt ihrer Handtasche herausgeschüttelt. Tatsächlich, da lagen ihr Theodor Fontane, Justus' Taschenuhr und ihre Geldbörse. Die Frau bedeutete dem Gefesselten, sich alles anzusehen. Er beugte sich darüber, schüttelte aber nur den Kopf.

»Das sind meine Sachen«, krächzte Grazia, setzte sich auf und wiederholte, diesmal lauter: »Die gehören *mir!*«

Die Frau neigte den Kopf, als höre sie genau zu. Dann stopfte sie alles mit spitzen Fingern zurück in den Korb und trug ihn zu ihr. Dicht neben ihrem Lager stellte sie ihn ab und machte eine Geste, als wolle sie zeigen, dass sie nicht vorhatte, ihr die Sachen streitig zu machen. Sie rief etwas, worauf zwei Männer ins Zelt kamen und den Gefesselten hinausführten. Im Hinausgehen blickte er über die Schulter und sagte etwas, von dem Grazia den Eindruck hatte, dass es ihr galt. Es hatte aufmunternd geklungen, als sähe er in ihr eine Leidensgenossin. Sowie er draußen war, atmete die Frau tief aus. Ob er gefährlich war?

Bei was für Leuten bin ich hier bloß?, fragte sich Grazia.

Die Frau kehrte zu ihr zurück und kauerte an ihrer Seite. »Tuhrod«, sagte sie, legte die Hand auf die Brust und streckte sie in einer fragenden Geste aus. Ob sie so hieß?

Grazia nannte ihren Namen.

»Frauleinsim…?«, wiederholte die Frau stirnrunzelnd.

»Fräulein Zimmermann. Grazia Zimmermann.«

Tuhrod spitzte die Lippen und versuchte es erneut, aber sie wirkte ungeduldig. Schließlich legte sie die Hände auf das Gesicht und schüttelte den Kopf. Dann stand sie auf, bedeutete ihr, sich auszuruhen, und verließ das Zelt.

Ausruhen? Wie sollte das denn gehen? Zuerst musste Grazia in Erfahrung bringen, was geschehen war. Sie war beinahe in der Havel ertrunken, vielleicht ein Stück abgetrieben und irgendwie, ohne es zu wissen, herausgefischt und in eine Art Nomadenzelt gebracht worden. Vielleicht gehörte es ja einem Zirkus, so durchdringend, wie es nach Stall roch. Dies war jedenfalls die einzige Erklärung, die ihr zu alldem einfiel.

Möglich, dass der nackte Mann auf dem Steg zu diesen Leuten gehört hatte.

Was würde Friedrich zu all dem sagen? Ihre Mutter? Wussten sie überhaupt davon? Wahrscheinlich nicht. Mit Glück – mit *viel* Glück – konnte sie noch das Schlimmste verhindern, indem sie sich jetzt anzog und schnell nach Hause ging.

Sie kramte in dem Korb. Tatsächlich, bis auf ihr Sommerjäckchen waren all ihre Sachen da, trocken, aber zerknittert, als seien sie nass gewesen. Ihren Sturz in die Havel hatte sie also keineswegs geträumt. Justus' Taschenuhr zeigte sieben Uhr an. War es schon Abend? Grazia hielt die Uhr ans Ohr, die gottlob keinen Schaden genommen hatte, lauschte dem vertrauten Ticken und steckte sie zurück in den Korb. Plötzlich ertrug sie es nicht länger, hier herumzusitzen. Sie musste nachsehen, wo sie war. Fest schlang sie die Decke um sich und rutschte zur Zeltwand. Es war ein hölzernes Gestänge, an das etliche Stoffbahnen festgebunden waren. Sie löste ein Stück und zog es beiseite.

Heißer Sand wehte ihr ins Gesicht.

Grazia ließ erschrocken den Stoff los. Das da draußen war nicht die Pfaueninsel. Das war nicht einmal in der Nähe Berlins. Das da war … *irgendwo*.

Verunsichert wagte sie einen weiteren Blick. Zwischen zwei Zelten erblickte sie eine ockerfarbene, sandige Fläche, durchbrochen von Feldern gelblich-grünen Grases, das sich im Wind wiegte. Keine Bäume, nur vereinzelte Sträucher, die aussahen, als müssten sie jeden Moment in Flammen aufgehen. Bis zum flirrenden Horizont erstreckte sich das trostlose Bild.

Sie war in einer Wüste.

Grazia kniff sich in den Arm. »Bleib bloß ruhig«, sprach sie sich Mut zu. »Das wird schon. Ich muss nur jemanden finden, der mir das alles erklärt.«

Sie drehte sich auf dem Gesäß um. Jetzt sah sie das Zelt, das ganz sicher keinem Zirkus gehörte, mit neuen Augen. Es war übersät mit Stoffen, Kissen, Teppichen und Fellen. Rot herrschte vor, die Webmuster wirkten fremdartig, vielleicht orientalisch. An den Zeltwänden standen geflochtene Körbe in vielerlei Formen und Größen. Würde es weniger streng riechen, wäre es ein durchaus gemütlicher Raum. Der hintere Bereich war durch herabhängende Decken abgeteilt. Sie stand auf, nahm ihr Kleid an sich und steckte den Kopf hindurch. Hier konnte sie es wagen, sich anzukleiden. Während sie ihr Korsett nachschnürte, entdeckte sie inmitten der Kissen ein kleines zotteliges Tier. Es glotzte sie an, wackelte mit den Ohren und erhob sich auf vier Stelzen.

Was war denn das? Eine Ziege? Es hatte ein grau meliertes Fell, das in Locken von einem wohlgenährten Bauch hing. Die Ohren reckten sich nach vorn, während es Grazia musterte. Vorsichtig streckte sie eine Hand aus, berührte eine zarte Nase und strich durch das Fell, das sich erstaunlich weich anfühlte. Das Verwunderlichste aber war das gedrehte Horn, das ihm aus der Stirn wuchs.

»Eine Einhornziege«, sagte Grazia verblüfft. Die Ziege, oder was immer es war, reckte den Hals. Da erklangen Frauenstimmen vom Zelteingang her. Sie wollte nach ihrem Kleid greifen, aber es anzuziehen, kostete Zeit, also raffte sie eilends ein herumliegendes Gewand auf. Es war nur ein Viereck, durch das man den Kopf stecken konnte. Wenigstens war es groß genug, alles an ihr zu verbergen.

Eilig kehrte sie in den Vorraum zurück. Die Ziege schlüpfte an ihr vorbei und drängte sich an Tuhrod, die Grazia misstrauisch musterte. Eine zweite Frau war bei ihr, starrte Grazia an, stieß unverständliches Zeug hervor und stapfte auf sie zu. Grazia zuckte zurück. Zwei runzlige Hände packten ihre Wangen und kratzten an ihr herum.

»Aua!«

Die Alte riss die Augen auf und machte einen Satz nach hinten. Grazia rieb sich über die Wange und schwankte zwischen Ärger und Schreck. Es musste wohl an ihren Sommersprossen liegen, vielleicht kannte man hier so etwas nicht. Die Gesichter dieser Frauen waren terrakottafarben und ledrig.

»Sie verstehen mich auch nicht, oder?«, fragte sie die Alte. Die glotzte nur. Nein, offensichtlich nicht. »Ist denn hier irgendjemand, mit dem ich mich verständigen kann?«

Grazia ging zum Eingang. Tuhrod schien sich nicht daran zu stören, dass sie eines der Wüstengewänder an sich genommen hatte. Sie hätte es vorgezogen, in ihrem eigenen Kleid hinauszutreten. Aber da sie nicht wusste, wie sie den beiden Frauen begreiflich machen sollte, dass sie zum Ankleiden allein sein musste, verzichtete sie darauf und hob die Plane an. Ein weitläufiges Zeltdorf tat sich vor ihr auf. Nun sah sie, dass die Gegend noch anderes bereithielt als nur Sand und Gras. Ein Teil des Horizonts war von einer niedrigen Bergkette begrenzt. Schroffe Felsen, so hoch wie fünfgeschossige Mietshäuser, ragten am Rande des Dorfes auf. In deren Schatten weidete eine ganze Herde dieser Einhornziegen das trocken aussehende Gras ab. Kinder hockten dazwischen und hoben die Köpfe. Auch die Frauen, die auf der freien Fläche zwischen den Zelten beisammensaßen und an einer Kochstelle irgendetwas zubereiteten, sahen auf, musterten sie und steckten tuschelnd die Köpfe zusammen. Sie alle sahen aus wie Nomaden oder Beduinenfrauen, steckten in ehemals bunt gefärbten, jetzt von der Sonne gebleichten Stoffen, mit Fransen und geflochtenen Schnüren verziert. Vor den Zelten hockten Männer, alte wie junge, in schlichtere Gewänder gehüllt, und schienen dem Nichtstun zu frönen.

Die Menschen wirkten mehr als misstrauisch. Grazia zögerte. Aber was blieb ihr anderes übrig, als auf diese Wilden zuzugehen?

Sie sog die Luft ein, als ihre bloßen Füße den Sand berührten. Tuhrod deutete mit herrischer Geste zurück ins Zelt. Grazia schüttelte den Kopf. Ärgerliche Worte flogen ihr entgegen, doch dann hielt ihr Tuhrod aus Bast gefertigte Schuhe hin.

»Danke«, murmelte Grazia. Es war nicht leicht, die Schuhe anzuziehen und gleichzeitig darauf zu achten, dass das Gewand nicht seitlich aufsprang und jedem ihre Wäsche darunter zeigte. Den Stoff fest um sich geschlungen, holte sie ihre Handtasche und stakste durch den Sand zu einem der Männer.

»Verstehen Sie mich?«

Die Blicke der Dorfbewohner stachen regelrecht in ihren Rücken. Kinder sprangen vor ihr fort und verkrochen sich in den Zelten oder im hüfthohen Gras. Aus ihrem Portemonnaie fischte sie ein Fünfmarkstück und hielt es dem Mann unter die hakenförmige Nase. »Ich bin nicht mittellos, sehen Sie?«

Vorsichtig nahm er die Münze und drehte sie zwischen den Fingern. Dann gab er sie zurück und hob eine der Fellschnüre an, die von seinem Gürtel hingen. Er deutete auf die Münze, dann wieder auf die Schnüre. Grazia begriff: Dies war die Währung, die hier üblich war. Fellstreifen! Immerhin waren ihm Münzen nicht fremd.

»Also, wenn ihr damit bezahlt, dann brauche ich wohl nicht zu fragen, ob es hier irgendwo ein Telephon gibt«, klagte sie. »Oder wenigstens eine Poststelle, wo ich telegraphieren kann. Aber ihr müsst mir doch sagen können, wo ich hier bin. Ist das Deutsch-Ostafrika? Ich habe eine Tante, die da wohnt. Sie heißt Charlotte. Ihr Mann ist bei der Deutsch-Ostafrikanischen Gesellschaft angestellt. Ist das hier Tansania? Versteht mich denn keiner? Kilimandscharo? Großer Berg?«

Nichts. Keine Reaktion.

»Are you subjects of the British Empire?« Sie drehte sich um die Achse und hob die zittrige Stimme. »Wer regiert dieses Land? Gibt es hier irgendwo Zeitungen? Irgendeine … irgendeine Zivilisation? O Gott, ich weiß ja nicht einmal, wie ich hergekommen bin. Ist das verrückt!«

Gleich würde sie in Tränen ausbrechen. Sie wandte sich an die Frauen an der Kochstelle, die vor ihr zurückzuckten. »Ist denn hier niemand, der mich versteht?«, schrie sie, damit es das ganze Dorf hörte. Ein paar Frauen kicherten, andere schimpften leise. Mit einem Mal war Tuhrod bei ihr, fasste sie am Arm und brachte sie ins Zelt zurück, wo sie mit herrischer Geste auf den Schlafplatz deutete. Gehorsam sank Grazia in die Kissen und nahm einen Tonbecher entgegen, in dem eine grüne Brühe schwappte. Vielleicht war es ein Kräuterschnaps und somit genau das, was sie brauchte. Das Zeug schmeckte zwar nicht nach Alkohol, ansonsten aber fürchterlich. Es machte sie müde und beruhigte sie ein wenig.

»Was mir passiert ist, glaubt mir kein Mensch. Da war dieser nackte Mann … und ich bin hier, das allein ist unfassbar. Aber das ist nicht alles, ich könnte diesen Becher mit Wasser füllen. Ja, wirklich. Doch woher kommt das alles? Und warum trifft es ausgerechnet mich? Diese Frage plagt mich mindestens genauso. Dass mich hier keiner versteht, macht alles nur noch schlimmer.« Sie nestelte an dem geliehenen Gewand herum und tupfte sich die Augen. »Aber ich muss wohl froh sein, dass man mich nicht in die Wüste hinausjagt.«

Tuhrod kauerte sich vor sie, streckte Grazias Arm aus und fing an, die Fransen unterhalb des Handgelenks zusammenzuknüpfen. Offenbar war ihr nicht entgangen, dass Grazia ihre liebe Not mit dem offenherzigen Kleidungsstück hatte. Als sie fertig war, tippte sie an ihren Mund. Essen? Grazia schüttelte den Kopf; in ihrem Magen lag ein Stein, da war kein Platz für Essen. Tuhrod klopfte auf die Felle. Aufseufzend gehorchte Grazia und legte sich hin.

Schlafen, ja, das war das Beste. Schlafen und daheim im eigenen Bett aufwachen.

Jemand nieste ihr ins Gesicht. Grazia riss die Augen auf und sah etwas Dunkles über sich, das sie unwillkürlich mit der Hand abwehrte. Es war die neugierig zitternde Nase der Einhornziege. Die großen schwarzen Augen schienen um Zuneigung zu betteln. Grazia wischte sich mit dem ausladenden Gewand übers Gesicht und sah sich um. Enttäuscht stöhnte sie auf. Nichts hatte sich verändert. Nur, dass es dunkel war.

Sie musste eine Weile geschlafen haben, ihre Blase drückte. »Wo geht man denn hier auf die Toilette?«, fragte sie leise die Ziege, die mit einem blubbernden Laut antwortete. »Dich verstehe ich fast besser als dein Frauchen. Ach, ich gehe wohl einfach vors Zelt.«

Sie streifte die Bastschuhe über und tapste vorsichtig zwischen den Kissen hindurch ins Freie. Es war tatsächlich Nacht, aber eine sehr seltsame, denn das Mondlicht erhellte die Wüste so stark, dass sich die rote Färbung erahnen ließ. Jede Einzelheit war erkennbar, die Zelte warfen scharfe Schatten. Von überall her ertönten Schnarchgeräusche. Nur ein Mann schlenderte zwischen den Zelten umher, einen Wurfspieß in der Hand. Er bemerkte sie, beachtete sie aber nicht weiter, sondern setzte seinen Rundgang fort. Grazia schlug die andere Richtung ein, denn das fehlte ihr noch, dass ihr jemand bei ihrem Geschäft zusah. Der Gefesselte kam ihr flüchtig in den Sinn. Er hatte nicht so ausgesehen, als gehöre er hierher. Seine Haut war gebräunt gewesen, aber glatt. Seine Haare und Augen waren von dunklem Braun, die der Leute hier allesamt schwarz. Die Männer trugen buschige Bärte, seiner jedoch hatte ausgesehen, als wachse er erst seit kurzem. War er vielleicht auch ein auf seltsame Weise Gestrandeter, so wie sie? Kannte er des Rätsels Lösung?

Wieder begannen ihre Gedanken um die Frage zu kreisen, wie sie hierhergekommen sein mochte. Wie konnte jemand, der in Preußen in einen Fluss gefallen war, in einer Wüste aufwachen? Welche Möglichkeiten gab es überhaupt? Dass sie lange Zeit bewusstlos gewesen war und man sie hergebracht hatte? Wer hätte das tun sollen und warum? Sie hielt es für ausgeschlossen, für die Dauer einer so langen Schiffsreise geschlafen zu haben. Nein, es musste auf eine andere Weise geschehen sein ... eine Weise vielleicht, die sich mit dem Verstand nicht erfassen ließ. Eben so wie ihre plötzliche Gabe, Wasser herbeizuzaubern.

Vorsichtig setzte sie einen Fuß vor den anderen. Der Boden bestand nicht nur aus Sand, vielmehr war er fest und stellenweise mit Geröll übersät. Beim näheren Hinsehen entdeckte sie überall kleine Pflanzen. Das war nicht überraschend, denn in einer gänzlich unwirtlichen Gegend hätte dieses Volk wohl kaum seine Zelte aufgeschlagen. Sie tappte durch ein hüfthohes Meer trockener Gräser, hockte sich darin nieder, hob das Gewand und streifte ihr Unterzeug herunter. Der Wind strich ihr ums nackte Gesäß.

Wüste. Wasser. Gab es da einen Zusammenhang? Sie dachte an die Muscheln an Tuhrods Gewand.

Mit den Händen formte sie eine Schale und konzentrierte sich darauf, sie zu füllen. Es war schwierig, vielleicht weil sie sich in einer trockenen Gegend befand, aber kurz darauf schüttelte sie die nassen Hände aus.

Gedankenverloren betrachtete sie die sich sanft wiegenden Gräser im hellen Mondlicht. Der Mond war groß und rötlich – so ganz anders als daheim. Fasziniert musterte sie seine Oberfläche. Auch die war anders. Die Sterne, alles wirkte hier fremdartig. Sie legte den Kopf in den Nacken, um ein vertrautes Sternbild zu finden. Offenbar befand sie sich in der südlichen Hemisphäre. Wo war das Kreuz des Südens? Sie drehte sich auf den Fersen um die Achse. Und erstarrte.

Ein zweiter Mond. Eine schmale, bläulich schimmernde Sichel.

Zwei Monde. Dies hier war nicht Deutsch-Ostafrika. Sie war weiter weg. Viel, viel weiter weg. Sie war in einer anderen Welt.

Grazia schlug die Hände vors Gesicht und schrie.

4

Wenn man nichts zu tun hatte, konnte man auf merkwürdige Gedanken kommen. Das hatte Anschar in jenem Moment festgestellt, als er sich bei einem weiteren Versuch, sich von der Fessel zu befreien, tief in den Fuß geschnitten hatte. Jetzt prangte an der Felswand das rote Fingerbild des sagenhaften Schamindar. Anschar beschloss, Argads heiliges Tier mit der nächsten Essenslieferung zu verschönern. Der weiße, pappige Brei eignete sich sicher sehr gut für die Reißzähne und Krallen. Probehalber versuchte er mit dem Stein Muster in die Wände zu ritzen. Das gelang, aber die Striche waren blass. Nun, er hatte Zeit. Möglich, dass die Wüstenmenschen ihn endlich töteten, wenn sie feststellten, dass er drauf und dran war, den Verstand zu verlieren. Ob er dann ebenfalls anfing, unverständliches Zeug zu brabbeln wie diese Frau?

Aber sie war nicht verrückt. Sie war nur fremd. Sein Volk

und das der Wüste, sie waren sich ebenfalls fremd, aber sie sprachen dieselbe Sprache. Die ganze Welt, soviel er wusste, sprach gleich. Zwar gab es feine Unterschiede. Die Bauern der Hyregor-Gebirgskette im Osten des Hochlandes redeten eine Zunge, die ungewohnt klang, und auch in Praned weit im Nordwesten war es so. Aber niemand hatte Schwierigkeiten, sie zu verstehen.

Kam sie vielleicht aus Temenon, jener Hochebene, die so weit entfernt lag, dass es seit Beginn des Fluches nur wenigen Menschen gelungen war, die Strecke zurückzulegen? Nein, diese Frau war viel fremdartiger, sie kam offenbar von woanders her. *Ganz* woanders.

Knirschende Schritte verrieten, dass sich mehrere Leute näherten. Anschar stand auf, entfernte sich vom Eingang und starrte abwehrbereit durch die Lücke. Es wurde dunkel, der Stein zur Seite bewegt. Fünf starke Männer waren dazu nötig. Sie machten schnaufend einem sechsten Platz, der geduckt hereinkam und einen Spieß vor sich hielt. Hinter ihm kam die Dorfherrin herein. An der Hand hielt sie die Rothaarige.

»Wir können uns nicht mit ihr verständigen«, fing Tuhrod ohne Umschweife an. »Wo sie herkommt, weiß niemand.«

»Ich auch nicht, das sagte ich bereits. Ich kenne diese Sprache nicht.«

»Ja, ich weiß.« Tuhrod wies auf die Frau, die in sich gekehrt dastand. »Sie ist verzweifelt. Wir müssen mit ihr sprechen, um herauszufinden, wer sie ist und woher sie stammt. Kein Mensch ist einfach plötzlich da.«

Anschar bemerkte, dass die Stirn der Rothaarigen in hilflosen Falten lag. »Sie war einfach da? Was soll das heißen?«

»Eine halbe Wegstrecke in nördlicher Richtung, am Fuß der Felsen, wurde sie gefunden, in seltsamer Kleidung. Dort, wo wir dem Herrn des Windes Gaben darbringen. Mehr wissen wir nicht.«

»Vielleicht hat euer Gott sie ja hingelegt, damit ihr sie opfert.«

Tuhrods Miene verhärtete sich. »Wir kämen nicht einmal auf den Gedanken, den Göttern einen Menschen zu opfern! Tut man das etwa im Hochland?«

»Nein. Ist das Gespräch damit beendet?«

»Sind alle deines Volkes so überheblich?«, fauchte sie mit hörbarem Ärger, was er befriedigt zur Kenntnis nahm. Sie musste den Kopf zurücklegen, um ihn ansehen zu können, was sie mit einem Stolz tat, den er für eine Wüstenfrau unangemessen fand. »Es geht um sie, nicht um dich, du argadischer Sturschädel! Und nun höre endlich zu. Wie es aussieht, ist sie gewillt, sich mit uns zu verständigen. Wir müssen ihr unsere Sprache beibringen – das heißt, du.«

»Ich? Seid ihr zu dumm, es selbst zu tun?«

»Niemand hier hätte dafür Zeit. Bald werden wir weiterziehen, bis dahin hat jeder hier alle Hände voll zu tun. Und bis dahin wirst du diese Frau so weit haben, dass man sich mit ihr verständigen kann. Wie du es anstellst, bleibt dir überlassen.«

»Warum sollte ich das tun? So oder so werde ich wohl nicht dabei sein, wenn ihr hier verschwindet. Und überhaupt: Wie lange willst du mich noch im Ungewissen lassen, was mit mir geschieht?«

»Wir erwarten den Ältesten unserer Sippe etwa in fünfzig Tagen zurück. Er wird dann über dich richten. Vielleicht ist er ja gewillt, milde mit dir zu verfahren. Aber bis dahin tue, was ich dir sage. Es ist nur zu deinem Besten. Bist du einverstanden?«

Er wollte seine Verachtung Tuhrod ins Gesicht spucken, aber dann nickte er widerwillig.

»Du wirst ihr nichts tun«, sagte sie. »Du wirst bei deinen Göttern schwören, dass du dich ruhig verhältst.«

»Was sollte ich ihr ... Ja, bei Inar!«, schrie er. »Ich schwöre. Und jetzt verschwinde, du wirst mir lästig.«

Tuhrods Nasenflügel blähten sich. Sie tat einen tiefen Atemzug. Dann wandte sie sich der Fremden zu und drückte gegen ihre Schultern. Die Frau brauchte eine Weile, bis sie begriff, dass sie sich setzen sollte.

Widerwillig tat sie es und strich dabei das unförmige Gewand unter den Schenkeln glatt. Mit gestrecktem Rücken saß sie da, ein hilfloses Häufchen Elend. Ihre Augen waren verweint. Es schien, als habe sie der unverhohlene Hass erschreckt, den Anschar und Tuhrod einander entgegengeschleudert hatten. Aber die Menschen der Hochebene und die der Wüste hassten sich seit jeher.

Tuhrod strich ihr beruhigend übers Haar und gebot ihr mit Gesten, die Ruhe zu bewahren. Dann ging sie hinaus. Die Männer folgten ihr und rollten den Stein vor. Die Rothaarige starrte ihnen beunruhigt hinterher, hatte aber anscheinend begriffen, dass ihr nichts Böses drohte.

»Ist kein angenehmer Aufenthaltsort.« Betont gleichmütig hockte Anschar sich zu ihr. »Ich nehme allerdings nicht an, dass sie dich erst dann wieder hinauslassen, wenn ich meine Aufgabe erledigt habe. Das würdest du nicht aushalten.«

Sie deutete zum Stein und stieß unverständliche Worte aus, mit harten Zisch- und Knacklauten. Er hob den Finger an die Lippen, und sie schwieg.

»Wie heißt du?« Wie, bei Hinarsyas fruchtbaren Brüsten, sollte er sich mit ihr verständigen? »Streng dich an. Mein Leben könnte davon abhängen, wie es aussieht. Obwohl ich ja eher glaube, dass es keinen Unterschied machen wird. Aber was soll's, es ist immerhin etwas, womit man sich die Zeit vertreiben kann. Dafür sollte ich den Göttern wohl danken. Also? Wie heißt du? Dein Name!«

Als Antwort brach sie in Tränen aus. Es schien ihr schwer

zuzusetzen, dass sie sich nicht verständlich machen konnte. Anschar bedauerte ihre Not, und sanft berührte er ihre Wange. Die Haut war zart, die Flecken ließen sich nicht ertasten. Er versuchte sich an dem aufmunterndsten Lächeln, dessen er derzeit fähig war, und ließ die Finger an ihrem Hals hinabwandern. Ob der Rest ihres Körpers wohl auch so befleckt war? Langsam schob er den Ausschnittsaum ein Stück hinunter. Nach den Monaten des Darbens genügte das schon, ihm das Gefühl zu geben, zwischen den Beinen platzen zu müssen. Und wenn er Glück hatte …

Ihre Hand flog auf sein Gesicht zu, er konnte sie gerade noch abfangen. Ein Wortschwall ergoss sich über sein Haupt. Bei der Dreiheit, er hatte ja mit einer Abfuhr gerechnet, schließlich bot er einen arg verwahrlosten Anblick, aber nicht mit solcher Empörung! Er hatte doch noch gar nichts getan.

Die Frau war gegen den Stein gerückt und schien sich in ihrem Gewand unsichtbar machen zu wollen. Selbst die Füße hatte sie daruntergesteckt.

»Ganz ruhig, Feuerköpfchen.« Beschwichtigend hob er die Hände. »Es tut mir leid! Ich werde es nicht wieder versuchen.«

Sie schniefte und zitterte, rührte sich aber nicht, als er sich noch einmal, jetzt mit unendlicher Vorsicht, nach ihr streckte. Mit dem Daumen strich er über ihre Wange und hielt ihn ihr vor die Nase.

»Tränen. Verstehst du? Tränen.«

Gebannt starrte sie auf seinen Finger.

»*Trä-nen*«, stammelte sie.

»Ja.«

»Ja?«

Er nickte. »Ja.« Inar steh mir bei, dachte er verdrossen. Erst jetzt ging ihm auf, wie mühsam es werden würde.

Grazia fand das Erlernen der Sprache leichter als das Körbeflechten. Gleich am ersten Tag hatte Tuhrod ihr ein Bündel Gras in die Hände gedrückt und gezeigt, was sie daraus machen sollte. Doch selbst Wochen danach hatte sie es erst zu einer unförmigen Tasche gebracht, in der sie ihre wenigen Habseligkeiten aufbewahrte.

Stattdessen versuchte sie sich nun am Weben von schmalen Bändern, für die es hier reichlich Verwendung gab. Die Tätigkeit lenkte sie wenigstens ab. Immer noch kam sie sich vor wie in einem Traum. Immer noch kamen ihr Zweifel, ob das alles wirklich geschehen war – der Sturz in die Havel, das Abtauchen in eine fremde Welt.

Wenn sie an ihre Familie dachte, kamen ihr die Tränen, und manchmal fragte Anschar sie, was sie plagte. Manchmal auch nicht, er hatte seine eigenen Sorgen. Er redete nicht darüber, aber jemand, der gefangen gehalten wurde, sah sich gewiss nicht auf der Sonnenseite des Lebens. Meistens hockte er in der Höhle, und sie sprachen durch den schmalen Spalt miteinander; nur ab und zu ließen sie ihn hinaus und banden ihn an wie einen Hund. Er ließ es stoisch über sich ergehen, doch sein Blick indes sprühte vor Zorn. Dann spannte sich sein Körper an, als wolle er seinen Peinigern an den Hals gehen. Einmal war es auch geschehen, da hatte er einem der Wüstenmänner, der ihn leichtsinnig gereizt hatte, den Ellbogen ins Gesicht geschlagen. In den folgenden Tagen hatte er in der Höhle an Händen und Füßen gefesselt ausharren müssen, und seine Laune war unerträglich gewesen.

Grazia gegenüber zeigte er sich zumeist friedlich. Sie spürte, dass ihm etwas an ihren Fortschritten lag.

»Argad ist das mächtigste der vier Länder der Hochebene. Es ist so mächtig, dass oft die ganze Hochebene gemeint ist, wenn man von Argad spricht. Hersched, das kleinste Vasallenkönigreich, ist seit jeher Argad untertan, Scherach und Praned erst seit der Herrschaft des Meya. Sie sind schwieriger zu bändigen, denn man benötigt ein halbes Jahr, um diese Länder zu erreichen. Hast du das verstanden, Feuerköpfchen?«

Grazia krauste die Stirn. Sie saß im Schatten der Felswand, unter einem schützenden Kapuzenumhang, während er mit verschränkten Armen dastand. Das Grasseil, das eng um seinen Hals lag, verlor sich irgendwo über seinem Kopf in einer natürlichen Öse des Felsens.

»Na, was ist?«

Sie gab die Worte stockend wieder. Verstanden hatte sie fast alles. Die Sprache zu lernen, war ihr zur wichtigsten Beschäftigung geworden, war es doch das Einzige, was sie tun konnte, um sich Klarheit zu verschaffen. Sie gierte danach, also lernte sie schnell. Tuhrod hatte ihr gesagt, dass bald der Stammesälteste käme, ein angeblich weiser Mann. Wenn ihr jemand etwas erklären konnte, dann er.

Anschar brummte unzufrieden. »Hersched, nicht *Herschett*. Deine Aussprache ist noch ziemlich übel.«

Als ob es darauf ankäme! Aber sie gab sich Mühe und wiederholte den Namen, bis er nickte.

Eine Frau trug einen großen Wasserkrug heran und stellte ihn in gebührender Entfernung in den Sand. Grazia musste ihn für Anschar holen. Er trank geräuschvoll, goss sich ein wenig Wasser über den Kopf und verteilte es auf seinem Gesicht. Es rann durch seinen dichten Bart und tropfte auf die zerschlissene Kleidung – ein ärmelloses Hemd mit geschlitztem Ausschnitt und ein mit Fransen besetzter Wickelrock, der ihm bis zu den Knien reichte. Beides war wohl schwarz gewesen, jetzt aber zu Grau gebleicht. Er ging in die Knie und wischte sich mit dem Saum des Rocks das Gesicht trocken.

Sie hob den schweren Krug, um daran zu nippen, und sah zu, wie er mit dem Finger ein Oval in den Sand malte. Ein Oval mit einer Spitze, wie ein Tropfen.

»Das ist die Hochebene.« Sein Finger teilte die Spitze ab. »Und dies ist Hersched. Es ist von den anderen durch eine Schlucht und eine Bergkette getrennt. Als das Götterpaar Inar und Hinarsya Hochzeit feierte, wollten sie allein sein, unbeobachtet von den anderen Göttern. Sie gingen nach Hersched, das damals die schönste und fruchtbarste Ecke Argads war. Inar zog sein Schwert und trennte es mit einem Hieb vom Rest der Hochebene ab. Und weil er von unten nach oben schlug, flogen die Felsen in hohem Bogen heraus und türmten sich östlich der Schlucht zu dem Gebirge auf, das man den Hyregor nennt. Heute liegt der Fluch der Götter auf dem Land, aber ganz besonders auf Hersched.«

»Der Fluch der Götter?«

Sein Blick war für einen Atemzug in sich gekehrt. »Keine schöne Geschichte. Du willst sie hören?«

»Ja.«

»Später.« Er tupfte Kuhlen in den Sand, beidseits der Linie, die das Oval zerschnitt. »Am Rande der Schlucht liegt die Stadt Heria und ihr gegenüber Argadye, die Hauptstadt des Königreichs Argad. Ohne die Schlucht wären beide Städte wie eine einzige. So aber sind sie nur mit einer Brücke verbunden.«

»Nur mit einer?«

»Es gab drei Brücken, aber die anderen wurden in früheren Kriegen zerstört. Ich kann dir nicht sagen, warum sie nicht wieder aufgebaut wurden. Es dürfte wohl nicht gerade einfach sein, eine Brücke über einer Schlucht zu errichten. Jedenfalls nicht über dieser Schlucht. Wenn du sie siehst, verstehst du, was ich meine.«

Ja, wäre ich nur dort!, dachte sie. Ob es in Argad jemanden gab, der ihr helfen konnte? Sie brannte darauf, endlich verstanden und nicht nur als eine Art exotisches Findelkind betrachtet zu werden. Ungeduldig nahm sie wieder ihr lästiges Handarbeitszeug auf und fuhr fort, krumme Bänder zu weben.

»Musst du auch kämpfen? Wenn Krieg ist?«

»Weshalb sollte ich?«, fragte er sichtlich verwundert.

»Bauern werden in die Schlacht geschickt. Ich bin einer der Zehn.«

»Zehn?«

»Habe ich dir das noch nicht erklärt?« Anschar hob die rechte Faust vor sein Gesicht und ballte sie, sodass die schwarze Tätowierung darauf zum Leben erwachte. Es war eine schlangendicke, vielfältig verzierte Linie, die sich von seinem Ellbogen ausgehend um den Arm wand und auf seinem Handrücken in vier dünneren Linien auslief. Sicher hatte er es schon erklärt, gleich zu Anfang, denn sie hatte ihn neugierig nach dieser auffälligen Zeichnung gefragt. Aber verstanden hatte sie damals nur wenig. »Die Aufgabe der Zehn ist es, den König zu schützen.« Er öffnete die Faust und hielt ihr die Handfläche hin. Auf den Ballen unterhalb der Finger waren vier winzige Tätowierungen zu sehen, wie Spuren von Vogelfüßen. »Das ist sein Zeichen: die Krallen des Schamindar, der Großen Bestie, Argads heiligem Tier.«

Das war wohl so etwas wie der Reichsadler. Grazia fand es barbarisch, den Arm eines Mannes derart zu verunstalten, obwohl es interessant aussah.

»Vor langer Zeit wurden Schlachten auch durch Zweikämpfe entschieden«, redete er weiter. »Seit der König – der Meya – über ganz Argad herrscht, gab es solche Kämpfe nicht mehr. Niemand fordert ihn heraus. Wer würde sich auch gegen einen der zehn besten Krieger von Argad stellen?«

»Und wer ist der beste?«

»Das wissen die Götter, Feuerköpfchen«, gab er zurück und hob lächelnd die Brauen. Für den schlechtesten der Krieger hielt er sich offenbar nicht. Er verwischte die Zeichnung im Sand. »Nun aber etwas anderes. Geh zu Tuhrod und bitte sie um ein Rasiermesser.«

»*Ra-sier-messer?*«

»Ja.« Er zupfte an seinem Kinn. »Mir geht der Wald auf die Nerven. Argaden sind keine Bartträger.«

»Sie wird dir nicht ... kein Rasiermesser geben.«

»Dann überrede sie.«

»Ich kann das nicht.«

»Natürlich kannst du.« Er tippte ihr so heftig gegen die Schulter, dass es wehtat. »Du willst den Weg zurück in deine Heimat finden und zögerst bei einer so kleinen Hürde? Gib dir Mühe! Natürlich rückt sie es nicht einfach so heraus. Wie du es anstellst, ist mir egal. Und jetzt geh.«

Grazia legte das Grasband beiseite und machte sich auf den Weg in Tuhrods Zelt. Die Dorfherrin war mit ein paar weiteren Frauen damit beschäftigt, die Vorratskrüge zu prüfen. Lautstark schnatterte sie ihre Anweisungen und bemerkte Grazia erst, als diese an ihrem Gewand zupfte. Unter dem Geplapper der Frauen fiel es ihr noch schwerer, Anschars Wunsch zu wiederholen; wie erwartet schüttelte Tuhrod den Kopf und bedachte sie mit einem grimmigen Wortschwall. »Argadischer Hund« war noch das Mildeste, was Grazia heraushörte. All ihre unbeholfenen Überredungsversuche scheiterten schon im Ansatz, und so kehrte sie unverrichteter Dinge zu Anschar zurück.

»Sie gibt dir kein Rasiermesser.«

»Du hast dich nicht genug angestrengt«, knurrte er.

»Doch, habe ich«, erwiderte sie, hockte sich missmutig wieder hin und nahm das Band zur Hand. Hatte er wirklich geglaubt, man werde ihm etwas in die Hand geben, mit dem er seine Fessel durchschneiden konnte? »Und ich will nicht mehr lernen ... heute!«

»Warum gehst du dann nicht ins Zelt?«

Sie ärgerte sich über ihre Bockigkeit ebenso wie über seine Strenge. Er schlang eine Hand um das Seil, zog sich auf die Füße und kehrte ihr den Rücken zu. Dann band er seine Haare im Nacken zusammen und begann, sie zu mehreren fingerdicken Zöpfen zu flechten.

Ihre Hände hörten auf zu arbeiten, während sie das Muskelspiel seiner bloßen, mit einigen feinen Narben versehenen Arme betrachtete. So etwas ... Archaisches hatte sie noch nie leibhaftig zu Gesicht bekommen. Es erinnerte sie an die Abbildungen griechischer Kouroi in den Büchern ihres Vaters. Am linken Ohrläppchen saß ein eng sitzender, flacher Bronzering mit einer Öse daran, die vermutlich dafür gedacht war, weiteren Schmuck einzuhängen. Zu gerne hätte sie gewusst, wie argadische Männer aussahen, wenn sie nicht zerlumpt und dreckig waren. Als sie glaubte, Anschar wolle sich umdrehen, fuhr sie hastig mit dem Weben fort und kämpfte darum, nicht zu erröten. Vielleicht war es tatsächlich besser, sich ins Zelt zurückzuziehen und in ihrem Fontane zu lesen, statt über Männerkörper nachzudenken. Bislang hatte sie ihr Buch nicht wieder aufgeschlagen, denn sie befürchtete, dass ihr Heimweh dann übermächtig werden würde. So wie jetzt ... Schniefend drückte sie das Felsengrasknäuel an ihr Gesicht.

»Warum heulst du, Feuerköpfchen?«

Grazia zog die Nase hoch. »Ich dachte an Theodor Fontane.«

Er wandte sich ihr zu. »Was ist das?«

»Nicht *was*. Ein Mann. Er hat gemacht ... erzählt. Geschichten. So wie deine Bilder in der Höhle.«

»Dein Mann?«

»O nein!« Manchmal, so fand sie, kam er wirklich auf seltsame Gedanken. »Ich kenne ihn nicht.«

»Versuch sie zu erzählen«, forderte er sie auf.

Grazia zögerte, aber schließlich rief sie sich in Erinnerung, was sie zuletzt gelesen hatte. *Ein rätselvolles Eiland, eine Oase, ein Blumenteppich inmitten der Mark. Aber so war es nicht immer hier. All das zählt erst nach Jahrzehnten ...* »All das ist seit Jahren – zehn Jahre. Am Ende der – der Jahre war diese ... sie war eine Wildnis. Die *Insel*.«

»Insel?«

»Ein Land im Wasser, klein. Da war ich, davor ... bevor ich durch das Wasser – irgendwie – herkam.« Aufstöhnend ließ sie das Geflecht sinken. »Ich kann nicht!«

»Du lernst sehr schnell.« Er hockte sich wieder hin, seine Züge hatten sich entspannt. »Ich hätte nicht gedacht, dass ich für so etwas einen passablen Lehrer abgebe. Erzähl etwas in deiner Sprache.«

Der Aufforderung kam sie nur zu gern nach. »Ich erzähle von einem Mann. Er stammt aus meinem Land. Er heißt Herr von Ribbeck.« Sie räusperte sich.

»Herr von Ribbeck auf Ribbeck im Havelland,
Ein Birnbaum in seinem Garten stand,
Und kam die goldene Herbsteszeit
Und die Birnen leuchteten weit und breit,
Da stopfte, wenn's Mittag vom Turme scholl,
Der von Ribbeck sich beide Taschen voll,
Und kam in Pantinen ein Junge daher,
So rief er: ›Junge, wiste 'ne Beer?‹
Und kam ein Mädel, so rief er: ›Lütt Dirn,
Kumm man röwer, ick hebb 'ne Birn.‹
So ging es viel Jahre, bis lobesam
Der von Ribbeck auf Ribbeck zu sterben kam.«

Anschar unterbrach sie mit einem belustigten Schnaufen. »Was ist das nur für eine harte Sprache? Überall zischt und spuckt sie, schauderhaft.« Plötzlich wurde sein Blick finster – sehr finster. Doch er galt nicht ihr, denn sie hörte die Frauen aufschreien. Die Tage waren friedlich gewesen, aber von einer Sekunde auf die andere schien das ganze Dorf in Aufruhr zu geraten. Die Männer stürzten aus den Zelten, alle strebten in eine Richtung, fort von der Felswand. Nur die Kinder und ein paar ältere Frauen blieben zurück, um die unruhig meckernden Ziegen einzusammeln und in ein Gatter zu sperren.

Grazia sah in der Ferne eine Staubwolke.

»Was ist das?«, fragte sie, mehr zu sich selbst, doch Anschar erwiderte düster:

»Wahrscheinlich der Mann, den Tuhrod angekündigt hat. Er kommt, um ihrem Gott zu opfern. Hoffentlich nicht mich.«

Er flog regelrecht auf die Füße, als fünf Männer herangestürmt kamen. Grazia machte, dass sie außer Reichweite kam. Sie umringten ihn in gebührendem Abstand, und erst, als er sich überwand, ihnen den Rücken zu zeigen und die Hände über dem Gesäß zu verschränken, wagten sie es, ihn anzufassen. Rasch waren seine Hand- und Fußgelenke gefesselt, ebenso rasch der Felsblock beiseitegerollt. Dann erst schnitten sie sein Halsband durch. Anschar verschwand in seinem dunklen Gefängnis, und als der Stein wieder an Ort und Stelle saß, liefen die Männer zu den Zelten zurück.

Grazia lugte durch den Spalt. Wie immer hatte er sich dicht neben dem Block niedergelassen, als wolle er sich verstecken.

»Die schwachsinnigen Tiere haben vergessen, die Handfesseln zu entfernen!«, schrie er in die Düsternis. »Inar verfluche sie dreimal!«

Grazia wandte den Blick von dem Felsen, raffte sodann ihr lästiges Gewand und folgte dem Lärm. Alles drängte sich auf der anderen Seite des Dorfes. Als sie das äußerste Zelt hinter sich gelassen hatte, stieß sie beinahe gegen eine Gruppe Frauen, die ausgelassen winkten. Noch sah sie nichts als die sich nähernde ockerfarbene Wolke, aber dann lichtete sich diese und gab den Blick auf ein zotteliges Reittier frei. Es trug einen Mann, der von einem Baldachin beschirmt und von bewaffneten Männern begleitet wurde. Krumm saß er im Sattel, als habe ihn die lange Reise all seiner Kräfte beraubt. Tuhrod eilte ihm entgegen, streckte sich zu ihm hoch und berührte seine Hände. Unter der Kapuze war ein freundliches Gesicht zu erkennen. Seine Begleiter lenkten das Tier zur Dorfmitte. Die Menschen machten eine Gasse für ihn frei, Frauen brachten Matten und warfen sie eilends auf den Boden. Er winkte einen seiner Männer heran, der ihn aus dem Sattel hob und vorsichtig auf die Füße stellte.

Allem Anschein nach musste es sich um den Stammesältesten handeln, dachte Grazia. Tuhrod verbeugte sich tief vor ihm und berührte auffordernd seine rechte Hand, die er in einer segensreichen Geste auf ihre Schulter legte. Über sie hinweg ließ er den Blick schweifen, bis er an Grazia hängen blieb. Vor Staunen stand ihm der Mund offen.

Er klopfte Tuhrod auf die Schulter, sodass sie sich aufrichtete und beiseitetrat. Als Grazia sich zögernd näherte, wedelte sie abwehrend mit den Händen.

»Verzeih«, sagte Grazia und machte unwillkürlich einen Knicks. »Darf ich sprechen dich?«

Er streckte die Hand nach ihren Haaren aus, konnte sich aber nicht überwinden, sie zu berühren. Auf seiner Miene spiegelten sich Neugier und Abwehr.

»Ich bin müde«, sagte er, als verdanke er dies erst der Tatsache, einer solch ungewöhnlichen Frau zu begegnen. Tuhrod umfasste seinen Arm und gab ihr zischend zu verstehen, dass sie sich gedulden solle. Sie führte ihn zu ihrem Zelt, während zwei Frauen schwere Wasserkrüge hineintrugen. Der Rest des

Dorfes scharte sich um die Männer und das Reittier. Kinder zupften an den langen Zotteln des Tieres und rannten schreiend davon, als es ihnen den massigen Kopf zuwandte.

Es war so groß wie drei Ochsen und von Fell überwuchert wie ein Kamel. Auf dem dicken Hals saß ein nashornähnlicher Kopf, aus dem ein abgesägtes Horn ragte; ein ähnlich dicker Schwanz, sicherlich an die zwei Meter lang, reckte sich in die Höhe, als das Tier mitten auf den Dorfplatz kotete. Die Kinder zögerten nicht, die feuchten Äpfel mit bloßen Händen aufzusammeln und zum Trocknen fortzutragen. Inzwischen wurde Grazia von dem Anblick nicht mehr übel, aber sie schüttelte sich unwillkürlich.

Das Geschrei der Kinder und die mahnenden Rufe der Frauen waren zu viel für Grazia. Die Neuankömmlinge störten sich nicht daran, sie genossen es sichtlich, von freundlichen Händen umsorgt zu werden, tranken an Ort und Stelle ein Dutzend Wasserkrüge leer und ließen sich in die Zelte führen. Jeder Zeltbesitzer schien geradezu begierig, einen der Fremden beherbergen zu dürfen. Einige der Männer hatten Grazia natürlich entdeckt und starrten sie an, aber glücklicherweise näherten sie sich ihr nicht. Währenddessen scharten sich die Frauen emsig um die Kochstelle, um die Gäste bewirten zu können. Grazia überlegte, ob sie ihre Hilfe anbieten sollte, aber die Frauen würden sie nicht bei sich haben wollen, und der Lärm bereitete ihr Kopfschmerzen. Oder war es die Hitze? Es war so ein schreckliches Land!

Sie beschloss, zu Anschar zurückzugehen und ihm etwas vorzujammern. Da sah sie Tuhrod aus dem Zelt treten und sie heranwinken.

Würde sie jetzt Erklärungen bekommen? Voller Hoffnung folgte Grazia dem Wink und ging in Tuhrods Zelt. Der Stammesälteste saß auf einem Bett aus Fellen und Kissen und lächelte selig, denn eine Frau massierte seine Füße. Tuhrod fütterte ihn mit Graswurzelbrei. Nun, da er sich seines alles verdeckenden Umhangs entledigt hatte, sah Grazia, wie klein er war, fast wie ein Kind. Sein Gesicht war von unzähligen Falten durchzogen, in denen Sandkörner hafteten, als seien sie eingewachsen. Haare besaß er kaum noch, aber ein paar gelbe Zähne, die er entblößte, als er Grazia eintreten sah. Er klopfte neben sich auf ein Kissen.

»Setz dich, fremde Frau. Tuhrod hat mir von dir erzählt. Verstehst du mich?«

Grazia hockte sich im Schneidersitz auf das Kissen und sortierte das Gewand, damit es ihre Beine bedeckte. »Ja, aber nicht gut. Bitte sprich langsam.«

Er nickte träge. »Ich bin Tuhram. Wie ist dein Name?«

»Grazia Zimmermann.«

»Sehr ungewöhnlich.« Er verzichtete darauf, den Namen zu wiederholen. »Du stammst in der Tat von weit her. Von woher?«

Das hatte sie schon Anschar und Tuhrod zu erklären versucht, aber es war hoffnungslos, dazu fehlten ihr zu viele Wörter, für die es in dieser Sprache womöglich gar keine Entsprechung gab. Hilflos schüttelte sie den Kopf. »Es ist anders ... als hier.«

»Wie anders?«

Sie rutschte auf den Knien zu der Ecke, wo sie ihre geflochtene Tasche aufbewahrte, nahm das Handtäschchen heraus und schüttelte den Inhalt auf das Kissen.

»*So* anders.«

Seine dunklen Augen wurden groß. Er schob Tuhrods Schale beiseite und neigte sich vor, um nach dem Buch zu greifen, doch dann zog er die Hand zurück. »Das sind Dinge, die nicht hier sein sollten. Ebenso wenig wie du.« Er lehnte sich in die aufgehäuften Kissen zurück. »Tu das wieder weg und erzähle, wie du hergekommen bist.«

Vielleicht war er abergläubisch. Auch Tuhrod hatte diese Sachen nur ungern angefasst. Grazia fragte sich im Stillen, ob Anschar wohl mutiger wäre als die beiden. Sie verstaute ihre harmlosen Habseligkeiten wieder in der Tasche und setzte sich zurück auf ihren Platz. Mit Gesten und umständlichen Umschreibungen versuchte sie wiederzugeben, was ihr widerfahren war. Auf Tuhrams zerfurchter Miene breitete sich Fassungslosigkeit aus.

»Eine Landschaft voll Wasser?«, fragte er und sah dabei Tuhrod an.

»So hat sie es mir auch erzählt«, erwiderte die Dorfherrin, während sie ihm den Rest des Breis in den Mund schob. Er leckte sich die Mundwinkel und schien darüber nachzusinnen, ob Grazia nicht bloß verrückt war.

»So etwas gibt es in der Hochebene. Du bist gefallen – vielleicht von dort herunter? Wohl kaum! Kein Mensch überlebt so einen Sturz. Und selbst wenn, wie bist du dann hergekommen? So tief in die Wüste dringen die Hochländer nicht vor.«

Tuhrod räusperte sich. »Einige haben es getan. Sechs Männer. Den letzten, der am Leben war, verschonten wir.« Sie trug die Schale weg und brachte einen Wasserbalg, den sie ihm an den Mund hielt. Er schob ihn jedoch weg.

»Ein Mann aus dem Hochland ist hier?«

»Ja. Du sollst entscheiden, was mit ihm geschehen soll.«

»Hier jagt eine Überraschung die andere!« Er wandte sich wieder Grazia zu und klopfte an seine Stirn. »Erklären kann ich es mir nicht, außer dass du tatsächlich gefallen bist und etwas bei dir durcheinandergeraten ist. Oder bist du eine Nihaye? Nein, sicher nicht.«

»Eine … Nihaye?«, fragte Grazia. »Was ist das?«

»Die Menschen der Hochebene glauben an Halbgötter. Ob das stimmt, wer kann das sagen? Vielleicht nicht einmal dieser Mann, den Tuhrod erwähnte. Hat er nichts darüber gesagt?«

Ihr schwirrte der Kopf. Sie verstand Tuhram nur, weil Anschar inzwischen einiges von seiner Religion erzählt hatte. Viele der Worte kannte sie bereits, nur an die Nihaye konnte sie sich nicht erinnern. Halbgötter. »Er hat erzählt. Viel erzählt. Aber ich habe nicht immer verstanden. Vieles nicht. Es ist mühsam.«

»Du sprichst schon sehr gut. Der Rest kommt mit der Zeit.«

»Mit der Zeit? Ich möchte zurück nach … wo ich herkomme!«

»Vielleicht hat der Herr des Windes dich hergetragen. Es gibt so viele Möglichkeiten.«

Die Gelassenheit des Stammesältesten machte sie unruhig. Sie musste an sich halten, nicht unfreundlich zu klingen. »Das hilft mir nicht. Was soll ich tun?«

»Hierbleiben, einen Mann suchen, der es wagt, sich mit dir einzulassen, ihm Kinder schenken und warten«, antwortete er, und das schien er ernst zu meinen. »Irgendwann kommt die Zeit, wo du verstehen wirst.«

»Und was tue ich bis … bis dahin?«, rief Grazia und sprang auf. »Gras flechten?« Ärgerlich stapfte sie aus dem Zelt. Kaum war sie draußen, schämte sie sich für ihr Benehmen. Ihre Mutter würde ihr einiges erzählen! Sie stellte sich vor, wie Luise Zimmermann mit diesem Wüstenmann zu reden versuchte, und musste, trotz ihres Heimwehs, lachen.

»Ach, das ist doch alles zu dumm«, schnaufte sie auf Deutsch und stapfte zur Höhle zurück. Ins Zelt wollte sie nicht, und anderswo gab es für sie keinen halbwegs erträglichen Platz. Sie blickte durch die Öffnung und sah Anschar zusammengerollt auf dem Sandboden liegen. Als sich die Höhle verdunkelte, richtete er sich sofort auf.

»Und?«, fragte er. »Bist du klüger?«

»Nein. Nur ich weiß jetzt, er sagte, ich sei vielleicht eine Halbgöttin.«

Er prustete. »Du? Nihayen wurden vor langer Zeit gezeugt, als die Götter noch auf dem Hochland weilten. Dort streiften sie oft herum und beschliefen Menschenfrauen. Wärst du eine Nihaye, müsstest du eine uralte verschrumpelte Vettel sein. Nein, es gibt sie nicht mehr, und so ein schreckhaftes Mädchen wie du ist ganz bestimmt keine Nihaye.«

Schreckhaft? Sie? Stimmte das? Sie verkniff es sich, nachzuhaken; er würde sie nur weiterhin auslachen. »Bitte erzähl das Geschichte von den zehn Männern. Kriegern. Vielleicht verstehe ich sie besser jetzt.«

»*Die* Geschichte. Wie du willst«, sagte er ergeben und kroch näher. Grazia ließ sich an der Felswand nieder, deren Schatten mittlerweile das ganze Dorf erfasst hatte. Es war merklich kühler geworden, zu dieser Stunde wurden die Temperaturen angenehm. Wenn sie nicht an ihr Zuhause dachte, an ihre Familie und das lebhafte Berlin, ihre Lieblingsbücher und den frischen Sommerregen am Wannsee, die Spaziergänge im Grunewald oder auf der Pfaueninsel, dann konnte sie die Schönheit der Wüste würdigen. So war es selten, denn das Heimweh nagte beständig an ihr. Sie konnte hier nicht bleiben, keiner von diesen Wüstenleuten vermochte ihr zu helfen. Aber vielleicht verhielt es sich in dieser sagenumwobenen Hochebene anders. Vielleicht konnte ihr dort jemand sagen, wie sie den Weg zurück durch diese … Schleuse fand.

Und warum sie überhaupt hindurchgefallen war.

In der Nacht wurde sie geweckt. Tuhrod befahl ihr, das Zelt zu verlassen. Schläfrig tastete Grazia nach einer Wolldecke und wollte aufstehen. Doch da war es Tuhram, der ihr mit der Hand bedeutete, sitzen zu bleiben, und Tuhrod anwies, für Licht zu sorgen. Kaum hatte Tuhrod die Deckenlampe entzündet, betraten mehrere Männer das Zelt. Argwöhnisch musterten sie Grazia, aber keiner von ihnen wandte etwas gegen ihre Anwesenheit ein.

»Hab keine Angst«, sagte Tuhram, der sich aufgesetzt hatte und wie ein kleiner König inmitten des Zeltes thronte. »Ich will über den Fremden richten. Hör dir das ruhig an, vielleicht ist es ja nützlich für dich. Aber misch dich nicht ein und bleib unsichtbar. Das ist eine Angelegenheit der Männer. Nur Tuhrod darf reden.«

Wenigstens *das* ist nicht viel anders als daheim, dachte Grazia spöttisch und rutschte bis zu den Decken zurück, die Tuhrods Schlafbereich begrenzten. Die Männer ließen einen Lederbalg kreisen, der den Geruch von vergorenem Wurzelsud aussandte. Noch warteten sie und unterhielten sich leise. Sie wirkten entspannt, Grazia hingegen kaute vor Aufregung an ihrem Daumennagel. Als am Eingang die Zeltplane hochflog und Anschar mit kleinen Schritten hereinkam, war ihr danach wegzulaufen. Oder sich wenigstens in den hinteren Wohnraum zu verkriechen.

Vier Männer führten ihn vor die Versammelten, die ihn feindlich, aber auch neugierig musterten. Sein Blick streifte Grazia. Sie las darin flüchtiges Erstaunen.

Seine Hände waren wieder im Rücken gefesselt. Er wirkte müde. Vierundsechzig Tage war er nun schon Gefangener der Wüstenmenschen. Für Grazia waren es zehn Tage weniger. Inzwischen wusste sie, dass ein Monat vierzig Tage hatte und im Hochland in vier zehntägige Wochen eingeteilt wurde, was in der Wüste bekannt, aber unüblich war. Nach seiner Zeitrechnung war er also seit anderthalb Monaten gefangen, aber er gab sich Mühe, es sich nicht anmerken zu lassen. Aufrecht blieb er vor den Versammelten stehen.

»Knie dich hin«, sagte Tuhram.

Was sich auf diesen Befehl hin in Anschars Gesicht abspielte, konnte Grazia nur als heilige Empörung bezeichnen. »Hinknien? Vor *euch*?«

»Ich will nicht, dass mir der Nacken steif wird, wenn ich dich ansehe.«

»Was schert mich das!«

Die Männer packten seine Schultern und zerrten an ihm herum. Er drückte die Knie durch.

»Du sollst dich hinknien!«, keifte Tuhrod.

Hasserfüllt sah Anschar sie an. Mit einem Mal sank der Wächter, der hinter ihm stand, zu Boden. Anschar hatte ihm die Schulter ins Gesicht gerammt, und zwar so schnell, dass Grazia kaum begriff, was geschehen war. Die Männer wollten ihn fluchend niederwerfen, doch er wehrte sich trotz seiner Fesseln so geschickt, dass sogleich der nächste zu Boden ging. Dabei brüllte er seine Wut hinaus. Sein Gesicht war gerötet, und die Armmuskeln spannten sich, als habe er endlich die Kraft, die lästige Fessel zu zerreißen.

Das gelang ihm nicht, aber er schaffte es, stehen zu bleiben. Einige Männer hatten sich erhoben. Auch Grazia war aufgesprungen. Einer hatte plötzlich einen Wurfspieß in den Händen.

»Anschar!«, schrie sie. »Bitte hör auf!«

Er hielt still. Die gehärtete Spitze des Spießes drückte gegen die Kuhle seines Schlüsselbeins. Und doch war sie sich sicher, dass es ihr Ruf gewesen war, der ihn zur Besinnung brachte. Die Männer setzten sich wieder, bis auf zwei, die hinter ihn traten, um die beiden verletzten Wächter zu ersetzen. Anschar starrte auf den Mann, der den Speer hielt.

»Bitte«, sagte sie, nun leiser. »Bitte lass dir nicht töten.«

Seine Brust hob und senkte sich schwer. Stoßweise kam sein Atem und verriet die Wut, die noch in ihm tobte. »Lass *dich* nicht töten.«

»Ja, ist gut«, presste sie heraus.

»Deinetwegen, Feuerköpfchen.« Er ließ sich auf die Knie fallen. Nur langsam vermochte er sich zu beruhigen; er hielt den Kopf gesenkt und war in den nächsten Minuten ganz mit sich und seiner Demütigung beschäftigt. Fast sah es so aus, als kämpfe er mit den Tränen. Aber da täuschte sie sich gewiss. Anschar heulte, weil er knien musste? Undenkbar.

»Tuhrod«, sagte Tuhram, nachdem sich alle wieder beruhigt hatten. »Berichte uns, was der Fremde getan hat.«

Die Dorfherrin brachte ein Schwert, stellte sich vor Tuhram auf und hielt es, mit der Spitze nach unten, von sich.

»Damit hat er acht unserer Männer erschlagen. Ihre Familien sind in Trauer.«

Anschars Nasenflügel blähten sich. Es war seine einzige Reaktion auf ihre Worte.

»Er sagte, er habe sich und seine Leute verteidigt, das ist wohl richtig«, fuhr sie fort. Die Klinge blitzte im Licht der Öllampe, als sie sie drehte. »Aber sie kamen in feindlicher Absicht her. Das jedenfalls glaube ich. Wir alle glauben das. Da er es bestreitet, habe ich ihn verschont. Entscheide du.«

Tuhram nickte und rieb sich das Kinn. »Es geschieht selten, dass unser Volk einen von ihnen in die Finger bekommt. Sie sind nicht stärker, aber besser bewaffnet. Unsere Männer taugen zum Jagen, aber wenig zum Kämpfen. In der Hochebene weiß man, was Krieg ist. Dort gilt das Leben eines Wüstenmannes nichts.« Er ließ sich das Schwert in die ausgestreckten Hände legen und neigte den Kopf darüber. »Wirklich erstaunlich. Hier gibt es wenige Männer, die sich auf Metallbearbeitung verstehen, und diese kämen nie auf den Gedanken, so etwas anzufertigen.«

Grazia fragte sich, was er wohl sagen würde, könnte er die Waffen ihrer Zeit sehen. Wahrscheinlich würde er angesichts eines Kanonengeschützes in Ohnmacht fallen.

Er legte es beiseite und wandte sich an Anschar. »Bist du ein Sklavenhändler?«

»Nein.«

»Das ist unglaubwürdig, das weißt du?«

»Ja.«

Grazia japste und schlug sich die Hand vor den Mund. Die Männer warfen ihr missbilligende Blicke zu. Sklavenhändler? Dieses Wort hatte sie bereits in den ersten Tagen gelernt, denn die Wüstenmenschen fürchteten sich vor den Sklavenfängern aus dem Hochland. Nicht einen Augenblick lang war sie jedoch auf den Gedanken gekommen, Anschar könne einer sein.

»Was bist du dann?«, fragte Tuhram.

»Ein Krieger.« Anschars Miene wurde noch finsterer. »Einer der zehn besten Krieger des Hochlandes.« Er spuckte es den Männern geradezu vor die Füße. Sie murrten, einige sprangen auf und zogen Messer, die sie in seine Richtung stießen. Tuhram forderte sie mit erhobenen Händen auf, sich wieder zu setzen.

»Mit denen rede ich nicht«, sagte Anschar, jetzt etwas ruhiger, als habe er sich wieder unter Kontrolle. »Nur mit dir und meinetwegen mit Tuhrod. Und die Rothaarige soll auch bleiben.«

»Wer bist du, hier Forderungen zu …«, schrie einer der Männer, doch Tuhrams Handbewegung brachte ihn zum Schweigen.

»Ihr geht alle hinaus. Bis auf die Frauen.«

Fassungslosigkeit machte sich auf den bärtigen Gesichtern breit. Die Augen der Männer funkelten wie schwarz lackiert. Doch sie gehorchten. Einer nach dem anderen verließ das Zelt. Grazia spürte, wie ihre Anspannung wich.

»So, jetzt sind wir allein. Das da brauchen wir wohl nicht mehr.« Tuhram berührte den Schwertgriff und blickte auffordernd zu Tuhrod, die die Waffe zurück hinter die herabhängenden Decken brachte. »Warum bist du gekommen?«

»Um den letzten Gott zu finden«, antwortete Anschar ohne weiteres Zögern. »Den letzten Gott, der in dieser Welt weilt.«

Sie schwiegen sich an. Tuhram und Tuhrod wechselten einen Blick, der besagte, dass sie mit allem gerechnet hatten, nur damit nicht.

»Er ist nicht unser Gott, wie alle eure Götter nicht die unsrigen sind«, sagte Tuhram nach einer Weile. »Aber wir kennen die Geschichten, die sich um ihn ranken. Er hat eine Schwäche für die Menschen des Hochlandes, und so blieb er bei ihnen, als die anderen Götter es verließen, weil sie es leid waren, euch kämpfen zu sehen. Ihr versteht es, Waffen zu schmieden und zu gebrauchen, aber ihr versteht es nicht, eure Götter zu besänftigen. Sie sind vermutlich so abscheulich wie ihr.«

»Und du verstehst es nicht, deine Abneigung zu verbergen«, erwiderte Anschar unbeeindruckt. »Nun gut, das tue ich auch nicht.«

Tuhram machte eine wegwerfende Handbewegung. »Das gestehe mir zu, so sehr, wie dein Volk das meine quält. Aber sprich weiter. Weshalb wolltest du diesen Gott finden?«

»Um ihn meinem König zu bringen. Der Gott wurde von seinen Eltern vor langer Zeit an einen Ort tief in der Wüste verbannt, zur Strafe, weil er ihnen nicht folgen wollte. Dort entstand eine Oase. Ein Priester begleitete uns. Er sagte, sie sei hier irgendwo.« Anschar zuckte mit den Schultern, und Grazia malte sich aus, wie er verächtlich abwinkte, hätte er die Hände frei. »Er ist jetzt tot. Jedenfalls … der Grund, ach ja.« Er schnaufte, als müsse er sich jedes Wort abringen. »Seit einigen Jahrzehnten breitet sich auf der Hochebene Trockenheit aus. Es ist heißer als üblich, es regnet weniger.

Es gibt ständig Missernten, die Flüsse führen kaum noch Wasser, der Pegel des Großen Sees sinkt. Die letzte Missernte hätte fast eine Hungersnot verursacht. Danach schickte mein König mich los.«

Tuhram hatte aufmerksam zugehört. Nun wandte er sich an Tuhrod, die mit den Schultern zuckte. Sogar zu Grazia drehte er sich um, doch sie konnte erst recht nichts Erhellendes dazu beitragen. Sie war sich nicht einmal sicher, alles verstanden zu haben.

»Dieser Gott, der angeblich hier irgendwo eine Oase geschaffen hat, soll die Hochebene wieder fruchtbar machen?«, fragte Tuhram den Gefangenen. »Darum geht es?«

»Ja.«

»Wie könnt ihr glauben, einen Gott zu befreien, den andere Götter gefangen gesetzt haben?«

»Diese Frage hat man sich natürlich auch gestellt. Man sagt, dass dem Gott ab und zu die Flucht gelingt. Im Grunde weiß ich darüber aber nichts, für dieses Problem hatte ich ja einen Priester bei mir – den ihr abgeschlachtet habt. Der wusste zwar auch nicht viel mehr, aber ich allein kann gar nichts tun. Glaubst du jetzt, dass ich kein Sklavenhändler bin?«

Tuhram wiegte das kahle Haupt. »Was ist wohl wahrscheinlicher? Dass diese krude Geschichte stimmt? Oder dass du eben doch nur ein verirrter Sklavenfänger bist, der Zeit genug hatte, sie sich auszudenken?«

»Ich hatte Zeit, ja«, brummte Anschar. »Genug, um mir etwas Glaubwürdigeres einfallen zu lassen. Sie ist wahr.«

»Und das ist so bestechend an ihr.« Tuhram entblößte die Zahnstummel zu einem heiteren Lächeln. »Dass sie zu verrückt ist, um gelogen zu sein. Aber sie ist auch zu verrückt, um wahr zu sein. Sie ist irgendetwas dazwischen, und daher weiß ich nicht, was ich mit dir tun soll. Nun, da es hier weit und breit keine Oase gibt, die eines Gottes würdig ist, bist du gescheitert, gleichgültig, was mit dir geschieht. Hm, was tue ich nun mit dir? Dich freilassen? Das hilft dir nicht, denn allein kannst du nie die Wüste überwinden, um in deine Heimat zurückzukehren. Du könntest aber hier bleiben und uns ein wenig für das entschädigen, was deine Leute uns antun.«

»Du willst, dass ich euch ... diene?« Anschar spuckte die Worte aus und verzog angewidert das Gesicht. »Glaubst du, ich wollte hier alt werden? Bei Inars Zunge, welch ein abscheulicher Gedanke! Du hast nur zwei Möglichkeiten: mich freizulassen oder zu töten.«

Schweigen breitete sich aus. Anschar blickte zum Zelteingang, als habe er hiermit alles gesagt. Grazia schlug das Herz bis zum Hals. Als Sklaven konnte sie sich ihn wahrhaftig nicht vorstellen. Tot schon gar nicht. Ob er seine Geschichte tatsächlich selbst glaubte? Sie passte immerhin zu den Geschichten und Legenden, die er bisher erzählt hatte.

Es ist nur eine Sage, überlegte sie. Er glaubt sie, weil er in dieser Kultur aufgewachsen ist. Das ist alles.

Sie holte tief Luft. Irgendetwas musste sie für ihn tun. Sie wusste nur nicht, was.

»Kann ich ihn haben?«, platzte sie heraus. »Wenn du ihn ... zum Sklaven machst, kann ich ihn kaufen.« Sie kramte in ihrer Tasche und förderte die Uhr ihres Bruders zutage. Justus würde den Verlust verschmerzen, wenn sie ihm erzählte, was sie damit getan hatte. Wenn er ihre Geschichte hörte, würde er gar keine Gelegenheit haben, die Uhr zu vermissen. »Hier. Das gebe ich für ihn.«

Tuhram beugte sich über ihre ausgestreckte Handfläche. »Metall. Dort, wo man feste Häuser baut, meint man, damit alles bewerkstelligen zu können. Kein Werkzeug ist nützlicher als Felsengras.«

»Aber das *ist* nützlich! Es ist ...«

»Schweig!«, donnerte Anschar. Er schüttelte den Kopf und starrte sie so böse an, dass ihr vor Schreck fast die Uhr aus der Hand fiel.

Tuhram schmunzelte. »Die Hochländer halten sich zwar Sklaven, aber selbst einer zu werden, das erscheint ihnen natürlich undenkbar. Nimm das Ding weg. Habe ich nicht deutlich gemacht, dass ich deine Sachen nicht anfassen will?«

Grazia zog sich hastig zurück und stopfte die Uhr in die Tasche. Sie wagte kaum, noch einmal zu Anschar hinüberzusehen.

»Morgen früh entscheide ich«, sagte Tuhram. »Tuhrod, hole die Männer, damit sie ihn wieder einsperren. Ich will schlafen.«

Tuhrod sprang auf und streckte den Kopf aus dem Zelt; sofort kehrten die Männer zurück und packten Anschar, der schon aufgestanden war, an den Oberarmen. Er ließ sich widerstandslos wegführen. Noch eine Nacht in der scheußlichen Höhle, dachte Grazia. Vielleicht die letzte.

Sie rutschte rückwärts in die hinterste Ecke und kauerte sich unter einer Decke zusammen, da sie fror und der Älteste sie ohnehin nicht mehr beachtete. Die Tasche hielt sie an sich gepresst. Hinter sich hörte sie Tuhram stöhnen, als er sich erhob und in Tuhrods Schlafbereich geführt wurde. Wenige Minuten später schnarchte er. Tuhrod löschte die Lampe und legte sich in der Nähe hin.

»Mach dir keine Sorgen«, sagte sie. »Nicht seinetwegen. Er ist nicht wichtig für dich.«

War er das nicht? Immerhin hatte er Grazia die Sprache gelehrt und sich dabei viel Mühe gegeben, ohne dass es ihm selbst von Nutzen war. Mit keinem anderen Menschen hatte sie hier mehr Zeit verbracht. Da sollte ihr egal sein, wenn er starb?

Grazia setzte sich auf und rieb sich den Schlaf aus den Augen. Durst plagte sie, also schälte sie sich aus den Decken. Ihr eigener Schweißgeruch stieg ihr in die Nase, während sie zu den Vorräten wankte und sich Wasser aus dem Tonkrug schöpfte. Anfangs hatte sie gar nicht mehr daran gedacht, dass sie das trübe, warme Wasser nicht zu trinken brauchte. Zu sehr hatte der Anblick der zwei Monde sie erschreckt. Erst nach mehreren Tagen hatte sie sich wieder Wasser gemacht, und es war ihr so leicht gefallen wie zuvor. Dennoch behielt sie es bei, ab und zu einen Becher aus dem Krug zu schöpfen, denn andernfalls wäre es wohl aufgefallen.

Sie kroch auf ihren Schlafplatz zurück, holte das Buch aus ihrer Tasche und steckte die Nase zwischen die Seiten. Nie zuvor war ihr aufgefallen, dass es duftete; erst jetzt, da sie ständig von fremden Gerüchen umgeben war. Nichts von dem, was sie als Erinnerung an ihr Leben bei sich trug, hatte einen eigenen Geruch, nur dieses Buch. Und vielleicht die Uhr. Wie spät mochte es sein? Sie war erst mit den ersten Morgengeräuschen eingenickt, so sehr hatte sie die Verhandlung beschäftigt. Müde kramte sie nach der Uhr und klappte sie auf. Während der letzten Wochen hatte sie festgestellt, dass ein Tag in dieser Welt fünfundzwanzig Stunden dauerte. Wenn man das berücksichtigte, ließ sich die Uhr dennoch gebrauchen, und daher wusste sie nun, dass sie den halben Tag verschlafen hatte. Ihr Finger strich über den Rand. Wäre es ihre Uhr, befände sich jetzt ein Bild von Friedrich darin. Sie versuchte ihn sich vorzustellen, aber es wollte ihr nicht so recht gelingen. Da waren seine blonden Haare, der Schnauzbart. Die hochgekrempelten Hemdsärmel. Der Schlamm an seinen Armen. Mehr sah sie nicht. Stattdessen schoben sich dunkle Augen unter ebenso dunklen Brauen vor ihr inneres Auge. Sie waren so viel deutlicher, hatte sie doch erst in der Nacht ihren Blick darin versenkt. Und jetzt? Mit einem leisen

Aufschrei kam sie auf die Füße. Das Leben mochte schon aus ihnen gewichen sein – und sie hockte hier herum!

»Tuhrod!«, rief sie. Niemand war hier, nur die Ziege, die es sich auf dem besten Kissen gemütlich gemacht hatte. Grazia ließ die Uhr fallen und stürzte ins Freie. Ihr erster Blick galt der Höhle, die im nachmittäglichen Schatten lag.

Der Eingang war frei.

»Nein! O Gott, lass es nicht wahr sein.«

Grazia raffte das Gewand und stolperte über den Sand. Der Gestank, der aus der Höhle drang, war schwächer als sonst, der Stein musste vor einiger Zeit auf die Seite geschoben worden sein. Sie fiel auf die Knie und blickte ins Innere. Vielleicht hatten sie ihn ja angebunden? Nein, er war nicht zu sehen. Sie schob sich hinein und drehte sich auf den Fersen, während ihr Blick die Zeichnungen an den Wänden streifte.

»Anschar?«, fragte sie leise. Da war noch die hintere Höhle, in der er seine Notdurft verrichtet hatte. Dort nachzusehen, kostete sie große Überwindung, und das nicht nur, weil es so stank. Allein die Vorstellung, ihn mit hochgezogenem Rock zu überraschen, schüttelte sie.

Aber natürlich war er nicht hier, sie sah in der Düsternis nur einen aufgeschichteten Sandberg. Hastig kehrte sie ins Freie zurück, wo sie Tuhrod in die Arme lief.

»Er ist fort«, sagte Tuhrod. Hinter ihr hatten die Frauen neugierig die Köpfe gehoben.

»Was heißt das?«, schrie Grazia, sich an sie klammernd. »Habt ihr ihn … verscharren? In der Wüste?«

»Beruhige dich.« Tuhrod löste ihre Hände, führte sie zur Feuerstelle und nötigte sie zum Hinsetzen. Von einem Stapel nahm sie eine Schale und füllte sie mit dem üblichen Brei. Diesmal jedoch goss sie aus einer hölzernen Flasche eine scharf riechende Flüssigkeit dazu. Es handelte sich wohl um den Schnaps, den man hier aus den Graswurzeln gewann.

Tuhrod rührte ihn mit einem Stück Brot unter und reichte Grazia die Schale. »Iss, das wird dich beruhigen. Derweil erzähle ich dir, was geschehen ist.«

Sie ließ sich Zeit dabei, schöpfte für sich selbst ein wenig von dem Brei und setzte sich nieder. Grazia aß etwas, auch wenn ihre Kehle viel zu eng war.

»Er ist tot, ja?«

»Nun, jetzt vermutlich noch nicht. Tuhram konnte sich nicht dazu durchringen, ihn zu verurteilen. Er sagte, er kenne die Wahrheit nicht, und daher wolle er nicht die Schuld auf sich laden, falsch zu entscheiden. Er hat es dem Herrn des Windes überlassen. Die Felsenkette dort am Horizont, siehst du sie? Dorthin hat man ihn gebracht. Ohne etwas zu essen, ohne Wasser. Wenn der Herr des Windes ihn retten will, wird er es tun.«

Grazia stellte die halb geleerte Schale auf den Boden. Ihr war übel, ihre Kehle brannte. Dieser Wurzelschnaps war schlimmer als alles, was sie je zu sich genommen hatte. Außerdem schmerzte ihr Rücken, da sie ihr Korsett nicht trug. Stotternd erklärte sie, dass sie sich wieder hinlegen wolle, und Tuhrod brachte sie zurück ins Zelt.

»Kann er leben? Überleben?«, flüsterte sie, während sie sich unter den Decken verkroch. »Dass euer Gott ihn rettet ... das glaube ich nicht. Glaubst du das?«

»Ich wüsste nicht, wie man da draußen überleben soll. Soviel ich weiß, hat Tuhram die Anweisung gegeben, seine Fußfessel nicht zu entfernen, damit es ihm nicht gelingt, hierher zurückzulaufen und uns womöglich im Schlaf zu überfallen. Wir haben ihn nicht getötet – aber er ist schon tot, auch wenn er noch leben mag.«

Kurz darauf war Grazia allein im Dämmerlicht. Die Zeltbahnen knisterten in der Brise, draußen herrschte das übliche Treiben, so als sei nichts geschehen. Die Geräusche hüllten sie ein. Doch bei dem Gedanken an Anschar schwand ihre Müdigkeit. Vielleicht lebte er noch! Wie lange kam ein Mensch ohne Wasser aus? In dieser Hitze? Wenn er bei den Felsen war, fand er wenigstens Schatten. Fanden sich dort Quellen oder Brunnen? Wohl kaum, andernfalls hätte man ihn nicht dorthin gebracht. Gab es einen Pfad, einen Weg, vielleicht denselben, den er und seine Leute gekommen waren? Das war schon eher denkbar, nur, was half ihm das? Er konnte mit gefesselten Füßen kaum gehen, und dass jemand ihm über den Weg lief, war mehr als unwahrscheinlich.

Sie war die Einzige, die ihm helfen konnte. Sie allein.

Grazia setzte sich auf. Früher hatte sie immer bedauert, ein ereignisloses Leben zu führen. Nicht allzu streng, aber ereignislos. Die Zukunft an der Seite eines Archäologen versprach Abwechslung. Ja, das war ihre Hoffnung gewesen: dass sie an Friedrichs Seite ein wenig daran teilhaben könnte, die Geschichte zu erforschen. Wie aufgeregt war sie gewesen, als er von dem Fund auf der Pfaueninsel erzählt hatte! Dabei zu sein, wie er dort grub, war ihr als das Höchste erschienen, das sie bisher an Abenteuern erlebt hatte. Und jetzt? Jetzt war sie selbst Teil einer Welt, die aus der Vergangenheit zu stammen schien. Und nicht nur das, sie dachte daran, sich in Gefahr zu begeben, um einen Mann zu retten. Sie musste dort hinaus.

Grazia schlug die Hände vors Gesicht und stöhnte auf. Dies hier war etwas ganz anderes, als sich aus dem Haus zu schleichen, um heimlich einen Ausflug zur Pfaueninsel zu machen. Dabei ging es nicht allein um Anschar: Es ging um sie. Inzwischen war ihr klar, dass sie von hier niemals den Weg zurück finden würde. Die Hochebene war ihre einzige Hoffnung. Dort gab es im Gegensatz zu den Wilden eine Art Hochkultur. Dort gab es *Wissen*.

Ihre Knie bebten vor Aufregung, als sie durchs Zelt

huschte, um Anschars Schwert zu suchen. Sie fand es unter den Kissen, es steckte in einer hölzernen Scheide, die mit Goldblechen verziert war, die den Schamindar darstellten. Ortband, Scheidenmundstück und Knauf waren mit dicken Goldblechen verziert. Das goldreiche Mykene kam ihr in den Sinn, daher fand sie es nicht so erstaunlich, dass die Klinge, die sie vorsichtig ein Stück herauszog, aus Bronze bestand. Liebend gern hätte sie sich die Waffe genauer angesehen, doch es war Eile geboten. Also legte sie sie auf ihre Decke, dazu einen halb vollen Wasserbalg, ihre Tasche und ein paar ihrer geflochtenen Grasbänder. Dann knotete sie die Decke zusammen, verbarg sie in ihrer Schlafecke und legte sich hin.

Nach einer ganzen Weile kamen Tuhrod und Tuhram herein und legten sich zur Ruhe. Auch draußen verebbten die Gespräche, die Ziegen wurden in ihr Gatter gebracht, die Feuerstelle erlosch zischend. Grazia nickte ein, und als sie wieder aufwachte, herrschte Totenstille. Sie setzte sich auf und lauschte. Als sie sicher war, dass die Dorfherrin und ihr Gast schliefen, kleidete sie sich an und klemmte sich das Bündel unter den Arm. Am Zelteingang blickte sie zurück, obwohl sie kaum mehr als Schatten sah. Die kleine Ziege fiepte leise, Grazia beugte sich hinab und streichelte sie. Es tat ihr leid, klammheimlich verschwinden zu müssen, aber anders ging es nicht. Tuhrod würde sie niemals in die Wüste laufen lassen, und eine Rückkehr gab es nicht.

An der Feuerstelle stopfte sie Reste des gekochten Breis in einen Brotfladen und verstaute ihn in der Decke. Dann schlich sie zwischen den Zelten hindurch zum Rand des Dorfes. Es war nicht schwer, ungesehen davonzukommen, denn nur ein einziger Mann zog nachts seine Runde. Sie wartete, bis er am anderen Ende des Dorfes war, dann lief sie hinaus, den Blick auf die schwarze Felsenkette am Horizont geheftet, die zu erreichen vermutlich die ganze Nacht dauern würde.

Der größere der beiden Monde beleuchtete die sandige Ebene. Es wehte kein Wind, alles war traumgleich still. Grazia fühlte keine Angst, nur Sorge um Anschar. Der Gedanke, ihn tot vorzufinden, wenn sie zögerte, machte ihre Schritte fest.

5

Sie hatten es sich anders überlegt: Sie hatten jemanden ausgeschickt, ihn zu töten. Wer immer es war, er machte sich nicht die Mühe, leise aufzutreten. Warum auch, schließlich lag er, Anschar, bäuchlings im Wüstensand, und das aus purer Erschöpfung. Er versuchte sich einzureden, noch nicht verloren zu sein, aber ohne Wasser war er es. Den ganzen Tag war er mit kurzen Schritten am Fuß der Felsenkette herumgestolpert und hatte etwas gesucht, womit sich die lästige Fessel durchtrennen ließ. Ohne sie wäre er weitergewandert, hin zur nächsten Felsenkette einige Wegstunden weiter nördlich. Doch scharfe Kanten gab es hier nicht, der Wind hatte die Felsen rund geschliffen. Es gab auch nichts, womit sich der brennende Durst stillen ließe. Pflanzen, ja ... an einigen Stellen bedeckten sie weitflächig den Boden, doch sie waren hart und ledrig, selbst die Wurzeln. Doch jetzt würde er noch ein letztes Mal in seinem Leben kämpfen und den ausgeschickten Jäger um seinen Wasservorrat erleichtern. Selbst im Sterben war ein einziger Wüstenmann kein Gegner für einen der Zehn.

Er verbarg das Gesicht in der Armbeuge. Aus dem Augenwinkel sah er eines der langen, unförmigen Gewänder flattern und die Beschläge seiner Schwertscheide in der Sonne aufschimmern. Sie wollten ihn tatsächlich mit seiner eigenen Waffe erschlagen. Seit wann glaubten diese Korbflechter, damit umgehen zu können? Als sein Suchtrupp erschlagen worden war, hatten sie nur ihre Spieße und Steine benutzt. Mit schierer Überzahl hatten sie gesiegt – die Schande ließ noch immer sein Blut kochen und weckte seine Lebensgeister. Ein Schatten näherte sich ihm, Finger berührten seine Schulter. Er fuhr hoch, packte die Gestalt und warf sie zu Boden. Ein Schrei, viel zu hell für einen Mann, gellte in seinen Ohren und erstarb abrupt.

Unter ihm lag eine Frau. Ihre Augen waren geschlossen, das Schwert war ihr aus der Hand geglitten. Wahrhaftig, es war die Rothaarige!

»Bei Inar, das kann einfach nicht wahr sein! Was tust du hier?« Er gab ihr links und rechts einen kräftigen Klaps auf die Wangen. »Wach auf. Wach auf!«

Sie tat es nicht. Die Angst, sie getötet zu haben, brandete durch seinen Körper, und ihm wurde noch heißer, als es ohnehin schon war. Er hob Grazia auf und trug sie in den Schatten zweier dicht beieinanderstehender Felswände, fast schon eine kleine Schlucht. Vorsichtig legte er sie auf den Boden, steckte die Hand unter die Kapuze ihres Umhangs und betastete ihren Schädel. Ein wenig Blut fand sich auf seinen Fingerkuppen, aber schlimm schien es nicht zu sein.

»Komm schon, Feuerköpfchen.« Erneut versuchte er sie zu wecken, indem er an ihrem Kinn rüttelte. Sie atmete flach. Das war ihm schon vor Wochen aufgefallen, aber jetzt beunruhigte es ihn. Und warum hatte sie so merkwürdig steif in seinen Armen gelegen? Er rollte ihr Gewand hoch. Zum ersten Mal sah er ihre nackten Unterschenkel. Ein nicht zu verachtender Anblick, vor allem deshalb, weil er so ungewohnt war. Es folgte eine Fülle einstmals weißen Stoffes, und dann fand er die Erklärung, eine Art Brustpanzer, der sie von den Achseln bis zu den Leisten bedeckte. Anschar überlegte, ob er das Ding entfernen sollte, aber es sah nicht so aus, als sei das einfach. Außerdem musste es ja seinen Grund haben, weshalb sie es trug. Vielleicht weil ihre Taille so ungewöhnlich schmal war? Da er keinen zusätzlichen Schaden anrichten wollte, schlug er das Gewand wieder herunter. Sie wirkte entspannt, sogar ein kleines Lächeln lag auf ihren Lippen. Anschar knüpfte das Bündel von ihrer Schulter. Darin fanden sich nur ihre Habseligkeiten, ein wenig zu essen und noch viel weniger zu trinken. Er schüttelte den Kopf, als er den nur halb gefüllten Lederschlauch hochhielt. Wie lange sollten sie damit überleben? Einen Tag oder gar zwei?

»Da, wo du herkommst, weiß man wohl nicht, was Durst ist, was?« Er öffnete ihren Mund und ließ etwas Wasser hineinlaufen. Sie schluckte, doch sie wachte nicht auf. Dann trank auch er. Es kostete ihn große Überwindung, den Schlauch wieder sinken zu lassen, denn sein Durst war längst nicht gelöscht. Doch es genügte, die nächsten Stunden zu überstehen.

Hunger hatte er keinen, also ließ er den geschmacklosen Brei, wo er war. In einer geflochtenen Tasche fand sich außer einem hellen Kleiderbündel eine kleinere Tasche aus weißem besticktem Stoff. Er schnürte sie auf und schüttelte sie aus. Wie er es erwartet hatte, fiel auch das Ding heraus, mit dem Grazia ihn hatte loskaufen wollen. Es war ein flaches rundes Schmuckstück, auf sehr feine und fremdartige Weise verziert. Was sollte daran nützlich sein? Und dieser Papierstapel, der an einer Seite zusammengefügt war? Anschar befingerte die Blätter. Sie waren mit äußerst gleichmäßigen Schriftzeichen bedeckt.

»Du musst wirklich von sehr weit her kommen«, sagte er, legte den Papierstapel beiseite und fand eine weitere Tasche, diese war jedoch winzig und mit einem metallenen Verschluss versehen. Darin fanden sich ein bunt bemaltes und zerknicktes Stück Papier und – Münzen.

»Wer hätte gedacht, dass du etwas bei dir hast, von dem ich auf Anhieb sagen kann, was es ist?« Er nahm eine Münze zwischen die Finger und hielt sie ins Sonnenlicht. Ein Kopf war zu erkennen, mit streng zurückgekämmten und erstaunlich kurzen Haaren. Und einem hässlichen Bart unter der Nase. Wer sollte das sein? Die Münzen des Hochlandes zeigten das Götterpaar Inar und Hinarsya, vielleicht war dieser hier ebenfalls ein Gott. Aber in einem so fernen Land konnte es ganz anders sein. Wie auch immer, in seiner Heimat war dieses Geld so wertlos wie die Fellschnüre, welche die Wüstenbewohner als Zahlungsmittel gebrauchten.

Wenigstens für das Bündel Grasbänder hatte er Verwendung.

Er legte die Decke unter Grazias Kopf und stand auf, das Schwert in der Hand. Mit einem vielversprechenden Zischen glitt es aus der Scheide, und wenige Augenblicke später hatte er sich seiner Fußfessel entledigt. Er verscharrte sie im Sand, für den Fall, dass später Männer aus dem Dorf kamen, um nach seiner Leiche zu sehen. Eine überflüssige Maßnahme, denn was machte es für einen Unterschied, ob er hier getötet wurde oder zwei Tagesmärsche weiter östlich in der Sonne verreckte? Aber das waren nur Gedanken, sie beeinflussten sein Handeln nicht. Einer der Zehn gab niemals auf.

Anschar steckte das Schwert in die Scheide zurück. Es gab keinen Aufschub, wenn er das Unmögliche versuchen wollte. Jetzt in der Hitze des Tages lief es sich zwar mühseliger als nachts, aber mit diesem bisschen Wasser war keine Zeit zu verlieren. Er machte sich aus den Grasbändern einen Schwertgurt und band ihn sich um die Mitte. Dann, nach einem letzten Versuch, Grazia aufzuwecken, fesselte er ihre

Hände. Er würde das dumme Ding, das an sein Schwert, aber nicht an Wasser gedacht hatte, tragen müssen.

Ihr Hinterkopf schmerzte, aber das war nicht das Schlimmste. Da war diese unerklärliche Schaukelei, die ihr Übelkeit verursachte. Noch bevor es ihr gelang, die Augen zu öffnen, erspürte sie schweißnasse Haut unter den Armen. Fremder Schweißgeruch stach in ihre Nase. Und – das Schlimmste von allem – ihre Kehle war wie ausgedörrt. Dunkel erinnerte sie sich daran, dass sie dem leicht abhelfen konnte. Sie musste sich nur konzentrieren, an die Havel denken, an die Unmengen von Wasser, die ein fremder Mann durch sie hindurchgepumpt hatte. Es fiel ihr schwer. Sie war in der Wüste, das wusste sie. Sie erinnerte sich auch, in der Nacht fortgelaufen zu sein und Anschar gefunden zu haben. Dann war er über ihr gewesen, wie ein Raubtier hatte er sie angefallen und sie zu Boden gestoßen.

Die Lider zu heben, war eine kaum zu bewältigende Anstrengung. Sie versuchte es, aber die Sonne stach erbarmungslos in ihre Pupillen. Tränen traten ihr in die Augen. Allmählich begriff sie, dass jemand sie trug. Dass *er* sie trug, wie ein Kind auf dem Rücken. Ihr linker Arm lag über seiner Schulter, ihr rechter hing unter seiner Achsel.

Er lebte. Er schleppte sie durch die sonnendurchflutete Wüste.

Ihre Beine lagen um seine Hüften. Er hielt sie an den Kniekehlen. Ihren *nackten* Kniekehlen.

»Lass mich los!« Sie wollte sich von ihm abstoßen, doch ihre Hände waren vor seiner Brust zusammengebunden. Zappelnd versuchte sie loszukommen; plötzlich lag sie auf dem Rücken im Sand und er über ihr.

»Schön, dass du wach bist.« Er streifte ihre Arme über den Kopf. »Du hast mir wirklich Sorgen gemacht.«

So nah war sie ihm noch nie gewesen, und sie fand es beängstigend. Schamröte schoss ihr ins Gesicht, und der Sand ließ ihren Rücken glühen. Ihre Beine waren immer noch bis fast zu den Oberschenkeln entblößt. Zum Glück schien Anschar in seiner Verwirrung dafür keinen Blick zu haben. »Bitte geh weg«, bat sie beherrscht, damit er es nicht doch noch merkte. Er zögerte, schien etwas Beschwichtigendes sagen zu wollen, sah sie aber nur an. Schließlich rollte er sich auf den Hintern, schnaufte und schüttelte den Kopf wie ein nasser Hund. Hastig stand sie auf und schlug ihr Gewand herunter.

Jetzt erst merkte sie, dass er erschöpft war. Wie lange mochte er sie schon durch die Gegend tragen? Und wohin? Weshalb er sie gefesselt hatte, wurde ihr immerhin klar. Es kostete viel Kraft, bei Tag durch diese Gegend zu laufen – auch noch mit ihr auf dem Rücken. Aber dann fiel ihr ein, wie es dazu gekommen war. Sie stapfte um ihn herum und versuchte ihn wütend anzufunkeln. »Warum hast du mich …«, in Ermangelung eines passenden Wortes klopfte sie sich auf den Kopf. »Binde mich los!«

Sie schnappte nach Luft, als er aufstand und sein Schwert zog. Er durchschnitt die Bänder an ihren Handgelenken mit aufreizender Beiläufigkeit. Jetzt sah sie, dass er sich ihr Bündel an einen Grasgürtel geknüpft hatte. »Meine Sachen?«, fragte sie, von Furcht durchdrungen, er könnte die Erinnerungen an ihr altes Leben zurückgelassen haben. Wortlos drückte er ihr das Bündel in die Hände.

»Du findest mich seltsam«, murmelte sie, während sie prüfte, ob alles da war.

»Allerdings.«

Sie tupfte sich mit dem Rand der Kapuze den Schweiß vom Gesicht und betastete den Hinterkopf. Tatsächlich waren da eine Beule und eine schorfige Stelle.

»Wir müssen weiter.« Er steckte das Schwert weg, nahm ihr das Bündel ab und schulterte es. »Dort vorne ist eine weitere Felsenkette, siehst du sie? Es sind nur noch etwa zwei Stunden zu laufen, dann können wir im Schatten rasten, bis zum Einbruch der Nacht. Bis dorthin werden uns die Wüstenbewohner wohl nicht verfolgen, sollten sie dazu Lust verspüren.«

Er marschierte los. Nach wenigen Schritten blieb er stehen und sah sich besorgt nach ihr um. Ihr blieb nichts anderes übrig, als hinter ihm herzulaufen. Wie kam er dazu, kein Wort darüber zu verlieren, dass sie ihm das Leben gerettet hatte? Eine Entschuldigung für den Angriff erwartete sie schon gar nicht.

»Und dann? Gehen wir weiter in der Nacht? Was ist morgen?«

»Ich weiß nicht, was morgen ist. Diesem Sippenältesten habe ich nicht die volle Wahrheit gesagt.«

»Nein? Bist du etwa doch ein Sklavenhändler?«

Er warf ihr aus den Augenwinkeln einen Blick zu, der für seine Verhältnisse milde war. »Das bin ich nicht. Was ist?«

Sie war stehen geblieben, denn mit einem Mal schmerzte das Sonnenlicht. Tief zog sie sich die Kapuze in die Stirn, aber es half wenig. Der Schweiß rann ihr aus allen Poren. Sie war für diese heiße Welt einfach nicht geschaffen. »Ich ... ich kann nicht laufen. Ich bin so erschöpft.«

Wäre der Sand nicht so heiß, hätte sie sich wieder hinsinken lassen. So wartete sie, ohne sich entscheiden zu können, ob sie weiterlaufen oder auf ewig hier stehen bleiben sollte.

»Werde nicht schwach, Feuerköpfchen.« Er knüpfte den Wasserbeutel vom Gürtel und wickelte die Schnur ab. »Sterben können wir besser bei den Felsen dort.«

»Das ist mir schnuppe«, erwiderte sie auf Deutsch. Auch das Reden in der fremden Sprache war mit einem Mal viel zu anstrengend. Sie machte keine Anstalten, den dargebotenen Beutel anzunehmen.

»Komm schon! Gibst du etwa auf, nachdem du mich gerettet hast? Es gibt noch Hoffnung, auch wenn sie klein ist. Trink!«

Wovon sprach er? Doch nicht etwa von dieser sagenhaften Oase? So etwas schien es hier weit und breit nicht zu geben, auch nicht bei der nächsten Felsenkette, denn die hatten er und sein Trupp ja wohl auf dem Herweg durchquert. Grazia schüttelte den Kopf, als er ihr den schlaffen Beutel vor die Nase hielt.

»Will ich nicht.«

»Wieso nicht?«

»Brauch ... nicht.«

»Du brauchst das ganz dringend.«

Mit zusammengepressten Lippen schüttelte sie den Kopf. Kurzerhand hielt er sie am Kinn ruhig und drückte den Daumen zwischen ihre Zähne.

»Wehe, du beißt jetzt zu. Du hast einen blauen Hintern, wenn du das tust.«

Sie war sich nicht sicher, das richtig verstanden zu haben, dennoch hielt sie still. Die Öffnung des Lederbalgs schob sich in ihren Mund, und dann blieb ihr nichts anderes übrig, als zu trinken. Es war wohl an der Zeit, Anschar zu erklären, warum sie so wenig Wasser mitgenommen hatte. Aber ihr fehlte die Kraft, jetzt davon anzufangen. Sie hatte für nichts mehr Kraft. Ergeben schloss sie die Augen. Seine Arme fingen sie auf.

In der Nacht erwachte sie an eine schrundige Felswand gelehnt, eingehüllt in ihren Umhang. Es war kalt. Langsam kehrte die Erinnerung zurück ... Sie hatte Anschar gefunden, und er hatte sie getragen. Bis hierher zu jener zweiten Felsenkette. Siedend heiß wurde ihr bewusst, wie sehr er sich mit ihr abgeplagt hatte, dabei war er doch selbst geschwächt.

»Anschar?«, flüsterte sie und zuckte zusammen, als sie ihn neben sich tief und entspannt atmen hörte. Er lag auf der Seite, seine Hand umschloss den Griff des Schwertes. Das Licht der beiden Monde war so hell, dass sie seine geschlossenen Lider erkennen konnte. Seine Zöpfe hatten sich wie Schlingen um seinen Hals gelegt. Und seine Arme – selbst jetzt ließ sich erkennen, dass sie rot waren, verbrannt von der Sonne. Sie hätte daran denken sollen, ihm einen Umhang mitzubringen. Langsam stand sie auf und ging zu ihm. Noch sehr viel langsamer bückte sie sich und spreizte dicht über seiner erhitzten Haut die Finger. Sie wollte ihn mit Wasser kühlen. Aber würde er es nicht merken? Ein Tropfen fiel von ihrem Zeigefinger. Ein zweiter, dann ein Rinnsal. Als er grunzend den Kopf drehte, zog sie die Hand zurück. Leise entfernte sie sich.

Der Weg, ein kleine Schlucht zwischen Dutzenden zuckerhutförmiger Felsblöcke, die aus dem Sand ragten, war leicht zu erkennen. Sie suchte sich eine Felsspalte, verrichtete ihre Notdurft und ging weiter, bis sie einen Felsblock fand, auf dem sich bequem sitzen ließ. Ein Tier huschte von ihr fort, einer bepelzten Eidechse ähnlich. Sie schüttelte sich. Hoffentlich gab es hier keine Skorpione oder Ähnliches. Im Dorf war sie von dergleichen verschont geblieben, aber das konnte hier inmitten der Wildnis anders sein.

Zwischen den Füßen fand sie eine Muschel. Länglich war sie, mit natürlichen Mustern versehen und kalkweiß. Grazia blies den Sand weg und hielt sie ins Mondlicht. Sofort dachte sie an den Fluch der Götter. Anschar hatte ihr davon erzählt. Die Argaden glaubten, wenn man eine Muschel fände, so sei dies eine stille Mahnung der Götter, sich an den Fluch zu erinnern. Seit Hunderten von Jahren waren Argad und das ferne Land Temenon, eine weitere Hochebene tief im Südosten, verfeindet. Vor Hunderten von Jahren nämlich war die gesamte Wüste ein Meer gewesen. Argad hatte Schiffe gegen Temenon ausgesandt, um es zu erobern, was nie gelungen war. Der Krieg hatte angedauert, Jahre, Jahrzehnte …

Ein wenig hatte sie sein Bericht an die Sage um Troja erinnert; auch hier war die Rede von mehr als tausend Schiffen gewesen, die das Meer überquert hatten, um die Stadt eines fremden Volkes zu belagern. Zur Eroberung von Temenon war es jedoch nicht gekommen, denn die Götter hatten die Prophezeiung ausgesprochen, dass sie die Völker voneinander trennen würden, wie eine Mutter zwei raufende Bälger, wenn es den Menschen nicht gelänge, dem Krieg ein Ende zu machen. Argads Könige aber hatten nicht auf sie gehört, unerbittlich hatten sie ihre Schiffe ausgesandt. Irgendwann war der Meeresspiegel gesunken, doch auch das hatte sie nicht zur Besinnung gebracht. Erst als das Meer verschwunden war und Trockenheit sich auf Argad zu legen begann, hatten sie begriffen, was der Fluch bedeutete. Der Krieg war nicht beendet, doch jetzt konnte niemand mehr die Wegstrecke zurücklegen, um zu tun, was die Götter gefordert hatten: den Frieden suchen. So tat seitdem der Fluch des Wassermangels unaufhaltsam sein Werk.

Grazia glaubte von all dem selbstverständlich kein Wort, außer dass es hier wohl tatsächlich einmal ein Meer gegeben hatte. Sie musste lächeln, als sie daran zurückdachte, wie schwer sie sich damit getan hatte, die Geschichte zu verstehen. Den Argaden waren die Wörter für *Schiffe* und *Segeln* nicht mehr geläufig, mühsam hatte Anschar sie sich abgerungen. Was ein Schiff war, wusste er gar nicht so richtig. Krieger dicht gedrängt auf großen hölzernen Booten, die schwimmend eine große Strecke zurücklegten? Für ihn unvorstellbar.

»Was tust du da?«

Sie erschrak so sehr, dass sie die Muschel fallen ließ. »Ich dachte an den Fluch.«

»Du hast eine Muschel gefunden?« Er hob sie auf, betrachtete sie kurz und gab sie ihr zurück.

»Ich finde sie schön«, erwiderte sie.

»Das ist sie ja auch. Nur was dahintersteckt, ist es nicht.«

»Ich kenne das Meer.«

»Ach! Wie ist das möglich?« Es klang spöttisch, aber dann fügte er ernst hinzu: »Du kommst wirklich von sehr weit her, nicht wahr? Hier gibt es weit und breit kein Meer, die Götter sind gründlich gewesen. Wie sieht es aus?«

Wie sollte sie das in Worten erklären, noch dazu in fremden? »Wo hier Sand ist, ist Wasser. Alles ist voll Wasser. Und der Wind macht – er geht auf das Wasser. Über das Wasser. So«, sie blies auf ihre Hand und machte eine wellenförmige Bewegung. »Es ist schön, wenn das Wasser über die Füße läuft. Und das – die Muschel, davon gibt es viele. Auch die Tiere darin.«

»Tiere darin? Wie meinst du das?«

Grazia deutete auf die Muschel. »Das war ein Tier. Die Muschel ist nur …« In Ermangelung eines passenden Wortes zupfte sie an ihrem Mantel. »Kleidung. Ein Haus.«

»Du kommst aus einer Gegend, in der in Muscheln Tiere hausen?«, fragte er verblüfft.

»Hier war auch ein Tier darin.«

Kopfschüttelnd setzte er sich neben sie und klemmte das Schwert zwischen die Knie. »Mag sein. Seitdem die Götter unsere Welt mit ihrem Fluch größer gemacht haben, weiß man so vieles nicht mehr. Vor allem nicht, wie man der Trockenheit Herr wird. Die Suchtrupps nach dem letzten Gott auszuschicken, war eine Verzweiflungstat. Wie soll man ihn finden?«

»Warum nennt ihr ihn den letzten Gott und nicht, wie ist sein Name?«

»Das Götterpaar Inar und Hinarsya hat drei Kinder, die Götter der Luft, des Wassers und der Erde. Das ist die Dreiheit der Elemente. Der Luftgott heißt Nihayem. Der Erdgott Nihar. Der Gott des Wassers verlor seinen Namen, als sie ihn in die Wüste verbannten.« Er legte den Kopf in den Nacken, wie um die Sterne anzuschauen. »Die anderen sind in ferne Welten verschwunden. Aber sie blicken auf uns herab. Sag mir, Feuerköpfchen, hast du etwa nicht aufgepasst, als ich dir das erzählt habe? Mehrmals sogar?«

»Doch. Ich gebe mir Mühe, wirklich.«

Er sah sie von der Seite an und lächelte. »Ja, das tust du.«

»Die Kinder der Elemente sind ... waren die Nihaye. Halbgötter«, sagte sie, um es ihm zu beweisen. Oder ihre Verlegenheit zu überspielen. Es gefiel ihr, wenn er sie länger als notwendig ansah, aber es machte sie auch unsicher.

»Richtig.«

Die Worte schwirrten ihr im Kopf herum. Der letzte Gott, die Halbgötter. Wasser. Sie betrachtete ihre Hände und berührte ihre Lippen, um dem Kuss jenes Mannes auf dem Steg nachzusinnen. War es denkbar? Hatte er denn nicht ausgesehen wie ein Gott? Aber der Gedanke, er könne jener letzte Gott gewesen sein, war so absurd, dass sie ihn von sich wies. Dennoch war da ihre seltsame Fähigkeit. Es war an der Zeit, sich Anschar zu offenbaren. Sobald ihn der Durst zu quälen begann, musste sie es ja tun ... »Anschar.« Nervös knetete sie die Finger. »Ich muss dir ...«

»Still.« Er war aufgestanden, machte ein paar Schritte und starrte in die Ferne. Was war dort? Sie lief an seine Seite. Am Ende der Schlucht, draußen auf der Ebene, brannte ein Feuer.

Ein Lagerfeuer? Leute aus dem Dorf konnten es nicht sein, denn das lag hinter ihnen.

»Keine Sorge, Feuerköpfchen. Ich glaube nicht, dass es

Feinde sind.« Er verließ den Schatten der Felsen und ging ein Stück auf die Ebene hinaus. Dort stand er eine Weile regungslos, gut sichtbar im hellen Mondlicht. Bronze rieb gegen Bronze, als er die Klinge in die Schwertscheide zurücksteckte. Als er wieder bei ihr war, schwang Erleichterung in seiner Stimme. »Ich hatte erwähnt, dem Dorfältesten nicht alles gesagt zu haben. Leider bist du in dich zusammengesackt, bevor ich dir erklären konnte, was ich meinte.«

»Ich war so müde. Und bin es noch. Ich möchte schlafen und aufwachen in … einem Bett. Nicht hier. Die Wüste ist schrecklich.«

»Das ist sie. Nun, wie es aussieht, ist deine Hoffnung auf ein anständiges Bett in Argad nicht umsonst. Diese Männer dort sind ebenfalls auf der Suche nach dem letzten Gott. Es gab nicht nur den einen Suchtrupp. Es gibt noch drei weitere. Jeder König des Hochlandes schickte einen aus. Die von Scherach und Praned zogen nach Norden und Westen. Die Trupps von Argad und Hersched gingen in südliche Richtung.«

»Warum nicht auch nach Osten?«

»Du denkst mit, Feuerköpfchen«, sagte er, was sie pikiert die Stirn runzeln ließ. Es war nun wirklich kein Kunststück, darauf zu kommen. »Die Priester der Herscheden vermuten die Oase ebenfalls hier irgendwo. Außerdem ist im Osten nichts. Das hier ist Wüste, aber sie ist vielfältig und, nun ja, wie man sieht, gibt es ein Volk, das darin lebt. Ostwärts des Hochlandes ist *nur* totes Land, und jenseits davon ist Temenon.«

»Vielleicht ist diese Oase ja dort?«

»Das kann schon sein. Jedenfalls geht das die Wüstenleute nichts an, daher habe ich nichts gesagt. Hast du das alles verstanden?«

Sie nickte. »Und dort – das ist so ein Trupp?«

»Ja, der von Hersched. Es sieht allerdings nicht so aus, als hätten sie den Gott. Wobei ...«, er lachte leise. »Wie muss man sich das vorstellen, wenn man einen bei sich hat? Niemand von uns weiß es.« Er holte das Bündel, kehrte zu ihr zurück und schulterte es. »Komm. Ich rieche bis hier, dass die Herscheden etwas am Feuer braten, und, bei Inar, ich will davon etwas abbekommen.«

»Hast du auch meine Sachen mitgetan ... eingepackt?«

Zur Antwort lachte er so laut, dass es die Männer am Feuer hören mussten.

Grazia blieb dicht hinter ihm. Beim Näherkommen zählte sie acht oder neun Männer, die sich um die kleine Feuerstelle versammelt hatten. Es roch tatsächlich nach gebratenem Fleisch – und nach den Ausdünstungen von Tieren, wie sie eines im Dorf gesehen hatte. Es waren sechs an der Zahl, und sie lagerten abseits des Feuers, grunzten und schnaubten im Schlaf. Grazias Magen krampfte sich zusammen. Sie hätte nicht zu sagen vermocht, ob es vor Hunger war oder Furcht.

Anschar gab sich keine Mühe, seine Schritte leise zu setzen, vermutlich wollte er nicht, dass die Männer glaubten, er schleiche sich an. Alle reckten die Köpfe und sprangen auf, die Hände an den Schwert- und Messergriffen. Einer zog ein Bündel Reisig aus dem Feuer und warf es vor seine Füße. Grazia unterdrückte einen Schrei.

»Sie wollen uns nur sehen«, sagte Anschar leise, hob die Hände, um ihnen zu zeigen, dass er seine Waffe nicht gezogen hatte, und rief: »Frieden! Wir sind keine Wüstenmenschen.«

Schweigen folgte. Er legte betont gleichmütig das Bündel ab, nicht jedoch den Schwertgürtel, und trat näher. Die Männer starrten ihn an. Einer fand schließlich seine Stimme.

»Anschar?« Es war ein riesenhafter Kerl, mit Händen wie Bratpfannen, mit denen er sicher drei Gegner gleichzeitig niederzuschlagen verstand. Trotzdem war sein Respekt vor einem der Zehn fast greifbar. »Nicht zu fassen! Anschar von Argad marschiert aus dem Nichts an unser Lagerfeuer. Wo ist dein Trupp? Und warum …«

»Eins nach dem anderen, Hadur. Was ist, kriegen wir etwas zu essen?«

»Natürlich.« Der Herschede machte eine einladende Geste. »Setzt euch.«

Grazia spürte Anschars Hand auf dem Rücken. Mit sanftem Druck schob er sie zum Lagerfeuer, wo er sich im Schneidersitz niederließ. Die Männer machten Platz und sahen neugierig zu, wie sie umständlich das Gewand ordnete, damit es beim Hinsetzen nirgends aufsprang. Sie waren rau und schmutzig, mit strähnigem, verschwitztem Haar, das ihnen bis weit über die Schultern fiel. Alle trugen dünne, geflochtene Kinnbärte, in denen Goldperlen glänzten. Einige lachten, als sie endlich saß und mit spitzen Fingern einen Bratspieß entgegennahm. Was darauf steckte, ähnelte verdächtig dem eidechsenähnlichen Tier, das sie vorhin gesehen hatte. Natürlich bekam sie auch einen Wasserschlauch gereicht. Sie trank zwei Schlucke und gab ihn an Anschar weiter, der den Kopf in den Nacken warf und das Wasser aus dem Leder presste, bis es schlaff in seinen Fingern hing.

»Hast du deinen Trupp gegen diese Wüstenfrau eingetauscht?«, wollte Hadur wissen.

»Sie ist keine Wüstenfrau.« Anschar keuchte, so sehr hatte ihn das Trinken angestrengt. In Windeseile befreite er einen Spieß vom Fleisch.

»Was soll sie denn sonst sein?«

»Natürlich ist sie eine«, warf ein anderer ein.

Anschar warf den Spieß ins Feuer, wischte die Finger an seinem Rock ab und griff in ihr Haar. Warum war er so grob? »Ist sie nicht! Oder habt ihr je so eine Farbe gesehen?« Da die Männer sie immer noch zweifelnd anstarrten, zog er an ihrem Haar. »Sag etwas in deiner Sprache!«

Was für eine entsetzliche Situation. Grazia zerrte ihre Strähnen aus seinen Fingern und zog die Beine an. Der Rand des Korsetts drückte schmerzhaft gegen ihr Becken. »Ich weiß nichts«, murmelte sie auf Deutsch und versuchte das Gewand über die Füße zu ziehen. Unter den glotzenden Blicken kam sie sich fast nackt vor. Wieder einmal wünschte sie sich sehnlichst nach Hause, in den Kreis ihrer Familie.

Anschar neigte sich vor, um sie anzusehen. Plötzlich begriff sie: Er hasste die Vorstellung, diese Männer könnten glauben, er gebe sich mit einer Wüstenfrau ab. Aber war das ihr Problem? Ihre Schultern erbebten vor Entrüstung, und sie rückte ein Stück von ihm ab. Kurz schloss er die Lider, als täte es ihm leid.

»Ihr habt's gehört. Sie ist keine Wüstenfrau. Wartet es halt ab, bis ihr sie im Tageslicht seht. Im Übrigen, wenn ich das sage, soll es genügen. Oder ist hier jemand, der mit mir streiten will?«

Alle senkten den Blick, auch Hadur. »Mit einem der Zehn? Bestimmt nicht.« Er räusperte sich und hob den Kopf. »Wie heißt du, Frau?«

»Grazia Zimmermann«, antwortete sie steif.

Fragend hob Anschar die Brauen. »Du hast einen zweiten Namen? Das wusste ich ja gar nicht. Was bedeutet er?«

»Nun …« Sie musste nachdenken. Da sie das hiesige Wort nicht kannte, versuchte sie es zu umschreiben. »Ein Mann, der Sachen aus Holz baut.«

»Wie?« Hadurs Kopf ruckte zurück, als sei eine Schlange herangeschossen. »Du bist gar keine Frau? Bei Hinarsyas Brüsten, du treibst deinen Spaß mit mir.« Ungezügelt ließ er den Blick an ihrem Leib herunterwandern, aber das unterließ er, als Anschar ihn scharf ansah.

»Nein.« Sie schüttelte den Kopf. »Das ist der Name von meiner Familie.«

»Einer Familie von Holzbauleuten?«

»Mein Vater ist …« Grazia machte eine hilflose Geste. »Ich kann das nicht erklären.«

»Lass sie in Ruhe, Hadur.« Anschar streckte die Hand aus. »Gib mir lieber ein scharfes Messer.«

Hadur griff hinter sich und machte eine Bewegung, als wolle er ihm das Messer zuschleudern, sodass es sich zwischen Anschars Beinen in den Sand bohrte. Aber dann schien er sich darauf zu besinnen, dass man einen der Zehn mit so etwas nicht beeindrucken konnte, und er reichte es ihm mit dem Griff voran.

»Danke.« Mit dem Daumen prüfte Anschar die Klinge und fing an, sich den Bart zu scheren. Er schnitt sich nicht, allerdings war das Ergebnis alles andere als eine ordentliche Rasur. Als er fertig war, strich er sich mit dem Handrücken die Haare herunter und schleuderte das Messer zwischen Hadurs Füße. »Jetzt zu euch. Wenn ich mich recht entsinne, hatte Mallayur einen doppelt so großen Trupp zusammengestellt, unter deiner Führung, Hadur. Warum seid ihr jetzt nur noch zu neunt? Und wo ist der Priester, der euch begleitete?«

Hadur zuckte die muskelbepackten Schultern. »Scheint so, als hätte deinen Trupp das gleiche Schicksal ereilt wie meinen. Oder weshalb sonst bist du allein? Wir trafen westlich von hier auf eine Siedlung dieser Wüstenhunde. Der Priester wollte dem Dorfherrn seine Rede aufsagen, wo diese sagenhafte Oase denn wäre – na, das weißt du ja. Da fielen sie über uns her. Sie dachten, wir seien Sklavenhändler. Der Priester war der Erste, der einen Spieß in der Kehle hatte. Schande über mich, dass ich ihn nicht schützen konnte, wie es meine Aufgabe gewesen wäre. Wir wüteten unter ihnen wie der Schamindar, aber nur die Hälfte von uns schaffte es, zu entkommen.« Er schob einen Ärmel hoch und offenbarte einen dicken, blutdurchtränkten Verband. »Ist nicht gerade eine Ehre, zukünftig eine Narbe zu tragen, die der Spieß eines Wüstenmannes geschlagen hat.«

Er spuckte ins Feuer. Einige der Männer brummten Verwünschungen. Grazia, die fast alles verstanden hatte, fragte sich, warum sich diese Krieger für weniger barbarisch als die Wüstenmänner hielten. Bisher hatte sie keine großen Unterschiede festgestellt.

Anschar neigte sich vor und legte die Arme auf die Knie. Ernst sah er Hadur an. »Bei uns war es nicht anders. Nur dass ich allein überlebte. Die Reise verlief lange Zeit ereignislos. Wir hofften, unerschrockenen Leuten zu begegnen, die uns anhören würden. Doch wann immer wir Wüstenmenschen sahen, flohen sie vor uns. Die Reise wurde immer anstrengender, uns wurde schon das Wasser knapp. Eines der Packpferde starb am Biss einer Schlange. Die Hitze … Nun ja, ihr wisst nur zu gut, wie es uns erging.«

»Dieses Land ist ein einziges trockenes Elend.«

Die Männer nickten und stießen Flüche aus.

»Ich vermute, dass irgendeiner von diesen Hunden zu seinem Stamm lief und von uns Meldung machte. Geschätzte hundert Männer rotteten sich zusammen und griffen uns an.« Anschar deutete zur Felsenkette. »Etwa zwei Tagesmärsche von hier befindet sich ihr Dorf, diese Richtung ist also tunlichst zu meiden.« Grimmig stöhnte er auf und griff sich vom Feuer einen weiteren Spieß. »Wir haben sie unterschätzt. Besser gesagt, haben wir ihre Einfalt unterschätzt. Wir dachten, sie könnten zwischen Besuchern und Sklavenhändlern unterscheiden. Aber da machen sie keinen Unterschied.«

»Sie sind Tiere. Wie ein Rudel ausgehungerter Hunde. Und sie stinken auch so.«

»So ist es.«

»Sie verdienen nichts anderes, als dass man sie versklavt.«

Nur zu gern hätte Grazia eingeworfen, dass man von einem Volk, das ständig gejagt wurde, wohl kaum erwarten konnte, zwischen Gut und Böse zu unterscheiden. Aber das wagte sie nicht. Sie war froh, dass die Aufmerksamkeit nicht mehr auf ihr lag.

»Und deine Leute?«, fragte Hadur. »Du weißt zweifelsfrei, dass sie tot sind?«

»Sie sind tot«, erwiderte Anschar und schleuderte den abgenagten Spieß ohne ein weiteres Wort ins Feuer. »Was werdet ihr jetzt tun?«, fragte er nach einer Weile.

»Ins Hochland zurückkehren. Was denn sonst? Die Oase kann schließlich sonst wo sein.« Hadur fuhr sich mit dem Finger über den Hals. »Mir steht die Wüste bis hier! Es war eine verrückte Idee, hier einen Gott zu suchen, und das weißt du auch. Jetzt geht es nach Hause. Mallayurs Prügel sind mir lieber als noch länger hier herumzustapfen.«

Wer war noch gleich Mallayur? Grazia neigte sich zu Anschar. »Mallayur?«

»Der König von Hersched und Bruder des Meya, des Königs von Argad. Mallayur ist ihm untertan, wie die anderen Könige auch. Er kann es nur schwer hinnehmen, dass Madyur-Meya der Großkönig und alleinige Herrscher des Hochlandes ist, während er sich mit seinem kleinen Zipfel Hersched begnügen muss, der zu seinem Verdruss auch noch am stärksten unter der Trockenheit leidet. Kein sehr angenehmer Mensch, ich hatte oft das zweifelhafte Vergnügen, anwesend zu sein, wenn der Meya ihm eine Audienz gewährte. Einmal habe ich gesehen, wie er einen Sklaven töten ließ, bloß weil der ihm im Weg stand.«

»Du beleidigst unseren König«, sagte Hadur.

»Ach, man kann ihn beleidigen? Wirklich?«, höhnte Anschar.

Die beiden Männer funkelten sich an, aber Hadur senkte rasch den Blick. »Du und dein Fundstück seid natürlich eingeladen, euch uns anzuschließen. Auf den Buckeln da hinten ist noch Platz.« Er deutete mit dem Daumen auf die Reittiere.

»Was sind das für Tiere?«, fragte Grazia und erntete einen verständnislosen Blick.

»Sturhörner.«

»Sturhörner? Weil sie ... stur sind?«

Es folgte ein Scherz, den sie nicht verstand, der aber die Männer in anzügliches Gelächter ausbrechen ließ. Auch Anschar lachte, aber er war nicht bei der Sache, das spürte sie. Er vertilgte inzwischen das dritte Stück Fleisch, ohne darum gebeten zu haben. Wüsste sie es nicht besser, so würde sie glauben, er sei der Anführer und nicht Hadur, der doch zweifellos einen prächtigen Bandenführer abgab.

»Zum Glück konnten wir bei unserer Flucht einige Sturhörner retten«, sagte Hadur. »Wir werden jetzt schlafen und uns noch in der Nacht auf den Weg machen.«

Anschar nickte. »Gut. Hast du eine Decke für die Frau und einen Mantel für mich?«

Hadur nickte seinem Sitznachbarn zu, der zu einem der schlafenden Sturhörner ging und mit beidem zurückkehrte. Grazia bedankte sich und folgte Anschar zum Rand des Lagers einige Schritte außerhalb des Feuerscheins. Sie hätte es vorgezogen, in den Schutz der Felsen zurückzukehren, aber sie glaubte ohnehin nicht, hier ein Auge zutun zu können. Sie breitete die Decke auf dem Boden aus, legte sich darauf und schlang den Mantel fest um sich. Anschar setzte sich zu ihr, das Gesicht dem Lager zugewandt, wo sich die Männer ebenfalls in ihre Decken hüllten. Zwei blieben sitzen und hielten Wache.

»Hat dein erster Name auch eine Bedeutung?«, fragte er unvermittelt.

»Ja.« Sie überlegte, wie sich *die Anmutige* in argadische Worte fassen ließ. »Mein Vater nannte mich nach drei schönen Göttinnen.«

»Sagtest du nicht, ihr hättet nur einen Gott?«

Sie nickte, aber das zu erklären, war ihr jetzt viel zu mühselig.

»Schöne Göttinnen«, wiederholte er versonnen. »Fleckige Gesichter haben die aber nicht, oder? Hat es eigentlich mit deiner Hautkrankheit zu tun, dass du immer so darauf bedacht bist, deine Füße zu bedecken?«

»Wie bitte?«

»Die Flecken haben sich vermehrt.«

Sie berührte ihre Wange. »Das kommt von der Sonne. Hier ist so viel Sonne. Das habe ich schon erklärt. Die Füße …« Fast unbewusst zog sie die Beine an. Er schien tatsächlich keine Ahnung zu haben. Nun, das war nicht weiter verwunderlich, er kam ja aus einem gänzlich anderen Kulturkreis. »Bei uns zeigt man die nicht. Schon die Fesseln gelten als … als …« Sie schwieg. Selbst in ihrer eigenen Sprache wäre sie jetzt ins Stocken geraten. »Unschicklich«, schloss sie auf Deutsch.

»Unpraktisch«, meinte er. »Ich verstehe es nicht, aber das ist ja auch egal. Versuch jetzt zu schlafen, Feuerköpfchen.«

Eine Hand presste sich auf ihren Mund und riss sie aus dem Schlaf. Anschar beugte sich über sie, blickte sie so eindringlich an, dass ihr angst und bange wurde, und legte einen Finger an die Lippen. Sie schluckte unter seinem harten Griff und nickte, als sie begriff: Sie musste leise sein. Er gab sie frei und bedeutete ihr, aufzustehen. Dann deutete er in Richtung des Nachtlagers. Das Feuer war bis auf einige glimmende Scheite heruntergebrannt, darum herum lagen die Männer und schnarchten. Die beiden, die Wache halten sollten, lagen auf dem Boden. Hatte er sie etwa ... Undenkbar! Oder doch?

Anschar schüttelte langsam den Kopf, als sie ihn fragend ansah. »Das erkläre ich dir später«, flüsterte er kaum hörbar. »Komm.«

Sie folgte ihm in die Dunkelheit, vorsichtig einen Fuß vor den anderen setzend. Als Anschar stehen blieb, sah sie auf. Vor ihr ragte eines dieser riesigen Sturhörner auf. Es war wie ein Berg.

Da soll ich hinauf?, formte sie die Frage mit den Lippen. Er hielt eine vom Sattel herabbaumelnde Schlaufe vor ihre Nase. Das sollte wohl ein Steigbügel sein. Überfordert von dieser merkwürdigen Situation, zögerte sie und hätte vor Schreck fast aufgeschrien, als er sie an den Hüften packte und hochhob. Sie klammerte sich an die Satteldecke, ruderte mit dem Fuß, um die Schlaufe zu erwischen, und als sie es geschafft hatte, warf sie das andere Bein über die Kruppe des Tieres. Das Kleid rutschte ihr hinauf bis zu den Oberschenkeln. Wäre es nicht dunkel gewesen, hätte sie sich geweigert, ganz sicher.

Vor sich ertastete sie einen Griff aus Grasgeflecht und hielt sich daran fest. Anschar nahm das Zaumzeug und führte das Tier äußerst bedächtig vom Lager fort. Immer wieder wandte er sich zur Feuerstelle um. In der rechten Hand hielt er das blankgezogene Schwert. Nun erst begriff Grazia, dass er die Männer als Feinde betrachtete. War ihr irgendetwas entgangen, während sie geschlafen hatte? Diese Kerle hatten sich raubeinig gebärdet, sie aber nicht bedroht. Und jetzt hatte Anschar zwei von ihnen getötet – im Schlaf! Ihr wurde übel vor Furcht, als sie daran dachte, was geschehen mochte, sollten die anderen aufwachen.

Schlagartig wurde ihr klar, was es hieß, in einer barbarischen Welt gelandet zu sein. Und sie war Teil dieser Welt.

Das Sturhorn bewegte sich träge und erstaunlich leise. Nur ab und zu schnaufte es vernehmlich. In mindestens zwanzig Lederschläuchen, die vom Sattelgriff hingen, gluckerte Wasser. Siedend heiß fiel ihr ein, dass sie ihre Sachen nicht bei sich hatte. »Halt!«, zischte sie und rüttelte am Griff. Das Tier beeindruckte das nicht; erst als Anschar am Zügel zog, blieb es stehen. Er warf den Kopf zurück. Selbst in der fahlen Düsternis konnte sie erkennen, dass er ungehalten war.

»Meine Tasche«, flüsterte sie. »Ich habe meine Tasche vergessen!«

Er schüttelte den Kopf.

Sie machte Anstalten, abzusteigen. Blitzschnell hielt er sie mit einem harten Griff am Oberschenkel zurück.

»Ich gehe nicht ohne meine Sachen«, sagte sie leise, aber so bestimmt wie möglich. »Wenn *du* sie nicht holst, tue ich das!«

»Bist du von Sinnen?«

Sie wollte nicht laut werden, daher knurrte sie ärgerlich wie eine Katze. Er stieß ein ergebenes Seufzen aus, schob das Schwert in die Scheide und schlich zum Lager zurück. Ihr schlug das Herz bis zum Hals. Sein Schatten glitt zu der Stelle, wo sie geschlafen hatte. Mit kerzengeradem Rücken ging er in die Knie und tastete herum, während er den Kopf hochreckte. Sie flüsterte ein Stoßgebet, dass er die Tasche finden möge. Endlich kehrte er zurück und reichte sie ihr hinauf. Hastig kontrollierte sie, ob auch alles darin war, obwohl sie nicht gewagt hätte, ihn ein zweites Mal zu schicken. Er nahm indes wieder die Zügel auf. Grazia schlang den Beutel um sich und packte den Sattelgriff. Der Rücken des Sturhorns schwankte. Sie musste alle Beinmuskeln anspannen, um nicht abzurutschen.

Aus der Richtung des Lagers hörte sie einen Mann grunzen. Plötzlich saß Anschar vor ihr, in der Hand die blanke Klinge.

»Halt dich fest«, raunte er. »Wenn das Sturhorn nicht auf unserer Seite ist, dann sei Inar uns gnädig – *sie* werden es nicht sein.«

»Großer Gott«, stieß Grazia auf Deutsch hervor.

»Was hast du gesagt?«

Sie wiederholte es. Er stieß ein ungläubiges Schnauben aus.

»Dein Gott ist groß? Dann bete zu ihm, Feuerköpfchen. Bete!«

Er schlug mit der flachen Klinge auf die Flanke des Tieres. Durch den gewaltigen Körper ging ein Ruck. Das Sturhorn riss den Kopf hoch, warf ihn hin und her. Für einen Moment befürchtete Grazia, es werde steigen und sie abwerfen. Hinter sich hörte sie verwunderte Rufe und den Aufschrei eines Mannes, der sich nach vorn warf. Eine Hand packte ihr Bein und zerrte sie herunter.

Sie wurde herumgewirbelt und fand sich rücklings auf dem Boden wieder. Ein spitzbärtiger Mann beugte sich über sie. Aufschreiend stieß sie die Hände vor. Sein Gesicht war verzerrt vor Wut, sodass ihr das Blut in den Adern gefror. Er riss seinen Dolch aus der Scheide, doch bevor er zustechen konnte, glitt Anschars Klinge durch seinen Hals und schleuderte ihn beiseite. Vor sich sah sie das Sturhorn, darauf Anschars alles überragenden Oberkörper. Er lenkte es mit hartem Zügelgriff, während er mit dem Schwert erneut ausholte.

»Steh auf!«, donnerte er über das Geschrei der Männer hinweg. »Steh auf!«

Ihre Knie waren wie Butter. Sie kämpfte sich auf die Füße, von Furcht erfüllt, er könne sie zurücklassen. Ein zweiter Mann fiel durch sein Schwert, einen dritten stieß er mit dem Fuß beiseite. Dann ließ er die Zügel los, um nach ihr zu greifen. Das Schwert fast blind in der Luft wirbelnd, beugte er sich herab und packte sie unter der Achsel. Einen Herzschlag später fand sie sich vor ihm auf dem Sattel wieder. Sie schlang die Arme um seine Mitte. In ihren Ohren rauschte es, sodass sie die Schreie der Herscheden nur gedämpft vernahm. Sie betete, ja, das tat sie, aber die Worte nahm sie kaum wahr. Über Anschars Schulter hinweg sah sie die Männer, darunter drei oder vier, die in ihrem Blut lagen und sich nicht mehr rührten. Das Sturhorn stampfte über den Boden und wirbelte den Sand auf. Sie zitterte vor Erleichterung, dass Anschar sie nicht zurückgelassen hatte. Er hätte es tun können. Doch sie glaubte, Angst in seinen Augen gesehen zu haben. Angst um sie.

Das Tier galoppierte über die Kämme eines Dünenfeldes, wo es trotz seiner Massigkeit nicht einsank. Der Ritt schien Stunden zu dauern. Grazias Hinterteil schmerzte, ebenso ihr Rücken, denn sie saß seitlich auf dem Sturhorn und hatte sich Anschar zugewandt, um sich an ihm festzuhalten. Die Fischbeinstäbe des Korsetts drückten in ihre Achsel. Sie konnte nichts dagegen tun, nur die Wange an seine Schulter legen und die vorbeiziehende Landschaft betrachten. Im rötlichen Mondlicht warfen die Dünen bizarre Schatten. Sie schienen einem Traum zu entspringen.

Grazia lauschte, ob die Männer ihnen auf den Fersen waren, doch sie waren offenbar weit weg. Nur das Knirschen des Sandes und das Schnaufen des Tieres drangen durch die Nacht. Der Sand verschluckte die Geräusche wie Schnee.

Anschar zwang das Tier zu einer langsameren Gangart. Es prustete und schnaufte, schien aber nicht müde zu sein. Er streckte den Rücken und ließ die Zügel hängen.

»Geht's dir gut?« Er hörte sich müde an.

»Ja, nur tut mir alles weh. Sind wir sicher?«

»Ich denke schon. Im Grunde glaube ich nicht, dass sie uns verfolgen. Sie werden schnell gemerkt haben, dass sie kaum noch Wasser haben.«

»Du hast ihnen alles Wasser genommen?«

»Ich habe ihnen genug gelassen, um es bis zu den Wüstenbewohnern zu schaffen. Wo das Dorf ist, wissen sie ja.«

Grazia versuchte das Gehörte zu verarbeiten. Im Dorf würde man die Männer ebenfalls für Sklavenhändler halten und sie womöglich alle in die Höhle sperren. Oder Schlimmeres mit ihnen tun. Sie schauderte. »Ich möchte ausruhen. Nur kurz, bitte.«

Er brachte das Sturhorn zum Stehen, stieg ab und half ihr herunter. Die Knie knickten ihr weg, sie sackte in den Sand und presste die Beine an sich, um sich zu beruhigen. »Es war so furchtbar«, flüsterte sie. »Warum hast du das getan? Waren das nicht Freunde?«

»Freunde? Herscheden? Du machst Scherze.«

»Ich dachte, du magst nur die Wüstenmenschen nicht.«

»Ich mag die Herscheden nicht. Die Wüstenmenschen hasst man. Du erkennst den Unterschied?« An einem Büschel Gras, das aus dem Sand ragte, säuberte er sein Schwert und schob es in die Scheide zurück. »Sie dachten, ich schliefe, das konnte ich aber nicht. Irgendwann merkte ich, wie Hadur mit jemandem zu flüstern anfing, auf eine Art, die sofort misstrauisch macht. Und da hörte ich, wie er davon redete, mich bei einer passenden Gelegenheit während der Rückreise zu töten.«

»Aber warum?«

»Das weiß allein Inar. Hadur hatte keinen Grund, das zu tun.«

»Vielleicht der König, der ihn ausgeschickt hatte? Wie war sein Name? Mallayur?«

»Du meinst, Hadur hätte in seinem Auftrag gehandelt? Mhm. Nein. Der hat auch keinen Grund. Wäre ich allein gewesen, hätte ich vielleicht versucht, die Antwort aus Hadur herauszupressen. Vielleicht auch nicht – die Zeit der Gefangenschaft hat mich etwas träge gemacht. Aber deinetwegen ging das sowieso nicht. Stunde um Stunde lag ich wach, bis ich sicher war, dass alle schliefen. Dann bin ich aufgestanden, habe die Wachen getötet und sämtliches Zaumzeug durchgeschnitten, damit sie uns nicht hinterherreiten können. Man kann die Sturhörner ohne Zaumzeug zu nichts bewegen. Die heißen nicht umsonst so.«

Er erzählte es, als sei es ein Leichtes gewesen. Währenddessen hatte er einen der Beutel vom Sattel geknüpft und hielt ihn dem Tier vor die Schnauze.

»Und du hast das getan und die Wasserbeutel aufgesammelt, und kein Mann wachte auf?«, fragte sie fassungslos. Wie man es schaffte, *zwei* Wachen lautlos zu töten, ohne dass einer lärmte, war ihr unbegreiflich. Und er hielt sich für träge?

»Natürlich wurde ab und zu einer wach. Dann habe ich mich hinter einem Sturhorn versteckt. Die ganze Sache hat Stunden in Anspruch genommen! Die größte Schwierigkeit war, zuletzt das Sturhorn zum Laufen zu bewegen, aber dein Gott hat uns ja erhört. Wenn auch knapp. Hast du auch Durst?«

Sie schüttelte den Kopf. »Was wollten sie … mit mir tun?«

»Das weißt du wirklich nicht?«

Schluchzend schlug sie die Hände vors Gesicht. Nein, sie wollte es nicht wissen. Fast hätte sie laut geweint, als er ihre Handgelenke umfasste und sanft herunterzog. Er war vor ihr in die Hocke gegangen. Warm lagen seine Finger auf ihrer Haut.

»Es ist ja vorbei. Schscht, Feuerköpfchen. Es ist vorbei.«

Sie nickte.

Er stemmte sich hoch und zog sie mit sich. »Komm, wir müssen weiter.«

Im nächsten Augenblick hing sie an seinem Hals und weinte. Sie kam sich schrecklich hysterisch vor, aber sie konnte nicht anders. Seine Hand strich über ihren Hinterkopf. Eine kurze Weile genoss sie seine beruhigende Nähe, doch dann brachte sein übler Körpergeruch sie wieder zur Besinnung. Sie schob sich von ihm weg und überlegte, ob sie auch so schlimm stank.

»Geht's wieder?«, fragte er.

»Weeß ick nisch«, stieß sie in einem Anflug von Trotz hervor. Er sollte nicht denken, dass sie eine verzärtelte Dame war. Obwohl es ja stimmte. Schniefend rieb sie sich über die Nase.

Anschar grinste und tätschelte ihre Wange. »Deine Sprache ist komisch. Du könntest mir eigentlich auch ein paar Wörter beibringen.«

»Wirklich?«

»Warum nicht? Habe ich derzeit Besseres zu tun? Also, was hast du gerade gesagt?«

Grazia wollte ihm schon erklären, dass sie bloß berlinert hatte, aber das war ihr dann doch zu umständlich. Außerdem war es gleich, was er lernte, er würde es sowieso nie anwenden können. Also sprach sie es ihm vor.

»Weeßicknisch, weeßicknisch«, wiederholte Anschar. Er sprach es erstaunlich gut aus, wenn man bedachte, dass er aus einer Kultur stammte, die gar nicht wusste, was eine Fremdsprache war. Sie nahm sich vor, die Zeit der Rückreise gut zu nutzen, um sich in seiner Sprache zu verbessern. Drei Monate würde es dauern, hatte er gesagt. Das hieß, hundertzwanzig Tage. *Lange* Tage. Sehnlichst wünschte sie sich in seine Stadt, wo man zwar nicht telegraphieren, aber baden konnte. Er half ihr wieder in den Sattel, schwang sich vor ihr hinauf und packte die Zügel. Es machte ihr nichts aus, die Arme um seine Mitte zu legen, um sich festzuhalten. Es beruhigte sie. Ein wenig verblassten die Bilder von Kampf und Sterben.

6

Das Sturhorn stillte mit schlürfenden Geräuschen an einem Wasserlauf seinen Durst. Es war der erste Bach auf ihrem Weg, der tief genug war, um darin zu baden. Grazia hätte das liebend gern getan. Ihr Gewand starrte vor Dreck, und überall juckte der Sand. Den Schweißgeruch nahm sie schon gar nicht mehr wahr, und an die Tage, als sie sich damit abgequält hatte, ihre Monatsblutung möglichst unauffällig hinter sich zu bringen, wollte sie gar nicht erst zurückdenken. Anschar kniete im Bach, goss sich das trübe Wasser über die Haare, spülte die abrasierten Bartstoppeln herunter und durchnässte die löchrigen Kleider. Sie zog es vor, im Schatten des Sturhorns zu warten und ihre Schenkel zu kneten. Mittlerweile schmerzten sie nicht mehr, und unter den Fingern spürte sie Muskeln, die dort nie gewesen waren. Trotzdem war jede weitere Stunde auf dem Rücken des Tieres eine Qual. Wenigstens war es ihr gelungen, einen Sonnenbrand zu verhindern. Sie hasste ihren stinkenden Mantel, achtete aber sorgsam darauf, sich damit zu bedecken.

Am Horizont sah sie das Hochland, eine dicke, graue Linie, die in der Hitze flirrte. Es war, als habe sich das Land erhoben, wie eine Treppenstufe. Drei Tagesritte war es entfernt, hatte Anschar am Morgen verkündet, und doch wirkte es jetzt schon gewaltig. Aufregend.

»Kühl wenigstens deine Füße«, meinte er, nachdem er aus dem Bach gestiegen war und sich die Haare schüttelte. »Ich sehe schon nicht hin.«

Er entfernte sich einige Schritte und band die Haare im

Nacken zusammen. Derweil betrachtete er das graue Band in der Ferne. Grazia raffte das Gewand, streifte die Bastschuhe ab und stieg über das steinige Ufer hinab in den Bach, gerade so weit, dass das Wasser ihre Knöchel umspielte. Es war tatsächlich frischer als die bisherigen Bäche und nahezu ausgetrockneten Wadis, die sie bisher durchquert hatten. Manchmal hatte sie während des Rittes die Hände unter das Gewand gesteckt und kühlendes Wasser an den Beinen herablaufen lassen, doch seit Anschar einmal stirnrunzelnd gefragt hatte, ob sie sich eingenässt habe, ließ sie es bleiben.

Er schien in Gedanken versunken zu sein. Je näher seine Heimat kam, desto verschlossener wurde er. Etwas beschäftigte ihn, doch was es war, sagte er nicht. Überhaupt sprach er sehr wenig über seine häuslichen Verhältnisse. Er hatte weder Frau noch Kinder, das wusste sie. Ebenso wusste sie, dass er in seiner Eigenschaft als einer der Zehn im königlichen Palast lebte, nach seiner Beschreibung ein riesiges, verschachteltes Gebäude mit einer unüberschaubaren Zahl von Zimmern, Korridoren und Treppenschächten. Dort, so hatte er versichert, werde man ihr Gastfreundschaft gewähren. Seinen Worten nach zu schließen, gab es dort eine primitive Kanalisation, Anschars Räume besaßen sogar ein eigenes Bad. Doch sehr viel mehr erzählte er von sich nicht.

Sie hatte ihn gefragt, ob es Hadurs unverständlicher Angriff war, der ihn so beschäftigte, und er hatte es bejaht. Doch sie konnte sich des Eindrucks nicht erwehren, dass er erleichtert gewesen war, einen so glaubwürdigen Grund in den Mund gelegt bekommen zu haben.

»Ich bin fertig«, sagte sie, nachdem sie aus dem Wasser gestiegen war. Sofort kehrte er zu ihr zurück und half ihr auf das Sturhorn. Anfangs hatte er sich lustig darüber gemacht, wie sie, breitbeinig auf der Kruppe sitzend, ihr Gewand ordnete, damit es die Beine bedeckte. Mittlerweile sagte er auch dazu nichts mehr. Er schwang sich vor sie in den Sattel und straffte die Zügel, um das Tier dazu zu bewegen, das Maul aus dem Bach zu nehmen.

»Wie kommen wir eigentlich dort hinauf?«, fragte Grazia.

»Durch die schwebende Stadt. Du wirst schon sehen. Pass auf, dass deine Haare nicht herausschauen. Wir wollen nicht mehr Aufsehen als nötig erregen.«

Sie legte die Arme um seine Mitte. Bevor er das Sturhorn zum Weiterlaufen antrieb, sagte sie: »Es ist, weil du deinen Auftrag, den Gott zu bringen, nicht erfüllt hast. Ja?«

Flüchtig erstarrte er. »Nun, ich habe versagt. Sollte mich das freuen?«

»Aber es war doch … ich meine, du konntest nichts dafür.«

Darauf sagte er nichts mehr. Mit einem Aufschrei trieb er das Tier an, das sich gemächlich in Bewegung setzte. Stunde um Stunde rückte die Hochebene näher, die von einem steppenähnlichen Saum umgeben war. Sie ritten durch Felder mannshohen Grases, das an den Füßen kitzelte. Vereinzelt sah Grazia Sträucher und Bäume, Pinien ähnlich, doch viel niedriger und mit gelblichen, dürren Blättern. Am Fuß der Felswand schälten sich die dunklen Umrisse anderer Sturhörner heraus. Männer saßen darauf, zum Teil auf kunstvollen Sattelaufbauten, die an überdachte Sänften erinnerten. Andere liefen nebenher, bewaffnet mit Speeren und Bogen, und ordneten die Ketten aneinandergebundener Wüstenmenschen, die den Sturhörnern folgten wie ein langer Rattenschwanz.

»Da sind sie, die viel erwähnten Sklavenhändler«, sagte Anschar. »Fettbäuche, die sich an ihnen goldene Finger verdienen. Kaum zu glauben, dass man mich für so einen gehalten hat.«

Ein Mensch, der versklavt zu werden drohte, machte da sicher keinen großen Unterschied, dachte Grazia, doch sie sprach es nicht aus. »Hast du auch Sklaven?«, fragte sie.

»Ja, einen alten Mann. Alt und nutzlos, aber mein.« Überrascht bemerkte sie eine aufflackernde Weichheit in seiner Stimme. Offenbar lag ihm einiges an diesem Sklaven. »Dann noch ein paar, die nur kommen, wenn sie gebraucht werden. Die sind Palasteigentum. Siehst du den Argaden dort?« Er deutete auf einen Mann, der inmitten umherlaufender Menschen stand und sie händeklatschend antrieb. Eine bunte Kaskade von Edelsteinen glänzte in seinem Haar. Fünf Sturhörner weideten eine niedergetrampelte Grasnarbe ab, während die Männer unter seiner Anleitung Kisten und Körbe an die Sättel banden. Vermutlich hatte die Karawane hier ein letztes Mal gerastet, bevor es an den Aufstieg ging. Etwa zwanzig gebundene Männer und Frauen hockten beieinander, hielten sich an den Händen und blickten ängstlich auf die Felswand, die auf sie sicherlich sehr bedrohlich wirkte. »Das ist Fergo, der größte Sklavenhändler des ganzen Hochlandes. Seine Familie besitzt seit Generationen das alleinige Recht, die Königspaläste mit Sklaven zu beliefern.«

Der Sklavenfänger drehte den Kopf nach ihnen, als sie dicht an seinem Lager vorbeiritten. Er schob die Brauen zusammen, als er Anschar sah – und ihn wohl erkannte. Dies taten noch ein paar andere, denen sie begegneten. Grazia bemerkte, dass sie beinahe ängstlich zurückwichen. Einer der Zehn genoss offensichtlich höchsten Respekt.

Angesichts der über ihnen aufragenden Felswand verblasste das Treiben auf der Ebene. Grau und schrundig reckte sie sich weit in den diesigen Himmel, diese Treppenstufe in eine andere Welt. Wie hoch mochte sie sein? Zweihundert Meter? Dreihundert? Vögel nisteten in ihren Nischen, ihr Kreischen hallte über die Ebene. Schwarz hoben sich die Schwärme von der Wand ab, drehten anmutige Kreise und verschwanden in einer Spalte, die sich von der Felskante bis fast zum Boden erstreckte.

Dies musste die von Anschar erwähnte Schlucht sein. Die Schlucht, die Hersched von Argad trennte. Schwarz und fast glatt, wirkte sie tatsächlich, als habe ein Riese das Plateau mit einem Schwert durchtrennt. An ihren Kanten ragten Mauern auf, wie Fundamente alter Burgen. Darüber erhoben sich helle, glatt verputzte Mauern, doch sehr viel mehr ließ sich von hier unten nicht von den beiden Städten erkennen, die Anschar Heria und Argadye genannt hatte. Nur dass sie groß wirkten, denn die Mauern erstreckten sich weit in beide Richtungen.

Umso erstaunlicher erschien Grazia die Ansammlung von in die Felswand gebauten Hütten, die von der Ebene bis hinauf zu Herias Mauern reichte. Untereinander waren die Hütten mit in den Fels gehauenen Treppen, Brettern und Seilen verbunden. Ein abenteuerliches Chaos, in dem die Menschen scheinbar unbekümmert herumstiegen – eine senkrechte Stadt.

»*Das* ist die schwebende Stadt?«, platzte Grazia heraus. »Da müssen wir durch?«

»So ist es. Was heißt müssen? Manchem gilt die schwebende Stadt als der schönste Fleck ganz Herscheds.«

»Aber ... aber ...«, stotterte sie entsetzt. »Mir wird ja jetzt schon schwindlig! Was ist mit den Sturhörnern? Für die muss es doch einen anderen Weg geben.«

»Ja, weiter östlich.«

»Können wir den nicht auch nehmen?«

»Der würde uns noch einen ganzen Tag kosten. Jeder geht durch die schwebende Stadt. Wenn man aus der Wüste kommt, gibt es nichts Besseres, als dort ein Felsenbier zu trinken.«

»Ach ja, Bier«, murmelte sie. Das hatte er erwähnt, andernfalls hätte sie mit dem Wort nichts anzufangen gewusst.

»Gibt es das in deiner Welt auch?«

»Hunderte von Sorten, schätze ich.«

Er lachte, zum ersten Mal seit Wochen. »Sie scheint nicht uninteressant zu sein.«

Bei den ersten Häusern saßen sie ab, inmitten einer Herde gesattelter und bepackter Sturhörner. Es stank entsetzlich nach Urin. Grazia fragte sich, ob die Tiere daran schuld waren oder die Bewohner dieser Stadt einfach ihre Hinterlassenschaften aus den Fenstern kippten. Anschar tränkte sein Sturhorn und winkte aus einem Pulk von wartenden Jungen einen herbei, den er anwies, auf das Tier aufzupassen. Dann fasste er Grazia am Arm und führte sie eine wacklige Holztreppe hinauf. Es gab ein Handseil, an das sie sich klammern konnte, aber wirklichen Halt bot es nicht. Sie ermahnte sich, nur auf die nächste Stufe zu blicken, und tastete sich Stück für Stück hinauf. Durch eine Bodenluke erreichten sie das erste Haus. Hier saßen an einem langen Tisch mehrere Männer und ergaben sich dem Trunk. Grazia begriff, dass die schwebende Stadt eine einzige Ansammlung von Wirtshäusern war. Über Treppen, Rampen, schmale, aus dem Fels gehauene Wege und wiederum Treppen ging es immer weiter hinauf, oft mitten durch die Hütten hindurch. Eine Schankstube wechselte die nächste ab. Ab und zu geriet Anschar mit anderen Männern ins Gespräch, verkaufte einem von ihnen das Sturhorn und erklärte vielen anderen, dass sich Grazia nicht erwerben ließ. So ging es schier endlos, bis ihr die Waden schmerzten. Erleichtert atmete sie auf, als er sich in einer der Hütten auf eine Bank hinter einen Tisch setzte. Ihr knickten fast die Knie ein, und er musste sie festhalten, damit sie vor Erschöpfung nicht auf den Boden fiel. Sie schob sich an seine Seite und schüttelte die Beine, um die zittrigen Muskeln zu entspannen.

»Ich kann nicht mehr!«, jammerte sie.

»Wir sind bald oben.« Er winkte einen Jungen herbei und bestellte zwei Krüge Bier, das sofort gebracht wurde. Grazia nippte daran. Seltsam schmeckte es, und es war körnig. Dicht neben ihr befand sich eine der Außenwände, so nachlässig gezimmert, dass der Wind durch die Ritzen pfiff und – was schlimmer war – den Blick hinunter frei gab. Grazia sah die mit Felsengras gedeckten Dächer der Hütten, die scheinbar schwebenden Treppen und tief, tief unten die Ebene, auf der die Menschen und die Sturhörner wie Spielzeugfiguren wirkten. Nein, eher wie Ameisen.

»Mir ist schlecht.« Sie wusste ja längst, wie belastbar die aus Felsengras geflochtenen Bänder und Seile waren, die dafür sorgten, dass die wacklig aussehende Konstruktion hielt, und trotzdem ballte sich in ihrem Bauch schmerzhaft die Furcht.

»Trink, Mädchen, trink, dann geht's dir besser!«, rief jemand vom Nebentisch. Dort saßen drei Männer in fleckigen Kitteln, an denen wohl schon viel Bier hinuntergeflossen war. Einer beugte sich vor und tat so, als wolle er nach ihr schnappen. Grazia zuckte zurück, obwohl er zu weit weg saß, um sie erreichen zu können. Sie brachen in grölendes Gelächter aus.

»Kann man jetzt Sklavinnen mit roten Haaren kaufen?«, rief ein anderer. »Wie färbt man die?«

Sie drückte sich an die Felswand in ihrem Rücken. Diese Kneipenstadt mochte für Männer ein angenehmer Aufenthaltsort sein, für Frauen gewiss nicht. Anschar zog ihr die Kapuze in die Stirn und schob sich den rechten Ärmel herunter. Gemächlich trank er weiter, den Arm auf die Tischplatte gestützt. Die Männer starrten mit offenen Mündern auf seine Tätowierung und verfielen in betretenes Schweigen.

»He!«, kam es da aus einer anderen Ecke. Ein großer Mann mit zotteligen Haaren und einem perlenbesetzten

Ziegenbart stapfte heran und ließ die Hütte erbeben, sodass sich Grazia mit einem leisen Aufschrei an Anschars Arm klammerte. »Ohne ein Wort meine Gäste zum Schweigen zu bringen – das können nicht viele. Bei Inars Gemächt! Anschar! He, wo ist der letzte Gott? Hast du ihn etwa in der Tasche?«

»Der ist mir weit und breit nicht begegnet.« Anschar hob die Hand, und der Wirt schlug ein, sodass es klatschte. »Weiß man etwas von den anderen Suchtrupps?«

»Da man solcherlei Nachrichten hier in der schwebenden Stadt am schnellsten erfährt, kann ich guten Gewissens behaupten, dass du der Erste bist, der zurück ist. Ich habe darauf gewettet, dass dein Trupp als Erster heimkehrt. Oder das, was von ihm übrig ist. Leider war ich auch so dumm, auf deinen Erfolg zu wetten. Das macht einen Verlust von zwölf Silberstücken. Allmächtige Götter!« Er fasste sich an die Stirn. »Wie konnte ich nur so leichtsinnig sein? Kannst du wenigstens das Bier bezahlen? So abgerissen, wie du aussiehst? Wo ist eigentlich der Rest des Trupps?«

»Tot, Schelgiur. Alle.«

»Auch der Priester, den du bei dir hattest? Na, das dürfte kein Vergnügen für dich werden, mit dieser Nachricht vor den Meya zu treten.« Der Wirt deutete mit dem Daumen auf Grazia. »Und wer ist die? Hast du dir etwa gesagt, wenn ich schon den Gott nicht finde, fange ich mir wenigstens eine Sklavin?«

Anschar öffnete den Beutel, den er für das Sturhorn bekommen hatte, förderte eine Münze zutage und legte sie auf den Tisch. Schelgiurs dürre Finger griffen danach, doch Grazia war schneller.

»Darf ich mir das ansehen?«

Die Münze schimmerte kupfrig. Ein Loch war darin, wohl zum Auffädeln. Grazia befingerte das Kupferstück von allen

Seiten. Es war mit Schriftzeichen versehen, die ein wenig an mesopotamische Keilschriften erinnerten. Dazwischen waren zwei Köpfe erkennbar, die sich einander zugewandt hatten. Es musste sich um das Götterpaar handeln.

»He, Anschar, hat sie noch nie eine Münze gesehen? Ich dachte, die Wüstenmenschen kennen unser Geld.«

»Sie ist nicht aus der Wüste.« Anschar nahm ihr die Münze ab und legte sie in Schelgiurs ausgestreckte Hand. »Sie ist nur etwas merkwürdig.«

»Merkwürdig?«

»Ja. Pass auf.« Blitzschnell packte Anschar ihr Gewand an den Knien und zog es ein Stück hoch. Grazia stieß einen Schrei aus und wollte ihn ohrfeigen, doch er fing ihre Hand ab, ohne hinzusehen. Sie entzog sich ihm und strich mit ärgerlichen Bewegungen den Stoff glatt. Der Wirt glotzte sie an.

»Was war denn das? Sie ist wirklich verrückt. Und dann diese Flecken! Was willst du mit ihr? Sie an Fergo verkaufen? Aber ob der für fleckige Wüstenfrauen den üblichen Preis gibt?«

»Sie ist keine Wüstenfrau, das sagte ich bereits. Eine Sklavin ist sie auch nicht.«

»Was soll sie denn sonst sein? Kann es sein, dass sie dich durcheinandergebracht hat? Aber vielleicht wart ihr beide ja einfach nur zu lange da draußen.« Schelgiur tippte sich an die Stirn. »Mir wird es hier ja schon zu viel, wenn die Sonne an die Felswand brennt. Komm. Unterhalten wir uns in einer ruhigen Ecke. Da habe ich auch den guten, eingelegten Braten.«

»Damit verschone uns lieber.« Anschar erhob sich von der Bank und zog Grazia mit sich. Sie stiegen in eine Nische, die sich zu einer Höhle verbreiterte. An ihren Wänden stapelten sich Krüge, manche hüfthoch, bis zur Decke. Diese gewaltigen Behältnisse über die wackligen Treppen heranzuschaffen, war sicherlich die Aufgabe bedauernswerter Sklaven. Jetzt wusste Grazia immerhin, warum das Bier so kühl war.

Sie hockten sich auf niedrige Krüge mit tönernen Deckeln. Schelgiur neigte Anschar den Kopf zu. »Wie lange warst du jetzt weg? Ein halbes Jahr, oder?«

»Ungefähr. Was gibt es Neues?«

»Der elende Fluch der Götter plagt uns unverändert. Der Pegel des Großen Sees ist weiter gesunken. Bald schaffen es die Toten ans Ufer, sagt man. Die letzte Ernte war so schlecht wie noch nie. Diese verfluchte Trockenheit, alles macht sie teurer! Das Bier auch, eigentlich hätte ich dir zwei Kupferstücke abnehmen sollen.«

»Bist du irre? Als ich wegging, kostete es die Hälfte!«

»Ich sagte doch, der Fluch ist schuld.«

»Weißt du, wie es Henon geht?«

»Gut, soviel ich weiß. Schiusudrar ist gestorben.«

»Nein!«, fuhr Anschar auf. »Wie ist denn das passiert?«

»Er hatte einen eitrigen Zahn, bekam Fieber und … nun ja, so fing es an und war nicht mehr aufzuhalten. Kein angemessener Tod für einen der Zehn, aber danach fragen die Götter nicht. Es gab eine Prüfung für Neuzugänge, aber niemand hat es geschafft. Jetzt gibt es von euch nur noch vier.«

Die Zehn waren selten vollständig, das hatte Grazia schon von Anschar gelernt, als er im Wüstendorf gefangen gewesen war. Die Ansprüche an diese Kriegerkaste waren hoch, und selten fand sich ein Anwärter, der sie erfüllen konnte.

Anschar hob die Schultern. »Und sonst?«

Schelgiur schürzte die Lippen und warf einen misstrauischen Blick in Richtung des Schankraums, als wolle er sichergehen, dass ihn niemand hörte. Seine Stirn krauste sich. »Es heißt, in Mallayurs Palast lebe eine Nihaye.«

»Ach? So ein Unfug. Es gibt keine Nihayen mehr, und selbst wenn, wo sollte er sie herhaben?«

»Es sind nur Gerüchte. Niemand hat sie bisher zu Gesicht bekommen. Manche behaupten, sie lebe schon seit Jahren dort, aber das dürfte Unsinn sein. Andere sagen, sie habe seinen Suchtrupp begleitet.«

»Das ist auch Unsinn. Schelgiur, ich traf ja auf seine Männer. Denen erging es nicht besser als uns, außer dass ein paar mehr überlebt haben, und unter ihnen war keine Halbgöttin. Nicht dass ich eine erkennen würde, wenn ich sie sähe, aber da war keine Frau. Selbst wenn es so wäre – was hätte Mallayur von ihr? Was vermag sie zu tun?«

Der Wirt hob die Schultern. »Ich bin weder ein Priester, der so etwas wissen könnte, noch ein Dummkopf, der es wissen wollte. Mit göttlichen Kräften legt man sich nicht an.«

Grazia räusperte sich unbehaglich.

»Was ist?«, fragte Anschar.

»Nichts, gar nichts.« Sie verschränkte die Arme, damit er nicht weiterfragte.

»Ist dir kalt hier drinnen?« Prüfend zog er eine ihrer Hände an sich und umfasste ihre Finger. Überall an ihrem Körper schienen sich die Härchen aufzurichten.

»Nein, nein«, stotterte sie. »Eine gesunde Haut friert nicht, sagt meine Mutter immer.« Was redete sie da für dummes Zeug? Tief senkte sie ihren sicherlich tomatenroten Kopf.

Er nahm sich Zeit, um sich davon zu überzeugen, dass ihre Finger nicht klamm waren. Schlaff ruhte ihre Hand in seiner. Sie genoss es, und als Rufe aus dem Schankraum ihn ablenkten, bedauerte sie es.

»Was ist denn da los?« Schelgiur stemmte sich hoch und stapfte aus der Höhle. Es hörte sich an, als wären ein paar Gäste aneinandergeraten. Der Wirt brüllte dazwischen; es krachte, als sei Holz gesplittert, und dann gellte ein Entsetzensschrei. Anschar zog Grazia auf die Füße und folgte ihm. Als sie am Höhleneingang angelangten, sah sie einen Mann am Boden sitzen, der sich das Blut aus der Nase schnäuzte. Einen anderen hatte Schelgiur am Schlafittchen gepackt und beförderte ihn soeben durch die offene Tür.

»O Gott, sieh nur.« Grazia klopfte auf Anschars Schulter. »Er wirft ihn in die Tiefe!«

»Ach was.«

Der Raufbold versuchte sich am Treppenseil festzuhalten, fiel auf den Hosenboden und rutschte, wie es schien, mehrere Stufen hinunter. Es genügte, die Hütte erzittern zu lassen. Schelgiur schlug die Tür zu, was die Wände ein zweites Mal schwanken ließ, und wischte sich die Handflächen an seinem Kittel ab.

»Anschar? Wo waren wir stehen geblieben? Was machst du jetzt, da du wieder daheim bist?«

Anschar half Grazia die Stufe in den Schankraum hinunter und ging zur Tür. »Was schon? Nachher muss ich vor Madyur-Meya treten und Bericht erstatten. Das wird kein Vergnügen werden. Jetzt aber freue ich mich erst einmal auf ein Bad und mein Bett. Wahrscheinlich kann ich so weich gar nicht mehr schlafen.«

Das geht mir womöglich auch so, dachte Grazia und fragte sich, wo sie die nächste Nacht verbringen würde. Doch das vergaß sie sofort, als Anschar die Außentür öffnete. Ihr Magen krampfte sich bei dem Gedanken an den Rest des Aufstiegs zusammen. Ein Windstoß fegte ihr die Kapuze vom Kopf. Sofort zog er sie wieder hoch.

»Meine Güte«, murmelte Schelgiur kopfschüttelnd. »Meine Güte! Brennende Haare! Du solltest dringend bei Fergo mit ihr vorstellig werden.«

Grazia hatte genug von dieser Kaschemme und stieg hinaus auf die wacklige Treppe. Lieber wollte sie hier draußen herumklettern, als sich länger solches Geschwätz anzuhören. Sie klammerte sich an das Seil, das als Handlauf diente, und tastete sich Stufe um Stufe hinauf. Es beruhigte sie nicht, dass sich Anschar hinter ihr befand und sie notfalls festhalten würde. Ein Mann lief an ihr vorbei, so leichtfüßig, als befände er sich dicht über dem Erdboden. Die Holzbretter bebten unter seinen Schritten. Jeden Augenblick würden sie einbrechen.

»Das ist keine schwebende Stadt«, beklagte sie sich bei Anschar, als sie einigermaßen sicher war, für dieses Mal mit dem Leben davongekommen zu sein. »Das ist eine einstürzende Stadt! Ich kann nicht mehr.«

»Du musst.«

»Ich kann nicht!«

»Willst du, dass ich dich trage? Ich kann auch veranlassen, dass dich ein paar kräftige Kerle an einem Seil hinaufziehen.«

»O Gott«, murmelte Grazia. Meinte er das ernst? Sie wollte es nicht ausprobieren, also riss sie sich zusammen und kletterte mit zittrigen Knien weiter.

»Vielleicht solltest du nicht an die Brüstung gehen«, sagte Anschar, als sich Grazia anschickte, die Terrasse zu betreten. Oder war es ein Balkon? Von dieser Seite hatte sie den Palast noch nicht gesehen. Sie hatte überhaupt recht wenig vom Rest des Weges wahrgenommen und stattdessen nur mehr auf ihre Füße geachtet, damit sie nicht hinfiel. Da war ein großes Tor gewesen, dahinter verwinkelte Gänge und wieder Treppen, über die Anschar sie schlussendlich getragen hatte.

Müde tappte sie über die steinerne Terrasse, um wenigstens einen Blick auf die Stadt zu werfen, bevor sie sich ausruhte. Welche Stadt? Grazia rieb sich die Augen. Selbst das Nachdenken fiel ihr schwer. Sie befand sich in Argadye, aber was sie sah, war Heria, ein heller und riesiger Teppich dicht gedrängter Flachdächer, auf denen Sonnensegel gespannt waren und Stoffe zum Trocken lagen. Frauen und Kinder saßen allerorten im Schatten der Planen. Hinter der Stadtmauer erstreckten sich ockerfarbene Felder und weit in der Ferne eine Bergkette. Ob die Felder wegen der Dürre so aussahen? Oder war jetzt nicht die rechte Jahreszeit?

Ein Schauer durchlief sie, als sie sich vorbeugte, um nachzusehen, was sich unmittelbar unter ihr befand. Anschar hatte recht, das war nicht der richtige Anblick für sie. Der Palast war dicht an die Schlucht gebaut. Unter ihr befanden sich vier Etagen, und darunter begann fast übergangslos die Felswand. Nur eine schmale Straße, auf der die Menschen ganz unbefangen herumliefen, trennte das Gebäude vom Abgrund. Ihr Magen wollte sich heben, als sie den Grund der Schlucht erblickte, ein schmales Band, im Schatten fast nicht erkennbar. Da war auch die Brücke, von der Anschar erzählt hatte. Sie hatten sie überquert, denn Grazia erinnerte sich, die mit farbigen Reliefs verzierten Torpfeiler gesehen zu haben, die an beiden Enden auftragten. Sie wankte zurück in seine Gemächer. »Ich wusste nicht, dass du so dicht an der Schlucht wohnst. Für mich wäre das nichts. Weißt du, bei uns zieht man die Beletage vor, wenn man es sich leisten kann.«

»Die was?« Er sprach soeben mit einem Mann, der einen weißen, mit einem türkisfarbenen Saum versehenen Wickelrock trug. Dieses Kleidungsstück war ihr schon aufgefallen, denn es trugen hier viele. Sklaven. Der Mann, dessen dunklere Hautfarbe den Wüstenmann verriet, verneigte sich und ging.

»Den Wohnraum ganz unten«, erklärte sie in Ermangelung des richtigen Wortes und sackte auf eine Bank. »Dann muss man nicht so viele Treppen steigen. Aber das scheint hier ja zum Alltag zu gehören, außerdem habt ihr zum Tragen die armen Wüstenmenschen.«

»Ich habe ihn angewiesen, das Becken zu füllen. Nach dem Bad wirst du dich besser fühlen.«

»Das Becken? Er muss das Wasser bis hier heraufschleppen?«

»Nicht er allein. Aber ja, wie sollte es sonst heraufkommen?«

Auf den Gedanken, dass man zum Baden hinuntergehen könne, schien er nicht zu kommen. Allerdings war die Vorstellung, gleich in sauberes Wasser zu sinken, ohne sich noch einmal fortbewegen zu müssen, so angenehm, dass sie nicht länger widersprach. Anschar war ohnehin mit seinen Gedanken woanders, denn er ging mit verschränkten Armen umher und starrte auf den mit Bastmatten belegten Boden.

»Anschar …«, setzte sie an, um ihn endlich zu fragen, was ihn seit geraumer Zeit plagte. Da kam er zu ihr und beugte sich herab.

»Ich muss mich um ein paar Dinge kümmern.«

»Du lässt mich allein?«

»Henon, mein Leibsklave, wird sicher bald zurückkommen. Wahrscheinlich sitzt er in den Gärten und schläft, etwas anderes hatte er in meiner Abwesenheit ja nicht zu tun.« Er hob die Hand, als sie den Mund öffnete. »Ich bin gleich wieder zurück. Ich muss ein paar Leuten von meiner Rückkehr berichten. Vor allem Madyur-Meya, der König, muss es wissen. Wie es jetzt mit dir weitergeht, weiß ich leider nicht. Nur ein Priester könnte dein Rätsel lösen.«

»Wann kann ich einen solchen Priester sprechen?«

»Das weiß ich nicht. Hab ein wenig Geduld. Auf ein paar Tage kommt es jetzt wohl nicht mehr an. Ich kümmere mich darum, dass du gut untergebracht wirst. Es wird dir an nichts fehlen.«

Grazia nickte und begann fahrig an einem Daumennagel zu kauen. Sie hatte sich an Anschars beständige Gegenwart gewöhnt und scheute sich davor, die restliche Zeit in dieser Welt ohne ihn zu verbringen, auch wenn die Spanne, wie sie hoffte, kurz war. Einen Leibwächter des Königs würde sie sicher nicht oft zu Gesicht bekommen. Schief lächelte sie ihn an. »Du bist sicher froh, mich bald los zu sein, oder?«

»Du hast alles getan, um dafür zu sorgen, dass ich dich lästig finde.« Er rang sich ein Grinsen ab, das genauso unecht wirkte, und streifte die Kapuze von ihrem zerzausten Kopf. »Das da brauchst du jetzt nicht mehr, dein Haar können wir ja nicht ewig verstecken. Die Wüstenkleider lasse ich verbrennen.«

Langsam richtete er sich wieder auf. Geh nicht, dachte sie und sah hilflos zu ihm auf. Sein Finger glitt unter ihr Kinn.

»Kann ich dich jetzt allein lassen? Nur ganz kurz?«

»Ja«, hauchte sie. Als er sie losließ und sich dem Ausgang zuwandte, fragte sie:

»Willst du denn so vor deinem König erscheinen?«

»Er darf mir ruhig ansehen, was ich hinter mir habe.« Fast stieß er mit dem Sklaven zusammen, der zwei Eimer heranschleppte. Erschrocken versuchte der Mann sich zu verneigen, doch Anschar schob ihn beiseite, ohne ihn zu beachten. Weitere Sklaven folgten und verschwanden mit ihren Wassereimern in einem Nebenraum. Grazia wunderte sich, dass der Ausgang keine Tür besaß, nicht einmal einen Vorhang. Jeder konnte hier ein und aus gehen. War das hier so üblich? Sie glaubte draußen auf den Korridoren viele Türen gesehen zu haben. Warum war das bei Anschars Wohnung anders?

Sie fing an zu dösen. Es dauerte sicherlich eine halbe Stunde, bis die Sklaven fertig waren und verschwanden, bis auf einen, der sich vor ihr verneigte. »Es liegt alles bereit. Soll ich nach einer Sklavin schicken, die dir beim Baden hilft?«, fragte er ehrerbietig und fast tonlos, den Blick zu Boden geheftet.

»Danke, aber das ist nicht nötig.« Grazia rieb sich die Augen. Gern hätte sie ihm ein Geldstück gegeben, aber sie hatte keines, und wahrscheinlich durfte er es gar nicht nehmen.

»Darf ich gehen?«

»Natürlich.«

Erneut verneigte er sich und verließ die Wohnung. Mit ihrer Tasche unter dem Arm ging sie ins Bad. Dazu musste sie einige breite Stufen hinabsteigen, die in einem gefliesten und mit Wasser gefüllten Raum endeten. Einen Beckenrand gab es nicht. Die Toilettenartikel lagen auf der letzten Stufe, die aus dem Wasser ragte.

So hatte sie sich das nicht vorgestellt. Sie hatte gehofft, wenigstens das Bad ließe sich verschließen. Hier kannte man offenbar, wie in vielen antiken Kulturen, keine Schlösser, aber dass man sogar mit Türen geizte, war ärgerlich. Wie sollte sie hier baden, wenn jederzeit irgendwelche Leute hereinkommen konnten?

Sie machte kehrt. Der eigentliche Wohnbereich war durchaus mit einem Salon vergleichbar – großzügig, mit einer offenen, von Pfeilern gestützten Seite, die auf die Terrasse hinausführte. Weinranken waren auf die Pfeiler gemalt, und in den Zwischenräumen hingen Grasmatten, die sich herabrollen ließen. Am anderen Ende des Salons öffnete sich ein Durchgang zu einem zweiten, kleineren Raum, in dem ein ziemlich ausladendes Bett stand. Sonst gab es nur wenige Möbel: gemauerte Bänke an den Wänden, ein Tisch und ein paar Truhen. Sie würden verloren wirken, wären die Wände nicht über und über mit Fresken verziert. Grazia öffnete die Truhen und fand eine Decke, doch nichts an den Türrahmen, woran sie sich befestigen ließe. Lediglich der Wohnungseingang wies Zapfen auf.

Sie steckte den Kopf hinaus auf den Korridor, an dessen Ende der Sklave auf einem Hocker saß. Er sprang sofort auf und eilte zu ihr.

»Herrin?«

»Ich glaube, ich brauche doch zwei Frauen, äh ... Sklavinnen«, murmelte sie verlegen.

»Ja. Ich hole sie.« Schon war er in demselben Treppenschacht verschwunden, über den Anschar sie hinaufgetragen hatte. Es dauerte nur wenige Augenblicke, bis sie die eiligen Schritte der Sklavinnen hörte. Mit gesenkten Köpfen kamen sie herangelaufen und verneigten sich.

Grazia ging zum Bad, hob die Decke auf und breitete sie aus. »Wärt ihr so freundlich, mit der Decke den Eingang zuzuhalten, während ich bade?«

Die Frauen zeigten sich angesichts ihres fremdartigen Äußeren verwundert. Vielleicht auch wegen ihres höflichen Tonfalls. »Natürlich, Herrin.«

»Ihr müsst sie aber ganz hochhalten. Und nicht schauen.«

»Ja, Herrin.«

»Danke.«

Grazia schüttelte innerlich den Kopf, während sie sich ins Bad begab und darauf achtete, dass der Eingang sorgfältig verhängt war. Als sie vor ein paar Jahren *Onkel Toms Hütte* gelesen hatte, wäre ihr nie in den Sinn gekommen, selbst je mit Sklaven zu tun zu haben. In Deutsch-Ostafrika, so hatte Tante Charlotte in ihren Briefen erzählt, war die Sklaverei zwar erst vor wenigen Jahren abgeschafft worden, aber Grazia hätte nie zu träumen gewagt, die Schutzgebiete zu besuchen – geschweige denn ein Land außerhalb ihrer Welt.

Bevor sie sich entkleidete, vergewisserte sie sich noch einmal, dass die Frauen nicht heimlich zusahen, dann stieg sie halbwegs beruhigt in das Wasser. Kühl war es und ließ ihre Haut angenehm prickeln. Welch eine Wohltat! Wenn sie sich setzte, versank sie bis zu den Brüsten darin, und es war Platz genug, sich der Länge nach auszustrecken. Der Raum war wie ein Schacht, mit einem kleinen Fenster versehen und verkleidet mit türkisfarbenen Fliesen, die ein Wellenmuster andeuteten. Fische waren darin abgebildet, gar einer, der ein Delfin sein mochte. Auch wenn diese Menschen kein Meer kannten, hatten sie die Erinnerung daran bewahrt.

In einer Dose fand Grazia in Streifen geschnittene Blätter. Eine Art Seifenkraut? Sie zerrieb ein paar dieser Streifen im Wasser, und tatsächlich schäumte es zwischen ihren Händen. Zügig wusch sie sich, ebenso die Haare, die sie sofort auskämmte und hochsteckte. Allzu lange wollte sie sich nicht darauf verlassen, dass die Sklavinnen Wache hielten, also stieg sie beizeiten aus dem Wasser und rieb sich mit dem bereitgelegten Tuch trocken. Gern hätte sie ihren Füßen mehr Aufmerksamkeit gewidmet, denn die sahen schrecklich aus – geschwollen und schwielig. Nun, das musste warten. Aus ihrer Tasche holte sie ihre Kleider und schüttelte sie aus. Das Sommerkleid war zerknittert, das Unterkleid ebenso. Und ihr Unterzeug stank nach all den Monaten, aber das war heute nicht mehr zu ändern. Rasch stieg sie ins Beinkleid, zog die Strümpfe an, zupfte an den Nähten, bis sie richtig saßen, und hüllte sich in das Korsett. Es folgte der seidige Unterrock, der wenigstens ein bisschen kühlte, und als sie sich mühsam das Sommerkleid überzog und richtete, hörte sie Anschars Stimme.

»Was wird denn *das*? Macht, dass ihr fortkommt.«

»Herr, das geht nicht«, erwiderte eine der Frauen, die Stimme ein ängstlicher Hauch. »Die …«

»Was?«, schnaubte er, schon gefährlich nahe. Jeden Augenblick würde er die Decke herunterreißen.

»So ein Stiesel«, murmelte Grazia und rief: »Ich habe ihnen gesagt, dass sie die Decke hochhalten sollen!«

Er brummte etwas in sich hinein. Seine Schritte entfernten sich. Sie kämpfte mit den Häkchen des Spitzenkragens, und als sie ihre Toilette endlich beendet hatte, raffte sie ihre herumliegenden Sachen auf und zupfte an der Decke. Die Frauen ließen sie sinken und eilten hinaus.

Anschar saß auf der Bank an einem der Pfeiler, immer noch in seiner zerschlissenen Reisekleidung, hatte die Ellbogen auf die Knie gestützt und das Gesicht in den Händen vergraben. Ordentlich stellte Grazia die Tasche an der Wand ab, richtete sich auf und strich den Stoff glatt.

»Anschar?«

Er hob den Kopf. So blickte niemand drein, der nach so langer Zeit von einer gefährlichen Reise zurückkehrte, selbst wenn er seinen Auftrag nicht erfüllt hatte. Aber ihr blieb keine Zeit, darüber nachzusinnen, denn seine Augen weiteten sich, als könne er nicht glauben, was er sah.

»So sieht das also aus«, sagte er. »Ich habe das alles ja nur zerknüllt gesehen. Jetzt sag aber nicht, alle Frauen in deinem Land tragen das.«

»Doch, natürlich.«

»Aber so stolperst du ständig.«

»Nicht, wenn man den Stoff so hält.« Mit einer Hand hob sie den Rock ganz leicht an und machte zwei Schritte vorwärts. Das Rascheln des Unterrocks kam ihr inzwischen unverhältnismäßig laut vor. Ob er es wohl wahrnahm? Dann zeigte sie ihm die französische Art des Raffens und legte beide Hände an die Hüften, sodass ihre Fesseln sichtbar wurden. Das fand sie recht gewagt, auch wenn sie längst begriffen hatte, dass er das nicht so sah. Nach zwei weiteren Schritten ließ sie den Stoff los. »Siehst du?«

»Ja ... äh ... kannst du das noch einmal machen?«

Sie tat es und hob den Rock noch ein klein wenig höher.

»Wieso sind deine Beine plötzlich schwarz?« Er schien vergessen zu haben, dass er ihre Strümpfe schon gesehen hatte. Oder er erkannte den Zusammenhang nicht. Grazia ließ den Stoff fallen und zuckte die Achseln, da sie beim besten Willen nicht wusste, wie sie das erklären sollte. Sie hoffte nur, dass er nicht auf sie zustürmte und den Rock hochzerrte, um sich das näher anzuschauen. Was sie ihm ohne weiteres zutraute.

»Und wie geht man mit so einem Kleid eine Treppe hoch?«, fragte er schließlich.

»Die Frau geht vor dem Mann, so kann er nichts sehen.«

Das beantwortete nicht seine Frage, aber er gab sich damit zufrieden. Verloren stand sie da, denn er versank wieder ins Grübeln. Was hatte er nur? Es schmerzte sie, ihn so zu sehen. Nach einer Weile stemmte er sich hoch, streifte den schmutzstarrenden Mantel ab und ging an ihr vorbei.

»Bring mir etwas zum Anziehen, ganz hinten aus der Truhe«, sagte er. »Ich bade jetzt. Mir ist nicht danach, erst frisches Wasser holen zu lassen. So dreckig hast du's ja hoffentlich nicht gemacht.«

Sie zuckte zusammen, als er an ihrem Ärmel zupfte. Als sie sich umdrehte, lächelte er.

»Sieht unbequem aus.« Seine Hand ruhte in ihrer Armbeuge. »Aber nicht uninteressant.«

Er verschwand im Bad. Kurz darauf hörte sie das Wasser spritzen und ihn wohlig aufstöhnen. Ein Sklave erschien, verneigte sich vor ihr, wobei er es vermied, sich verwundert über ihr Äußeres zu zeigen, und trug einen bis zum Rand gefüllten Bierkrug ins Bad. Dann verschwand er wieder. Allmählich glaubte Grazia zu verstehen, warum es hier keine Tür gab. Sklaven mussten herein und hinaus, und ständig öffnen wollte man ihnen wohl nicht.

Sie lief ins Schlafzimmer und fand in der Truhe mehrere Wickelröcke und ärmellose, eng geschnittene Hemden. Fast alles war schwarz, was die Farbe der Zehn war, wie sie inzwischen wusste. Sie zog ein Hemd heraus und wählte einen Rock, der zur Abwechslung wenigstens goldene Stickereien am Saum aufwies. Mit geschlossenen Augen legte sie die Sachen auf die oberste Stufe der Badekammer. Aber bevor sie sich zurückzog, schaute sie hin, nur für einen winzigen Moment.

Als sie sich wieder aufrichtete, stieß sie vor Schreck einen leisen Schrei aus. Ein Mann stürmte die Wohnung. Unwillkürlich wich sie zu einem der Terrassenpfeiler zurück.

»Anschar!«, brüllte er. Abrupt blieb er stehen, als er sie sah. »Wer bist denn du?«

Grazia wusste nicht, was sie tun sollte. Ein Sklave war das offensichtlich nicht. Am Eingang bemerkte sie einen weiteren Mann, und dieser hatte eine Tätowierung, die Anschars glich. Also ein Mitglied der Kriegerkaste ... und auf einmal wusste sie, dass es der Großkönig des Hochlandes war, der so lautstark nach Anschar verlangte. Vor Schreck machte sie einen besonders tiefen Knicks, sodass sie auf ihren blanken Strümpfen beinahe ausglitt. Er schien es nicht zu bemerken. Erleichtert sah sie Anschar aus dem Bad kommen, sauber und rasiert. Er eilte auf den König zu, wobei er den hastig umgelegten Wickelrock schnürte.

Ehrerbietig verneigte er sich. »Ruhm und Ehre in alle Ewigkeit für dich, Herr.«

Madyur-Meya nickte. Während sich die beiden Leibwächter mit stummen Blicken begrüßten, wandte er sich Grazia zu. Langsam umrundete er sie; seine Musterung fiel noch unverhohlener als alle bisherigen aus, und sie wappnete sich gegen eine mögliche Berührung. Anschar gab ihr mit einer Geste zu verstehen, dass sie sich nicht bewegen solle.

»Du hast den Gott nicht bei dir, wie ich hörte?« Die Frage galt Anschar, wenngleich der König dicht vor Grazia stand und sich leicht zu ihr neigte, um die Rüschen und Schleifchen ihres Kleides in Augenschein zu nehmen. Sie betete darum, dass er ihres übel riechenden Unterzeugs nicht gewahr wurde. Er selbst verströmte einen erfrischenden Wohlgeruch. Sie fand ihn durchaus anziehend. Groß, breitschultrig, aber schon weit in den Vierzigern. Die ergrauten Haare trug er zu einem kleinen Zopf gebunden. Nichts an seinem Äußeren wies ihn als König aus, doch sein Gehabe war ohne Zweifel das eines Herrschers.

»Nein«, erwiderte Anschar. »Weder ihn noch den Rest deines Suchtrupps. Ich habe versagt.«

Madyur nickte langsam. »Deine Offenheit ehrt dich. Ich bin enttäuscht, das weißt du ja. Ich war sicher, dass es dir gelingen würde. Und wenn nicht dir, dann auch sonst keinem.«

Anschar schwieg. Er sah verbittert aus.

»Stattdessen bist du mit dieser Frau zurückgekehrt. Soll sie mir als Entschädigung dienen?«

O Gott, dachte Grazia. Augenblicklich glaubte sie sich einer Ohnmacht nahe.

»Sie ist hier, weil sie Hilfe braucht, um wieder in ihr Land zurückzukehren«, erwiderte Anschar. »Ich habe ihr versprochen, dass sie freundlich und als Gast aufgenommen wird. Sie ist keine Wüstenfrau.«

»Das sehe ich.« Der Meya ließ den Blick an ihr hinaufwandern, bis er an ihren Augen hängen blieb. Die Strenge wich mit einem Mal aus seinen Zügen, und er lächelte entwaffnend. »Wie, sagtest du, ist dein Name?«

»Grazia.«

Breitbeinig ließ er sich auf einer der gemauerten Bänke nieder und winkte sie heran. »Wo kommst du her?«

»Aus Preußen.«

»Nie gehört. Wo soll das sein? Und wer herrscht dort?«

»Ein Adelsgeschlecht. Es ist ein Königreich, aber der König regiert noch über andere Länder. Das ist wohl ganz ähnlich wie hier. Es ist jedenfalls sehr weit weg.«

»Dann scheint er sehr mächtig zu sein?«, fragte er lauernd.

»O ja, das ist er.«

»Bei Inar! Ich hoffe, er wirft nicht eines Tages ein Auge auf Argad!«

Grazia musste sich ein Lachen verkneifen. »Nein, Meya, das ist wohl nicht zu befürchten. Er wäre gern noch mächtiger, aber von deinen Ländern weiß er nichts.«

Zweifelnd rieb sich Madyur das Kinn. »Kennt er dich?«

»Gott bewahre! Nein. Darf ich?« Sie ging zu ihrer Tasche, holte ihr Portemonnaie und öffnete es. »Das ist er.«

Mit spitzen Fingern nahm Madyur das Fünfmarkstück entgegen und hielt es hoch. »Du hast recht – dein Land muss sehr weit weg sein. Jedenfalls ist mir in meinem ganzen Leben noch kein Mann mit einem solchen Bart begegnet. Und auf die Idee, sein eigenes Abbild auf eine Münze zu prägen, muss man erst einmal kommen.«

»So etwas kennt ihr auch nicht, oder?« Mutig geworden, nahm Grazia den zerknüllten Geldschein heraus, glättete ihn und reichte ihn dem König. »Das ist auch Geld.«

»Das ist doch nur ein Stück Papier.«

»Ja, Geld aus Papier. Es ist so wertvoll wie ein Beutel voller Münzen.«

»Ach ja? Es könnte aber wegwehen«, gab er zu bedenken.

»Man könnte es zerreißen.«

»Das tut aber niemand. Ein Münzenbeutel ist viel schwerer.«

Er war nicht überzeugt. »Zum Schleppen gibt's doch Sklaven. Wie viele solcher Papiere brauchte man denn, um einen guten Sklaven zu kaufen?«

»Das weiß ich nicht«, murmelte Grazia und überlegte rasch. Was gab es in dieser Welt, das einen Gegenwert von zehn Mark besaß? »Man könnte ... man könnte dafür ein paar Dutzend Bierkrüge kaufen. Schätze ich.«

»So viel? Dafür?« Mit spitzen Fingern hielt er den Schein hoch. »Inars Augen! Da hätte ja selbst ich, der ich wahrlich kein armer Mann bin, Bedenken, so etwas mit mir herumzutragen. Bemaltes Papier! Solch ein Unfug. Außerdem sieht es aus, als hätte es drei Monate in einem Braubottich gelegen.«

»Zeig ihm das«, raunte Anschar in ihr Ohr und drückte ihr das Buch in die Hand. Warum tat er das nicht selbst? Mit einem Seitenblick erkannte sie, dass es ihm gefiel, wie sie dem König ihre Welt erklärte. Als sei er stolz auf sie.

Madyur reckte neugierig den Kopf. Sie reichte ihm das Buch. Er betastete es, schlug es auf und stutzte. »Ist das ... Schrift?«

»Ja. Man nennt sie Fraktur. Es ist eine Reiseerzählung. Ein Mann reist durch meine Heimat und erzählt davon.«

»So ähnlich wie fahrende Sänger? Nur dass er alles aufgeschrieben hat?« Vorsichtig blätterte er in den Seiten, drehte das Buch wieder herum und betrachtete es lange. »Ich verstehe. Wir haben auch Bücher, aber das sind im Gegensatz hierzu große Kästen, in die man die Papierrollen steckt. Bei euch muss man alles selber tragen, wie? Deshalb macht ihr die Dinge klein und leicht, die Bücher, das Geld, ja?«

Darüber hatte Grazia noch nie nachgedacht. Dass ein Mann aus einer so andersartigen Kultur eine solche Auffassungsgabe besaß, fand sie geradezu beängstigend.

»Sag etwas in deiner Sprache«, forderte er sie auf.

»Gern.« Grazia räusperte sich und sagte ihr Lieblingsgedicht auf. Madyur hörte mit wachsender Verblüffung zu.

»So etwas habe ich wirklich in meinem ganzen Leben nicht gehört. Was hast du da erzählt?«

»Die Geschichte von einem Mann, der einen Obstbaum pflanzt. *Birnen*.«

»Bir-nen«, wiederholte er langsam das fremde Wort. »Gibt es bei uns Birnen? Was meinst du, Anschar? Von welchem Obst könnte die Rede sein?«

»In diesem Gedicht geht es doch gar nicht um Obst«, warf Anschar ein. »Sie hat's mir beigebracht. Es geht um …«

Das letzte Wort verstand sie nicht, doch sein Griff an den Schritt war eindeutig. Der König fing schallend an zu lachen. »Ach so! Das gefällt mir. Sie soll es mir auch beibringen. Nein, sie soll es übersetzen. Das kann sie doch, oder?«

Die Röte schoss ihr ins Gesicht. Sollte Anschar das Gedicht dermaßen fehlinterpretiert haben? Rasch ging sie es noch einmal in Gedanken durch, doch sie konnte die Stelle, an der seine Fantasie falsch abgebogen war, nicht finden.

»Ja, das kann sie. Vor ein paar Monaten verstand sie kein Wort, aber jetzt könnte man sie fast für eine Argadin halten. Ihr Akzent ist jedenfalls inzwischen weniger auffällig als ihr Aussehen.«

»Erstaunlich, erstaunlich«, murmelte der König, besah sich das Buch noch einmal von allen Seiten und gab es ihr zurück. »Wie hast du das geschafft, Frau?«

»Mit preußischer Disziplin, würde mein Vater sagen. Und meine Mutter würde sagen, damit hätte ich es in der halben Zeit schaffen müssen.«

»Ich verstehe«, erwiderte er, sah aber so aus, als habe er kein Wort verstanden. »Frau, du bist interessant. Nachher wirst du in der großen Halle zum Abendessen erscheinen, damit mein Hofstaat auch etwas von dir hat. So eine exotische Blume muss man vorzeigen.«

Exotisch? Sie? Grazia schluckte, um nicht loszuprusten. Hoffentlich blamierte sie sich bei diesem Essen nicht. Zum Dank machte sie einen Knicks, aber Madyur achtete nicht mehr auf sie. Schwere Schritte näherten sich. Drei gerüstete und mit Schwertern bewaffnete Männer tauchten im Eingang auf. Anschar war sofort vor seinen König getreten und hatte Grazia neben ihn an die Wand geschoben. Er hatte sein Schwert nicht zur Hand, aber seine breitbeinige Haltung wirkte auch so bedrohlich genug. Auch der andere Leibwächter stand abwehrbereit da. Erst als sich die Soldaten verneigten, traten die beiden Männer zur Seite.

Der König wirkte überrascht, gestattete ihnen jedoch mit einem Wink, näher zu treten. Sie sagten kein Wort. Er schien zu wissen, was ihr Auftauchen bedeutete.

»Mein Bruder hat es ja verdammt eilig, seinen Gewinn einzufordern«, brummte er und fauchte die Männer an, sodass sie zusammenzuckten. »Glaubt er etwa, dafür sei eine Eskorte nötig? Natürlich, es gefällt ihm, einen der Zehn wie einen Verbrecher abzuführen. Damit es auch ja die halbe Stadt sieht! Dafür wasche ich ihm mit Nägeln den Kopf, das könnt ihr ihm ausrichten.« Er stieß einen ohrenbetäubenden Laut aus. »Bei Inar, nie hätte ich gedacht, dass ich wirklich und wahrhaftig meinen besten Mann an ihn verliere. Na schön, was sein muss, muss sein. Anschar, bist du bereit?«

Tief atmete Anschar ein. »Ja, Herr.«

»Dann geh. Das Drama des Abschieds wollen wir uns ersparen. Mögen die Götter über dich wachen.«

Gehen? Mit diesen Soldaten?

Grazias Magen krampfte sich zusammen.

»Verzeihung!«, rief sie und reckte den Kopf, um die Aufmerksamkeit des Königs zu gewinnen. »Darf ich fragen, wovon du sprichst?«

Ein wenig fürchtete sie sich davor, dass Anschar sie wieder anfuhr, wie er es in Tuhrods Zelt getan hatte. Aber das war ihr auf einmal gleichgültig. Er hätte ihr beizeiten sagen sollen, was ihn bedrohte.

»Platzen die Frauen in deinem Land auch einfach so dazwischen?«, fragte Madyur, um sich sogleich wieder an Anschar zu wenden. »Du hast es ihr nicht gesagt? Na gut, das ist nicht meine Sache. Ich habe hier schon genug Zeit vertrödelt.« Er warf die Hände auf die Schenkel und erhob sich. Die Soldaten machten ihm eilends Platz, als er zu Anschar trat. »Mach mir drüben keine Schande, ja?«

Anschar war wie erstarrt. Madyur klopfte ihm auf die Schulter und verließ die Wohnung. Sein Leibwächter warf einen kurzen Blick zurück zu Anschar, aus dem Bedauern sprach. Zwei der Soldaten nahmen am Ausgang Aufstellung. Der dritte näherte sich Anschar und sagte durchaus freundlich: »Wir haben Befehl. Du musst uns sofort begleiten.«

»Anschar …« Grazia presste das Buch an sich, als könne es sie vor dem bewahren, was jetzt kam. Was immer es war. »Was hast du getan?«

»Nichts.« Er ging zu ihr, hob unschlüssig die Hand, wie um sie zu berühren, dann blickte er kurz über die Schulter zu den wartenden Männern. »Die Zeit, mich zu verabschieden, habe ich doch, oder?«

Der Soldat nickte.

»Kommst du wieder?«, fragte Grazia.

»Nein.«

»Großer Gott.« Sie schlug die Hand vor den Mund.

»Dafür dürfte dein Gott nicht groß genug sein.« Er versuchte zu lächeln, aber es misslang. »Ich hätte es dir erklärt, dachte aber, mehr Zeit zu haben. Erst habe ich es verdrängt, und dann … ach.« Er winkte ab. »Madyur und Mallayur hatten eine Wette abgeschlossen. Mallayur hatte ihm vorgeschlagen, wessen Suchtrupp versagt, der muss dem andern seinen besten Krieger geben. Und der von Madyur *hat* versagt, wie du wohl weißt.«

»Der andere auch.«

»Das nützt mir nichts. Noch hat er sein Versagen nicht bewiesen. Ich hingegen schon.«

»Aber dann hätten wir doch irgendwo warten können!«

»Werde nicht kindisch. Jedenfalls weißt du jetzt, warum unmöglich Mallayur hinter Hadurs Absicht stecken kann, mich zu töten. Er ist ganz versessen darauf, einen der Zehn als Leibwächter zu haben.«

»Und nur wegen dieser Wette musst du zu ihm gehen? Für immer? Das können sie von dir verlangen?«

»Warum denn nicht? Gehorchen die Krieger ihren Herren in deinem Land etwa nicht?«

Grazia schüttelte den Kopf, aber nur, weil sie es nicht hinnehmen konnte. *So* preußisch war sie einfach nicht. »Du kannst wirklich nichts dagegen tun?«

»Nein, nichts. Mein eigener Wille existiert bei dieser unleidigen Sache nicht. Ich bin ein Sklave. So, jetzt weißt du es.«

Sie starrte ihn an. Starrte in diese dunklen Augen, die ihr inzwischen so vertraut waren. Die sie über Monate begleitet hatten. Ihr Schutz gewährt hatten. Sie verstand es nicht – seine Abneigung gegen die Wüstenmenschen, sein überhebliches Verhalten den Sklaven gegenüber. Und jetzt sollte er selbst ein Sklave sein?

»Aber ... aber ...«, zitternd hob sie eine Hand. »Du hast so schlimme Dinge über Mallayur gesagt. Wie er seine Sklaven behandelt. Dass er ...«

»Ich weiß, was ich gesagt habe!«, fiel er ihr heftig ins Wort. »Trotz allem bin ich nicht irgendein Sklave. Ich bin einer der Zehn. Also mach dir keine Sorgen.«

Der Soldat räusperte sich.

Sie spürte, dass ihre Lippen salzig schmeckten. Anschar legte die Hand an ihre Wange und wischte mit dem Daumen eine Träne fort, ganz so, wie er es bei ihrer ersten Begegnung getan hatte.

»Es tut mir leid, ich hätte das nicht so lange verschweigen sollen. Erst dachte ich ja auch, du müsstest es erkennen – hieran«, er zupfte an seinem bronzenen Ohrhaken. »Nur Sklaven tragen solche Haken. Aber dann war mir schnell klar, dass du das nicht wissen kannst, und … es gefiel mir. Vielleicht verstehst du, dass es nichts ist, worüber ich dich gern aufgeklärt hätte. Henon ist wiederum mein Sklave, wie ich es sagte. Ich lasse ihn hier. Er soll nicht auch noch dort hinüber müssen.«

Seinen Körper durchfuhr ein Schauer, sie spürte es an seinen Fingern. Plötzlich kamen ihm selbst die Tränen, und er atmete schwer. Jeden Augenblick, so schien es, würde er losschreien. »Henon«, sagte er kehlig. »Es schmerzt so sehr, ihn nicht mehr sehen zu dürfen.«

Er ließ sie nicht los, doch er erkämpfte sich seine Beherrschung zurück. »Du kannst hier wohnen bleiben, das habe ich schon geklärt. Madyur wird dafür sorgen, dass es dir hier an nichts fehlt, und du kannst auch Türen oder was auch immer an den Ausgang anbringen lassen – du hast ja keinen Herrn, für den du jederzeit erreichbar sein musst. Eines noch: Solltest du einmal jemanden außerhalb des Palasts brauchen, geh zu Schelgiur.«

»Kann ich nicht mit dir gehen?«, platzte sie heraus, erschrocken über sich selbst. Das hörte sich ja an, als wolle sie sich ihm an den Hals werfen. Ihre Mutter würde toben.

»Zu Mallayur?« Er lachte freudlos. »Das vergiss ganz schnell.«

»Das heißt, wir sehen uns jetzt tatsächlich zum letzten Mal?«

»Weeßicknisch, Feuerköpfchen.«

Nach einem Scherz war ihr nicht zumute. Immer noch schmiegte sich seine Hand an ihre Wange. Dann zog er sie an sich und vergrub sein Gesicht in ihrem Haar. Starr stand sie da, sich bewusst, dass es nur wenige Sekunden währen würde, ihn so zu spüren. Als er einen Schritt zurücktrat, schluchzte sie auf und drückte das Buch an seine Brust.

»Nimm es.«

Er hielt es fest. Wieder lächelte er, aber diesmal überzeugte es sie. »Danke. Pass auf dich auf.«

Als er sich abwandte, stürzte sie hinaus auf die Terrasse. Hier konnte sie ungehemmt weinen.

7

Wenn einer der Zehn durch die Straßen ging, blieben die Menschen stehen und schenkten ihm ehrfürchtige Blicke. Das war bei ihm nicht anders, wenngleich hier und da Widerwillen aufblitzte – er war eben auch ein Sklave. Aber niemandem schien aufzufallen, dass Anschar von den beiden herschedischen Palastkriegern nicht begleitet, sondern abgeführt wurde. Er kam an der Abzweigung vorüber, die hinab in die schwebende Stadt führte, und schritt auf die weiß verputzte und mit Bildern aus der herschedischen Geschichte bemalte Umfassungsmauer des Herrscherpalastes zu. Hier herrschte ein Kommen und Gehen, nicht anders als vor dem Palast des Meya. Edle Männer aus ganz Hersched und Argad, in kostbaren Seidenmänteln und Federkappen, die in Rot, Türkis und vielerlei anderen Farben leuchteten, belagerten das Tor, um vor den König treten zu dürfen. Anschar sah Scheracheden mit künstlich gelockten Haarsträhnen, ebenso Männer aus dem kalten und am weitesten entfernten Praned, die sicherlich viele Monate für ihre Reise gebraucht hatten, um ihre Geschäfte mit den Zwillingsstädten Argadye und Heria zu tätigen und dem Meya ihre Aufwartung zu machen. Sie alle steckten die Köpfe zusammen und drehten sich zu ihm um. Selten hatte er erlebt, dass man jemandem erklären musste, was es mit den Zehn und ihrem Zeichen, das sie auf dem Arm trugen, auf sich hatte. Er war stolz, zu der legendären Kriegerkaste zu gehören. Dass er zugleich ein Sklave war, hatte er bislang hingenommen. Jetzt verabscheute er es.

Anschar erinnerte sich noch gut an das Entsetzen, das er empfunden hatte, als Madyur ihn gerufen hatte, um ihm zu sagen, was ihm blühte, sollte der argadische Trupp versagen. Es war das erste Mal gewesen, dass er die Stimme gegen seinen Herrn erhoben hatte. »Warum hast du das getan?«, hatte er ihn angeschrien. »Um mich zu wetten, als ginge es um ein Spiel! Ich könnte da draußen mein Leben verlieren, und jetzt riskierst du zusätzlich noch, dass es deinem Bruder in den Schoß fällt!«

Wie zwei ebenbürtige Männer hatten sie sich gegenübergestanden, und Madyur hatte als Erster den Blick gesenkt.

»Weil Mallayur es mir vorschlug. Er hat mich gereizt, und, ja, bei Inar, ich habe mich hinreißen lassen, weil er andauernd stichelte und so tat, als habe er die besten Männer des ganzen Hochlandes in seinem Trupp versammelt. Aber du wirst den letzten Gott finden. Mallayurs Trupp ist deinem doch unterlegen. Du wirst mich nicht enttäuschen!«

Daraufhin hatte sich Anschar ohne ein Wort abgewandt und war gegangen.

Die Menschen traten zurück und machten ihm eine Gasse frei. Am Tor nickten ihm die Palastwächter respektvoll zu. Er betrat einen Vorplatz, der kaum weniger dicht bevölkert war. Mittlerweile stand die Sonne tief und ließ die blau gefliesten Pfeiler des Palastes glänzen. Die in der Sonne leuchtende

Fassade mit ihren goldenen Reliefs des Götterpaares wäre des Meya würdig gewesen, doch für Anschar war dies der Eingang zu einem Gefängnis. Gleichgültig, was der König von Hersched mit ihm vorhatte, er würde es hassen, hier zu sein. Die Abneigung gegen diesen Ort ließ sich wohl von seiner Miene ablesen, denn jetzt wichen die Menschen eher ängstlich als ehrerbietig vor ihm zurück. Auf der Treppe, die zum Palastportal führte, stand Mallayur, ins Gespräch mit einem Scheracheden versunken. Der Herr von Hersched wirkte, behängt mit Goldschmuck und umweht von der Luft eines aus roten Federn gefertigten Wedels, den ein Sklavenjunge sanft auf und ab schwang, alles andere als fehl am Platz. Seine Größe und die breiten, geschmeidigen Schultern ließen ihn seinem Bruder ähneln.

Er klopfte dem scherachedischen Gesandten auf die Schulter und lächelte. »Es ist alles noch viel zu früh. Wer weiß, wann wir etwas von unseren Suchtrupps hören werden. Und ob überhaupt. Wobei, hätte der des Königs von Scherach den Gott gefunden, würde es ja noch einmal viele Monate in Anspruch nehmen, ihn herzubringen.«

»Unsere Priester sagen, der Gott könne einen Weg durch Welten öffnen. Dann könnte er auch in Windeseile hier sein. Er ist ja gewillt, uns zu helfen.«

»Dazu muss er erst befreit werden, und es ist fraglich, ob wir Menschen dazu in der Lage sind. Wie auch immer, es ist alles mehr als ungewiss. Ehrlich gesagt halte ich diese ganze Sache für unnütz.«

»Unnütz?«, wiederholte der Gesandte sichtlich verblüfft.

»Ja, glaubst du denn wirklich, die Suchtrupps würden weit kommen, bis hin zu jener sagenhaften Oase des letzten Gottes? Von der niemand genau weiß, wo sie ist?« Die Worte erstarben, denn Mallayurs Blick fiel auf Anschar, der am Fuß der Treppe stehen geblieben war. Wieder lächelte er und fuhr fort: »Eigentlich hatte ich mich an dieser Suche gar nicht beteiligen wollen, aber der Meya verlangte es. Also habe ich sie mir ein bisschen schmackhaft gemacht, indem ich ihm eine Wette anbot, auf die er sich glücklicherweise einließ.«

Und hier ist dein Gewinn, das wolltest du noch sagen, dachte Anschar säuerlich und neigte zum Gruß den Kopf.

»Bitte entschuldige mich«, sagte Mallayur zu seinem Gast und schritt die Stufen hinunter. Dicht über Anschar stehend, senkte er die Stimme. »Willkommen, Anschar. Ich will eine tiefere Verbeugung. Jeder hier soll sehen, dass du einen neuen Herrn hast.«

Anschar gehorchte. Er konnte vermutlich froh sein, dass Mallayur nicht von ihm verlangte, auf die Knie zu fallen.

»Gut.« Mit einer leichten Schulterberührung gestattete ihm Mallayur, sich wieder aufzurichten. »Ich erwarte Gehorsam, dann kommen wir miteinander aus. Alles Weitere besprechen wir später.«

Ein argadischer Palastbote eilte heran, verneigte sich und streckte eine Papierrolle vor. Unwirsch nahm Mallayur sie ihm aus der Hand und entrollte sie. »Was will mein Bruder denn jetzt schon wieder? Ah, ein Bankett zu Ehren eines Gastes. Wie ermüdend.« Er ließ die Rolle zusammenschnappen und funkelte Anschar an. »Es würde mich reizen, dich mitzunehmen. Aber dazu ist es viel zu früh, denn ich weiß ja gar nicht, wie du dich benimmst. Was sagst *du*?«

Beim besten Willen wusste Anschar nicht, was er dazu sagen sollte. Wie sollte er sich schon benehmen, wenn er reglos hinter seinem Herrn stand? Geladene Gäste brachten normalerweise keine eigenen Leibwächter mit, aber es kam durchaus vor und wurde geduldet. Niemand achtete darauf. Ein Leibwächter, der vorher dem Meya gedient hatte, würde jedoch sämtliche Blicke auf sich ziehen.

»Das mit dem Antworten müssen wir wohl üben«, sagte

Mallayur und lachte. »Oder hat dir mein Bruder etwa noch schnell die Zunge herausschneiden lassen, damit ich mich ärgere?« Er wandte sich an seine Krieger, die hinter Anschar standen. »Bringt ihn in die Sklavenunterkünfte und sagt Egnasch Bescheid. Er soll sich um ihn kümmern.«

Die beiden Männer nickten und nahmen Anschar in die Mitte. Als sie in den kühlen Schatten des Palastes eintauchten, hatte er das Gefühl, man nehme ihm auf ewig das Sonnenlicht weg.

Einer der Palastkrieger öffnete eine Tür. »Hier sollst du warten«, erklärte er, nickte respektvoll und machte kehrt. Der zweite folgte ihm, und so fand sich Anschar allein in einem großen Sklavenschlafraum wieder. Der Boden war mit Matratzen und Grasmatten übersät, an deren Kopfenden die wenigen Dinge lagen, welche die Sklaven ihr Eigen nennen durften. In der Mitte stand ein gemauerter Herd, in dem ein offenes Feuer brannte, denn hier, tief unten in den Felsenkellern des Palastes von Heria, war es kalt.

Anschar nahm eine Öllampe, die an einer Kette von der Decke hing, und besah sich sein neues Zuhause genauer. Überall nur Schlafplätze, dazwischen ein paar Hocker. Ob es in den Schlafunterkünften der argadischen Sklaven genauso trostlos aussah? Als Kind hatte er sie noch kennen gelernt, doch die Erinnerung war verblasst. Na gut, dachte er, zum Schlafen wird's wohl reichen.

Er fand einen Stapel unbenutzter Matratzen, davon nahm er sich eine herunter, legte sie in der Nähe des Herdes auf den Boden und setzte sich darauf. Den Eingang ließ er nicht aus den Augen, doch in Gedanken kehrte er nach Argadye zurück. Ihm krampfte sich der Magen zusammen, wenn er nur daran dachte, wie verzweifelt Grazia ihn angesehen hatte. Wie sie auf die Terrasse gelaufen war, damit er nicht mehr hörte, dass sie weinte. Natürlich hatte er es gehört. Er glaubte es sogar noch gehört zu haben, als er dem Palast längst den Rücken gekehrt hatte.

Grazia würde in Madyurs Palast wohlversorgt sein, aber sich verloren fühlen. Von jenem Moment an, als seine Leute im Wüstensand gestorben waren, hatte er Mallayur gehört. Er hatte beizeiten entschieden, Henon nicht mitzunehmen, so bitter ihm das aufstieß. Da hatte er noch nicht geahnt, dass es einen zweiten Menschen geben würde, von dem sich zu trennen ihm wehtat.

Er legte das Buch auf den Schoß. Unterwegs hatte er Grazia einige Schriftzeichen beigebracht, gemalt in den Sand. Die Schrift des Hochlandes war eine komplizierte Ansammlung vielerlei Zeichen und Bilder, die nur gut ausgebildete Schreiber wirklich zu durchschauen wussten. Umso erstaunter war er gewesen, als Grazia erklärt hatte, dass die preußische Schrift mit weniger als dreißig Zeichen auskam, mit denen sich alles wiedergeben ließ. Wobei er das bezweifelte. Für wahrscheinlicher hielt er, dass es auch in ihrer Welt den Schreibern vorbehalten war, umfassend in die Schriftsprache einzutauchen, während allen anderen Menschen ein Grundstock genügte, mit dem sie einfache Gedanken festhielten wie in diesem Buch. Was konnte hier schon Großartiges stehen, wenn es nur eine Landschaftsbeschreibung war?

Das *Alphabet* hatte sie ihm beigebracht, und er kannte auch ein paar Wörter und einfache Sätze in ihrer Sprache. Ihr Talent fehlte ihm indes; er würde sich wohl nie in dieser spuckenden Sprache verständigen können. Wozu auch, der einzige Mensch, der sie sprach, war sie, und sie war wieder aus seinem Leben verschwunden.

Und doch, nun da sie fort war und er nur noch dieses Buch hatte, wünschte er sich, er könnte es lesen. Er blätterte darin herum. Hier und da stieß er auf ein Wort, das er verstand. *Insel. Musik. Kaffee.* Dahinter verbarg sich eine Welt, die so anders war, dass sie ihm wohl auf ewig verschlossen blieb.

Die Gleichmäßigkeit der Schriftzeichen war erstaunlich. Ein besonderes Verfahren stecke dahinter, hatte Grazia gesagt. Beim besten Willen konnte er sich nicht vorstellen, was das sein sollte, aber besonders war es zweifellos. Er fand ja schon die Anordnung der Blätter erstaunlich: auf einer Seite zusammengefügt, sodass man sie bequem in der richtigen Reihenfolge lesen konnte und keines Blattes verlustig ging.

Etwas steckte in der ledernen Umhüllung, ein weiteres, loses Blatt. Im ersten Moment dachte er, etwas beschädigt zu haben, aber dann sah er, dass es sich von den anderen unterschied. Er zog es heraus. Es war kleiner, dick und fest, und es zeigte keine Zeichen, sondern ein Bild. Darauf waren vier Menschen zu sehen: ein in königlicher Haltung sitzender Mann, um sich geschart zwei Frauen und ein Junge. Anschar erkannte Grazia sofort, obwohl sie steif wie eine Puppe wirkte. Von den Flecken, die sie Sommersprossen nannte, war nichts zu sehen. Ihre Hand lag auf der Schulter des Jungen, während sie Anschar anstarrte. Alle starrten ihn an. Vorsichtig berührte er die glatte Oberfläche. Wie mochte das Abbild dieser Menschen auf das Papier gekommen sein? Warum fehlte jegliche Farbe? Und warum zeigte es nur ihre Gestalten und nicht das, was sie fühlten? Sie sahen aus, als frören sie innerlich. Und doch glaubte er die Zuneigung zu erahnen, die diese Menschen miteinander verband.

Es muss ihre Familie sein, dachte Anschar. Die Ähnlichkeit der Gesichtszüge war unverkennbar, besonders der Junge war Grazia wie aus dem Gesicht geschnitten, nur seine Haare waren dunkler. Sicherlich hatte Grazia nicht gewusst, dass sich dieses Abbild in der Umhüllung befand. Hätte sie es sonst hergegeben? Anschar steckte es zurück und schob das Buch unter das Kopfende der Matratze. In diesem Moment ging die Tür auf.

Ein Mann kam herein, einen Peitschengriff in der Hand, um den mehrere Lederschnüre gewickelt waren. »Steh auf«, sagte er, kam näher und deutete auf die Lampe, die Anschar neben sich auf den Boden gestellt hatte. »Und häng die wieder dahin, wo du sie her hast.«

Anschar gehorchte. Dann stand er vor dem Herscheden, der offensichtlich der Sklavenaufseher war. Es war ein kleiner Kerl mit dem wuchtigen Nacken eines Sturhorns. Er legte den Kopf zurück, musterte ihn scharf und sehr ausgiebig. Als sein Blick an der Tätowierung hängen blieb, hob sich fast unmerklich eine Braue.

»Ich wollte es ja erst nicht glauben, als der Herr vorhin sagte, der Eine der Zehn, der ein Sklave ist, würde ihm künftig dienen. Eigentlich kann ich es immer noch nicht glauben, aber da du hier bist, muss es wohl so sein, wie? Wirklich erstaunlich ...« Er rieb sich das glatt geschabte Kinn. »Zeig mir deinen Rücken.«

Auch das tat Anschar. Sein Körper spannte sich an, als er hörte, wie der Mann seine Peitsche ausschüttelte. Er rührte sich nicht, als er einen leichten Hieb empfing. Es folgte ein zweiter, härterer.

»Beherrschen kannst du dich jedenfalls.« Die Stimme des Aufsehers zitterte kaum merklich, als sei er sich nicht sicher gewesen, ob er das hätte wagen dürfen. Anschar drehte sich um und bedachte ihn mit einem kalten Blick.

»Du kannst mich Egnasch nennen. Meinen Befehlen ist Folge zu leisten – über mir steht nur der Herr von Hersched. Hast du das verstanden?«

Das bestätigte Anschar mit einem knurrenden Laut.

Egnasch schürzte die Lippen. »Du könntest zwar respektvoller antworten, aber für den Anfang will ich das gelten lassen. Ist ja sicher ungewohnt für dich. Was hast du da unter der Matratze versteckt?«

»Das Einzige, das mitzunehmen dein Herr mir gestattete.«

»Zeig es mir.«

Anschar rührte sich nicht. Der Aufseher ging in einem Bogen um ihn herum, bückte sich und tastete unter der Matratze herum, nicht ohne ihn aus den Augen lassen. Dann hatte er das Buch gefunden.

»Seltsames Ding«, murmelte er und richtete sich auf. »Was soll das sein?«

»Ein Buch.«

»Willst du mich für dumm verkaufen? Ich weiß, wie Bücher aussehen! Was das auch ist, es sieht immerhin danach aus, als ob es gut brennen würde.« Egnasch stapfte zum Herd.

»Das wagst du nicht!«, schrie Anschar ihm hinterher.

Egnasch stellte sich so, dass der Herd zwischen ihnen war. »Reiß dich zusammen, Sklave! Du bist keiner der Zehn mehr. Dein neuer Herr sollte deine Tätowierung ausbrennen lassen, damit das auch in deinen Schädel geht.«

»Ich bin es immer noch und habe kein Problem damit, dir sämtliche Zähne auszuschlagen, wenn du das Buch nicht weglegst.« Anschar ging mit drohend geballten Fäusten auf ihn zu. Sofort schüttelte Egnasch die Peitsche aus, während er das Buch über das Feuer hielt.

»Was soll das?« Die Stimme des Herrn von Hersched hallte durch den Schlafraum. »Hört auf mit diesem Unsinn!«

Mallayur stand in der Tür, hinter sich den jungen Wedelträger. Auf seinen Wink hin trat Egnasch vom Herd weg und machte eine tiefe Verbeugung.

»Irgendwie hatte ich das Gefühl, gleich überprüfen zu müssen, wie du dich benimmst«, sagte Mallayur zu Anschar, jetzt wesentlich weniger freundlich als eben noch. »Und tatsächlich, schon gibt es Ärger. Worum balgt ihr euch wie Gassenjungen?«

Egnasch brachte ihm mit einem weiteren Bückling das Buch. Der König von Hersched nahm es an sich und betrachtete es, doch auf den Gedanken, dass man es aufschlagen könne, kam er nicht.

»Habe ich das nicht eben in deiner Hand gesehen?«, fragte er Anschar. »Gehört dir das?«

»Ja. Es ist alles, was ich noch habe.«

Verächtlich zog Mallayur die Mundwinkel herunter und händigte es ihm aus. »Du darfst dir noch ein paar Kleinigkeiten aus deinem alten Besitz bringen lassen. Ansonsten bekommst du hier alles, was du brauchst. Einen Schlafplatz, zu essen, Kleidung. Ich weiß, mein Bruder war dir gegenüber sehr großzügig, aber du kannst schließlich nicht erwarten, dass ich mich verpflichtet fühle, das fortzuführen.«

»Ich habe mich auch nicht darüber beklagt.«

»Nun, dann sind wir uns ja einig. Du bekommst zu gegebener Zeit natürlich auch Waffen, denn was hätte mir diese Wette gebracht, wenn du hier nutzlos herumstehst? Aber damit lassen wir uns Zeit, nicht wahr? Ich möchte erst sicher sein, dass in deinem Kopf angekommen ist, wem du jetzt dienst. Egnasch, lass uns allein.«

Der Aufseher ging, nicht ohne Anschar einen bösen Blick zuzuwerfen. Mallayur legte eine Hand auf die Schulter seines Fächerträgers und schob ihn ein Stück vorwärts. Es war ein hochgeschossener Junge mit der üblichen dunklen Wüstenhaut und einem leeren Blick.

»Wie viele Wüstenmenschen hast du schon getötet, Anschar?«, fragte Mallayur.

»Einige. Ich habe sie nicht gezählt.«

»Und hattest du immer einen Grund, sie zu töten?«

»Das kann ich jetzt nicht mehr mit Bestimmtheit sagen,

aber davon gehe ich aus.« Wohin mochte das Gespräch führen? Anschar wurde noch unbehaglicher zumute, als ihm ohnehin schon war.

»Würdest du sagen, dass ein Befehl deines Herrn ein Grund ist?«

»Natürlich.«

»Und wenn ich dir nun befehle, den hier zu töten? Jetzt?«

Das Leben kehrte in die Augen des Jungen zurück; er begann zu zittern, rührte sich aber nicht. Anschar spürte die altbekannte Abscheu gegen diese Menschen, aber stärker noch war die gegen seinen neuen Herrn.

»Sag schon«, drängte Mallayur. »Eben hast du mir beigepflichtet.«

Anschar fühlte sich wie vor den Kopf geschlagen. Natürlich würde er einen solchen Befehl ausführen. Als Leibwächter des Meya hatte er mehr als einmal einem aufständischen Sklaven die Klinge ins Herz gestoßen. Aber das hier war etwas ganz anderes. »Man tötet Sklaven nicht einfach so«, versuchte er einzuwenden. »So billig sind sie nun auch wieder nicht.«

»Ja, ja, das stimmt schon. Aber das soll nicht deine Sorge sein. Also?«

Anschar bedeutete der Junge nichts. Er versuchte sich vorzustellen, wie er eine Klinge in diesen wehrlosen, vor Furcht bebenden Körper hineinrammte. Versuchte sich daran zu erinnern, dass es nur eine kleine Wüstenratte war. Tränen perlten über das glatte Gesicht, und er glaubte zu erkennen, dass der Junge sich wünschte, sie abzuwischen, es aber nicht wagte, sich zu bewegen.

»Du kannst das nicht ernsthaft verlangen, Herr. Madyur hätte nie …«

»Madyur!«, herrschte Mallayur ihn an. »Du bist jetzt hier. Vergiss Madyur! Er war viel zu nachsichtig mit dir.« Schwer atmete er aus, strich sich über die Stirn und nickte. »Gut, ich erkläre es dir anders, vielleicht bist du nur begriffsstutzig. Du bist ein Krieger. Und ein Krieger tötet. Du bist auch ein Sklave. Und ein Sklave gehorcht. Wenn ich also einem Krieger, der gleichzeitig ein Sklave ist, befehle, jemanden zu töten, dann *ist* das die Begründung. Hast du jetzt verstanden?«

»Ja«, antwortete Anschar zähneknirschend. »Du willst meine Zuverlässigkeit prüfen.«

Mallayur lächelte. »Ach wirklich? Sind wir also endlich dahintergekommen. Anschar, der große Krieger mit dem kleinen Hirn!« Er legte dem Jungen den Arm um die Schulter und drückte ihn an sich. »So ein großer Mann und so langsam im Kopf, sei's drum. So lange er tut, was ich sage. Also bitte, Anschar! Tust du es jetzt?«

Der Junge weinte lautlos an seinen Herrn geschmiegt und ließ den Kopf hängen. Seine Blase entleerte sich. Mallayur tat so, als bemerke er es nicht.

»Nun?«

»Ich glaube nicht, dass ich das kann«, antwortete Anschar. »Ich schwöre dir, dass ich nie die Hand gegen dich erheben werde. Das ist es doch, worauf es dir ankommt.«

»Ein Sklave, der schwört«, sagte Mallayur verblüfft. »Na gut, belassen wir es dabei für heute. Geh schon und mach dich sauber«, er gab dem Jungen einen leichten Stoß, sodass dieser den Wedel in seine Wasserlache fallen ließ und hinausrannte. »Das muss ja nicht gleich am ersten Tag gelingen«, wandte er sich wieder an Anschar, hob die Stange auf und schüttelte die Tropfen herunter. »Vielleicht eignest du dich ja auch als Schirmträger, wenn du plötzlich meinst, entdecken zu müssen, dass du nicht mehr töten kannst?«

Zu all dem konnte Anschar nur schweigen. Er sehnte sich danach, die Faust im Gesicht seines Herrn zu versenken, aber so etwas durfte er als Sklave nicht einmal denken.

Mallayur ließ den Wedel wieder fallen. »Na schön, lassen

wir das. Aber dass du dich soeben als störrisch erwiesen hast, da stimmst du mir doch zu, oder?«

»Ja, Herr.«

»Gut. Ganz ohne Strafe bleibt das nicht. Gib mir das Ding.« Auffordernd streckte er die Hand aus. Anschar legte das Buch hinein. Nur schwer konnte er die Finger davon lösen, doch er zwang sich. Mallayur betrachtete es noch einmal ohne großes Interesse, ging zum Herdfeuer und ließ es hineinfallen.

Grazia versuchte ihre Betäubung abzuschütteln. Es hatte keinen Sinn, ewig auf der Terrasse sitzen zu bleiben. Sie benetzte ihre Hände und wusch sich die tränenverklebten Augen. Dann kehrte sie in die Wohnung zurück und versuchte sich mit dem Gedanken vertraut zu machen, dass ihr diese Räume zur Verfügung standen. Sie hatte mit einer netten Gästekammer gerechnet, aber nicht mit dieser von Wandfresken übersäten Zimmerflucht. Was mochte man Anschar fortan zugestehen? Und würde er wirklich nicht mehr hierher zurückkehren? Der Gedanke ließ die Farben verblassen und die gemalten Tiere und Pflanzen hässlich werden. Grazia durchmaß die Wohnung von einem Ende zum anderen. Es war nach wie vor ein Traum: Sie bewegte sich in einer Kultur, die sie glauben machten konnte, sie sei in die Bronzezeit gereist. Als Kind hatte sie sich so etwas immer gewünscht. Nun war es geschehen, doch einen erfüllten Traum stellte sie sich anders vor. Sie hatte Heimweh. Ihre Familie wusste nichts von ihrem Schicksal. Und sie selbst wusste nichts von Anschars.

Sie blieb vor einer Wand stehen, die eine Jagdszene zeigte. Ein Fabeltier schlich sich durch einen Wald und stellte ein Reh. Das Wesen erinnerte sie an das Bild, das Anschar in der Wüstenhöhle gezeichnet hatte. Der Schamindar, die Große

Bestie, das Tier aus den argadischen Sagen. Wenn sie die Nase dicht an die Wand hielt, konnte sie noch den Gips riechen. Hatte Anschar das Bild erst vor kurzem auftragen lassen? Sie schüttelte den Kopf; sie konnte nicht andauernd an ihn denken, das machte sie noch verrückt. Also ging sie hinaus und bat einen der Sklaven herbei.

»Es gibt hier Papier, das weiß ich«, fiel sie ungeduldig mit der Tür ins Haus. »Aber womit zeichnet man? Kannst du mir alles bringen, was man dazu braucht?«

»Natürlich«, sagte der Mann, neigte den Kopf und lief sofort los. Bald darauf kehrte er mit einer Papierrolle und einem Kästchen zurück. Grazia nahm die Sachen dankend in Empfang und trat in den Raum, den sie bei sich den Salon nannte. Dort legte sie sie auf den Tisch und rückte diesen an die Bank vor dem Fenster. Dann setzte sie sich und öffnete das Kästchen. Was sie herausholte, waren kurze Stifte aus Schilfrohr, in deren Enden angespitzte Graphitklumpen steckten. Sie sahen aus wie winzige steinzeitliche Waffen. Dazu fand sie ein Messer zum Anspitzen und mehrere Specksteine, aus denen man grob die Konturen von Fischen und Vögeln herausgeschliffen hatte. Wozu sie dienten, erkannte sie, als sie einen Bogen aus der Rolle zog und etwas benötigte, um die Ecken zu beschweren.

Das Papier war am erstaunlichsten, verhältnismäßig glatt und von einem zarten Grün. Als Anschar erzählt hatte, dass es hier Papier gab, hatte sie sich natürlich etwas wie Papyrus vorgestellt, aber das hier hatte wenig damit zu tun. Wie es wohl hergestellt wurde? Es schien nicht einmal besonders kostbar zu sein, denn die Rolle enthielt gleich ein ganzes Dutzend Blätter.

Sie nahm das Wandbild mit dem Schamindar in sich auf und begann es abzuzeichnen. Bald hatte sie den wolfsähnlichen Kopf, den dicken sehnigen Hals, der eher an den eines

Pferdes erinnerte, und den löwengleichen Körper zu Papier gebracht. Die Pfoten liefen in drei echsenartigen Krallen aus. Das Seltsamste an diesem Tier war jedoch, dass es drei quastenbesetzte Schwänze besaß. Einen schleifte es hinter sich her, während sich die anderen drohend in die Höhe reckten. Ihre Zeichenkünste waren nicht schlecht, und die Kopie eines stilisierten Wandfreskos anzufertigen, fiel ihr nicht schwer. Was ihr Vater wohl dazu sagen würde, wenn er das Bild sähe? Und Friedrich? Ihr Blick fiel auf den Ring an ihrer Linken. Die ganze Zeit über hatte sie kaum noch an ihren Verlobten gedacht.

Sie nahm sich vor, alles Mögliche zu zeichnen, damit sie einen Beweis hatte, hier gewesen zu sein. Als sie den Schamindar vollendet hatte, versuchte sie sich an anderen Tieren, die sie jedoch aus dem Gedächtnis zeichnen musste. Danach legte sie Anschars Schwert auf den Tisch und zeichnete es ab. Vielleicht würde sie eines Tages sogar ein Buch über diese Welt schreiben?

Wohl kaum, dachte sie. Wenn alles gut ging, würde sie hoffentlich bald herausfinden, wie sie heimkehren konnte.

Den Sklaven, der im Eingang stand, nahm sie erst wahr, als er sich bewegte. Wie lange mochte er schon hier sein? Es war ein alter Mann mit faltigem, eingefallenem Brustkorb, dem das türkis gesäumte Sklaventuch um die Hüften schlotterte. Sein Blick war offener, als es bei den anderen Sklaven üblich war, und dennoch ängstlich.

»Ist ... ist er schon weg?«

Grazia stand auf und ging auf ihn zu. Hastig verneigte er sich. »Du bist Henon?«, fragte sie.

»Ja.«

»Bitte komm doch herein. Ja, Anschar ist weg. Man hat ihn abgeholt und nach Heria gebracht.«

»Also ist es wahr. Mein armer Junge – in Heria! Ihr Götter!« Still in sich versunken stand er da und versuchte wohl, ihre Worte zu verdauen. Es gelang ihm nicht. Er fing an zu zucken. Sie hatte Anschars Tränenausbrüche befremdlich gefunden, doch einen alten Mann weinen zu sehen, schnitt ihr ins Herz. Sie ging zu ihm und berührte ihn am Arm. Er zuckte zusammen, wischte sich fahrig über den fast kahlen Kopf und fasste sich.

»Darf ich fragen, wie dein Name ist, Herrin?«

»Grazia.«

Erst jetzt schien er ihrer richtig gewahr zu werden. Sein Blick blieb an ihrem Kleid hängen. »Vorhin habe ich jemanden sagen hören, du wärst von Anschar gefunden worden, draußen in der schrecklichen Wüste. Du kommst von sehr weit her, ja?«

»O ja.«

»Dann hast du gar nichts bei dir? Es gibt doch so viel, das du benötigst. Kleider und all das.«

»Ich weiß nicht? Ich will nach Hause, aber ob das so schnell geschieht, wie ich es mir erhoffe, nun ja ...« Sie deutete auf den Tisch mit der Zeichnung. »Ein wenig Beschäftigung, bis es so weit ist, habe ich jedenfalls schon gefunden.«

Henon ging zum Tisch. Ehrfürchtig berührte er das Schwert seines Herrn und betrachtete die Zeichnungen. »Hat er dir gesagt, dass er das Wandbild mit dem Schamindar am liebsten mochte?«

»Nein, das wusste ich nicht.«

»Als er ging, sagte er, er wolle es bei seiner Rückkehr neu haben. Das alte war verblasst. Wegen der Sonne.« Er wies zur Terrasse. »Nachmittags ist sie immer ...« Seine Stimme erstarb, die Worte gingen in ein Aufschluchzen über. Er wandte sich ihr zu, presste eine Hand auf sein Herz und wankte. Das Blut war aus seinem Gesicht gewichen.

»Darf ich ... mich hinlegen?«, murmelte er. Betrachtete

er sie etwa als seine neue Herrin? Um ihm das auszureden, fehlte die Zeit. Sie eilte zu ihm und fasste unter seine Achsel. Es schien tatsächlich nicht viel zu fehlen, und er würde angesichts der Schreckensnachricht zusammenbrechen. Sie führte ihn ins Schlafzimmer, wo er sich steif machte.

»Nicht ins Bett«, protestierte der alte Sklave. »Ich schlafe immer neben der Eingangstür auf einer Matte.«

Grazia ließ sich nicht beirren und half ihm auf die Matratze. Er war blass geworden und zitterte. Schweißtropfen sammelten sich in den Furchen seines Gesichts. Es war doch kein Herzanfall? Sie zog eines der Bettlaken heran, machte es feucht und tupfte ihm den Schweiß von der Stirn. Er war viel zu benommen, um sich darüber zu wundern, wo das Wasser herkam.

»Mein armer Junge«, murmelte er. Wie es schien, festigte sich sein Zustand wieder. Erleichtert atmete sie auf, legte das Laken beiseite und richtete das Kissen in seinem Nacken, damit er nicht zu flach lag.

»Bist du sein Vater? Er hat nie von seinen Eltern gesprochen.«

»Sein Vater? Ich?« Sichtlich verblüfft hob er den Blick, doch nicht weiter als bis zu ihrem Hals. Anschar war bisher der einzige Sklave, von dem Grazia bemerkt hatte, dass er den Menschen in die Augen sah. »Nein.«

»Ist dir übel?«

»Ein wenig.«

»Dann solltest du etwas essen. Warte. Nicht aufstehen, ja?« Sie eilte ins Wohnzimmer, wo sie auf einer der gemauerten Bänke Tontöpfe mit Fladenbrot und getrockneten Früchten hatte stehen sehen. Sie nahm ein Stück Brot, dazu einen Weinkrug und einen kupfernen Becher. Zurück im Schlafzimmer, merkte sie, dass Henon eingeschlafen war. Leise stellte sie das Essen auf einem Hocker ab und rückte ihn ans Bett. Jetzt im

Schlaf sah der alte Mann entspannt aus. Sie berührte seine erhitzte Hand und kehrte ins Wohnzimmer zurück.

Eine Frau steckte die Nase herein. Ihre Augen wurden rund, als sie Grazia erblickte. Ihr Mund stand offen, während sie sie musterte. »Gra-zia?«, fragte sie, den Namen lang und vorsichtig auf der Zunge rollend.

»Ja.«

»Ich bin Fidya.« Sie schwebte ihr entgegen und streckte beide Hände aus. Grazia griff zu, fast ohne es wahrzunehmen. Viel zu erschrocken war sie von dem Anblick, den diese Frau bot. Der Stoff ihres schmal geschnittenen Kleides war so dünn, dass sich alles deutlich darunter abzeichnete. Und das war der nackte Körper. Unterwäsche war nicht zu sehen, womöglich kannte man das hier gar nicht. Das Kleid bedeckte die Beine nur bis zu den Knien; am Saum angenäht war ein durchsichtiger Stoff, der den Rest bis zu den Knöcheln umschmeichelte und vorne aufsprang. Sie leuchtete in Türkis und Gelb, und auf ihrem Kopf saß eine Kappe aus gelben Federn. Wie ein Kanarienvogel.

Ihr wurde bewusst, dass die andere nicht weniger befremdet war. »Welch ein ungewöhnliches Kleid«, sagte Fidya. »Von deinem Haar ganz zu schweigen. So schön gelockt, und dann diese Farbe! Du bist so hübsch.«

»Danke.«

»Nur das da«, Fidya tippte sich an die Wange. »Was ist das?«

»Sonnenflecken, nichts Ernstes. Das haben in meinem Land viele Frauen. Ich bin nicht krank.«

Fidya kicherte. »Das klingt, als hättest du das schon oft erklären müssen.«

»O ja.« Grazia rollte die Augen.

»Und das wirst du gleich wieder«, erklärte die Argadin. »Ich soll dich zu dem Bankett holen, das der König für dich gibt. Ich bin eine seiner Nebenfrauen.«

Grazia zupfte an ihrem Rock. »Kann ich denn so gehen?«
»Es sieht entzückend aus. Ein bisschen unbequem vielleicht. So viel Stoff! Ich hoffe, dir ist darin nicht zu warm. Wenn du magst, lasse ich eine Federnhaube für dich holen. Obwohl es eigentlich eine Schande wäre, diese Haare zu bedecken. Und zu deinem Kleid passt es ja auch nicht.«

Die Vorstellung, so eine Kappe zu tragen, erheiterte Grazia. Sie wusste nicht, ob sie Fidyas bunte Garderobe faszinierend oder albern finden sollte. In jedem Falle sündhaft. Wenn sie genau hinsah, was sie eher zu vermeiden suchte, konnte sie sogar erkennen, dass Fidyas Brustwarzen geschminkt waren. Fast nackte Frauen und königliche Vielehe! Das hier war eine gottlose Welt.

»Ich hätte gern etwas fürs Gesicht, wenn das möglich ist«, sagte sie und versuchte mit Worten und Gesten zu erklären, was sie meinte. Wobei sie beim Anblick von Fidyas gelben Augenbrauen und den ebenso gelben Wangen bezweifelte, dass es klug war, hier um Schminke zu bitten.

»Ah, Gesichtspuder! Natürlich.« Fidya wandte sich zu zwei Frauen um, die am Eingang mit Kästen auf den Armen warteten, und winkte sie herbei. »Ich habe dir einiges mitgebracht. Anschar hatte gesagt, dass du nur das besitzt, was du am Leib trägst. Du kommst dir sicher furchtbar verloren vor.«

»Besonders seit er fort ist«, entfuhr es Grazia.

Fidya bedeutete den Frauen, die Kästen auf den Tisch zu stellen und zu öffnen. »Ja, starke Schultern hat er, die lässt man ungern los, könnte ich mir denken. Wenn man ihn ansieht, möchte man wohl vergessen, dass er ein Sklave ist. Magst du goldenen Gesichtspuder?«

Um Himmels willen, dachte Grazia. »Nein, etwas Unauffälliges. Ich will ja nur meine Gesichtsflecken abdecken.«

»Ich finde sie interessant.« Fidya öffnete ein winziges bauchiges Tongefäß und tauchte etwas hinein, das wie ein

Büschel zarter Pflanzenfasern aussah. Damit betupfte sie sorgfältig Grazias Gesicht. »Möchtest du auf deine Lippen ein helles Grün?«

»Oh, bitte nicht! Gibt es hier wirklich Frauen, die sich die Lippen grün anmalen?«

»Einige schon. Es würde wirklich wunderbar zu deinen roten Haaren und den grünen Augen passen.«

Grazia bedankte sich und holte aus ihrer Tasche die Stiefeletten. »Würdest du mir helfen, sie anzuziehen? Meine Bastschuhe sind viel zu schäbig für ein Bankett.«

»*Das* sollen Schuhe sein? Ihr Götter!« Fidya nahm die Stiefeletten entgegen und betrachtete sie von allen Seiten. In ihren Augen mussten sie wie Folterwerkzeuge erscheinen. Grazia erklärte ihr, was sie tun musste, und tatsächlich ging die Argadin in die Knie und half ihr hinein. Das Schnüren klappte leidlich beim vierten oder fünften Versuch.

»So, ich bin jetzt bereit.« Grazia machte einige unsichere Schritte. »Au! Daran muss ich mich erst wieder gewöhnen.«

»Deine Schuhe machen Krach«, sagte Fidya erheitert und winkte die beiden Frauen fort. »Die Sachen gehören dir. Für deine Füße lasse ich dir dann auch etwas Passendes bringen.«

»Danke.« So leise wie möglich ging Grazia zum Schlafzimmer und warf einen Blick hinein. Henon war von ihren Schritten und dem Geschnatter nicht aufgewacht. Er schnarchte leise.

8

Es ging über Treppen, hinauf und hinunter. Immer wieder drehte Fidya sich um, offenbar besorgt darüber, ob Grazia in ihrem langen Kleid und den merkwürdigen Schuhen nicht stolperte.

»Warum ist der Palast so verwinkelt?«, fragte Grazia.

»Er ist über Jahrhunderte gewachsen«, erklärte Fidya. »Aber der eigentliche Grund dürfte der sein, dass er auf felsigem Untergrund steht, und der ist alles andere als eben.« Sie eilte auf ein Portal zu. Sklaven huschten vorbei, trugen mit Speisen beladene Tabletts heran, von denen ein fremdartiger Duft aufstieg. Als sich die Nebenfrau des Königs näherte, blieben sie sofort stehen und machten ihr Platz. »Komm«, Fidya winkte Grazia heran und zog sie mit sich in den Raum. »Du musst dich nicht fürchten. Den Meya kennst du ja schon.«

Ein wenig fürchtete Grazia sich dennoch, als sie das riesige Stufenpodest am anderen Ende der Halle sah. Lange Tafeln standen auf den Stufen, von Männern und Frauen in ähnlich bunter Aufmachung bevölkert. Vier solcher Stufen gab es, auf jeder war die Tafel ein wenig kleiner, bis hin zur obersten, auf der sich gar kein Tisch befand, sondern eine mit Türkisen und Gold verkleidete Kline. Es war in der Tat ein beeindruckendes Bild, wie sich der König in luftiger Höhe auf seiner Liege rekelte und auf die Pyramide seines Hofstaates herabschaute, sanft umweht von den Fächern mehrerer Sklaven. Grazia war sich sicher, dass er sie hier unten gar nicht bemerkte. Aber kaum betrat sie die Halle, verstummten sämtliche Gespräche. Sogar die Sklaven unterbrachen ihre Arbeit. In der plötzlichen Stille war es ihr, als löse sich mit jedem ihrer Schritte ein Pistolenschuss. Hätte ich doch nur die alten Bastschuhe genommen, dachte sie verzweifelt und versuchte sich irgendwie unauffällig zu machen, als sie Fidya über eine seitliche Treppe bis hinauf zum zweithöchsten Podest folgte. Der König lächelte von seiner Kline herunter, als sie sich verneigte. Hier tat man das mit gerundetem Rücken und legte dabei die Hände auf die Oberschenkel, wie sie beobachtet hatte.

»Wie kommt es, dass dein Rücken so steif ist?«, fragte er. »Das ist mir vorhin schon aufgefallen. Liegt das an irgendeiner Krankheit? Du siehst ohnehin nicht gesund aus.«

Grazia errötete. »Ich trage etwas unter meinem Kleid, das meinen Körper festigt.«

»Wieso? Würdest du ansonsten in dich zusammenfallen?«

»Nein. Das macht man bei uns so.«

»Ohne Grund?«

»Ich bitte um Verzeihung, Meya, aber ein Mann würde bei uns niemals eine Frau darüber ausfragen. Es ist mir unangenehm.«

Er lachte. »Na gut. Ich verstehe sowieso kein Wort. Hinsetzen kannst du dich aber, oder? Komm her, Gelbköpfchen.«

Für einen Moment glaubte Grazia, er habe sie gemeint, doch es war Fidya, die zu ihm hinaufstieg und sich hinter ihn auf die Kline legte. Sie griff nach seinem goldenen, mit Türkisen besetzten Stirnband und drehte seinen Kopf nach hinten, um ihn zu küssen. Wohlig knurrte er. Grazia konnte kaum den Blick von ihren Mündern losreißen. Beide streckten die Zungen heraus, um sich gegenseitig abzuschlecken. Es sah abstoßend aus. Und irgendwie auch nicht.

Die Tischgespräche waren verstummt, doch nicht wegen des Geschehens dort oben. Eine Frau mit weißem Federkopfputz stand auf und streckte ihr eine Hand entgegen.

»Ich bin Sildyu, die erste Gemahlin des Meya«, sagte sie. »Komm zu mir.«

Es gab keine Stühle, stattdessen aus dem Felsen gehauene Bänke. Kissen lagen darauf. Grazia setzte sich. Die Frage, ob sich die Gattin des Königs an dem Poussierspielchen über ihnen störte, hatte sie heruntergeschluckt. Sofort schoben ihr die fünf Frauen und Männer, die hier oben saßen, verschiedene Schüsseln und Platten zu. Der Gedanke, hier unter den Blicken von mehr als fünfzig Gästen und einem Dutzend Sklaven essen zu müssen, schnürte Grazia die Kehle zu. Der Duft der Speisen hatte ihren Magen knurren lassen, jetzt war der Hunger wie weggeweht. Es zeigte sich, dass man ihr ohnehin keine Zeit ließ. Die Tischkonversation dieser Leute war alles andere als zurückhaltend, und so wurde sie mit Fragen regelrecht bestürmt. Woher sie kam, wie es sie in die Wüste und dann nach Argad verschlagen habe. Bereitwillig erzählte sie, was sie von jenem Moment an erlebt hatte, als sie in Tuhrods Zelt aufgewacht war. Alles andere – der Sturz in die Havel, ihre Wasserzauberei – ließ sie unerwähnt.

Doch die Fragen prasselten nur so auf sie hernieder.

»Du musst doch wissen, wie du dorthin gekommen bist?«

»Ich weiß es nicht.«

»Wie kann das sein?«

»Ich weiß es nicht.«

»Und wie kommst du wieder zurück?«

»Ich weiß es nicht!«

»Die Edlen von Argad sind Plappermäuler«, sagte ein Mann, der soeben heraufgestiegen war. Sogleich verstummten die Gespräche. Er neigte den Kopf vor dem Meya. Die Ähnlichkeit war unverkennbar – es musste sich um Mallayur handeln, den Bruder. Er sah ein paar Jahre jünger aus, sein Haar war weniger von grauen Strähnen durchzogen. Der auffälligste Unterschied war gewiss der fingerlange und mit goldenen Perlchen verzierte Kinnbart. Wie ein Ziegenbock sieht er damit aus, dachte Grazia.

»Wie geht es Anschar?«, fragte Madyur von oben herab. Sie hielt den Atem an und lauschte.

»Gut, wie auch sonst? Man merkt ihm an, dass du ihn an der langen Leine hast laufen lassen. Das stört mich ein wenig an ihm.«

»Ich bin sicher, du bekommst das in den Griff.«

»Oh, ganz sicher. Aber wollen wir uns wirklich über Sklaven unterhalten?«

»Er ist nicht irgendein Sklave. Andernfalls hätte ich ihn wohl kaum mit der Aufgabe betraut, den letzten Gott zu finden.«

»Nun, er hat versagt. Vielleicht war es ein Fehler, einen Sklaven loszuschicken, ob er nun einer der Zehn ist oder nicht.«

Madyur-Meya grunzte und zog es vor, sich wieder Fidya zu widmen. Mallayur lächelte Grazia zu, neigte sich vor und ergriff ihre Hand. Wie von selbst hob sie sie, damit er ihr einen Handkuss geben konnte, und riss sie zurück, als ihr einfiel, dass man das hier ja nicht kannte – und sie von diesem Mann keinen wollte.

Er lachte. »Habe ich dich verwirrt? Ich hoffe nicht.«

Er setzte sich auf den Platz, den ein anderer bereitwillig räumte, und ordnete seinen Mantel. Wie fast alle Männer trug er ansonsten nur einen knielangen Rock. Der seidige und weit geschnittene Mantel sorgte für einen Einblick auf seinen wohlgeformten Oberkörper. Sogar eine geschminkte Brustwarze war zu sehen. »Sag, ist es bei den Wüstenmenschen wirklich so schrecklich? Sie knien sich beim Essen hin, heißt es. Wie Hunde, die aus Näpfen fressen.«

»Das stimmt nicht. Sie sitzen auf dem Boden. Das heißt,

auf Kissen. Es geht eigentlich ganz gesittet zu.« Grazia hatte sagen wollen, dass es in Tuhrods Zelt gemütlicher gewesen war als an dieser repräsentativen Tafel, aber damit hätte sie die Menschen hier gewiss beleidigt.

Mallayur aber gab sich mit ihrer Antwort keinesfalls zufrieden. »Ihre Bärte wuchern bis zum Boden, und es hausen Tiere darin. Stimmt das denn?«

Eine Frau quietsche vor Ekel auf und schüttelte sich. Wahrscheinlich meinte er Flöhe, aber da Grazia das hiesige Wort dafür nicht kannte, hob sie nur die Achseln.

»Ich habe keine Tiere gesehen. Die Bärte reichen höchstens bis zur Brust, und ich vermute, die tragen sie so lang, weil sie vor dem allgegenwärtigen Sand schützen.«

»Haha, wenigstens das mit dem Sand stimmt!«, rief Mallayur triumphierend. »Damit waschen sie sich.«

Dagegen konnte Grazia nichts einwenden. Gewaschen hatte sie sich in dieser Zeit nicht oft und das auch nur heimlich. »Wasser ist dort kostbar.«

»Mag sein.« Verächtlich verzog er einen Mundwinkel. »Du hast jedenfalls viel Verständnis für dieses … Volk.«

»Sie haben mir ihre Gastfreundschaft gewährt!«, erwiderte sie heftiger als beabsichtigt. Sildyu berührte sanft ihre Hand.

»Lasst uns nicht unter den Augen des Meya über Wüstenmenschen streiten«, mahnte die Königsgemahlin. »Dir werfen wir sowieso nichts vor. Du musstest dort überleben. Nun iss aber, du siehst kränklich aus. Viel zu blass.«

Wie gut, dass ich Puder bekommen habe, um meine Sommersprossen einzudämmen, dachte Grazia und biss mit spitzen Zähnen in einen winzigen gebratenen Vogel, den man ihr auf die Schale gelegt hatte. Es kostete sie Überwindung, etwas zu probieren, das wie ein Singvogel aussah. Das Fleisch schmeckte nach Honig, Zimt und etwas anderem, das es wahrscheinlich nur hier gab. Derweil beobachtete sie einen Vogel mit blauem und rotem Federkleid, der über den Anwesenden kreiste, als überlege er, ob er es wagen könne, sich auf den Tischen niederzulassen und um Futter zu betteln. Die Halle war nicht überdacht. Eine Seitenwand bestand aus unbehauenem Felsgestein, die anderen waren glatt verputzt und mit Fresken versehen, noch viel aufwendiger und farbenprächtiger als die in Anschars Wohnung. Auch hier waren Meeresszenen zu sehen; Blau und Türkis dominierten, dazu Rot und Gelb. Es schien, als sehne sich dieses Volk nach dem unbekannten Meer.

Über sich hörte sie Gekicher. Galt das etwa ihr? Sie drehte sich um. Nein, der Meya war mit dem Kanarienvogel beschäftigt. Es sah sogar aus, als ginge er Fidya an die Brust. Vor dem ganzen Hofstaat! Grazia warf einen vorsichtigen Blick zu Sildyu, doch die schien das nicht weiter zu kümmern. Aus Anschars Erzählungen wusste Grazia, dass der König über einen Harem verfügte, ganz wie ein Pharao, allerdings hatte sie nicht erwartet, dass diese Tatsache derart zur Schau gestellt wurde. Sie errötete, als sie daran dachte, was ihre Mutter sagen würde, wüsste sie, dass ihre Tochter inmitten eines Harems saß. Nichts würde sie sagen, dachte sie. Sie würde mir eine Ohrfeige geben und mich wortlos hinauszerren.

Sie neigte sich Sildyu zu. »Verzeih, aber wäre es unhöflich, wenn ich schon gehe? Ich ... äh ... mir schwirrt der Kopf von dem Lärm.«

»Sicher nicht, obwohl es schade ist. Es gibt so viele, die dich sehen wollen, und gute Geschichten mögen wir alle. Aber du hast ja gar nichts getrunken! Schmeckt dir der Wein nicht?«

Grazia zuckte zusammen, als sie den bis zum Rand gefüllten Kelch sah. Sie hatte getrunken, ja, doch jetzt befand sich Wasser in ihrem Kelch. Rasch deckte sie ihn mit der Hand ab.

Seit sie in Argad war, hatte sie kaum noch an ihre Fähigkeit gedacht. Zu viel war auf sie eingestürmt, Erstaunliches und Schlimmes. Sie trank den Kelch leer und schob ihn weit von sich, um ihn nicht versehentlich ein zweites Mal zu füllen.

»Da speisen sie dich mit Wasser ab«, sagte Mallayur spöttisch. Seine Augen waren schmal geworden. Ihr schauderte es unter diesem Blick. Er winkte einen Sklaven herauf und bestellte Wein. Kurz darauf brachte der Sklave einen schmalen, aber sicherlich fast einen Meter langen Tonkrug und öffnete ihn.

»Das ist Wein von den Hängen des Hyregor«, erklärte Mallayur. »Das ist ein Gebirgszug im Osten. Man kann seine Ausläufer am Horizont sehen.«

»Ja, die habe ich gesehen«, murmelte Grazia. Sie probierte den Wein, er war süß und klar. Es fiel ihr schwer, Mallayur anzusehen, aber sie tat es. »Geht es ihm bei dir wirklich gut?«

»Wem?«

»Anschar.«

»Ach so, Anschar. Ich verstehe ja, dass du dir um ihn Gedanken machst, schließlich wart ihr lange zusammen. Warum sollte es ihm nicht gut gehen?«

Weil er dich in einem ziemlich schlechten Licht darstellte, dachte sie. »Ist es möglich, ihn zu besuchen?«

Er widmete sich seinem eigenen Kelch und trank stirnrunzelnd. Dann fuhr er nachdenklich mit dem Daumen über den goldenen Rand. »An sich schon. Aber sinnvoll ist das nicht. Er ist kein Mann, den man gernhaben kann. Er ist eine Waffe. Er lebt, um seinen Herrn zu schützen. Verstehst du, das ist kein Umgang für dich. Ihr habt notgedrungen gemeinsam die Wüste durchquert, aber dabei solltest du es belassen.«

»Aber ist das nicht meine Sache?«, fragte sie herausfordernd.

Mallayur ließ den Kelch los. »Was hier in diesem Land

deine Sache ist und was nicht, musst du noch lernen. Aber glaub mir, er sähe das nicht anders. Du bist aus seinem Leben verschwunden. Sein Platz ist jetzt in meinem Palast, und er würde es sicherlich vorziehen, wenn du ihn nicht mehr an vergangene Abenteuer erinnerst.«

Das glaube ich nicht, dachte sie. Niemals! Einzuwenden gab es dagegen indes nichts, also schwieg sie. Die Art, wie er sie anstarrte, wurde ihr so unangenehm, dass sie Sildyu erneut bat, sie gehen zu lassen. Die Königin erhob sich und winkte Fidya zu, die sich von dem Meya löste und zu Grazia herabstieg.

»Ich begleite dich hinaus. Fidya wird dich in deine Gemächer zurückbringen.«

Fidya schien sich an der Unterbrechung ihres Techtelmechtels nicht weiter zu stören, sie strahlte wie immer und schritt voraus. Grazia war froh, den stechenden Blicken des Königs von Hersched zu entkommen. Möglichst leise auftretend, durchquerte sie die Halle, die Königin dicht hinter sich. Am Ausgang stockte Fidya und wich zurück. Eine Frau tauchte auf. Beinahe wäre Grazia mit ihr zusammengestoßen.

Eine von zerzausten Haaren umrahmte Albtraumfratze stand ihr gegenüber. Blaue Farbe bedeckte die obere Hälfte der Wangen, blau waren die Lippen. Tränen hatten die Farbe bis hinunter zum Hals geschwemmt. Die Augen stierten durch sie hindurch. Grazia schrie auf.

Die Frau wankte an ihr vorbei, auf die Stufenpyramide zu. Plötzlich warf sie den Kopf zurück und stieß ein lang gezogenes Heulen aus. Alle waren wie erstarrt, nur der König war aufgesprungen, hastete die seitliche Treppe herab und lief auf sie zu. In seinen Armen sackte sie zusammen und begann hemmungslos zu weinen.

»Warum hast du ihn nicht zu mir geschickt?«, schrie sie. »Nur er kann mir sagen, was passiert ist!«

»Willst du das wirklich wissen?«, entgegnete er.

»Ja. Ihr Götter, ja!«

Madyur packte ihren Kopf mit beiden Händen und drehte ihn in Grazias Richtung. »Ich konnte ihn dir nicht schicken. Anschar gehört mir nicht länger. Aber diese Frau dort, die kannst du fragen.«

Grazia wurde heiß und kalt zugleich. Sie zuckte zurück, als die Frau auf sie zuhielt. Hilflos sah sie sich nach Fidya um, doch die stand abseits, hatte die Arme um sich geschlungen und weinte vor Schreck.

»Hast du Eschnamar gesehen?«, fragte die Frau. Sie strich sich einige Strähnen aus dem Gesicht, wie um sich zu beruhigen, doch sie zitterte am ganzen Leib.

»Nein. Als ich zum ersten Mal von ihm hörte, lag sein Tod einige Tage zurück.« Grazia lag auf der Zunge, dass Anschar ihr davon erzählt hatte, und das recht ausführlich. Aber das schluckte sie schnell herunter. Die schrecklichen Einzelheiten konnte sie dieser Frau, die offenbar die Witwe des Priesters aus Anschars Trupp war, einfach nicht sagen.

Erneut warf die Frau den Kopf zurück und heulte. Madyur zog sie an sich, selbst mit den Tränen kämpfend, und winkte zugleich irgendjemanden heran, der sich um sie kümmern sollte. Sildyu berührte Grazia am Ellbogen und führte sie hinaus auf den Korridor.

»Die arme Frau«, murmelte Grazia, noch ganz benommen. »Aber wozu die blaue Schminke?«

»Damit man ihre Trauer sieht. Jede Träne zeigt, wie sehr man den Toten geliebt hat. Dir ist das sicherlich fremd. Nimm es ihr nicht übel. So hat sie schon geweint, als Eschnamar gehen musste. Aber sie war immer davon überzeugt, dass Anschar ihn zurückbringen würde. Dass es sehr leicht ist, in der Wüste umzukommen, hat sie nicht begriffen.«

»Ich verstehe.«

»Erschrecken wollte sie dich gewiss nicht.« Sildyu ließ sie los. »Ich muss wieder hinein. Warte hier auf Fidya, sie wird sicher gleich zu dir kommen. Allein findest du ja nie zurück.«

Grazia nickte ergeben. Noch einmal drückte Sildyu ihre Hand und neigte sich leicht vor.

»Besuche mich morgen im Tempel vor der Stadt, dort können wir reden.«

»Im Tempel?«

»Ja, ich bin täglich im Tempel des Götterpaares. Ich bin die Hohe Priesterin der Hinarsya, so wie mein Gemahl der des Inar ist.«

»Du bist eine Priesterin!« Deshalb also war sie als Einzige in schlichtes Weiß gekleidet. »O ja, es wäre mir sehr recht, wenn wir uns in Ruhe unterhalten könnten. Anschar sagte, wenn mir jemand helfen könne, dann ein Priester.«

»Oh, hoffentlich überschätzt er uns da nicht. Aber zumindest weiß ich, dass du durch das Tor des letzten Gottes gekommen sein musst. Es kann nur so sein. Man weiß nicht viel darüber, aber das Wenige solltest du dir anhören, wenn du je darauf hoffen willst, es wiederzufinden.«

Mallayur griff nach seiner Hand. Anschar musste sich zwingen, sich zu entspannen, damit sein Herr die Hand heben und umdrehen konnte. Ein Daumennagel kratzte über die vier Krallen des Schamindar, während Mallayur sie ausgiebig betrachtete. Dann ließ er ihn los und ging zu einem Tisch. Dort lagen eine Zange und ein silbernes Schmuckstück. Er nahm es mit spitzen Fingern hoch und kehrte zu Anschar zurück.

»Das tragen meine hochrangigsten Bediensteten. Du gehörst nun dazu, und du bist der erste Sklave in meinem

Palast, der mein Zeichen trägt. Ich hoffe, du bist dir dieser Ehre bewusst.«

Es war eine kelchförmige, nach unten spitz zulaufende Blume. Schnell hatte Mallayur die Heria an den Ohrhaken gehängt und die Öse mit der Zange zugebogen. Dann setzte er sich Anschar gegenüber in einen Sessel und betrachtete sein Werk. Hinter ihm stand der junge Sklave und bewegte den roten Federwedel.

»Der Ohrschmuck steht dir gut. Auch der Rock.« Er lehnte sich zurück und bettete die Hände auf die Lehnen. Seine Finger spielten mit der Zange. Regungslos stand Anschar vor ihm und ließ die nachdenkliche Musterung über sich ergehen. Was er trug, war ein weißer, gefranster Wickelrock, der ihm bis zu den Kniekehlen reichte. Die Fransen waren in der Farbe Herscheds eingefärbt, und so konnte jeder am roten Saum erkennen, wem er jetzt diente. Nach einer schier endlosen Zeit nickte Mallayur zufrieden.

»Wir können gut miteinander auskommen, wenn du dich nicht sträubst. Lass uns jetzt wie ebenbürtige Männer reden. Du kennst diese Frau. Die Rothaarige. Ich traf sie gestern, und ich möchte wissen, wer sie ist und woher sie kommt. Sag mir alles, was du über sie weißt.«

Anschar hatte vorgehabt, Mallayurs Forderungen mit Gelassenheit zu begegnen. Doch dass die Sprache auf Grazia kam, überraschte ihn so sehr, dass ihm ein widerwilliges Knurren entschlüpfte.

»Nicht sträuben, sagte ich.« Noch klang Mallayur recht milde. »Nun?«

Natürlich, das Bankett. Anschar konnte sich lebhaft vorstellen, wie das dumme Feuerköpfchen bereitwillig seine krude Geschichte erzählt hatte, ohne zu wissen, wer Freund und wer Feind war. Andererseits – warum sollte Mallayur ihr Feind sein, nur weil er seiner war?

»Sie heißt Grazia«, quälte er sich ab.

»Das weiß ich.«

»Sie stammt aus einem fernen Land, von dem ich noch nie gehört habe. Nein, Herr, ich könnte nicht behaupten, sie zu kennen. Warum willst du das wissen?«

Mallayur ruckte vor und musterte ihn scharf. »Hat Madyur dir etwa gestattet, Gegenfragen zu stellen? Du solltest dir das schleunigst abgewöhnen. Ihre ganze Geschichte – dass sie mitten in der Wüste erwachte – klingt danach, als könne sie eine Nihaye sein. Was meinst du dazu?«

Was ich dazu meine?, dachte Anschar grimmig. Wäre ich dir jetzt ebenbürtig, würde ich sagen, du sollst sie in Ruhe lassen.

»Ich weiß nicht, wie sie hergekommen ist«, rang er sich eine Antwort ab. »Wodurch es auch immer ausgelöst worden sein mag, es macht sie noch nicht zu einer Halbgöttin. Denn dann wäre sie ja die Tochter eines Gottes, und das ist sie ganz sicher nicht.«

»Nicht? Diese Haare, ihr Aussehen – die ganze Frau schreit danach, dass sie eine ist.«

»Das ist abwegig. Wie sollte es heute noch Nihayen geben? Und würde sie dann so verloren wirken? Sie begreift ja gar nicht richtig, was um sie herum vor sich geht.«

»Ja, sie wirkt ein bisschen hilflos. Aber mein Verdacht gründet sich nicht allein darauf, dass sie so offensichtlich fremd ist.« Erwartungsvoll sah Mallayur ihn an und schwieg.

»Worauf dann?«, fragte Anschar.

»Das weißt du doch.«

»Nein. Du sprichst in Rätseln.«

»Ach, Anschar.« Vielsagend klapperte der Herr von Hersched mit der Zange. Es war deutlich, dass seine Gelassenheit nur gespielt war. »Erzähl mir nicht, dass du es nicht weißt. Dass du nichts von ihrer … Fertigkeit weißt.«

Welche Fertigkeit? Sie hatte keine. Jedenfalls keine, von der Anschar wusste. »Ich verstehe nicht. Dass sie so schnell unsere Sprache gelernt hat, meinst du das?«

Mallayur lachte. »Warum sollte mich das interessieren?«

»Sie hat sonst …«

»Das Wasser!«, schrie sein Gebieter und stemmte sich aus dem Sessel. »Das Wasser!«

»Ihr Götter«, murmelte Anschar. »Welches Wasser?«

»Das, was sie machen kann. Sie trank einen Becher leer. Und füllte ihn kurz darauf wieder. Aus dem Nichts!«

»Das hast du gesehen?« Anschar hatte das Gefühl, völlig den Faden zu verlieren. Was ging hier vor sich?

»Ich habe gesehen, dass niemand ihr nachgeschenkt hat. Und dass sie ganz schuldbewusst gewirkt hat, als man sie darauf aufmerksam machte, ihr Becher sei noch voll. Niemand hat es bemerkt, nur ich.« Mallayur trat näher. »Nihayen haben göttliche Fähigkeiten. Nun, was sagst du dazu?«

Anschar zögerte, da er immer noch nicht verstand. Auf die Idee zu kommen, Grazia könne Wasser aus dem Nichts schaffen, fand er dermaßen abwegig, dass er nur den Kopf schütteln konnte. Er erinnerte sich an das Gerücht, eine Nihaye hause hier im Palast. Wollte der Herr von Hersched etwa Halbgötter um sich versammeln?

»Ich kann dazu nichts sagen, weil ich nichts weiß.«

»Dann müssen wir wohl einen Ort aufsuchen, der dir hilft, dich zu erinnern.«

Das war es also schon mit der Ebenbürtigkeit, dachte Anschar verächtlich. Auf Mallayurs Wink kamen zwei Palastwächter und nahmen ihn in die Mitte. Mallayur ging voraus und schlug einen Weg ein, der über viele Treppenschächte in die Tiefe führte, in einen schmucklosen Trakt des Palastes, in dem es nach Arbeit und dem Schweiß der Sklaven roch. Hier war es dunkel, sodass er einen vorbeieilenden Sklaven anhielt, eine Lampe zu holen und den Weg auszuleuchten. Sie schritten durch Korridore, an denen sich Vorratskammern reihten. Überall standen hüfthohe Tonkrüge. Eine letzte Treppe folgte, dann eine Tür, die der Sklave öffnete.

»Der beste Wein lagert hier.« Mallayur wandte sich zu Anschar um. Sein Mundwinkel deutete etwas an, das wohl ein Lächeln sein sollte. »Und das ist doch ein guter Ort, sich mit einem der besten Krieger zu unterhalten.«

In der Tat standen auch an den Wänden der Felsenkammer, die sie nun betraten, ordentlich beschriftete und versiegelte Tonkrüge. Der Sklave hängte die Laterne an einen Wandhaken und blieb abwartend neben der Kühlwanne stehen. Solche gemauerten Wannen gab es auch im Palast von Argadye und in jedem Gasthaus, das etwas auf sich hielt; Anschar fragte sich nur, was hier und jetzt daran so interessant war, dass Mallayur die Hände auf den steinernen Rand legte und das Wasser betrachtete.

»Bis zum Rand gefüllt, sehr schön.« Er wirbelte mit der Hand die Wasseroberfläche auf. »Anschar, hast du Durst?«

Er sprach nicht vom Wein, das war offensichtlich. Auf seinen Wink hin nahmen die beiden Palastwächter ein langes Brett von der Wand und lehnten es an die Wanne.

»Komm her.« Mallayur winkte Anschar heran. »Es ist keine große Sache, nichts, was dich beunruhigen soll. Stell dich vor das Brett.«

In Hüfthöhe waren Grasbänder an den Kanten befestigt. Anschar begann zu begreifen, worauf das hinauslief. Als einer der Zehn hatte er gelernt, sich einer Gefahr zu entziehen, noch bevor sie ihn erreichte. Ebenso hatte er gelernt, als ein Sklave seinem Herrn zu gehorchen. Da Madyur ihn nicht bedroht oder gar gequält hatte, waren sich diese Verhaltensweisen nie in die Quere gekommen. Anschar sah sich vor einem Problem, das ihn für einen Augenblick lähmte.

Mallayur wartete. Anschar entschied sich, zu gehorchen. Augenblicklich band der Sklave seine Handgelenke an die Kanten des Brettes.

»Was ...«

»Du hast keine Fragen zu stellen.« Mallayur nickte den Wachen zu. »Macht es ihm bequem.«

Die Männer kippten das Brett nach vorne und schoben es ein Stück über den Wannenrand. Hinter sich hörte Anschar einen der großen Krüge über den Boden kratzen. Das Fußende wurde darauf abgelegt. Grasseile legten sich fest um seine Fußknöchel und fesselten sie ans Brett.

»Nur, damit du nicht zappelst«, erklärte Mallayur in mildem Ton. »Ich denke, näher muss das Ganze nicht erklärt werden. Eigentlich werden Sklaven ja mit der Peitsche gezüchtigt, aber das hier ist ein guter Ersatz, wenn man keinen aufgerissenen Rücken hinterlassen möchte. Der würde einem der Zehn nicht so gut stehen.«

Vor allem willst du nicht, dass Madyur irgendwann an mir sehen könnte, was du getan hast, ergänzte Anschar im Stillen die Rede.

Das Brett reichte nur bis zu seinem Hals. Zwei Handbreit vor seinem Gesicht wartete das Wasser. Trüb war es und schmutzig von zahllosen Tonkrügen und den Sklavenhänden, die sie hier im Laufe der Zeit hineingestellt hatten, um sie zu kühlen. Jetzt befanden sich nur ein paar schlanke Gefäße darin, die gewöhnlich für die edelsten Weine genutzt wurden.

»Den Wein von den Hängen des Hyregor wirst du leider nicht zu kosten bekommen«, sagte Mallayur anzüglich.

»Das habe ich mir gedacht.«

»Gut. Fangen wir also noch einmal von vorne an. Wer ist diese Frau?«

»Sie heißt Grazia Zimmermann.«

»Ja, so weit waren wir schon.« Mallayur klopfte ungeduldig auf den Rand der Wanne, während er sie umrundete.

»Verzeih, Herr«, sagte Anschar tonlos. »Du wolltest von vorne beginnen, und ich bin ein Sklave, der gehorcht.«

»Du bist, wie es scheint, auch einer, der es wagt, sich über seinen Herrn lustig zu machen. Ich will wissen, wer sie ist! Woher kommt sie, warum hat sie die Fähigkeit einer Nihaye?«

»Ich weiß das alles nicht.«

Der Herr von Hersched kehrte auf der anderen Seite zu ihm zurück. »Du warst Monate mit ihr zusammen. Du hast sie unsere Sprache gelehrt. Und da willst du mir immer noch weismachen, du wüsstest nichts?«

»Ich kann dir etwas über ihr Land sagen, aus dem sie stammt, aber nichts über diese ... Wassergeschichte.«

»Die ist aber genau das, was mich interessiert.« Mallayur verschwand aus Anschars Blickfeld. In den nächsten Augenblicken geschah nichts, doch die Stille war verräterisch. Plötzlich setzte sich das Brett in Bewegung, kratzte über den Wannenrand und neigte sich. Anschar blieb gerade noch Zeit, Luft zu holen, dann schwappte das Wasser über ihm zusammen.

Er zwang sich zur Ruhe. Dies war allemal besser als die Peitsche, und Mallayur war sicher nicht daran gelegen, ihn zu ersäufen. Und in der Tat hob sich kurz darauf das Brett. Anschar nahm einen tiefen Atemzug.

»Erzähl mir die Geschichte«, sagte Mallayur ruhig.

»Ich kenne sie nicht.«

Erneut wurde Anschar untergetaucht. Diesmal ein wenig länger. Als er wieder an der Luft war, musste er keuchen. Seine Zöpfe lösten sich, Haare klebten ihm im Gesicht.

»Na gut«, meinte sein Herr in dem immer noch ruhigen Tonfall, den Anschar zutiefst verabscheute. »Vielleicht müssen wir wirklich einfacher anfangen. Über ihre Heimat hat sie dir einiges erzählst, sagst du? Dann berichte es mir. Was ist das für ein Land und wo liegt es?«

»Es heißt Preußen.« Es gab keinen Grund, das zu verschweigen, dennoch überlegte Anschar vor jedem Wort, ob er Grazia damit irgendwie schaden könnte. »Sie sagte, es sei ein fruchtbares Land, keine Wüste. Und es leidet auch nicht an der Trockenheit.«

»Nicht?«

»Nein, dort klagen die Leute ständig über den Regen.«

»Erstaunlich! Das bedeutet demnach, es ist so weit weg, dass es unberührt vom Fluch der Götter blieb?«

»Es muss so sein, denn dort weiß man nichts von dem Fluch. Dort weiß man sogar nichts über die Hochebene. Über die Wüste schon, aber ich bezweifle, dass diese Wüste gemeint ist. Es ist so weit entfernt, dass man nur einen Mond sehen kann.«

Anschar dachte daran, dass Grazia ihm irgendwann gesagt hatte, sie sei aus einer anderen Welt. Trotz ihrer Andersartigkeit und der seltsamen Dinge, die sie besaß, war er überzeugt, dass dies nur ein anderes Wort für *sehr weit weg* war. Unmöglich konnte es sich um eine gänzlich andere, ferne Welt handeln. Denn das hieße ja, sie sei denselben Weg gegangen, den die Götter vor Jahrhunderten genommen hatten. Es überforderte seine Vorstellungskraft. Alles das, was gerade geschah, überforderte ihn.

»Gibt es dort Sklaverei?«, fragte Mallayur anzüglich.

»Nein. Sie weiß aber, was das ist.«

»Was haben sie für Waffen?«

»Waffen?«

»Oh, sag nur, darüber weißt du auch nichts.«

»Bei Inar, sie ist eine Frau! Was ist daran verwunderlich?«

Diesmal platschte Anschars Kopf so ruckartig ins Wasser,

dass er keine Luft mehr schöpfen konnte. Und dieses Mal blieb er doppelt so lange unten. Er riss den Kopf hoch, schüttelte ihn und spannte seinen Körper an, um das Verlangen, Atem zu holen, irgendwie zu unterdrücken. Er schrie fast, als er wieder auftauchte, und pumpte rasselnd die kostbare Luft in sich hinein.

»Ein anderer Ton, ja?«, sagte Mallayur dicht an seinem Ohr. »Also?«

»Kriegsschiffe«, keuchte Anschar. Dies war ihm wahrhaftig erst im Wasser eingefallen, auch wenn Mallayur das niemals glauben würde. »Sie hat ... kämpfende Schiffe erwähnt.«

»Kämpfende Schiffe«, wiederholte der Herr von Hersched langsam. »Schiffe? Das ist ein Begriff aus den Zeiten des Krieges gegen Temenon. Man hat damit Menschen übers Wasser transportiert – so schwer vorstellbar das für uns heute auch ist. Wie sollte man mit so etwas kämpfen können? Hat sie das erklärt?«

Anschar erinnerte sich, dass sie es einmal versucht hatte, denn er hatte ihr dieselbe Frage gestellt. Doch das war zu Anfang gewesen, als sie der Sprache kaum mächtig gewesen war. Er hatte es nicht verstanden. Geschosse, die von einem Schiff zum anderen gingen, oder etwas in der Art. Später war das nie wieder zur Sprache gekommen.

»Nein, Herr.«

Ein zweites Mal schlenderte Mallayur um das Becken herum, und dieses Mal beobachtete Anschar ihn genau. Wartete auf den Wink an die Schergen, ganz so, wie ein Sklave die Bewegungen seines Auspeitschers verfolgte. Seine Muskeln spannten sich an, als Mallayur aus seinem Blickwinkel verschwand, und lockerten sich um eine Winzigkeit, als er auf der anderen Seite wieder auftauchte. Ihm gegenüber blieb Mallayur stehen, legte einen Arm auf den Beckenrand und tat so, als versinke er in Gedanken.

Ich hasse dich für dieses Getue, dachte Anschar.

»Das klingt alles interessant.« Mallayurs Finger drehten Kreise auf dem Wasser. »Aber nur für Geschichtensammler. Diese Fähigkeit – hat die in ihrem Volk möglicherweise jeder?«

»Ich weiß nichts darüber.«

»Anschar!«, brüllte Mallayur über das Wasser hinweg. »Du kannst mir nicht weismachen, du seist Monate mit ihr zusammen gewesen und hättest nichts bemerkt!«

»Es ist aber so, und du kannst nichts dagegen machen.«

»Kann ich nicht?« Verächtliches Lachen war die Antwort. »Du bist aber vergesslich, wenn du nicht mehr weißt, warum du da liegst.« Mit wenigen raschen Schritten war Mallayur wieder bei ihm und raunte ihm zu: »Du willst sie schützen, das verstehe ich ja. Sie ist nicht schön mit ihrer gesprenkelten Haut, aber – meine Güte, allein in der Wüste mit einer Frau, was soll ein gestandener Mann da machen? Und jetzt fühlst du dich ihr verpflichtet. Damit dein Beschützerinstinkt geweckt ist, hat sie bestimmt dafür gesorgt, dass du sie beschläfst.«

Anschar hob den Kopf und spuckte Mallayur ins Gesicht. Einen Herzschlag später fand er sich unter Wasser wieder. Es überraschte ihn selbst, dass er das getan hatte. Er, ein Sklave! Es gab Herren, die ihre Sklaven für ein solches Vergehen töteten; und schützte ihn nicht sein Status als einer der Zehn, würde es ihm zweifellos ebenso ergehen.

Es sah jedoch so aus, als wolle Mallayur das vergessen.

Anschar bekam Zeit, um nachzudenken. Mehr Zeit als je zuvor. Und es gab Schlimmeres, als im Angesicht des Todes über Grazia nachzudenken. Natürlich hatte er sich ausgemalt, zu erkunden, was sie so peinlich unter ihrem Gewand zu verstecken suchte. Sehr oft sogar. Und hätte sie ihm auch nur ein einziges, winziges Zeichen gegeben, dass sie bereit sei, es ihm zu zeigen, hätte er es in die Tat umgesetzt. Aber sie hatte ja immer nur das Gegenteil getan, mit ihren schier nervtötenden Bemühungen, die Glieder bedeckt zu halten.

In seine Lunge stachen Nadeln. Alles in ihm schrie nach Luft. Wie lange war er jetzt im Wasser? Lange genug, um den Weg zu Schelgiurs Wirtschaft zurücklegen zu können, so schien es ihm. Er zerrte an den Fesseln und bäumte sich auf, doch die rettende Wasseroberfläche war zu weit entfernt. Dann wurde es doch noch hell, und er sah durch einen trüben Schleier das Licht der Lampe auf dem aufgewühlten Wasser tanzen. Sein Körper wand sich in krampfartigen Zuckungen, als besäße er einen eigenen Willen.

»Du gibst ein erbärmliches Bild ab, weißt du das?«, hörte er Mallayur wie aus weiter Ferne. Wenn es so war, dann war dies seine geringste Sorge. Er krümmte sich und erbrach sich ins Becken. Es *war* schlimmer als die Peitsche.

»Ist es genug jetzt? Redest du?«

Anschar schüttelte den Kopf.

»Rede! Willst du lieber ersaufen, Mann?«

Noch ein, zwei dieser Tauchgänge, und er wäre imstande, sich irgendetwas zusammenzureimen, das Grazia vielleicht mehr schadete als die Wahrheit, die er gar nicht kannte. Er musste an etwas anderes denken. Irgendetwas ganz anderes.

Er spuckte aus und versuchte einen Ton von sich zu geben. Mallayurs Atem strich über seine nasse Schulter.

»Ich höre.«

Rasselnd sog Anschar die kostbare Luft ein, hustete und stieß hervor, was ihm gerade in den Sinn kam. »Er ... er fühlte sein Ende ... 's war H-h-herbsteszeit, wieder ... lachten die ... Birnen weit und breit ...«

»Was?«

»Da sagte von ... Ribbeck: ›Ich scheide nun ab. Legt mir eine Birne mit ins Grab!‹ Und drei Tage drauf, aus dem ... Doppeldachhaus, trugen von Ribbeck sie hinaus.«

»Bei Inar, was sind das für fremdartige Laute?«, schrie Mallayur schmerzhaft in sein Ohr. »Bist du von Sinnen?«

»Alle Bauern und Bündner mit Feiergesicht sangen ›Jesus meine Zuversicht!‹ Und die Kinder klagten, das Herze schwer: ›He is dod nu. Wer givt uns nu ne Beer?‹ So klagten die Kinder. Das war nicht recht – ach, sie kannten den alten Ribbeck schlecht! Der neue freilich, der knausert und spart, hält Park und Birnbaum strenge verwahrt.«

»Er ist wahnsinnig!«

Nicht ich, dachte Anschar. Es war sein einziger klarer Gedanke, während er die ungewohnten Worte ausstieß, immer wieder und wieder. Er hörte erst auf, als Mallayur seinen Kopf an den Haaren hochriss und drehte, sodass er ihn ansehen musste. Die wütenden Augen seines Herrn schwebten nur eine Handbreit vor ihm.

»Hör auf! Verdammt, du willst mir den Verrückten vorspielen, aber glaubst du, ich falle darauf herein?« Mallayur ließ ihn wieder los und versank in Schweigen. »Das ist ihre Sprache«, sagte er plötzlich. »Ihr Götter! Du hast dir Wörter in ihrer Sprache beibringen lassen. Sie bedeutet dir etwas, und genau das hindert dich am Reden.«

Anschar schwieg.

»Mir scheint, jetzt erinnerst du dich. Nun, geben wir dir ein Weile zum Nachdenken. Nicht dass sich deine Erinnerungen verflüchtigen.«

Mallayur verließ den Raum, gefolgt von den Schergen. Die Tür fiel zu. Anschar blieb allein zurück, allein mit seinem Keuchen, dem Plätschern des Wassers, das aus seinen Haaren ins Becken rann, und seinen Gedanken.

Ja, jetzt erinnerte er sich. An Grazias nasses Gewand, als hätte sie sich Wasser übergeschüttet. Er hatte sie wegen dieser Dummheit ohrfeigen wollen, aber nur gefragt, ob sie sich eingenässt habe, damit sie es bleiben ließ. Für solche Spielchen war das Wasser zu kostbar, denn wer mochte wissen, ob der nächste Bachlauf nicht eingetrocknet war? Aber das war nicht alles, wie ihm jetzt auffiel. Wann hatte er gesehen, wie sie trank? Nur wenn er ihr einen Wasserbeutel gegeben hatte, und auch dann nur ein paar Schlucke.

Er war nicht auf den Gedanken gekommen, dass sie ihren Wasserbedarf auf eigene Weise deckte. Dass sie sich Wasser *machen* konnte. Verständlich, dass Mallayur sich darauf versteifte, sie sei eine Nihaye. Aber er wusste nichts von all den anderen wunderlichen Dingen. Nichts von Bildnissen, die Menschen einfingen. Nichts von *Eisen* und Lichtkugeln und dampfenden Kesseln, die Schiffe vorwärtstrieben. Womöglich besaß jeder Preuße Grazias Fähigkeit.

Aber warum hatte sie nichts davon gesagt? Warum ihm nicht vertraut? Ohne sie wäre Anschar in der Wüste verreckt, und ohne ihn wäre sie nicht von dort entkommen. War das nicht eine ausreichende Grundlage, einander zu vertrauen?

Was erwartest du denn?, schalt er sich. Hast *du* ihr gesagt, dass du ein Sklave bist?

Dennoch, die Enttäuschung blieb. Ein schales Gefühl, das ihn für einen winzigen Moment vergessen ließ, wo er sich befand. Als die Tür aufschwang und sich die Männer näherten, ging ein Ruck durch seinen Körper.

»Nun, hast du dich besonnen?«

»Ja, Herr.«

»Gut. Ich höre.«

»Ich habe nichts zu sagen.«

Schwer seufzte Mallayur auf und gab den Wächtern einen Wink. Das Brett senkte sich ins Wasser.

9

Grazia öffnete die Kleidertruhe, die Fidya ihr gebracht hatte. Wie sie befürchtet hatte, fanden sich lauter Gewänder darin, die sie unmöglich tragen konnte – viel zu durchsichtig und knapp geschnitten. Nur ein ockerfarbenes Kleid erschien ihr brauchbar, es war verhältnismäßig dicht gewebt und reichte bis zum Boden. Im Gegenlicht würde sich allerdings auch hier ihre Silhouette erkennen lassen, und von den Knien abwärts klaffte ein Spalt.

So konnte sie unmöglich herumlaufen. Sie bat Henon, Nähzeug zu bringen. Seinen Einwand, dass sie im Begriff war, Sklavenarbeit zu tun, ignorierte sie. Schnell hatte sie den Schlitz zugenäht und sie begab sich ins Bad, dessen Eingang inzwischen mit einem dicken Tuch verhängt war.

Tief atmete sie auf, als sie aus ihrem Kleid heraus war. Es war für diese Gegend wirklich zu warm. Ihr Unterzeug, das die Sklaven inzwischen gewaschen hatten, behielt sie an. Sie schlüpfte in das ockerfarbene Trägerkleid, das sich eng an ihren Körper schmiegte. Um die Schultern legte sie einen Schal und kehrte ins Wohnzimmer zurück.

»Besonders glücklich siehst du nicht aus, Herrin«, sagte Henon.

»Nein, ich finde das viel zu freizügig. So kann ich doch unmöglich auf die Straße gehen.«

»Das kannst du schon. Hier stört man sich nicht an ... nun, was immer du auch meinst. Wo willst du denn hin, wenn ich fragen darf?«

»In den Tempel. Würdest du mich begleiten?« Hilflos

zupfte sie an dem Schal herum, doch wann immer sie eine Stelle bedeckte, wurde anderswo eine entblößt. »Aber erst, wenn ich hierfür eine Lösung gefunden habe.«

»Oh, das findet sich. Bitte warte einen Augenblick.« Er eilte ins Schlafgemach und kramte dort in einer Truhe. Mit einem säuberlich zusammengefalteten Stück Stoff kehrte er zurück. »Das hatte eine Frau hier vergessen, als sie Anschar besuchte. Es ist schon ein paar Jahre her. Vermisst hat sie diesen Mantel nie, jedenfalls kam niemand, ihn zu holen.«

Er schüttelte ihn auseinander. Es war ein Traum aus seidigem Blau.

»Ist das nicht die Farbe der Trauer?«, fragte sie.

»Wie kommst du darauf? Oh, verzeih, was frage ich so unhöflich! Mit der Kleidung pflegt man Trauer bei uns nicht auszudrücken.«

Sie ließ sich in den Mantel helfen. Angenehm kühl lag der dünne Stoff auf der Haut. Die Ärmel fand sie äußerst ungewöhnlich: Weit geschnitten, reichten sie fast bis zu den Knien, doch auf der Höhe der Oberarme steckten sie in festen Hülsen aus dickem, mit gelben Mustern besticktem Stoff. Der sich darüber bauschende Stoff wurde hinter den Armen von goldenen Ringen gebändigt.

»O Henon, das ist ja ein wundervolles Stück. Ist er nicht zu kostbar, um damit in der Stadt herumzulaufen?«

Er schüttelte entschieden den Kopf, sichtlich erfreut, dass er ihr helfen konnte.

Für Grazia war der Mantel tatsächlich Liebe auf den ersten Blick. Zu allem Überfluss besaß er eine Kapuze, unter der sie ihre Haare verbergen konnte.

»Trägt man das so? Ja?«, fragte sie eifrig, und er strahlte.

»Natürlich, es dient zum Schutz vor der Sonne. Ich kann dir aber auch einen Sonnenschirm holen.«

»Wirklich? Das wäre schön, bei uns gehen wir im Sommer

auch oft mit Sonnenschirm im Park spazieren. Aber das muss jetzt nicht sein.« Zufrieden zupfte sie an den Ärmeln, deren Säume äußerst kunstvoll mit netzartig aneinander verknoteten Fransen verziert waren. »Wer war denn diese Frau, und wie konnte sie diesen wundervollen Mantel einfach vergessen?«

»Ich weiß nicht, wer sie war, ich kann mich nur noch daran erinnern, dass sie sein Bett ziemlich überhastet verlassen hat. Er erwähnte danach, sie habe wohl Ärger mit ihrem Mann befürchtet.«

»Sein Bett?«, wiederholte Grazia. »Ich dachte …«

»Ja?«, fragte er, da sie ins Stocken geriet.

Sie wusste nicht so recht, wie sie über ein so heikles Thema reden sollte. »Er hat wenig über seine Verhältnisse gesprochen, aber dass er unvermählt ist, war mir schon klar. Diese Frau, sie war seine – äh – Geliebte?«

»Nein.« Henon zuckte mit den Achseln. »Sie kam einfach so.«

»Einfach *so*?«

Er schien nicht zu begreifen, was daran unverständlich war. »Ja, sie war nur eine Nacht lang hier. Wie viele andere auch.«

Mit offenem Mund starrte sie ihn an. »Viele? Welche?«

»Huren und Frauen, die wissen wollen, wie es ist, von einem der Zehn beschlafen zu werden. Herrin, ist dir nicht gut?«

Sie hatte die Hand vor den Mund gepresst, da sie nicht imstande war, ihn zu schließen. »Kommt das oft vor?«

»So oft, wie es einen jungen Mann eben treibt. Was soll er denn sonst tun? Eine eigene Frau wird er erst haben können, wenn er zu alt ist, um noch den Ansprüchen der Kriegerkaste zu genügen. In seinem Fall darf das dann auch nur eine Sklavin sein, also eine Wüstenfrau. Was er davon hält, kannst du dir sicher denken.«

»O ja, das kann ich.«

»Bis dahin wird ja nicht einmal geduldet, dass er sich eine Gefährtin sucht. Die Zehn dürfen sich allein an den Meya gebunden fühlen.« Er schlug die Hände vor dem Gesicht zusammen. »Mein armer Junge! Es ist anzunehmen, dass er in Heria sehr viel seltener Gelegenheit bekommt, eine Frau fürs Nachtlager zu finden. Warum nur, ihr Götter, musste er in die Hände des Herrn von Hersched geraten?«

Allmählich gewann Grazia ihre Fassung zurück, denn wenn sie darüber nachdachte, waren die Gepflogenheiten so überraschend nicht. War es bei den Gladiatoren im alten Rom nicht ähnlich gewesen? Auch da, meinte sie gelesen zu haben, hatten sich freie Frauen oft an diese Krieger gewandt, um sich … nun, der Autor hatte es undeutlich formuliert. Jetzt wusste sie, was gemeint war.

Der pikante Hintergrund raubte dem Mantel etwas von seinem Glanz. Grazia sagte sich, dass sie wirklich anderes im Kopf hatte als Anschars Bettgeschichten. Auch wenn es ihr schwerfiel, den Gedanken daran zu vertreiben.

Neugierig schob Grazia die Kapuze zurück. Es war heiß, und sie wollte alles sehen. Vor ihr tat sich eine Prachtstraße auf. Das Gelände war ein wenig abschüssig, und so konnte sie über die flanierenden Menschenmassen hinweg den Tempel erkennen, dessen weiße Mauern fahl in der Sonne schimmerten. Er stand in einem See; glatt wie Glas spiegelte das Wasser die ockerfarbenen Ziegel der Stadtmauer und das Blau des Himmels.

»Es ist weit bis zum Tempel, oder?«

»Ja, Herrin. Aber du kannst eine Sänfte nehmen.«

»Und du?«

»Ich laufe natürlich nebenher«, erklärte Henon. Mit dieser Antwort hatte sie gerechnet. Sie wollte sich anschicken, die Strecke zu Fuß zurückzulegen, doch der Anblick der vielen

Sänften, die über die Straße schwebten, war zu verlockend. Sie ließ sich von Henon zu einem Sänftenvermieter führen. Eine Droschke wäre ihr lieber gewesen, aber so etwas schien es hier nicht zu geben. Über die Köpfe der Leute hinweg waren bisweilen Bedienstete des Königs zu sehen, die auf Pferden mit schlankem, fast magerem Körperbau ritten. Von Ochsen gezogene Karren rumpelten über die Straße, ja, sogar Sturhörner stapften daher, bis in den Himmel mit Körben, Tonkrügen und prall gefüllten Vogelkäfigen beladen. Allerorten schwebten viereckige Schirme über den Köpfen der Menschen, manche kostbar bestickt, andere aus Gras geflochten. Wie es schien, war es für die Argaden selbstverständlich, ihre Wege zu Fuß zurückzulegen. Es sei denn, man konnte sich eine Sänfte leisten.

»O Henon, ich habe ja gar kein Geld. Was machen wir denn jetzt?«

»Ich habe welches.« Unter seinem Rock holte er eine Schnur hervor, auf die ein paar Münzen gereiht waren. Er führte Grazia an den Straßenrand, wo Sänftenträger saßen und auf Kundschaft warteten. »Du kannst sitzen oder liegen. Welche möchtest du?«

»Die da.« Sie deutete auf einen unüberdachten und ausreichend breiten Tragstuhl. Ein Zweisitzer. Wie erwartet sträubte sich Henon, als sie saß und auf die Sitzfläche neben sich klopfte.

»Nein, nein, Herrin, das geht doch nicht.« Er schüttelte den Kopf.

»Ich will aber nicht getragen werden, während du läufst. Außerdem, wenn ich es möchte, musst du gehorchen, oder nicht?«

Dagegen konnte er nichts einwenden. Er drückte sich in den Sitz, während die vier Träger den Stuhl auf ihre muskulösen Schultern hoben. Grazia krallte sich an der Lehne fest, da sie befürchtete, das Ding würde kippen. Das war ja fast schon so verwegen wie ein Fahrgeschäft auf dem Rummel. Nach ein paar Schritten gewöhnte sie sich an die sanfte Schaukelei. Nur Henon saß wie ein Häufchen Elend da und kniff sich an ein Ohrläppchen.

»Was machst du denn da? Hilft das gegen Schwindel?«

»Verzeihung! Ich will nur nicht, dass die Leute an meinem Ohrhaken erkennen, wie du neben einem Sklaven sitzt.«

»Henon! Finger weg! Das ist ja schlimm mit dir.«

Er riss die Hand herunter und klemmte sie sich unter die Achsel. Tatsächlich schauten die Leute herauf, aber das lag eher an Grazias Haaren. Es kümmerte sie nicht, denn der Anblick der Prachtstraße war viel zu aufregend. Ein breiter Boulevard, gesäumt von niedrigen Häusern, allesamt mit Flachdächern, auf denen dürre Sträucher wuchsen und Menschen im Schutz der Sonnensegel saßen. Die Gebäude hatten eine offene Front, von Pfeilern durchbrochen, und Außentreppen, über die geschmeidige Frauen hinaufstiegen, Schalen und Krüge auf dem Kopf balancierend, die sie den im Schatten sitzenden Männern brachten. Überall herrschte Geplapper, Gelächter, Vogelgeschrei, und ständig weinte jemand. Die Menschen von Argad verbargen ihre Gefühle nicht. Grazia erinnerte sich daran, wie seltsam sie Anschars Tränen empfunden hatte, damals in Tuhrods Zelt. Ob Männer oder Frauen weinten, das war hier anscheinend einerlei.

Schlanke Bäume mit rissiger Rinde tauchten beidseits der Straße auf und verwandelten sie in eine Allee. Die kleinen Häuser wichen weiß getünchten und mit Reliefs verzierten Mauern, und das Volk lichtete sich. »Was verbirgt sich dahinter?«, fragte sie.

»Das gehört alles zum Tempelgelände«, erklärte Henon. »Ich weiß nicht genau, was dahinter ist. Kleinere Tempel, Priesterwohnungen, Lagerräume.«

»Sieh dir das an, Henon. Sieh dir das an!«
»Ich sehe es, Herrin.«
Unwillkürlich hatte sie ihn an der Schulter gepackt. Hinter den Bäumen erhoben sich blau geflieste Pfeiler, die in der Sonne gleißten, als würden sie täglich geputzt. Wie Obelisken ragten sie weit in den Himmel, nur waren sie dicker und verjüngten sich nicht. Anstelle pyramidenförmiger Spitzen hatten sie weiße Zinnen, an denen türkisfarbene Bänder flatterten, was, wie Grazia inzwischen wusste, die Farbe Argads war. Zwischen den Pfeilern stand die Sandsteinstatue eines Tieres, das sie längst mühelos identifizieren konnte: Kauernd wie eine Sphinx hockte der Schamindar auf seinem Podest, den Kopf tief gesenkt, eine echsenartige Pfote vorgestreckt, die andere nach unten gedrückt wie zum Sprung. Grazia zählte zwanzig solcher Schamindars entlang des Weges, groß wie Ochsen, die sich gegenseitig zu belauern schienen. Jeder hielt drohend einen seiner drei Schwänze erhoben. Nur einer war seines Schwanzes verlustig gegangen; zwei Männer, wohl Handwerker, standen auf dem Podest, begutachteten den Schaden und stritten sich. Auch an einem der Pfeiler sah Grazia einen Arbeiter, er saß hoch oben in der Schlaufe eines Seils und besserte eine schadhafte Stelle an der Fliesenverkleidung aus.
»Wenn ich das doch nur festhalten könnte«, seufzte Grazia. Ein Photograph mitsamt Ausrüstung hätte hier sein sollen, nicht sie. Das konnte sie alles unmöglich zeichnen.
»Wir sind da«, sagte Henon kurz darauf. Die Sänfte setzte mit leichtem Ruck auf. Grazia stieg aus, den Blick auf den See geheftet. Er war klein, und das befestigte Ufer erweckte den Eindruck, es handele sich eher um ein künstlich angelegtes Becken. Ein gemauerter Steg führte zur Seemitte, aus der sich der Tempel erhob, als schwebe er auf dem Wasser. Unschwer ließen sich die Spuren der Trockenheit erkennen. Graue

Ränder an den Ufersteinen und dem Fundament des Tempels zeigten an, wie hoch der Pegel ursprünglich gewesen war. Das Wasser war trübe und voller Algen. Nichtsdestotrotz war der Anblick atemberaubend. Rot und schwarz gefiederte Vögel ließen sich auf den Wellen treiben, die eine leichte Brise warf, und hockten dicht beieinander auf dem Steg.

»Du musst allein weitergehen, Herrin. Sklaven dürfen nicht auf den See. Und in den Tempel schon gar nicht.«

Sie bat ihn zu warten, was ihn sichtlich verwunderte, und schritt über den Steg. Die Vögel – mit spitzen, gebogenen Schnäbeln und langen Schwanzfedern – beäugten sie misstrauisch und hoben sich auf die Füße, um ihr langsam aus dem Weg zu gehen. Mücken schwirrten vor ihrem Gesicht. Nicht zum ersten Mal dachte Grazia, dass es in diesem heißen Land angenehm wäre, einen Fächer zur Hand zu haben. Dann ragten die Pfeiler des Portikus vor ihr auf, sicherlich mehr als zehn Meter hoch, mit weiß und blau glänzenden und mit Gold verfugten Fliesen versehen, die so angeordnet waren, dass sie die Abbilder eines Mannes und einer Frau im Profil zeigten. Beide trugen einen schräg gehaltenen Speer; fast sah es so aus, als wollten sie aufeinander losgehen. In der anderen Hand jedoch hielt jeder der beiden eine besänftigende Blüte. Die Augen waren unnatürlich groß dargestellt, mit glänzenden Halbedelsteinen und schwarzem Gestein, vielleicht Obsidian. Beide Augen gemeinsam wirkten auf Grazia, als blicke ein einziges Augenpaar auf sie herab.

»Herrin.« Ein Mann in einem schlichten weißen Rock kam auf sie zu. »Möchtest du opfern?«

Sie konnte sich kaum vom Anblick des Götterpaares losreißen. »Opfern? Ach du meine Güte. Du meinst – Tiere?«

»Ja, natürlich.«

»Nein!«

Er zuckte zurück. Sie räusperte sich und sagte etwas

gefasster: »Nein, ich möchte nur zu Sildyu. Sie hat mich hergebeten.«

Er neigte den Kopf und brachte sie ins Innere. Hier war es angenehm kühl, doch es herrschte ein strenger Geruch, den sie zunächst nicht zu deuten wusste. Sie sah kaum auf ihren Weg, da sie ständig den Kopf im Nacken hatte, um all die vielfarbigen Malereien, die blau, türkis und weiß gefliesten Wände und vergoldeten Reliefs betrachten zu können. Fast wäre sie mit Sildyu zusammengestoßen. Die Hohe Priesterin ergriff ihre Hände und führte sie zu einer steinernen Bank an einer der Wände.

»Hier können wir in Ruhe reden. Komm.«

Sie wollte sich auf der Bank niederlassen, doch Grazia hielt sie zurück. Über der Bank hing ein Wandteppich aus dünnen, gefärbten Grasfäden, die kunstvoll miteinander verknüpft waren; sie glänzten wie lackiert. Ihr stockte der Atem. Der Gott, den die Tapisserie zeigte, ähnelte dem Mann auf dem Steg, nur war er stilisiert dargestellt – ein nackter Mann mit schwarzem Haar, das fast bis zur Taille reichte. Er stand vor einem Wald aus roten, lilienförmigen Blumen, nach denen er die Hände ausstreckte. Blaue Linien führten von seinen Fingerspitzen hinunter auf das Blütenmeer.

»Das ist der Gott, dem das Götterpaar den Namen wegnahm und den es in die Wüste sperrte, weil er ihnen nicht folgen wollte«, erklärte Sildyu.

»Was tut er da?«, fragte sie unbehaglich.

»Er bewässert die Heria.«

»Die Heria?«

»Ja, die Blume, die aus der Erde spross, überall dort, wo Inar im wilden Liebesspiel mit Hinarsya seinen Samen hinschleuderte. Die Stadt wurde nach ihr benannt. Heute gibt es nur noch wenige Blumen dieser Art in Hersched. Das Land ist am stärksten von der Dürre betroffen.«

»Und ihr hofft darauf, dass der Gott das tut, wie es dort abgebildet ist, ja?«

Sildyu setzte sich auf die Bank, schlug ein Bein über das andere und umklammerte ihr Knie. »Eschnamar, der Anschar begleitete, hatte geglaubt, er werde es tun. Meine Zweifel waren größer. Aber das ist ja nun alles hinfällig.«

Grazia ließ sich an ihrer Seite nieder. Ein Mädchen, vielleicht eine Tempeldienerin oder Novizin, brachte ein Tablett, auf dem eine Karaffe aus milchigem Glas stand, dazu zwei Kupferbecher. Grazia bedankte sich höflich und nippte daran. Dann stellte sie den Becher ein ganzes Stück weit von sich entfernt auf die Bank.

»Wie, glaubt ihr, soll es sonst gelingen, den Fluch zu beenden?«

»Wir wissen es nicht. Wir wissen nur, dass der alte Krieg zwischen uns und dem fernen Land Temenon der Grund ist. Aber das hilft uns nicht weiter, denn wir können die Entfernung bis dorthin nicht zurücklegen, um Frieden zu schließen. Madyur-Meya tut alles, was in seiner Macht steht, um die Auswirkungen des Fluches abzumildern. Allein seiner umsichtigen Herrschaft ist es zu verdanken, dass das Leben noch seinen gewohnten Gang geht. Nicht wenige Menschen denken nur dann an den Fluch, wenn sie auf dem Markt ihr Geld lassen müssen.«

»Oder wenn sie eine Muschel sehen.«

Sildyu lächelte. »Oder das. Noch lassen sich die Bäuche füllen. Madyur-Meya ist nach langer Zeit der Erste, der wieder den Titel des alten Helden Meya trägt. Zu Recht!«

Grazia nickte langsam. Sie kannte die Geschichte ja längst. Madyur-Meya galt den Menschen hier als Glück im Unglück, als einer der größten Herrscher seit den Zeiten des mythischen Helden Meya.

»Wenn er den Gott hätte, was täte der dann?«, fragte sie.

»Ich meine, ließe er Wasser aus seinen Händen fließen? Oder wie stellt ihr euch das vor?«

»Ja, das wäre möglich. Aber wir wissen es nicht. Warum fragst du das?«

»Oh.« Grazia knabberte an einem Daumennagel. »Nur so.«

»Dich scheint der Gott zu interessieren.«

»Ja, nun ja.« Mit einem Mal fühlte sie sich furchtbar müde. »Ich habe ihn gesehen«, sagte sie. »Leibhaftig. Er hat mich sogar berührt. Ich verstehe das alles nicht. Nur eins weiß ich: Ich will nach Hause.«

Fünf weiß gekleidete Männer und Frauen sahen auf sie herab. Sildyu saß noch immer neben ihr. Es tat wohl, ihre Hand zu spüren, dennoch bewirkte auch ihre beruhigende Gegenwart nicht, dass Grazia sich offenbarte. Sie malte sich aus, was mit ihr geschähe, wüssten sie die ganze Wahrheit. Vielleicht würde man sie irgendwo festbinden und zwingen, tagein, tagaus Wasser zu machen. Bis ans Ende ihres Lebens, und sie würde nie wieder nach Hause zurückkommen. Womöglich hatte sie schon viel zu viel gesagt.

»Der Gott ist seinem Wüstengefängnis entkommen und begegnete dir auf seiner Flucht«, sagte ein schmächtiger Mann, dem der weiße Rock weit um die Hüften fiel. »Das heißt, er ist frei!«

»Nein«, widersprach ein anderer, an dessen Rock Blutspritzer klebten. Hatte er ein Tier geopfert? Stammte der Geruch, den Grazia schon die ganze Zeit in der Nase hatte, von geopfertem Blut? »Sie hat doch gesagt, er sei zurück in das Licht gezogen worden. Die Götter haben ihn wieder eingefangen und an Ort und Stelle weggesperrt. In die Oase.«

»Hat dich die Berührung irgendwie verändert?« Eine Frau beugte sich herab und streckte die Hand nach ihr aus. Unter ihren Fingernägeln klebte Blut. Grazia drückte sich gegen die Wand und drehte angewidert den Kopf zur Seite.

»Dieser Ausschlag …«, sagte die Priesterin. Ihre Finger drückten gegen Grazias Kinn.

»So sah ich vorher schon aus.«

»Auch das Haar war schon so feurig?«

»Ja!«, erwiderte Grazia so laut, dass ihre Stimme von den Wänden widerhallte. »Müsste mir ein Wassergott nicht blaue Haare machen?«

Die Priesterin hob pikiert eine Braue und richtete sich wieder auf. »Du bist ihm über den Weg gelaufen. Das hat bestimmt nichts zu bedeuten. Als die Götter noch auf dem Hochland weilten, kam es immer wieder vor, dass man einen von ihnen sah.«

Grazia wünschte sich, dass sie recht hatte. Vielleicht war es ja so. Vielleicht hatte der Gott mit seiner Umarmung gar nichts bezweckt, und jeder, den er berührte, verfügte danach über diese Fähigkeit. So war es bestimmt.

Verzeih mir.

Sie schüttelte den Kopf, um die Erinnerung an seine lautlose, aber eindringliche Stimme zu verscheuchen. Was sollte sie verzeihen? Dass er ihr etwas auf die Schultern geladen hatte, das sie nicht tragen konnte?

»Hat er dich geschwängert?«, fragte die Priesterin.

»Wie bitte?«

»Mit dir einen Halbgott gezeugt!«

Empört schnappte Grazia nach Luft. Mit einer energischen Geste befahl Sildyu den Priestern, sie wieder allein zu lassen. Grazia atmete auf, als sie in irgendwelchen Nebenkammern verschwanden. »Ich will nach Hause«, wiederholte sie kläglich. Sie kam sich wie ein Kind vor. Aber war das ein Wunder? Das alles war zu viel für sie. »Und mir ist schlecht von dem Blutgeruch.«

Sie musste hinaus, sofort. Ohne auf Sildyu zu achten, hastete sie ins Freie. Dort empfing sie ein Schwall heißer Luft, der schwer zu atmen, aber wesentlich angenehmer war.

Grazia lehnte sich an einen der Pfeiler und kämpfte mit ihrer Übelkeit. Am liebsten hätte sie ihr Korsett geöffnet, um richtig durchatmen zu können.

»Sie wollten dich nicht erschrecken«, sagte Sildyu dicht neben ihr. »Opfert ihr euren Göttern denn kein Blut?«

»Bitte … Du wolltest mir sagen, wie ich nach Hause komme.«

»Natürlich.« Die Priesterin hakte sich bei ihr unter und führte sie über den Steg. Die Vögel gurrten und hüpften vor ihren Füßen davon. Einer flatterte auf ihren ausgestreckten Arm und kratzte mit dem Schnabel auf der Suche nach Futter über ihre Handfläche. »Die senkrechte weiße Linie auf dem Bild, hast du sie gesehen?«

»Nein.«

»Die Knüpfarbeit ist sehr alt. Wer immer sie anfertigte, hatte das Tor gesehen. Oder davon gehört.«

»Eine weiße Linie ist doch kein Tor«, wandte Grazia ein. Dann dachte sie an das Licht. Ein Tor, das in den Himmel führte? Aber es war im Wasser gewesen. Es hatte sie in die Tiefe gezogen.

»Wir wissen nicht, wie es wirkt. Nicht einmal, wie es aussieht. Wie Glas, so berichtet eine alte Überlieferung, was immer das heißen mag. Wir wissen nur, dass der Wassergott die Macht hat, es zu rufen und zu öffnen. Die Götter schufen das Tor, als sie das Hochland verließen, und gaben ihm die Macht darüber. Ab und zu gelingt es ihm, der Wüste zu entfliehen, dann ruft er es für sich selbst und wandert durch die Welten, bis die Götter ihn wieder einfangen.«

»Ist das eine Sage? Oder glaubt ihr das wirklich?«

»Widerspräche sich das denn? Du hast ihn doch gesehen. Glaubst du nichts davon?«

»Ich weiß nicht«, murmelte Grazia. Sie befürchtete längst, dass ziemlich viel von all dem der Wahrheit entsprach. Bedächtig streckte sie die Finger nach dem Vogel aus. Er ließ sich streicheln, sein Federkleid war seidig wie das Fell eines jungen Kätzchens. »Wenn ich dieses Tor finde, werde ich es wohl endgültig wissen. Aber wie findet man es? Du hörst dich an, als sei das fast unmöglich.«

»Ich sagte ja, dass uns wenig darüber bekannt ist. Aber es gibt Hoffnung. In den Ausläufern des Hyregor lebt ein Einsiedler, ein Priester des Inar, der vor vielen Jahren den Tempel verlassen hat, um sich in die Berge zurückzuziehen. Irgendwo dort soll das Tor sein. Oft suchen ihn die Leute aus der Umgebung auf, weil er heilkundig ist und für alle Sorgen ein offenes Ohr hat. Manches Mal erzählt er, dass er wisse, wo das Tor ist. Den Beweis ist er bisher schuldig geblieben, vielleicht will er sich auch nur wichtigmachen, und er weiß gar nichts. Aber wie es aussieht, ist das deine einzige Spur.«

Der Vogel hüpfte wieder von Sildyus Hand. Fast hatten sie das Ende des Stegs erreicht. Henon stand steif da, als habe er sich nicht von der Stelle gerührt.

»Wie kommt man dorthin?«, fragte Grazia.

»Oh, das ist leicht. Man muss nur der Schlucht folgen. Sie endet bei den Ausläufern der Berge, dort führt ein Pfad zu seiner Hütte. Die Frage ist eher, wann die rechte Zeit ist. Der Einsiedler pflegt oft zu verreisen, und das über Monate. Und wie ich hörte, ist er derzeit wieder unterwegs.«

Monate! Grazia zuckte unter dem Wort zusammen. Jetzt blieb ihr tatsächlich die Luft weg. Sie griff sich an die Brust und schwankte. Sildyu packte sie an einem Arm, und Henon, der ängstlich aufschrie, am anderen. Grazia streckte sich nach der Lehne des Tragstuhls und kletterte hinein.

»Es geht schon«, murmelte sie. »Ich bin nur erschrocken. Wie erfahre ich, wann dieser Einsiedler zurückkommt?«

»Indem du die Ohren offen hältst. Irgendjemand wird die Nachricht von seiner Rückkehr schon erwähnen. Wenn ich etwas erfahre, lasse ich es dich wissen. Du kannst auch gern herkommen und fragen, so oft du möchtest.«

Nein, ich gehe zu Schelgiur, dachte Grazia. Der weiß alles zuerst, hat Anschar gesagt.

Sie bedankte sich bei Sildyu und verabschiedete sich. Henon zierte sich wieder, zu ihr in die Sänfte zu steigen, aber schließlich tat er es, unter den verwunderten Blicken der sich abwendenden Priesterin.

»Hast du Schlimmes erfahren, Herrin?«, fragte er.

»Das kann man wohl sagen! Wie es aussieht, muss ich Monate warten, bevor ich überhaupt versuchen kann, wieder nach Hause zu kommen. Das ist so furchtbar!« Sie drückte den Mantel auf ihren Mund, da sie befürchtete loszuheulen, und konnte es doch nicht verhindern. Monate!

Henon weinte mit ihr, obwohl er nicht ganz zu begreifen schien, was daran so schlimm war.

»Herrin, du kannst hierbleiben, so lange du willst«, versuchte er sie zu trösten. »Der Meya mag dich, oder nicht? Und ich diene dir, wie ich nur kann.«

Schniefend nickte sie. »Danke, Henon. Du bist ein freundlicher Mensch. Wenn ich Geld hätte, würde ich dich freikaufen.«

»Das kann man doch gar nicht.«

»Nicht?«

»Nein, Sklave bleibt man bis zum Tod. Aber bitte, Herrin, du musst an dich denken, nicht an mich. Du wirst dich hier wohlfühlen.«

Sie wollte es entschieden verneinen, beherrschte sich aber. Das Warten war sicher zu ertragen. Das Heimweh auch irgendwie. Es gab schließlich genug Neues und Aufregendes, das sie ablenkte. Aber dass es Anschar vielleicht schlecht erging, vergällte ihr alles.

»O Gott, ich kann's nicht. Hinunter ist es ja noch viel schlimmer!« Grazias Hände waren klitschnass, sie würde sich nicht an den Handläufen festhalten können. Sie würde ausrutschen. Fallen. Bis hinunter in die Ebene. Allein der Blick in die Tiefe wendete ihren Magen. Vorsichtig stieg sie die wenigen Stufen, die sie geschafft hatte, wieder hinauf. Henon streckte die Hände nach ihr aus, und dankbar ergriff sie sie.

»Die schwebende Stadt ist kein Ort für eine edle Frau«, sagte er in einem Ton, der aus seinem Munde fast schon tadelnd klang. »Gleichgültig ob es dir nun schwindelt oder nicht.«

»Du hast sicher recht. Ich kann kaum glauben, dass ich durch sie hindurchgestiegen bin. Habe ich das wirklich getan? Aber da musste ich ja auch nicht hinunterschauen.« Außerdem war Anschar bei ihr gewesen. Das Gefühl der Sicherheit, das er verströmte, fehlte ihr.

»Lass mich doch hinuntergehen, Herrin.«

Zweifelnd sah sie den schmächtigen alten Mann an. »Ist das auch nicht zu anstrengend für dich?«

»Ach, das schaffe ich schon. Und ich weiß, wo Schelgiurs Hütte ist.« Er spreizte verlegen die Arme. »So bin ich wenigstens nicht völlig nutzlos.«

Sicheren Schrittes machte er sich an den Abstieg und kehrte schon bald darauf zurück, schwer atmend, aber sichtlich froh, etwas für sie getan zu haben.

»Schelgiur hat bestätigt, was die Hohe Priesterin dir gesagt hat. Der heilige Mann soll irgendwo am Rande des Landes unterwegs sein.«

Enttäuscht seufzte sie auf. Sie hatte gehofft, dass Sildyu im Irrtum gewesen war.

»Ich werde so oft zu Schelgiur gehen, wie du es willst«, sagte er. »Und wenn es jeden Tag ist.«

Das war wohl übertrieben, aber sie nahm sich vor, das Angebot wenigstens alle paar Tage anzunehmen. Sie schlugen den Weg zurück nach Argadye ein. Henon wirkte müde; es war Zeit, dass er sich ausruhte, und Grazia verspürte Hunger. So tauchten sie ein in die dunkle Kühle des Palastes. Als sie den Eingang zu ihrer Wohnung erreichten, wartete dort ein fremder Sklave.

»Ja?«, fragte Grazia misstrauisch. Er trug an seinem weißen Rock die Farbe Herscheds.

Er beugte den Rücken vor ihr. Wie alle Sklaven verstand er es mehr oder weniger gut, sein Entsetzen über ihr Äußeres zu verbergen. »Ich komme aus dem Palast von Heria. Es ist dem Sklaven Anschar gestattet, einige persönliche Dinge holen zu lassen. Keine Möbelstücke, keine Waffen, keine Kleider. Nur Kleinigkeiten. Ich werde sie mitnehmen.«

»Wie geht es ihm? Hast du ihn gesehen?«

»Ja, Herrin. Aber ich weiß nicht, wie es ihm geht. Er ist schweigsam und abweisend.«

»Ich werde ihm die Sachen selbst bringen.«

»Herrin?«

Fast vergaß er, den Blick gesenkt zu halten, so sehr hatte sie ihn damit überrascht. Und auch sich selbst. Was würde Anschar dazu sagen? Wie sie ihn kannte, handelte sie sich einen Tadel von ihm ein, aber das nahm sie in Kauf. Sie bat den Sklaven, auf dem Korridor zu warten, und zog Henon mit sich in die Wohnung. Er zitterte schon wieder.

»Mein armer Junge«, jammerte er. »Dass ich ihn nicht mehr sehen konnte – das ist so furchtbar.«

»Bitte fang nicht an zu weinen, sonst muss ich das auch«, ermahnte sie ihn. »Außerdem ist er kein Junge.«

Sofort verstummte er. Sie versuchte sich vorzustellen, wie

ihr Vater zu Friedrich sagte, er sei ein Junge, und musste lächeln. Es war undenkbar, und zu Anschar passte es schon gar nicht. »Es ist schlimm für dich, ich weiß.«

»Herrin, verzeih mir, wenn ich das frage, es ist sehr dreist. Aber würdest du mich mitnehmen? Damit ich mich wenigstens von ihm verabschieden kann?«

Es zerriss ihr das Herz, doch Anschars Worte, dass Henon keinesfalls nach Heria gehen solle, hatte sie nicht vergessen. »Ich weiß ja noch gar nicht, ob ich ihn zu Gesicht bekomme. Wenn ja, wird es sicher auch möglich sein, dass du ihn siehst. Später einmal. Erst muss ich ihn fragen.«

Ergeben senkte er den Kopf. Selbstverständlich enthielt er sich jeglichen Widerspruchs, doch er wischte sich mit dem Handrücken über die Augen. Sie bat ihn, alles zusammenzutragen, was sie Anschar bringen sollte. Es war wenig, nur ein paar Papierrollen und ein Kästchen aus dunklem, poliertem Holz. Grazia nahm eine der Rollen in die Hand.

»Das ist die Geschichte des Helden Meya«, erklärte Henon. »Die hat er als Kind geliebt. Kennst du sie?«

»Ja, er hat sie mir erzählt.« Sie entrollte das Papier. Es war zerknittert, die Schriftzeichen verblasst. Anschar hatte wohl oft hierin gelesen. »Meya, der alte mythische Held, der jeden Zweikampf gewann und zuletzt von dem Schamindar getötet wurde.«

»Es heißt, der Schamindar streife durch die Hochebene, auf der Suche nach dem letzten Gott. Er weiß nicht, dass er in der Wüste gefangen ist. Er liebt seinen Herrn und trauert in seinem Herzen. Jetzt weiß ich, wie es ihm ergeht.«

»Aber Henon, das ist doch bloß eine Geschichte. Oder gibt es dieses Tier wirklich?«

»Manche behaupten das.«

Grazia ließ die Rolle zusammenschnappen. Wäre das verwunderlich? Wer auf einem Sturhorn geritten war, dem sollte die Existenz eines Schamindars nicht mehr abwegig erscheinen. Ihr kam ein Gedanke. Sie holte aus dem Wohnzimmer ihre Zeichnung des Wandbildes und rollte sie in das andere Papier.

»Du schenkst es ihm?«, fragte Henon sichtlich gerührt. Grazia nickte.

»Ich zeichne es eben noch einmal ab. Schade nur, dass ich nichts dazuschreiben kann. Er könnte es ja nicht lesen.« Sie klemmte das Kästchen unter den Arm und schob die Rolle unter die Achsel. »Ich gehe sofort los. Was darf ich ihm von dir ausrichten?«

Seine Miene erhellte sich ein wenig. »Dass ich mich nach ihm sehne. Und gerne für ihn opfern würde, wenn es mir erlaubt wäre. Ich … o Inar, du hast mich überrascht, jetzt fällt mir nichts ein. Die Götter, falls sie auf ihn schauen, sollen ihn beschützen. Er soll nicht nachlassen, darauf zu hoffen, wieder zurück zu dürfen.«

»Ich sage ihm, dass du ihn liebst.« Ehe sie es sich versah, hatte sie ihm einen Kuss auf die Wange gedrückt.

Der Königspalast von Heria ragte kaum weniger hoch und prächtig wie der von Argadye über ihr auf. Sie ging eine breite Freitreppe hinauf und tauchte ein in die kühle Vorhalle, die wesentlich wohlriechender als die des Tempels war. Doch bevor sie Gelegenheit bekam, mehr zu sehen, führte sie der Sklave zu einer unscheinbaren Seitentür, hinter der es schmucklos und dunkel war. Sie folgte ihm einen gewundenen Treppenschacht hinab in die Tiefe, wo es schließlich so düster wurde, dass er eine Fackel aus einer Wandhalterung nehmen und an dem winzigen Flämmchen einer Öllampe, die von der Decke hing, entzünden musste. Grazia war nun froh um ihren Mantel, auch wenn der dünne Stoff sie nicht wärmen konnte. Weiter ging es in die Tiefe und durch grob aus dem Felsen gehauene Gänge hindurch. Ständig kamen Sklaven vorüber, die Blicke streng zu Boden geheftet. Falls sie sich über die Anwesenheit einer so edel gekleideten Frau wunderten, zeigten sie es nicht. Nach einer Weile verbreiterte sich der Gang. Hier reihten sich Türen an Türen.

»Die Sklavenunterkünfte«, erklärte ihr Begleiter.

»Ist er ... hier?«

»Ich weiß es nicht. Herrin, du musst erst mit dem Aufseher sprechen. Er heißt Egnasch, und alles, was hier unten geschieht, liegt in seiner Hand. Er muss das entscheiden.« Er blieb vor einer Tür stehen, klopfte und wartete. Dann öffnete er sie und lugte vorsichtig hinein. »Er ist nicht da. Ich werde ihn holen. Bitte warte hier.«

Er drückte sich ans Türblatt, damit sie hineingehen konnte, und verschwand. Auch hier brannte eine Lampe und enthüllte die traurige Umgebung. Kahle Wände, Spinnweben in den Ecken. Eine Pritsche mit Wolldecken, denen ein muffiger Geruch entströmte. Ein Bohlentisch mit einem Stuhl dahinter. Über der Lehne hing eine Peitsche. Getrocknetes Blut klebte an den Enden der Schnüre, während die eingearbeiteten Bronzekugeln wie poliert glänzten.

Grazia stellte den Kasten auf dem Tisch ab, legte die Rolle dazu und kehrte auf den Gang zurück. Niemand war zu sehen, also öffnete sie die anderen Türen. Die Räume dahinter waren auch nicht anders. In den meisten befanden sich nur Matten oder Matratzen, und auf manchen lagen Männer und auch Frauen und schliefen. Die Tür am Ende des Ganges führte zu einem großen Schlafsaal, in dem die Matratzen dicht an dicht lagen. In einem geziegelten Herd brannte ein Feuer, aber die Kälte vermochte es kaum zu vertreiben.

Welch ein schrecklicher Ort. Und hier sollte Anschar leben? Gar für immer?

Als sie harte Schritte vernahm, kehrte sie rasch in die Kammer des Aufsehers zurück. Kaum war sie am Tisch, wurde die Tür aufgerissen.

»Ja?«

Ein kleiner, stiernackiger Mann mit Glatzkopf betrat den Raum, eine Peitsche in der Hand. Schweißgeruch wallte ihr entgegen, als er sich näherte. Sie musste sich zwingen, nicht zurückzuweichen, doch glücklicherweise blieb er einige Schritte entfernt stehen. Er schien nicht recht zu wissen, wie er sich ihr gegenüber benehmen sollte; sein Lächeln schwankte zwischen erzwungener Höflichkeit und Belustigung angesichts ihres Haares, das er ausgiebig anstarrte.

»Bist du Egnasch?«, fragte sie. Dass dieser Mann Anschar Befehle erteilen durfte, wollte sie sich nicht einmal vorstellen.

Er nickte.

»Ich bin gekommen, um Anschar dies hier zu bringen.« Grazia legte die Hand auf den Kasten. »Es wurde ihm erlaubt«, fügte sie schnell hinzu.

»Das stimmt«, brummte er. »Ich gebe ihm das Zeug.«

»Ich möchte es ihm selbst geben.«

»Bist du seine letzte Liebschaft?«

»Das verbitte ich mir!«

Er neigte den Kopf, aber er machte nicht den Eindruck, als reue es ihn. »Hab noch nie gehört, dass eine Frau hierherkam, um einen Sklaven zu besuchen. Ich bin mir gar nicht sicher, ob das gestattet ist.«

»Entscheidest nicht du das?«

»Nicht, wenn es um Anschar geht.«

»Dein König kennt mich. Ich glaube nicht, dass er etwas dagegen hätte«, sagte sie fest, auch wenn sie eher das Gegenteil glaubte. Und Egnasch ebenso, wie sie an seinem skeptischen Stirnrunzeln sah.

»Anschar ist sowieso nicht da. Du wirst mir schon vertrauen müssen, dass ich ihn nicht bestehle. Aber erst muss ich nachprüfen, was das für Sachen sind.«

Das tat er mit gewichtiger Langsamkeit. Er rückte sich den Stuhl zurecht, hing sorgfältig die Peitsche zu der anderen und nahm Platz. Dann wischte er sich die Hände an seinem speckigen Kittel ab, griff nach den Papierbögen und rollte sie auseinander. »Bilder? Was soll er denn damit? Und das da? Was steht da? Ich kann nicht lesen.«

»Es sind Geschichten.«

»Geschichten? Erst dieses sonderbare Buch, und jetzt Geschichten – na, egal, ist ja nicht meine Sache. Das kann er meinetwegen kriegen.« Er ließ die Bögen wieder zusammenschnappen und schob sie beiseite, um das Kästchen in Augenschein zu nehmen und zu schütteln. »Was haben wir denn hier? Scheint nicht viel darin zu sein. Na, schauen wir nach.«

Er öffnete es und schlug den Deckel zurück. Grazia kam in den Sinn, dass es vielleicht besser gewesen wäre, sich bei Henon zu erkundigen, was sie eigentlich hertrug. Oder einfach hineinzuschauen. Sie neigte sich ein Stück zur Seite, um am Deckel vorbei einen Blick ins Innere zu erhaschen. Was Egnasch mit spitzen Fingern herausnahm, war eine Feder.

»Na so was! Ist das nicht die Feder eines Königsvogels?«

»Ich weiß nicht, was ein Königsvogel ist.«

»Natürlich ist das eine. Die kann ich Anschar nicht geben. Der König würde mir das Fell über die Ohren ziehen, wenn er wüsste, dass einer seiner Sklaven eine Königsvogelfeder besitzt.« Er lachte, so sehr erstaunte ihn das. »Allein der Gedanke! Wie ist Anschar dazu gekommen? Hat er sie etwa heimlich vom Mantel des Meya gepflückt?«

Mit äußerster Vorsicht strich er über den Kiel mit seinen zahllosen tanzenden Federästchen und betrachtete sie von allen Seiten. Das tiefblaue Auge, umrahmt von schillerndem Türkis, hellem Rot und Ocker, schien ihn böse anzufunkeln.

Es war eine Pfauenfeder.

Egnasch griff ein zweites Mal in das Kästchen und holte einen goldenen Ohrring heraus. Den fand er weniger interessant, denn er legte ihn auf den Tisch und widmete sich wieder dem Kästchen, doch das schien schon alles gewesen zu sein. Grazia glaubte sich vom Blitz getroffen. Ehe sie es sich versah, hatte sie den Ring an sich genommen.

»He! Was ist denn in dich gefahren?«

Sie schüttelte den Kopf, damit er sie in Ruhe ließ. Ihr Zeit ließ, das, was sie sah, wirklich und wahrhaftig zu begreifen.

Es gab keinen Zweifel. Was sie in der Hand hielt, war ein Reif, dessen Enden zwei geflügelte Fabelwesen zeigten, die einander anstarrten. Ein Kettchen hing daran, um ihn an der Ohrmuschel aufhängen zu können. Sie drehte ihn hin und her, sodass die Flamme der Lampe das Gold aufblitzen ließ. Friedrich tauchte vor ihrem inneren Auge auf, wie er den Kasten – den anderen Kasten – öffnete und das fremdartige Geschmeide präsentierte. Die Halskette. Den Ohrring. Den *anderen* Ohrring.

10

Es war Grazia unangenehm, vor Mallayur zu treten. Sie hatte gehofft, ihn während ihres Aufenthalts nicht mehr zu Gesicht zu bekommen, denn seine Gegenwart bei dem Bankett hatte sie ausreichend beunruhigt. Er saß auf einem steinernen Thron, umgeben von etlichen fremdartig gekleideten Männern, denen er, wie Egnasch erklärt hatte, Audienz gewährte. Auch Frauen waren darunter. Grazia bemerkte an einigen Ohren ähnliche Gehänge. Natürlich, gelochte Ohrläppchen waren hier den Sklaven vorbehalten. Ihr wurde noch flauer im Magen, als sie daran dachte, dass sie erst vor wenigen Wochen den Wunsch verspürt hatte, sich Ohrlöcher stechen zu lassen.

Als Mallayur sie sah, flammten seine Augen auf – erfreut, wie ihr schien, aber weshalb, konnte sie sich nicht erklären. Kaum hatte sie die Halle betreten, sprang er auf und stürmte mit wehendem Mantel auf sie zu.

Egnasch, der vor ihr stand, machte einen tiefen Bückling. »Herr, sie verlangte …«

Mallayur schob ihn beiseite und streckte beide Hände aus. »Grazia aus dem fernen Land Preußen. Wie kommt es, dass du mich mit deinem Besuch beehrst?«

Preußen? Woher wusste er das? Als sie davon erzählt hatte, während des Banketts, war er noch nicht da gewesen. Er musste den Namen von Anschar gehört haben. Zögernd reichte sie ihm eine Hand, und er drückte sie sanft.

»Ich möchte mit Anschar sprechen«, sagte sie. »Es ist wichtig.«

Er zuckte zurück und ließ sie los, seine Miene zeigte belustigte Abwehr. »Und ich hatte gehofft, du kämst meinetwegen. Hatten wir nicht darüber gesprochen, warum ich das nicht gutheiße?«

»Es ist mir wirklich wichtig.«

»Hm.« Er verschränkte die Hände auf dem Rücken und neigte sich vor. Ein feiner Blütenduft stieg ihr in die Nase. Seine sorgsam geschminkten Augen schienen ihre Gedanken bloßlegen zu wollen. Was sollte sie sagen? Sollte sie von dem Schmuck berichten? Nein, mit diesem Mann wollte sie nicht darüber reden.

»Er ist gerade etwas unpässlich«, sagte er.

»Ist er krank?«

»Nein. Nur halsstarrig. Er hat sich eine Strafe eingehandelt – eine verdiente, wohlgemerkt.«

Ihr wurde heiß und kalt vor Furcht. War es nicht das, was Anschar ihm vorgeworfen hatte? Dass er schlecht zu seinen Sklaven war?

»Aber ...«

Abwehrend hob er die Hand. »Keine Einwände, junge Frau! Es war damit zu rechnen, dass er gewisse Schwierigkeiten haben würde, sich in die Strenge eines üblichen Sklavendaseins zu schicken. Das gibt sich mit der Zeit, wenn er vernünftig ist. Es ist kein Grund, sich zu sorgen. Was immer du ihm Wichtiges zu sagen hast, sag es mir, ich richte es ihm aus.«

Das war wirklich das Letzte, was sie wollte. Sie hatte Egnasch erfolgreich bedrängt, sodass er sich irgendwann bereiterklärt hatte, ihren Wunsch seinem Herrn vorzutragen. Wie sie jetzt vorgehen sollte, war ihr unklar. Mallayur schien gänzlich abgeneigt, doch mit einem Mal setzte er wieder sein vermeintlich offenes Lächeln auf.

»Was ziere ich mich eigentlich so? Natürlich darfst du ihn sehen. Es ist dein Wunsch, und ich möchte dich nicht enttäuschen. Ich bringe dich zu ihm.«

Sein Sinneswandel machte sie noch misstrauischer. Mit höflicher Geste bedeutete er ihr, ihm zu folgen, und machte sich auf den Weg zurück in die Felsenkatakomben des Palastes. Mallayur schritt so selbstverständlich aus, als seien ihm selbst die düstersten Winkel seines riesigen Palastes vertraut. Auch Egnasch marschierte hinter ihm her, seine Peitsche schleifte über den Boden. Grazia merkte kaum, wie ihre Füße den Fels unter ihr berührten, so unwirklich kam es ihr vor, mit diesen beiden Männern durch die dunklen Gänge zu laufen. Die Sklavenunterkünfte waren jedoch nicht das Ziel;

irgendwann bog Mallayur, der sich eine Fackel hatte geben lassen, in einen anderen Trakt ein, der nicht anders war: aus dem Felsen geschlagen und kalt. Vor einer verschlossenen Tür blieb er stehen und wandte sich zu Grazia um.

»Erschrick nicht. Es sieht schlimmer aus, als es ist.«

Die Furcht legte sich um ihren Hals wie eine Schlinge. Er drückte die Tür auf und ging voraus. Abgestandene Luft schlug ihr entgegen, vermischt mit dem Gestank nach Schweiß und Urin. Mallayur entzündete eine Lampe, die von der Decke hing, und gab Egnasch die Fackel. Der verließ auf seinen Wink hin den Raum und schloss die Tür. Das schwankende Licht beleuchtete ein steinernes Becken, dessen Kanten schmierig glitzerten ... Tonkrüge an den Wänden ... Eine Gestalt, die bäuchlings auf einem Brett lag. Es vergingen lange Sekunden, bis Grazia begriff, dass es Anschar war. Er war an dieses Brett gefesselt, sein Kopf hing über dem Becken. Er rührte sich nicht.

»Was ist mit ihm? Lebt er überhaupt noch?«, schrie sie auf.

Fast unmerklich bewegten sich seine Armmuskeln. Wie es schien, versuchte er zu ergründen, wer da gekommen war. Sie wollte auf ihn zulaufen, doch Mallayur hielt sie am Arm fest.

»Natürlich lebt er. Mir liegt nicht an seinem Tod, sondern an seinem Gehorsam. Den lernt er gerade. Und du solltest mir jetzt auch gehorchen, sonst stirbt er vielleicht doch noch. Er liegt da seit zwei Tagen, und seit gestern früh hat er nichts mehr zu trinken bekommen. In dem Becken ist Wasser. Ich weiß nicht, ob es den Durst erhöht, wenn man es so dicht vor der Nase hat. Aber ich nehme es an.«

Sie wollte etwas antworten, wollte sich beklagen über so viel Grausamkeit, aber sie war wie gelähmt. Verzweifelt suchte sie nach Anzeichen, dass es gar nicht Anschar war, der dort lag. Sein Gesicht war nicht zu sehen, aber der große, fast nackte Körper unzweifelhaft seiner. Bleich wirkte er im schwachen Lampenlicht. Der weiße Rock war nass, von ihm selbst besudelt. Zwei Tage regungslos auf diesem Brett? In vollkommener Dunkelheit?

»Du darfst ihm zu trinken geben«, sagte Mallayur.

Was denn?, wollte sie schreien, aber dann lief sie auf Anschar zu. Sie wollte die Hände ins Wasser tauchen, das ziemlich unappetitlich aussah. Mallayur hielt sie erneut zurück und führte sie auf die andere Seite des Beckens.

»Nicht so. Mach es von hier aus.«

»Bitte?« Grazia versuchte sich frei zu zerren, doch er ließ sie nicht los.

»Du verstehst schon. Füll das Becken auf – mit deiner Kraft, mit deinen Gedanken, oder wie immer du das tust.«

»Wovon sprichst du?«

»Streite es nicht ab. Du kannst irgendetwas … machen. Du kannst das Becken füllen.«

Sie wollte es abstreiten, und an einem anderen Ort und zu einer anderen Zeit wäre es ihr vielleicht gelungen. Aber nicht jetzt. Nicht hier. Der Anblick ließ ihre Willenskraft schwinden. Anschar hatte langsam den Kopf gehoben und schüttelte ihn leicht, als versuche er dem Schleier strähniger Haare Herr zu werden, die ihm die Sicht versperrten. Doch die Bewegung war kraftlos.

»Was, wenn ich es nicht schaffe?«, fragte sie leise. Sie vermochte nicht den Blick von ihm loszureißen. Sie dachte daran, wie sehr er es gehasst hatte, vor den Wüstenmenschen auf die Knie zu gehen. Dies hier musste für ihn unerträglich sein.

»Dann wird er ziemlich leiden, denke ich. Vor morgen Abend bekommt er auf herkömmlichem Weg jedenfalls nichts zu trinken. Und warum solltest du es nicht schaffen? Entweder du kannst das – oder nicht.«

Ihre Hände berührten den steinernen Rand. Das Becken war groß, das Wasser etwa dreißig Zentimenter unterhalb von Anschars Mund. Oder drei große Handbreit, wie man hier sagen würde. Mit kleinen Gefäßen hatte das nichts mehr zu tun. Grazia bedeckte das Gesicht, denn mit Anschars geschundenem Körper vor Augen würde ihr gar nichts gelingen. Sie presste die Fingerspitzen gegen die Stirn. Tu es, tu es!, schrie sie sich in Gedanken zu. Ihr Kopf begann zu schmerzen, und dann glaubte sie zu spüren, wie das Wasser stieg. Hinter sich hörte sie Mallayur zischend den Atem anhalten.

»Ich hatte mich also nicht getäuscht«, flüsterte er. »Weiter, weiter!«

Schmerzhaft bohrten sich seine Finger in ihre Arme. Sie riss die Augen auf. Wahrhaftig, es war gestiegen, aber nicht annähernd genug. Anschar keuchte. Vor Gier nach dem Wasser oder weil es ihn erschreckte? Grazias Kehle schien auszutrocknen, als wolle sie sein Leid mit ihm teilen. Sie versuchte den Pegel zu erhöhen, doch das, was wuchs, war nur ihre Verzweiflung.

»Es geht nicht. Bitte, lass es damit gut sein!«

Mallayurs Hände sackten an ihr herab. Er knurrte und fragte dann: »Woran bist du jetzt gescheitert?«

»Das weiß ich nicht, vermutlich aber an der Art und Weise, wie du es erzwingen willst.«

»Du meinst, du möchtest überredet werden?« Er lachte leise. »An einem schöneren Ort, mit Musik und Blütenduft? Ja, wenn es denn hilft? Zum Zeichen meines guten Willens lasse ich dich mit ihm ein paar Augenblicke allein, dann kannst du ihm sagen, was immer du ihm sagen willst. Ich schicke einen Palastwächter, der wird dich dann nach oben bringen.«

Mit einem letzten faszinierten Blick in das Becken ging er hinaus und schloss die Tür hinter sich. Grazia lief zu Anschar, tauchte die Hände ins Wasser und gab ihm zu trinken.

Er schluckte, gierig und geräuschvoll wie das Sturhorn am Bachlauf. Es war nicht nötig, ein zweites Mal zu schöpfen; das Wasser floss endlos aus ihren Händen. Endlich hob er den Kopf und versuchte wieder die Haare zurückzuwerfen, um sie anzusehen. Sie strich ihm die Strähnen aus dem harten, erschöpften Gesicht.

»Feuerköpfchen«, flüsterte er. »Warum ... warum hast du mir nichts davon gesagt?«

»Ach, weißt du ...«, fing sie hilflos an. Ihre Stimme war alles andere als fest. »Ist das jetzt noch wichtig?«

»Ja!«

»Ich wusste nicht, wie du es auffassen würdest. Als ich noch daheim war, habe ich meiner Familie auch nichts gesagt. Ich hatte ein sehr seltsames Erlebnis. Da war ein Mann auf einem Steg, er hatte mich mit seinem Wasser schier überschwemmt. Es war wie ein Traum. Aber es war kein Traum. Und als ich es erzählte, hat mir niemand geglaubt. Sie haben mich wie ein Kind, das etwas Dummes angestellt hat, ins Bett gesteckt. Ich dachte, du wirst genauso reagieren wie Friedrich.«

»Fried-*was*? Wer immer das ist, was hat der mit mir zu tun? Glaubst du, ich hätte dich auch schlafen geschickt? In der Wüste?«

»Es tut mir leid! Ich kannte weder dich noch deine Kultur. Ich kenne sie jetzt immer noch nicht. Es gab bei uns eine Zeit, da hätte man eine Frau verbrannt, wenn sie behauptet hätte, so etwas zu können. Woher soll ich wissen, wie es mir hier ergeht? Bitte, lass uns die kurze Zeit nicht für so eine dumme Auseinandersetzung verschwenden.«

»Schon gut«, flüsterte er. »Schon gut.«

Erneut strich sie ihm die Haare hinters Ohr. Eine silberne Blume hing daran, das Symbol Herscheds. Seine Haut war kalt. Sie legte die Hand an seine Wange. Er schloss die Augen, und für einen Moment entspannten sich seine Züge.

»Du musst es dem Meya zeigen«, sagte er. »Er muss es wissen. Geh zu ihm, sofort. Du musst weg, du bist hier nicht sicher. Wer weiß, auf welche Ideen Mallayur in diesem Augenblick kommt. Er hat mich über dich ausgefragt. Und meide diesen Palast, so schwer es dir fallen mag.«

»Das wird mir *sehr* schwer fallen. Und Henon auch. Er möchte dich sehen, er verzehrt sich nach dir.«

»O Inar, nein, nein! Verbiete es ihm! Er soll mich nicht so sehen, das wäre für ihn ja noch schlimmer. Nein, ich will das nicht. Und schon gar nicht, dass er hier herumläuft.«

»Aber es wird ihm sehr weh tun, wenn ich ihm das sage.«

»Dann tu ihm weh!«, krächzte er. »Henon gehört jetzt dir. Er ist so ein dummer, alter Mann. Pass auf ihn auf, versprich mir das.«

»Ich verspreche es. Aber, Anschar, du kannst hier auch nicht bleiben. Sag mir, was ich für dich tun kann.«

»Was willst du denn da tun?« Er warf den Kopf hoch und sah sie gequält an. »Ich gehöre Mallayur, er kann mit mir tun und lassen, was er für richtig hält.«

»Das klingt, als würdest du es selbst für richtig halten.«

Schwer atmete er aus. »Ich bin ein Sklave. Es mag dir seltsam erscheinen, und ich mag das alles als schrecklich empfinden, aber beklagen können wir uns darüber nur bei den Göttern, und von denen weiß man nie, ob sie einen hören. Sieh zu, dass du zurück nach Argad kommst, Grazia. Lass dich nicht mit Mallayur ein.«

Sie fragte sich, ob er sie vorher jemals bei ihrem Namen genannt hatte. Und ob ihr das wirklich gefiel.

Ja, sie würde gehen. Zurück zu Madyur-Meya und ihm sagen, was mit seinem ehemaligen Sklaven geschah. Er war doch der eigentliche Herr von Hersched! Er würde dem ein Ende bereiten. Sie fuhr herum, als die Tür aufflog. Ein Mann baute sich auf der Schwelle auf.

»Eins noch«, wandte sie sich an Anschar. »Du hast einen Ohrring. Woher stammt der?«

»Warum fragst du danach? Willst du ihn etwa haben?«

»Um Himmels willen, nein. Ich kann das jetzt nicht erklären.«

»Der gehörte meiner Mutter.«

»Das ist unmöglich!« Ihr entfuhr ein leiser Schrei, als sich die Hand des Wächters auf ihre Schulter legte. Unmissverständlich nickte er zur Tür. Grazia beugte sich rasch über Anschar und flüsterte: »Ich versuche dir zu helfen. Bitte gib nicht auf.«

»Nein. Vergiss mich. Es ist besser so, glaub mir. Grazia … ich habe dich hergebracht, damit du zurück in deine Welt findest. Tu das, bitte. Geh nach Hause.«

Der Wächter zog sie von ihm weg und schob sie zur Tür, wo sie sich noch einmal umdrehte. Anschar hatte ihr das Gesicht zugewandt, seine Haare trieben auf dem Wasser. Sein Blick, so elend, verwirrt und zugleich um sie besorgt, bohrte sich tief in ihr Inneres.

Fast hätte sich Anschar übergeben, als er in die Senkrechte gehoben wurde. Die Fesseln wurden gelöst. Er wollte sich am Brett festhalten, griff ins Leere und sackte in die Knie.

»Er ist schwach«, hörte er Egnasch sagen, der hinter ihm stand und unter seine Arme griff.

»Dann sollten wir sie gleich entfernen«, erwiderte Mallayur. »So lässt er sich leichter bändigen.«

Entfernen? Anschar begriff nicht, aber es hörte sich nicht gut an. Er drückte die Knie durch und schaffte es, zu stehen. Es ekelte ihn an, den Arm um Egnaschs Schultern legen zu müssen, aber ihm blieb nichts anderes übrig, denn seine Füße gehörten ihm noch nicht wieder. Egnasch und der Palastkrieger führten ihn aus der Weinkammer. Wohin sie ihn brachten, darauf achtete er nicht. Ein dunkler Gang reihte sich an den anderen. Er lenkte sich damit ab, an Grazias Worte zu denken, obwohl er dazu noch zu benommen war. Sie hatte so viele verwirrende Dinge gesagt. Wer war Friedrich? Bisher hatte sie ihn nie erwähnt. Und warum war sie so an dem Schmuck seiner Mutter interessiert? Er hoffte nur, dass sie ihm gehorcht hatte und zu Madyur gegangen war, unverzüglich. Nicht seinetwegen, da würde sie nichts ausrichten können. Aber die Sache mit dem Wasser, die musste der Meya wissen.

Es sei denn, ich habe mir nur eingebildet, dass ihre Hand wie eine Quelle war, dachte er. Was wesentlich wahrscheinlicher ist.

In irgendeinem anderen Raum, der ihm auch nicht einladender als die Weinkammer erschien, wurde er auf eine gemauerte Bank gesetzt. Plötzlich war Geschäftigkeit um ihn herum; weitere Palastkrieger kamen, brachten Grasbänder, rückten einen Tisch an seine Seite und trugen ein Bronzebecken heran, dem der Geruch brennender Kohle entströmte. Wärme breitete sich in der Kammer aus. Metall scharrte über Metall, als irgendetwas, wohl eine Stange, in das Becken geschoben wurde.

Mit wachsender Klarheit erkannte Anschar, was auf ihn zukam. Entfernen. *Ausbrennen.*

»Nein«, keuchte er. »Damit könntet ihr mich töten.«

Er spannte die Beinmuskeln an, wollte aufspringen und fortrennen, doch er stellte fest, dass seine Füße an die Bank gefesselt waren. Mit einem Mal stand Mallayur über ihm und drückte ihn an den Schultern herunter. Ein anderer schlang eine Fessel um sein linkes Handgelenk, bog seinen Arm zurück und band ihn irgendwo fest.

»Doch nicht die ganze Tätowierung«, sagte Mallayur. »Das wäre in der Tat zu viel des Guten und höchst gefährlich. Die soll dir natürlich bleiben, es soll doch jeder sehen, dass du einer der Zehn bist – vielmehr warst. Aber die vier Krallen des Schamindar, die müssen weg.«

»Was ... nein! Ich gehöre dir auch so. Ich ...« Anschar würgte, als jemand seinen Kopf in den Nacken bog und mit einem harten Gegenstand seine Zähne spreizte. Eine bittere Flüssigkeit rann in seinen Mund. Er wurde zum Schlucken gezwungen, was wohl auch besser war, denn er merkte, dass es sich um etwas handelte, das ihn ein wenig betäuben sollte.

»Anschar, du sollst nicht betteln. Das tut kein Sklave, und einer der Zehn schon gar nicht.«

Schnüre wanden sich um die Finger seiner rechten Hand, um sie zu strecken. Um das Handgelenk wurde ein Grasband gelegt. Wer immer es hielt, zog daran, sodass sein Arm ausgestreckt auf dem Tisch lag, mit der Handfläche nach oben. Anschar spannte die Muskeln an, konnte ihn aber nicht zurückziehen.

»Haltet ihn fest.«

Der Mann, der ihm die Flüssigkeit eingeflößt hatte, umschlang ihn von hinten. Schwer lastete sein Gewicht auf Anschars Schultern. Irgendwo über seiner Hand waberte die drohende Hitze. Er wollte einwenden, dass das verfluchte Mittel noch gar nicht wirkte, aber er wusste, das würde sie jetzt nicht interessieren. Er schielte nach der Stange. Ihre Spitze glühte in hellem Rot. Egnasch hielt sie von sich gestreckt, den Schaft sorgfältig mit dicken Lappen umwickelt, und stellte sich breitbeinig auf.

»Dauert nicht lange«, sagte er launig. »Ich mache es auch ordentlich. Versprochen!«

In seinen Augen glitzerte die Vorfreude.

Grazia merkte kaum, wie sie durch die Gänge des Palastes von Argadye hastete, vor sich einen Sklaven, den sie angewiesen hatte, sie schnellstmöglich zum Meya zu bringen. Von den

Vorgängen in den schrecklichen, kalten Felsengewölben war sie noch ganz betäubt. Wie sie Heria entkommen war, wusste sie nicht mehr so genau. Anschars Anweisung im Ohr, war sie einfach ins Freie gelaufen. Der Wächter, der sie zu Mallayur hatten bringen sollen, war ihr nachgesprintet, aber sie hatte ihn angeschrien, dass sie unter dem Schutz des Meya stand. Dann war plötzlich die Brücke vor ihr gewesen, und sie hatte die Beine in die Hand genommen und einen verunsicherten Wächter zurückgelassen, der vielleicht schon in diesem Augenblick für seine Nachlässigkeit die Strafe empfing.

Die Treppenschächte hatte sie von Anfang an als mühselig empfunden, jetzt erschienen sie ihr endlos. Ihr zitterten die Knie, und sie rang nach Atem, als sie endlich vor einer geschlossenen Tür stand, vor der ein Soldat Wache hielt.

»Der Meya will um diese Zeit nicht gestört werden«, sagte er zu dem Sklaven, der ebenfalls keuchte.

»Es ist wichtig«, warf Grazia ein.

Er schüttelte den Kopf. »Es wird doch noch Zeit ...«

»Nein!«, rief sie. »Es muss jetzt sein. Jetzt. Sofort!«

Sie kam sich fast hysterisch vor. Aber ihr Auftreten zeigte Wirkung, der Wächter öffnete ihr. Ohne noch auf ihn oder den Sklaven zu achten, rauschte sie hinein. Es war nur eine Art Vorzimmer. Ein schimmernder Vorhang trennte den hinteren Bereich ab. Im Schein des rückwärtigen Fensters sah sie zwei Schatten, und eine hell klingende Stimme erfüllte glasklar die Luft. Es hörte sich an, als trage sie eine Geschichte vor.

Grazia prallte gegen einen muskulösen Baum. Fast wäre sie auf den Hintern gefallen, hätte der riesenhafte Mann nicht ihr Handgelenk gepackt. Sie sah an seinem Arm dieselbe Tätowierung, wie sie Anschar trug.

Die Stimme erstarb, stattdessen war ein ärgerliches Grunzen zu hören. »Was soll die Unterbrechung?«, schnaufte Madyur-Meya.

»Bitte«, rief Grazia. Mehr brachte sie nicht heraus, denn der Leibwächter umklammerte ihre Hand so fest, dass sie schmerzte.

»Grazia?« Einer der Schatten löste sich, warf sich etwas über und näherte sich dem Vorhang. Ein Spalt öffnete sich. Es war Fidya, die herausschaute. Fast hätte Grazia sie nicht erkannt, denn sie trug das Haar offen. Lang und schwarz wallte es ihr fast bis zur Taille. Ihre Augen blitzten freudig. »Du bist es tatsächlich! Aber was ist denn mit dir? Du wirkst ja ganz aufgelöst.«

»Ich muss den Meya sprechen.«

Fidya verschwand wieder hinter dem Vorhang und wiederholte für ihn die Worte. Grazia sah, wie er nickte.

»Lass sie los, Darur. Sie soll herkommen.«

Erleichtert riss sich Grazia los und schlüpfte durch den Vorhang. In ihrer Aufgewühltheit vergaß sie, sich zu verbeugen, stattdessen machte sie einen Knicks und wankte auf einen Korbsessel zu, in den sie sich unziemlich fallen ließ. Fidyas besorgtes Gesicht neigte sich über sie. Das Kanarienvögelchen umschlag ihre Finger und rieb sie.

»Gib ihr etwas zu trinken«, sagte Madyur.

Fast hätte Grazia aufgelacht. Zu trinken – ihr! Sie streckte den Rücken und blickte ihn über Fidya hinweg an, die vor ihr in die Hocke gegangen war und immer noch ihre Hand hielt. »Ich brauche nichts, danke. Bitte entschuldige mein Benehmen.«

»Gern. Sofern du mir sagst, warum du meine knapp bemessene Mußestunde störst.« Er saß dicht bei ihr auf einem ausladenden Bett, das mit feinsten Decken und Kissen übersät war. Und mit Papierrollen. Eine davon hielt er in der Hand und klopfte damit ungeduldig auf seinen nackten Schenkel.

Sie kratzte an ihren Fingerspitzen. Die Sprache beherrschte sie inzwischen so gut, dass sie kaum noch nach Worten zu suchen brauchte, aber jetzt spürte sie eine seltsame Leere im Kopf, die es zu überwinden galt. »Anschar wird von Mallayur gefoltert!«, schoss es aus ihr heraus. »Ich weiß es, ich habe es gesehen.«

Für einen Moment presste er die Lider zusammen und rieb sich müde aufstöhnend durchs Haar. »Hat Anschar sich irgendwie danebenbenommen?«

»Mallayur wollte ihn über mich ausfragen.«

»So. Was gibt es denn über dich zu wissen? Und vor allem – was zu verschweigen?«

Unter seinem bohrenden Blick glaubte sie, ganz klein zu werden. Es gab kein Zurück, sie musste es ihm sagen. Vielmehr zeigen. Wie Anschar es von ihr wollte. »Ich hätte doch gern etwas zu trinken.«

Dem Meya missfiel die scheinbare Verzögerung, aber er nickte Fidya zu, die von irgendwoher einen kupfernen Becher brachte. Darin war Bier. Grazia verzog die Lippen, denn darauf hatte sie keinen Appetit, aber das war jetzt unwichtig. Sie trank es und streckte den Becher vor.

»Der ist leer«, erklärte sie.

Madyur mahlte mit den Kiefern. Das Papier zwischen seinen Fingern knirschte. Sollte sie jetzt versagen, würde sie wohl hochkantig hinausfliegen. Sie betrachtete den Becher, atmete durch und stellte sich vor, wie er sich füllte. Es gelang ihr mühelos. Erneut hielt sie ihm den Becher hin. Der Meya nahm ihn entgegen. Zu begreifen schien er nichts. Schief lächelte sie ihn an.

»Der war eben leer, du hast es gesehen.«

»Ja«, sagte er gedehnt. »Aber das, äh … Wollen wir nicht lieber beim Thema bleiben?«

»Willst du denn gar nicht wissen, wie ich ihn gefüllt habe?«

Er glotzte wie ein Kind, das man vor eine unlösbare mathematische Aufgabe gestellt hatte.

»Ich kann Wasser erschaffen. Aus dem Nichts. Und Mallayur scheint sich brennend dafür zu interessieren.«

»Du kannst – bitte? Könntest du das wiederholen?« Er kippte den Inhalt des Bechers einfach auf den Boden und streckte ihn ihr hin. Grazia machte über dem Becher eine Geste. Das war unnötig, aber vielleicht ließ er sich so leichter überzeugen.

»Ihr Götter.« Madyur starrte in den wieder bis zum Rand gefüllten Becher. »Ihr Götter!« Er schnupperte an dem Wasser und nippte vorsichtig daran. Dann nickte er anerkennend und nahm einen weiteren, diesmal tiefen Schluck. »Das ist das wohlschmeckendste Wasser, das ich je getrunken habe! Wo nimmst du es her?« Er hielt Fidya den Becher hin, die trank und genüsslich aufseufzte.

»Ich weiß nicht, wo es herkommt.« Grazia begriff, dass er noch nicht überzeugt war. Kurzerhand streckte sie eine Hand aus und ließ das Wasser herausfließen, wie sie es bei Anschar getan hatte. Fidya kreischte auf und machte einen Satz nach hinten. Der Meya hingegen sprang vor, packte Grazias Arm und schüttelte ihn.

»Au!«

»Halt still!« Er knetete ihre nasse Haut, aus der es jetzt nur noch tröpfelte. »Kommt das aus deinem Körper? Da ist keine Öffnung, nichts.«

»Nein. Es scheint sich an meiner Hand in der Luft zu manifestieren. Glaube ich jedenfalls. Es ist wie ein kalter Luftzug, der meine Hand streift, und dann fließt es. Aber ich kann es steuern.«

»Du bist eine Nihaye! Kein Wunder, dass Mallayur hinter dir her ist.«

»Ich bin keine …«

»Warum zeigst du mir das erst jetzt?« Er ließ sie los und sackte zurück auf die Bettkante. Raschelnd fielen einige der

Papierrollen herunter und landeten in der Wasserlache. Weder er noch Fidya achteten darauf.

»Findest du denn nicht, dass dazu sehr viel Vertrauen gehört?« Grazia rieb sich die Hand. Wie oft würde man sie heute noch an den Handgelenken packen, bis sie irgendwann brachen?

»So!«, blaffte er. »Aber Anschar, dem hast du es doch bestimmt gezeigt, oder? Und er hat es mir einfach verschwiegen?«

»Nein, er weiß es auch erst seit vorhin. Und er wollte, dass ich es dir zeige. Bitte, du musst ihn zurückholen.«

»Warum liegt dir so viel an ihm?«

Was sollte sie darauf sagen? Das wusste sie ja selbst nicht so genau. Sie wusste nur, dass es so war, und zwar mehr, als gut für sie war. »Er hat mir geholfen. Er war der erste deines Volkes, den ich kennen lernte«, sagte sie lahm.

»Ah ja. Natürlich. Trotzdem vermag ich nichts für ihn zu tun. Er gehört meinem Bruder, und ihm kann ich nicht dreinreden. Das ist ja schließlich der Sinn der Sklaverei, dass ein Mensch ganz und gar einem anderen gehört und derjenige mit ihm tun kann, was er will.«

»Und dass er ihn quält, spielt keine Rolle?«

»Er muss sich eben fügen. Ohne Grund hat Mallayur das ja wohl nicht getan. Er hat ganz recht, wenn er sagt, ich hätte Anschar zu viele Freiheiten gelassen. Nicht dass ich es bereue, ich fürchte nur, Anschar ist derjenige, der das jetzt bereuen muss. Als ich ihn vor sechs Jahren in den Stand der Zehn erhob, sagten viele, dass nichts Gescheites dabei herauskäme. Nicht mit einem Sklaven. Nun, ich ließ ihm alle möglichen Freiheiten, und er wurde einer der Besten, die ich je hatte. Jetzt muss er sich wieder auf seine Erziehung als Sklave besinnen. Brechen wird Mallayur ihn ja wohl nicht, denn wozu hätte er ihn dann haben wollen? Oh, ich ärgere mich zu Tode, mich auf diese Wette eingelassen zu haben, das kannst du mir glauben, Rotschopf. Aber es ist nicht zu ändern.«

»Kann ich nichts für ihn tun?«

»Du? Was denn?«

»Das Wasser. Mallayur will doch ... ich meine ...« Sie verlor sich ins Stammeln, denn seine Augen wurden schmal, seine Züge strafften sich.

»Du meinst, du bist ihm zu Diensten, und dafür soll er Anschar anständig behandeln? Was hat Anschar denn dazu gesagt?«

Nichts, wollte sie sagen, denn darüber hatte sie mit ihm nicht gesprochen. Aber dann begriff sie. »Er hat mich angewiesen, mich nicht mit Mallayur einzulassen. Er will, dass ich ihn vergesse.«

»Das dachte ich mir. Wenn das sein Wunsch ist, dann solltest du auf ihn hören. Mallayur wird ihm vielleicht den Stolz nehmen, aber untergrabe du nicht auch noch seine Würde. Davon abgesehen will ich nicht, dass mein Bruder einen Nutzen aus deiner Fähigkeit zieht. Er hat schon eine Nihaye in seinen Diensten, von der niemand weiß, welche Kräfte sie besitzt. Dich soll er nicht auch noch kriegen. Keinesfalls! An Anschars alten Gemächern sind jetzt Türen, oder?«

Nur langsam dämmerte ihr, was er damit meinte. Sie flog von dem Sessel hoch. »Nein, ich will nicht eingesperrt werden!«

»Es muss sein.«

»Warum?«

»Uneinsichtiges Weib! Um dich vor Mallayur zu schützen. Und dabei ist es ziemlich gleichgültig, ob du zu ihm rennst, um dich für Anschar in die Bresche zu werfen, oder ob er dich rauben lässt. Was ich ihm durchaus zutraue. Und jetzt frag nicht weiter, mein Entschluss steht fest. Eine harte Maßnahme, ich weiß, aber es geht nicht anders.«

Sie konnte nur noch schlucken und krächzen. »Wie ... wie lange?«

»Bis auf Weiteres. Ich muss mir selbst erst darüber im Klaren werden, wer du bist und was du wirklich kannst. Darur!«

Der Leibwächter warf den Vorhang zurück und schritt näher. Mit einem Kopfnicken deutete er an, dass er für jeglichen Befehl bereit war.

»Bring die Frau in ihre Gemächer. Die sind dort, wo Anschar früher wohnte. Und dann bleibst du bei ihr und bewachst sie. Buyudrar stelle ich ebenfalls dafür ab. Wenn sie hinausgehen will, schickst du mir einen Sklaven, der mir sagt, warum. Den Palast darf sie jedoch nicht verlassen. Wenn jemand zu ihr will und er ist nicht vertrauenswürdig, lass ihn festnehmen. Das wäre erst einmal alles, was mir dazu einfällt.«

»Es geschieht, wie du es willst, Meya«, erwiderte der Mann tonlos.

»Ich komme dich besuchen.« Fidya hauchte ihr einen Kuss auf die Wange. »Sei nicht traurig.«

Grazia rührte sich nicht vom Fleck. Fest sah sie den König an. »Ich füge mich. Aber nur, wenn du Mallayur sagst, dass er Anschar anständig behandeln soll.«

»Was?« Es hörte sich an, als wolle Madyur empört auflachen. Oder vor Wut platzen. »Also gut!«, schrie er. »Ich kümmere mich darum. Bist du nun zufrieden? Aber es wäre wirklich besser, wenn du ihn vergisst. Und jetzt geh!«

»Danke.« Sie zwang sich eine Verbeugung ab und folgte Darur, der draußen auf dem Korridor innehielt, damit sie vorausging. Sie tat es, ohne sich dessen wirklich bewusst zu werden.

Anschar vergessen. *Vergessen*. Sie wünschte sich nach Hause zurück. Dort konnte sie ihn vergessen. Vielleicht.

Beinahe wäre Grazia beim Eintreten in ihre Wohnung über Henon gestolpert. Der alte Mann hatte das Bett verlassen und sich neben der Eingangstür auf einer Bastmatte schlafen gelegt. Auf dem Tisch brannte eine Öllampe in einem bronzenen Korb, der verschlungene Muster an die Wände warf. So ein alter Dummkopf, dachte sie gerührt, beugte sich über ihn und vergewisserte sich, dass es ihm gut ging. Wenn er es unbedingt wollte, würde sie ihn eben auf dem Boden schlafen lassen. Immerhin hatte sie nun Zeit, sich eine Lüge zurechtzulegen. Unmöglich konnte sie ihm erzählen, in welchem Zustand sie Anschar gesehen hatte. Unmöglich!

Sie wartete, dass Darur wieder hinausging, um vor der Tür Wache zu halten, doch er rührte sich nicht von der Stelle. Da begriff sie, dass er seiner Arbeit hier drinnen nachzugehen gedachte, wie er es im Zimmer des Meya getan hatte.

»Du willst da jetzt wirklich die ganze Zeit stehen?«, fragte sie leise, um Henon nicht zu wecken.

»Wie du gehört hast, Herrin, werde ich mich mit Buyudrar abwechseln.«

»Ginge das draußen auf dem Flur nicht genauso gut? Ich werde bestimmt nicht von der Terrasse klettern.«

»Da ich keinen Deut von meiner Anweisung abrücken werde, ist es nicht nötig, mich zu irgendetwas überreden zu wollen.«

Grazia wirbelte auf dem Absatz herum und lief auf die Terrasse. Das war ja grässlich – nicht nur Stubenarrest, nein, nun hatte sie auch noch einen fremden Mann in der Wohnung! Sie stützte die Ellbogen auf die Terrassenmauer und ließ sich den warmen Abendwind um die Nase streichen. Die beiden fremden Städte lagen ihr zu Füßen, einladend beleuchtet von kleinen flackernden Lämpchen in den Fenstern. Aber unerreichbar. Sie hatte von Argadye und Heria bisher wenig gesehen. In beiden Palästen war sie gewesen, im Tempel und in der grässlichen schwebenden Stadt. Vor ihr lag eine lebendig gewordene bronzezeitliche Kultur. Ein Traum. Und ein Albtraum zugleich. Anschar hatte gesagt, sie solle nach Hause gehen. Das wollte sie ja auch, aber der Weg dorthin schien lang und mit Steinen gepflastert. Sie war eingesperrt. Der heilige Mann, der vielleicht den Rückweg kannte, war irgendwo auf Reisen. Dann waren da dieser rätselhafte Schmuck und ihre Gabe, von der sie immer noch nicht wusste, warum sie sie besaß, deretwegen aber zwei Könige ein Auge auf sie geworfen hatten. Das Schlimmste von allem aber war die Sorge um Anschar, die ihre Gedanken lähmte.

»Ach, das ist alles zu viel für meinen kleinen, geplagten Kopf«, jammerte sie auf das fahl schimmernde Meer der Flachdächer hinunter. »Warum ich? Warum passiert das ausgerechnet mir?«

Sie drehte sich um und neigte sich zur Seite, um Darur unauffällig zu mustern. Unverändert stand er vor der Tür. Wollte er wirklich bis zur Wachablösung dastehen, die ganze Nacht? Allein der Gedanke ließ ihre Füße anschwellen. Ob sie ihm einen Stuhl anbieten sollte? Wie, um alles in der Welt, verhielt man sich einem derart ungebetenen Gast gegenüber?

Seine Tätowierung erinnerte sie schmerzlich an Anschar. Auch das Schwert an seinem Gürtel. Sonst jedoch entdeckte Grazia wenig Ähnlichkeiten. Darur überragte ihn noch um einen halben Kopf. Ein Mann wie ein Birke, fast schon schlaksig. Seine nackten Arme schienen nur aus Sehnen und knotigen Muskeln zu bestehen. Er sah eher aus wie ein Läufer, nicht wie ein Krieger. Sie winkte ihn heran. Er blieb in angemessenem Abstand auf der Schwelle zur Terrasse stehen.

»Herrin?«

»Du hast doch Anschar gekannt, oder?«

»Ja, natürlich.«

»Glaubst du, er kann das, was der Meya meinte, dass er es

jetzt können müsse? Sich fügen? Auf seine Sklavenerziehung besinnen?«

Er krauste die faltige Stirn. Grazia schätzte ihn auf weit über dreißig, denn seine Haare, die er zu einem Zopf geflochten trug, waren von silbernen Strähnen durchzogen. »Ich weiß es nicht, Herrin. Ich habe ihn ja nie als Sklaven erlebt. Ohne den Haken an seinem Ohr würde man es nicht wissen. Das heißt, doch. Einmal, erinnere ich mich, war der Meya auf ihn zornig. Ich weiß nicht mehr, warum, es war keine große Sache. Er befahl Anschar auf die Knie, und der tat es ohne Zögern. Ich weiß noch, wie ich im ersten Moment entsetzt über diese Demütigung war, bis ich mich darauf besann, dass Anschar ja ein Sklave ist. Trotzdem, einer der Zehn kniet nicht, und es wäre verständlich gewesen, wenn Anschar gezögert hätte. Hat er aber nicht. Er war sofort unten und hat Sklavenhaltung eingenommen, obwohl er das wohl schon seit Jahren nicht mehr getan hatte.«

»Deshalb also!«

»Deshalb was?«

»Die Wüstenmenschen hatten ihn auf die Knie gezwungen. Das hat ihm sehr zu schaffen gemacht. Dabei wollte er nur nicht vor den falschen Leuten knien.«

»Vor Wüstenmenschen?« Darur war sichtlich entsetzt. »Aber bei Mallayur wird er sich nicht scheuen. Er kann mit ihm zurechtkommen. Zumindest wird er sich Mühe geben.«

Und wenn er wieder gefoltert wird?, wollte sie fragen, aber sie fürchtete sich vor dem Gedanken. Stattdessen versuchte sie sich einzureden, dass Mallayur keinen Grund hatte, Anschar noch länger in dieser Felsenkammer zu lassen. Und Madyur – irgendetwas musste der Großkönig doch erreichen können!

»Hast du ihn gesehen?«, fragte Henon, der hinter Darur auftauchte. Der Leibwächter machte einen Schritt zur Seite, da Grazia sich nach ihm streckte. Sie ergriff Henons Hand und führte ihn zu der Steinbank.

»Ja. Es – es geht ihm einigermaßen gut.«

»Einigermaßen?« Henons Stimme verriet ein Höchstmaß an Misstrauen.

»Natürlich ist es für ihn alles andere als angenehm, sich in Mallayurs Hand zu befinden.«

»Er ist doch nicht geschlagen worden?«

»Nein.« O Himmel, frag nicht weiter!, dachte sie verzweifelt. Sie bat Darur zurück an den Ausgang. Sowie er sich dort aufgepflanzt hatte, setzte sie sich an Henons Seite.

»Henon, meinst du, ich könnte vor dem Schlafgemach eine Tür anbringen lassen?«

»Aber warum denn das? Verzeih, es ist natürlich nicht an mir, Fragen zu stellen.«

»Doch, du darfst das.« Dazu würde sie ihn wahrscheinlich noch zigmal auffordern müssen, bis er es irgendwann begriff. »Was wäre daran so merkwürdig?«

»Deine Gemächer haben jetzt eine Tür. Niemand käme auf die Idee, einen inneren Raum zusätzlich verschließen zu wollen.«

»Ich finde sie äußerst naheliegend. Jedenfalls wenn sich ein fremder Mann in der Wohnung aufhält. Weißt du, für mich sind diese offenen Zimmerfluchten sehr ungewohnt. Bei uns hat jedes Zimmer eine Tür, und man kann sie von beiden Seiten verschließen.«

»Oh.« In seinem Gesicht stand die Frage, wozu das gut sei, aber sie zu stellen, erschien ihm wohl zu ungehörig. »Es sind ja gar keine Zapfen im Mauerwerk. Du bist hier ganz sicher, Herrin. Darur würde dein Schlafgemach nur betreten, wenn du in Gefahr bist, und ich schlafe selbstverständlich draußen auf meiner Matte.«

Sie gab es auf. »Na schön. Heute scheint nicht der Tag

zu sein, irgendetwas zu erreichen. Vielleicht sollte ich bis morgen warten, um dich nach dem Ohrring und der Feder zu fragen.«

»Was ist denn damit?«

»Nun ja, es ist so …« Sie suchte nach den richtigen Worten, und sie musste sie schnell finden, denn allzu lange ließ er sich gewiss nicht von der Frage ablenken, ob er zu Anschar dürfe. »Ich kannte den Schmuck.«

»Herrin?« Ein Zittern durchfuhr ihn.

»Ja. Bitte erzähl mir alles darüber.«

Er presste die Augen zusammen und schüttelte den Kopf. »Nein, das kann nicht sein. Nein. Nein.«

»Das sind aber viele Neins für einen Sklaven«, versuchte sie ihn zu necken. »Bitte.«

»Herrin, aber – aber Herrin«, stammelte er. »Warum bittest du mich immer? Das musst du nicht. Verzeihung! Ich will nicht widerspenstig sein.« Mit einem Mal brach er in Tränen aus. Sie legte eine Hand auf seinen Arm, weil er so zerbrechlich wirkte. Er zuckte zusammen. »Wenn Anschar doch nur nicht so schnell gegangen wäre! Mich bringt das alles so durcheinander.«

»Oh, ich verstehe dich. Nur zu gut.« Sie streichelte seinen Arm und hoffte, dass es ihn ein wenig beruhigte. »Es ist sein Wunsch, dass du mir gehörst.«

Henon erstarrte. »Das hat er gesagt?«

»O ja …«, sie lächelte. »Also bist du mir jetzt verpflichtet, oder nicht?«

»Ja. Ja, natürlich. Dir zu gehören, ist wohl Glück im Unglück.«

»Dann erzähl mir alles, was ich wissen will.«

»Wie du willst, Herrin. Darf ich mir vorher eine Decke holen? Alte Männer frieren immer so leicht.«

»Warte.« Sie lief hinein, holte aus einer Truhe eine Decke

und half ihm, sie sich umzulegen. Er ließ es steif über sich ergehen.

»Es werden hier anscheinend nur Menschen aus der Wüste versklavt«, hob sie an, als sie wieder an seiner Seite saß. »Anschar ist ein Argade und trotzdem ein Sklave. Sein Leben lang, sagte er. Wie kam es dazu? Hat er als Kind irgendetwas verbrochen?«

»Nein.« Henon zögerte, es war deutlich, dass er sich erst überwinden musste. »Er wurde schon als Sklave geboren. Du hast recht, Herrin, fast alle Sklaven holt man sich aus der Wüste.«

Grazia wurde schlecht, als sie daran dachte, wie leicht sie selbst in die Sklaverei hätte geraten können. Warum war es ihr nicht passiert? Doch nur, weil sie in Begleitung Anschars gewesen war.

»Du bist so ganz anders«, sagte Henon, als habe er ihre Gedanken erraten. »Du hast nichts zu befürchten. Dich werden sie herumzeigen wie einen hübschen Vogel und sich an deiner Fremdartigkeit ergötzen.«

»Das habe ich schon gemerkt.« Sie verdrehte die Augen. »Aber sprich weiter.«

»Es gibt auch argadische Sklaven. Das sind Leute, die sich zeitweise als Mietsklaven verdingen – heruntergekommene Burschen, Schuldner, Leute ohne ein Dach über dem Kopf. Aber das hat nichts mit Anschar zu tun. Er ist kein Argade.«

»Aber dann müsste er ja …«, sie schüttelte verwirrt den Kopf. »Er hasst die Wüstenmenschen! Er sieht auch nicht wie einer aus.«

»Er stammt nicht aus der Wüste. Ebenso wenig wie ich. Hast du je von dem Land Temenon gehört?«

»Du meinst das ferne Land, gegen das Argad Krieg geführt hat?«

»Ja«, sagte Henon. »Da kommen wir her.«

11

Anschar schob die linke Hand unter die Matratze. Wo war das Buch? Hatte er es nicht darunter versteckt? Nein, man hatte es ihm weggenommen, jetzt erinnerte er sich. Er sah die Flammen, die es aufgefressen hatten. Das Papier, wie es schwarze Ränder bekam, sich wellte und in Asche aufging. Ach, in die Unterwelt damit, was sollte er denn mit einem Buch, in dem er nicht lesen konnte? Enttäuscht aufseufzend rollte er sich auf den Rücken und erschrak. Jemand beugte sich über ihn.

»Bleib liegen.« Ein kahl geschorener Kopf, wie er bei der Kaste der Ärzte üblich war, schälte sich aus der Düsternis. »Hast du die Prozedur gut überstanden?«

»Weiß nicht.« Anschar setzte sich auf und presste die Zähne zusammen, um seine Übelkeit herunterzuschlucken. Er konnte sich erinnern, in dem Moment, als sich das Eisen auf seine Hand gesenkt hatte, einen Schrei ausgestoßen zu haben, der nicht von dieser Welt war. Dann war er im Schlafraum der Sklaven aufgewacht, hier auf seiner Matratze. Aber wie lange war das her? Stunden vielleicht, er hatte keine Vorstellung. Er wusste nur, dass hilflose Wut in ihm kochte und er sie nicht hinauslassen konnte. »Bin ich wirklich ohnmächtig geworden?«

»Deine Verfassung war vorher schon schlecht. Und die Verletzung an deinem Kopf zeigt, dass sie dich trotz der Fesseln niederschlagen mussten.«

Anschar ertastete eine schmerzende und mit Blut verkrustete Stelle dicht an seiner Schläfe. »Egnasch sei verflucht.«

»Ach, Egnasch.« Der Arzt rollte die Augen, setzte sich zu ihm auf den Rand der Matratze und stellte einen Kasten neben sich ab. »Hätte ich gewusst, dass dieser Schlächter deine Tätowierung ausbrennt, hätte ich es dem König ausgeredet und es selbst übernommen. Aber ich erfuhr davon erst, als es vorbei war.«

Vorsichtig streckte Anschar seine Finger. Die Wundränder spannten sich. Sein halber Handteller war verbrannt, auch die Innenseiten der unteren Fingerglieder. Egnasch hatte es sich nicht nehmen lassen, mehr als nötig zu tun.

»Du solltest in der nächsten Zeit deine Finger so oft wie möglich strecken«, wies ihn der Arzt an. »Sonst kannst du es später vielleicht nicht mehr. Wenn dir schlecht ist, leg dich wieder hin.«

»Es geht schon.«

Er bekam einen frisch gebrühten Sud in die gesunde Hand gedrückt. Den Geruch kannte er, der Trank diente der Stärkung, also leerte er den Becher. Währenddessen öffnete der Arzt die Fläschchen und Tiegelchen, die er seinem Kasten entnommen hatte, beträufelte eine Binde und wickelte sie um die Brandwunde. Darüber kam eine weitere, trockene Binde.

»Es muss oft Luft an die Wunde«, erklärte er. »Ich schicke einen Gehilfen, der dir den Verband einmal am Tag erneuert. Mehr ist nicht zu tun. Lass dir kein Salz aufschwätzen, das ist dafür nicht geeignet. Mallayur geht davon aus, dass du drei Wochen brauchst, bis du wieder ein Schwert halten kannst. Pass auf deine Hand auf, damit sie auch wirklich in dieser Zeit heilt.«

»Ihn zu erwähnen, trägt bestimmt nicht dazu bei!«, fauchte Anschar ihn an. Die schmerzende Stelle an seinem Kopf meldete sich mit warnendem Pochen.

Der Arzt verstaute seine Tinkturen, schlug den Deckel

herunter und stand auf. »Es ist immer dasselbe: Die schlechte Laune bekommt der Arzt ab.« Er klemmte sich den Kasten unter den Arm, klopfte Anschar aufmunternd auf die Schulter und verließ den Raum. Anschar bewegte die Finger und betastete den Verband. Die Haut brannte jetzt nicht mehr ganz so schlimm. Viel schlimmer war die Demütigung, die man in sein Herz gebrannt hatte. Einer der Zehn hatte die Zeichen der Zugehörigkeit zum Meya hergeben müssen – so etwas hatte es gewiss noch nie gegeben.

Er legte sich wieder hin, bettete die Hand auf dem Bauch und schloss die Augen. Im Grunde war es hier nicht viel anders als in der Höhle: Es war stickig, wenngleich alles andere als heiß. Er war von Wüstenmenschen umgeben. Und er war ein Gefangener. Ein wenig nickte er ein, aber er bekam mit, wie die Sklaven hereinkamen, hörte sie sich hinlegen, hörte Egnasch herumschleichen und irgendeinen wachrütteln, damit der ihm hinausfolgte. Anschar überlegte, was es damit auf sich hatte. Nun, es lag auf der Hand: Egnasch suchte einen Unglücklichen, der ihm die Nacht versüßte. Allerdings konnte Anschar sich nicht vorstellen, dass ein Mensch des Hochlandes, selbst ein Hund wie Egnasch, sich an Wüstenratten verging. Aber hier unten mochte man mit der Zeit die merkwürdigsten Gedanken hegen. Er hoffte nur, Egnasch käme nicht auf die Idee, auch an seiner Schulter zu rütteln. Denn dann würde Blut fließen.

Anschar stemmte sich mit zusammengebissenen Zähnen hoch, wankte zum Herd, wo er sich kurz abstützen musste, und tappte leise aus dem Raum. Noch schliefen nicht alle; sicherlich blieb nicht unbemerkt, dass er hinausging, aber es konnte ja sein, dass er sich nur erleichtern wollte.

Der Abtritt interessierte ihn nicht. Stattdessen suchte er sich einen Weg hinauf in die weiten, lichten Gänge des Palastes, wo noch keine Nachtruhe herrschte. Niemand hielt ihn auf, niemand störte sich an seiner Anwesenheit, als er die Treppenschächte erforschte. Ab und zu musste er sich auf eine Stufe setzen, sich ausruhen und warten, dass das Pochen im Schädel nachließ. Irgendwann hatte er den Zugang zum Dach gefunden.

Es musste schon spät sein, aber vielleicht war sie noch wach. Eine angenehm kühle Brise wirbelte sein Haar auf, während er über das Flachdach ging. Es war hell. Der Mond des Inar stand in voller Blüte, während Hinarsya ihrem Gemahl ein sichelförmiges Hinterteil zuwandte. Anschar dachte daran, wie er Grazia die Sternbilder gedeutet hatte. Die drei Hüter der Elemente, darunter der Schamindar, das Schoßtier des letzten Gottes. Strahlend und stolz schritten sie über das Firmament. Anschar wünschte sich, er hätte ein Tier, das er den Göttern opfern konnte. Sie waren fort, trotzdem durfte man sie nicht vernachlässigen, denn noch immer achteten sie darauf, ob man sie verehrte. Und vielleicht – *vielleicht* – ließen sie sich gelegentlich dazu herab, einem Menschen zu helfen. Niemand wusste es genau.

Feuerköpfchen, ich würde gern für dich opfern, damit sie dir helfen, dachte er.

Doch er besaß nichts. Sklaven durften keine Tiere opfern. Für ihn hatte das bisher nicht gegolten, er hatte wie ein freier Mann seine Opfer dargebracht, gar im Tempel an der Seite des Meya. Aber das war dort drüben gewesen, in seinem alten Leben.

Er stand am Rand des Daches, unter sich die Schlucht. Auf der anderen Seite erhob sich der Palast des Meya, die Fensteröffnungen, Terrassen und Pfeilergänge von flackernden Lampen erhellt. Die Edlen in den Zimmerfluchten waren noch nicht zur Ruhe gekommen, von überall her drangen Unterhaltungen, Gelächter und Musik herauf. Auch in seinen früheren Gemächern brannte noch Licht. Und wahrhaftig, er sah einen Schatten, der unzweifelhaft ihrer war. Sie stand auf der Terrasse. Blickte hinunter. Sah ihn vielleicht.

Nein, dafür reichte das Mondlicht nicht aus. Es wäre auch unklug, sich zu zeigen, denn hatte er ihr nicht gesagt, sie solle ihn vergessen? Er hatte sich nur vergewissern wollen, dass sie wieder zurück in Argadye war. Der Gedanke, Mallayur könne sie wegen dieser seltsamen Fähigkeit festgehalten haben, hatte in seinen Eingeweiden gebrannt, fast so schlimm wie die Haut auf seiner Hand.

War das wirklich geschehen? Hatte er wirklich Wasser aus ihren Händen getrunken, die wie eine Quelle waren? Es gab keinen Zweifel, denn es war nicht das brackige Wasser aus dem Kühlbecken gewesen. Etwas Wohlschmeckenderes hatte er nie getrunken. Wie das sein konnte, wusste er nicht. Aber er wusste, sie war in Sicherheit. Mehr noch – ein hochgewachsener Mann war bei ihr, in dem er Darur zu erkennen glaubte. Der Meya hatte ihr also einen seiner besten Männer als Schutz an die Seite gestellt. Im Stillen dankte Anschar seinem früheren Herrn für diese Umsicht.

Er hockte sich hin und befingerte das ungewohnte Gewicht an seinem Ohr. Müde war er ohnehin nicht mehr. Ihn zog nichts zurück in die Tiefen dieses verhassten Ortes. Er stellte fest, dass er Grazias Gehabe vermisste – diese merkwürdige Mischung aus Neugier und steifer Zurückhaltung. Ihre gerunzelte Stirn, wenn er ihr seine Sprache erklärte, und ihren freudigen Blick, wenn sie es begriffen hatte. Ihr ständiges *O Gott!*, wenn sie über etwas stolperte, das sie erschreckte. Selbst ihr Nägelkauen vermisste er und ihre Sorge um die Unversehrtheit ihres Körpers, der in ihrer Heimat anscheinend schon durch Blicke geschändet werden konnte.

Nun verließ sie die Terrasse und kehrte in die Gemächer zurück, die jetzt die ihren waren. Ein kleiner, schmaler und leicht gebeugter Schatten tauchte auf, verneigte sich vor ihr wie vor einer argadischen Edlen. Anschar stöhnte vor Sehnsucht auf. Henon, der ihm wie ein Vater war, den er vielleicht nie wieder sehen, nie wieder in die Arme schließen würde.

Nein, es war nicht viel besser, hier zu sitzen und einem vergangenen Leben nachzutrauern. Er wollte es zurückhaben, aber dieser Wunsch würde auf ewig in ihm brennen und unerfüllt bleiben. Anschar erhob sich, wischte die Tränen aus den Augenwinkeln und lief zum nächstgelegenen Treppenschacht zurück.

Ein letztes Mal blickte er zu den Sternen hinauf. Plötzlich war er überzeugt davon, dass Grazia irgendwo von dort herstammte. Aus einer anderen Welt. Gab es nicht einen Begriff für diesen Weg, den die Götter genommen hatten? Irgendwann hatte er Sildyu ihn erwähnen hören. Es musste Jahre her sein. Tor ... ein Tor wie aus Glas.

Das gläserne Tor.

»Ob du es finden wirst, Feuerköpfchen?«

Zurück in den Tiefen des Palastes hatte er Mühe, den Weg zu den Sklavenschlafräumen zu finden. Stattdessen erkannte er, dass er sich einer Ecke näherte, die zu betreten verboten war. Er wollte schleunigst kehrtmachen und einen anderen Weg suchen, doch ein klatschendes Geräusch hielt ihn zurück. Stimmen drangen gedämpft an sein Ohr. Es war Egnasch, den er da hörte, dazu das ängstliche Stöhnen eines jungen Sklaven. Anschar folgte, die verletzte Hand an die Brust gedrückt, einem schwachen Lichtschein, der sich über den Boden ergoss. Ein grob aus den Felsen gehauener Eingang tauchte vor ihm auf. Er duckte sich in den Schatten der Wände und spähte hinab in ein großes, von einer Lampe erhelltes Gewölbe.

Ein junger Wüstenmann kniete auf allen vieren. Blut sickerte aus seiner Nase.

»Steh auf«, befahl Egnasch. Kaum stand der Sklave, hob er blitzschnell seine Peitsche. Der Junge machte einen Satz nach hinten und heulte ängstlich auf.

»Bitte nicht, Herr«, wimmerte er und schlug die Hände vors Gesicht.

»Es wird dir eine Lehre sein, hier herumzuschnüffeln. Einfach das Tuch herunterzureißen! Wie, glaubst du, kommt es wieder hinauf? Soll es fliegen? Oder wie hast du dir das gedacht?«

»Ich wollte es nur anheben und nachsehen«, verteidigte sich der Sklave. »Da ist es weggerutscht.«

Ein graues Tuch lag auf dem Boden, groß wie zehn Bettlaken. Der Aufseher rieb sich das Kinn.

»Dieses Ding ist sehr glatt, das muss ich zugeben. Na schön, wenn du mir hilfst, das Tuch wieder an Ort und Stelle zu schaffen, verzichte ich darauf, dir deine Neugier aus dem Leib zu prügeln.« Er legte die Peitsche auf den Boden. Gemeinsam machten sie sich daran, einen Tisch heranzutragen. Dann nahmen sie zu Anschars Erstaunen das Tuch, stiegen auf den Tisch und warfen es schräg in die Höhe. Es sah lächerlich und vollkommen sinnlos aus, doch beim dritten Versuch blieb das Tuch in der Luft hängen. Sofort sprangen sie herunter, schoben den Tisch aus dem Weg und fingen an, es zurechtzuziehen. Es sah nun so aus, als befände sich unter dem Tuch eine dicke Säule, so hoch wie zwei Männer. Egnasch nahm ein Seil zur Hand und lief damit um dieses Gebilde herum. Anschar fuhr sich mit dem Daumen über die Augen. Er musste blind gewesen sein, dass er nichts gesehen hatte.

»So, das hält jetzt. Und du wirst Stillschweigen bewahren«, sagte Egnasch zu dem Jungen, als er fertig war. »Das hier geht niemanden etwas an. Eigentlich sollte ich dich dafür töten, das weißt du.«

Der Sklave wischte sich schniefend über die blutige Nase. »Ja, das weiß ich.«

Lächelnd tätschelte Egnasch seine Wange. »Wenn nur mein Bett nicht so leer ohne dich wäre. Mit meiner Nachsicht habe ich mir eine warme Nacht mit dir verdient, nicht wahr, du kleines Wüstenhündchen? Hau ab.«

Der Junge verschwand aus Anschars Blickfeld, und gleich darauf hörte er ihn über eine Treppe herauftappen. Anschar öffnete die nächstbeste Tür und verschwand dahinter. Die Schritte kamen näher und entfernten sich, dann folgten die des Aufsehers. Als er sich sicher war, dass die beiden verschwunden waren, kehrte er auf den Gang zurück.

Die Lampe brannte noch immer, allein das war beunruhigend. Trotzdem warf er einen Blick hinab in das Gewölbe. Es schien nichts weiter als ein riesiger Abstellraum zu sein, denn an einer Wand stapelten sich Tische und Bänke, an einer anderen leere Tonkrüge. Eine Treppe führte linkerhand hinunter. Anschar zögerte. Zu sehr war es in ihm verankert, solche Verbote zu achten, als dass er einfach hätte hinuntersteigen können. Allein hier oben zu stehen, war mehr als gewagt. Er wusste, dass er sich damit eine Auspeitschung verdiente.

Er versuchte, nicht weiter über sein Handeln nachzudenken, als er die Treppe hinabstieg. Ohne Zweifel war das, was sich unter dem Tuch verbarg, der Grund für das Verbot. Was, bei den alles durchdringenden Augen des Götterpaares, war es, dass man es nicht sehen durfte?

Das Tuch hing bis zum Boden herab. Die Seile waren fest und ordentlich darum geschlungen und verknotet. Den Worten des Sklaven zufolge war das Tuch herabgeglitten. Aber wovon? Anschar umrundete die Säule, ging in die Hocke und hob das Tuch an, so weit es ging.

Allmächtiger Inar, dachte er und ließ das Tuch entsetzt

fallen. Nach einem kurzen Blick zur Treppe hob er es wieder vorsichtig an und streckte die Finger aus. Er berührte etwas, das fest, glatt und kühl war. Doch zu sehen war nichts. Nur die Falten des Tuches auf der anderen Seite.

Das Ding war unsichtbar.

Schritte hallten im Gang. Anschar ließ das Tuch los und machte einen Satz hinter die Säule.

»Besser, ich sehe noch einmal nach, ob alles richtig ist«, brummte Egnasch vom Eingang her. Anschar hörte, wie er sich am Bauch kratzte und dann heruntertappte, gemeinsam mit dem jungen Wüstenmann. Ihm blieb nichts anderes, als sich weiter hinter der Säule zu verbergen. Von der anderen Seite näherte sich Egnasch. Das Tuch bewegte sich, als er danach tastete.

»Alles in Ordnung.« Er gähnte. »Du raubst mir die Nachtruhe, nur weil du Unfug gemacht hast.«

»Ich fasse das nicht wieder an«, hauchte der Sklave. »Bei allem, was mir heilig ist …«

»Als ob ein Wüstenkäfer irgendetwas hätte, das ihm heilig ist! Ich gebe dir etwas zum Anbeten. Willst du's haben?«

»Ja«, murmelte der Junge, doch er klang nicht so, als wäre er begierig darauf. Sie entfernten sich einige Schritte und blieben stehen. Die Geräusche, die nun folgten, waren unklar, bis Anschar ein vernehmliches Schmatzen heraushörte. Dicht an die Säule gepresst, wagte er einen Blick. Der Junge kniete vor dem Aufseher, seine Arme hingen schlaff herab. Egnaschs Pranken hatten sich in seine Strähnen gekrampft und schoben seinen Kopf hin und her. Angewidert kniff Anschar die Augen zusammen. Allzu lange sollte das nicht dauern, also würde er hier ausharren und hoffen, dass Egnasch den Sklaven bald fortscheuchte und in sein Bett kroch.

Egnasch atmete zischend und lang anhaltend aus. Dann klatschte es, als tätschelte er die Wange des Jungen. »Gut gemacht. Ganz so nutzlos bist du ja doch nicht. Geh wieder schlafen.«

Der Sklave hastete die Treppe hinauf. Nun war es so ruhig, dass Anschar flach atmete, weil er befürchtete, Egnasch könne ihn bemerken. Er lauschte auf jede Regung und überlegte, was er tun sollte, falls Egnasch um die Säule herumkäme. Doch der stieg nach einer halben Ewigkeit endlich wieder die Treppe hoch. Tief atmete Anschar auf und sank an der Säule hinab. Er wartete noch einige Zeit, bis er sich einigermaßen sicher fühlte, und verließ ebenfalls das Gewölbe. Was er mit seinem Wissen anfangen sollte, wusste er nicht. Welchem Zweck diente dieses Ding? Wie mochte es überhaupt entstanden sein? Gab es hier im Palast tatsächlich eine Nihaye, und dies war ihr Werk?

Er fand den Weg in den Sklaventrakt, machte einen Umweg über den Abort und tastete sich zu seiner Matratze vor. Über die Erleichterung, es unbemerkt geschafft zu haben, vergaß er beinahe seine seltsame Beobachtung. Stattdessen stahl sich vor sein inneres Auge das Bild von dem Rotschopf auf seiner Terrasse.

»Wir sind damals mit zweihundert Leuten aufgebrochen, mit Unmengen an Reittieren und Vorräten. Nur eine kleine Gruppe schaffte es bis hierher. Dazu gehörten ich und Anschars Mutter. Sie war auserwählt worden, die Reise zu unternehmen, um die Hochländer zu warnen. Unsere Priester wussten, dass die Götter wegen des lang anhaltenden Krieges zornig auf die Menschen der Hochebene waren. Also schickten sie Siraia nach Argad. Doch es war ein aussichtsloses Unterfangen; wir wussten so wenig über dieses Land hier, über die Sklavenhändler und dass sie wie Raubtiere über alles herfallen, was sich der Hochebene nähert. So wurden wir aufgegriffen und auf den Sklavenmarkt geschafft. Niemand hörte uns an, niemand glaubte uns.«

»Konntet ihr euch denn verständigen?«, fragte Grazia.

Henon wiegte den Kopf. Er sprach für seine Verhältnisse erstaunlich ruhig und flüssig. »Unsere Sprache ist ähnlich der des Hochlandes. Man hätte es gekonnt, wenn man sich nur ein bisschen Mühe gegeben hätte. Siraia wurde von einem Sklavenaufseher geschwängert, die anderen irgendwohin gebracht, wir verloren sie aus den Augen. Nur Siraia und ich blieben meistens in der Nähe des anderen. Wir wurden erst in die Palastküche gesteckt, dann mussten wir die königlichen Vogelhäuser sauber halten.«

»Man muss euch doch irgendwann geglaubt haben!«, rief sie. »Das kann doch einfach nicht sein.«

»Es war aber so. Siraia war vor den Meya getreten, hatte sich ihm zu Füßen geworfen und ihm alles erklärt, aber er hatte ihr nicht geglaubt.«

Dies versuchte sich Grazia vorzustellen – Anschars Mutter, wie sie vor Madyur-Meya kniete. Er hatte damals nicht gewusst, dass ihr Sohn einer der Zehn werden würde. Nichts hatte er gewusst, nichts wissen wollen. Grazia presste die Hände an die Schläfen und schüttelte den Kopf. Was war das nur für eine üble Geschichte?

»Danach bekam sie keine Gelegenheit mehr, es zu versuchen«, fuhr er fort. »Und sie entschied sich, nichts mehr zu sagen. Sie war immer eine Frau mit einem freundlichen Wesen, doch nach einigen Jahren der Gefangenschaft war davon nichts mehr übrig. Nur noch Hass. Nicht bei mir, ich war einfach müde. Ich glaube, ich wurde damals schon zu dem schreckhaften alten Mann, der ich jetzt bin. Als wir von Temenon aufbrachen, ja, da stand ich noch im Saft und bin keiner Gefahr ausgewichen.« Er gluckste, als erheitere ihn die

Erinnerung. »Siraia kam in ihrem Hass zu dem Entschluss, die Hochländer in ihr Verderben rennen zu lassen, und ich schwieg, weil es ihr Wunsch war. Und weil ich sowieso keine Kraft gehabt hätte, sie umzustimmen. Als man ihr Anschar wegnahm – da war er sechs Jahre alt –, verstummte sie fast vollends. Selbst mir gegenüber.«

»Was hat man mit ihm gemacht?«

»Kinder, die von Sklavinnen geboren werden, gehören nicht zum Kauf dazu, sie müssen irgendwann dem Händler zurückgegeben werden. In Anschars Fall war das Fergo, der größte Sklavenhändler des Hochlandes. Kinder sind äußerst begehrt, weil sie sich gut formen lassen. Sie lernen von klein auf, wie ein Sklave sich zu verhalten hat. Bei Anschar stellte sich bald heraus, dass man einen Krieger aus ihm machen könnte. Eigentlich bringt man Sklaven keine Kampftechniken bei, aber es gibt ja für alles Ausnahmen.«

Gedankenvoll nickte er. Ein schwaches Lächeln glitt über seine Züge.

»Anschar war einfach ungewöhnlich. Hinzu kam, dass es damals eine Zeit lang keine Zehn gab. Ich meine, keinen einzigen. Der Meya wollte diesem Zustand dringend abhelfen. Im ganzen Hochland wurden Krieger gesucht. Es fanden sich nur wenige, die geeignet schienen. Anschar war achtzehn Jahre alt, als Fergo ihn Madyur vorstellte. Einige Monate später ließ der seinen Arm zeichnen. Wusstest du, dass der Meya einen Teil der Tätowierung selbst ausführt?«

Sie sah, wie seine Augen vor Stolz glühten. Er berührte die Innenseite seiner linken Hand.

»Diese vier Zeichnungen, hast du sie gesehen?«

»Ja.«

»Die sticht der Großkönig eigenhändig in die Haut. Auf der Innenseite ist das besonders schmerzhaft. Es soll den Krieger daran erinnern, wem er dient.«

Und jetzt dient er einem anderen, dachte sie. »Siraia besaß Schmuck. Nicht nur diesen einen Ohrring, sondern zwei. Und eine Halskette.«

»Eine Halskette?«

»Nicht? Es ist jedenfalls eine Kette, an der mehrere Schnüre mit blauen Steinen und Goldperlen hängen. Wie trägt man sie denn sonst?«

Mit beiden Zeigefingern strich er sich über die Stirn. »So. Die unteren Perlen bedecken die Brauen.«

Grazia nickte. Irgendwie hatte sie geahnt, dass man sich das Schmuckstück nicht einfach um den Hals legte. Mit dem Gold auf dem Kopf hätte sie erst recht wie eine Varietétänzerin ausgesehen; ihre Mutter hätte ihr nie erlaubt, sich so photographieren zu lassen. Meine Güte, dachte sie, wie lange ist das jetzt her? Sie dachte daran, Henon zu sagen, dass sie den Schmuck getragen hatte, aber das würde ihn so sehr verwirren, dass er gar nichts mehr herausbekäme. »Wieso hatte Siraia den Schmuck eigentlich behalten dürfen? Ich meine, darf eine Sklavin so kostbaren Goldschmuck besitzen?«

»Nein, ich hatte ihn gut versteckt. Da Wüstenmenschen für gewöhnlich keinen Schmuck besitzen, rechnen die Fänger auch nicht damit, dass man ihn sich … irgendwohin steckt. Verstehst du?«

Das tat sie nicht, aber so wichtig erschien ihr das auch nicht, um es sich jetzt genauer erklären zu lassen. »Und dann?«

»Später hat sie ihn in ihrer Matratze verborgen. Es ging tatsächlich all die Jahre gut. Als sie dann Anschar fortgeben musste, wollte sie nicht mehr leben. Im ersten Jahr danach machte sie sich noch Hoffnung, ihn wiederzusehen, aber das geschah nicht. Sie war in sich gekehrt, sprach mit niemandem ein Wort. Wie erschrak ich, als sie dann plötzlich mit mir redete! Sie bat mich, sie dorthin zu bringen, wo sie zuvor gehört hatte, dass das Tor sei, irgendwo in den Ausläufern des Hyregor. Nun können zwei Sklaven nicht einfach so durch die Gegend laufen, wie du dir sicher denken kannst. Wir mussten es heimlich tun. Den Palast zu verlassen, ist nicht schwierig. Auch in den Straßen fällt man nicht auf. Aber draußen dann vor der Stadt, da ist es schon anders. Wir mussten uns nachts durch die Felder schlagen und uns tagsüber verstecken.«

»Ihr wolltet auf diesem Weg flüchten? Durch das Tor?«

»O nein. Siraia wollte sterben. Natürlich fanden wir das Tor nicht. Tagelang irrten wir in den Bergen umher. Sie fiel auf die Knie und flehte den letzten Gott an, sie fortzubringen, weil sie nicht in dem verhassten Hochland begraben werden wollte. Sie bat ihn, sie an einen schönen Ort zu bringen – einen Ort wie aus einem Traum, um dort eine Ewigkeit träumen zu können.«

Die Pfaueninsel, dachte Grazia. Die Insel der Märchen. Das preußische Arkadien.

»Ich war die ganze Zeit wie aufgelöst vor Angst«, redete Henon weiter, ohne ihr Erstaunen zu bemerken. »Ich glaubte natürlich nicht, dass etwas Wundersames passieren würde. Aber dann schälte sich auf einmal eine Lichtsäule aus dem Nichts. Siraia lachte, lief um die Säule herum und dankte auf Knien dem Gott. Und plötzlich stieß sie sich einen Dolch in den Leib.«

Unvermittelt sackte er zusammen und presste das Gesicht in die Hände. Sein Leib wurde von Schluchzern geschüttelt. Grazia wusste nicht, was sie tun sollte. Hilflos berührte sie seinen Rücken, doch er schien es nicht zu merken.

»Verzeihung, Verzeihung!«, stieß er schrill hervor und versuchte das Gesicht mit dem Saum seines Rockes zu trocknen. »Es ist so lange her, dass ich zuletzt darüber geredet habe. Jahre, viele Jahre … Es war so furchtbar. Ich wusste nicht, wie mir geschah. Und dieses Licht, es machte mir solche Angst. Aber es zog mich auch an, und ich hatte keine Wahl, ich trug

Siraia ins Licht. Es schien mir, als werde mir der Leichnam aus den Armen gerissen, ich bekam keine Luft mehr, es war dunkel und nass, und dann war es wieder hell. Da war ein großes Gewässer, ich weiß nicht, ob es ein See war oder das Meer. Schilf am Ufer und so viele Bäume, wie ich sie nie gesehen habe. Siraia trieb auf dem Wasser. Ich zog sie ans Ufer.«

»Henon.« Grazia rüttelte ihn an der Schulter. Es beunruhigte sie, dass er nun wie gehetzt sprach. »Du musst nicht weitersprechen.«

Er richtete sich wieder auf und atmete mehrmals tief durch. »Du willst es doch wissen, Herrin.«

»Ich glaube, ich kann mir den Rest denken. Du hast sie begraben und bist dann wieder ins Wasser gesprungen, in das Licht. Und du hast die Feder eines Pfaus gefunden und mitgenommen. Henon, da, wo du warst, das ist meine Heimat.«

Er wischte sich über die feuchte Nase und sprach hastig weiter. »Weißt du, als ich dich zum ersten Mal sah, war das mein erster Gedanke. Aber ich dachte natürlich, dass ich mich irre. Nein, ich hatte nicht nur eine Feder gefunden. Wie hast du das Tier genannt? *Pfau?* Wir nennen ihn den Königsvogel wegen der Schwanzschleppe. Es gibt ihn hier nicht. Ich stolperte auf der Insel herum, auf der Suche nach etwas, womit ich Erde ausheben könne, und sah so viele wunderliche Dinge: seltsame Gebäude, fremdartige Blumen – und diesen Vogel. Ich hab ihn mit einem Stein erschlagen, um ihn mitzunehmen. Du weißt vielleicht nicht, dass man hier ganz versessen auf bunte Federn ist.«

»Oh, das habe ich schon gemerkt«, warf Grazia ein. »Bist du denn nicht auf Menschen getroffen?«

»Da liefen einige herum, aber ich habe mich immer schnell versteckt. Ich hörte sie reden. Ihre rohe Sprache und ihr fremdes Aussehen machten mir Angst. Bei einem dieser Gebäude fand ich eine Schaufel, die musste ich ja stehlen, und ich fürchtete mich vor meinem eigenen Schatten, während ich das Grab aushob. Wer weiß denn, was mit mir passiert wäre, hätten sie mich erwischt!« Er fuhr sich über die erhitzte Stirn, als müsste er die Furcht erneut durchstehen. »Ja, und als ich dann zurück ins Wasser wollte, lief mir dieser Vogel über den Weg. Ich dachte, wenn ich ihn mitnehme, fällt meine Bestrafung für die heimliche Flucht nicht ganz so hart aus. So war es dann auch, denn andernfalls wäre ich nicht mehr am Leben und könnte dir das alles nicht erzählen. Ich begrub Siraia und legte ihren Schmuck ins Grab – nur einen Ohrring nicht, den wollte ich Anschar geben. Danach ging ich zurück ins Wasser. Die weiße Lichtsäule verschwand, kaum dass ich wieder trockenen Boden unter mir hatte. Mit dem Vogelbalg im Arm kehrte ich in den Palast zurück. Es folgten etliche Verhöre, aber ich habe nie verraten, dass ich in einer anderen Welt gewesen war, denn ich wollte nicht, dass man Siraias Ruhe störte. Stattdessen behauptete ich, den Vogel in den Ausläufern des Hyregor erlegt zu haben. In den folgenden Jahren schickte der Meya immer wieder Jäger aus, damit sie Königsvögel fingen. Ich glaube, ganz aufgegeben hat man das immer noch nicht.«

Das zumindest erheiterte ihn, denn er kicherte. Er schien nicht zu bemerken, dass sie rot geworden war. Sie schämte sich zutiefst. Aber wer hätte ahnen sollen, was es mit diesem Grab auf sich hatte? Bei dem Gedanken, wem die Knochen gehörten, die Friedrich einfach in eine Schachtel gelegt hatte, wurde ihr schlecht. Hätte es in jenen Tagen doch nur nicht so stark geregnet! Dann hätte Friedrich an den Erdschichten erkennen können, dass das Grab verhältnismäßig frisch war. Aber so, angesichts dieses Schmuckes, musste er glauben, es sei alt.

»Du bist so nachdenklich, Herrin.«

»Wie? Oh. Diese Geschichte klingt so bedrückend. Henon, ich sagte dir ja, dass ich von dort stamme, wo du warst. Der Schmuck wurde gefunden.«

»Ihr Götter!« Er schlug die Hände vors Gesicht und fing wieder an zu jammern. »Ich hatte so darauf geachtet, dass man das Grab nicht sieht. Ganz vorsichtig habe ich das Gras abgetragen und später wieder darübergelegt; ich dachte, es würde genügen.«

»Bitte beruhige dich. Siraia hat dort immerhin siebzehn Jahre unbemerkt geruht. Und der Schmuck ist wohlverwahrt.«

»Und ihre Knochen?«

»Ja ... die auch. Wie ging es weiter? Wie wurdest du denn bestraft?«

»Ich musste für ein halbes Jahr in die Papierwerkstätten.«

Das klang nach einer milden Strafe. »Und wie hast du Anschar gefunden?«

»Ich hörte wieder von ihm, als er einer der Zehn wurde. Da bat ich, zu ihm geschickt zu werden, denn ich dachte mir schon, dass er einige Vergünstigungen erhalten würde. Eben auch, einen eigenen Sklaven zu besitzen. Wir erkannten uns sofort wieder. Seitdem war das Leben hier erträglich. Temenon nie wieder zu sehen, nagt nicht mehr so sehr an der Seele. Für ihn ist die Hochebene ohnehin die Heimat. Es ging uns in den letzten Jahren gut. Bis er hinaus in die Wüste geschickt wurde, um den letzten Gott zu finden.«

Grazia stand auf und ging zur Terrassenmauer. Heria lag unter ihr, ein von zahllosen Öllämpchen in den Häusern beleuchteter Teppich. Sie konnte den Palast sehen, die Umfassungsmauer, das Tor mit den beiden herschedischen Wachposten. Irgendwo dort war er. »Warum nur hat er mir das alles nicht gesagt?«

»Er sieht sich als Argade, er ist ja auch ein halber«, antwortete Henon. »Über diese Geschichte denkt er tunlichst nicht nach, denn er befürchtet, dass ich sie mir nur ausgedacht habe, um einen kleinen Sklavenjungen träumen zu lassen. Und das würde bedeuten, dass seine Mutter nur eine Wüstenfrau war. Aber die Geschichte ist wahr, ich schwöre es bei meinem Leben.«

Mit einem Mal war er bei ihr und fiel auf die Knie.

»Henon! Das will ich nicht.«

»Herrin, außer Anschar habe ich nie jemandem davon erzählt. Du bist die Erste. Wenn du nicht gesagt hättest, dass er mich dir geschenkt hat, hätte ich mich auspeitschen lassen, bevor ich es sage, selbst dir. Es steht mir nicht zu, dich um etwas zu bitten, und ich nehme dafür jede Strafe an. Aber bitte …«, er rang die Hände. »Bitte, wenn du zurück in deine Heimat kommst, sorge dafür, dass Siraia wieder unter die Erde kommt.«

»Ich verspreche es dir. Aber jetzt steh wieder auf.«

»Danke.« Er machte Anstalten, sich zu erheben, doch jetzt wirkte er so erschöpft, dass er einfach vor ihr hocken blieb. Sie konnte sich kaum vorstellen, dass dieser so schwach und harmlos wirkende Mann einstmals die Wüste durchwandert und der Pfaueninsel einen Besuch abgestattet hatte. Aber es war geschehen. Er hatte das Tor gefunden.

Hinarsyas Mond beschien das Schlafzimmer. Oder war es der von Inar? Grazia hob die linke Hand und betrachtete den Ring an ihrem Finger. Fahl schimmerte das Gold in der nächtlichen Düsternis, die nie richtig schwarz war. Sie lag in Anschars ausladendem Bett und dachte an die seltsame Geschichte zurück. An den temenonischen Ohrring. Die Feder. In klassischen Sagen entpuppten sich die einfachen Männer oft als etwas anderes. Wie etwa der Hirte Paris, der in Wahrheit der Sohn des trojanischen Königs gewesen war. Ein

Königssohn war Anschar nicht, aber der Nachkomme eines Volkes, mit dem die Argaden Frieden schliessen mussten, um den Fluch zu beenden. Und der Meya wusste nichts davon. Eine gewisse griechische Tragik liess sich diesem Umstand nicht absprechen.

Sie rollte sich auf die Seite. Kaum hatte sie die Augen geschlossen, sah sie Anschars schreckliches Bild vor sich: gefesselt auf ein Brett, besudelt, verwirrt, gedemütigt. So ging es seit Stunden, sie konnte es nicht verhindern. Dann spürte sie seine kalte Haut an ihren Fingern, die Nässe seines Haars. Seine durstigen Lippen an ihrer Hand. Was tat er jetzt? Wie erging es ihm jetzt? Sie warf sich auf die andere Seite. Die Bespannung unter der Matratze knirschte. Draussen im Salon hörte sie Henon schnarchen. Klopfen, verhaltenes Gemurmel, Schritte. War da jemand gekommen? Sicher nicht, denn wer sollte sie mitten in der Nacht aufsuchen?

Sie setzte sich auf, als eine Hand ihre Schulter berührte. Das Licht eines Öllämpchens flammte auf. Es beleuchtete die müden, scharfen Züge des Königs, der sich über sie beugte.

»Ich kann nicht schlafen«, sagte er.

Grazia rutschte zur Wand zurück und zog sich das Laken bis ans Kinn. Weil er nicht schlafen konnte, platzte er einfach so hier herein? »Ich auch nicht«, murmelte sie.

Madyur setzte sich auf einen Hocker und legte die Hände auf die Schenkel. Bis auf ein lose umgeschlungenes Hüfttuch nackt, wirkte er wie aus dem Schlaf gerissen. Am Eingang knallte es, als Henon einen Wasserkrug fallen liess, den er seinem König wohl hatte bringen wollen. Zitternd fiel er auf die Knie, flehte mehrmals um Verzeihung und machte sich daran, die Scherben aufzulesen. Madyur betrachtete seinen gebeugten Rücken, aber wahrzunehmen schien er ihn nicht. Nachdem Henon es endlich geschafft hatte, einen zweiten

Krug zu bringen und ihm einen kupfernen Becher zu füllen, nahm er ihn abweisend entgegen und trank.

»Diese Sache mit dem Wasser geht mir nicht aus dem Kopf«, fing er endlich an.

Grazia dachte daran, ihn zu fragen, ob er es schicklich fand, in das Schlafzimmer einer Frau zu stürzen, nur weil ihn etwas beschäftigte. Aber jemand, der so etwas wie ein Kaiser war, würde diesen Einwand wahrscheinlich nicht begreifen.

»Du schweigst?«

Sie räusperte sich. »Ich weiß nicht, was ich sagen soll. Mir geht so vieles im Kopf herum.«

»Was denn?«

»Anschar zum Beispiel.«

Er rieb sich die Nase und nickte. »Ich habe Mallayur sofort rufen lassen, nachdem du bei mir warst. Er bestätigte, was du erzählt hattest, und versicherte mir, dass diese harte Strafe notwendig, aber eine Ausnahme gewesen sei. Dabei habe ich es belassen, denn im Grunde geht es mich ja nichts an. Es war unangenehm genug, ihm zeigen zu müssen, dass mir Anschars Verlust nahe geht. Aber deshalb bin ich nicht hergekommen.«

Er streckte ihr den geleerten Becher hin und nickte ihr auffordernd zu. Grazia gelang es nicht sofort, das Gefäß zu füllen, denn sie wälzte noch seine Worte hin und her. War Mallayur zu trauen? Wohl kaum! Was, wenn er log? Allein der Gedanke, Anschar müsse weitere solche Behandlungen über sich ergehen lassen, fühlte sich an, als lege sich eine Hand um ihr Herz und presse sämtliches Blut heraus. Sie erschauerte, versuchte ihn zu verdrängen und sich dem Wunsch des Meya zu widmen. Kurz darauf troff das Wasser über den Becherrand. Henon, der noch damit beschäftigt war, die Spuren seines Missgeschicks zu beseitigen, kroch näher, um die Tropfen aufzuwischen. Er hatte nicht bemerkt, woher sie kamen.

Madyur trank lauthals schlürfend und seufzte wohlig auf. »Der Wein vom Hyregor ist nichts dagegen. Im Palastgarten habe ich ein Badebecken; das Wasser darin ist immer so schnell brackig und schmutzig, und meine Nebenfrauen schaffen es einfach nicht, die Kinder davon abzuhalten, hineinzupinkeln. Allein zehn Sklaven sind nur dafür da, es immer wieder auszuwechseln. Eigentlich eine scheußliche Wasserverschwendung in diesen Zeiten. Jemand wie du ...«

»Das kann ich nicht«, sagte sie sofort. Sie besaß diese Fähigkeit sicherlich nicht, um ständig ein königliches Planschbecken zu füllen. Allein der Gedanke war absurd.

»Wäre es zu groß? Was ist mit dem Badebecken hier in deinen Räumen? Kannst du das füllen?«

Sie schüttelte den Kopf. Henons Ohren schienen zu wachsen.

»Mir scheint, du bist nur ein bisschen widerspenstig.« Madyur drehte den Becher in den Fingern. »Du musst üben. Das ist ein Befehl. Bedenke, was aus deiner Kraft vielleicht erwachsen kann, auch wenn du keine Nihaye sein solltest. Vergiss nicht, du bist in einem Land, in dem Wasser kostbar ist. Und immer noch kostbarer wird! Begreifst du das?«

Ergeben nickte sie. Es klang nicht unvernünftig. Sie hatte ja bereits so viel über verdorrte Ernten und kahle Felder gehört.

»Gut. Ich gehe wieder schlafen.« Er machte Anstalten, sich zu erheben. »Ist noch etwas?«

»Ja.« Sie hatte sich, die Decke dicht am Kinn, vorgeneigt. »Darf ich etwas ansprechen?«

»Hat das nicht Zeit bis morgen?«

»So wenig wie das mit dem Wasser.«

Sein Mundwinkel zuckte belustigt. »Dann sprich.«

Sie biss sich auf die Lippe. »Es geht um Henon.«

»Was, um ihn?« Der Meya wies auf den Sklaven, der still

am Eingang stand und angesichts des königlichen Daumens, der auf ihn zeigte, erzitterte.

»Er ist ein Mann aus dem Land Temenon, und Anschar ...«

»O Herrin!« Henon ließ den Lappen vor Schreck fallen, hob die Hände und warf sich auf die Knie. »Ich bin nichts, nur ein Sklave.« Er stieß einen heiseren Schrei aus, als sich der Meya vorbeugte, ihn am Arm packte und in eine aufrechte Haltung zwang.

»Du hast Anschar gehört, oder?«

»Ja, Herr!«

»Er kam mit Anschars Mutter aus Temenon und wurde versklavt«, versuchte Grazia weiterzusprechen, aber sie merkte, dass es sinnlos war. »Man hat sie ...«

»Dieses Häufchen Elend will die Wüste durchquert haben? Aber natürlich!« Erneut schüttelte Madyur den alten Mann, der wie eine Puppe auf dem Boden kauerte.

Sie schluckte und nickte dann. Er ließ ihn los und stand auf.

»Für solche Scherze fehlt mir der Sinn. Wir haben soweit wohl alles besprochen, daher gehe ich wieder ins Bett.«

»Aber du *musst* es glauben!«, rief sie ihm hinterher. Der Meya hielt inne und maß Henon mit nachdenklichem Blick.

»Anschar war zu nachsichtig mit ihm. Dir als seiner Herrin sollte klar sein, dass auch alte Sklaven, die nicht mehr ganz richtig im Kopf sind, bestraft werden, wenn sie groben Unfug machen. Und so eine Behauptung aufzustellen, ist nicht nur Unfug, sondern eine Frechheit. Es wäre deine Aufgabe, ihn zurechtzuweisen, aber das tust du ja doch nicht. Henon?«

»Ja, Herr?«, flüsterte Henon kaum hörbar.

»Finde dich morgen bei einem der Sklavenaufseher ein und sage ihm, dass du ein paar Streiche auf den Rücken bekommen sollst.«

»Ja, Herr.«

Grazia wollte protestieren, doch bevor ihr ein Wort gelang, war Madyur aus dem Raum. Sie schlüpfte aus dem Bett, und obwohl sie nur ihr Unterzeug trug, kniete sie vor Henon und nahm in die Arme. Er wehrte sich nur schwach.

»Es tut mir so leid, Herrin, dass ich dich beschämt habe.« Schniefend wischte er sich über die Augen. Sie wollte ihm sagen, dass er nichts, aber auch gar nichts getan hatte, doch sie strich ihm nur begütigend über die Schulter. Ihr tat es selbst leid, sie hätte nicht davon anfangen sollen. Es hatte seinen Grund, dass alles so war, wie es war. Niemand hier wartete auf eine fremde junge Frau, die für ein paar Sekunden geglaubt hatte, in das Schicksal zweier Völker eingreifen zu können.

»Herrin? Darf ich fragen, wovon ... ich meine ... *was* sollst du üben?«

»O Henon. Das ist eine lange Geschichte.«

»Ich habe Zeit. Verzeihung.« Tief senkte er den Kopf.

12

Der Händler, der seine Grasmatten vor dem Gärtner ausbreitete, konnte kaum den Blick von Anschar reißen. »Einer der Zehn verdingt sich als Tragsklave? Wie kommt das?«

Der alte Gärtner fächerte in aller Ruhe den Stapel auf und prüfte die Güte jeder einzelnen Matte. »Siehst du nicht, dass er am Ohr markiert ist? Er tut, was man ihm sagt, wie es die Pflicht eines Sklaven ist.«

Nur langsam gelang es dem Händler, den Mund wieder zuzuklappen. Anschar hielt die Arme auf und nahm die Matten, die der Gärtner auswählte, in Empfang. Es folgte eine wortreiche Erklärung des Händlers, dass diese Matten von den fingerfertigsten Sklaven geknüpft worden waren, und das übliche Feilschen, das jedoch knapp ausfiel. Kein Händler wagte es, den Bediensteten eines königlichen Hauses zur Weißglut zu bringen, also nickte der Gärtner recht bald zufrieden und schlug Anschar auf die Schulter, damit er ihm vorausging.

Im Palastgarten legte Anschar die Matten vor dem Vogelhaus ab. Es war ein aus Grasgeflecht errichteter Rundbau, in dem eine Wolke von Ziervögeln, deren Federn und Schnäbel in Türkis, Grün und Blau metallisch schimmerten, die Luft mit ihrem Zwitschern und Kreischen belebte. Aus einer gänzlich von Weinreben überwucherten Hütte holte er eine Leiter und lehnte sie an das Geflecht. Dann stieg er auf die oberste Sprosse und fing an, die alten, von der Sonne gebleichenen Matten abzuschneiden. Er warf sie hinunter und ließ sich die neuen Matten hinaufreichen, dazu ein Schnurbündel, sie festzubinden. Um die Mitte des Daches zu erreichen, musste er ein Stück hinaufkriechen. Das Geflecht knarrte unter seinem Gewicht.

»Lass mich das lieber machen«, sagte der Alte. »Das Spektakel, wenn du da einbrichst und die Vögel sich in alle Winde zerstreuen, möchte ich nicht erleben.«

»Es dauert nicht lange.«

»Du wirst es nie lernen, nicht zu widersprechen!« Der zahnlose Alte, dessen Körper noch dürrer als der von Henon war, zeigte vor seiner Tätowierung wenig Respekt. »Warum, um alles in der Welt, hat man dich ausgerechnet mir zugeteilt?«

Darauf sagte Anschar nichts, denn der Gärtner kannte

die Antwort. Hier im Garten liess sich einiges tun, ohne die geschundene Hand zu stark zu belasten. Anfangs hatte er nur mit der linken Hand Wassereimer herangeschleppt, Unkraut gezupft und dürre Blüten und Blätter entfernt; inzwischen war der Verband entfernt, und er konnte einen Spaten anpacken. Auch war der Garten der Ort, wo er seine Übungen machte. Täglich vollführte er vor den Augen säumiger Sklaven und neugieriger Hofdamen einen Tanz aus Sprüngen, Hieben und Stössen gegen unsichtbare Gegner. Dann hallte sein Stöhnen und Keuchen von den Mauern ringsum wider und kämpfte gegen das Lärmen der Ziervögel an.

Anschar streckte den Rücken und wischte sich den Schweiss aus den Augen. Auch jetzt bemerkte er, wie die Sklaven in den Pfeilergängen, die den Garten umgaben, stehen geblieben waren. Im ersten Stock, auf der Galerie, standen herschedische Frauen, die schlanken Arme auf der hölzernen Brüstung. Ein Kind lachte, wohl eines der vielen Bastardsöhne des Königs. Trotz all der neugierigen Blicke war der kleine Garten inmitten des Palastes der einzige Aufenthaltsort, den Anschar als erträglich empfand. Die Blumenbeete mit der roten Heria standen in voller Pracht, das Grün der Zierbäume war saftig und leuchtete in der Sonne. Ein Sklave mühte sich ab, die kranken Zweige einer Rotweide herunterzuziehen und abzuschneiden, ansonsten war hier vom Fluch der Götter wenig zu sehen. Zwei weitere Sklaven schleppten Wasser heran und verteilten es auf den Beeten. Gelbschwänze hüpften über das Gras und pickten nach Würmern. Das Beste an diesem Garten war zweifellos, dass Anschar den Sklavenaufseher nur noch zu Gesicht bekam, wenn er abends in den Schlafraum ging.

An das rätselhafte Gebilde, das er in jener Nacht vor drei Wochen gesehen hatte, dachte er kaum noch. Er war sich gar nicht so sicher, nicht vielleicht einer Sinnestäuschung erlegen zu sein, hervorgerufen durch die Folter. Selbst der Weg aufs

Dach, um einen Blick auf Grazia zu erhaschen, erschien ihm nun wie ein lange zurückliegender Traum. Wie es ihr wohl erging? War sie inzwischen klüger, was den möglichen Weg zurück in ihre Welt betraf? Noch war sie hier – um das zu wissen, brauchte er nur die Ohren aufzusperren. Sklaven tratschten für gewöhnlich nicht weniger als andere Leute.

Ein zweites Mal hatte er das Palastdach nicht mehr betreten. Ihr Anblick, selbst aus weiter Ferne, machte alles nur noch schlimmer.

»Du sollst dich da oben nicht ausruhen«, knurrte der Gärtner.

Anschar schloss die letzten Knoten. »Ich bin fertig.«

»Dann ...« Der Alte verstummte und machte einen Satz zur Seite. Niemand anderer als der König von Hersched war herangetreten, am Arm eine Frau. Belustigt sah er zu Anschar hoch.

»Dich bekommt man sicher nicht häufig kriechend auf einem Vogeldach zu Gesicht«, sagte er spöttisch. »Das sieht albern aus für jemanden wie dich.«

»Sicher nicht alberner, als auf einem Brett festgeschnallt zu sein«, erwiderte Anschar. Falls er damit den Zorn seines Herrn wecken wollte, was er selbst nicht so genau wusste, schien es ihm nicht zu gelingen. Mallayur verzog nur spöttisch einen Mundwinkel.

»Komm herunter.«

Anschar sprang hinab, gab das Werkzeug dem Gärtner, der sofort das Weite suchte, und machte seine Verbeugung. Dabei bemerkte er, dass die Frau barfuß war. An ihren Zehen glänzten silberne Ringe. Der Rest des Körpers war unter einem weißen, mit goldenen Stickereien verzierten Gewand verborgen, das einen harten Gegensatz zu ihren Haaren bildete. Lang und tiefschwarz umwallten sie ihre Schultern. War das die neue Favoritin des Königs? Mallayur besaß keine

Gemahlin, aber dafür Bettgefährtinnen in reicher Zahl. Aus dem ganzen Hochland ließ er sie sich kommen, sogar aus dem entfernten Praned. Diese hier war dem Aussehen nach jedoch eine Herschedin.

»Er sieht dir ja in die Augen!«, sagte sie zu Mallayur, während sie zwei Finger durch das Geflecht steckte und versuchte, an den grashalmdünnen Schwanzfedern eines Vogels zu zupfen. »Hast du nicht gesagt, er sei ein Sklave?«

Es klang nicht vorwurfsvoll, nur erstaunt.

»Er ist ein Krieger, daher müssen wir ihm das schon zugestehen«, sagte Mallayur. »Man muss die Augen des Gegners sehen, um zu durchschauen, was er tun will. Wäre er es gewohnt, den Blick immer gesenkt zu halten, müsste er sich im Kampf vielleicht auch erst dazu überwinden. Ein großer Nachteil.«

»Ja, das verstehe ich. Ich würde ihn gern einmal kämpfen sehen. Die Übungen, die er macht, wirken vielversprechend. Vielleicht gegen dich?«

»Ich soll gegen einen Sklaven kämpfen?« Mallayur lachte. »O Geeryu! Das lassen wir doch lieber bleiben.«

Dann kam, womit Anschar nicht mehr gerechnet hatte: Die Frau sprach ihn an. »Sag, würdest du gegen deinen Herrn bestehen? Gib eine ehrliche Antwort.«

Dazu hatte Anschar nicht die geringste Lust. Fast noch schlimmer als die bisherigen Foltern war der Zwang, Fragen beantworten zu müssen, und wenn sie noch so dumm und überflüssig waren. In Madyurs Palast hatte er sich das Recht herausgenommen, einfach wegzugehen, wenn ihm die neugierigen Nebenfrauen lästig wurden. »Ja, das würde ich«, erwiderte er. Mallayur führte eine gute Klinge, besser als so mancher gestandene Krieger. Aber das hatte nicht viel mit dem zu tun, wozu einer der Zehn imstande war.

»Er scheint in deiner Gegenwart befangen zu sein«, wandte sie sich wieder an Mallayur. Sie wickelte seinen Kinnbart um den Zeigefinger und zog so fest daran, dass es ihm ein gequältes, aber seliges Lächeln entlockte. »Lass uns bitte allein.«

»Wie du willst.« Mallayur schenkte ihr einen fast schüchtern wirkenden Kuss, machte kehrt und verschwand im Schatten des Pfeilergangs. Geeryu schritt zu einem Teich, der von einer niedrigen Mauer umsäumt war. Ihr Gewand umflatterte wiegende Hüften, die sich unter dem fein gewebten Stoff abzeichneten. Es fiel Anschar schwer, den Blick davon loszureißen. Er folgte ihr, da der Befehl, wenngleich unausgesprochen, deutlich war. Sie ließ sich auf der Einfassung nieder, schlug ein Bein über das andere und klopfte neben sich.

»Setz dich. Vielleicht legst du ja jetzt deine Wortkargheit ab? Ich will dir nichts Böses.«

Anschar hockte sich auf das Mäuerchen. Als er sie ansah, zuckte er zurück. Um ihre Pupillen lagen silberne Ringe. Eine solche Augenfarbe hatte er noch nie gesehen. Tatsächlich, sie war wie Metall. Ganz so wie die Ringe an den Zehen.

»Ich glaube, mir wäre es lieber, wenn du mir nicht in die Augen siehst«, meinte sie.

Das war keine gewöhnliche Frau, die er da vor sich hatte. Wie alt war sie überhaupt? Sie besaß ein spitzes Kinn, eine lange, gerade Nase und fein gewölbte Brauen über den Augen, die sehr groß waren. Die Züge eines jungen, äußerst schönen Mädchens, wären da nicht die Fältchen in den Winkeln.

Endlich schaffte er es, den Blick von ihr zu reißen. Als sich ihre Hand auf seine Schulter legte, ging wieder ein Ruck durch seinen Körper, so kalt war sie.

»Oh, nicht erschrecken! Ich will mir doch nur deinen Arm ansehen.«

»Das?« Anschar streckte den Arm aus, mit der Handinnenfläche nach oben.

Geeryu rümpfte angeekelt die Nase. »Nein, die andere Seite.«

Er drehte den Arm um und wartete geduldig, bis sie sich an der Tätowierung sattgesehen hatte. Fast ehrfürchtig fuhr sie die schlangendicke Linie entlang, vom Ellbogen bis zu den Knöcheln. Unter der Berührung der eiskalten Finger wurde seine Haut körnig.

»Deine Hand ist fast verheilt. Dann kannst du ja wieder ein Schwert halten, nicht wahr? Ich möchte dich so gerne kämpfen sehen.«

»Warum liegt dir daran so viel?«

Ihre Augen wurden schmal. »Es ist nicht an dir, Fragen zu stellen. Aber kannst du dir nicht vorstellen, dass es aufregend ist, wenn zwei Männer um Leben und Tod kämpfen?«

»Vor allem für die zwei Männer«, sagte er kühl.

»Gib dich nicht so grimmig.« Sie ließ seinen Arm los. Ein Gelbschwanz, der zwischen den Grashalmen nach Beute pickte, weckte ihre Aufmerksamkeit. Sie streckte sich nach ihm. Der Vogel wich vor ihr zurück und legte den Kopf schräg, um sie zu beäugen. »Kann man denn behaupten, gut zu sein, wenn man nur Übungskämpfe macht? Und nie um sein Leben bangen muss?«

»Übungskämpfe sind zwar alles andere als ungefährlich, aber es lässt einen nicht träge werden, wenn man kämpft, ohne um sein Leben fürchten zu müssen. Falls es das ist, was du meinst.«

»Ja, das habe ich gemeint. Das kann nicht genügen. Die Technik lässt sich mit Übung vervollkommnen, aber wenn es um das eigene Leben geht, müssen doch ganz andere Dinge zum Tragen kommen.«

Er konnte über die Gedankengänge dieser Frau nur staunen. »Wenn du so willst, bin ich den Beweis, auch dann gut zu sein, noch schuldig geblieben.«

»Könntest du nicht gegen Sklaven kämpfen?«

»Wozu?«

»Die könntest du töten. Sie würden sich mit aller Macht dagegen wehren, und dann müsstest du dich ernsthaft verteidigen.«

Warum, bei allen Göttern, wollte sie das wissen? Was war das nur für eine Frau? »Nein, das hätte nicht die gewünschte Wirkung«, erwiderte er, inzwischen des Gespräches müde. »Sie müssten in jedem Falle sterben, und das lähmt sie. Sie brauchen ein Ziel, für das sich der Einsatz lohnt. Die Freiheit zum Beispiel.«

»Die Freiheit?« Die Empörung stand ihr ins seltsam schöne Gesicht geschrieben. »Und die bekämen sie, nachdem sie einen der Zehn getötet hätten? Du kommst ja auf Gedanken!«

»Ich sagte doch, dass es so nicht geht. Sklaven sind keine geeigneten Gegner.«

»Hm. Woher weiß man dann, wer der beste der Zehn ist, wenn jeder auf vollkommene Weise zu kämpfen versteht?«

»Man weiß es nicht«, presste er mit wachsendem Widerwillen hervor. »Man kann es nur vermuten.«

»Und was wäre deine Vermutung? Wer ist der Erste der Zehn?«

»Herrin, warum ...«

»Antworte!«

Er schüttelte den Kopf, aber er musste antworten. »Vielleicht ich, vielleicht Darur.«

»Darur? Der Grauhaarige? Hm«, sie legte nachdenklich einen Finger an die Wange. »In sieben Tagen jährt sich die Hochzeit des Götterpaares Inar und Hinarsya. Der Meya und seine Gemahlin, die Hohe Priesterin, werden sich wie jedes Jahr ins Heiligste des Tempels begeben, um die Hochzeit zu vollziehen. Und wie jedes Jahr zürnt Mallayur, dass dies nicht auf herschedischem Boden geschieht.«

Das weiß ich alles, wollte Anschar einwenden. Das Götterpaar war auf Hersched herabgestiegen, um sich zueinander zu legen. Dass der Meya diese Tatsache missachtete, war eines der vielen kleinen Dinge, weswegen Mallayur seinem Bruder beständig grollte. Madyur war nicht immer der kluge, umsichtige Herrscher, als den das Volk ihn sah. Nicht, wenn es um seinen jüngeren Bruder ging. Andernfalls hätte er sich nicht auf die verhängnisvolle Wette eingelassen.

Geeryu lächelte ihn auf eine Weise an, die ihn abstieß. »Bei diesem Fest wird es nach langer Zeit wieder einen Zweikampf ihnen zu Ehren geben, bei denen einer als Opfer für sie fällt.«

Ihm wich das Blut aus dem Gesicht. Nur langsam drang in sein Bewusstsein vor, was sie gesagt hatte. Darauf hatte sie es angelegt? Dass er ihr den besten Gegner nannte, den es gab? »Ich soll gegen Darur kämpfen?«

»Ja.«

»Herrin, die Götter wollen die Zweikämpfe nicht sehen, und deshalb verlor sich dieses Ritual. Es wieder zum Leben zu erwecken, wird den Fluch nicht aufhalten.«

»Wer bist du, das beurteilen zu können? Du lebst, um zu kämpfen. Was also stört dich daran?« Ihr Tonfall verriet, dass sie keine Antwort erwartete und er auch keine mehr geben durfte. »Solltest du dann noch Schmerzen in deiner Hand haben, dürften die dich ja eher beflügeln, oder?«

»Du blutrünstige …«, setzte er an, da machte sie eine wegwerfende Handbewegung. Der Gelbschwanz, der in zwei Schritten Entfernung übers Gras gehüpft war, fiel auf den Rücken und blieb regungslos liegen, als sei er gegen eine unsichtbare Mauer geprallt. Was immer Anschar sagen wollte, blieb ihm in der Kehle stecken.

Sie hat eine göttliche Kraft, dachte er. So wie Grazia kann sie irgendetwas machen.

Sie war die Nihaye.

»Du hast es begriffen, ja?« Ihre silbernen Augen leuchteten vor Zorn. »Wage es nicht, mich zu beleidigen! Dafür sollte ich dich bis aufs Blut peitschen lassen! Und nun geh.«

Diesem Befehl folgte er nur zu gern. Ohne eine weitere Verbeugung eilte er auf die Tür zu, die zum Sklaventrakt führte. Dort warf er einen Blick zurück. Geeryu hatte sich erhoben und lief in die entgegengesetzte Richtung, wo Mallayur wartete, der sie in die Arme schloss und küsste. Anschar wandte sich ab. Er schüttelte sich vor Abscheu. Eine Nihaye! Nun hatte diese Frau ihm auch noch den Garten vergällt. Aber das war sein kleinstes Problem. Während er sich auf den Weg hinunter in die Felsenkeller machte, raufte er sich die Haare. Darur, dachte er. Ihr Götter, Darur! Warum hatte er nicht geschwiegen? Damit hätte er zwar nichts verhindert und sich eine Auspeitschung eingehandelt, aber die wäre erträglicher gewesen als dieses schale Gefühl des Verrats.

Die Zeit, sich in Felsengrasarbeiten geübt zu haben, war nicht umsonst gewesen. Einigermaßen zufrieden mit ihrer Arbeit betrachtete Grazia den Fächer, den sie sich geflochten hatte. Natürlich ließ er sich nicht zusammenklappen, aber das machte nichts. Zu den Bastschnüren hatte sie noch ein Kistchen voller bunter Vogelfedern bekommen. Sie steckte abwechselnd blaue und rote Federn in den Rand und betrachtete ihr Werk. Probehalber fächelte sie sich Luft zu. Die Federn hielten.

»Man kommt auf seltsame Gedanken, wenn man Zeit hat.« Über den Rand des Fächers hinweg warf sie Henon, der ihr schweigend zugesehen hatte, einen hingebungsvollen Blick zu. Sie stellte sich vor, bei einer Soiree mit diesem Fächer zu kokettieren und dabei Klaviermusik zu lauschen. Oder wenigstens den misslungenen Übungen ihres Bruders, der wöchentlich von einer strengen Klavierlehrerin gepeinigt wurde.

Auch hier gab es Musik zu hören. Die Argaden kannten Flöten, Schellentrommeln und Leiern – ihre Melodien hingen allabendlich in der Luft, wenn Grazia auf der Terrasse stand, aber erfreuen konnte sie sich daran selten. Die aus den Winkeln der Paläste heraufschwebende Musik erinnerte sie daran, dass sie eingesperrt war, gemeinsam mit einem schweigsamen Leibwächter und einem alten Mann. Ab und zu kam Fidya und brachte ein Brettspiel mit. Dann musste Grazia mit ihr um Könige aus Halbedelsteinen und Sklaven aus Holz spielen, sie mit ihrem klaren, kühlen Wasser versorgen und aus ihrem Leben erzählen, von dem Gott auf dem Steg und von ihrer Reise mit Anschar. Das Kanarienvögelchen konnte nicht genug davon bekommen. Es half wenigstens, sie abzulenken.

»Ach, Justus«, murmelte sie und verbarg das Gesicht hinter dem Fächer, um die aufkommenden Tränen zu verbergen. Wie viele Klavierstunden hatte er wohl inzwischen hinter sich gebracht? Grazia versuchte nachzurechnen, wie lange sie jetzt hier war. Es fiel ihr zunehmend schwerer. Schließlich kam sie zu dem Ergebnis, dass es *viel* zu lange war. »Wenn ich mich wenigstens hätte verabschieden können! Dann wäre es leichter auszuhalten.«

Henons Augen wurden rund. Da erst bemerkte sie, dass sie auf Deutsch geplappert hatte.

»Entschuldige«, sagte sie hastig und tupfte sich die Augen trocken.

»Was plagt dich, Herrin?«

»Heimweh.« Nicht nur das, fügte sie in Gedanken an Anschar hinzu. Nicht nur das … »Hast du nie Heimweh?«

»Du meinst, nach Temenon?« Sichtlich mit Unbehagen rutschte er auf seinem Platz herum. Er mochte es nicht, über sich zu sprechen, und dass er ihr seine Geschichte in allen Einzelheiten erzählt hatte, fand sie immer noch bemerkenswert. Weder vorher noch nachher hatte er sich zu so vielen Worten hinreißen lassen. »Selten, Herrin. Das ist nur noch wie ein alter Traum. Man vergisst so vieles mit der Zeit.«

Sie fragte sich, ob es ihr ähnlich erginge, sollte sie in dieser Welt auf ewig gestrandet sein. Nein, daran durfte sie nicht einmal denken. Ein Luftzug ließ die Federn erzittern, als die Tür aufschwang. Die wie stets in Gelb gewandete Nebenfrau des Königs rauschte in den Salon, begrüßte Grazia überschwänglich und bestaunte den Fächer. Diesmal jedoch war sie nicht allein. Der Meya stand im Türrahmen. Henon war aufgesprungen, hatte sich ihm zu Füßen geworfen und wurde von dem Leibwächter des Königs beiseitegescheucht. Er flüchtete sich hinaus auf den Korridor.

»Sieh nur.« Fidya pflückte den Fächer aus Grazias Hand und wandte sich zu ihm um. »Verscheucht man damit Fliegen? Hier oben haben wir doch kaum welche.«

Grazia umfasste ihr Handgelenk und zeigte ihr, was sie damit tun musste. Fidya wedelte ungeschickt vor ihrem Gesicht herum und betastete ihren Kopfputz.

»So viel Wind zu machen, ist nicht gut, wenn man eine Federnhaube trägt. Und so angenehm finde ich es auch nicht.«

»Ich schon. Weißt du, bei uns ist es selten so heiß wie hier.«

»Fidya.« Der Meya winkte sie beiseite und näherte sich Grazia, die den Fächer wieder in Empfang nahm und sich verneigte. »Wie geht es dir?«

»Sollte es mir gut gehen, wenn ich eingesperrt bin?«

»Das sagst du jedes Mal. Und ich kann darauf nichts

anderes erwidern, als dass es sein muss.« Er ging zum Bad, schlug den Vorhang beiseite und blickte die Stufen hinab. »Hatte ich dir nicht gesagt, du sollst das Becken bis an den Rand füllen?«

»Es ist zu groß. Davon bekomme ich Kopfschmerzen.«

»Aber du kannst mehr! Und das weißt du auch. Es ist eine Frage der Übung.«

Sie wollte einwenden, dass er das nicht wissen konnte, aber er hatte recht. Sie konnte sehr viel leichter und sehr viel mehr Wasser schaffen als zu Anfang. Wozu sie wirklich imstande war, ließ sich noch gar nicht absehen, und es war verständlich, dass es ihn brennend interessierte. Verlegen fächelte sie sich Luft zu. Sie war bockig, denn den Gedanken, auf ewig zum Wassermachen verdammt zu sein, fand sie grässlich. Und das wusste er vermutlich recht genau. Wenn sie nicht den Wunsch verspürte, das Wasser fließen zu lassen, floss es eben nicht.

Er hielt den Vorhang in der erhobenen Faust. Gleich würde er ihn herunterreißen. Doch dann schleuderte er ihn nur von sich und stapfte in die Mitte des Wohnzimmers, die Hände im Rücken verschränkt. Er war wütend. Auf sie? Grazia hielt den Fächer still.

»Gib mir Wasser!«, befahl er und streckte auffordernd die Hand aus. Ohne nachzudenken, machte sie eine Bewegung, als wolle sie etwas wegwerfen. Wassertropfen spritzten von ihren Fingern bis auf seine Handfläche. Er blickte verblüfft darauf und schüttelte die Hand aus. »Ein feines Kunststückchen, ja. Aber das ist nicht das, was mein leidendes Land benötigt. Das ist es nicht!«

Die letzten Worte hatte er geschrien. Selbst Fidya blickte betreten zu Boden. Er atmete tief ein und aus und spreizte die Arme.

»Verzeih. Ich könnte heute ein Sturhorn zerreißen, so

wütend bin ich. Keine gute Voraussetzung, um herzukommen.«

»Was ist denn passiert?«, fragte Grazia. Langsam wedelte sie wieder mit ihrem Fächer. Dass nicht ihr allein sein Zorn galt, erleichterte sie ein wenig.

Madyur zog einen der Stühle unter dem Tisch hervor und setzte sich. Müde stützte er den Ellbogen auf die Tischplatte und strich sich über die Stirn, obwohl seine grauen Haare von einem mit Türkisen verzierten Stirnband gebändigt wurden.

»Anschar hat dir vielleicht irgendwann von den alten Zweikämpfen zu Ehren der Götter erzählt.«

Das hatte er, aber sie war viel zu beunruhigt, um es zu bestätigen. Eine böse Vorahnung beschlich sie.

»Die Götter lieben den Duft des Tierblutes«, sagte er. »Als sie gingen, entstand der Brauch der Zweikämpfe, weil man hoffte, das edlere Menschenblut würde sie zurückholen. Das war vor langer Zeit, vor Hunderten von Jahren. Damals entstand aus der Suche nach den besten Kämpfern die Kriegerkaste der Zehn. Aber es half nichts, die Götter kehrten nicht zurück, und das Ritual verlor sich wieder. Aber die zehn Krieger blieben und wurden zu dem, was sie heute sind: die Leibwächter des argadischen Großkönigs.« Erregt sprang Madyur wieder hoch und stapfte durch den Raum. »Der letzte Zweikampf zu Ehren der Götter liegt einige Jahrzehnte zurück. Mallayur sagt, wir müssten den Göttern wieder das Blut eines Kriegers opfern. Das ist aber nur ein Vorwand! In Wahrheit will er zeigen, dass er jetzt den besten Krieger hat. Er will mich damit demütigen – mich, den Meya! Diese verdammte Wette um Anschar war von langer Hand vorbereitet. Nur darauf hat er es abgesehen. Wie konnte ich so dumm sein?«

»Was hat Mallayur getan?«, wagte Grazia zu fragen.

»Er hat einen der Zehn zum Zweikampf herausgefordert!«

Er deutete zur Tür. »Anschar wird gegen den Krieger kämpfen, den ich da draussen zu deiner Bewachung abgestellt habe.«

»Gegen Darur?«, fragte sie entsetzt.

»Gegen Darur.«

»Aber das ist ja … abscheulich! Ein Menschenopfer?« Ihr wurde übel, wenn sie nur an den Blutgestank dachte, dem sie im Tempel ausgesetzt gewesen war. Dennoch, so verwunderlich war es im Grunde nicht. Sie durfte nicht vergessen, dass die argadische Kultur nicht unähnlich den bronzezeitlichen Hochkulturen war, und dort waren Menschenopfer, wie man annahm, alles andere als unbekannt. Schon die Bibel berichtete davon, dass Menschen dem Gott Baal dargebracht worden waren, und auch die Hinwendung vom menschlichen zum tierischen Opfer, wie es bei den Argaden geschehen war, war den Archäologen bekannt.

Friedrich oder mein Vater sollten sich das anhören, dachte sie und nahm sich vor, alles zu notieren.

»Wir wissen längst, dass ein Menschenopfer nichts bewirkt«, sagte Madyur. »Das mögen die Götter nicht. Es ist etwas ganz anderes als ein Tieropfer. Aber jetzt, da die Not immer grösser wird, dürfte es in der Priesterschaft Zustimmung finden. Es *könnte* dieses Mal ja etwas bewirken.«

Grazia nickte langsam, obwohl ihr danach war, wild den Kopf zu schütteln. All das, was ihr in den Sinn gekommen war, schwand angesichts der Furcht, die sich wie eine Nadel in ihren Kopf bohrte. Die Furcht um Anschar. »Wer, glaubst du, wird gewinnen?«

»Anschar schätze ich als stärker ein. Aber es lässt sich unmöglich sagen. Bei Inar, ich weiss wirklich nicht, wessen Tod mich stärker träfe. Doch genug davon.« Er ging noch einmal zum Bad, schob den Vorhang beiseite und blickte hinunter. »In ein paar Tagen komme ich wieder. Vielleicht hast du es ja bis dahin geschafft.« Er ließ den Vorhang fahren und wandte sich zur Tür.

»Bitte warte!«, rief Grazia. »Ich möchte Anschar wenigstens noch einmal sehen. Bitte gestatte es.«

Er zögerte. »Er ist in Heria. Wie soll das möglich sein? Selbst wenn ich das zuließe, was nicht in meiner Absicht liegt, würde Mallayur dich jetzt sicher nicht mehr zu ihm lassen.«

»Aber es kann doch nicht sein, dass Anschar vielleicht stirbt, ohne dass ich ihn noch einmal sehen konnte?«

»Wieso denn nicht?«, fragte er verständnislos. »Verabschiedet habt ihr euch doch längst.«

»Lass mich wenigstens bei diesem Zweikampf zusehen.« Hatte sie das wirklich gesagt? Zusehen? Bei einem solchen Gemetzel? Vielleicht sehen, wie er unterlag? Sie schüttelte sich. Aber hier zu sitzen und nichts zu wissen, war noch unerträglicher.

»Die Arena befindet sich innerhalb des Palastgeländes von Heria. Es wäre mir nicht recht, dich dorthin mitnehmen zu müssen.«

Sie neigte sich etwas vor und sagte verschwörerisch: »Aber es würde meine Aufgabe, das Becken zu füllen, bestimmt erleichtern.«

In Madyurs Gesicht hob sich belustigt ein Mundwinkel. »Das hast du dir ja fein ausgedacht, du kleine Erpresserin. Also gut, ich nehme dich mit.«

Grazia murmelte einen Dank, den er nicht beachtete, denn schon war er draußen. Schief lächelte Fidya sie an.

»Du bist ja ganz verwirrt. Ich weiß schon, du magst Anschar.«

»Wieso fände der König den Tod des einen so schlimm wie den des anderen? Anschar ist jetzt Mallayurs Mann. Müsste er da nicht hoffen, dass Darur gewinnt?«

Das Vögelchen kehrte zu ihr zurück und ging vor ihr in

die Knie, als sei sie ein Kind, das sich erschrocken hatte. Die zarten Hände berührten ihre Schenkel und streichelten sie beruhigend. »Madyur ist stolz darauf, dass er aus einem Sklaven einen Krieger gemacht hat, von dem viele glauben, er sei der Erste der Zehn. Da möchte er im Nachhinein natürlich gerne recht behalten. Andererseits, wie sähe es aus, wenn Mallayur den Sieg davontrüge? Ach, es ist verzwickt, und Mallayur weiß ganz genau, wie er ihn ärgern kann.«

»Mich ärgert er damit auch, aber das weiß er vermutlich nicht, und wenn, wäre es ihm egal.«

»Ach, Grazia.« Fidya stand auf, beugte sich über sie und strich über ihre Wange. »Deshalb weine doch nicht.«

Grazia hatte gar nicht bemerkt, dass ihr die Tränen liefen. Immer diese Heulerei! Sie zog ihr Taschentuch aus dem Ausschnitt und schnäuzte mit aller gebotenen Lautstärke hinein. »Wann findet der Kampf denn statt?«

»In sieben Tagen, am Fest des Götterpaares.«

»Eine ganze Woche Angst.«

»Keine ganze Woche. Nur sieben Tage.«

Hilflos lächelte Grazia. »Dann eben sieben Tage. Schlimm genug. Zumal sie hier so lang sind.« Sie dachte an Henon, der wohl irgendwo auf dem Korridor kauerte und keine Ahnung von dem hatte, was Anschar bevorstand. Ihn zu beruhigen, würde keine leichte Aufgabe sein.

Fidya setzte sich neben sie und ergriff ihre Hand. »Ich vertreibe dir schon die Zeit. Und du mir. Erzähl mir doch noch einmal von der Prachtstraße in deiner Stadt und von dem Großkönig, der sie immer entlangfährt. Und von der goldenen Göttin auf der Säule. Ist sie wirklich so groß, wie du gesagt hast? Ich kann mir das immer noch nicht vorstellen.«

13

Der Tag des Zweikampfes brach an. Anschar stand an der Klippe, unter sich die schwebende Stadt, und sah zu, wie sich die Wüste mit der aufgehenden Sonne langsam rot färbte. Er hatte schlecht geschlafen, was ihn mehr als alles andere beunruhigte, und er hoffte, dass es Darur ähnlich ergangen war. Wie Darur wohl den Morgen zubrachte? So gut sich die Zehn kannten, keiner wusste vom anderen, was er empfand, wenn er zu einem Zweikampf auf Leben und Tod antrat. Keiner von ihnen hatte es bisher tun müssen.

Anschar stieg zu Schelgiurs Hütte hinab und stieß die Tür auf. Wie er es erwartet hatte, war sie um diese Zeit noch leer. Schelgiur sprang aus seiner Kammer, die er oberhalb des Schankraums bewohnte, und kratzte sich die zotteligen Haare.

»He, bisschen früh, oder? Anschar, du? Da möge sich doch der Boden auftun und mich in die Tiefe stürzen lassen! Dass ich dich noch einmal wiedersehe. Eigentlich hatte ich früher damit gerechnet, dass du meine feine Gaststätte besuchen kommst, denn seit wann werden Sklaven weggesperrt?«

»Schelgiur.« Anschar schob sich auf seine bevorzugte Bank und bot ihm die Hand. Der Wirt schlug ein. »Wie sieht's aus, hast du ein Bier für mich? Bezahlen kann ich es nicht.«

»Natürlich.« Augenblicklich stieg Schelgiur in seine Höhlennische, um zwei große Becher heranzutragen. Er setzte sich zu ihm und schob ihm einen Becher hin. Es war das teuerste Bier, wie Anschar erfreut bemerkte. Dankend nickte er ihm zu und nahm einen tiefen Schluck.

»Ich darf den Palast nicht ohne Erlaubnis verlassen«, setzte er tief seufzend an. »Und einen Grund, mir die zu verschaffen, finde ich nicht so ohne Weiteres. Mallayur hütet mich wie seinen Augapfel. Heute stehen die Dinge jedoch anders, denn er ist ganz bei dem bevorstehenden Zweikampf, und da war er so gnädig, mich von der Leine zu lassen, damit ich in die schwebende Stadt darf. Ein letztes Mal wollte ich hier sitzen und ein Bier trinken, bevor ich mich aufmache, in den Tod zu gehen. Nun ja, damit rechne ich nicht, aber weiß man's?«

»Allmächtige Hinarsya«, murmelte Schelgiur und räusperte sich, als bleibe ihm vor lauter Rührung die Stimme weg. »Du wirst siegen.«

»Ja, ja.« Anschar winkte ab. »Wie geht es hier bei dir denn so zu? Nimmt alles seinen gewohnten Gang? Weib und Kinder wohlauf?«

»Hier hat sich nichts verändert. Das Leben als Wirt in der schwebenden Stadt ist wirklich das denkbar langweiligste. Abgesehen von den letzten Tagen; die Leute reden über nichts anderes als diesen Kampf, und das macht die Kehlen durstig. Eigentlich schade, dass er so kurzfristig angekündigt wurde. Oh, bevor ich es vergesse: Henon war hier. Schon fünfmal in den letzten Wochen.«

»Henon? Wieso denn das? Er war doch noch nie ohne mich hier.«

»Er – das heißt, seine Herrin, die Rothaarige – will wissen, wann der heilige Mann zurückkommt. Wie es scheint, will sie ihn so schnell wie möglich aufsuchen, sobald er wieder im Lande ist.«

»Der heilige Mann? Schelgiur, hilf mir auf die Sprünge.«

»Der abtrünnige Inar-Priester, der am Fuß des Hyregor in einer Hütte haust. Man sagt, er wüsste einiges über die Götter, wie sie die Welt verließen und vor allem wo. Obwohl ich Letzteres ja nicht glaube.«

Anschar hatte Mühe, die Worte zu begreifen. Offenbar sprach Schelgiur von dem zerlumpten Einsiedler, der ab und zu in der Stadt auftauchte. Und der sollte etwas über das Tor wissen? Nun ja. Falls dem so war, dann war Grazia wohl bald fort. Die Erkenntnis versetzte ihm einen schmerzhaften Stich, doch dann besann er sich auf etwas anderes. Empört ließ er den Krug so fest auf den Tisch knallen, dass das Bier herausschwappte. »Dafür würde ich ihr am liebsten jedes einzelne ihrer roten Haare ausreißen! Henon hier allein herumklettern zu lassen! Was fällt ihr ein?«

»Ereifere dich nicht so, he? Er gehört jetzt ihr.«

»Mag sein. Aber das darf sie ihm nicht zumuten.«

»Was soll denn passieren? Dass er draußen auf den Treppen den Halt verliert und abstürzt? Oder von Betrunkenen verprügelt wird?«

»Ja, zum Beispiel! Ich will das nicht.«

»Er gehört nicht mehr dir«, wiederholte Schelgiur ruhig. »Und deine Sorge um ihn war schon immer übertrieben.«

Anschar konnte daraufhin nur nicken. Der Wirt hatte recht, es ging ihn nichts mehr an, so unangenehm sich das auch anfühlte. »Sag ihm wenigstens, er soll aufpassen. Und sag ihm, dass … dass …«

»Ja?«

Verdrossen starrte Anschar in den Becher, trank noch ein wenig und schob ihn dann von sich. So gut es ihm schmeckte, jetzt vor dem Zweikampf musste er sich zurückhalten. »Ich weiß nicht«, fuhr er unschlüssig fort. »Es wäre die Gelegenheit, für sie etwas auszurichten. Und mir fällt nichts ein.«

»Gar nichts?« Schelgiur grinste und verschränkte die Arme. »Sag mal, mein Lieber, wie sieht es in Mallayurs Haus eigentlich mit gewissen körperlichen Bedürfnissen aus? Schlecht, nehme ich an, oder?«

»Ihr Götter, Schelgiur. Wie kommst du jetzt darauf?«

»Das kannst du dir wirklich nicht denken?«

»Seit wann hüpfst du bei diesem Thema um fünf Ecken? Was willst du mir sagen?«

»Du brauchst dringend eine Frau unter dir, das will ich damit sagen. Du scheinst dich nach der rothaarigen Nihaye zu sehnen, über die die ganze Stadt spricht, aber sie ist weit weg.«

»Sie ist keine Nihaye.«

»Was weiß ich. Du kriegst sie jedenfalls nie, und das weißt du. Finde dich damit ab und pack dir endlich wieder eine, die erreichbar ist.«

»Ach, Schelgiur. Du hast ja keine Vorstellung davon, wie mir inzwischen der Schwanz eingeschrumpft ist. Der ist eigentlich gar nicht mehr vorhanden. Bevor ich in die Wüste ging, hätte ich mir das auch nicht träumen lassen. Enthaltsamkeit ist eine durchaus interessante Erfahrung, das würde ich dir auch empfehlen.«

Schelgiur schnaubte gleichermaßen entsetzt wie erschrocken.

»Und nun«, redete Anschar unverhohlen weiter, »ja, und nun sitze ich immer noch auf dem Trockenen. In Gefangenschaft reizt einen so schnell nichts. Wüstenhündinnen bekäme ich reichlich, aber die will ich nicht. Huren kann ich nicht bezahlen. Irgendeine Argadin zu überreden, dazu fehlt mir die Gelegenheit. Davon abgesehen ist es anders als früher.«

»Was ist anders?« Schelgiur hing mit einem Mal förmlich an seinen Lippen.

»Wie du weißt, bin ich früher auf jede Frau zugegangen, die ich wollte. Manchmal wurde ich abgewiesen, wenn eine fand, dass mein Status als einer der Zehn die Tatsache, ein Sklave zu sein, nicht überwog. Aber das machte mir nichts aus, ich habe es eben bei einer anderen probiert, ganz unbefangen. Nun hat sich äußerlich an mir nichts verändert. Ich trage die Tätowierung, ich trage den Sklavenohrring. Wie vorher auch. Aber ich schäme mich plötzlich zu Tode. Dem Meya zu gehören oder Mallayur – das sind zwei ganz unterschiedliche Dinge. Verstehst du?«

»Ich glaube schon. Aber, meine Güte, dem lässt sich doch abhelfen. Es gibt hier ein paar Huren, die mir einen Gefallen schulden, und denen sage ich …«

»Nein!« Fast wäre Anschar hochgeschnellt und hätte ihn angeschrien, aber dann besann er sich. »Mitleidige Huren, das fehlte mir noch. Da bekäme ich ja gar nichts zustande.«

»Kann es sein, dass dein eigentliches Problem das Rothaar ist, das in deinem Kopf nistet?«

Anschar legte das Gesicht in die aufgestützten Hände und gab ein erschöpftes Knurren von sich. »Ja, kann sein.«

»Dann solltest du vielleicht doch versuchen, irgendwie an sie heranzukommen und sie zu fragen.«

Er schüttelte den Kopf. Das Feuerköpfchen war keine Frau, die man einfach bestürmte. Sie mochte ihn, daran gab es keinen Zweifel. Doch sie unterschied sich von den argadischen Frauen viel zu sehr. Bei ihr kam es auf jede Geste und jedes Wort an. Und dabei hatte er den Eindruck, nicht einmal ansatzweise zu verstehen, was in ihrer Hinsicht richtig und was falsch war.

Die ersten Gäste trafen ein, hockten sich an die Tische und rieben sich die müden Augen. Schelgiur wollte aufstehen, doch Anschar hielt ihn am Arm zurück und stand seinerseits auf. »Es wird ohnehin Zeit für mich. War nett, mit dir zu plaudern. Heb mir das Bier auf. Wenn ich überlebe, komme ich heute noch zurück.«

»Wenn dein Herr es erlaubt?«

»Das ist mir dann auch egal.«

»Der letzte Gott möge dir beistehen, auch wenn man nicht

weiss, ob er es kann oder will«, murmelte Schelgiur. »Du wirst siegen.«

»Danke.« Im nächsten Augenblick war Anschar draussen und hastete die Stufen so schnell hoch, dass der ganze Aufbau erzitterte.

Zögerlich öffnete sich auf sein Klopfen die Tür zu Mallayurs Gemächern. Ein alter Leibdiener spähte durch den Spalt, legte den Finger an den Mund und winkte ihn hinein. »Warte«, flüsterte er. »Wie du siehst, ist der König noch beschäftigt.«

Anschar sah es. Und er hörte es. Im Bett, kaum verborgen von dem hauchzarten Vorhang, der den Schlafbereich vom Vorraum trennte, war Mallayur mit Geeryu zugange. Vielmehr sie mit ihm, denn sie hockte auf seinen Hüften und schien darauf zu tanzen. Der Herr von Hersched hatte die Arme zurückgeworfen, die Fäuste in sein Kopfkissen gedrückt und wand sich wie unter Schlägen. Tatsächlich vollführte die Nihaye ähnliche Handbewegungen wie an jenem Tag im Garten, als sie was auch immer mit dem Gelbschwanz getan hatte. Beide waren so versunken in ihr merkwürdiges Spiel, dass sie Anschars Anwesenheit nicht bemerkten. Gegenüber dem Bett stand teilnahmslos Mallayurs Leibwächter. Auch der junge Sklave, der mit seinem Federwedel einen Luftzug über die nackte Haut des Paares schickte, tat so, als sei er blind und taub.

Das wollte Anschar auch tun, doch er fand es durchaus faszinierend, seinen Herrn leiden zu sehen. Mallayur wimmerte, als bereite ihm der Akt Schmerzen. Sein Kopf flog hin und her, sein Körper machte wellenartige Bewegungen. Er flehte Geeryu an, sie möge aufhören. Anschar hoffte, dass sie ihn tötete, aber das war natürlich nicht der Fall. Plötzlich erstarb Mallayurs Flehen mit einem letzten Aufbäumen. Die Nihaye glitt von ihm herunter.

»Oh, war das gut«, keuchte er, kaum Herr seiner Stimme. Mit einem vernehmlichen Räuspern holte ihn der Leibdiener in die Wirklichkeit zurück.

Er wankte auf die Füße und angelte nach einem Mantel auf dem Bettende. Geeryu musste ihm hineinhelfen, so zittrig war er. Dann legte sie seinen Arm um ihre Schulter und führte ihn nach vorne. Leicht gekrümmt blieb er vor Anschar stehen. Seine Versuche, das von ihren Säften glänzende Glied zu bedecken, misslangen.

»Es ist schon spät, oder?«, fragte er heiser und hob die Faust an den Mund, um sich zu räuspern. Anschar verneigte sich, wobei ihm der Geruch, den die beiden verströmten, allzu aufdringlich in die Nase geriet. Geeryus silberne Augen schienen ihn aufspießen zu wollen. Sie drückte die Brüste vor, während sie ihn anstarrte, als suche sie schon das nächste Opfer. Er wollte angewidert den Kopf wegdrehen, aber da gab Mallayur ihr einen Klaps auf das Gesäß, sodass sie zurück ins Schlafgemach schritt.

»Wie fühlst du dich?« Mallayur hatte sich gefasst. Er legte eine Hand auf Anschars Schulter. »Wie ein Sieger?«

Da Anschar verbissen schwieg, ließ er ihn wieder los und ging zu einer Truhe, auf der ein länglicher, in Stoff eingehüllter Gegenstand lag. »Als es die Zweikämpfe noch gab, pflegte man die Waffen mit Opferblut zu besprengen, um die Hilfe eines Gottes herabzubeschwören. Jeder Kämpfer wählte einen der Dreiheit, um ihn anzuflehen.«

»Ich kenne die Geschichten.«

»Natürlich.« Mallayur entfernte das Tuch und ergriff ein Schwert. Schwungvoll hob er es hoch und trug es in der ausgestreckten Hand heran. »Ich habe für dich die Wahl getroffen und dem letzten Gott geopfert. Über dieser Waffe. Geh auf die Knie.«

Kaum hatte Anschar das getan, stellte sich Mallayur hinter ihn. Ein leichter Druck war im Nacken zu spüren – die Schneide der Klinge. Am Vorhang stand Geeryu, nur ihr Kopf lugte heraus. Anschar fragte sich, was Mallayur wohl tun würde, käme von ihr die Aufforderung zuzuschlagen.

»Was fühlst du, Anschar?«

»Nichts.«

»Nichts?« Mallayur kam wieder nach vorne, fasste das Schwert vorsichtig an der Klinge und hielt ihm den Griff unter die Nase. »Nimm es.«

Anschar gehorchte und stand auf. Sein Herr legte den Kopf in den Nacken.

»Jetzt hast du die Gelegenheit. Niemand ist hier, der dich aufhalten könnte.«

Niemand? Da steht eine Nihaye, von der ich nicht weiß, wozu sie fähig ist, ging es Anschar durch den Kopf. Was sollte diese lächerliche Darbietung überhaupt? Glaubte Mallayur tatsächlich, er wäre so verrückt, das zu versuchen?

»Mein Bruder würde es gutheißen. Du kämst wieder zu ihm zurück. Reizt dich das nicht?«

Anschar war versucht, die Klinge an Mallayurs Hals zu legen, so wie dieser es bei ihm getan hatte. Nur um ihm zu zeigen, dass er es erwog. Aber dann begriff er, dass Mallayur es darauf abgesehen hatte. »Nein«, erwiderte er, ohne sich zu rühren, obwohl seine Armmuskeln zuckten. Es hatte keinen Sinn, sich rebellisch zu geben, nur um eine weitere Bestrafung zu empfangen.

Die Augen seines Herrn wurden schmal, als er schließlich nickte. »Gut. Wie es scheint, bist du allmählich so weit, dass man dich vorzeigen kann. Wenn du dich heute als ein mir treu ergebener Kämpfer erweist, werde ich dich morgen zur großen Opferung mitnehmen.«

Nichts wäre mir lieber, dachte Anschar säuerlich. »Ich muss nachher um mein Leben kämpfen. Nicht mehr, nicht weniger.

Vermutlich werde ich keinen Gedanken daran verschwenden, wer mich in die Arena geschickt hat.«

»Ich will ja nur, dass du dich benimmst. Und wenn du das tust und siegst, soll es auch nicht zu deinem Schaden sein. Ich könnte mir vorstellen, dass es dir gefallen würde, eine Nacht in einem abgeschiedenen Raum mit einer Frau zu verbringen. Wäre das eine Belohnung in deinem Sinne? Vielleicht mit Geeryu?«

Er lachte, denn Anschars Augen hatten sich für die Dauer eines Lidschlags geweitet. Jetzt war sich Anschar nicht mehr so sicher, ob er nicht doch imstande war, das Schwert gegen ihn zu erheben.

»Was hältst du davon?«, drängte Mallayur. Er ging zu ihr, zog den Vorhang ein Stück herunter, sodass ihre Brüste zum Vorschein kamen, und kniff ihr in eine Brustwarze. Sie stieß einen empörten Laut aus, der in Kichern überging, und hielt ihm den geöffneten Mund hin. Ihre Zungen glitzerten, als sie sich deutlich sichtbar umspielten. Fast schien es, als vergäße Mallayur die Anwesenheit seines Sklaven. Als er, noch immer am Mund der Nihaye hängend, Anschar einen Blick zuwarf, wich dieser zur Tür zurück. Es kam kein Einwand, also machte Anschar, dass er hinauskam. Kein Kampf konnte schlimmer sein, als seinem Herrn hierbei zusehen zu müssen.

Er hatte keine Schwierigkeiten, den Umkleideraum zu finden, der zur Arena führte, denn dieser befand sich dicht bei den Sklavenunterkünften. So verwunderte es ihn nicht, dass es Egnasch war, der ihm kalt lächelnd und mit scheinbarer Ehrerbietigkeit die Tür öffnete.

»Ich habe die Scheide bei deinem Herrn vergessen«, sagte Anschar ebenso kalt. »Da ich nicht noch einmal hinaufgehen werde, musst du jemanden schicken.«

»Was hindert dich, es selbst zu tun?«, fragte Egnasch.

»Ich muss mich auf den Kampf konzentrieren.«

Dagegen konnte Egnasch nichts einwenden, also rief er einen Sklaven herbei. Anschar beachtete ihn nicht mehr. Er betrat einen stickigen Raum, nur schwach von einer Öllampe erhellt, die von der Decke hing. Dennoch erspähte er sofort seinen Gegner. Darur hockte bereits fertig gerüstet auf einer Pritsche, die Ellbogen auf den Knien, den Schwertgriff in den Händen. Flüchtig hob er den Kopf. Es fiel ihm sichtlich schwer, Anschar anzusehen. Seine Armmuskeln erweckten die Tätowierung zum Leben, während er die Fäuste um den Griff ballte. Aber er sagte kein Wort.

Auch über Anschars Lippen kam keine Silbe. Auf einer anderen Pritsche entdeckte er einen roten Wickelrock und seine Rüstung. Es war ein schlanker, mit Leinen gepolsterter Brustpanzer, der nur leicht die Konturen seiner Muskeln andeutete. Glatt und kühl fühlte sich die Bronze an. Er schob ihn sich über den Kopf und verschnürte ihn an den Seiten. Dann war Egnasch auch schon zurück, legte die Scheide mitsamt dem Gürtel auf die Pritsche und half ihm, den Armschutz und die Beinschienen zu befestigen.

»Ihr müsst eure Sandalen ausziehen«, sagte er, als er fertig war.

Anschar war danach, ihm an die Kehle zu gehen, und das stand ihm wohl auch deutlich ins Gesicht geschrieben, denn Egnasch wich zurück.

»Ist nicht meine Idee, ja? Also halte dich zurück, Sklave.«

»Natürlich ist es nicht deine Idee. Was hast du schon zu sagen? Geh, lass uns allein. Die Luft atmet sich ohne dich wesentlich leichter.«

Der Aufseher bleckte vor Wut die Zähne, aber er wagte es jetzt nicht, ihn zurechtzuweisen. Er machte auf dem Absatz kehrt und stapfte hinaus auf den Korridor.

»Ersäufen möchte ich ihn! Und Mallayur gleich dazu.

Ganz sicher war er es, der den Priestern den Vorschlag unterbreitet hat.«

»Beruhige dich.« Darur schlüpfte aus seinen Schuhen. »Hier haben schon die alten Helden barfuß getanzt. Warum soll es uns anders ergehen?«

»Scheint dir ja wenig auszumachen«, knurrte Anschar, der sich nur langsam bückte. Er löste die Bänder, streifte die Sandalen ab und schleuderte sie quer durch den Raum. Dann wechselte er den weißen Rock gegen den roten aus und legte den Schwertgürtel um, dazu einen dünneren, an dem ein Dolch hing. Das tat er mit Bedacht, während er den Geräuschen aus der Arena lauschte.

Von oben war Fußgetrappel zu vernehmen, denn der Raum befand sich unmittelbar unterhalb der Tribünen. Die Bänke hatten sich schon gefüllt, es konnte nicht mehr lange dauern, bis das Signal kam.

»Du stehst das nicht durch«, sagte Darur plötzlich.

Hart lachte Anschar auf. Ohne den anderen eines Blickes zu würdigen, ging er zu den Speeren, die an einen Pfeiler gelehnt standen. Einer besaß einen rot lackierten Schaft. Unzweifelhaft erwartete sein Herr, dass er diesen wählte.

»Ich rede nicht von dem Kampf, Anschar! Du stehst es nicht durch, Mallayur zu dienen. Nicht auf diese Weise. Unseren Zweikampf, ja, den werde ich wohl verlieren.«

»Seit wann gibt einer der Zehn vorzeitig auf?« Anschar rüttelte an der bronzenen Spitze. »Oder soll mich dein Geschwätz schwach reden?«

»Ich gebe nicht auf, sondern schätze nur ein, was möglich ist. Und was nicht. Schiusudrar war möglicherweise besser als du, aber der war ja so dumm, sich von einem eitrigen Zahn hinraffen zu lassen. Wir drei anderen, wir können dir nicht das Wasser reichen. Ich allenfalls, aber es dürfte nicht genügen. Obwohl ich es natürlich versuchen werde.« Darur hielt inne, dann fügte er unvermittelt hinzu: »Glaubst du, dass unser Opfer den Göttern wohlgefällig sein wird?«

»Weiß ich nicht. Sicher ist nur, dass einer von uns Mallayurs Vergnügen geopfert wird. Seinem und dem seiner Nihaye.«

»Das mag so sein, aber es ist sehr ernüchternd, so zu denken. Vielleicht fiele mir das Sterben leichter, wenn ich wüsste, dass dadurch der Fluch von uns genommen wird.«

»Daran glaubst du? Selbst wenn sich die Götter an der Blutgabe erfreuen, so hat das nichts mit dem Fluch und seinen Auswirkungen zu tun.«

»Dann bist du klüger als die Priester, die den Kampf gutheißen.«

»Vergiss die Priester. Sie sind nur verzweifelt darum bemüht, irgendetwas zu tun.« Verächtlich stieß Anschar den Atem aus und stellte sich mit dem Speer an der Tür auf. Grelles Licht schimmerte durch die Ritzen. Inzwischen konnte er es kaum erwarten, hinauszukommen. Ihm lag nichts daran, hier zu siegen. Aber da er nun einmal kämpfen musste, wollte er es endlich hinter sich bringen.

»Stimmt es eigentlich, was man von Grazia hört?«, fragte Darur. »Dass sie Wasser erschaffen kann?«

»Du dienst ihr und weißt es nicht?«

»Sie hat es mir nie gezeigt. Sie stört sich an meiner Anwesenheit. Ich weiß gar nicht, warum. Einen Grund hat sie mir nie genannt.«

Anschar biss die Zähne zusammen. Er wollte sich dazu zwingen, nicht darauf einzugehen, denn es würde ihm gewiss nicht gut tun, über sie zu sprechen, schon gar nicht jetzt. Er stieß den Atem aus und drehte sich zu Darur um. »Sie ist so. Da, wo sie herkommt, erzieht man die Frauen anders. Sie sind in Gegenwart fremder Männer merkwürdig. Einen Mann in ihren Gemächern zu haben, bringt sie völlig aus der Fassung, könnte ich mir vorstellen.«

»Ach so. Das erklärt einiges. Aber das hätte sie mir doch sagen können.«

»Nein, das tut sie nicht. Was das betrifft, kneift sie lieber wie ein Kind die Augen zu und macht sich klein.«

»Woher weißt du das alles, wenn sie nicht darüber spricht?«

Weil ich Zeit hatte, sie kennen zu lernen, dachte Anschar. Weil es bei mir anders ist.

Er überlegte, ob er das auch aussprechen wollte, als gedämpft durch die Tür die lang erwartete Fanfare zu hören war. Darur stemmte sich hoch und faltete seine baumlange Gestalt mit einem Knurren auseinander.

»Dann lass uns beginnen, Freund«, sagte er tonlos und ging auf die Tür zu. Anschar hielt ihn auf, indem er die Faust gegen Darurs Brustpanzer drückte.

»Ich hatte noch keine Gelegenheit, dich um etwas zu bitten«, fing er an und schüttelte hilflos den Kopf, sodass die Zöpfe flogen. »Darur. Pass auf sie auf.«

»Das tue ich doch. Das ist meine Aufgabe.«

»Aber ich möchte, dass es mehr als deine Aufgabe ist. Verstehst du?«

Darur nickte langsam. »Ich gebe mein Bestes.«

»Danke.« Anschar öffnete die Faust. Nach einer kurzen Besinnungszeit schlug Darur ein. Dann wandte sich Anschar um und stieß die Tür auf. Für einen Augenblick sah er sich von der Sonne geblendet, und er musste kurz warten, bevor er sich auf diesen unberechenbaren Boden wagte. Vorsichtig schritten sie in die Arena, jeder in eine andere Richtung. Sildyu stand in der Mitte, eingehüllt in ein weißes Gewand, das nur ihre Arme frei ließ. Der Wind, der beständig durch den Kessel pfiff, ließ es aufflattern und über ihre Waden streichen. Der Federkopfputz erzitterte. Sie reckte die Arme hoch und hielt die Handflächen der Sonne entgegen.

»Möge das göttliche Paar Inar und Hinarsya zusehen, wie die Menschen ihr Blut vergießen, um sie zu erfreuen. Mögen die zwei freien Götter der Dreiheit dem Duft des Blutes folgen, um sich an ihm zu stärken. Und möge auch zu dem letzten Gott in seinem Gefängnis der Duft dringen, auf dass er ihn tröste. Kämpft gut, ihr Männer. Gebt ihnen das Beste, was ihr habt. Alles andere würde sie beleidigen, denkt daran.«

Während der Anbetung sah sich Anschar unauffällig um. Mallayur und seine merkwürdige Buhle hasteten soeben in unziemlicher Eile zu den königlichen Plätzen im Schatten der mächtigen Zeder, die den kleinen Rundbau überragte, und setzten sich. Unmittelbar hinter ihnen entdeckte Anschar einen roten Schopf. Er hatte es befürchtet. Grazias Anwesenheit würde ihn zwar nicht ablenken, aber er hasste den Gedanken, dass sie ihm möglicherweise beim Sterben zusah.

Grazia war beim Anblick der Arena zutiefst entsetzt. Sie hatte einen ebenen, mit Sand oder Stroh bestreuten Boden erwartet, doch was sie erblickte, war ein Felsenkrater. Am tiefsten Punkt stand die Königsgemahlin und betete ihre heidnischen Götter an. Anschar und Darur hatten sich dicht unterhalb der hölzernen Wand aufgestellt, zwischen sich ein trichterförmiger, vielleicht zwanzig Meter langer Kampfplatz, dessen abfallende Wände schrundig und scharfkantig waren. Drei Meter über ihren Köpfen beugten sich die Zuschauer erwartungsvoll über eine hölzerne Brüstung. Sie wies zahllose, von Schaukämpfen und Tierhetzen stammende Kratzer und Flecken auf.

»Fidya!« Grazia umfasste die Hand ihrer Begleiterin. »Sie sollen barfuß kämpfen? Auf *diesem* Boden? Sie werden sich die Füße aufschneiden!«

Fidya öffnete den Mund, doch bevor sie antworten konnte, drehte sich der Mann um, der vor ihnen saß. Es war niemand anderer als Mallayur. Sein mit Perlen verzierter Ziegenbart zitterte, als er leise lachte.

»Es soll ja auch Blut fließen«, erwiderte er. »Was sonst sollte die Götter anlocken? Und, glaube mir, es zahlt sich auch für die Zuschauer aus.«

Er widmete ihr einen langen Blick, den sie nicht zu deuten wusste, und richtete die Aufmerksamkeit wieder auf die Arena. Doch nun wurde sie von der Frau an seiner Seite gemustert. Ihr Gesicht war von einer seidigen Kapuze beschattet, unter der Grazia seltsam glänzende Augen zu erkennen glaubte. Plötzlich wünschte sie sich, woanders zu sitzen, aber dieser Platz war ihr vom Meya zugewiesen worden. Sie zog die eigene Kapuze ihres Mantels über den Kopf, obwohl die Zeder hinter ihr für Schatten sorgte, und warf einen Blick zu Fidya, doch dem Vögelchen schien nichts aufgefallen zu sein. Endlich wandte die Frau sich wieder nach vorne.

»Sehen sie nicht prächtig aus?«, hauchte Fidya begeistert. »Die großen Krieger der Vergangenheit können nicht furchterregender gewesen sein.«

Das hier *ist* die Vergangenheit, dachte Grazia. Der Anblick dieser archaischen Kämpfer war in der Tat beeindruckend. Wäre nicht die Enge der kleinen Arena, könnte sie glauben, eine Szenerie aus einer klassischen Sage vor sich zu haben. Nein, nicht ganz, dazu waren die Brustpanzer und Beinschienen, wenngleich von schlichter Form, zu wenig griechisch, und Anschars Gürtel mit den vier herabhängenden Lederbändern, die mit silbernen Schlangen verziert waren, zu wenig römisch. Die beiden Männer trugen auch keine Helme oder Schilde. Aber sie strahlten unzweifelhaft etwas Homerisches aus. Dazu Sildyu in ihrem weißen flatternden Gewand, sie war selbst eine homerische Göttin – Athene, die den Zweikampf zwischen Achilleus und Hektor überwachte. Und gab der Meya, der alles von seiner erhöhten Warte aus beobachtete, nicht auch ohne Bart einen prächtigen Zeus ab?

Grazia steckte einen Daumennagel zwischen die Zähne, als Sildyu vorsichtigen Schrittes die Arena durch eine schmale Pforte in der Wand verließ. Die dummen Gedanken waren wie fortgeblasen. Es wurde ernst. Das da unten waren keine Sagenhelden. Das waren Männer, die sie kannte und mochte.

Stille hatte sich ausgebreitet, nur hier und da war von den voll besetzten Rängen leises Getuschel oder nervöses Husten zu vernehmen. Beide Männer machten zwei langsame Schritte vorwärts und senkten ihre Speere. Sie hielten sie mit beiden Händen, wie Spieße, und stürmten aufeinander los. Grazia bemerkte, wie ihre Blicke hin und her flogen, vom Gegner zu dem schwierigen Boden und zurück. Darur hob den Speer über die Schulter und schleuderte ihn. Anschar duckte sich, sprang über den Boden des Kraters hinweg und reckte seinen Speer nach oben, um ihn Darur in den Bauch zu stoßen. Doch der wich nicht weniger geschickt seitwärts aus und rannte dorthin, wo Anschar losgelaufen war. Schnell hatte er seinen Speer wieder an sich genommen, und sie fuhren fort, sich anzustarren.

Diesmal war es Anschar, der seinen Speer warf, mit demselben Ergebnis, doch er hastete hinterher, ohne seinem Gegner die Gelegenheit zu geben, den eigenen Speer in Position zu bringen. Im Laufen riss er das Schwert aus der Scheide und zielte auf Darurs Oberschenkel. Grazia glaubte nicht, dass irgendein Mensch diesem raschen Angriff ausweichen konnte, doch Darur tat es scheinbar mühelos. Er war plötzlich an Anschars Seite und fing den Hieb mit dem Speerschaft auf. Es ergab ein knallendes Geräusch, das von den Arenawänden widerhallte. Grazia kniff die Augen zusammen, und als sie wieder hinsah, hatte Anschar seinen Speer aufgehoben. Die

Schäfte knallten mehrfach gegeneinander. Die Männer stießen Laute aus, die wütend klangen. Dann sprang Anschar zurück auf die andere Seite des Kraters, wirbelte herum und schleuderte erneut den Speer. Grazia hatte keine Ahnung, warum er das getan hatte. Sie verstand sehr wenig von dem, was da vor sich ging – es war so schnell, so verwirrend. Was Anschar und Darur taten, wirkte sehr urtümlich. Grazia musste sich eingestehen, dass ihr, trotz aller Angst, das Muskelspiel der nackten, schweißglänzenden Körper gefiel. Wie viele preußische Frauen sah auch sie gerne hin, wenn Offiziere mit glänzendem Putz an den schmucken Ausgehuniformen vorübergingen. Das hier jedoch regte ihre Sinne auf eine Art an, die beschämend war.

Wieder wich der große grauhaarige Krieger dem Geschoss aus, doch diesmal stieß er einen gepressten Schrei aus. Er war auf eine der Gesteinskanten getreten. Sie waren tatsächlich messerscharf, denn er hinterließ rote Sohlenabdrücke. Anschar war sofort bei ihm, um seinen Vorteil zu nutzen; er holte mit seinem Schwert aus. Geduckt erwiderte Darur den Angriff. Die Klingen klirrten gegeneinander. Was Grazia dann zu sehen bekam, war eine Abfolge von Hieben und ausweichenden Bewegungen, die so schnell waren, dass sie kaum begriff, was da geschah. Die Männer duckten sich unter den Klingen hinweg, sprangen seitwärts, rissen gleichzeitig die eigenen Waffen zum Angriff hoch, ohne dem anderen eine Wunde zufügen zu können. Auch Anschars Füße bluteten. Beide Männer schienen nicht weiter darauf zu achten, aber es war ihnen anzusehen, dass sie mit den Schmerzen kämpften. Schweiß rann ihnen von den Schläfen; sie hatten die Zähne zusammengebissen und fauchten und zischten sich an, während sie miteinander tanzten. Aus den Augen loderte die nackte Angriffslust. Es sah tatsächlich so aus, als hätten sie vergessen, dass sie einander kannten.

Die Speere waren mittlerweile aus dem Rennen. Einer steckte unerreichbar hoch in der Wand, der andere lag zerbrochen am Grund des Kraters. Die Klingen zischten durch die Luft, abwechselnd auch die Fäuste und Ellbogen, während sich Anschar und Darur beharkten. Allmählich zeichnete sich Anschars Überlegenheit ab. Von seinen geschundenen Füßen abgesehen, hatte er noch keine Wunde davongetragen, während Darur aus drei Schnitten an Armen und Schenkeln und aus der Nase blutete. Noch beeinträchtigte ihn das nicht; der große, sehnige Mann focht mit derselben unglaublichen Geschwindigkeit wie zu Anfang. Grazia hielt den Atem an, wie sie es in den letzten Minuten andauernd tat. Anschar war in die Knie gegangen. Darur warf sich auf ihn. Mit einem Mal hatte Anschar einen Dolch in der Hand. Grazia sah nicht, was er damit tat, denn sie schlug die Hände vors Gesicht. Nichts zu sehen, war allerdings noch schlimmer. Sie lugte durch die Finger.

Darur war inzwischen an der gegenüberliegenden Kraterwand angelangt und zerrte den Dolch aus der Seite seines Brustpanzers. Verletzt war er nicht, offenbar hatte sich die Klinge von Anschars Dolch in der Lücke zwischen den Panzerhälften nur verhakt. Er warf die Waffe in die Zuschauerränge.

»Ich halte das nicht mehr aus«, jammerte Grazia leise in ihre Hände. »Das muss doch endlich ein Ende haben.«

Darur sprang über den Kratergrund hinweg und lief auf Anschar zu. Sein Schwert zuckte, aber Anschar wehrte den Angriff mühelos ab. Ja, jetzt war es deutlich, Darur hatte mehr Kräfte gelassen. Oder er war einfach nicht der Bessere. Er wurde mit einer wilden Abfolge von Schwerthieben eingedeckt, deren er sich nur mit Mühe erwehren konnte. Als er gar sein Schwert verlor, wich er in die Mitte des Kraters zurück.

Er sprang an der Kraterwand hoch, dabei geriet er mit den Füßen auf die gefährlichen Stellen. Mittlerweile war der Felsboden voller Blutspuren. Seine Füße hatten es schlimmer erwischt; ständig knickte er ein, und er vermochte seine Schritte nicht mehr zielsicher zu setzen. Langsam ließ Grazia die Hände sinken. Es tat ihr leid um Darur, aber sie wünschte sich nichts sehnlicher, als dass Anschar endlich ein Ende machte – mit ihm, mit diesem Kampf, mit ihrer Angst.

Anschar schickte sich an, seinen Gegner zu töten. Er riss das Schwert hoch und prallte zurück. Was war das? Es hatte wie ein unsichtbarer Fausthieb ausgesehen. Die Frau an Mallayurs Seite hatte eine Hand gehoben, als habe sie etwas von sich geworfen.

»Hörst du damit auf!«, zischte Mallayur und schlug ihr auf die Hand, die sie sofort zurückzog. Es wäre Grazia nicht aufgefallen, hätte sie nicht eine ähnliche Handbewegung gemacht, als sie den Meya nassgespritzt hatte. War dies etwa die Nihaye? Grazia schüttelte den Kopf, gewiss ging gerade die Fantasie mit ihr durch. Aber war das verwunderlich? Was immer soeben passiert war, Anschar war dadurch in höchste Gefahr geraten. Abwehrend hatte er die Hand vorgestreckt, während er blinzelte und die Benommenheit abzuschütteln versuchte. Da sprang Darur auf ihn zu, raffte die eine Hälfte des herumliegenden Speeres auf und schlug sie ihm gegen die Schläfe. Es gab einen dumpfen Laut, als Anschar mit dem bronzenen Brustpanzer gegen den felsigen Untergrund stieß. Er keuchte verwirrt auf. Das Schwert entglitt seiner Hand.

Das plötzliche Geschrei auf den Rängen dröhnte in Grazias Ohren. Sie biss sich in die Finger, um ruhig zu bleiben und nicht aufzuspringen. Aus dem Augenwinkel bemerkte sie, wie Fidya fahrig an ihrer Kappe zupfte, sodass die Federn durch die Luft segelten. Sollte das Eingreifen der Nihaye, falls es so gewesen war, dafür sorgen, dass Anschar unterlag? Er stemmte sich an der Kraterwand hoch, kam auf die Füße – und glitt in seinem eigenen Blut aus. Hart schlug er auf die Knie, und im gleichen Moment holte Darur mit dem Speerschaft erneut aus. Anschars Versuch, ihm auszuweichen, misslang. Das Holz donnerte gegen seinen Kopf.

Grazia biss sich in die Finger, dass sie bluteten. Sie sah, wie Anschar eine Hand auf den Hinterkopf presste und versuchte, von Darur fortzukommen, doch der stapfte auf ihn zu und riss ihn an seinen Zöpfen auf die Knie. Er hatte den Speerschaft von sich geschleudert und sein Schwert vom Boden gerissen. Nun hielt er es drohend erhoben.

Anschar war besiegt. Wie ein Trophäensammler stand Darur neben ihm, hielt seinen Kopf fest und blickte zu Madyur hoch. Augenblicklich wurde es wieder totenstill in der Arena. Was jetzt vor sich ging, schien Anschar nicht mehr richtig zu begreifen, denn sein Blick irrlichterte umher, seine Arme hingen schlaff herab, und sein Brustkorb hob und senkte sich in unregelmäßigen Atemstößen.

Grazia starrte zum Meya hinüber. Sie wusste, dass der Kampf mit dem Tod endete, trotzdem – gab es keine Gnade? Mit versteinertem Gesicht nickte er Darur zu.

Sie wollte aufspringen, doch Fidya hielt sie fest. »Bitte, Grazia, bleib ruhig. Da kannst du nichts ausrichten.«

»Nein, bitte ...«, brachte Grazia heraus, dann würgte sie, presste die Hand auf den Mund und kämpfte darum, nicht einfach loszuschreien. Ihr war so übel, dass sie in diesem Moment liebend gerne selbst gestorben wäre.

»Ich opfere dich dem Götterpaar, Anschar«, sagte Darur, auf ihn hinabblickend. »Möge dein Tod nicht umsonst gewesen sein und unserem Land die Fruchtbarkeit zurückgeben.« Leicht rüttelte er an Anschars Kopf. »Hörst du mich?«

Anschar leckte sich über die Lippen. Es sah so aus, als versuche er die Benommenheit abzuschütteln, damit er wachen Sinnes in den Tod ging, aber zu gelingen schien es ihm nicht. Seine Hand umfasste Darurs Kniekehle, wie um Halt zu suchen.

»Es tut mir leid, Freund«, sagte Darur nun etwas leiser, aber deutlich hörbar. Er hielt ihm die Klinge an den Hals. Noch einmal sah er zum Meya hinauf.

»Töte ihn«, befahl Madyur.

Hinter seinen Beinen hob sich Anschars Hand, schien nach etwas zu tasten. Grazia stockte der Atem, als sie erkannte, dass er versuchte, Darurs Dolch an sich zu bringen. Rasch warf sie einen Blick zu Madyur, der die Stirn runzelte. Er bemerkte es also auch. Würde er oder ein anderer den Sieger warnen? Oder glaubte ohnehin niemand, dass der Besiegte, der so offensichtlich nicht mehr Herr seiner Sinne war und wie ein Blinder herumtastete, jetzt noch etwas ausrichten konnte?

Anschar hatte den Dolch erreicht. Seine Finger schlossen sich langsam um den Griff. Unmöglich konnte es ihm gelingen, ihn zu ziehen, ohne dass Darur es spürte. Grazia streckte die Hand aus. Im nächsten Moment hatte Darur Wassertropfen in den Augen. Überrascht blinzelte er und schüttelte sie ab. Anschar hielt den Dolch in der Hand. Leicht hob Darur die Schwertklinge an, um sie ihm über die Kehle zu ziehen. Grazia stieß sich den Daumen in den Mund und biss zu.

Eine Sekunde später hieb Anschar den Dolch in Darurs Kniekehle.

Darur riss die Augen auf. Er machte einen Schritt seitwärts und knickte ein. Er ließ Anschar los, fiel auf die Seite, behielt aber sein Schwert in der Hand und versuchte es wie einen Spieß in Position zu bringen. Die Zeit, seinen Schmerz hinauszubrüllen, nahm er sich nicht; noch wirkte er wie der Herr der Lage. Doch da warf sich Anschar auf ihn, drückte mit der linken Hand seinen Schwertarm zur Seite, zerrte mit der rechten den Dolch aus der Kniekehle und stieß ihn in Darurs Hals.

So schrecklich der Anblick der Blutfontäne war, die aus der Halswunde spritzte, so sehr hätte Grazia vor Erleichterung aufschreien mögen. Anschars Keuchen war fast wie ein heiseres Brüllen, als er sich von Darur herunterwälzte und auf dem Rücken liegen blieb, ohne darauf zu achten, ob sein Hieb tödlich gewesen war. Er spreizte mühselig die zuckenden Finger, als er sie vom Dolch löste. Immer noch war es totenstill ringsum, sein Kampf um sich selbst deutlich zu hören. Ebenso Darur, dessen Körper wild erzitterte, bis der Blutstrom, der sich in den Krater ergoss, versiegte. Anschar rollte auf den Bauch, versuchte sich hochzustemmen und kam auf die Knie. Als er einen verletzten Fuß aufsetzte, entrang sich ihm ein Fluch. Schweiß – oder waren es Tränen? – troff an seinen Wangen herab. Er kämpfte sich an der Kraterwand hoch, bis er endlich stand. Dann blickte er zu Darur zurück.

»Mögen die Götter das Opfer annehmen!« Mit diesen Worten durchbrach Madyur die Stille. Grazia glaubte ein leises, stolzes Lächeln über sein Gesicht huschen zu sehen, obwohl er seinen Mann verloren hatte. Mallayur hatte das Handgelenk seiner Begleiterin so fest gepackt, dass sie aufstöhnte. Was sich auf seinem Gesicht abspielte, sah sie nicht, aber der Triumph war sicher groß.

Auf all das achtete Anschar nicht. Unsicheren Schrittes versuchte er zum Ausgang zu gelangen, hob unterwegs sein Schwert auf, musste sich dann auf die Knie stützen und von zwei Sklaven helfen lassen, die ihn unter den Achseln packten. Mit hängendem Kopf verschwand er in dem schwarz gähnenden Ausgang. Kaum war er fort, löste sich die Erstarrung von den Zuschauern. Jubel, Geschrei, Gelächter und noch sehr viel mehr war zu hören, doch Grazia interessierte das alles nur, weil es ihr half, unbemerkt zu verschwinden. Jetzt war der richtige Moment, denn der Meya starrte noch immer gedankenverloren in die Arena. Sie gab Fidya mit einem beschwichtigenden Druck ihrer Hand zu verstehen, dass sie still sein solle, und hastete die Ränge hinauf. Schnell rief sie einen Sklaven herbei und bat ihn, sie dorthin zu führen, wo Anschar jetzt war.

14

Grazia konnte die Stimmen der Zuschauer über sich hören, gedämpft allein durch die hölzerne Decke. Sie ereiferten sich über den Verlauf des Kampfes und stritten um ihre Wetteinsätze. Und doch wirkte es, als sei es still in diesem Raum, denn er war groß und düster. Durch die Ritzen der Decke brachen vereinzelte Lichtstrahlen, die kamen und gingen, je nachdem, was die Besucher darüber taten. An hölzernen Pfeilern hingen Peitschen, lehnten Behältnisse mit Speeren und Stöcken. Es roch nach Schweiß, erkaltetem Blut und Leid. Ganz ähnlich musste es in den Untergeschossen römischer Arenen ausgesehen haben.

Grazia war danach, wieder hinauszulaufen, denn sie graute sich vor diesem Ort. Anschar hatte ihn sicherlich schon verlassen.

Da sah sie ihn bäuchlings auf einer Pritsche liegen, mit nacktem Oberkörper. Das Gesicht hatte er in der rechten Armbeuge vergraben. Die linke Hand hing herab, darin hielt er ein zerknülltes Tuch. Es sah aus, als schliefe er.

Sie sehnte sich danach, auf ihn zuzulaufen, ihn zu berühren, doch das wagte sie nicht. Er hatte sie einmal in einer ähnlichen Situation niedergeschlagen, damals in der Wüste, als sie zu ihm gekommen war, ihn zu retten – und jetzt nach der Aufregung des Kampfes mochte er ähnlich reagieren. Langsam ging sie auf ihn zu und räusperte sich. Und hielt den Atem an, als er blitzschnell aufsprang, mit einem Mal das Schwert in der Hand hielt und auf sie zustürzen wollte.

Er erstarrte. Das Schwert entglitt ihm und fiel klirrend zu Boden.

»Wie geht es dir?« Das war alles, was ihr einfiel. Tausend passendere Worte lagen ihr auf der Zunge, aber wie er da stand, das Gesicht so versteinert, brachte sie nichts Gescheites heraus.

»Ich habe einen Mann getötet, der ein Freund war. Wie soll es mir da gehen?« Er spuckte es ihr vor die Füße. Sie erschrak, wich zur Tür zurück und legte die Hand auf den Griff. Anschar folgte ihr ein Stück und wendete sich wieder ab.

»Besser für dich, wenn du gleich wieder gehst«, sagte er. »Das ist kein Ort für ein *Fräulein*.«

Das altvertraute Wort aus seinem Mund ließ sie hilflos auflachen. »Aber für dich auch nicht! Du kannst das nicht einfach so hinnehmen.«

»O doch, ich kann. Lernt man so etwas in deinem Reich nicht?«

»Normalerweise schon.« Sie biss sich auf die Lippen. »Mein Vater war nur immer sehr nachsichtig mit mir, und da…« Was redete sie da? Belanglose Sachen, für ihn jedenfalls. Auf dem gepflasterten Boden sah sie rote Abdrücke. »Anschar, deine Füße…«

»Ja, ich weiß. Nicht so schlimm.« Er strich sich die beim Kampf gelösten Haarsträhnen aus dem Gesicht. Getrocknetes Blut klebte an seiner Schläfe. Dann drehte er sich wieder um und musterte sie genauer. »Geht's *dir* denn gut? Du bist blass, deine Flecken sind ja kaum noch zu sehen.«

»Es geht schon«, murmelte sie. »Was machen wir nun?«

»Soweit es dich betrifft – geh einfach.«

»Das solltest du auch tun.«

»Ich kann nicht, das weißt du.«

»Anschar, bitte.« Flehentlich sah sie ihn an. »Was wäre denn, wenn du es tätest? Ist die Hochebene so klein, dass du anderswo kein Zuhause findest?«

»Du meinst *Flucht*?« Hart stieß er das Wort aus, wie einen Stein, den sie ihm in den Mund gesteckt hatte. »Das ist ... das geht nicht. Im meinem ganzen Leben habe ich noch nie auch nur daran gedacht. So wie es ist, ist es richtig. Ich weiß, das verstehst du nicht. Aber es ist so. Ich werde nicht fliehen.«

»Du findest es richtig, dass jemand von dir verlangt, einen Freund zu töten?«

»Hör auf, mir Worte ins Ohr zu stopfen, die mir nicht helfen! Und jetzt geh!« Abrupt wandte er sich ab, stapfte in eine Ecke, wo ein Sklave auf einem Schemel saß. Er stieß ihn mit einem blutigen Fuß an, der Sklave sprang auf. Anschar deutete auf Grazia. »Bring sie hinaus. Und denk daran, sie ist eine Edelfrau. Begleite sie sicher bis zum Palast des Meya.«

Der Sklave nickte hastig und eilte zu ihr, wo er unschlüssig stehen blieb, denn sie machte keine Anstalten, den Raum zu verlassen. Anschar sackte auf den Schemel und riss das Tuch in Streifen, mit heftigen Bewegungen und begleitet von wütendem Schnaufen. Dann drehte er eine Fußsohle nach der anderen nach oben und verband sie notdürftig. Grazia war drauf und dran, ihm zu sagen, dass er es vielleicht ihr verdankte, den Kampf überstanden zu haben, aber da ihn offensichtlich alles in Harnisch brachte, schwieg sie lieber.

»Vergiss mich, Grazia«, sagte er, ohne aufzusehen. »Das macht es uns leichter. Und jetzt sieh endlich zu, dass du fortkommst.«

»Nein!« Sie schob sich an dem Sklaven vorbei, der ihr den Weg versperren wollte, und ging auf Anschar zu. Als sie ihn fast erreicht hatte, fuhr er hoch. Sein eisiger Blick fuhr ihr durch alle Glieder.

»Was willst du denn nur? Du hast mich über einer Kühlwanne hängen sehen. Du hast gesehen, wie ich eben beinahe gestorben wäre. Ich weiß nicht, was Mallayur als Nächstes mit mir anstellen wird, aber willst du dann wieder kommen und dem beiwohnen? Ich will nicht, dass du das siehst. Es quält uns doch beide. Verdammt, warum nur musste ich es sein, der dich in der Wüste findet?«

»Wie meinst du das?« Sie ahnte die Antwort, und trotzdem begriff sie nicht.

»Mallayur hat dein Buch verbrannt«, sagte er unvermittelt. »Es war falsch, es mir zu geben. Das hätte alles nie geschehen dürfen.«

Verbrannt? Wie gemein dieser Mensch doch war, dachte sie bestürzt. Aber dann ging ihr auf, dass Anschar etwas anderes meinte. Das Buch, es stellte für ihn offenbar so etwas wie ein Band zwischen ihnen dar. Sie wollte ihm erklären, wie dumm es war, sich ihre Begegnung wegzuwünschen, wenn sie doch stattgefunden hatte. Glaubte er wirklich, dass er sie jetzt noch vergessen könnte? Ja, vielleicht konnte er das. Zumindest versuchte er es. Konnte sie es?

»Ich will nicht einfach so gehen«, murmelte sie.

»Soll ich dich prügeln, damit du gehst – und begreifst?«

Das meinte er nicht ernst. Oder doch? Sie rührte sich nicht, vermochte es gar nicht, da sprang er auf und stapfte an ihr vorbei zur Tür. Der Sklave stolperte fast, als er vor ihm zurückwich. Anschar beachtete ihn nicht. Die Tür klappte, und er war fort.

Grazia verließ ebenfalls den Raum. Auf dem düsteren Korridor atmete sie tief durch und machte sich daran, wieder den Weg zu den Zuschauerrängen einzuschlagen, doch sie hasste den Gedanken, sich im Streit von ihm trennen zu müssen. Wer wusste, wann sie sich wiedersahen? Nein, das musste sofort geklärt werden; keinesfalls wollte sie, dass er zornig auf sie war.

Seine Füße hatten trotz der Binden Spuren auf dem Steinboden hinterlassen. Sie führten in die andere Richtung.

»Wohin ist er gegangen?«, fragte sie den Sklaven und deutete auf die Spuren.

»Die Sklavenunterkünfte sind dort unten«, antwortete er.

»Muss er immer da hausen?«

»Ja, Herrin, wie wir alle. Mallayur macht bei ihm keine Ausnahme.«

Sie nickte ihm dankend zu und folgte der Spur. Wahrscheinlich würde Anschar nicht wollen, dass sie ihn dort sah, aber das war jetzt nicht wichtig. Sie stieg einen der unvermeidlichen düsteren Treppenschächte hinunter. Kurz glaubte sie Anschar zu hören, aber sie war sich nicht sicher, und als sie unten ankam, verlor sich die Spur. Drei Abzweigungen gab es hier, doch welche er genommen hatte, ließ sich nicht erkennen.

»Anschar?«, rief sie leise. Jeder der Gänge wurde von Öllampen notdürftig beleuchtet. Kahl waren sie, kahl und trostlos. Und es war kalt. Sie wählte den Gang, der ihr am wenigsten abschreckend erschien. An seinem Ende führte eine weitere aus dem Felsen gehauene Treppe in die Tiefe. Unten glaubte Grazia Schritte zu hören, also lief sie weiter, fand aber nur einen weiteren Gang, der sich abermals verzweigte.

Ich werde mich noch verirren, dachte sie. Aber solange die Gänge hier beleuchtet waren, musste es ja auch Menschen geben, die sich hier aufhielten. Was Madyur-Meya wohl sagen würde, wüsste er, dass sie wieder im Palast seines Bruders umherirrte? Womöglich hatte er ihr Verschwinden längst bemerkt.

Erneut wollte sie nach Anschar rufen, als sie einen Schrei vernahm. War er es gewesen? Nein, es hatte sich eher nach einem erschrockenen Jungen angehört. Nicht nur erschrocken – verzweifelt, ängstlich. Grazia fasste sich an die Kehle. Sie hätte daran denken müssen, dass hier unten nicht nur Sklaven wohnten, sondern auch bestraft wurden. Es war Zeit, umzukehren. Sie suchte den Weg zurück, fand ihn aber nicht. Ihre Angst wuchs, als sie durch die Gänge irrte. Voraus war eine beleuchtete Öffnung, darauf lief sie zu, in der Hoffnung, jemanden zu finden, der ihr weiterhalf.

Vor ihr öffnete sich ein großes Kellergewölbe, in das linkerhand eine Treppe hinunterführte. Ein Mann stand vor einem großen zylinderförmigen Gebilde, das wie ein Paket verschnürt war. Sie öffnete den Mund, um ihn zu rufen, sah dann aber, dass es der Sklavenaufseher war.

Ihn wollte sie keinesfalls ansprechen, daher schwieg sie. Als er Anstalten machte, sich umzuwenden, presste sich eine Hand auf ihren Mund. Ein Arm legte sich um ihre Taille und zog sie nach hinten. Sie wusste sofort, es war Anschar, und sie hätte vor Erleichterung weinen mögen. Der Aufseher stieg die Stufen hinauf, aber da waren sie schon in einem Seitenraum verschwunden. Anschar presste sie an die Wand und bedeutete ihr, still zu sein. Sie lauschte auf die Schritte des Herscheden, die sich näherten und schließlich verklangen. Anschar wartete noch ein paar Augenblicke, dann steckte er den Kopf aus der Tür. Gemeinsam hasteten sie den Gang entlang. An seinem Ende warf er einen Blick zurück. Sie begriff, wonach er Ausschau hielt: nach Spuren, die seine Füße hinterlassen hatten. Doch der Boden war unbefleckt.

»Anschar!« Schelgiur schüttelte fassungslos das zottelige Haupt. »Was tust du hier? Müsstest du nicht noch in der Arena sein? Bei Hinarsyas Brüsten, die Nihaye ist auch da! Hat euch der Kampf so durstig gemacht?«

Grazia schlang ihren Mantel fest um sich, so durchdringend sah der Wirt sie an. Sie war mit Anschar aus dem Palast gelaufen. Unbemerkt. Wortlos hatte er den Weg zur schwebenden Stadt eingeschlagen, und sie war ihm bereitwillig die wackligen Treppen hinunter zu Schelgiurs Wirtschaft gefolgt. In ihrer edlen Gewandung fiel sie auf, aber das war ihr gleichgültig. Sie war nur froh, dem schrecklichen unterirdischen Labyrinth entkommen zu sein.

»Sie ist keine … ach.« Anschar machte eine wegwerfende Handbewegung und setzte den Fuß auf eine schmale Treppe dicht an der Felswand. »Du hast sicher nichts dagegen, wenn ich mich in deiner Kammer ausruhe. Ich wüsste nicht, wo ich sonst hin sollte.«

»Du meinst wohl, wo du mit *ihr* hin sollst, he?«, Schelgiur wies mit dem Daumen auf Grazia und grinste anzüglich. »Meinetwegen. Lass dir von ihr die Glieder massieren. Alle Glieder natürlich.«

Was immer er damit meinte, es entlockte auch Anschar ein Grinsen, das jedoch müde ausfiel. Der Wirt verschwand in seiner Felsennische. Grazia stieg hinter Anschar in eine kleine, zugige Kammer, die so niedrig war, dass man sich nicht aufrichten konnte. Eine dünne, schäbige Matratze war darin, ein paar Decken und eine Truhe an der Felswand. Anschar schob sich auf die Matratze, streckte die Beine aus und lehnte den Rücken an die Wand. Er sah tatsächlich sehr erschöpft aus.

Schelgiur steckte den Kopf durch die Bodenklappe und schob einen Krug und zwei Becher auf die Dielen. »Da in der Ecke ist eine Waschschüssel, da kannst du deine Füße waschen. In der Truhe findet sich auch etwas, womit du sie trocknen kannst. Übrigens, Rotschopf, ich weiß nichts Neues über den heiligen Mann. He, da reden schon die ersten Gäste über den Kampf. Wird ein gutes Geschäft heute!«

Er verschwand wieder und schlug die Klappe hinter sich zu. Anschar nahm die Schüssel von der Truhe und stellte sie neben sich auf den Boden. »Heute früh wollte ich dir den Kopf dafür waschen, dass du Henon wegen dieses heiligen Mannes hierher schickst. Jetzt erscheint mir das so unwichtig.«

»Er freut sich, wenn er etwas tun kann«, verteidigte sie sich.

Er nickte nur.

»Anschar, warum warst du so darauf bedacht, dass der Sklavenaufseher uns nicht bemerkt?«

»Wegen dieses großen runden Gebildes unter dem Tuch. Man darf es nicht sehen. Man *kann* es nicht sehen, es ist unsichtbar. Du weißt nicht zufällig, was es sein könnte?«

»Ich? Woher denn?«

»Nun, ich dachte, man könnte das in deiner Welt vielleicht. Dinge unsichtbar machen.«

Grazia schüttelte fassungslos den Kopf. Ein unsichtbares Gebilde? Und er fand ihre Welt erstaunlich? »Ich habe keine Ahnung.«

Sie kniete an seiner Seite, nahm die Schüssel und stellte sie auf den Boden. Anschar klappte die Truhe neben sich auf und fischte ein leidlich sauberes Tuch heraus. Dann leerte er die Schüssel über einer Spalte im Boden aus. Unten hörte sie Schelgiur über den unerwarteten Guss fluchen.

»Ich nehme an, dein Wasser ist sauberer«, sagte Anschar und stellte die Schale wieder hin. Er atmete tief ein, als sich die Schüssel wie von Geisterhand füllte, sagte dazu aber nichts. Er wirkte müde. Als er sich zu seinen Füßen vorbeugte, sah sie seine Armmuskeln zittern.

»Lass mich das machen.« Sie zog einen Fuß auf ihren Schoß und wickelte den schmutzigen Verband ab. Dann tauchte sie das Tuch in die Schüssel und begann vorsichtig die geschundene Fußsohle abzutupfen. Das Schweigen störte sie. War er immer noch wütend? Sie glaubte es eigentlich nicht, und ihrer Meinung nach hatte er auch keinen Grund dazu.

Es sei denn wegen ihres dummen Hinterherlaufens, das sie beide in Gefahr gebracht hatte.

Er beschäftigte sich mit dem Bierkrug, schenkte sich ein und trank. Dabei zuckte er zusammen, denn ein Schnitt hatte wieder zu bluten begonnen, und sie musste mit einem Fingernagel hineinfahren, um Schmutz herauszuholen. »Das könnte sich entzünden«, meinte sie.

»Entzünden?«, fragte er verständnislos.

»Ich meine, die Wunde könnte rot werden und eitern. Und heiß werden, daher nennt man das Entzünden.«

»Ach so.«

»Was ist mit deinem Kopf?«

»Da ist nichts.« Er tastete dorthin, wo Darur ihn getroffen hatte, und kniff die Augen zusammen.

»Nein, nichts«, wiederholte sie. »Nur eine Beule, Blut und sicherlich Kopfschmerzen. Ich dachte, Darur schlägt dir den Schädel ein.«

Anschar zuckte die Achseln und schob ihr, als sie schließlich fertig war, einen gefüllten Becher hin. Die Wände wackelten, als unten offenbar ein Gast hingefallen war. Vielleicht war es auch der Beginn einer Schlägerei.

»Ich hasse die schwebende Stadt«, stieß sie ergeben hervor und trank.

Er lachte und fasste sich sogleich wieder stöhnend an den Kopf. »Wo geht ihr denn euer Bier trinken? Oder tut ihr das gar nicht?«

»Doch, oft sogar. An schönen Sommertagen gehen wir zu *Onkel Toms Hütte*, trinken dort ein Bier und essen zu Mittag. *Aal grün*, *Spreewaldsoße*, das vermisse ich so sehr.«

»Halt, nicht so viele fremde Wörter! Eine Schenke? Und der Wirt heißt Onkel Tom?«

»Nein, Onkel Tom ist ein ...«, Grazia steckte die Nase in ihren Becher. Das war jetzt schwierig zu erklären.

»Was?«

»Ein Sklave. Das heißt, nicht der Wirt. Onkel Tom ist eigentlich …«

»Ihr habt also doch Sklaven«, unterbrach er sie.

»Sei doch ruhig! Das ist eine Geschichte. Die Gaststätte ist nach ihr benannt. Es gibt bei uns keine Sklaven. Es gibt auch keine Zweikämpfe. Oder Menschenopfer. Es ist … ach, ich weiß auch nicht. Argad ist so anstrengend.«

»Das hört sich an, als wäre deine wundersame Welt langweilig.«

Sie schwieg. Wie sollte sie auch erklären, dass dies für eine Frau gewiss zutraf, ein Mann dort jedoch Dinge tun konnte, von denen er nicht die geringste Vorstellung hatte?

»Es tut mir leid«, sagte er. Sie schaute auf. Die Härte war aus seinen Zügen gewichen. »Du bist gekommen, weil du dich gesorgt hast, und ich habe dich nur angefahren.«

»Ich bin dir nicht böse«, sagte sie erleichtert.

Er neigte den Kopf, sah sie von unten her an und versuchte ein entschuldigendes Lächeln, das arg hilflos geriet. »Ich befürchtete ja auch, dass ich dir nach diesem Kampf zuwider wäre. Das hat mich wohl auch etwas, hm … unfreundlich gemacht.«

»Niemals bist du mir zuwider, auch wenn ich ihn schrecklich fand.« Was sie heute mitangesehen hatte, war bisher das Entsetzlichste gewesen, von der Folter im Weinkeller abgesehen. Doch Anschars Anblick vertrieb die Erinnerung an den Kampf. Er jagte alles fort, was sie an dieser Kultur falsch und verwirrend fand.

Wie sie in seine Arme kam, wusste sie nicht. Aber mit einem Mal hielt er sie umschlungen. Der Schweißgeruch des Kampfes drang in ihre Nase. Sie mochte es, erinnerte es sie doch an ihre Zeit in der Wüste, als sie von dem, was ihn hier erwartete, noch nichts gewusst hatte. Sie bettete den Kopf an seiner Schulter und konnte nicht an sich halten, hemmungslos begann sie zu weinen. Es tat so gut, auch wenn sie fand, dass er es eigentlich war, der Trost brauchte. Dieser fremdartige Mann, der vorhin einen Freund getötet hatte, war ihr näher als alles andere in dieser Welt.

»Ich kann es nicht ertragen, dass du so Schlimmes aushalten musst«, flüsterte sie.

Er fasste unter ihr Kinn und drehte ihren Kopf, sodass sie ihn ansehen musste. Mit dem Daumen wischte er ihre Tränen ab, wie er es schon so oft getan hatte. »Dafür gibt es keine Lösung.«

Ihr kam in den Sinn, dass sein Gesicht das Erste war, was sie in dieser Welt gesehen hatte. Jetzt schwebte es so dicht über ihr wie noch nie. Sein Atem strich über ihre Lippen, und dann spürte sie den sanften Druck seines Mundes auf ihrem. Reglos wartete sie ab und kämpfte das Erschauern nieder, weil sie befürchtete, es könne ihn stören. Als er den Kopf hob, gab sie nach und krümmte sich vor Wohlergehen.

Es gibt eine Lösung, wollte sie sagen. Flucht. Ja, Flucht. Es musste auf dieser Hochebene irgendwo einen Ort für ihn geben. Aber was half das, wenn er allein den Gedanken an Flucht von sich wies? Sie legte seine Hand auf ihre Wange und drückte sie an sich. Eigenartig schrundig fühlte sich seine Haut an. Doch bevor sie nachsehen konnte, warum das so war, entzog er sich ihr.

»Ich muss wieder zurück.«

»Nicht so schnell.«

»Doch, Feuerköpfchen.« Er schob sich zur Bodenklappe und öffnete sie. »Kann sein, dass Mallayur mich noch nicht vermisst, aber wer weiß das schon. Vielleicht tobt er ja längst, weil ich nicht da bin, sein Lob zu empfangen.«

Er stieg die Treppe hinab. Sie hörte, wie er Schelgiur um Schuhe bat. Hastig wischte sie sich die letzten Tränen an ihrem Gewand ab und rang um Fassung. Erst als sie sich gefestigt glaubte, folgte sie ihm. Er war gerade dabei, sich ein Paar Sandalen überzustreifen. Sie traten hinaus auf die frei schwebende Treppe und machten sich wieder an den Aufstieg. Dieses Mal störte sich Grazia an der Höhe nicht mehr so sehr, aber das lag nur daran, dass ihre Gedanken ganz bei Anschar waren, bei dem Kampf und noch sehr viel mehr bei seiner Umarmung. Schweigend legten sie den Weg zur Brücke zurück. Immer wieder hielten die Leute inne, wenn sie Anschar sahen, und steckten die Köpfe zusammen. Natürlich hatte die ganze Stadt von dem Zweikampf gehört, und kaum dass er vorbei war, lief der Sieger durch die Straßen. Grazia war froh, dass niemand ihn ansprach. Sie wollte sich bei ihm unterhaken, aber da er die Geste nicht kannte, winkelte er bei ihrer Berührung den Arm nicht an. Aber er warf ihr einen aufmunternden Blick zu. Dann waren sie auf der Brücke. Er blieb stehen.

»Du musst allein weiter.«

»Was wirst du jetzt tun?«

Der Wind, der durch die Schlucht peitschte, ließ seine Zöpfe aufwirbeln. Grazia musste mit beiden Händen ihre Haare aus dem Gesicht halten. Ihr Gewand tanzte bis hinauf zu den Knien, aber darauf konnte sie jetzt beim besten Willen keine Rücksicht nehmen. Anschar bemerkte es ohnedies nicht. Er umfasste ihren Kopf und küsste sie auf die Stirn. »*Adieu*«, sagte er, schob sie sanft vorwärts und ging nach Heria zurück. Sie sah ihm nach, hoffte, er werde sich noch einmal umdrehen, aber er stockte nur kurz und geriet außer Sicht.

Es war an der Zeit, den Tadel des Königs zu empfangen. Sie hatte den Tag in der Wohnung verbracht, sorgsam bewacht von Buyudrar. Vom Rest der Festivitäten hatte sie nichts mitbekommen, und das war ihr auch recht. Henon war vor Furcht ganz aufgelöst gewesen; er hatte sich den Tod seines früheren Herrn in den schillerndsten Farben ausgemalt, und es hatte Stunden gekostet, ihn wieder zu beruhigen. Jetzt stand sie am Fuß der Stufenpyramide, auf der sie seit ihrer Ankunft das ein oder andere Mal mit dem Hofstaat gegessen hatte. Diesmal jedoch war die Halle leer, bis auf die allgegenwärtigen Vögel und das Paar oben auf der Kline. Der würzige Duft eines Essens hing noch in der warmen Abendluft. Es war fast dunkel geworden. Ein Sklave steckte einige brennende Fackeln in die Wandhalterungen.

Unter Fidyas gelbem Gewand regten sich Hände und Knie. Ihr offenes Haar bedeckte das Gesicht des Königs. Grazia begab sich auf die unterste Stufe, wo sie sich auf die steinerne Sitzbank hockte und die Finger in die Ohren steckte. Die unzüchtige Tätigkeit würde hoffentlich recht schnell erledigt sein. Seltsamerweise dachte sie ausgerechnet in diesem Moment an Anschars Umarmung und seinen Kuss. Es war ein äußerst sanfter Kuss gewesen. Oh, Anschar wusste ganz genau, dass er vorsichtig sein musste. Eigentlich war sie viel zu weit gegangen. Na schön, Friedrich und ihre Eltern waren weit weg, niemandem würde sie dafür Rechenschaft ablegen müssen. Dennoch spürte sie, wie sie errötete. Ohne die Finger aus den Ohren zu nehmen, blickte sie über die Schulter und reckte den Hals. Viel war nicht zu sehen – das nackte Knie des Königs, das aus dem Stoff herausschaute, Fidyas Hand, die sich unter das Gewand zu tasten versuchte. Eine ruckartige Beckenbewegung. Grazia wandte sich ab und gab ein lautes Husten von sich.

Nur Augenblicke später packte jemand ihren Arm. Sie ließ die Hände sinken. Der König beugte sich über sie, und er sah, trotz seines Schäferstündchens, nicht gut gelaunt aus.

Er hatte nichts an, nur einen eilig um die Hüften geschlungenen Rock. Fidya, die sich an ihre Seite setzte, sortierte ihr Gewand. Mittlerweile war ein Schwangerschaftsbäuchlein zu erkennen. Sie verströmte einen herben, sinnlichen Duft. »Bitte, Madyur, sei milde«, sagte sie.

»Das bin ich, andernfalls hätte ich sie schon verprügelt.«

»Mich?«, hauchte Grazia.

»Ja, dich! Du wusstest ganz genau, dass du nicht fortlaufen darfst, schon gar nicht in Mallayurs Palast. Sind alle Frauen deines Volkes so ungehorsam wie du? Was ist dir bloß in den Sinn gekommen?«

»Aber das weißt du doch«, warf Fidya ein.

»Halt *du* den Mund!«

Grazia schluckte. Er war tatsächlich sehr wütend. »Ich musste einfach wissen, wie es Anschar geht«, verteidigte sie sich. »Und es ist ja auch gar nichts passiert.«

Er schnaufte schwer und deutete mit dem Finger auf sie. »Passiert ist in jedem Falle, dass du leichtsinnig geworden bist. Wenn ich das geahnt hätte, dann hätte ich dir Buyudrar und Schemgad an die Seite gestellt. Was wirst du als Nächstes tun?«

»Nichts. Du wirst mich ja sicher wieder einsperren.«

»Worauf du dich verlassen kannst! Und zwar gut bewacht. Deinetwegen muss ich auf meine letzten beiden Leibwächter verzichten.«

»Und wenn Mallayur die auch zum Zweikampf bestellt?«

»Werde nicht frech, ja?« Er beugte sich so weit vor, dass sie unwillkürlich zurückwich. »Das kann er erst anlässlich des nächsten Götterpaarfestes, also in einem Jahr. Bis dahin werde ich hoffentlich geeignete Anwärter finden, um die Zehn aufzustocken. Verlieren werden sie gegen Anschar aber so oder so. Es sei denn, du lässt wieder Wassertropfen fliegen.«

»War das so offensichtlich?«, fragte sie beklommen.

»Zum Glück nicht. Nein, es sah aus, als hätte Darur Schweiß in die Augen bekommen. Würde ich dich nicht schon kennen, wäre es mir nicht aufgefallen. Du bist imstande, Zweikämpfe zu entscheiden, ist dir das eigentlich klar? Gewiss nicht. Ich sollte …« Er richtete sich auf und verschränkte die Arme. »Lenk mich nicht ab! Frau, wirst du zukünftig gehorsamer sein?«

Was sollte sie darauf sagen? Sie wollte es, aber genauso wollte sie die Gelegenheit nutzen, Anschar zu sehen, sollte sich je wieder eine ergeben. »Ich versuche es.«

Er rollte die Augen. Sie hoffte, dass er keinen Schwur verlangte, aber auf den Gedanken kam er gottlob nicht. Scheinbar etwas ruhiger, setzte er sich an ihre andere Seite und senkte die Stimme.

»Für deinen Ungehorsam schuldest du mir etwas, findest du nicht?«

Was das war, konnte sie sich denken. Sie hatte das dumme Badebecken immer noch nicht ganz gefüllt. Nicht aus Trotz, sondern weil es ihr Mühe bereitete. Zwar bedeutete es mit jedem Tag etwas weniger Mühe, aber sie hatte ihn nicht zufriedenstellen können, als er zuletzt bei ihr gewesen war.

»Morgen ist der zweite Tag des Festes«, fuhr er fort, da sie schwieg. »Es wird ein großes Opfer geben.«

»War das heute nicht groß genug?«, fragte sie kühl.

»Es ist der zweite Tag, daher wird es ein zweites Opfer geben. Ein gewöhnliches Tieropfer. Danach will ich, dass du deine Wasserkunst zeigst. Es werden viele wichtige Leute anwesend sein. Die Gesandten anderer Städte und Länder, ja, und natürlich mein windiger Bruder. Du darfst nicht versagen. Ich verlange nichts Großes von dir. Nur das, was du mir schon gezeigt hast. Das kannst du doch, oder?«

Langsam nickte sie.

»Gut. Das Blutopfer soll dich dabei unterstützen.«

»Meinetwegen wäre das bestimmt nicht nötig!«

Er winkte ab. »Versprich mir, dass du tust, was du kannst, und dich nicht sperrst.«

»Ich verspreche es«, beeilte sie sich zu sagen. Dieses Zugeständnis musste sie ihm machen, und er nickte, einigermaßen zufriedengestellt.

»Das wäre alles.« Er stand wieder auf und rief den Leibwächter herbei, der vor der Halle gewartet hatte. »Buyudrar! Bring sie zurück und pass auf sie auf. Und du, Vögelchen«, er zog Fidya von der Bank hoch. »Wir beide sind noch nicht fertig.«

Fidya kicherte und warf Grazia einen Blick zu, der gespieltes Bedauern ausdrückte. Grazia wünschte ihr in Gedanken viel Vergnügen und eilte aus der Halle.

15

Der zweite Tag des Festes begann mit einer Prozession. Eine Kette von weiß gekleideten Priestern, die Rasselinstrumente schwangen, schritt in Richtung des Tempels die Prachtstraße entlang. Heute würde dort der Meya mit seiner Gemahlin, der Hohen Priesterin, die Hochzeit des Götterpaares wiederholen. Auf einem mit Blüten bestreuten Bett würden sie niedersinken, so hatte es Fidya mit eifersüchtigem Seufzen erklärt, und unter den Blicken der Priester die Vereinigung vollziehen. Grazia wusste nicht, was sie barbarischer finden sollte: eine fast öffentliche Kopulation oder das dazugehörige Tieropfer.

Die Anwohner hatten ihre Häuser mit gefärbten Grasbändern geschmückt, standen auf den Dächern ihrer Häuser und säumten die Straße. Auch in ihren Haaren flatterten bunte Bänder. Wer es sich leisten konnte, hatte Ziervögel gekauft und ließ sie nun fliegen, als Zeichen der Freude über die Liebe des Götterpaares. Überall flogen die bunt schillernden Vögel durch die Luft. Die Stimmung war fröhlich. Kinder umsprangen das ebenfalls geschmückte Sturhorn, das sich in der Mitte der Prozession bewegte, und kreischten vor Vergnügen, während sie versuchten, eines der Bänder zu erhaschen.

»Warum tun sie das?«, fragte Grazia. Sie genoss das Vorrecht, in einer Sitzsänfte getragen zu werden, wie die allerhöchsten Würdenträger der Hochebene.

»Ein Band des Opfertieres zu besitzen, bringt Glück«, erwiderte Fidya, die an ihrer Seite saß.

»Augenblick! Du meinst, das Sturhorn wird geopfert?«

»Es ist das größte und schönste Sturhorn, das aufzutreiben war. Falls man Sturhörner schön nennen kann.«

Grazia bewegte ihren Grasfächer. Bei dieser Hitze einer solch ausufernden Opferung zusehen zu müssen, würde noch schlimmer werden, als es ohnedies war. Sie wagte einen Blick in den Himmel. Blau, immer nur blau. Daheim hatte sie sich gefreut, wenn bei Festen und Paraden Unter den Linden die Sonne schien. In Argad war immer Kaiserwetter. Dass es Herbst war, wusste sie nur, weil man es ihr gesagt hatte. In den Wochen, seit sie hier war, hatte sie ganze zwei bewölkte Tage erlebt, und in dieser Zeit hatte es drei Stunden geregnet. Vielmehr genieselt. Es war kaum der Rede wert gewesen, aber sie hatte von ihrer Terrasse aus gesehen, wie die Leute auf den Dächern ihrer Häuser die Sonnensegel abgenommen hatten, um die Gesichter in den Regen zu strecken.

Beidseits des Tragstuhls liefen die beiden Leibwächter

des Königs. Die letzten zwei der Zehn brachten Grazia und Fidya neugierige Blicke ein. Für die Zuschauer interessanter war jedoch der Mann, der nicht weit voraus neben der Sänfte des Königs von Hersched schritt. Er trug, wie bei seinem Zweikampf, den Brustpanzer, das Cingulum mit den silbernen Schlangen und denselben roten Rock. Nur seine Arme waren diesmal unbedeckt, stattdessen lagen oberhalb der Ellbogen silberne Armreife. Auch den roten Speer hatte er in der Hand. Mallayur legte Wert darauf, dass jeder den Sieger des Zweikampfes erkannte.

Zwischenfälle gab es keine. Ein einziges Mal, als die Prozession ins Stocken geriet, musste Anschar mit dem Speerschaft einen Mann zurückdrängen, der offenbar nicht rechtzeitig erkannt hatte, wem er gegenüber stand. Diese Gelegenheit nutzte er, um sich umzudrehen. Grazia glaubte, dass er Ausschau nach ihr hielt, und ihr Herz schlug höher, aber er entdeckte sie nicht und setzte seinen Weg fort.

»Ach ja«, seufzte Fidya. »Ich kann verstehen, warum du dich um Anschar sorgst. Er ist ein so schöner schrecklicher Mann. Wenn er nur nicht diesen roten Rock tragen müsste. Das herschedische Rot steht ihm nicht, finde ich.«

»Nicht?«

»Als Argadin bin ich wahrscheinlich voreingenommen.« Das Vögelchen strich sich über den leicht gewölbten Bauch. »Ich könnte etwas essen. Oh, und ich habe schrecklichen Durst!«

Grazia ließ sich nicht zweimal bitten. Die anderen Sänfteninsassen hatten ihre Sklaven, die nebenher liefen und sie mit Wasser versorgten, sie jedoch hatte nur einen Becher mitgenommen, den sie aus der Polsterritze zog. Genüsslich stöhnte Fidya, nachdem sie getrunken hatte. Dann waren sie auch schon am See. Die Träger stellten die Sänfte ab und halfen ihnen, auszusteigen. In dem nun folgenden Durcheinander, als die etwa fünfzig Gäste und zweihundert Bediensteten gute Plätze suchten, um der Opferung zusehen zu können, standen sich Anschar und die beiden anderen Leibwächter gegenüber. Sie musterten sich, als seien sie sich fremd.

»Bitte verachtet mich nicht dafür«, hörte Grazia ihn sagen. »Ich wollte es nicht.«

»Das wissen wir.« Buyudrar nickte und deutete auf seinen Kameraden Schemgad. »Aber wer wird der Nächste sein? Er oder ich?«

Die Antwort blieb aus, denn Anschar musste sich zu Mallayur gesellen, der zum Steg drängte, wo sich das Sturhorn erhob, die Köpfe der Versammelten überragend, und nervös das wuchtige Haupt hob und senkte. Um das abgestumpfte Horn lag ein Geschirr, an dem mehrere Priester zerrten, um das Tier ruhig zu halten. Grazia ließ sich von Fidya in die vorderste Reihe ziehen, obwohl ihr nicht der Sinn danach stand, dem blutigen Schauspiel zuzusehen. Nur wenige Meter entfernt stand Mallayur, dicht hinter ihm Anschar. Heute prangte an seiner Schläfe ein dicker Bluterguss.

Der Meya ließ den Blick über die Versammelten schweifen. Er nickte zufrieden, als er Grazia entdeckte. Dann drehte er sich zu Sildyu um. Für einen Moment vergaß Grazia das bevorstehende Opfer, als sie die Pfauenfedern an seinem Mantel sah. Dicht an dicht waren sie am unteren Saum auf den glänzenden hellblauen Stoff aufgenäht, mit den Augen nach unten – die Federn jenes Pfaus, den Henon von seiner Reise zur Pfaueninsel mitgebracht hatte. Ein unverhoffter Gruß aus der Heimat.

Die Priester umringten ihn und schwangen ihre Rasseln. Es war keine Musik, es war ein rhythmisches Geräusch, das an einen Trommelwirbel erinnerte. Auf beiden Händen trug Sildyu ein Schwert heran. Madyur zog es aus der Scheide und reckte es in den Himmel. Es war ohne Zweifel ein schönes, furchterregendes Schwert, wirkte aber fast zu klein für ein so gewaltiges Tier. Unzählige Seile waren um den massigen Hals geschlungen, ebenso um den Schwanz, der sicherlich mehr als zwei Meter lang war. Sklaven standen an den Seilen und machten sich bereit, das Tier im Zaum zu halten. Madyur legte den Mantel ab und gab ihn einem Priester. Nur mit einem weißen Rock bekleidet, stellte er sich breitbeinig unter den Hals des Sturhorns und richtete die Schwertspitze auf eine dicke Ader. Sichtbar pulste das Blut hindurch. Das Tier hatte die Augen aufgerissen, als ahne es den Tod, und schnaubte durch die Nüstern. Mit beiden Händen packte Madyur den Schwertgriff und stieß die Klinge nach oben.

Seine Armmuskeln traten hervor. Er entblößte die Zähne und verzog das Gesicht vor Anstrengung, die Waffe tief in den Hals zu treiben. Das Sturhorn gab ein Kreischen von sich, das in den Ohren schmerzte. Es riss den Kopf hoch, soweit die Fesseln es erlaubten, dabei glitt die Klinge heraus. Ein Blutschwall ergoss sich über die Brust des Meya, besprengte sein Gesicht und spritzte auf die Gewänder der Priester. Grazia presste die Hand vor den Mund, wandte sich ab und schob sich durch das Gedränge. Eine unauffällige Stelle, sich zu übergeben, gab es nicht, also krümmte sie sich, wo sie stand, und gab das Frühstück von sich. Tränen traten ihr in die Augen.

Dicht vor sich sah sie einen roten Rock. Musste er sie in diesem Zustand sehen? Sie zog aus dem Dekolleté ihr Schweißtuch und richtete sich auf. Anschar nahm es ihr aus der Hand und wischte über ihren Mund.

»Was hast du auch hier zu suchen?«, tadelte er sie. »Das ist nichts für dich.«

»Der Meya wollte es so. Meine Idee war das bestimmt nicht.« Ihre Finger zitterten, als sie das Tuch an sich nahm. Hinter sich hörte sie das ersterbende Brüllen des Tieres und ein dumpfes Geräusch, das den Boden erzittern ließ, als sei es umgefallen. Die Menge jubelte. Grazia drehte sich nicht um. Ob es jetzt so etwas wie Haruspizien gab?

»Was passiert mit dem Kadaver? Schneidet man ihn auf und begutachtet seine Eingeweide?«

»Nein, wozu denn das? Macht man das bei euch? Er wird gleich auf dem Tempelgelände vergraben. Ich muss wieder zu Mallayur, bevor er merkt, dass ich nicht hinter ihm stehe. Hier!« Er drückte ihr etwas in die Hand. Verwundert befingerte sie eine kleine flache Muschel. »Du musst sie in den See werfen. Jeder tut das, hat man dir das nicht erklärt?«

»Nein. Wozu ist das gut? Lass mich raten: Man soll heute nicht an den Fluch denken.«

»So ist es. Du bist klug, Feuerköpfchen.« Er strich ihr mit dem Finger über die Wange. Als er dabei wie zufällig ihren Mundwinkel berührte, öffneten sich ihre Lippen. »Ich muss gehen«, murmelte er heiser und begab sich zu seinem Herrn. Grazia blieb, wo sie war, und betrachtete die Muschel, die wie geschliffen und poliert glänzte. Nein, das schöne Stück würde sie ganz sicher nicht in den See werfen, also wickelte sie es in ihr Tüchlein und schob es in ihren Ausschnitt. Aus dem Augenwinkel sah sie, wie das Sturhorn von sicherlich mehr als zwanzig Sklaven fortgeschleift wurde. Durch die Blutlache schritten die fünfzig Männer und Frauen auf den Steg.

»Komm.« Fidya nahm ihre Hand. »Worauf wartest du?«

»Ich gehe da nicht durch.«

»Aber es bringt Glück.«

»Ach, das auch? So viel Glück ist mir nicht geheuer.« Entschieden schüttelte Grazia den Kopf. Dann wandte sie sich an die beiden Leibwächter. »Wäre einer von euch so freundlich und würde mich tragen?«

»Aber es bringt wirklich Glück, Herrin«, wandte Buyudrar ein.

»Bitte!«

Ergeben nickte er und hob sie auf die Arme. Krampfhaft hielt sie sich an ihm fest und raffte ihren Mantel. Das frische Blut verströmte nur einen leichten Geruch, trotzdem wurde ihr wieder übel, und sie war froh, dass Buyudrar sie fast bis über den ganzen Steg trug. Am Tempel stellte er sie bedächtig auf die Füße. Hier war der Boden rund um die Pfeiler, welche das Götterpaar zeigten, mit Blüten der Heria bedeckt. Der Meya höchstselbst wirbelte die Blüten auf, als er auf sie zukam. Er war nass von Kopf bis Fuß, vermutlich war er in den See gestiegen, um sich zu säubern; dennoch waren die Blutspuren auf seinem Rock unübersehbar. Er ergriff ihre Hand und führte sie ins Innere des Tempels, wo die Priester und Gäste an den Wänden Aufstellung genommen hatten und schweigend warteten. Nur hier und da war leises Gemurmel zu vernehmen. Grazia war es durchaus nicht unangenehm, an der Hand des Meya derart auf den Präsentierteller geführt zu werden. Jeder starrte sie an, und jeder schien sich zu fragen, wer sie war und woher sie kam. Und wie es sein konnte, dass die Kaskade ihrer offenen Haare so leuchtend rot war. Sie fragte sich, ob ihr Kleid ordentlich saß, und konnte es sich nur mit Mühe verkneifen, einen prüfenden Blick an sich hinabzuwerfen. Was wohl Friedrich sagen würde, wenn er sie jetzt sähe?

Als Mallayur hervortrat, ließ Madyur sie los. Der König von Hersched verneigte sich. »Ich bin begierig auf das, was sie uns zeigen wird«, sagte er beflissen. Trotz seines prachtvollen, reichlich mit Goldstickereien verzierten Mantels und der Ähnlichkeit mit seinem Bruder wirkte er weniger königlich als dieser in seinem schlichten blutbesudelten Rock.

»Vor allem bist du begierig, mir deinen neuen Leibwächter vor die Nase zu halten«, erwiderte Madyur kühl. »Ja, ja, ich habe es begriffen, er steht dir gut. Das ist es doch, was du *mir* zeigen willst, oder?«

»Edler Meya, was erregt daran dein Missfallen? Die höchsten Edlen haben Leibwächter bei sich. Das ist üblich. Muss ich mich für meinen rechtfertigen? Muss ich etwa vermuten, du hättest ihn gerne wieder?«

»Natürlich hätte ich das. Aber er gehört dir. Ich mache dir deinen Besitz nicht streitig.«

Mallayur legte den Kopf schräg, wie um seine Worte anzuzweifeln, dann winkte er Anschar heran. »Zeig, dass du ihm nicht mehr gehörst.«

Entweder war Anschar unterwiesen worden, oder es war ihm ohnehin klar, was sein Herr von ihm erwartete. Er trat vor den Meya, verneigte sich und streckte, nachdem er sich wieder aufgerichtet hatte, die rechte Hand vor. Madyur schnaubte zornig, während Mallayur zufrieden in sich hineinlächelte. Die Umstehenden reckten die Hälse und holten hörbar Luft. Gab es da etwas anderes zu sehen als die vier Krallen des Schamindar? Auch Grazia stellte sich auf die Zehenspitzen, doch sie hatte Madyurs Rücken vor sich.

Er befahl seinem früheren Leibwächter, sich zu entfernen. Anschar machte zwei Schritte rückwärts, und der Meya ergriff wieder ihre Hand.

»Edle Männer und Frauen Argads«, rief er mit kräftiger Stimme, die ganz den Großkönig verriet. »Wie ihr alle wisst, war die Aussendung mehrerer Suchtrupps, die den letzten Gott bringen sollten, bisher ohne Erfolg. Mein Trupp wurde aufgerieben, von den anderen hat man noch nichts gehört. Das bedeutet zu diesem Zeitpunkt zwar nicht viel, aber wir müssen uns mit dem Gedanken anfreunden, dass die Suche misslingt. Die Wüste ist groß, wir wussten das. Nun hat sich möglicherweise eine andere Art der Rettung aufgetan.«

Er machte eine kunstvolle Pause. Die Versammelten hingen an seinen Lippen. Vergessen war, wie es schien, die kleine Auseinandersetzung des Meyas mit seinem Bruder.

»Dies ist Grazia, eine fremde Frau aus einem fernen Land. Nein, Temenon ist es nicht. Wir wissen nicht, wo sie herkommt. Wir wissen aber, die Götter haben sie geschickt. Sie kam wie ein Zeichen, dass sie uns nicht vergessen haben. Und ich habe euch hergerufen, um dabei zu sein, wie diese Frau ein göttliches Wunder wirkt.«

Grazia spürte, wie ihr das Blut aus dem Gesicht wich. Sie hatte gewusst, was auf sie zukam, aber nicht damit gerechnet, so zur Schau gestellt zu werden. Und das, was er sagte, behagte ihr noch weniger. Als ob ich die Hochebene retten könnte!, dachte sie. Was war denn das für eine Bürde, die ihr da ungefragt aufgeladen wurde? Ein Wunder, ja, das war ihre Gabe zweifellos, aber musste man das so aufbauschen?

»Lass das Wasser fließen, Grazia.«

Nun, das sollte kein Problem darstellen. Unangenehm war es ihr trotzdem. Sie streckte einen Arm aus und hob die Handfläche. Aber sie zögerte. Was, wenn es jetzt nicht gelang? Sie suchte Anschars Blick, und der senkte langsam die Lider, wie um sie zu ermutigen. Tief atmete Grazia ein. Es wurde kühl an ihrer Hand, als streiche ein Luftzug darüber. Das Wasser floss heraus. Es plätscherte auf den steinernen Boden, kroch durch die Fugen und breitete sich aus, bis es sich den ersten Zehen näherte.

Eine Frau stieß einen quietschenden Schrei aus, raffte ihr Kleid und machte einen Satz rückwärts. Es sah aus, als hätte sie eine Maus gesehen. Auch die anderen wichen, wenngleich weniger theatralisch, vor dem Wasser zurück und starrten Grazia entsetzt an. Anschar verzog belustigt einen Mundwinkel.

»Ihr braucht keine Angst zu haben!«, rief Madyur. »Es ist nur Wasser.«

»Eine Nihaye!«, schrie jemand.

»Wir haben eine Nihaye unter uns!«

Mit erhobenen Händen brachte Madyur die Menge zum Schweigen. Grazia hatte die Hand inzwischen sinken lassen. Sie stand in einer Wasserlache, und es fühlte sich nicht so an, als hielten die Bastschuhe dicht.

»Ja, wahrscheinlich ist sie eine Nihaye«, sagte er. »Ganz genau wissen wir es nicht, da sie es selbst nicht zu sagen vermag.«

»Und was soll das bringen?«, meldete sich Mallayur zu Wort. Er tat nachgerade so, als sei er nicht selbst begierig auf dieses Wunder gewesen. Mit Schrecken dachte sie an jenen Tag im Keller seines Palastes zurück, als er sie auf abscheuliche Art gezwungen hatte, den Pegel eines Kühlbeckens steigen zu lassen. »Soll sie mit ihren Händen das ganze Hochland bewässern?«

»Möglicherweise ja. Sie hat die Kraft des Gottes. Die Kraft, deretwegen wir ihn gesucht haben. Er ist nicht da – sie schon!«

»Aber im Gegensatz zu ihm ist sie schwach. Er beherrscht seine Kraft, sie nicht.«

»Woher willst du das wissen?«, fragte Madyur lauernd. Es war still geworden, so still, dass man eine Nadel hätte fallen hören können. Mallayur schien an einer Antwort zu arbeiten, die nicht verriet, dass er Grazia für kurze Zeit in der Gewalt gehabt hatte. Bevor er etwas sagen konnte, war Madyur an ihn herangetreten.

»Du hättest sie gern für dich, mach mir nichts vor.« Er sprach leise, aber Grazia verstand jedes Wort. »So wie du Anschar haben wolltest, nicht wahr, kleiner Bruder?«

Dies vor allen Leuten zu sagen, galt sicherlich als grobe Beleidigung. Mallayur war bleich geworden. Er schwieg, und Madyur kehrte zu ihr zurück.

»Mach weiter, Grazia. Mach, so viel du kannst. Du kannst mehr als das.«

Sie seufzte auf. Er hatte ihr versprochen, nicht mehr als nötig zu fordern, aber offenbar fühlte er sich von seinem Bruder herausgefordert. Es blieb ihr nichts anderes übrig, als es zu versuchen. Sie streckte die Hände aus. Das Wasser plätscherte auf die Fliesen. Weiter, nur weiter, ermahnte sie sich, doch bald schon fühlte sie sich ermattet, und der Fluss versiegte. Sie keuchte auf, blinzelte und musste sich zusammenreißen, um nicht zu schwanken. Ein Raunen ging durch die Versammelten. Sildyu kam herangelaufen und schien ihren Gemahl ansprechen zu wollen, doch dann schüttelte sie den Kopf und kehrte wieder auf ihren Platz zurück.

»Versuch es!«, drängte Madyur erneut.

Grazia senkte die Lider und versuchte nicht an die vielen Menschen zu denken, die sie beobachteten. Sie musste es machen wie zu Anfang, als sie an den letzten Gott gedacht hatte, an seine Umarmung, an die unglaubliche Wassermenge, die er durch sie hindurchgejagt hatte. Ihr Kopf begann zu schmerzen, sodass sie mit den Fingern gegen die Schläfen drückte. Denk daran, du brauchst nicht zwingend die Hände, ermahnte sie sich. Mach Wasser. Tu es einfach.

Ihr Gewand wurde nass. Grazia stellte sich vor, wie das Wasser sich in der Halle ausbreitete. Wie es bis hinaus auf den Portikus lief, gar in den See. Doch als sie die Augen öffnete, war nichts weiter passiert, nur dass ihre Kopfschmerzen zugenommen hatten. Madyur schnaufte ungeduldig.

»Sie ist keine Nihaye«, warf ein Mann mit den künstlich gelockten Haaren der Scheracheden ein, die gegen seinen Hals schwangen. »Das da eben, das war nur eine Täuschung.«

»Schweig!«, donnerte Madyur. »Was fällt dir ein?«

Der Scherachede schien unter dem Schrei zu schrumpfen und beeilte sich zu versichern, dass es ihm leidtat. Madyur verschränkte die Arme und presste die Lippen aufeinander. Es war ihr ungeheuer peinlich, dass sie ihn vor all diesen

Leuten blamierte. Andererseits war es seine eigene Schuld. Nur, welcher König sah das schon ein?

»Versuch es noch einmal.«

Sie tat es. Das Wasser umspülte ihre Zehen, doch mit einem Mal schienen sich Nadeln in ihre Schläfen zu bohren. Je mehr sie sich zu konzentrieren versuchte, desto schlimmer wurde es. Ihr schwindelte. Rot leuchtende Lichtpunkte tanzten vor ihren Augen.

»Versuch es!«, schrie Madyur zum wiederholten Mal. »Es *muss* gelingen!«

»Es geht ihr schlecht«, hörte sie Sildyu sagen. »Sag ihr, sie soll aufhören.«

Darauf achtete er nicht. »Grazia, streng dich an. Es wird dir gelingen.«

Sie versuchte den Kopfschmerz zu ignorieren. Aber dass ihr schwarz vor Augen wurde, konnte sie nicht verhindern. Was dann durch ihren Schädel fuhr, war keine Nadel, eher ein Speer. Ein Schrei gellte – ihr eigener. Sie riss die Hände an die Schläfen. Die Wände wankten, und dann sackte sie auf die Knie. Warum hielt der Meya sie nicht fest? Warum halfen sie ihr nicht?

»Bleib stehen!«, schrie eine empörte Stimme, die sie Mallayur zuordnete. Ein Befehl, der nicht ihr galt. Eine Hand umfasste ihren Nacken, eine andere stützte ihren Rücken. Es war Anschar. Sie musste ihn nicht sehen, um das zu wissen.

Er nahm sie auf die Arme und trug sie irgendwohin, wo es weich war. Sie schaffte es, die Augen einen Spalt weit zu öffnen, sah durch den Schleier ihrer Wimpern sein besorgtes Gesicht. Wie es schien, lag sie in einer Nebenkammer. Hoffentlich nicht dort, wo der Meya mit seiner Frau später liegen würde, ging es ihr durch den Kopf. Anschars Blumenohrring schaukelte, als er zurück über die Schulter blickte. Da war die Priesterin, und da war der Meya. Grazia hörte, wie er Anschar befahl, zu verschwinden. Anschar ließ sich Zeit. Er neigte sich herab, berührte ihre schmerzende Stirn und flüsterte ihr etwas zu, das sie nicht verstand. Erneut rief jemand seinen Namen, und endlich erhob er sich. Mallayur stand in der Tür. Madyur fasste Anschar am Arm, doch der entzog sich ihm mit einem Ruck und funkelte ihn erbost an.

»Sie hätte sterben können!«, schrie er. »Hast du wirklich geglaubt, sie könne den letzten Gott ersetzen?«

Anschar, schweig, mach sie nicht wütend, wollte sie sagen, aber sie brachte kein Wort heraus. Dunkelheit griff nach ihr. Vergessen waren die Kopfschmerzen, vergessen ihr Versagen. Wieder einmal musste sie mit Furcht um ihn in den Schlaf gleiten.

Schlag um Schlag fraß sich in seine Haut, und der Schweiß, der über die Wunden lief, brachte sie zum Glühen. Anschar hatte seine Atmung dem Rhythmus der Peitsche angepasst. Ihre Bisse trafen ihn so gleichmäßig wie die Wellen das Ufer des Tempelsees. Es machte den Schmerz erträglich und versetzte ihn in die glückliche Lage, an etwas anderes denken zu können. Ob es Grazia wieder gut ging? Viel zu schnell hatte er von ihr lassen müssen. Diese verfluchte Gabe, die weder ihr noch Argad etwas nützte, brachte sie in Gefahr, und er konnte ihr nicht helfen. Das war schlimmer als die Strafe dafür, sich so unbotmäßig aufgeführt zu haben. Das hier – was war das schon? Etwas, das Mallayur sicher längst hatte tun wollen. Egnasch sowieso; der Aufseher schlug recht einfallslos, aber mit Leidenschaft zu. Nun hatten sie endlich ihren Grund.

Nach einiger Zeit blieben die Schläge aus. Es war still, nur noch sein Keuchen erfüllte den Raum und prallte von den Felswänden an seine Ohren. Er hatte nicht geschrien. Er hatte auch nicht unter sich gelassen. Aber vielleicht würde er den Boden unter den Füßen verlieren. Seine Knie zitterten, und er konnte nichts daran ändern. Seine Beine kamen ihm vor wie zwei dürre Schilfrohre im Wind.

Als die Peitsche unverhofft erneut zuschlug, warf er den Kopf in den Nacken und stieß pfeifend den Atem aus. Vielleicht musste er schreien, damit es aufhörte. Vielleicht in die Knie gehen, damit sie sich daran ergötzten, wie er mit gestreckten Armen am Pfahl hing. Er umklammerte das dicke, vom Blut und Schweiß vieler Sklavenkörper glatt polierte Holz und drückte seine Armmuskeln dagegen, um nicht zu fallen. Er versuchte sich mit der Überlegung abzulenken, wann er früher gepeitscht worden war. Richtig gepeitscht, nicht hier und da ein warnender Hieb. Als Junge gewiss. Auch noch in der Zeit, als er zu einem Krieger ausgebildet worden war. Aber man war gnädig gewesen, er hatte nie Narben davongetragen. Oder wenige, die längst verblasst waren. Egnasch aber war kein gnädiger Mensch.

Ein Hieb folgte, in den der verhasste Aufseher seine ganze verbliebene Kraft zu legen schien. Anschar verkeilte die Finger hinter dem Pfahl und schlug die Stirn gegen das Holz.

»Es ist genug«, sagte Mallayur.

Egnasch stieß einen Laut aus, der enttäuscht klang und in ein erschöpftes Keuchen überging. Anschar hörte, wie er irgendwohin stapfte und sich prustend einen Wasserkrug über den Kopf goss.

»Gib ihm auch etwas und binde ihn los.«

Ein Wasserschwall ergoss sich über seinen Rücken. Seine Finger spreizten sich vor Schreck. Ein letztes Mal musste er die Zähne in das Beißholz bohren, bevor er es ausspuckte. Egnaschs schlechter Atem näherte sich ihm. Anschar sah durch den Schleier tränenverklebter Augen eine Klinge aufblitzen. Ein kurzer Schnitt, und seine Hände waren frei.

Doch er umarmte weiterhin das Holz, da er noch nicht wusste, ob er stehen konnte.

»Egnasch, verschwinde.«

Der Aufseher stapfte aus dem Raum. Eine Tür klappte.

»Du hast den Pfahl gern, wie?« Mallayur lachte leise. »Versuchst du dir vorzugaukeln, er sei die Rothaarige?«

Anschar bemühte sich um einen sicheren Stand und ließ langsam die Arme sinken. Er wollte nicht, dass Grazia verhöhnt wurde, selbst wenn es bedeutete, dass er hinfiel. Aber es gelang ihm, stehen zu bleiben. Er machte einen vorsichtigen Schritt zurück. Der Boden war schlüpfrig von seinem Schweiß. Seine Haare trieften vor Nässe, und das kam nicht vom Wasser. Er streifte die Zöpfe nach vorn, damit sie nicht mit den Wunden auf seinem Rücken verklebten, und wischte sich das Blut von der Unterlippe. Dann bückte er sich nach seinem Rock, steif und langsam wie ein alter Mann, doch bevor er ihn greifen konnte, landete ein graues Leinenbündel vor seinen Füßen.

»Nein. Zieh das an.«

Anschar hob es hoch. Es war sauber, aber so ausgefranst und verwaschen, dass es schon Jahrhunderte alt sein mochte. Wären keine Bänder daran gewesen, hätte er es für einen Putzlappen gehalten. Er legte sich das Leinen um die Hüften und band es fest. Seine Finger waren so zittrig, dass er elend lange dafür brauchte. Der Rock war kürzer als die üblichen knielangen Wickelröcke, und bisher hatte er noch keinen Sklaven gesehen, der mit solch einem Lumpen herumlaufen musste.

»Und jetzt auf die Knie, Sklave«, befahl Mallayur. Beinahe war Anschar dankbar für diesen Befehl, denn so konnte er sich ausruhen. Er starrte in die dunklen Ecken des kahlen Bestrafungsraumes, während sein Herr sich ihm von der Seite näherte.

»Nach diesem doch recht ansehnlichen Zweikampf, in dem du einen der Zehn getötet hast, hatte ich geglaubt, du hättest dich in dein neues Leben geschickt. Ich glaubte, man könne dich jetzt vorzeigen. Leider war es ein Irrtum. Du hast mich bis auf die Knochen blamiert. Den Meya anzuschreien! Durftest du das etwa, als du noch bei ihm warst? Das kann ich mir kaum vorstellen.«

Anschar hatte kaum zugehört, da er noch zu sehr damit beschäftigt war, zu Atem zu kommen und den Wunsch niederzukämpfen, Mallayur anzuspringen und zu erwürgen. So sehr hatte ihn die Auspeitschung nicht geschwächt, als dass er keine Gefahr mehr gewesen wäre. Er brauchte nur wenige Augenblicke, um zu Kräften zu kommen, und Mallayur war nicht bewaffnet. Und selbst wenn – das machte keinen Unterschied. Nicht für ihn.

»Du schweigst«, redete Mallayur weiter. »Aus Verstocktheit, nehme ich an. Deine nachlässige Erziehung macht sich andauernd bemerkbar. Bei meinem Bruder mag das nicht ins Gewicht gefallen sein, er mochte das ja so.«

Anschar konnte den Blick seines Herrn auf der geschundenen Haut spüren. »Hätte er es anders gesehen, wäre ich keiner der Zehn geworden«, antwortete er und ärgerte sich, dass seine Stimme so rau klang.

»Das lässt sich hinterher leicht sagen.« Mallayur klang ganz sachlich, als kniee der, mit dem er das Problem besprach, gar nicht vor ihm, mit zerschundenem Rücken, getränkt vom eigenen Schweiß, der allmählich erkaltete. »Vielleicht wärst du aber ein noch besserer Krieger. Mit Darur fertig zu werden, ist dir ja nicht gerade leichtgefallen. Du stellst mich vor eine schwierige Aufgabe. Ich will den besten aller Leibwächter haben, will aber auch einen gehorsamen Leibwächter. Einen, der vorbehaltlos für mich einsteht. Würdest du tatsächlich dein Leben für mich geben, wenn es darauf ankäme? Sei ehrlich.«

Anschar musste sich zwingen, nicht die Fäuste zu ballen, denn das würde Mallayur sehen. Der Drang, ihn anzugreifen, versandete irgendwo in den Tiefen seiner Sklavenseele. Enttäuscht biss er sich wieder auf die Lippe. Seine Erziehung war schlecht? Nein, Mallayur, dachte er, sie rettet dir gerade das Leben.

»Dein Schweigen ist Antwort genug. Was jetzt? Ich will dich nicht andauernd peitschen lassen, bis du es irgendwann begreifst. Es würde deinen Körper irgendwann ruinieren. Steh auf und sieh mich an.«

Das tat Anschar. Seine Knie hatten sich inzwischen gefestigt. Dicht vor ihm baute sich Mallayur auf, doch er war ein paar Fingerbreit kleiner und musste zu Anschar, der ihm unverwandt in die Augen starrte, aufsehen. Mallayur mahlte mit den Kiefern, presste die Lippen zusammen. Plötzlich drehte er sich weg und machte eine ärgerliche Handbewegung.

»Knie dich wieder hin.«

Sobald Anschar das getan hatte, wandte er sich ihm wieder zu. Die gewohnte Selbstsicherheit kehrte in Mallayurs Miene zurück.

»Siehst du, ein anderer Sklave hätte nicht so gehandelt.«

»Ich habe dir gehorcht.«

»Ja, schon! Eigentlich hätte es dich aber Überwindung kosten sollen. Stattdessen springst du nachgerade auf die Füße und tust so, als seist du mir ebenbürtig. Mach es noch einmal.«

Anschar gehorchte erneut. Diesmal ließ er sich etwas mehr Zeit, wenngleich er es nicht schaffte, das vorzutäuschen, was Mallayur offensichtlich sehen wollte.

»Knie dich wieder hin.«

Ging das jetzt die nächsten Stunden so weiter? Er überlegte, ob er einfach fragen sollte.

»Bist du etwa gereizt?«, fragte Mallayur.

»Nein.«

»Ah. Das kam nicht überzeugend. Begreifst du es wirklich nicht? Hier herrscht ein anderer Wind, das ist noch nicht so ganz in deinen Schädel gedrungen. Du musst es verinnerlichen, verstehst du? Du musst deinen eigenen Willen unterdrücken, bis du ihn irgendwann vergisst. Bis du nur noch weißt, dass du zu gehorchen hast. Du sollst als mein Leibwächter hinter mir stehen, und wenn Madyur dich sieht, soll er erkennen, dass du nicht mehr der Mann bist, den er mir geschenkt hat.«

»Und das willst du erreichen, indem ich Kniebeugen mache?«

Mallayur war überraschend schnell. Schon stand er über ihm und schlug ihm ins Gesicht. Es war ein harter Schlag. Kein Laut kam über Anschars Lippen, doch er konnte es nicht verhindern, dass sein Kopf zur Seite flog. Dicht vor seinen Augen ballte Mallayur eine Faust, als habe er sich mit diesem Hieb selbst Schmerzen zugefügt.

»Ich erreiche es, indem ich dich eine Zeit lang in die Papierwerkstätten schicke. Keine angemessene Belohnung für einen siegreichen Kämpfer. Aber das hast du dir durch deine Unbotmäßigkeit selbst zuzuschreiben.« Hart lachte er auf. »Ja, endlich sehe ich so etwas wie Entsetzen in deinen Augen. Gut, gut, allein dafür war es das schon wert. Du wirst sofort aufbrechen. Geh zu Egnasch, der bringt dich zum Palasttor.«

Etwas benommen stand Anschar auf, öffnete die Tür und wischte sich im Hinausgehen das Blut aus dem Mundwinkel. Ihm entging nicht, wie Egnasch grinsend die Brauen hob. Die Papierwerkstätten!, hämmerte es in seinem Kopf. Er hatte mit einer harten Strafe gerechnet – mit dieser Auspeitschung oder dass man ihn wegsperrte. Jedoch nicht damit. Er packte Egnasch an den Schultern, drehte ihn um und rammte ihn so fest gegen die Wand, dass er Zähne splittern hörte. Wenigstens in der kurzen Zeit, die es dauerte, zum Tor zu kommen, würde er dieses ekelhafte Grinsen nicht mehr sehen. Und die grässliche Strafe war nun ein klein wenig angemessener.

16

Sechs schwer bewaffnete herschedische Reiter erwarteten ihn auf der Straße vor dem Palast. Ein siebtes Pferd stand bereit. Anschar stellte den Fuß in die Sattelschlaufe und stemmte sich hoch. Die Männer richteten kein Wort an ihn; einer warf ihm lediglich einen Umhang zu, damit er den Rücken bedecken konnte. Es schien sie befangen zu machen, dass in ihrer Mitte einer der Zehn ritt, zerlumpt und blutend. Wenigstens ersparten sie ihm, mit gefesselten Händen reiten zu müssen, wenngleich es die Sache kaum weniger erniedrigend machte. Er versuchte die Blicke der Leute, an denen sie vorbeiritten, zu missachten. Kurz drehte er sich im Sattel, um nach dem Palast von Argadye Ausschau zu halten. Er sah seine Terrasse, aber sie war leer; dann verschwand sie aus seinem Sichtfeld, und ihm blieb nichts, als nach vorne zu schauen, auf eine scheußliche Zukunft. Er würde es aushalten. Henon hatte es ertragen, ein halbes Jahr. Da sollte es ihm auch gelingen. Diesen sechs Kriegern draußen vor der Stadt zu entkommen war nichts, woran er ernsthaft dachte, auch wenn es ihn vor keine allzu großen Probleme stellen würde. Flucht – das war nur ein Wort. Hätte Grazia es nicht ausgesprochen, nicht einmal das.

In der nächsten Stunde wurde er von der Erkenntnis abgelenkt, dass er sie wohl nie wieder sehen würde. Das hatte er zwar auch geglaubt, als er nach Heria gegangen war, aber es hatten sich wider Erwarten Gelegenheiten für sie beide ergeben. Jetzt jedoch erschien es ihm undenkbar. Er hatte keine Ahnung, wie lange sein Herr ihn in den Werkstätten schmoren lassen wollte. Aber zweifellos lange genug, dass er bei seiner Rückkehr zu hören bekommen würde, sie sei gegangen. Der heilige Mann, der ihre Hoffnung war, nach Hause zurückzukehren, würde nicht ewig fortbleiben. Anschar fing an zu frieren, und das nicht nur, weil der Schweiß auf seiner Haut erkaltete.

Der Weg führte sie hinaus aus der Stadt. Ostwärts ging es, tiefer in das Land hinein, vorbei an dürren Feldern. Es war noch keine Erntezeit, es war auch keine Zeit des Säens. Die Äcker lagen brach und rissig in der Sonne. Die Bäume in den Obstgärten zeigten sich mit braunen, brüchigen Blättern und nur wenigen jungen Früchten. Sie kamen an Wiesen vorüber, auf denen die rote Heria gezogen wurde. Sklaven standen in den Bewässerungsgräben, die von einem kleinen Fluss gespeist wurden, und schöpften brackiges Wasser. Noch vor wenigen Jahren waren die Wiesen zu dieser Zeit ein Meer aus Rot gewesen, prall in der Sonne leuchtend. Jetzt wirkte der Bestand armselig, und was folgte, war karger, hügeliger Boden, der seit einiger Zeit nicht mehr bearbeitet wurde. Eine Ödnis, die in der Ferne vom Hyregor begrenzt wurde. Es war kaum vorstellbar, dass das Götterpaar dieses Land einstmals als Polster für ihr Liebeslager gewählt hatte.

Die Sonne sank, als sie eine Talsenke erreichten. Mittlerweile klebte Anschar die Zunge am Gaumen, aber er verbiss es sich, seine Begleiter um Wasser zu bitten. Sein Rücken brannte vor sich hin. Zwei mit Speeren bewaffnete Männer standen am Wegrand und starrten ihn an. Ochsengespanne, die mit Felsengrasgarben beladen waren, trotteten auf eine wirre Ansammlung von Hütten und Steinhäusern zu, die man auf den ersten Blick für ein gewöhnliches Dorf halten mochte. Auch wenn Anschar hier noch nie gewesen war, wusste er, dass im größten der Gebäude das Papier hergestellt wurde. Irgendwo in den Hängen der Berge und im felsigen Gelände ringsum lagen die Graspflanzungen, die das Material lieferten. Händler verkauften die Ernte an die Werkstatt, und andere deckten sich mit dem fertigen Papier ein. Hier wirkte sich die Trockenheit nicht aus, denn das Felsengras schien nichts für sein Gedeihen zu benötigen. Eines Tages, so dachte Anschar, würde das Hochland nur noch aus Fels bestehen und von dem ledrigen Gras überwuchert sein.

Vor einer der Hütten hielten sie an. Ein Wachtposten wankte heraus, blinzelte gegen die untergehende Sonne und riss die Augen auf. Sofort schrie er nach Verstärkung.

»Beruhige dich«, sagte der Führer der Eskorte. Er beugte sich hinunter und reichte dem Mann eine Schriftrolle. »Gib das dem Leiter der Werkstatt, darin ist alles erklärt.«

»Ja, aber, aber … Das ist …«

»Fall nicht gleich in Ohnmacht.« Anschar sprang ab. Beim Anblick seines Rückens würde der Mann es wohl tun. Er würdigte seine Eskorte keines Blickes mehr, als er den Umhang auf das Pferd warf; er hörte nur, wie die Männer wendeten und davonritten. Der Wachtposten beäugte ihn vorsichtig.

»Du willst wirklich da hinein?«

»Ich muss. Was soll die Frage?«

»Ja, äh … dann folge mir. Anschar. Du bist doch Anschar?«

»Ja.«

»Große Götter. Große Götter! Erst heute früh habe ich von deinem Zweikampf gehört, und jetzt bist du hier.« Kopfschüttelnd marschierte der Wächter voraus, auf ein kleines

Steinhaus zu, an dem er anklopfte. Ein Sklave ließ sie ein und brachte sie in einen kühlen Raum, in dem ein Mann an einem Tisch saß, vor sich mehrere Papierstapel. Eines hielt er vor die Nase, roch daran und strich mit Daumen- und Zeigefingernagel über die Kanten. Er schien die Begutachtung der Ware, die hier hergestellt wurde, wie ein gutes Essen zu genießen, und runzelte unwillig über die Störung die Stirn. Doch kaum hatte er Anschar gesehen, sprang er so heftig auf, dass die Blätter vom Tisch fielen. Der Wächter beeilte sich, ihm die Schriftrolle zu übergeben.

»Hol den Aufseher«, befahl der Werkstattleiter, dann las er den Brief. Langsam ließ er ihn sinken. »Das Siegel des Königs. Ich dachte, du dienst dem Meya?«

»Bis vor einem Monat war das noch so«, erwiderte Anschar.

Der Leiter schüttelte den Kopf. Wieder und wieder, so schien es, überflog er das Geflecht der Schriftzeichen. Schweigen setzte ein, das erst unterbrochen wurde, als der Wächter zurückkehrte, diesmal mit einem zweiten Mann, der unzweifelhaft der Aufseher war, denn er hatte eine Peitsche bei sich. Er trug einen leidenschaftslosen Gesichtsausdruck zur Schau, und auch sonst unterschied er sich nur unwesentlich von Egnasch. Er drückte den Peitschengriff gegen Anschars Schulter.

»Hast ja schon einiges hinter dir. Wer immer dir das Striemennetz verpasst hat, weiß mit der Peitsche umzugehen.«

»Fargiur, er ist einer der Zehn.«

Der Aufseher hob eine Braue. »Ist er das hier auch noch?«

»Nein. Aber da steht, dass er eine Sonderbehandlung bekommt. Er soll wegen wunder Füße noch nicht in die Becken müssen. Es liegt in deinem Ermessen, zu entscheiden, wann er so weit ist. Wir haben einen Mann, der derzeit allein ist, oder?«

»Ja. Parrad.«

»Dann weißt du ja, was zu tun ist. Und nimm ihm das Sklavenzeichen ab. Es ist viel zu auffällig. Ich werde es verwahren.« Aufseufzend ergriff der Leiter wieder seine Papiere, schnüffelte und zupfte an ihnen herum, doch er vermochte kaum den Blick von Anschars Tätowierung zu nehmen.

Fargiur nahm ein Messer zu Hilfe, um die Öse der silbernen Heria aufzubiegen. Er wog das Schmuckstück in der Hand und legte es auf den Tisch. Mit dem Peitschengriff klopfte er gegen Anschars Schenkel. »Zeig her.«

Nacheinander kehrte Anschar die Fußsohlen nach oben. Den zweiten Fuß hielt der Aufseher mit der Peitsche fest. Anschar kam sich vor wie ein Pferd, dessen Hufe kontrolliert wurden.

»Die Schnitte sind nicht frisch. Wenn bei meinem fetten Weib die Hornhaut aufreißt, sieht das auch nicht viel anders aus.« Der Aufseher lachte über seinen Witz und ließ das Bein los. »Na schön, ein paar Tage Schonung will ich ihm zugestehen. Derweil kann er sich beim Schöpfen nützlich machen. Oder darf er das auch nicht, weil es der schönen Tätowierung schadet?«

So viel Geringschätzung gegenüber einem der Zehn hatte Anschar bisher selten erlebt. Aber anderes war hier wohl nicht zu erwarten. Der Leiter machte eine Handbewegung, die ausdrückte, dass er von solchen Fragen verschont bleiben wollte, und winkte sie hinaus. Der Aufseher führte Anschar zu einer von vielen, ohne jede Ordnung auf dem Gelände verteilten Hütten. Es war kaum mehr als ein überdachter Unterstand mit halbhohen Wänden aus Grasgeflecht, die nur notdürftig Schutz vor Wind und Sonne boten. Auf dicht an dicht liegenden Schlafmatten, die den Geruch jahrhundertealter Flecken verströmten, hockten mehrere Sklaven und schaufelten weißen Brei in sich hinein.

»Hier wirst du schlafen«, erklärte Fargiur.

»Augenblick! Das sind Wüstenmänner. Wieso bin ich hier und nicht bei den herschedischen Gefangenen?«

»Du hast doch gehört, dass du eine Sonderbehandlung bekommst.«

»Mag sein. Aber doch nicht so.« Anschar wollte kehrtmachen und in das Haus des Werkstattleiters gehen. Ein Hieb quer über seinen Rücken hielt ihn davon ab.

»Du glaubst, du könntest es dir aussuchen? Hier bist du genau richtig, und jetzt halt still.«

Anschar erzitterte vor Wut, und er musste sich an einem Pfosten der Hütte festhalten, um sich zu beruhigen. Dabei fiel sein Blick ins Innere. Die Sklaven kauerten nebeneinander an der Wand, jeder trug eine Schlinge aus Felsengras um den Hals, die mit einer anderen verbunden war. Ein Mann hockte etwas abseits, seine Halsleine war mit einem der Pfosten verbunden. Fargiur winkte ihn hoch und zog ein Messer aus dem Gürtel. Entsetzt erkannte Anschar, worauf das hinauslief.

»Wird Zeit, dass du wieder einen Gesellschafter bekommst«, sagte Fargiur. »Erschrick nicht vor seiner Tätowierung, die hat hier keine Bedeutung. Er ist ein Sklave wie jeder hier. Er gehört dir, weise ihn ein. Wenn er nicht spurt, sag Bescheid.« Er schnitt die Leine durch, wog ihr Ende in der Hand und nickte dann. »Die Leine ist noch lang genug für euch zwei.«

Er führte den Mann wie einen Hund hinaus vor die Hütte, legte das lose Ende um Anschars Hals und verknotete die einzelnen Fasern. Zweifellos war er sehr geschickt darin, den Knoten die nötige Festigkeit zu geben, sodass sie sich nicht lösen ließen. Dann klopfte er ihm auf die Schulter.

»Du gewöhnst dich schon daran.« Er lachte. »Die Männer sind ungern allein, weißt du.«

Anschar sah dem Mann nach, wie er in Richtung der Halle davonstapfte. Seine Finger hingen an der Leine. Sie war nicht zu lösen, das wusste er. Schließlich betrachtete er den Sklaven, dessen andauernde Gegenwart er nun ertragen musste, genauer. Er war ein Wüstenmann, groß, drahtig, mit nachtschwarzem Bart, der das ledrige Gesicht halb verdeckte, und dem unverkennbaren erdfarbenen Hautton.

»Was starrst du mich so an?«, schnaubte Parrad. »Ist nicht mein Wunsch gewesen, dir die Leine umzulegen.«

»Das interessiert mich nicht!« Anschar packte die Leine, sodass Parrad näher heranstolperte. »Ich versuche mich gerade an den Gedanken zu gewöhnen, auf Gedeih und Verderb mit einem Wüstenhund verbunden zu sein. Und das fällt mir schwerer als alles, was ich bisher hier gesehen habe!«

»Du hast doch noch gar nichts gesehen«, erwiderte Parrad ruhig.

Anschar ließ die Leine los. Es hatte keinen Sinn, sich darüber aufzuregen. Die anderen Sklaven hatten zaghaft die Köpfe gehoben. Er schüttelte sich vor Abscheu. Im Gegensatz zu seinen Schlafgenossen im Palast von Heria waren diese auch noch zerlumpt und zerzaust.

»Iss doch erst einmal etwas.« Parrad wies auf seine Matte, wo sein Napf stand. »Danach zeige ich dir alles.«

Er hockte sich hin. Die Leine spannte sich. Anschar blieb nichts anderes übrig, als sich neben ihn zu setzen. Den dargebotenen Graswurzelbrei rührte er jedoch nicht an. Die Männer steckten wieder die Nasen in ihre Näpfe. Aus den Augenwinkeln musterten sie ihn weiterhin.

»Ich bin ganz froh, wieder einen Leinengenossen zu haben«, sagte Parrad. »Eine Woche an den Pfosten gebunden zu sein, ist nämlich noch unangenehmer. Dabei habe ich gar nicht vorgehabt, wegzulaufen. Es gibt hier zwar keine Mauern oder Zäune, aber an allen Ecken und Enden Wachen.

Trotzdem wäre es möglich, von hier fortzukommen, aber wohin? In südöstlicher Richtung ist die Klippe. Man kann dort nirgends unbemerkt hinunterklettern, und selbst wenn – unten sind immer Sklavenfänger unterwegs. Im Osten ist der Hyregor, da gibt es nur bewaldete Hänge und Felsen. Da kann man zwar umherirren, aber nicht überleben. Ansonsten läuft man immer Menschen in die Arme, die einen sofort einfangen.«

»Ist das deine Aufgabe?«, fragte Anschar spöttisch. »Den Neuen sofort den Gedanken an Flucht auszutreiben? Oder redest du immer so viel?«

»Nein.« Parrad stopfte sich den Rest seines Breis in den Mund und wischte sich die Brocken aus dem Bart. Welche der Fragen er damit beantwortet hatte, war Anschar nicht klar, aber es interessierte ihn auch nicht. Zu sehr kämpfte er noch mit seinem Entsetzen, zu den Wüstenmenschen gesteckt worden zu sein. Er wusste, dass auch Herscheden hier schufteten, in einem anderen Lager ganz in der Nähe. Natürlich war er davon ausgegangen, dorthin gebracht zu werden, aber es gehörte offenbar zu Mallayurs Anweisungen, ihn auf diese Weise zusätzlich zu demütigen.

»Welcher Sklave denkt schon an Flucht?« Parrad angelte von irgendwoher ein Säckchen und griff hinein. »Ich meine, sie *denken* nicht einmal daran, geschweige denn, dass sie es erwägen. Nur, du bist anscheinend kein gewöhnlicher Sklave, daher erkläre ich es dir lieber. Nicht dass du eines Nachts an der Leine zerrst und erwartest, ich ginge mit dir.«

»Das wäre wohl kaum ratsam. Wie soll man auch nur eine Stunde weit kommen, wenn man aneinandergebunden ist?«

»Das ist ja auch der Zweck der Bänder. Es kommt nur selten vor, dass ein Sklave allein herumlaufen darf, wenn sich die Wächter sicher sind, dass er nicht verschwindet. Du kannst es drehen und wenden, wie du willst, du kommst hier nicht weg. Was hat es mit dieser Tätowierung auf sich? Ich habe keine Ahnung, worauf Fargiur da anspielte.«

Anschar gab einen schnaubenden Laut von sich, sagte aber nichts.

»Scheint nicht so wichtig zu sein«, brummte Parrad. »Jetzt zeig mir deinen Rücken. In deine Wunden gehört Salz, dann verheilen sie besser.«

Er klatschte ihm das Salz auf den Rücken. Es brannte so fürchterlich, dass Anschar ihm die Faust gegen den Hals hieb. Der Wüstenmann japste und krümmte sich. Einen Lidschlag später war Anschar über ihm, hatte die Leine um seinen Hals geschlungen und zog zu.

»Nicht …« Parrads Finger versuchten sie zu lockern.

»Du bringst ihn um«, rief einer der anderen Sklaven. Doch keiner von diesen ausgemergelten Gestalten wagte es, zu Hilfe zu eilen. Anschar ließ los und streifte die Schlinge über Parrads Kopf. Verdammt sollte er sein, wenn er sich zu so etwas hinreißen ließ, nur weil ihn diese Leute anwiderten. Sie konnten nichts dafür, und er auch nicht.

»Tut mir leid«, presste er heraus. Nach Atem ringend, starrte Parrad zu ihm hoch.

»Warum bist du hier?«, fragte er, als sich sein Brustkorb weniger heftig hob.

Weil ich mich zu sehr um eine Frau gesorgt habe, dachte Anschar. Das würde ihm allerdings nie über die Lippen kommen. Nicht gegenüber diesem Mann. »Muss dich nicht kümmern«, sagte er und kehrte ihm den Rücken zu. »Und jetzt reib das verdammte Salz ein. Ich werde mich nicht mehr bewegen.«

Parrad klopfte auf einen Stapel Felsengrasgarben. Mehrere solcher Stapel lagen in einer langen Reihe nebeneinander. »Die sind schon sortiert. Der hier stammt von unten aus der

Wüste, da wächst nicht nur das widerstandsfähigste Gras, sondern auch das für feinstes weißes Papier. Es sind schon Sklaven gestorben, weil sie nicht aufgepasst haben und das teure Gras zu dem billigen geworfen haben.«

Anschar verstand nicht ganz, was er damit meinte, aber da ihn das alles im Grunde nicht interessierte, fragte er nicht nach. Als sie die niedrige Lehmziegelhalle betraten, deren Felsboden aus mehreren unterschiedlich großen Becken bestand, begriff er jedoch. In den Becken schwamm eine Brühe, die nach Urin stank. Die Sklaven holten die Garben von den Stapeln und warfen sie in die Becken; andere standen darin bis zu den Knien und traten die Gräser zu Brei, bewacht von mehreren Aufsehern, die notfalls die Peitschen knallen ließen, um sie anzutreiben.

»Meistens machen sie damit nur Lärm, ohne richtig zuzuschlagen«, erklärte Parrad.

»So milde sind sie?«, fragte Anschar höhnisch.

»Keineswegs. Hier pflegt man anders zu strafen. Siehst du das Netz da oben?«

Es war nicht zu übersehen. Über den Becken war die Halle unüberdacht, so konnte der Gestank entweichen. Stattdessen befand sich dort ein Geflecht aus Grasbändern. »Sieht aus, als wollte man verhindern, dass die Sklaven wegfliegen«, meinte Anschar, was Parrad grinsen ließ.

»Ja, so ähnlich. Du wirst es schon sehen. Komm.« Er zupfte leicht an der Leine. Das war die Aufforderung zum Weitergehen, also folgte Anschar ihm in die nächste Halle. Hier wurde der gestampfte Brei in Bottichen gekocht. Auch hier gab es kein Dach, dennoch verbiss sich die Luft in die Lungen und trieb die Tränen in die Augen. Anschar hustete und rieb sich über das Gesicht.

»Daran gewöhnt man sich. Irgendwann. Bis es so weit ist, verreckt man allerdings. Schnell weiter, an den Schöpftischen ist es besser.« Parrad führte ihn in die nächste Halle; diese war kleiner, und das Atmen fiel leichter. Auf mehreren langen Tischen standen hölzerne Wannen, in denen die Pampe schwamm. Grob stieß Parrad ein Sklavenpaar beiseite und wies Anschar an, den freien Platz einzunehmen. Dann zeigte er ihm die Handgriffe. Schwer sah es nicht aus. Anschar tauchte einen vergitterten Rahmen in die Brühe, schöpfte eine Breischicht heraus und schüttelte sie flach. Dann musste er ein Leintuch darauflegen, den Rahmen möglichst rasch und zugleich geschickt umdrehen und das Tuch abschütteln. Was darauf liegen blieb, war eine dünne grünliche Schicht, aus der ein anderer Sklave das Wasser herauspresste, indem er eine hölzerne Walze darüber rollte.

»Dumm stellst du dich jedenfalls nicht an«, meinte Parrad, was ihm einen finsteren Blick einbrachte. »Das hatte ich gehofft, denn dann können wir hier arbeiten. Es ist nicht so anstrengend, und die Luft lässt sich wenigstens atmen. Also gib dir Mühe! Je besser wir sind, desto länger können wir bleiben.« Er stellte sich ihm gegenüber auf und hob die Wanne leicht an, um die Leine darunter festzuklemmen, damit sie nicht im Weg war. Trotzdem störte sie und war darüber hinaus zu kurz, sodass der Arbeitsablauf einander angeglichen werden musste. Dies fiel Anschar noch leichter als Parrad, der das seit Langem gewohnt war. Es war im Grunde nicht anders als bei einem Zweikampf – man musste sein Gegenüber beobachten und vorausahnen, was er tat.

»Nicht schlecht«, sagte da der Aufseher, der herangetreten war. »Strengst du dich an, weil du hoffst, dir bleiben dann die Wannen erspart?«

Daraufhin schwieg Anschar, und Fargiur trollte sich, wohl um ein willigeres Opfer zu suchen.

»Du solltest ihm antworten«, meinte Parrad. »Er ist widerlich, aber leider hat *er* die Peitsche.«

»Diese Sorte Aufseher kenne ich, und ich denke nicht daran, mich vor denen zu beugen. Zumindest nicht freiwillig.«

»Ach, Freund, mit dieser Einstellung wirst du es hier noch schwer haben.«

»Ich bin nicht dein Freund!« Was sollte das Geschwätz überhaupt? Konnte man es hier leicht haben? Wie lange musste man an diesem Ort sein, um derart abzustumpfen? Wobei Parrad keineswegs einen gleichgültigen Eindruck machte. Er wirkte gefestigter als viele andere hier, die ins Leere starrten und sich nur noch schleppend vorwärtsbewegten, als schwinde ihr Wille, dem eigenen Körper zu gebieten. Aber war es besser, ewig mit seinem Schicksal zu hadern, statt sich einfach zu fügen? »Wie lange bist du schon hier?«

»Acht Monate. Können auch zehn sein. Warum fragst du? Interessiert dich das wirklich?«

»Nein.« Anschar tauchte seinen Rahmen in den Brei, schüttelte ihn, bis sich eine flache Schicht abgesetzt hatte, nahm von einem Stapel ein Leintuch und drückte es vorsichtig darauf. Nie hatte er beim Anblick von Papier daran gedacht, wie es hergestellt wurde. Und nie würde er zukünftig einen Papierbogen in die Hand nehmen, ohne daran zu denken. Er fragte sich, ob es in Grazias Welt unter ähnlich scheußlichen Bedingungen gefertigt wurde. Vermutlich. Warum sollte es dort anders sein? Aber würde er sie je danach fragen können?

»He«, sagte Parrad leise. »Gewöhnlich heulen die Neuen erst in der ersten Nacht, wenn sie Zeit haben, sich über all das hier klar zu werden. Du bist ziemlich schnell, eh?«

Anschar wischte sich mit der Faust über die Nase. »Wahrscheinlich begreife ich schneller als ihr. Und jetzt halt den Mund.«

Die Arbeit endete mit Einbruch der Dunkelheit. Die Sklaven trotteten zu einem großen Bottich im Freien, in dem die Wurzeln des Felsengrases gekocht wurden. Anschar verzog das Gesicht, obwohl er damit gerechnet hatte, schließlich fiel bei der Verarbeitung des verfluchten Gestrüpps eine Unmenge dieser Wurzeln ab. Dass sie nahrhaft waren, hatte er schon in seinem Wüstengefängnis festgestellt, aber der bittere Geschmack konnte einen in den Wahnsinn treiben. Es gab Brotfladen dazu, die leidlich schmeckten.

»Streu Salz darauf«, schlug Parrad vor. »Das macht es besser. Den Salzgeschmack hat man nach einer Weile aber auch satt.«

Als Anschar an der Reihe war, sein Essen in Empfang zu nehmen, kam einer der Aufseher und drückte ihm einen Napf in die Hand, der mit einer Mischung aus Graswurzelbrei, Gemüse und schwarzem Fleisch gefüllt war. Er erinnerte sich an die Sonderbehandlung, die der Werkstattleiter erwähnt hatte. Mit den Fingern fischte er ein Stück heraus und probierte es.

»Da ist wohl irgendwann ein Sturhorn gestorben. Aber besser als nichts«, bemerkte er.

»Wieso bekommst du so gutes Essen?«, wollte Parrad wissen.

»Mein Herr ist anscheinend gnädig mit mir.«

Sie gingen zu ihrer Schlafhütte zurück und ließen sich auf ihren Matten nieder, wie die anderen fünf Sklavenpaare auch, mit denen sie den überdachten Schlafplatz teilten. Anschar entging nicht, wie jeder, auch Parrad, in seinen Napf starrte, als könnten sie ihn allein mit Blicken bestehlen. Er wusste nicht, was er davon halten sollte. Also beschloss er, Parrad ein paar Stücke zu überlassen. Sein Genosse nickte dankbar und kaute genüsslich auf dem zähen Fleisch herum.

»Du bist doch ein Freund.«

»Ich schlage dir alle Zähne aus, wenn du das noch einmal behauptest. Dann kannst du das Fleisch zukünftig lutschen.«

»Gib mir auch etwas«, bettelte der junge Sklave an seiner anderen Seite. »Bitte!« Er reckte den Hals und schaute dabei so kläglich drein, dass Anschar auch ihm etwas abgab, nur damit er diesen jämmerlichen Hundeblick nicht länger ertragen musste. Sofort wurde der Sklave zurückgerissen, und sein stämmiger Gefährte nahm sich die Stücke aus seiner Hand. Die beiden fingen an zu raufen, wobei der Jüngere hoffnungslos unterlegen war.

»Wo bin ich hier nur hineingeraten?«, fragte Anschar. »Wie kann man sich deswegen so erniedrigen?«

»Darum geht es nicht allein«, murmelte Parrad. »Siehst du?«

Anschar sah es. Der Stämmige hatte den anderen in die hinterste Ecke der Hütte gezerrt und auf die Knie gezwungen. Die Sklaven starrten in ihre Näpfe, niemand rührte sich oder sagte ein Wort. Nur der junge Sklave, der zweifellos noch nicht lange hier war, heulte in die Hand, die ihm sein Zwangsgefährte aufs Gesicht drückte. Seine Gesäßbacken spannten sich, als sein Peiniger sie entblößte.

»Ihr seid Tiere!«, zischte Anschar zu Parrad und drückte ihm den Napf in die Hand. Bevor Parrad etwas erwidern konnte, war er aufgestanden und hatte ihn mit sich auf die Füße gezerrt. Parrad stolperte hinter ihm her, als Anschar zu dem Stämmigen ging und den Unterarm um seinen Hals legte. Er riss ihn herum und stieß ihm die Faust gegen die Nase. Dann tat er einen Schritt zurück. Der Mann brüllte auf, zerrte an seiner Leine und versuchte aufzuspringen. Sein am Boden liegendes Opfer machte das schwierig. In geduckter Haltung funkelte er Anschar an, während er sich das Blut von der Nase wischte.

»Setz dich wieder hin, Tehrech«, sagte Parrad über Anschars Schulter hinweg. »Der Kerl ist gefährlich.«

Der Angesprochene hob verächtlich die Brauen und streckte die Hände nach Anschars Hals aus, doch der schlug sie beiseite und gab ihm noch einen Hieb gegen den Hals mit, sodass er röchelnd zu Boden ging.

Hinter sich hörte er Parrads zischenden Atem. Er fuhr herum. Da stand Fargiur, mit der ausgerollten Peitsche in der Hand.

»Auseinander, Wüstenpack!«

»Ich bin Argade!«, schrie Anschar, was vermutlich niemanden interessierte, doch eine solche Beleidigung konnte er nicht schweigend hinnehmen.

»Schrei mich nicht an, Sklave. Und komm nicht auf den Gedanken, dich gegen mich zu stellen. Ja, ja, ich weiß, du bist Argade und überhaupt etwas ganz Besonderes. Du bist aber auch tot, wenn du gegen mich aufbegehrst. Hat dir Parrad eigentlich schon unsere Richtstätte gezeigt? Wenn nicht, soll er es gleich morgen früh nachholen. Danach findet ihr euch in der großen Halle ein. Deine Schonzeit ist vorbei.«

Er verließ die Hütte. Mit Genugtuung bemerkte Anschar, dass er es rückwärtsgehend tat. Hinter sich hörte er den jungen Sklaven auf eine Art wimmern, die verriet, dass sein Gefährte wieder mit ihm beschäftigt war. Mit einem Aufschrei packte Anschar die Leine und zerrte Parrad mit sich, während er hinausstapfte. Draußen fiel er auf die Knie, schüttelte wild den Kopf und grub die Finger hinter die Halsschlinge, aber sie ließ sich nicht lockern.

»Hör auf!« Parrad warf sich auf ihn und versuchte seine Hände wegzudrücken. »Du erwürgst dich ja. Ihr Götter, beruhige dich!«

Anschar schlang die Leine um Parrads Hals und zog zu. Der Bart seines Zwangsgefährten berührte sein Kinn, die schwarzen Augen schwebten dicht über ihm. Sie schienen aus den Höhlen zu quellen. Ein Anblick, der Anschar gefiel, doch mit einem Mal entschwand die Anspannung, und er ließ los. Hastig streifte Parrad die Schlinge über den Kopf.

»Ich fürchte ...«, keuchte er und rieb sich den geschundenen Hals. »Ich fürchte, ich habe in dem Gemenge unsere Näpfe verloren.«

Anschar hob sich auf die Ellbogen. Parrads Napf lag unbeachtet auf dem Boden, während seiner schon geplündert war. »Wie oft kommt es eigentlich vor, dass sich die Sklaven gegenseitig mit ihrer Fessel erwürgen?«

»Ab und zu passiert das. Komm. Ich zeige dir etwas Erfreulicheres.«

Anschar ließ es geschehen, dass der andere seine Hand packte und ihn hochzog. Sie gingen an den Hallen vorbei, aus denen es auch jetzt erbärmlich stank, dann an weiteren Schlafhütten, in denen die Sklaven noch aßen oder schon schliefen, und kamen zu einer kleineren Hütte. Dort, so erklärte Parrad, konnte man sich Salz holen, um es allabendlich in die geschundenen Füße zu reiben. Das Ziel jedoch war ein Brunnen. Drei Frauen, gekleidet in schäbige Kittel, schöpften das Wasser und trugen unter den Blicken einiger gelangweilter Wachtposten die Eimer in Richtung der Schlafhütten.

»Es ist Aufgabe der Frauen, uns mit Wasser zu versorgen. Wenn du Durst hast, sag einer Frau, sie soll dir welches bringen. Siehst du die junge Frau dort, die gerade ihren Eimer gefüllt hat? Merk sie dir, sie ist am willigsten.«

»Ich kann sie mir nicht merken. Wüstenfrauen sehen alle gleich aus.«

»Das ist nicht wahr.« Parrad verzog das Gesicht, als hätte er in eine unreife Frucht gebissen. »Du bist widerlich, weißt du das?«

Er winkte die Frau heran. Sogleich brachte sie den Eimer.

Er trank, drückte ihn Anschar in die Hand und legte den Arm um ihre Schultern. Dann machte er Anstalten, sie in die Salzhütte zu ziehen. »Nimm dir auch eine«, sagte er zu Anschar, der rasch getrunken und den Eimer fallen gelassen hatte. Seine Stimme war plötzlich zittrig. »Oder willst du mir zusehen?«

Anschar war von diesem Ansinnen überrumpelt. Ehe er es sich versah, stand er in der Hütte. Da waren eine Bank und an den Wänden offene Säcke, die nach Salz rochen. Parrad drückte die Frau auf die Bank, zerrte ihren Kittel hoch und nestelte an seinem Hüfttuch. Ihr Gesicht war ein dunkles Oval, das nur aus Augen zu bestehen schien. Schweiß perlte auf ihrer Oberlippe. Sie wirkte eher verdutzt als willig. Als Parrad sich über sie beugte, riss Anschar an der Leine, sodass er von der Frau herunterrutschte und auf den Hintern fiel.

»Was soll das denn? Verdammt!« Der Wüstenmann sprang auf die Füße und packte die Leine. »Kannst du nicht stehen bleiben und warten?«

»Du meinst, ich sehe zu, wie du es mit ihr treibst?«

»Beim Herrn des Windes! Nimm sie halt zuerst.«

Anschar zerrte an der verhassten Leine. Sie machte ihn schier verrückt, dabei trug er sie erst einen Tag. Er versuchte sich zu beruhigen. »Ich will das Weib nicht. Und ich will dir auch nicht zusehen müssen. Gibt es hier nichts, womit sich diese Leine durchschneiden lässt?«

»Selbst wenn, was bringt das? Wenn du mit loser Leine hier herausgehst, werfen sich die Wachen auf dich.« Parrad raufte sich den Bart. Dann schickte er die Frau mit einem Nicken hinaus und hockte sich auf die Bank. »Setz dich, Freund. Wenn dir lieber nach Reden ist, dann tun wir das.«

»Du bist nicht mein Freund.« Dennoch ließ Anschar sich neben ihm nieder. Er ließ es sogar geschehen, dass Parrad ihm auf den Schenkel klopfte.

»Der, mit dem man verbunden ist, sollte aber einer sein, denn sonst ist es unerträglich.«

»Das ist es so oder so!«

»Hör zu, ich werde deinetwegen nicht auf das einzige Vergnügen verzichten, das man hier haben kann. Du wirst Augen und Ohren verschließen müssen, wenn es dich stört. Es gibt Sklavenpaare, die sind schon seit Jahren verbunden und haben irgendwann angefangen, sich miteinander zu beschäftigen. Wäre dir das etwa lieber?«

»Oh, Inar!« Tatsächlich war Anschar danach, sich die Ohren zuzuhalten. Oder Parrad mit der Faust zum Verstummen zu bringen. Er hatte einiges über die Papierwerkstätten gehört, aber so etwas nicht. Ihn schauderte, wenn er daran dachte, dass Henon es ein halbes Jahr hier ausgehalten hatte. Er grub die Finger in die Haare und atmete tief durch. »Das ist kein Leben. Wie soll ich es nur ertragen?«

»Wenn man Hoffnung hat, ist es eins.«

»Hoffnung? Worauf?«

»Auf ein Leben danach.«

Anschar sah ihn mit gerunzelter Stirn an. Dachte er etwa an Flucht? Wohl kaum, er hatte ja hinreichend erklärt, dass er es nicht tat und warum es unmöglich war. Aber das besagte nichts, schließlich kannte er diesen Mann nicht. Wer mochte wissen, was hinter dieser Stirn vorging? Parrad winkte die Frau wieder herein. Anschar schob sich ans Ende der Bank und kehrte dem nun folgenden Schauspiel den Rücken zu. Sich selbst würde er nicht auf diese Weise erniedrigen, da war er sich sicher. Eine Wüstenfrau konnte seiner Not ohnehin nicht abhelfen. Wenigstens tat ihm Parrad den Gefallen und machte es kurz.

Anschar fragte sich, was in die Wannen gegossen wurde. Wasser und Urin, ja, aber das war nicht alles. Weißes Pulver kam dazu, dann noch eine übel riechende Flüssigkeit. Die Mischung brannte in den kaum verheilten Schnitten seiner Fußsohlen.

»Du bist ein Schwachkopf!«, schimpfte Parrad, der ihm gegenüberstand und mit grimmiger Miene der verhassten Arbeit nachging. »Ich war seit drei Monaten nicht mehr in den Becken. Wir haben uns beim Schöpfen so gut angestellt, wir hätten dort ewig bleiben können! Aber du musstest das ja zunichte machen, nur weil es dir gleich an deinem ersten Tag in den Sinn kam, dich zu prügeln.«

»Hör auf, mir in den Ohren zu liegen. Wie lange müssen wir treten?«

»Frag nicht jetzt schon. In ein paar Stunden dürfen wir uns kurz ausruhen.«

Anschar war sicher, dass von seinen Beinen in ein paar Stunden nur noch Knochen übrig waren. Die Gleichmäßigkeit des Tretens brachte ihn dazu, die Gedanken schweifen zu lassen. Und sie kamen an, irgendwo bei der Erkenntnis, diesen Aufenthalt nur beenden zu können, indem er sich verhielt, wie Mallayur es erwartete. Er würde endlich begreifen müssen, dass er ein Sklave war. Er würde kriechen müssen. Vor Mallayur. Egnasch. Fargiur.

Er fragte sich, was geschähe, würde er sie alle töten. Aber das war eine müßige Überlegung, denn Fargiur war der Einzige, dessen er habhaft werden konnte. Danach würde er zum Richtplatz geführt werden. Parrad hatte ihm gezeigt, wie Sklaven, die gegen ihre Herren aufbegehrten, hier bestraft wurden. Man hing sie einfach an ihrer Leine an eine senkrecht aufragende Felswand, nur wenige Handbreit über dem Boden. Die Wand war leer gewesen, doch Anschar hielt es nicht für abwegig, dass sie bald wieder ein Opfer fände. Vielleicht sollte er nicht kriechen. Vielleicht sollte er sich eine Waffe besorgen.

»Was denkst du?«, fragte Parrad.
»Wirres Zeug.«
»Ich kann mir denken, was. Erging mir anfangs ähnlich.«
Anschar wollte ihn anschreien, dass er das nicht wissen könne, aber er wurde es allmählich leid, mit Worten um sich zu schlagen. Die Arbeit war kräftezehrend, und die Aussichtslosigkeit machte ihn müde.
»Ich hatte drei Frauen, und sie waren jede auf ihre Art einzigartig«, fing Parrad unvermittelt an. »Ich weiß wirklich nicht, wieso du meinst, die Frauen meines Volkes sähen alle gleich aus.«
Anschar schwieg. Die Frage, wie Parrad jetzt darauf kam, ersparte er sich. Er merkte ja selbst, wie hier die Gedanken in sämtliche Richtungen sprangen.
»Hast du eine Familie?«, fragte Parrad.
»Nein.«
»Auch keine Frau zurückgelassen?«
Anschar stockte. »Nein.«
»Das kam etwas zögerlich.«
»Ich habe keine Frau.«
Parrad hob das Hüfttuch, um sein Wasser abzuschlagen. »Dann hast du es besser als ich. Jede Nacht bete ich zum Herrn des Windes, dass meine Frauen und Kinder nicht den verfluchten Sklavenfängern in die Hände fallen. Lieber sollen sie in den unwirtlichsten Gegenden der Wüste hausen, wo kein Mensch hinkommt. Manchmal stelle ich mir vor, dass ich mit ihnen weiterwandere, immer weiter, bis wir auf das unbekannte Meer stoßen. Kennen die Argaden die Geschichte von dem unbekannten Meer irgendwo jenseits der Wüste?«
»Vor undenklichen Zeiten gab es ein Meer. Alles andere ist unsinnige Träumerei.«
»Du bist der verdrossenste Kerl, den ich kenne. Du solltest

dir wirklich eine der Frauen schnappen, damit sie dich wenigstens für kurze Zeit auf angenehme Gedanken bringt.«

»Ich fasse keine Wüstenfrau an.«

»Ja, ich weiß, du als Argade glaubst, unsere Weiber wären nur Tiere, die es gar nicht richtig wahrnehmen, wenn man sie sich nimmt. Willst du wirklich nicht wissen, ob es dieses Meer gibt?«

»Bei Inar, Parrad! Ich will nichts wissen, lass mich in Ruhe treten.«

»Wasser von den Füßen, wo man steht, bis zum Horizont. Kannst du dir das vorstellen?«

»Nein. Was muss ich tun, damit du schweigst? Dich untertauchen?«

Der Wüstenmann grinste, aber es sah kläglich aus. Fortan hielt er den Mund. Inzwischen war ohnehin so viel Zeit vergangen, dass niemand mehr seinen Atem auf unnütze Gespräche verschwendete. Das Schnaufen und Keuchen erfüllte die Halle, und ab und zu knallte eine Peitsche, wenn es einer der Sklaven frühzeitig wagte, sich an den Rand zu setzen. Anschar verfluchte innerlich seine brennenden Füße. Er sehnte sich danach, hinauszusteigen und zum Brunnen zu laufen, um die Brühe herunterzuwaschen. Wie war es, wenn man die Füße ins Meer hielt? In dieser Welt konnte man das nicht, aber in der preußischen. Salziges Wasser, Wellen, Muscheln, Schiffe, *Delfine*. Delfine? Er versuchte sich zu erinnern, was dieses Wort bedeutete, aber er kam nicht mehr darauf. Grazia hatte so viel erzählt. Von untergegangenen Küstenstädten und Sintfluten. Von Schiffen mit mehr als hundert Menschen darauf und von gefrorenen Wasserschichten, die so dick waren wie ein Mann hoch. Von einer Liebesgöttin, die nackt und nur von hüftlangem Haar umhüllt auf einer Muschel schwebend aus dem Meer gekommen war. Allerdings passte diese Geschichte nicht zu der von den überdachten Umkleidewagen, die an den

Wassersaum gezogen wurden, damit die Frauen zum Baden ins Meer steigen konnten, ohne gesehen zu werden. Eine dieser beiden Erzählungen musste erfunden sein.

Als Fargiur das Zeichen gab, dass sie sich ausruhen durften, hockte er sich an den Beckenrand und zog die Beine an. Seine Wadenmuskeln zitterten. Parrad kroch stöhnend heraus. Er litt unter Krämpfen und hielt Anschar die Füße hin, damit er sie knetete.

»Das passiert mir ständig«, seufzte Parrad, nachdem er sich wieder entspannt hatte. »Ihr Sandgeister, wo sind die Frauen? Ich habe Durst!«

Sie kamen herbeigelaufen, mit Eimern und Lederbalgen. Tehrech, der im benachbarten Becken getreten hatte und jetzt dicht neben Anschar saß, nahm einen Balg an sich und setzte ihn gierig an den Mund. Danach befahl er seinem Leinengenossen, seine Beine abzuwaschen, was dieser gehorsam tat. Erst dann gestattete er ihm, selbst zu trinken. Auf diese Weise, so dachte Anschar, würde der junge Sklave nicht lange überleben.

Anschar schrak hoch, als er Hände auf seinen Waden spürte. Fast hätte er die Frau mit dem Fuß weggestoßen, aber er besann sich und ließ es über sich ergehen, dass sie ihn anfasste. Sie tat es mit teilnahmslosem Gesicht. Ihre Finger glitten über seine geschundene Haut, während sie mit der anderen Hand das Wasser darüberlaufen ließ. Er versuchte sich vorzustellen, es sei Grazia, die ihn so anfasste. Sie hätte keinen Wasserbalg gebraucht. Sie hätte … Bei allen Göttern, dachte er, nein, er durfte nicht ständig an sie denken.

»Verschwinde!«, schrie er die Frau an und riss ihr den Lederbalg aus der Hand. Sie prallte zurück, machte große Augen und hastete davon. Anschar wollte den Schlauch öffnen, um zu trinken, aber er schaffte es nicht. Er rollte sich auf den Bauch, barg das Gesicht in den Händen und heulte auf.

»Ausgerechnet die Frauen anzuschreien, wie kommst du dazu?«, fragte Parrad verständnislos. »Wieso weinst du jetzt?«

»Er ist Argade«, sagte Tehrech bissig. »Deshalb. Die heulen wie kleine Kinder. Hast du das nicht gewusst?«

»Ich kenne keine Argaden. Bisher hab ich hier nur …«

Er verstummte, denn Tehrech spuckte auf Anschars Rücken. Es schien noch schlimmer als alles andere zu brennen. Anschar sprang auf und warf sich auf ihn. Die Leine spannte sich, aber Parrads Gewicht im Nacken hielt ihn nicht auf. Er landete mit Tehrech im benachbarten Becken, tauchte ihn unter und verpasste ihm einen Fausthieb. Auch der junge Sklave war zwangsläufig hineingefallen; er zerrte entsetzt an der Leine und schrie erbärmlich. Tehrech kam auf die Füße. Er spuckte Blut und schlug wild um sich, ohne richtig zu begreifen, wo sich sein Gegner befand. Parrad bekam einen Schlag ab und stürzte der Länge nach in die Brühe. Anschar hörte, wie die anderen Sklaven aus ihrer Starre erwachten und sich um sie scharten. Sie schrien wild durcheinander, offenbar erfreut über die Abwechslung. Er achtete nicht auf sie. Er packte ein Bündel frisch eingestreuten Grases und stopfte es Tehrech ins Maul.

»Hör auf!«, schrie Parrad über das Gebrüll hinweg. Anschar blieb die Luft weg, als sich die Leine spannte. Mit der Linken schlug er ihm gegen das Kinn, aber nur schwach; es genügte, sich aus Parrads Zugriff zu befreien. Er wollte sich wieder Tehrech widmen, der noch am Gras würgte, da hörte er es knallen. Im nächsten Augenblick breitete sich ein beißender Schmerz quer über seinen Rücken aus.

Der junge Sklave schrie. Auch er hatte einen Hieb abbekommen. Drei Aufseher standen am Beckenrand und schwangen ihre Peitschen. Wahllos prasselten die Schläge nieder. Anschar stieg aus dem Becken und hob die Hände zum Zeichen, dass er nachgab. Die anderen folgten seinem Beispiel.

»Zurück in die Becken, die Pause ist vorbei!«, brüllte Fargiur. Die Sklaven trollten sich, fortgetrieben von den Aufsehern. Allmählich wurde es ruhig. Nur noch Tehrechs Keuchen und das Schluchzen seines Leinengenossen hallten von den Wänden wider. Fargiur deutete mit der Peitsche in das andere Becken, und Anschar und Parrad stiegen hinein.

»Er hat …«

»Halt das Maul, Tehrech!«

Mit sichtlichem Genuss umrundete der Aufseher die beiden Becken. Als er wieder bei Anschar war, fing er ebenso genüsslich an, von einer Grasschlinge, die er am Gürtel trug, ein paar Handbreit abzuwickeln.

»Nein«, murmelte Parrad, der offenbar wusste, was das bedeutete. »Bitte nicht. Ich konnte nichts dafür!«

»Er hatte nichts damit zu tun«, sagte Anschar.

»Er hängt an dir dran, daher hatte er das sehr wohl.« Fargiur zückte ein Messer und schnitt ein Stück ab, das er Parrad reichte. »Du weißt ja, was du zu tun hast.«

Der Wüstenmann war bleich geworden. Er starrte auf das Stück Seil in seinen Händen. Was immer er damit tun sollte, Fargiur prüfte nicht nach, ob er dem Befehl gehorchte, sondern wiederholte die Prozedur bei Tehrech. Auch der blickte finster drein, nahm seine Leine und streckte den Arm, sodass sie das Geflecht berührte, das die Halle überzog. Mit dem kurzen Grasstück knüpfte er die Leine daran fest.

»Schöne feste Knoten, ja?«, sagte Fargiur, der wieder eine Runde um die Becken drehte. »Schlampigkeit dulde ich nicht, das wisst ihr.«

Auch Parrad hatte die Leine mit dem Geflecht verbunden. Nun war sie so straff, dass Anschar nur noch einen Schritt in jede Richtung gehen konnte. Vorsichtig zog er daran.

Das Geflecht über ihren Köpfen neigte sich nur leicht. Jetzt begriff er, was es mit dieser Art der Bestrafung auf sich hatte. Sie konnten den Beckenrand nicht erreichen. Sie waren dazu verdammt, hier in der Brühe zu stehen, und nur Fargiur würde wissen, wie lange. Nach Parrads verzweifeltem Flehen zu urteilen, konnte es *sehr* lange sein.

»Und jetzt weitermachen!« Fargiurs Stimme rollte über die Köpfe der Sklaven hinweg. Allenthalben platschte und gluckerte die Brühe, als sie wieder bearbeitet wurde. Finster stierte Tehrech vor sich hin; der junge Mann ihm gegenüber schniefte und kämpfte sichtlich um Fassung. Parrad hatte die Finger um die Leine gekrallt und den Kopf gesenkt.

»Anschar«, sagte er. »Ich hasse dich.«

»Dann weißt du ja endlich, was ich für dich empfinde.«

17

Grazia fragte sich, ob sie Heria so gerne zeichnete, weil sie hoffte, irgendwann einmal Anschar dort unten zu entdecken. Mittlerweile kannte sie jede Einzelheit der Stadt jenseits der Schlucht, so weit sie sich von der Terrasse aus überblicken ließ. Da war der Palast mit seinen vier Geschossen, den blau gefliesten Pfeilern und der mit farbenprächtigen Bildern versehenen Umfassungsmauer. Dann der kleine Platz davor, der das Palastgelände von der Schlucht trennte. Kleine pittoreske Häuser links und rechts des Platzes. Jeden Morgen öffnete als Erstes die Weinhandlung ihre Tür, dann rollten Sklaven riesige Tonkrüge heraus, damit Palastbedienstete probieren konnten. Stets entspannen sich lebhafte Gespräche zwischen dem Händler und seinen Kunden. Zu hören war auf die Entfernung wenig, aber ihre heftigen Gesten waren dafür umso beredter. Grazia hatte sie alle auf Papier verewigt: die Bäcker mit den Karren, auf denen sich Brotfladen stapelten; die lärmenden Kinder, die über den Platz rannten und in schöner Regelmäßigkeit von den ansässigen Händlern verscheucht wurden. Sogar die leicht bekleideten Herschedinnen hatte Grazia nicht außer Acht gelassen. Die Frauen suchten allabendlich die Nähe der beiden Palastwächter auf und taten – ja was? Ihre Gestik war schwer zu deuten, aber das lüsterne Grinsen der Männer unübersehbar.

Der Palast selbst war ebenso prächtig wie düster. Nein, düster waren allein ihre Erinnerungen an das schreckliche Erlebnis dort in den Kellergewölben. Grazia kaute am Griff ihres Zeichenwerkzeugs. Die Erinnerungen, die sie mit Anschar teilte, waren allesamt keine angenehmen. Sie fragte sich, wie eine Frau, sollte er je eine haben, es an seiner Seite aushielt. Doch wie immer, wenn sie daran dachte, drängten sich andere Bilder auf und ließen sie die Schwierigkeiten vergessen. Seine Umarmungen. Sein Kuss. Seine Sorge um sie, die sich mal zärtlich, mal ruppig äußerte. Wie schlecht es ihr an jenem Festtag im Tempel ergangen war, hatte sie längst vergessen. Ihre Kopfschmerzen, die sie noch Tage danach geplagt hatten, die ärgerliche und enttäuschte Miene des Meya … All das war verblasst, nicht aber Anschars Gesicht dicht über ihr. Seine Hand auf ihrer Stirn. Seine laute Stimme, aus der so viel Furcht gesprochen hatte. Sie stützte den Kopf auf die Hände und seufzte auf. Warum schaffte sie es nicht, es sich zu verbieten, über ihn nachzudenken? Anschars Schicksal dort drüben im Palast war schlimm, aber ändern konnte sie daran nichts. Ihr eigenes wartete zu Hause. So und nicht anders war es, und wenn sie noch so oft an ihn dachte.

»O Gott!«

Ein unverhoffter Windstoß hatte die auf der Brüstung ausgebreiteten Zeichnungen erfasst. Grazia warf sich auf sie, doch eine segelte davon, hinunter in die Schlucht. Es war die zweier kämpfender Krieger. Sonderlich gelungen war ihr die Zeichnung nicht. Männerkörper waren ungleich schwieriger zu zeichnen als Gebäude, noch dazu aus dem Gedächtnis. Trotzdem – ausgerechnet diese! Auch die argadische Welt war ungerecht.

Sie schichtete die verbliebenen Blätter übereinander und trug sie in den Salon. Jemand hämmerte an die Tür. Das war nicht Henon, denn der pflegte zaghaft zu klopfen, sodass sie es oft überhörte. Diesmal jedoch schien ein Hagel auf das Türblatt niederzugehen. Grazia legte die Zeichnungen auf den Tisch, während ihr Leibwächter den Türriegel zurückschob und öffnete. Ein Mann stapfte herein, mit Henon über der Schulter. Das Schwert schien in Buyudrars Hand zu springen; im nächsten Augenblick lag es an der Kehle des Fremden.

»He, ganz ruhig«, sagte der Mann, dem sofort das Blut aus dem vor Anstrengung erhitzten Gesicht wich. »Ich soll den hier doch nur herbringen. Der Sklave ist in Schelgiurs Hütte zusammengebrochen.«

»Dort hinein.« Grazia wies auf das Schlafzimmer und lief voraus, um die Decken zurückzuschlagen. Als der bullige Kerl, der entsetzlich nach Schweiß und Bier stank, Henon hereintrug, begann dieser zu zappeln.

»Ich bin wach, Herrin«, rief er mit kläglicher Stimme. Etwas unsanft wurde er auf der Matratze abgelegt. Die Belohnung, die der Fremde empfing, war die Spitze der Schwertklinge, mit der Buyudrar ihn gnadenlos aus der Wohnung drängte. Grazia fand das beschämend, aber jetzt gab es Wichtigeres zu tun. Sie füllte einen Becher mit Wasser und hielt ihn Henon hin. Er hob sich auf einen Ellbogen und nahm ihn zögerlich entgegen. Er wusste von ihrer Gabe, was sich nach dem ersten drängenden Besuch des Königs nicht hatte vermeiden lassen. Aber so gut ihm das Wasser auch schmeckte, geheuer war es ihm nicht.

»Soll ich einen Palastarzt holen lassen?«, fragte sie.

»Nein!« Hastig trank er den Becher leer. »Nein, Herrin, Verzeihung! Bitte, das – das ist nicht nötig«, stammelte er. »Ich war nur so erschrocken, da dachte ich, mir bleibt das Herz stehen. Mir sind die Knie ganz weich geworden, und da bin ich einfach hingefallen.«

»Henon ...«

»Sie haben ihn in die Papierwerkstätten geschickt! Schon vor zwei Monaten!«

»Anschar?«

Henon hatte den Kopf vergraben und nickte ins Kissen. Grazia rechnete schnell nach. Vor zwei Monaten war das Fest des Götterpaares gewesen. Also war Anschar tatsächlich für sein Eingreifen im Tempel bestraft worden. Und sie hatte nichts davon gewusst. Ihre ständigen Nachfragen, wie es ihm ging, waren ungehört verhallt. Niemand hatte es gewusst.

»Schelgiur hat dir das erzählt?«, fragte sie.

Schniefend setzte sich Henon auf und trocknete sich mit dem Saum seines Rocks die Augen. »Ja. Irgendein Papierhändler, der Anschar dort gesehen hatte, trug ihm die Nachricht vor ein paar Tagen zu.«

»Aber Henon, was ist so schlimm an diesen Werkstätten? Ich könnte mir vorstellen, dass es Anschar sogar lieber ist, nicht im Palast von Heria sein zu müssen.«

»Herrin, bitte frage nicht nach. Bitte nicht!«

Grazia stieß einen ungeduldigen Seufzer aus. Der alte Sklave hatte wahrhaftig keine Ahnung, was man sagen musste, um eine aufgewühlte Frau zu beruhigen. Doch wollte sie es wirklich so genau wissen? Da war sie sich gar nicht so sicher.

»Das ist nicht alles, was Schelgiur mir erzählt hat«, sagte Henon.

»Nein, bitte nicht noch mehr schlechte Nachrichten!«

»Nein, nein, es ist ja eine gute.« Er zog die Nase so laut hoch, dass sie aufsprang und eines der Taschentücher holte, die sie sich hatte zurechtschneiden lassen. Umständlich schnäuzte er hinein und tupfte sich die Nase ab. »Der heilige Mann ist zurück, Herrin. Man hat ihn im Osten gesehen, irgendwo da, wo er haust. Und später sogar hier in der Stadt. Er kam auf einem Pferd, belud es auf dem Markt mit Vorräten und verschwand wieder.«

»Wohin? In seine Einsiedelei?«, fragte sie atemlos.

»Ja, gewöhnlich bleibt er erst einmal eine Weile dort. Aber so genau kann man das nie wissen. Das sagte Schelgiur jedenfalls. Wirst du jetzt gehen?«

»Wenn der König mich lässt? Henon, was soll ich eigentlich mit dir tun, wenn ich gehe? Dir die Freiheit schenken darf ich ja nicht.«

Sie konnte sehen, dass ihm ein Kloß im Hals steckte. »Dann wüsste ich ja auch nichts mit mir anzufangen. Wahrscheinlich käme ich zurück in die Palastküche. Aber ich nehme es hin, wie es kommt; mach dir um mich keine Gedanken. Ich wünsche dir so sehr, dass du nach Hause findest.«

»Danke, Henon.« Noch einmal ging sie in den Salon und holte aus den Vorratstöpfen Brot und Käse. Es war krümeliger Sturhornkäse, der so streng schmeckte, wie das Tier roch, sich aber bei dieser beständigen Hitze erstaunlich gut bevorraten ließ. Henon nahm die Schale entgegen und fing zaghaft an zu essen. Dann wandte sie sich an Buyudrar und erklärte ihm, sie wolle zum Meya. Sie rechnete mit Widerstand, doch er führte sie ohne ein Wort durch die verschachtelten Gänge des Palastes zu einem Zimmer, das von wartenden Männern belagert wurde. Offenbar war gerade Audienzzeit. Grazia hielt Ausschau nach einem Bediensteten, der ihr erklärte, wann sie an der Reihe wäre, aber so jemanden schien es hier nicht zu geben. Auch keine Stühle oder Sitzbänke. Schließlich rang sie sich dazu durch, einen Mann am Ärmel zu zupfen, der zuäußerst stand und in die Betrachtung des türkisfarbenen Schamindarreliefs über dem Türsturz versunken war. Kaum hatte sie den Mund aufgetan und er sich ihr zugewendet, wurde er blass.

»Die Nihaye!«, hauchte er und wich zurück. Sein goldgeschmückter Ziegenbart bebte. Und als könne das Wort eine Schneise schlagen, reckten alle die Köpfe und traten zurück. Sie erblickte den in einen glänzenden blauen Mantel gehüllten König, wie er an einem mit Bücherkästen vollgestellten Tisch stand und mit zwei Männern sprach. Anscheinend ging es um Getreidelieferungen aus dem tiefsten Inneren der Hochebene, die den stetig wachsenen Preisen Einhalt gebieten sollten.

In der plötzlichen Stille hallte seine Stimme über den Korridor. Er runzelte die Stirn, brach ab und wandte ihr den Kopf zu.

»Grazia!« Er winkte sie zu sich. Ungehalten über die Störung wirkte er zum Glück nicht. »Wenn du mich aufsuchst und dabei so dreinschaust, geht es dir um Anschar. Richtig?«

»Ja, Herr.« Sie betrat das Zimmer und verneigte sich formvollendet.

»Na schön.« Er schleuderte das Papier, das er in der Hand gehalten hatte, auf den Tisch und verscheuchte mit einer Handbewegung seine Besucher. »Über schlechte Ernten kann ich mich auch später unterhalten, sie werden von meinem Geschwätz ohnehin nicht besser.«

Stoffe raschelten, als sich die Männer entfernten. Nur

Buyudrar, ein Leibdiener und drei Palastwachen, die an der Fensterfront standen, blieben zurück. Drei äußerst wehrhaft aussehende Männer als Ersatz für einen Leibwächter, dachte Grazia. Hätte sie Anschar nicht kämpfen sehen, hätte sie nie geglaubt, dass drei herausragende Krieger nötig waren, um einen der Zehn aufzuwiegen – mindestens.

»Warum tut ihr Anschar das an?«, platzte sie heraus. »Er wollte mir nur helfen, und ihr habt ihn dafür in ein Straflager geschickt.«

»In ein Straflager?«

»Die Papierwerkstätten!«

»Ach so. Was habe ich denn damit zu tun? Ich höre soeben zum ersten Mal, dass er dort ist.«

»Bist du der Großkönig oder nicht?«

»O Hinarsya! Weißt du, was dein Problem ist? Dir liegt zu viel an ihm.«

Sie schluckte. Schweigend sah sie zu, wie er sich sammelte. Er las das Papier wieder auf, befingerte es und legte es beiseite.

»Als du damals angelaufen kamst, weil Mallayur ihn in diesem Kühlbecken gefoltert hatte, konnte ich deine Bedenken verstehen«, hob er schließlich an. »Und ich ging dem ja auch nach. *Diese* Bestrafung ist jedoch etwas anderes. Dass er dich unaufgefordert wegtrug, war nicht sein Fehler. Auch dass er mich anschrie, hätte ich ihm durchgehen lassen. Aber dass er es vor allen Leuten tat, war zu viel. Ich wusste nicht, wie Mallayur das bestraft. Es geht mich ja auch nichts an. Aber nun, da ich es weiß, bleibt mir nur zu sagen, dass es gerechtfertigt ist.«

»Gerechtfertigt? Wegen eines lauten Wortes so eine Strafarbeit?«

»Wie fällt denn die Strafe in deinem Land aus, wenn man deinen König so anschreit?«

Das wusste sie nicht, woher auch? War das schon Majestätsbeleidigung? Aber ungestraft wäre Anschar auch in Preußen nicht davongekommen. Gewiss nicht.

»Siehst du? Du schweigst.« Er legte den Ellbogen auf einen Stapel von Tontafeln. Die andere Hand stemmte er in die Seite. »Ich habe dir wehgetan«, sagte er plötzlich. »Und dafür entschuldigt habe ich mich bisher nicht.«

Erstaunt hob sie den Kopf. Nein, das hatte er nicht. Seitdem hatte er immer nur weiter verlangt, dass sie ihre Wasserkraft übte.

»Ich war voreilig. Ja, verdammt, Anschar hatte recht, du bist kein Ersatz für den letzten Gott. Dennoch, in dir steckt viel mehr. Du brauchst nur Zeit …« Er stutzte, denn sie schüttelte den Kopf. »Was soll das heißen?«

»Was du von mir willst, kann ich dir nicht geben. Ich kann nicht der Trockenheit deines Landes abhelfen. Und um kleine Kunststückchen geht es dir ja nicht. Oder doch? Ich mag mich nicht benutzen lassen. Ich tue gar nichts mehr. Ich bin sowieso zu nichts nütze.«

»Das kannst du gar nicht wissen«, erwiderte er erstaunlich ruhig. »Du bist jetzt nur verstockt. Gewiss, du kannst nicht ganz Argad bewässern, das weiß ich auch. Aber grundlos wird dir der letzte Gott seine Gabe ja nicht geschenkt haben.«

»Warum glaubst du das? Was, wenn nun gar nichts dahintersteckt? Er war auf der Flucht, das sagen jedenfalls eure Priester. Also, wenn *ich* auf der Flucht wäre und hätte etwas bei mir, das ich in der Gefangenschaft nicht gebrauchen kann, würde ich es auch dem Erstbesten in die Hand drücken, der mir begegnet. Ganz ohne Hintergedanken.«

Madyur hob die geballten Fäuste und ließ seine Stimme in gewohnter Manier erschallen. »Was ist das denn für ein hanebüchener … Ah, diese Frau! Du glaubst zu wissen, wie ein Gott denkt? Das weiß ja nicht einmal ich.«

»Und weil du es nicht weißt, kann ich dir nicht helfen.« Grazia knabberte am Daumennagel. Mit dem Wasser, das sie zu schaffen imstande war, konnte sie bestenfalls den Palastgarten versorgen. Aber das war es auch schon. Ein wenig war sie zornig auf diesen Gott, weil er ihr ungefragt eine Last aufgehalst hatte, die für zwei schmale Menschenschultern einfach zu groß war. Wer war sie schon? Eine junge, unbedarfte Frau, die das Leben noch nicht einmal richtig entdeckt hatte. Die sich für Altertümer interessierte und gerne in Büchern stöberte und davon träumte, einmal einen Mann zu haben, der ihr ihre kleinen Schrullen ließ. Anderes hatte sie bisher nicht vom Leben erwartet. Kinder irgendwann, o ja. Promenaden auf der Pfaueninsel, böhmische Marschpolkas im Tiergarten, Fassbrause bei Onkel Tom und irgendwo Küsse in einer lauen Sommernacht. Und dass sie einmal dorthin käme, wo sie sich immer hingeträumt hatte: zur Ausgrabungsstätte von Troja oder der Akropolis, um all die Wunder der Vergangenheit mit eigenen Augen zu sehen. Argad war auch ein Wunder, ein viel größeres, aber es hatte nichts mit ihr zu tun. Das Heimweh überkam sie wie seit vielen Tagen nicht mehr.

Sie wandte sich ab, tastete nach ihrem Taschentüchlein und tupfte sich die Augen. Dann zog sie die Nase hoch und sagte entschlossen: »Ich möchte zu dem heiligen Mann und ihn fragen, ob er mir helfen kann, zurück in meine Welt zu kommen. Bitte lass mich gehen.«

Madyur stieß sich von dem Tisch ab und baute sich vor ihr auf. »Es wäre mir recht, wenn du deinen Aufenthalt zumindest in nicht allzu schlechter Erinnerung behieltest«, sagte er und klang dabei mühsam beherrscht. »Ich würde es sehr bedauern, wenn du dich bei deinem König Wilhelm über mich beklagtest.«

»Das werde ich nicht tun«, versprach sie. Wäre nur alles so einfach wie das!

»Doch vorerst kann ich dich nicht gehen lassen! Stell dir vor, du bist weg, und dann findet sich die Antwort, warum du diese Gabe besitzt? Was dann?«

»Aber ...«

»Nein!« Er hielt ihr den Zeigefinger dicht vor die Augen. Unter seinem herrischen Blick glaubte sie zu schrumpfen. »Du kannst mich nicht umstimmen. Und ich streite auch nicht mit dir. Du hast irgendeine Art an dir, die mich dazu bringt, mich dir gegenüber zu rechtfertigen, und das gefällt mir nicht.«

»Aber ...«

»Buyudrar, bring sie zurück in ihre Gemächer!«

Er ging zum Tisch, nahm eines der Papiere an sich und fing an zu lesen. Zumindest tat er so, als habe er sie augenblicklich vergessen. Enttäuschender hätte die Audienz kaum verlaufen können. Grazia verneigte sich, aber er achtete nicht länger auf sie. Auf seinen beiläufigen Wink hin öffnete sein Leibdiener die Tür und ließ die wartenden Gesandten herein. Es gab nichts mehr zu sagen. Sie schlüpfte in Buyudrars Begleitung auf den Korridor. Was sollte sie jetzt tun? Weglaufen? Selbst wenn sie es aus dem Palast schaffte, so wäre sie dort draußen hilflos. Und würde sie nicht das Gefühl quälen, Anschar im Stich gelassen zu haben? Der Schmerz in ihrer Brust, den sie als Sehnsucht nach ihrem Zuhause deutete, wandelte sich erneut in Sorge um ihn. Es war verzwickt! Am liebsten würde sie sich neben Henon ins Bett werfen und gemeinsam mit ihm klagen und jammern, sodass es die ganze Stadt hörte.

Tehrech kniete über dem Körper seines Leinengefährten. »Er hat es selbst getan!«, schrie er und schüttelte ihn, doch der Junge rührte sich nicht. »Ich war es nicht. Ich war es nicht!«

Anschar hielt es nicht für ausgeschlossen, dass der junge Sklave sich in der Nacht das Leben genommen hatte, wie auch immer das vonstattengegangen sein sollte. Vielleicht hatte er einen anderen gebeten, die Schlinge zuzuziehen. Er wirkte entspannt, fast zufrieden. Einer der Sklaven wagte es, seine Wange zu berühren. Tehrech schlug seine Hand beiseite.

Fargiur entrollte die Peitsche, während ein zweiter Aufseher im Schein einer Fackel die Leine durchschnitt, die Tehrech mit dem Toten verband, und sie an einen Pfosten der Hütte knüpfte. Furcht glomm in Tehrechs Augen. Sklaven, deren Kameraden auf unerklärliche Weise starben, endeten meist auf dem Richtplatz. Da sie eine Arbeitskraft auf dem Gewissen hatten, besaßen sie selbst keinen Wert mehr, denn wer mochte wissen, ob es ihrem nächsten Genossen nicht ähnlich erging?

»Ihr andern, alle aufstehen und zu den Becken«, befahl Fargiur. »Ihr werdet bis in die Nacht durcharbeiten.«

Anfangs hätte Anschar widersprochen, denn was hatten sie mit dem Tod des Sklaven zu tun? Mittlerweile gehorchte er schweigend, wie alle anderen. Es war nicht das erste Mal, dass sie unberechtigterweise an das Hallennetz gebunden wurden, und es würde nicht das letzte Mal sein. Wenigstens hatte er ein paar Stunden geschlafen, bevor Tehrechs Entsetzensschrei die Aufseher angelockt hatte, mitten in der Nacht.

Ein Sklavenpaar wurde abkommandiert, um den Toten zu verscharren; die anderen gingen hinüber zu den Hallen und stiegen in die Becken. Anschar bekam ein kurzes Stück Grasgeflecht in die Hand gedrückt, mit dem er die Leine ans Netz knüpfte. Jede einzelne Faser verknotete er sorgfältig, denn wer hier Nachlässigkeit walten ließ, konnte sich auf dem

Richtplatz wiederfinden. Mehrmals hatte er in Erwägung gezogen, dafür zu sorgen, dass genau das geschah, denn war der Tod diesem Dasein nicht vorzuziehen? Manchmal dachte er an den Großen See inmitten des Hochlandes, auf dessen grünen Inseln die Toten lebten, wenn Nihar, der Richter ihrer Seelen, sie für würdig erachtete. Die anderen stieß der Erdgott hinab in den tiefsten Fels, wo sie Stein und Kälte wahnsinnig machten. Wohin die Seelen der Wüstenmenschen gingen, wusste Anschar nicht. Vielleicht zu ihren Sandgeistern.

Es war das Wissen um Mallayurs Absicht, das ihn am Leben hielt. Sein Herr wollte ihn erziehen, nicht umbringen. Irgendwann musste der Tag kommen, wo er sich davon überzeugen ließ, dass sein Leibwächter ein brauchbarer Sklave geworden war. Anschars letzte Schlägerei lag immerhin elf Tage zurück.

Das ekelhafte Gefühl, allein durch sein Hiersein beschmutzt zu werden, war einer bohrenden, aber irgendwie erträglichen Unzufriedenheit gewichen. Es machte ihm nichts mehr aus, unter Wüstenmenschen zu sein. Er störte sich nicht mehr daran, wenn Parrad ihn mit unverständlicher Beharrlichkeit seinen Freund nannte, obwohl er dies nach wie vor hasste. Es beschämte ihn nicht mehr, wenn er während des Tretens ins Becken urinieren musste. Wie viele andere besaß er nicht einmal mehr ein Hüfttuch, denn seines hatte sich irgendwann in Wohlgefallen aufgelöst, und Ersatz gab es nicht. Seine Füße brannten nicht mehr, stattdessen fühlte sich die Haut bis zu den Knien wie ein zu straff gespannter Bogen an und juckte, sodass er ständig daran herumkratzte. Auch das kümmerte ihn wenig. Nur eines brachte ihn nach wie vor zur Weißglut: die Leine und die damit einhergehende Unbeweglichkeit. Dass er Parrad oder sich selbst nicht längst damit erwürgt hatte, war ein kleines Wunder.

Wie immer, wenn das eintönige Treten ihn einhüllte, glitten seine Gedanken zurück nach Argadye, zurück zu jenem Moment, als er Grazia in einer Kammer des Tempels auf die Polster einer Liege hatte sinken lassen. Jede Einzelheit hatte er im Gedächtnis behalten. Seine Angst um sie. Ihre Augen, die sich langsam öffneten. Die Erleichterung, die sich auf ihrem Gesicht ausbreitete, als sie ihn erkannte. Er sah noch jede Wimper, jeden Schweißtropfen auf ihrer Oberlippe. Er glaubte ihren Duft zu riechen, wenngleich das in dieser Halle unmöglich war. Er spürte noch ihre erhitzte Stirn unter seinen Fingern. Sogar an den silbernen Ohrring konnte er sich erinnern, wie er gegen seinen Hals gependelt war, als er sich nach seinem schreienden Herrn umgedreht hatte. Da hatte er schon gewusst, dass ihm Ernstes blühte, und Grazia loszulassen, war eines der schwierigsten Dinge gewesen, die er je getan hatte.

Warum nur hatte er nicht die Gelegenheit genutzt, sie noch einmal zu küssen? Eine zweite würde er nie wieder haben. Sicher war sie längst fort. Doch die Möglichkeit, dass es vielleicht nicht so war, machte ihn verrückt.

Der Tag schlich dahin und wich der Nacht. Eine Frau brachte ihnen einen Wasserbeutel, den sie gierig leerten. Die Sklaven schlurften hinaus, und auch das erste Sklavenpärchen aus Anschars Schlafhütte wurde losgebunden.

»Wann wir wohl an der Reihe sind?«, fragte Parrad, der ihnen neidvoll nachsah. »Meine Beine sind schon wie Klumpen.«

»Hör halt auf zu treten. Es sieht doch keiner hin.«

»Unbeweglich herumzustehen, macht es auch nicht besser.«

»Dann lenk dich ab. Erzähl von deinen drei Frauen und achtundzwanzig Kindern.«

Parrad lächelte gequält. »Es sind achtzehn. Nur achtzehn.

Du hörst zwar sowieso nicht hin, aber gut! Kohred ist die hübscheste meiner Frauen. Leider auch die ungeschickteste, sie war zu nichts zu gebrauchen, nur für die Schlafmatte. Mein Vater hatte mir gesagt, das ist bei den Schönen immer so. Ich wollte es ja nicht glauben, aber es war so. Danach hab ich mir Terd genommen, die war wie Felsgestein: schrundig, hart und still. Leider war auch sie nutzlos. Mit Sihrod wollte ich es dann richtig machen, habe ihre Familie ausgiebig befragt und sie einige Tage beobachtet. Sie war fleißig, o ja. Leider brach sie sich bald darauf eine Hand, und das heilte nicht mehr richtig. Aber ich liebe sie alle drei, irgendwie. Sie haben mir ja auch viele hübsche Kinder geboren.«

Anschar verzog die Lippen und nickte verdrossen. Natürlich kannte er die Geschichte, aber wenn es half, Parrad aufzumuntern, würde er eben zuhören. Wie es weiterging, wusste er ohnehin.

»Wenn der Herr des Windes ihnen gnädig ist, sind sie sicher bei ihren Sippen, mitsamt den Kindern. Oh, wäre jener Morgen doch nie angebrochen! Wir gingen auf die Jagd und wagten uns viel zu dicht ans Hochland heran. Ein wildes Sturhorn jagten wir, das von seiner Herde getrennt war, weil es lahmte. Wir waren nur vier Männer, es wäre ein Leichtes gewesen. Aber als wir es stellen wollten, kamen plötzlich andere Sturhörner herangepprescht. Verdammt, diese Viecher sind so schnell, wenn man es schafft, sie zum Laufen zu kriegen. Sehram starb, weil er sich wehrte, aber wir anderen waren wie gelähmt vor Schreck. Herschedische Sklavenhändler! Es waren mindestens zwanzig.«

»Nicht zwölf? Ich meine, zuletzt waren es nur zwölf gewesen.«

»Machst du dich über mich lustig?«, ereiferte sich Parrad. »Es waren zwanzig! Ich sehe jetzt noch jede einzelne Goldperle, die sie in ihren Kinnbärten trugen. Wir warfen uns ihnen zu Füßen und flehten um Gnade, aber die Männer deines Volkes wissen nicht, was das ist.«

»Ich bin kein Herschede.«

»Argaden oder Herscheden – das macht für jemanden, der gewaltsam seiner Familie entrissen wurde, keinen großen Unterschied. Weißt du, was das Schlimmste war? Es war nicht die Reise ins Hochland, als wir hinter den furzenden Sturhörnern herlaufen mussten. Es war auch nicht der Aufstieg oder das Gefühl, dass wir nicht atmen konnten, weil die Luft hier oben so anders ist. Es waren nicht die Nächte, in denen wir uns gegenseitig die Schultern nass heulten. *Das* war es«, er fasste an seinen bronzenen Ohrhaken. »Als mir das hier eingesetzt wurde, wusste ich, ich kann die Hoffnung begraben. Bis dahin hatte ich irgendwie geglaubt, es könne alles einfach nicht wahr sein.«

»Kann ich verstehen«, brummte Anschar. Dieses Gefühl war ihm inzwischen allzu vertraut, auch wenn er es nicht mit seinem Ohrhaken in Verbindung brachte. Er sah zu, wie Fargiur heranschlenderte, den Blick schweifen ließ und dann ein anderes Sklavenpaar losband und zum Schlafen schickte.

»Ich kann nicht mehr«, stöhnte Parrad. »Meine Waden bringen mich um.« Er tänzelte herum, im verzweifelten Versuch, die Schmerzen zu beenden. Schließlich wies Anschar ihn an, die Füße gegen seinen Schenkel zu drücken. Es schien zu helfen, zumindest wurde Parrad ruhiger. Auch die letzten Sklaven kamen von dem Netz los und wankten auf zittrigen Beinen ins Freie. Dann tat sich nichts mehr.

»Anschar, was haben wir getan, dass wir hier vergessen werden?«

»Nichts, Parrad, gar nichts. Denk nicht darüber nach.«

»Ich werde verrückt, wenn ich nicht bald hier herauskomme! So lange war ich noch nie angebunden.«

Der Wüstenmann sah wirklich schlecht aus. Sein dunkles

Gesicht war wie von einem grauen Schleier überzogen. Der Schweiß floss ihm in Strömen aus dem Bart. Anschar packte das Netz und hängte sich daran, doch es spannte sich nur.

»Nicht«, murmelte Parrad. »Wenn es reißt, hängen sie uns auf.«

»Leider reißt es nicht. Kannst du bis morgen früh durchhalten? Wenn das Tagwerk hier wieder anfängt, schneidet man uns gewiss los.«

»Ich versuch's ja.« Parrad schwankte. »Wenn ich wenigstens etwas im Magen hätte. Mir ist so übel.«

Er sackte in die Knie. Die Leine straffte sich. Anschar musste unter seine Achseln greifen, damit er sich nicht erwürgte. Schlaff hing Parrad in seinen Armen.

»Drück die Knie durch! Verdammt!« Er schlug ihm ins Gesicht. Japsend kam Parrad wieder zu sich.

»Ich kann nicht mehr.«

Anschar schob Parrads Arme über seine Schultern und verschränkte die Hände hinter seinem Rücken. Wie lange er es durchstehen würde, diesen langen Kerl zu halten, wusste er nicht, aber er hoffte, dass er recht behielt und man sie bei Morgengrauen losband. Parrad versuchte sich festzuhalten und aus eigener Kraft zu stehen, doch seine Bemühungen schlugen fehl. Er weinte an Anschars Schulter, während er schlaff in seinen Armen hing.

Die Sklaven umringten das Becken. Keiner wagte sich zu rühren. Erst als die Stimmen der Aufseher durch die Halle donnerten, kletterten sie in die Becken. Fargiur blickte auf Anschar herab.

»Müde?«, fragte er höhnisch lächelnd und deutete auf Parrad. »Lebt er überhaupt noch?«

Anschar fehlte die Kraft, darauf zu antworten. Erleichtert bemerkte er, wie Fargiur sein Messer zog, ins Becken stieg und sie vom Netz losschnitt. Anschar schleppte den Wüstenmann an den Beckenrand und liess sich neben ihm niedersinken. Auf der Stelle wäre er eingeschlafen, wenn ihn nicht das Beben seiner geschundenen Muskeln wach gehalten hätte. Er sah, wie Fargiur sich über Parrad beugte, ihn an der Schulter rüttelte und dann die Leine durchschnitt. Zwei Sklaven kamen heran, hoben Parrad auf und trugen ihn fort.

»Ist … ist er tot?«, fragte Anschar mit zittriger Stimme, in der keine Kraft mehr lag. Mühsam raffte er sich auf.

»Nein, der kommt in die Krankenhütte. Steh auf, ich bringe dich in deine Hütte. Da kannst du meinetwegen schlafen, bis du verfaulst.«

Als Anschar Fargiurs Hand auf dem Rücken spürte, wirbelte er herum und riss die Arme hoch. »Nein!« Er packte die Leine, deren Ende in der Hand des Aufsehers lag. Er zwang sich, nicht daran zu zerren.

»Schrei nicht so! Was ist denn? Sei doch froh, dass ich dir Ruhe gewähre.«

»Ruhe? Du wirst mich an Tehrech binden, und einer von uns wird nach diesem Tag tot sein.«

»Tehrech ist schon tot. Dein Leinengenosse wird vorerst der Pfosten sein.«

Anschar war viel zu aufgewühlt, um das zu glauben. Gewiss wollte Fargiur ihn täuschen, damit er folgsam war. Er würde es nicht ertragen, an Tehrech gefesselt zu sein. Nichts würde er mehr ertragen, es war genug. Da sah er den Werkstattleiter näher treten; der Aufruhr hatte ihn wohl hergelockt. Anschar riss die Leine aus Fargiurs Hand und warf sich ihm zu Füssen.

»Was ist mit ihm?«, fragte der Leiter über ihn hinweg.

»Er scheint die Nerven zu verlieren. Hatte eine harte Nacht.«

»Und wo ist der andere Sklave?«

»Der ist krank. Diesen hier wollte ich gerade in seiner Hütte anbinden.«

»Nein«, flehte Anschar. Er konnte kaum glauben, was da geschah – er, einer der Zehn, lag bäuchlings vor einem Mann, der weder der Meya noch Mallayur war, und ergab sich seiner Gnade. Möge mich irgendjemand töten, dachte er. Jetzt, sofort. »Ich halte dieses Angebundensein nicht mehr aus. Lass mich allein herumlaufen. Bei allen Göttern, lass mich allein, ich werde nicht fliehen. Ich schwöre es bei allem, was mir heilig ist.«

»Steh auf.«

Anschar gehorchte. Die Leine baumelte an ihm herab. Es war ein gutes Gefühl, das er nicht mehr verlieren wollte. Es überlagerte den Schmerz in seinen Beinen. Es überlagerte in diesem Moment alles. Er war bereit zu töten, um es zu behalten. Als der Leiter nach dem losen Ende griff, zuckte er zurück. Sollte seine Bitte abgeschlagen werden, hielt er es nicht mehr für abwegig, sich loszureißen und die Flucht ins Nichts zu wagen.

»Ich würde es dir gern zugestehen«, sagte der Leiter. Sein Daumen rieb über das Grasgeflecht, während er es betrachtete. Dann neigte er sich, um an ihm vorbei zu sehen. »Fargiur, was meinst du?«

»Es ist deine Entscheidung, Herr. Ich lege meine Hand gewiss nicht für ihn ins Feuer. Aber ich verspreche dir, dass er es bereuen wird, wenn er Dummheiten macht.«

»Gut. Anschar. Enttäusche mich nicht. Die Leine behältst du aber.« Der Leiter ließ sie los und machte eine wegwerfende Handbewegung. »Und nun geh.«

Anschar lief aus der Halle. Seine Beine waren schwach, aber er genoss die Bewegungsfreiheit. Er drehte die Halsschlinge, sodass die Leine über seinen Rücken fiel, dann rannte er über das Gelände, hin und her, bis ihn die Müdigkeit übermannte und er zu seiner Hütte wankte, wo er sich auf seine Matte fallen ließ. Niemand war hier, sie alle schufteten in den Hallen. Er war allein. Allein und fast frei. Fast! Aufstöhnend rollte er sich auf den Bauch und vergrub das Gesicht in den Armen. Die Ernüchterung kam schnell und legte sich wie Gestein auf seine Schultern. Er hatte sich erniedrigt, um dieses falsche Gefühl der Freiheit zu erlangen. Freiheit – auch das war nur ein Wort, dessen Bedeutung ihm fremd war. Was war jetzt so viel anders als zuvor? So gut wie nichts.

Er ruckte hoch, als einer der Sklaven ihn streifte. Sie verteilten sich auf ihren Schlafplätzen und fingen gierig schmatzend an, den Brei in sich hineinzuschaufeln. Wie üblich trugen sie den beißenden Geruch der Brühe mit sich, der sich in den Hüfttüchern und den Haaren verfing. Anschar zog die Beine an. Bis zu den Knien waren sie gänzlich unbehaart, wie bei jedem Sklaven, der eine Zeit lang der ätzenden Brühe ausgesetzt war. Er kratzte über die glatte Haut, die sich wie eine ledrige Hülle anfühlte. Er musste es nachholen, sie zu waschen. Außerdem war seine Kehle wie ausgedörrt. Gewohnheitsmäßig tastete er nach Parrad, um ihn zu wecken, und als ihm einfiel, dass das nicht mehr nötig war, sprang er auf und rannte hinaus. Es dämmerte schon; an der Hütte, aus der die letzten Sklaven ihr Essen holten, lief er vorbei zum Brunnen. Sofort eilte eines der Wassermädchen herbei und machte sich daran, frisches Wasser hochzuziehen. Als sie es über seine Beine schüttete, sank er rücklings auf den blanken Boden und stellte die Füße auseinander, damit sie keine Mühe hatte, in jeden Winkel zu kommen.

Es war das Mädchen, das von Parrad bevorzugt wurde. Ihre Finger kneteten geschickt seine Muskeln, während sie mit der anderen Hand den Eimer hochhielt und das Wasser fließen ließ. Anschar schloss die Augen und versuchte sich wie so oft vorzustellen, dass es Grazia war. Sie hätte das so viel besser gekonnt. Allerdings hätte sie seine Beine nicht angefasst. Das da, das war nur der Abklatsch eines Wunders. Nicht einmal das. Es war nichts, es linderte seine Schmerzen nicht. Er kam auf die Füße und ging in die Salzkammer. Als er sich auf die Pritsche setzte und einen Fuß über den Schenkel legte, um etwas Salz in der Haut zu verreiben, kniete das Mädchen vor ihm. Ihr kurzer Kittel sprang auf und entließ ihren strengen Duft.

»Lass mich das machen«, murmelte sie, griff in einen der Säcke und verrieb, ohne seine Zustimmung abzuwarten, das Salz auf seiner Ferse. Der Ausschnitt ihres Kittels war so groß, dass Anschar die braunen Spitzen ihrer Brüste sehen konnte. Er zweifelte nicht am wahren Grund ihrer Dienstbeflissenheit und fragte sich, ob er es wollte. Bisher hatte er keines dieser jämmerlichen Wüstenhündchen angerührt. Doch zum ersten Mal, seit er hier war, hatte er die Gelegenheit, es zu tun, ohne dass jemand dabei war, und vielleicht war das der Grund, weshalb sie sich ihm anbot.

Er wollte es, und er rang sich die Erkenntnis ab, dass es lächerlich war, hier in den Werkstätten auf einen Unterschied zwischen ihm und den Wüstenmenschen zu pochen. Hier war er ebenso wenig wert. Ein Sklave. Keiner der Zehn, nichts, nur ein Grastreter. Anschar war danach, die Sklavin anzuspucken; stattdessen warf er sich auf sie und riss ihren Kittel hoch. Bereitwillig spreizte sie die Schenkel und versuchte nach ihm zu greifen, um ihn an sich zu ziehen und, wie er befürchtete, zu küssen. Das ließ er nicht zu. Er drückte ihre Arme hinunter, presste die Augen fest zusammen, um möglichst wenig von ihr wahrzunehmen, und arbeitete sich an ihr ab. Seine Hüften pumpten ohne sein Zutun, und das Knurren, das er von sich gab, hörte sich nicht nach ihm an. *Grazia!*, hämmerte es unentwegt in seinem Schädel, aber das war sie nicht, er konnte es sich nicht einreden. Schnell kam der Rausch, der ihm für einen Augenblick das Gefühl gab, das Richtige zu tun. Doch kaum war sein Schrei verklungen, stieß er sich vom Boden hoch und wankte zu den Säcken, wo er ein Tuch liegen sah. Während er sich die Säfte der Frau vom Körper wischte, starrte er sie so grimmig an, dass sie aufsprang und aus dem Raum floh.

Anschar warf das Tuch beiseite und folgte ihr. Ihm war danach, sie für sein ruppiges Verhalten um Verzeihung zu bitten. Aber sie war schon fort, und sein Ansinnen kam ihm plötzlich seltsam vor. Genügte es nicht, dass er für Parrad Mitleid empfand? Er holte sich seinen wie üblich randvoll gefüllten Napf ab, schlang ein paar Fleischbrocken hinunter und schlug den Weg zur Krankenhütte ein. Schnell warf er einen Blick über das Wandgeflecht, das auch hier nur bis zur Brust reichte. Hier und da hörte er rasselnden Atem oder leises Stöhnen. Hinein kam man mühelos, eine Tür gab es nicht. Nur ein Wächter streifte in der Nähe herum und ließ sich erklären, was er hier zu suchen hatte.

»Ich will Parrad etwas Fleisch geben.«

»Von mir aus. Er liegt ganz hinten in der Ecke.«

Mit dem Napf am Bauch schlich sich Anschar durch die Hütte. Es roch nach Erbrochenem und Schweiß, und die Schlafmatten knisterten, wenn sich die geplagten Körper, von denen er vier zählte, auf die andere Seite wälzten. Einer litt unter einem gebrochenen Kiefer; er konnte sich gut daran erinnern, wie der Kopf des Mannes von seinem Leinengefährten gegen die Kante des Beckens geschlagen worden war. Er ging in die Knie, als er die hinterste Ecke erreichte, wo nur eine Matte lag.

»Parrad?«

Der Wüstenmann kauerte an der Wand. Für jemanden, der sich unwohl fühlte, wirkte er erstaunlich wachsam. Seine schwarzen Augen funkelten. »Anschar!«, zischte er. »Was tust du hier?«

»Dir etwas zu essen bringen. Du hast dich erholt, wie es scheint.«

»Möge der Herr des Windes es dir vergelten.« Parrad riss ihm den Napf aus der Hand, doch statt die Fleischbrocken sofort zu essen, schüttelte er sie auf ein Tuch. Sein eigener Napf stand darauf, daneben lagen ein paar Brotfladen. Anschar schwante bei diesem Anblick nichts Gutes.

»Ich wollte gerade gehen«, flüsterte Parrad. »Es ist Schicksal, mein Freund, dass du jetzt gekommen bist, und das allein. Das Glück, frei herumzulaufen, wirst du nicht lange haben. Schließ dich mir an.«

»Bist du irr?«, zischte Anschar. »Wieso kommst du jetzt auf so eine Idee?«

»Weil ich zum ersten Mal nirgends angebunden bin. So wie du.«

»Ihr Götter! Hast du deine Schwäche etwa nur gespielt? Damit wir getrennt werden?«

Parrad gab einen beschwichtigenden Laut von sich. »Sei leise. Nein, mir ging es wirklich so schlecht. Ohne dich wäre ich gestorben, das ist so sicher, wie ich jetzt noch am Leben bin. Und dafür sei dir mein Dank auf ewig gewiss. Später aber, als die Aufseher kamen und uns losschnitten, habe ich meine Ohnmacht nur vorgetäuscht. Ich wusste, wenn ich es nicht tue, schicken sie uns gemeinsam in die Schlafhütte. Verstehst du?«

»Hm«, brummte Anschar. »Und was nützt dir das? Die Hütte hier ist bewacht.«

»Aber nachlässig. Wer achtet schon auf Kranke? Manchmal werden sie nicht einmal angebunden. Das war meine letzte Hürde, und ich hatte Glück, auch mich ließ man einfach so liegen. Ich sah wohl doch zum Sterben elend aus.« Der

Wüstenmann knüpfte das Tuch zusammen. »Seit ich hier bin, ist noch nie ein Sklave auf die Idee gekommen, sich krank zu stellen, um zu flüchten. Das kommt mir jetzt zugute.«

»Es ist ja auch Unsinn. Du kommst nicht weit. Wo willst du überhaupt hin?«

»Zur Klippe. Hinunter in die Wüste. Nach Hause.«

»Ach, und dahin soll ich mit? Ich müsste ja verrückt sein.«

»Ich würde dafür sorgen, dass meine Sippe dich friedlich empfängt.«

»Danke, so einen Versuch habe ich schon hinter mir. Was soll das überhaupt? Du hast selbst gesagt, dass es unmöglich ist, dort hinunterzukommen. Und selbst wenn, läufst du den Sklavenfängern in die Arme.«

»Ja, das habe ich gesagt. Trotzdem, es ist zu schaffen.«

»Warte!« Anschar stemmte sich hoch, denn Parrad war aufgestanden und hatte das Kinn auf die Kante des Wandgeflechtes gelegt. Wollte er etwa verschwinden, noch bevor es richtig dunkel war? »Du wirst sterben.«

»Ach was. Sei still.« Parrad legte den Kopf schief und lauschte. Das Rasseln von Insekten war zu hören, dazu aus den Hütten gedämpfte Gespräche, Streitereien und hier und da Schritte, irgendwo. Er war wie erstarrt, doch plötzlich kam Bewegung in seinen drahtigen Körper; flink kletterte er über die Wand, die sich gefährlich unter seinem Gewicht wölbte, und sprang an der anderen Seite hinab.

»Parrad!«

Zwei Herzschläge später war Anschar ebenfalls auf der anderen Seite der Wand. Parrad kauerte geduckt in ihrem Schatten und warf den Kopf hin und her, auf der Suche nach dem Wachtposten. Warnend hielt er den Finger erhoben.

»Still, du Sturhorn! Wenn sie uns hier draußen erwischen, ist das unser Ende.«

»Dein Ende, meinst du wohl.« Allerdings war sich Anschar keineswegs sicher, dass es nicht auch seines war. Er kniete hier neben einem Mann, der kaum würde leugnen können, auf der Flucht zu sein. Wer sollte ihm glauben, dass er ihn aufzuhalten gedachte? Als Parrad hochschnellte und loslief, hechtete er ihm nach, bekam seine Hüfte zu fassen und brachte ihn zu Fall. Der Wüstenmann zappelte unter seinem Gewicht und versuchte unter ihm wegzukriechen.

»Lass mich!«, heulte er, die Stimme gefährlich laut.

»Du schaffst es nicht. Komm zurück in die Hütte. Bei allen Göttern, komm zurück!« Anschar entwand ihm das Bündel und packte seine Handgelenke. Vielleicht sollte er ihn bewusstlos schlagen, damit er ihn zurücktragen konnte. Zugleich fragte er sich, was ihn das eigentlich anging. Was scherte es ihn, wenn ein Wüstenmann flüchtete und dabei zu Tode kam? War es nicht ohnedies besser, zu sterben?

»Was tut ihr da?«

Anschars Kopf flog hoch. Der Wachtposten kam angelaufen. Das Schwert schien in seine Hand zu springen.

»Nein!«, heulte Parrad. »Anschar, warum hast du das getan?«

»Ich wollte dich retten«, erwiderte Anschar ruhig, wenngleich er innerlich alles andere als das war. »Aber das ist jetzt wohl egal.«

Der Wächter baute sich breitbeinig über Parrads Kopf auf. Seine Klinge deutete auf dessen Kehle, die wild zuckte. »Er wollte abhauen?« Es war keine Frage.

»Ja.«

»Und du?«

»Nein.«

Der Wächter brüllte nach Verstärkung. Mit der Klinge winkte er Parrad auf die Füße. Der Wüstenmann setzte sich auf. Nun war er wieder so bleich wie am Morgen. Die

Erkenntnis des nahenden Todes schien sich schwer auf seine Schultern zu legen. Anschar stand auf und zog ihn hoch. Parrad sah ihn nicht mehr an. Erst als ein zweiter Wachtposten kam, dann ein dritter, kehrte so etwas wie Leben in seine Augen zurück.

»Dafür würde ich dich töten, wenn ich es könnte, Anschar«, flüsterte er. Eine Schlinge legte sich um seinen Hals. Seine Hände wurden ihm auf den Rücken gezogen. Dann bekam er einen Stoß. Gebeugt stolperte er vorwärts, seinem baldigen Ende entgegen.

18

Geschickte Hände massierten Anschars Körper und rieben ihn von Kopf bis Fuß mit einem Öl ein, das seine geschundene Haut beruhigte und das Jucken an den Unterschenkeln milderte. Er war sauber. Seine Haare waren gewaschen, die Spitzen gekürzt, die Zöpfe ordentlich geflochten und mit einem sauberen Band zusammengebunden. Trotzdem fühlte er sich nicht wohl. Es würden wohl mehrere Bäder nötig sein, bis er den Gestank nach Urin und Schweiß aus der Nase verlor. Aber den Bart, den verlor er jetzt, und das war zweifellos das Beste, was man in einer der Badekammern im Palast von Heria mit ihm tat. Der Bartscherer drückte seinen Kopf etwas zurück, rieb seine untere Gesichtshälfte mit Seifenkraut ein und machte sich daran, den scheußlichen Bewuchs zu entfernen. Es war ein Genuss, das scharfe Messer zu spüren, wie es über die Haut kratzte und sie glättete. Anschar hielt mit geschlossenen Augen still. Sanft glitt ein Tuch über sein Gesicht, entfernte den Rest des aufgeschäumten Krauts, dann folgte ein besänftigendes Öl. Er betastete sein Gesicht.

»Hier hast du etwas übersehen.« Er zupfte an einer Stelle am Kinn, wo der Bart noch stand.

»Das soll so sein. Der König persönlich hat mich dazu angehalten.«

»Ich soll mit einem herschedischen Ziegenbart herumlaufen?« Normalerweise hätte er dem Mann das Messer aus der Hand genommen und den Rest eigenhändig entfernt, aber jetzt erschien es ihm nicht wichtig genug. Oder es lag daran, dass er in den Werkstätten tatsächlich gezähmt worden war. Er wusste es nicht.

Der Bartscherer nahm eine Zange zur Hand und verankerte wieder die Blume von Heria an Anschars Ohr. Dann verschwand er, stattdessen kam ein Sklave und legte Kleider auf die Liege, dazu ein Paar kunstvoll geknüpfte Bastsandalen und das Schwert. Anschar zog es so schnell aus der Scheide, dass der Sklave rückwärts aus dem Raum stolperte und hinter sich die Tür zuschlug. Die Klinge zischte durch die Luft. Es fühlte sich gut und vertraut an, und er glaubte nicht, dass er irgendetwas verlernt hatte. Dann erinnerte er sich daran, dass er zuletzt mit diesem Schwert gegen Darur gekämpft hatte, und die Freude versandete. Er schob es in die Scheide zurück. Von draußen hörte er Schritte, die unzweifelhaft seinem Herrn gehörten. Rasch zog er das Hemd über und band sich den Rock um die Hüften. Als er in die Sandalen schlüpfte, flog die Tür auf. Mallayur rauschte herein, mit seinem jungen Wedelträger an der Seite. Anschar nahm Aufstellung, legte aber noch den Schwertgürtel um.

»Prächtig siehst du aus. Der Bart steht dir gut. In ein paar Monaten wird er lang genug für ein paar hübsche Silberperlen sein, passend zu der Blume.« Mallayur umrundete ihn und blieb schließlich hinter ihm stehen. »Die Zeit in den Werkstätten scheint dir ja gar nichts ausgemacht zu haben. Das heißt, wenn ich deine Beine so betrachte – fast nichts.«

Dem Sklaven gab Anschar mit den Augen zu verstehen, dass er verschwinden solle. Der Junge verstand, denn er hastete hinaus.

»Warum läuft er denn weg?«, fragte Mallayur verwundert.

»Ich vermute, Herr, er hat sich daran erinnert, dass du von mir gefordert hattest, ihn zu töten, um einen Beweis meiner Unterwerfung zu liefern.«

»Ah ja. Hättest du diesen Beweis denn jetzt erbracht?«

»Ja, Herr.«

»Hm.« Mallayur tauchte wieder vor ihm auf, mit verschränkten Armen. »Das kam schnell, aber kam es auch überzeugend? Ich bin mir nicht sicher. Knie dich hin. Warte«, er zog ihm das Schwert aus der Scheide, dann bedeutete er ihm, dem Befehl Folge zu leisten.

Erneut zog Mallayur seine Runde, und erneut blieb er hinter ihm stehen. Die Schwertspitze drückte sich in Anschars Nacken. Es war eine Prüfung, eine harmlose, auch wenn er spürte, wie ein Blutstropfen zwischen seine Schulterblätter lief. Er hielt still.

Mallayur stellte sich vor ihm auf. Das Schwert lag locker in seiner Hand. »Der Leiter der Werkstätten hat mir ausführlich Bericht erstattet. Du hattest jede Menge Unruhe angezettelt, wie es nicht anders zu erwarten war, aber letztlich hast du es geschafft, dich zu unterwerfen. Dass du die Flucht eines Sklaven verhindert hast, war der Auslöser, dich zurückzuholen. Noch ein, zwei Monate mehr, und du wärest vielleicht vollends gebrochen gewesen, das wollte ich ja auch nicht. Wenn ich jetzt wieder zu meinem Bruder gehe und dich mitnehme – werde ich das bereuen oder nicht?«

»Du wirst es nicht bereuen, Herr.«

»Nicht? Du wirst nicht wieder toben, wenn du die Rothaarige siehst?«

Anschar spürte, wie ein Zittern durch seinen Körper ging, er konnte es nicht verhindern. Hieß das, dass Grazia noch hier war? Sein Kinn wurde mit der Schwertspitze nach oben gedrückt. Er senkte die Lider.

»Du vermeidest sogar, mich anzusehen?«

»Ich sehe dich an, sobald du es gestattest.«

Mallayur zog das Schwert zurück, und Anschar ließ wieder den Kopf hängen. Dieses Machtspielchen war bedeutungslos geworden, auch wenn sein Wunsch, dem König von Hersched die Hände um die Kehle zu legen, nach wie vor vorhanden war.

»Ich gestatte es. Steh auf.«

Dies tat Anschar langsam, denn er erinnerte sich gut daran, dass sein Herr es mochte, wenn man seinen Kniefall zögerlich beendete. Mit dem Griff voraus reichte ihm Mallayur das Schwert, und er steckte es ohne Zögern in die Scheide. Mallayur nickte zufrieden.

»Insgesamt machst du einen guten, beherrschten Eindruck. Für dein Durchhaltevermögen möchte ich dich belohnen. Hast du irgendeinen Wunsch?«

»Lass mich gehen. Nur für eine Nacht.«

Ein anzügliches Lächeln glitt über Mallayurs Züge. »Ich kann mir denken, dass du es dringend nötig hast. Wohin zieht es dich denn?«

»In mein altes Zuhause.«

»Wohnt da nicht die Rothaarige? Ah, ich verstehe! Das scheint mir aber keine gute Idee zu sein.«

»Ich werde bei Tagesanbruch wieder zurück sein.« Anschar fiel wieder auf die Knie. Er würde sich auf den Boden werfen, wenn es nötig war. »Ich bitte dich, Herr.«

Mallayur trat näher und legte die Hand auf seinen gesenkten Kopf. »Ich erlaube es. Aber lass mich meine Großzügigkeit nicht bereuen.«

Es schien alles gesagt, denn er verließ den Raum. Wie betäubt kniete Anschar am Boden. Sein Kopf brannte von der Berührung. Er schlug die Hände vors Gesicht. Was war nur aus ihm geworden? Nein, zum Weinen war jetzt keine Zeit. Grazia, er musste zu Grazia. Und das so schnell wie möglich, bevor sich all das als Traum entpuppte. Er sprang auf und hastete durch die Gänge, hinaus aus dem Palast und durch das Brückentor. Erst auf der Brücke nahm er sich die Zeit, zum Palast des Meya aufzusehen. Dort war sie, fast greifbar nah. Aber was, wenn sie zwar noch hier, aber derzeit außer Haus war? Wieder beschleunigte er seine Schritte; er achtete nicht auf die Menschen, nicht auf die Palastwächter, die ihn nicht aufhielten. Nicht auf die Hofdamen, die ihm zulächelten, nicht auf die Sklaven, die zur Seite sprangen. Die Treppenschächte kamen ihm endlos vor, aber endlich hatte er den Korridor erreicht, an der ihre Gemächer lagen.

Sie waren verschlossen.

Anschar berührte die Tür. Natürlich, Grazia hatte es ja so gewollt, das hatte er ganz vergessen. Er drückte dagegen, doch sie ließ sich nicht öffnen. Als er die Faust hob, schwang sie zurück.

»Buyudrar? Was tust du hier?«

»Anschar! Komm herein.« Der Leibwächter machte ihm Platz und verschloss die Tür hinter ihm. »Eigentlich sollte ich *dich* fragen, was du hier tust. Du gehörst nicht mehr hierher.«

Anschar ging ins Innere, drehte sich um die Achse, um sich umzusehen, und starrte Buyudrar an. »Für heute schon. Willst du meine Frage nicht beantworten?«

»Ich bin hier, um auf Grazia aufzupassen. Der Meya will

nicht, dass sie die Wohnung verlässt. Aber das ist schon mehr, als ich darüber sagen dürfte. Immerhin ...«, er unterbrach sich und senkte den Blick. »Immerhin dienst du Mallayur.«

»Wo ist sie?«

»Im Bad.«

Da war ein Vorhang, der den Eingang zum Bad verdeckte, und dahinter hörte er es plätschern. Sie sang leise ein Lied, das keineswegs fröhlich klang, und schien nichts zu hören. Anschar glaubte, sein Brustkorb müsse platzen vor Sehnsucht. Er ging zu Buyudrar und legte eine Hand auf seine Schulter.

»Ich bin ihretwegen hier, aber ich will ihr nichts Böses. Das weißt du. Bitte lass uns allein. Bis morgen früh.«

Buyudrar nickte langsam. »Ich bin mir nicht ganz sicher, ob das richtig ist. Aber du bist einer der Zehn, und ich bin es auch. Es schadet wohl nichts, wenn wir für eine Nacht die Plätze tauschen. Sie redet so oft von dir. Ich gönne es dir.«

»Danke.« Anschar reichte ihm die Hand, und der Mann, der befürchtete, irgendwann gegen ihn kämpfen zu müssen, schlug ein und ging.

Von oben erklangen Schritte. Harte Schritte. So selbstbewusst trat keiner der Sklaven auf. Wer mochte das sein? Wem hatten sie da geöffnet? Grazia bekam es mit der Angst zu tun. Sie raffte das Handtuch an sich und bedeckte damit ihre Brust. Ihr Kleid anzuziehen, würde viel zu lange dauern; schon näherten sich die Schritte der Badekammer. Die Decke wurde beiseitegerissen. Eine große, dunkle Gestalt erschien und beschattete die Stufen. Grazia öffnete den Mund zu einem Schrei. Wer immer es war, er fiel regelrecht die Treppe hinunter und platschte vor ihr mit den Knien ins Wasser. Jäh fand sie sich in einer harten Umarmung wieder.

Zwei große, allzu vertraute Hände packten ihren Kopf. Jetzt wollte sie wirklich schreien, doch vor Erleichterung.

»Anschar …« Mehr brachte sie nicht heraus, denn sein Mund presste sich auf ihren. Sein Kuss war so hart und wild wie alles an ihm. Er schien ihr ganzes Gesicht mit Küssen bedecken zu wollen und ließ ihr kaum Zeit, Atem zu schöpfen. Mit zusammengekniffenen Augen ließ sie es über sich ergehen, zitternd und glücklich. Endlich wich er ein Stück zurück. Erwartungsvoll sah er sie an. Er lachte. Wann hatte sie diesen Mann je lachen sehen?

»Du bist ja ganz nass«, war alles, was ihr zu diesem Überfall einfiel. Bis zur Taille kniete er im Wasser, mitsamt Rock und Schwertgürtel. Sein schwarzes Hemd war bis zur Brust bespritzt.

»Du auch.« Seine Augen blitzten. Erschrocken sah sie an sich herab. Glücklicherweise hielt sie immer noch das Tuch fest, aber ihr Körper zeichnete sich deutlich darunter ab. »Ich warte oben, Feuerköpfchen«, sagte er und sprang leichtfüßig die Treppe hoch.

Noch völlig benommen starrte sie ihm nach, obwohl er längst verschwunden war, nur die Decke schwang noch hin und her und verriet, mit welcher Wucht er hindurchgejagt war. *Feuerköpfchen*, dachte sie und berührte mit den Fingerspitzen ihre Lippen. Sie hatte dieses Kosewort so sehr vermisst.

Eilends stieg sie aus dem Wasser, schlang ein Tuch um die Haare und trocknete sich ab. Jetzt war sie froh darum, nicht in ihr altes Kleid steigen zu müssen, denn das hätte viel zu lange gedauert. Auf ihr Korsett mochte sie nicht verzichten, doch so schnell hatte sie es gewiss noch nie angelegt. Sie schlüpfte in ihr argadisches Gewand, wand sich den Gürtel um die Taille und lief hinauf.

Anschar war ebenso schnell gewesen, er hatte sich einen

Rock aus einer seiner Truhen geholt und umgebunden. Seine nassen Sachen lagen auf dem Boden verstreut. Er stand am Tisch und hielt den Kopf gesenkt. Vorsichtig breitete er ihre Zeichnungen aus, aber was er in die Hand nahm, war ein leeres Blatt Papier, das er sich an die Nase hielt. Er tat einen tiefen Atemzug. Sein Gesicht verzog sich vor Abscheu, er knüllte das Blatt zusammen und warf es quer durch den Raum. Da erblickte er sie und erstarrte.

Grazia hatte sich so sehr nach seinem Anblick gesehnt. Wann hatte sie ihn zuletzt gesehen? Als sie im Tempel gewesen war. Damals hatte sie nicht gewusst, dass es so lange dauern würde, bis sie ihn wiedersah. Sie schloss die Augen. Stellte sich vor, wie er fortging. Dass er gar nicht hier war und sie, wenn sie wieder hinsah, nur eine leere Wohnung vorfand. Langsam öffnete sie die Augen.

Er stand unmittelbar vor ihr. Seine Hand beschattete ihr Gesicht. Sie fühlte seine Fingerspitzen über ihre Züge gleiten, als müsse er sich vergewissern, dass sie wirklich da war. Ein langer Seufzer entrang sich ihm.

»Es war nicht umsonst«, flüsterte er.

»Was meinst du?«

Sein Blick glitt an ihr vorbei. Leicht schüttelte er den Kopf. »Wo ist Henon?«

»In den Palastgärten. Ich weiß ja, wie gern er dort sitzt, und habe ihn hinausgeschickt.«

Zaghaft strich sie über seine Wange. Seine Haut war glatt von einem Öl, aber seine Züge waren härter. Sie glaubte etwas von dem darin zu erkennen, was er durchgemacht hatte. Du bist immer noch schön, wollte sie sagen, aber sie brachte kein Wort über die Lippen. Als sie an seinem ungewohnten Bart zupfte, nahm er ihre Hand und führte sie an seinen Mund.

»Lass mich aus deiner Hand trinken. Ich habe Durst.«

Sein Ansinnen brachte sie aus der Fassung. Sie musste kichern. »Ganz wie du willst, aber halt still.«

Seit sie sich dem Meya verweigert hatte, war ihr kein Wasser mehr aus den Händen gekommen. Doch jetzt fiel es ihr ganz leicht. Anschar begann zu schlucken, konnte den Fluss aber nicht bewältigen. Das Wasser sprudelte an ihm herab. Lachend schob er ihre Hand weg und wischte die Tropfen von seinem Oberkörper.

»Du bist unglaublich! Sag, könnte ich auch aus deinem Mund trinken?«

»Das sollte gehen«, erwiderte sie und spürte, wie sie errötete. Seine Hände legten sich um ihren Hals.

»Dann zeig es mir.« Er küsste sie und öffnete den Mund. Auf diese Idee wäre sie von sich aus nie gekommen, so abwegig erschien sie ihr. Dies war um einiges schwieriger, und sie musste sich konzentrieren. Ihre Hände wurden nass, ihr Mund war trocken. Plötzlich füllte er sich, und Anschar trank.

Erst als er hustete, hörte sie auf. War es zu viel gewesen? Er wischte sich über die Lippen und schien dem seltsamen Kuss nachzusinnen. Beinahe ehrfürchtig sah er sie an, aber dann lächelte er und trat ein Stück zurück. »Wirklich unglaublich. Aber fast noch unglaublicher finde ich den Gedanken, dass ich dies schon in der Wüste hätte haben können. Ich könnte mich im Nachhinein noch ärgern, dass du es mir so lange vorenthalten hast!«

»Das tut mir leid.«

Er legte einen Finger auf ihren Mund. »Schon gut. Ich verzeihe dir gnädig. Aber nur, wenn du auch meinen Hunger stillst.«

»Es ist Brot da. Und etwas Obst.«

»Ah, hm. Ich dachte eigentlich an etwas anderes. An Birnen oder so.«

»Birnen? Aber die gibt es hier doch gar nicht.« Die Art, wie er sie ansah, ließ in ihr den Verdacht keimen, dass er von etwas anderem sprach. Sie erinnerte sich an seinen schamlosen Griff zwischen die Beine, nachdem sie vor dem Großkönig das Gedicht vom Herrn Ribbeck aufgesagt hatte. Sie beeilte sich, zu dem Regal mit den Tontöpfen zu kommen, damit er ihre Verwirrung nicht bemerkte. Was er mit dieser Handbewegung hatte aussagen wollen, wusste sie immer noch nicht so genau.

Von dem Brot, das sie ihm brachte, aß er nur einen Bissen. »Wenn ich schon die Gelegenheit habe, mir den Bauch vollzuschlagen, will ich auch anständiges Essen.«

»Was denn?«, fragte sie. Es kam nur ein müdes Achselzucken. Sie eilte zur Tür und bat einen der Sklaven auf dem Korridor, ihr etwas zu essen zu bringen. Zurück in der Wohnung schloss sie die Tür und schob den Riegel vor.

»Warum tust du das?«, fragte er. Was mochte er daran so erstaunlich finden? Aber sie erinnerte sich daran, dass er sein ganzes Leben in offenen Räumen verbracht hatte, während es für sie selbstverständlich war, ihre zu verschließen.

»Es beruhigt mich eben«, erwiderte sie.

»Und wenn Henon zurückkommt?«

»Dann klopft er an. Das kennt er schon.«

»Ich weiß nicht, ob das gut ist.« Zweifelnd sah er zu der verschlossenen Tür. »Ach, egal. Es sind deine Gemächer, und ich bin hier ja nur zu Besuch. Morgen früh muss ich wieder zurück in Heria sein.«

Das überraschte sie nicht, auch wenn es wehtat. »Es hat sich nichts geändert, oder? Du bist immer noch Mallayurs Sklave.«

»Ja. Warum sollte es auch anders sein?«

»Weil ... weil du hier so fröhlich hereingeplatzt bist. Ach, ich weiß auch nicht. Jetzt bist du wieder ernst.«

»Ich habe mich gefreut, wieder hier zu sein. Dich zu sehen. Selbst noch am Leben und gesund zu sein. Das ist ja eigentlich eine ernste Sache.« Auffordernd streckte er die Hand nach ihr aus. Grazia ging zu ihm, ließ es zu, dass er ihre Finger mit den seinen verknotete. Mit einem Mal starrte er sie so durchdringend an, dass ihr schwindlig wurde.

»Ich will dich haben, Feuerköpfchen. Heute Nacht. Was sagst du dazu?«

»O Gott, Anschar. Verstehe ich das richtig?«

»Erschreckt es dich?« Er fragte es ganz sachlich. Eine Zurückweisung schien er nicht in Betracht zu ziehen.

»Ja.« Sie senkte den Kopf. Am liebsten hätte sie wieder für Abstand gesorgt, aber er hielt mit der anderen Hand ihren Zopf umfasst und fing an, damit herumzuspielen.

»Nun?«, drängte er.

»Du … du weißt doch, das ist etwas, das, äh … Anschar, ich weiß ja gar nicht, wie man darüber redet.« Die Worte zu finden fiel ihr schwer, aber tief in sich spürte sie den Wunsch, seinem Begehren zu entsprechen, und das erschreckte sie noch mehr.

»Ich will ja auch nicht mit dir darüber *reden*«, raunte er ihr zu. »Wie viel du mir bedeutest, habe ich erst in den Werkstätten begriffen. Ich meine, wirklich und wahrhaftig begriffen. Ich konnte an nichts anderes denken als daran, dass Mallayur mich zurückruft und ich dich wiedersehe. Ohne dich wäre ich vielleicht wirklich dort gestorben.«

Sie sah ihn an, sah in seine dunklen Augen, die wieder so traurig waren wie an jenem Tag auf der Brücke. »Es klingt ein wenig, als wolltest du jetzt den Lohn für dein Durchhaltevermögen haben.«

»Klingt es so? Ich hoffe nicht. Ich will dich nicht überreden müssen. Wenn du …«

Hilflos schüttelte sie den Kopf. Nicht allein ihre Furcht

ließ sie zögern. Da war Friedrich. Die Verlobung hatte noch Bestand. Oder nicht?

Oder nicht?, hämmerte es in ihrem Kopf. Sie trug nach wie vor seinen Ring, aber er selbst war weit weg, und der Gedanke, ihn zu heiraten, erschien ihr zusehends abwegiger. Sein Gesicht, das blonde Haar, der Schnauzbart, all das war in ihrer Erinnerung mehr und mehr verblasst. Anschar würde niemals ihr Ehemann werden, aber er stand vor ihr. Sie brauchte nur ihrem drängendsten Wunsch nachzugeben und die Hände nach ihm auszustrecken.

»Ich ... ich möchte es«, stotterte sie und bedeckte sogleich ihr Gesicht vor Scham. »O Gott, habe ich das wirklich gesagt?«

»Hast du.« Er ließ ihren Zopf los, umfasste mit beiden Händen ihren Hals und neigte sich vor.

»Aber ich habe Angst davor!«

Er hielt inne. »Sind die Männer bei euch so übel?«

»Nein. Das heißt, ich weiß es nicht. Das ist es ja! Ich weiß überhaupt nicht, was mich erwartet. Man spricht einfach nicht darüber. Und eine unverheiratete Frau tut es auch nicht. Das ist anders als bei dir.« Sie hatte schnell gesprochen, jetzt musste sie tief Luft holen. »Henon hat mir erzählt, was du hier so getrieben hast. Frauenbesuche, solche Sachen.«

Er ließ sie los und spreizte die Hände. »Ja, und?«

»Ach, Anschar, du verstehst es nicht. Wir können niemals zusammen sein. Ich meine, richtig und auf ewig zusammen.«

»Wir sind es *jetzt*. Aber ich merke, wie schwer es dir fällt. Wie du schon dastehst. Als würde ich über dich herfallen wollen.«

Grazia zwang sich, eine lockere Haltung anzunehmen. »Du bist imstande, es zu zerreden, wenn du so weitermachst.«

»Zerreden …« Wieder diese Verständnislosigkeit in seinem Blick. »Ich habe den Eindruck, dass gerade du dein Mündchen nicht stillhalten kannst.«

»Das ist etwas anderes!«

»Ach ja?« Er lachte leise. »Da ich das nicht verstehe, verlegen wir uns eben aufs Schweigen. Darin dürften alle Menschen gleich sein.«

»Ich mag es, wenn du lachst«, meinte sie. »Leider tust du das viel zu selten.«

»Siehst du, jetzt redest du weiter. Ich gebe mir ja Mühe, aber du kannst den Mund nicht halten.«

Im nächsten Augenblick hing sie in seinen Armen. Wenn diese … *Sache* auch nur halb so schön war, wie hier bei ihm zu sein, lohnte es sich, das Wagnis einzugehen. Dennoch, die Angst davor saß ihr tief im Magen. Genügte nicht diese Umarmung? Den Druck seiner Arme zu spüren, seine Wärme, seine ganze wuchtige Präsenz, das schien schon mehr zu sein, als sie vertragen konnte.

Das Klopfen an der Tür nahm sie erst wahr, als er sich von ihr löste. »Ist das Henon?«, fragte er.

»Bestimmt.«

Anschar ging zur Tür. Dort brauchte er einen Moment, bis er auf den Gedanken kam, den Riegel zurückzuschieben und sie aufzuziehen. Dann wurde er starr. Grazia sah Henon, sah, wie seine Augen sich weiteten, er eine Hand vor den Mund presste und vorwärts stolperte. Anschar fing ihn auf, aber er war selbst nicht mehr Herr der Lage und sackte auf die Knie. Er drückte den alten Mann an sich. Henon umklammerte ihn und fing an zu weinen. Ob auch Anschar die Tränen kamen, konnte Grazia nicht sehen, denn er hatte das Gesicht in Henons Halsbeuge vergraben. Seine Schultern indes zitterten verräterisch. Ihr war es unangenehm, den Gefühlsausbrüchen dieser beiden Männer zuzusehen, also ging sie auf die Terrasse, setzte sich auf die Bank und wartete. Sie freute sich über das Wiedersehen, spürte aber auch den Schmerz des Abschieds, der schon darin lag. Sicherlich war in den nächsten Tagen wieder viel Zeit und Geduld nötig, um Henon zu trösten.

Und tatsächlich hörte sie ihn die unvermeidliche Frage stellen, was morgen sein würde.

»Das weißt du doch«, sagte Anschar. »Morgen bin ich wieder in Heria.«

»Ja, ja, ich weiß!« Henon schluchzte auf. »Bei der Dreiheit, es tut so gut, dich hier zu haben. Aber du siehst schlecht aus, man sieht dir an, wo du warst. Man hat dich jedoch nicht gebrochen. Nein, hat man nicht, nein, nein.«

»Nein«, bestätigte Anschar. »Wie es allerdings gewesen wäre, hätte ich in den Werkstätten so wie du ein halbes Jahr zubringen müssen ...«

Wieder japste Henon, aber diesmal so laut, dass Grazia den Grund wissen wollte.

Sie stand auf. Die beiden hockten nebeneinander auf dem Boden. Henon hielt Anschars rechte Hand vor sich und betrachtete sie wie eine Buchseite.

»Warum nur? Warum?«, jammerte er. »Ach, was tut man dir nur an?« Er drückte Anschars Hand an sein Gesicht und weinte hinein, während Anschar seine Schulter umfasst hielt. Grazia ging zu ihnen und wartete. Sie wollte nicht stören, aber Henons Geste erinnerte sie an jenen Tag im Tempel, als Anschar seine Hand hatte vorzeigen müssen. Jetzt kam ihr dieser kleine Vorfall wieder in den Sinn.

Als Anschar sie bemerkte, entzog er Henon die Hand und streckte sie vor. Der halbe Handteller war von einem scheußlichen Narbengeflecht überzogen. Die vier Zeichen des Meya – fort, ausgebrannt. Ausgebrannt! Ihr wurde übel, und sie sank neben ihn.

»Du kannst dort nicht zurück«, hauchte sie. »Du kannst nicht zu dem Menschen gehen, der dir das angetan hat.«

»Ich kann, und ich muss. Dies hier ist das Zeichen, dass ich ihm gehöre. Es ist hässlicher als das des Meya, aber es ist seins. Und das will ich auch nie vergessen.«

Anschar nahm eine der mit winzigen Vögeln gefüllten Teigrollen und biss mit einem glücklichen Aufstöhnen hinein. Gleich darauf hatte er die Hälfte verschlungen. »Henon, bring mir Wein.«

Der alte Sklave wollte aufstehen, doch Grazia legte rasch eine Hand auf seinen Arm und ging selbst zu dem Tischchen mit den Tonkrügen. Sie öffnete einen, trat zu Anschar und füllte seinen Becher, danach Henons und zuletzt ihren eigenen.

»Warum tust *du* das?«, fragte Anschar, nachdem sie wieder Platz genommen hatte.

»Weil er alt ist.«

»Bist du wirklich so alt geworden?«, rief er über den Tisch, sodass Henon zusammenzuckte.

»Herr, ich füge mich ihr nur. Wie du es gewünscht hast.«

Achselzuckend stützte Anschar den Ellbogen auf den Tisch und trank den Becher in einem Zug leer. Seine Tischmanieren waren nicht schlechter als bei den Argaden üblich, was nicht hieß, dass sie gut waren. Grazia würde sich hüten, ihn verbessern zu wollen. Aber es musste nicht sein, dass er sich von einem alten Mann, der ihm wie ein Vater war, bedienen ließ.

Anschar vertilgte ein Teigröllchen nach dem anderen. Wenn die gerösteten Vogelfüßchen zwischen seinen Zähnen knackten, verzog Grazia das Gesicht. Es entging ihm nicht, denn wenn er sie ansah, ließ er die Füße besonders laut knacken. Plötzlich kniff er die Augen zusammen und drückte eine Hand auf den Bauch.

»Ist dir nicht gut?«, fragte Henon besorgt.

»Nach drei Monaten mit den ewig gleichen Eintöpfen bin ich solches Essen nicht mehr gewohnt. Wie hast du es damals nur ausgehalten?«

Henon zuckte mit den Achseln. »Ich brauche nicht viel, das weißt du doch. Willst du dich nicht lieber hinlegen?«

Über den Tisch langte Anschar nach seiner Hand. »Nun übertreibe es nicht. Immerhin teile ich jetzt deine Erfahrung; ich glaube, das ist das einzig Gute daran.«

Der alte Sklave nickte gerührt, ihm kamen schon wieder die Tränen. »Das hätte nicht sein müssen. Nicht meinetwegen.«

»Du wirst wohl nie aufhören, dich klein zu machen.« Anschar rutschte von seinem Stuhl, ging neben Henon in die Hocke und umfasste seine Mitte. Dann küsste er gar seinen Bauch, während Henon ihm über den Hinterkopf strich. Solches Verhalten würde Grazia wohl nie richtig verstehen, und doch rührte es sie an, wie dieser groß gewachsene Krieger sich wie ein Kind kosen ließ. Manchmal kamen ihr alle Argaden wie Kinder vor. Warum sollte er eine Ausnahme sein?

»Wie kommt es, dass es bei dir nur drei Monate waren?«, fragte Henon. Augenblicklich verdüsterte sich Anschars Miene. Er stemmte sich hoch.

»Mallayur wollte, dass ich mich als gefügig erweise. Das habe ich getan. Ich habe die Flucht eines Sklaven verhindert.«

»Du hast jemanden verraten?«, entfuhr es Grazia.

»Es war nur ein Wüstenhund.«

»Aber er war in derselben Lage wie du.«

»Wohl kaum.« Er beugte sich über den Tisch und schrie sie an. »Ich wäre nicht geflohen! Denn ich wollte zurück. *Zurück!* Dafür hätte ich alles mit mir machen lassen. Dafür habe ich alles ertragen. Nur dafür!«

Wofür?, fragte sie sich. Für diesen einen Tag hier? Für eine einzige Nacht? Mit mir?

Sie saß geduckt da, wusste nicht, was sie sagen sollte. Er entledigte sie dieses Problems, indem er auf die Terrasse stapfte. Konnte sie sich ihm nach dieser Enthüllung noch verweigern? Nicht, dass sie das vorgehabt hatte, doch ihre Furcht vor der Nacht wuchs.

Zu dritt saßen sie auf der Terrasse, tranken Wein und sahen der Sonne beim Sinken zu. Die Papierwerkstätten kamen nicht mehr zur Sprache. Anschar und Henon erzählten Begebenheiten der letzten Jahre, wobei sich Anschar heiter gab, während Henon zu seinen üblichen Gefühlsausbrüchen neigte. Je mehr der Abend zur Neige ging, desto beklommener fühlte sich Grazia.

Als Anschar sich erhob und im Bad verschwand, ahnte sie, dass die Zeit gekommen war. Henon schien nichts zu bemerken, er saß nur da und hielt sichtlich zufrieden das Gesicht in die abendliche Brise.

Sie beschloss, Anschar zu folgen. Wenn sie mit ihm das Bett teilte, sollte es nichts ausmachen, ihn nackt zu sehen. Er stand im Becken und rieb sich mit Seifenkraut ein. Das nasse Haar hing ihm weit auf den Rücken. Für einen Moment genoss sie das Muskelspiel seiner Glieder und der prallen Hinterbacken, dann räusperte sie sich.

»Ich habe dich bemerkt«, sagte er, ohne sich umzudrehen. »Willst du mir helfen?«

»O, das … das schaffst du sicher allein.«

Er kniete sich ins Wasser, wusch die Seife herunter und stand wieder auf. Hastig blickte sie zur Seite, als er sich umdrehte, um nach seinem Wickelrock zu greifen. Dieser Mann war so viel wirklicher als jener auf dem Steg. Ihr schlug das Herz so fest gegen die Kehle, dass sie nur mit Mühe atmen konnte. Schließlich stand er vor ihr, wrang sich das Wasser aus den Haaren und sah sie begierig an.

»Ich wollte dich fragen, was mit Henon ist«, sagte sie leise.

»Was soll mit ihm sein?«

Grazia neigte sich vor, um es ihm zuzuflüstern. »Er kann heute nicht hierbleiben. Ich meine, das Schlafzimmer hat keine Tür. Er würde doch alles hören.«

Er neigte den Kopf; seine Stirn war gefurcht, als versuche er angestrengt, es zu begreifen. »Was ist daran schlimm?«

»O Anschar«, murmelte sie. »Was soll das nur mit uns werden? Ich halte es für unmöglich, dass du dich von einem alten Mann bedienen lässt, und du hältst es für unmöglich, dass es stören könnte, wenn jemand uns bei ... im Bett bemerkt. Werden wir uns jemals richtig verstehen?«

Langsam strich er sich die Haare zurück. »Ich will dich ja verstehen. Es ist nur ... nun ja, nicht leicht. Es ist wie mit den Türen. Du magst sie geschlossen, ich finde das ungewohnt. Aber du und ich, wir sind jetzt zusammen. Alles andere sind nur Kleinigkeiten, darüber müssen wir doch gar nicht reden. Ich sage Henon, dass er die Nacht draußen auf dem Korridor verbringen soll.«

Er schob sich an ihr vorbei, schritt auf die Terrasse und sprach leise mit Henon. Grazia war die Situation unendlich peinlich. Dass Henon ganz selbstverständlich seine Schlafmatte aufnahm und vor die Tür ging, machte es auch nicht leichter. Anschar schloss sie hinter ihm, schien zu überlegen und schob den Riegel vor.

Grazia eilte ins Schlafgemach. Was sollte sie jetzt tun? Am besten war es wohl, einfach abzuwarten. Sie hörte ihn kommen. Als sie sich umdrehte, sah sie, wie er eine Öllampe hereintrug, sie mit einer Hand abschirmte und langsam auf die Truhe neben dem Bett stellte.

»Bist du sicher, dass es ihm nichts ausmacht, die Nacht draußen zu verbringen?«, fragte sie.

»Ja. Jetzt vergiss ihn aber endlich.« Er streckte die Hand nach ihr aus. Sie ließ es geschehen, dass er sie heranzog, umarmte, küsste. Er strich über ihr Gesicht, schloss ihr die Augen, ertastete jede Einzelheit. Ewig hätte sie so dastehen mögen, denn konnte das, was folgte, schöner sein? Sie genoss die leisen Berührungen, wollte sie ihm zurückgeben, konnte sich aber nicht rühren.

»Es wird so schnell vorbei sein«, murmelte er und sackte aufs Bett. »Im Morgengrauen muss ich schon gehen.«

Sie wollte ihn ermahnen, jetzt nicht daran zu denken. Stattdessen fragte sie: »Wann werden wir uns wiedersehen?«

»Ich weiß es nicht.«

»Ist es schlimm für dich, dort wieder hinüber zu müssen?«

»Nur weil ich dich erneut allein lassen muss. Ansonsten … ach, Mallayur sollte mich jetzt nicht scheren. Du machst mich glücklich.«

»Oh, Anschar!« Es freute und ängstigte sie zugleich. »Aber was soll denn bloß werden? Das ist doch kein Zustand.«

»Ich werde versuchen, ihm keinen Grund zur Klage zu geben, dann können wir uns vielleicht noch einmal sehen. Mehr wird wahrscheinlich nicht möglich sein. Grazia, lass uns das Wenige, das wir aneinander haben, nicht noch erschweren. Du wirst bald den Weg in dein Reich zurückfinden, und dann war es das ohnehin.«

Der Gedanke schmerzte ihn, sie hörte es unschwer heraus. Sie strich ihm durchs Haar, wollte es nicht akzeptieren. Weder dass sie sich irgendwann verlieren würden, noch dass sein Besuch in der Früh schon endete. Ihr war danach, vor lauter Verzweiflung loszuplappern, aber sie biss sich auf die Zunge. Es wäre ohnehin nur dummes Zeug herausgekommen. Als er unversehens ihren Gürtel aufschnürte und sich streckte, um das Kleid herunterzustreifen, hielt sie sich vor Schreck an seinen Schultern fest.

»Du musst keine Angst haben«, sagte er. »Aber wenn du es doch nicht willst, solltest du es mir jetzt sagen.«

Sie schwieg. Mit erhobener Braue musterte er das Korsett und betastete es. Wie zu erwarten war, blieb es für ihn ein Rätsel.

»Wofür ist das gut? Gesehen habe ich es schon, als du ohnmächtig in der Wüste dalagst. Da wollte ich es dir abnehmen, aber ich habe es nicht gewagt.«

Zum Glück!, dachte sie erschrocken. Damals hätte er das nicht tun dürfen. Jetzt war alles anders. »Es gibt meinem Körper eine schöne Form.«

»Das ist alles?«, fragte er ungläubig.

»Ja.« Grazia griff nach der metallenen Schließe, überwand sich und löste den obersten Haken. Die Schließe sprang der Länge nach auf. Sie ließ das Korsett fallen. Nun stand sie im Unterkleid da und fühlte sich ziemlich nackt. Ihre Brüste, obwohl klein, kamen ihr schwer vor. Ihr Bauch zog sich zusammen, als sich Anschars Hände darauf legten und sich zum Rücken vortasteten, als wolle er ergründen, ob ihre Taille auch ohne das Korsett so schmal blieb. Er betrachtete alles genau, arbeitete sich zum Saum vor und machte Anstalten, ihn hochzuheben.

»Nicht«, würgte sie hervor. »Du willst mich doch nicht allen Ernstes ausziehen?«

Er zuckte zurück. Die Frage, was daran jetzt noch falsch war, stand ihm auf der gerunzelten Stirn geschrieben. Grazia nutzte seine Verwirrung, um aus seiner Reichweite zu kommen. Er stand auf, aber nicht, um ihr zu folgen, sondern seinen nachlässig geschnürten Rock zu lösen und sich ins Bett zu legen. Erleichtert nahm sie zur Kenntnis, dass er sich eine

Decke über den Schoss zog. Die Beine hatte er angewinkelt. Vorsichtig setzte sie sich auf die Bettkante. Er berührte ihren Arm, sodass sie sich zu ihm umwandte. Sie versuchte ein Lächeln, aber es geriet schief.

Offenbar wollte er ihr Zeit lassen. Sie schob sich aufs Bett und setzte sich neben ihn. Lag es am schwachen Licht, dass seine Unterschenkel so bleich und rau aussahen? Kein Härchen war zu sehen, stattdessen einige verkrustete Stellen.

»Wie kommt das?« Sacht strich sie darüber.

»Ach«, sagte er und setzte sich auf, um sich dort zu kratzen, wo sie ihn berührt hatte. »Ein kleines Andenken an die Papierwerkstätten. Das gibt sich wieder.«

»Was genau hast du denn da tun müssen?«

»Nichts, was sich lohnen würde, es ausgerechnet jetzt zu erzählen.«

Sein Blick war so durchdringend, dass sie ihm auswich. Vorsichtig schlüpfte sie unter die Decken, darauf bedacht, ihre Beine nicht mehr als nötig zu entblössen. Dann hatte sie es geschafft, sie lag auf dem Rücken und war sorgfältig zugedeckt. Alles Weitere war nun seine Sache.

»Du liegst da, als wärst du krank.«

»Wie soll ich denn sonst liegen?« Sie ahnte, dass es merkwürdig aussah, so krampfhaft die Bettdecke festzuhalten. Aber davon abgesehen, was sollte sie denn tun? Man legte sich hin, fertig. Mehr wusste sie darüber nicht, aber *das* wusste sie. Grosse kulturelle Unterschiede gab es da sicher nicht. Sie erinnerte sich an ein griechisches Vasenbild, auf dem der Mann sass und die Frau ihn bestieg, aber so etwas konnte Anschar unmöglich von ihr wollen.

Er hatte den Kopf auf einen Ellbogen gestützt und betrachtete sie. Seine andere Hand war nicht zu sehen. Doch als sie seine Finger spürte, dicht unterhalb ihrer Brust, keuchte sie auf.

»Würdest ... würdest du bitte das Licht löschen?«, stammelte sie. Irgendeine ihrer Tanten hatte einmal gesagt, das erste Mal müsse man über sich ergehen lassen wie einen Zahnarztbesuch. Noch tat ihr nichts weh, aber Grazia befürchtete, dass der Vergleich so abwegig nicht war.

»Grazia ...«

»Bitte!«

»Du magst es selbst jetzt nicht, wenn ich deinen Körper sehe?«

»Ich glaube nicht, nein. Aber vor allem mag ich es nicht, wenn du mir das Gefühl gibst, dass ich alles falsch mache.« Sie drehte ihm den Rücken zu, zog die Decke bis ans Kinn und versuchte verzweifelt, ihr Angstbeben zu unterdrücken. Einen Augenblick später war es dunkel. Anschar legte sich hinter sie und strich ihr die Haare aus dem Gesicht.

»Wir müssen es nicht tun, Feuerköpfchen.«

Grazia biss in das Kissen unter sich, um nicht aufzuschluchzen. Keinesfalls wollte sie, dass er merkte, wie sehr ihr all das zusetzte. Aber natürlich merkte er es. Ein Finger berührte ihr linkes Auge und wischte eine Träne ab. Diese Geste war ihr inzwischen so vertraut, dass sie nur noch mehr weinte.

»Das scheint ja bei euch eine freudlose Sache zu sein«, sagte er. »Oder hat er dir wehgetan?«

»Wer?«

»Friedrich.«

»Nein, wir haben nicht ...«, die restlichen Worte blieben ihr in der Kehle stecken. Sie spürte, wie er neben ihr auf die Matratze sank, und malte sich aus, wie er an die Zimmerdecke starrte. Nach einiger Zeit hielt sie es nicht mehr aus und rollte sich ebenfalls auf den Rücken. Sie spürte seine warme Haut an ihrem Arm.

»Ich habe dir das jetzt verdorben, oder?«, fragte sie leise.

»Aber ich verstehe davon nichts, wirklich.«

»Ach, Grazia, ich doch auch nicht.«

»Nicht? Ich dachte, du bist, nun ja, erfahren.«

»Ich weiß einer Frau Freude zu bereiten. Aber nichts ... darüber hinaus.«

»Ach so.« Gottlob war es dunkel, andernfalls hätte sie sich niemals auf ein solches Gespräch eingelassen. »Ich war einfach davon ausgegangen, dass du wie jeder Mann bist.«

»Wie sind sie denn bei euch?«

»Das – das weiß ich eigentlich nicht«, stotterte sie, kaute auf der Lippe und sagte dann: »Bei uns heiraten die Männer oft spät, und vorher ... vorher ... o Gott, Anschar, ich kann nicht darüber reden. Meine Mutter würde mir den Mund mit Seife auswaschen!«

»Wofür soll das denn gut sein?«

Nur mit Mühe konnte sie ein Aufstöhnen unterdrücken. Manchmal war er so anstrengend! »Wie halten es die Männer denn hier?«, fragte sie. »Heiraten sie früh?«

»Spätestens mit zwanzig. Es gibt jedenfalls nur wenige, die sich länger Zeit lassen. Und vorher treiben sie es mit fremden Frauen, die sie in der schwebenden Stadt finden. Oder mit Huren. Was ja auch mein Futter bisher war.«

Wie er das sagte. *Futter*. Grazia fühlte sich von dieser Wortwahl abgestoßen. Aber er kannte es ja nicht anders.

»Warst du nie verliebt?«

»Nein. Das heißt doch, als Junge ist es mir einmal passiert. Es war die Tochter eines hochrangigen Schreibers.«

»Etwa die mit dem kostbaren blauen Mantel?«

»Welcher ... ach, der! Nein.«

»Hat sie sich auch in dich verliebt?«

»Was?« Er lachte leise. »Ich bezweifle, dass sie je meine Existenz bemerkte. Wie auch immer, als ich die Tätowierung bekam, war es vorbei mit den albernen Träumen von Frau und Kindern, denn einer der Zehn lebt nur für den Meya.

Also bleiben nur fremde Frauen. Manche werden ganz wild, wenn sie die Tätowierung sehen. Andere erschreckt sie. Und so ist das, was ich finde, immer nur ein williger Körper oder eine Frau, die flüchtet, wenn es ernst wird.«

Mutter hatte ganz recht, dachte sie. Was ich bisher über die Liebe gelesen habe, war nur dummes Zeug.

Anschar würde sie nicht auf Händen in den Himmel tragen, denn er wusste gar nicht, wie das ging. Er konnte ihr ja nicht einmal den Hof machen. Niemals durfte sie sich ihm hingeben. Sie mochte ihn, aber sich an ihn für eine Nacht verschenken? Um es auf ewig zu bereuen? Allein hier neben ihm zu liegen, obschon tatenlos, war schlimm genug. Grazia presste die Augen zusammen. Tränen flossen ihr an den Schläfen herunter. Ihr Bauch, dort, wo er sie berührt hatte, schien zu glühen. Er war so dicht bei ihr und doch unerreichbar. Es tat so weh, zu erkennen, dass er nicht der Richtige war. Sie war für Friedrich bestimmt.

Sie glaubte zu spüren, dass er ebenso mit offenen Augen dalag und in die Dunkelheit starrte. Enttäuscht, ernüchtert. Nach einer Zeit, die ihr wie eine Stunde vorkam, rutschte sie näher und legte die Hand auf seine Brust. Er knurrte leise, als sie die Finger bewegte, schob den Arm hoch, und sie bettete erleichtert den Kopf auf seiner Schulter.

»Ich mag deine Tätowierung«, flüsterte sie. »Sie macht mir jedenfalls keine Angst.«

Als Antwort strich er ihr die Haare aus der Stirn und küsste sie zwischen den Brauen. Es tat so wohl.

Ein harter Kuss weckte sie. Grazia rieb sich die Augen. Es war taghell. Anschar hatte sich erhoben und war im Begriff, sich den Rock umzubinden.

»Ich habe verschlafen!«, verkündete er und klang dabei fast heiter. »Mallayur wird mir die Haut abziehen.«

»O Gott«, murmelte sie, setzte sich auf und angelte nach ihrer Uhr auf dem Hocker. Zehn Uhr! Vielmehr neun, aber das waren immer noch etwa drei Stunden Verspätung. Sie stellte die Uhr um eine Stunde zurück und zog sie auf.

»Ich könnte gleich hingerichtet werden, und du spielst mit dem Ding da herum. Was daran nützlich ist, hast du mir nie erklärt.«

Sie zeigte ihm das Ziffernblatt. »Der Tag ist hier in zwölf Stunden eingeteilt. Bei uns hat ein Tag vierundzwanzig Stunden, ganz unabhängig von Sonnenauf- und untergang und auch unabhängig von der Jahreszeit. Sie sind gleichmäßig eingeteilt, daher kann man anzeigen, wie sie verstreichen. Hier sind es fünfundzwanzig Stunden, das macht es etwas schwierig. Ich muss die Uhr jeden Morgen um eine Stunde zurückstellen.«

»Aha. Und wofür brauchst du das?«

»Zum Beispiel kann ich erkennen, wann es Essenszeit ist. Hast du meine Erklärung denn verstanden?«

»Ein bisschen vielleicht. Das reicht mir auch schon. Wenn ich Hunger habe, knurrt mein Magen. In deiner Welt lässt man sich allen Ernstes von diesem Ding sagen, wann man essen soll?«

Er ging um das Bett und beugte sich herab, um sie ein zweites Mal, diesmal genüsslicher, zu küssen. Grazia hielt sich an seinem Haar fest, doch er löste nach einer Weile ihre Finger und richtete sich wieder auf.

»Ich fürchte, uns bleibt für nichts Zeit.« Er griff sich in den Nacken und band die Haare zurück. »Wirst du damit zurechtkommen?«

Sie schüttelte den Kopf und nickte dann. Das musste sie ja. Noch hatte sie nicht recht begriffen, dass der Abschied kurz ausfallen würde. Anschar verschwand im Wohnzimmer.

Plötzlich war ihr übel vor Angst. War die Verspätung wirklich so schlimm? Hatte Anschar das mit der Hinrichtung etwa ernst gemeint? Sicher nicht! Sie warf die Beine über die Bettkante, stand auf und bückte sich nach ihrem Korsett. Er musste ihr dringend bestätigen, dass es nur ein schlechter Scherz gewesen war.

Aus dem Wohnzimmer kam ein Schrei. So laut, hart und entsetzt, dass er ihr durch alle Knochen fuhr.

»*Henon!*«

Grazia hastete ins Wohnzimmer. An der Tür kniete Anschar mit Henon in den Armen. Es sah aus, als habe er geöffnet, um den alten Mann einzulassen, und dieser war ihm entgegengefallen. Anschar hielt seinen Hinterkopf und starrte ihn aus weit aufgerissenen Augen an.

»Was ist passiert?«, rief Grazia und eilte zu ihnen. »O nein, seine Stirn ist ganz blutig!«

»Ich weiß nicht«, flüsterte Anschar. Er ließ ihn zu Boden gleiten und beugte sich über ihn. »Henon. Henon! Bei allen Göttern, sag etwas!«

Grazia lief ins Schlafzimmer zurück, raffte eine Decke und kehrte zu ihnen zurück. Sie kniete sich hin, schob eine Hand unter Henons Kopf und bewegte ihn vorsichtig. Wie leicht er sich anfühlte! Mit einem Zipfel der Decke tupfte sie ihm das Blut von der Stirn. Er merkte es nicht. Er war bewusstlos.

»Anschar, was ist nur …«, begann sie, doch Anschars kalkweißes Gesicht würgte ihr die Worte ab. Er strich über Henons Wangen, die ganz eingefallen waren, über seine Augenlider. Noch schien nicht zu ihm durchgedrungen zu sein, dass der alte Mann im Sterben lag.

Er warf den Kopf zurück und blickte zur Tür. Im nächsten Augenblick war er auf den Beinen, stürzte an die Tür und zerrte jemanden herein. Ein Mann flog quer durch den Raum und fand erst Halt an einem der Terrassenpfeiler. Er drehte sich um und presste den Rücken an die gemalten Weinranken. In der Hand hielt er eine blutige Peitsche.

»Du bist zu spät, Sklave.« Egnasch schüttelte die Peitsche aus. »Mallayur schickt mich, dich zu holen.«

»Und ihn niederzuschlagen?«, herrschte Anschar ihn an.

»Er wollte nicht öffnen.«

»Er *konnte* nicht öffnen! Siehst du?« Anschar warf die Tür zu und legte die Hand auf den Riegel. »Siehst du das?« Mit einem Aufschrei legte er ihn vor.

Grazia spürte, wie sich Henons Finger bewegten. Sie ergriff seine Hand, drückte sie und suchte sein Gesicht nach einem Anzeichen ab, dass er wieder erwachte. Noch atmete er. Dicht an ihm stapfte Anschar vorbei. Als sie wieder den Kopf hob, sah sie, dass er sein Schwert in der Hand hielt. Es hatte irgendwo in einer Ecke gelehnt. Wie hatte er es so schnell an sich nehmen können? Egnasch stierte darauf. Er stand noch immer am Pfeiler. Nun tastete er hinter sich und zerrte einen Dolch aus seinem Gürtel.

»Bleib stehen, Sklave!«, schrie er. Angstschweiß stand ihm auf der Stirn. »Und wirf das Schwert weg!«

Er streckte den Dolch vor. Anschar hob das Schwert. Mehr tat er nicht, aber Egnasch verlor die Nerven, sprang vor und ließ mit der Linken die Peitsche vorschnellen. Anschar zuckte mit keiner Wimper, als sie auf seine Brust sprang und einen roten Striemen hinterließ. Seine Miene zeigte keinerlei Gefühlsregung. So hatte Grazia ihn in der Arena gesehen, und es ängstigte sie. Was immer er jetzt tat, er würde keinen Gedanken an die Folgen verschwenden.

Egnasch holte erneut aus, und diesmal zielte er auf Anschars Kopf. Als seine Hand vorschnellte, beschrieb die Schwertklinge einen schnellen, kaum erkennbaren Bogen. Er riss den Mund auf und erstarrte. Die Peitsche fiel zu Boden. An ihrem Griff klebten seine Finger.

Keuchend krümmte er sich und presste die verstümmelte Hand an die Brust.

»Dafür ... wirst du sterben ... Sklave.«

Anschar deutete mit der Schwertspitze auf Egnaschs Brust. Dem Aufseher knickten die Beine ein, aber es gelang ihm, sich wieder aufzurappeln. Noch hatte er seinen Dolch. Nützen würde der ihm jedoch nichts.

Grazia glaubte zu spüren, wie Henon unter ihr wegstarb. Jeder Atemzug ließ länger auf sich warten. Aus seinem eingefallenen Gesicht war das Blut gewichen. Die Lider wirkten schwer, seine Haut war dünn und durchscheinend. Sie ließ ein wenig Wasser auf seine Lippen tropfen, aber nichts deutete darauf hin, dass er es noch bemerkte.

Egnasch sprang vor und riss den Dolch hoch. Der Hieb war schwach. Anschar trat zur Seite, hielt ihn auf, indem er sein Handgelenk packte, und gab ihm einen Fußtritt, der ihn auf die Terrasse beförderte. An der Brüstung sank Egnasch zusammen, beide Hände erhoben. Die eine war eine blutige Masse, in der anderen zitterte immer noch der Dolch.

»Bleib mir vom Leib«, wimmerte er. »Dir muss doch klar sein, was mit dir passiert, wenn du mich umbringst?«

»Das ist mir egal.«

Nein, dachte Grazia, das darf so nicht enden! Sie ließ Henons Kopf zu Boden sinken, sprang auf und hastete auf die Terrasse. »Anschar, bitte hör auf! Du machst alles nur noch schlimmer.« Sie streckte sich nach ihm aus, berührte ihn an seiner linken Schulter. Da wirbelte er zu ihr herum und stieß sie von sich. Rücklings fiel sie hin, versuchte sich abzufangen und stieß mit dem Arm schmerzhaft gegen die Kante der Sitzbank. Der Hieb trieb ihr das Wasser in die Augen, tränenblind kroch sie von Anschar fort. Warum hatte sie das getan? Sie hätte wissen müssen, dass es der denkbar schlechteste Zeitpunkt war, ihn anzufassen. Es ließ sich nichts mehr verhindern. Henon starb, Egnasch würde sterben, und Anschar zuletzt wohl auch.

Am Ende der Terrasse angelangt, kauerte sie sich hin und rieb sich über die Augen. Unverändert stand Anschar da, mit dem vorgestreckten Schwert in der Hand. Wahrscheinlich hatte er gar nicht richtig wahrgenommen, dass sie sich ihm genähert hatte. Er hatte nur Augen für sein Opfer, das sich jetzt an der Brüstung hochschob, um der Schwertspitze auszuweichen, die sich gegen seinen Bauch drückte.

Egnasch sah zu Anschar hoch, seine Lippen formten Worte – flehentliche Worte, wie es schien, aber es kam nichts als unverständliches Gestammel. Er konnte nur noch auf die Brüstung klettern, wollte er verhindern, dass sich das Schwert langsam in ihn bohrte.

»Ja, spring«, sagte Anschar. »Auf dem Pflaster da unten zerschmettern ist das richtige Ende für einen Hund wie dich.«

»Lass mich in Ruhe!«, heulte Egnasch mit sich überschlagender Stimme. Er kniete auf der Brüstung. Tränen liefen ihm die Wangen herunter. Die Innenseiten seiner Beine waren nass. Grazia bezweifelte, dass er sich des Abgrunds hinter ihm bewusst war. Den Dolch schien er vergessen zu haben, obwohl er ihn immer noch in der Hand hielt.

Anschar machte einen Schritt vorwärts. Das Schwert begann sich in Egnaschs Bauch zu bohren. Der Dolch klapperte zu Boden. Egnaschs Körper durchfuhr ein Zittern, als werde er von der Waffe in seinem Fleisch durchgeschüttelt. Er neigte sich nach hinten. Die Klinge glitt aus ihm heraus, und er verschwand hinter der Brüstung.

Einen Herzschlag später hörte Grazia einen dumpfen Aufprall und die Schreie einiger Menschen.

19

Sie sah zu, wie Anschar Henons Hände über dem mageren Bauch kreuzte und die Finger verschränkte. Innerlich wirkte er wie versteinert. Sie wartete in einigen Schritten Entfernung, bis er Henons Stirn geküsst hatte und sich aufrichtete.

»Jetzt geschieht, was du immer wolltest, Grazia«, sagte er, ohne sich umzuwenden. »Ich werde fliehen.«

Er tat so, als besäße er dazu alle Zeit der Welt. Als sei ihm nicht bewusst, dass unten auf der Straße ein Toter lag, der die Menschen anlockte. Es konnte nicht lange dauern, bis man herausfand, wo Egnasch heruntergefallen war. Würde Madyur seinen früheren Leibwächter schützen? Wohl kaum.

Grazia raffte ihr Kleid auf und schlüpfte hinein. Dann packte sie eilends ihre Sachen zusammen. Viel war es nicht; zu ihren eigenen Besitztümern waren nur die Zeichnungen, ein paar Kleidungsstücke, Toilettenartikel und Kleinkram hinzugekommen. Sie stopfte ihre Grastasche voll, schlüpfte in ihren Mantel und legte sich den Riemen über die Schulter. Glasklar wurde ihr bewusst, dass sie mitten durch die Stadt hetzen mussten – jeder auf eigene Weise sehr auffällig.

»Was tust du da?«, fragte Anschar. Er stand am Eingang zum Schlafzimmer.

»Ich gehe mit dir. Und versuch nicht, es mir auszureden.«

Er sagte nichts, er stand nur da. Grazia lief zu ihm und rüttelte an seinen Schultern. Jetzt wirkte er so müde, dass sie keine Angst mehr hatte. »Komm zu dir, bitte! Du musst so schnell wie möglich weg. Wir beide müssen weg. In wenigen Augenblicken werden etliche Leute hier hereinstürmen!«

Sie ging an ihm vorbei ins Schlafzimmer und beugte sich über Henon. Der Tod schien ihn noch einmal um zehn Jahre älter gemacht zu haben. Auch sie gab ihm einen Kuss. Sie hatte den alten Mann sehr gemocht, aber zum Trauern war jetzt keine Zeit. Zurück im Wohnzimmer, bemerkte sie erleichtert, dass Anschar seine Erstarrung abgeschüttelt hatte. Er war schnell wie eh und je, als er durch die Räume fegte, aus einer Truhe sein altes schwarzes Hemd und den schwarzen Wickelrock nahm und sich ankleidete. Von dem weißen herschedischen Rock riss er Streifen ab und wickelte sie um seine rechte Hand. Mit dem Rest des Rockes säuberte er die Schwertklinge, schob sie in die Scheide und schnallte sie sich um. Egnaschs Dolch schob er hinten in den Gürtel. Dann zog er einen Mantel aus einer Truhe und warf ihn sich über. Er zupfte am rechten Ärmel, sodass möglichst wenig des Verbandes zu sehen war.

»Das ist auffällig, aber weniger auffällig als die Tätowierung«, sagte er. »Und jetzt weg hier. Ich werde versuchen, dich zu dem heiligen Mann zu bringen. Wenn dein Gott dir gnädig ist, wird er dich das Tor finden lassen und es dir öffnen.«

»Und was wird aus dir?«

»Das überlege ich mir unterwegs.«

Er führte sie durch fremde Gänge des Palastes. Blind vertraute sie sich ihm an, und als sie an einer Seitenpforte ankamen, waren ihnen nur Palastsklaven und niedere Bedienstete begegnet. Die Pforte war nicht verschlossen. Ungesehen gelangten sie auf einen kleinen Platz, auf dem Händler ihre Tische aufgestellt hatten. Gegenüber öffnete sich eine schmale Gasse, in die Anschar eintauchte. Grazia atmete auf, hatte sie doch befürchtet, sie würden Buyudrar oder Schemgad in die Arme laufen. Aber es gab keinen Grund, zuversichtlich zu sein. Die Flucht fing erst an.

Im Laufen zog er den Dolch und bog mit der Spitze die Öse seines Ohrrings auf. »Nicht!«, rief sie, als er Anstalten machte, ihn fortzuwerfen. Er gab ihn ihr.

»Was willst du denn damit?«

»Meiner Familie zeigen, wenn ich wieder zu Hause bin.«

»Mallayurs Zeichen? Das ist doch wirklich nichts, was man mit Stolz herumzeigt.« Er packte ihren Arm und zog sie in eine Seitengasse. Irgendjemand rief, beim Palast liege ein Toter. Die Menschen steckten die Köpfe aus ihren Häusern, stiegen von den Dächern herunter und taten sich an der aufregenden Nachricht gütlich. Aber niemand achtete auf sie.

Der Weg durch das Labyrinth der Gassen erschien ihr endlos und die aufragende Stadtmauer bedrohlich. Als das Osttor in Sicht kam, zog sie die Kapuze noch tiefer ins Gesicht. Das fiel nicht auf, denn so schützten sich viele Menschen vor der Sonne. Auch Anschar bedeckte seinen Kopf. Sie kamen auf eine breite Marktstraße und tauchten ein in ein Meer von Menschen, Zugtieren und Karren. Grashändler mit ihren bis in den Himmel beladenen Karren bevölkerten die Straße; Wasserfrauen, die pralle Schläuche auf dem Rücken mit sich führten und jeden für ein kleines Entgelt trinken ließen; Sklaven in weißen Röcken und mit Sonnenschirmen und Federwedeln; Sänftenträger mit geölten Körpern und schrill geschminkte Frauen, deren durchscheinende Kleidung nichts verbarg. Grazia umklammerte Anschars Hand, da sie befürchtete, ihn zu verlieren. Er ging so schnell, dass ihr der Atem wegblieb. Erst als sie durch das Tor waren, verlangsamte er ein wenig seine Schritte.

»Wir werden der Schlucht folgen«, erklärte er. »Bis zum Hyregor haben wir einen dreitägigen Marsch vor uns.«

»Allein der Gedanke lässt meine Füße schmerzen. Können wir uns kein Pferd besorgen?«

»Grazia, wem hast du gesagt, dass du zu dem heiligen Mann willst?«

»Nun, äh … einigen. Fidya weiß es. Sildyu auch, sie hatte mir ja von ihm erzählt. Und der König natürlich.« Nur langsam dämmerte ihr, warum er das gefragt hatte. »Aber dann werden sie uns ja bald auf den Fersen sein! Wie sollen wir es je unbemerkt zu dem heiligen Mann schaffen?«

»Indem wir abseits der Straße im unwegsamen Gelände laufen, dicht an der Schlucht. Deshalb können wir auch kein Pferd nehmen, denn damit würden wir leicht entdeckt werden.«

»O Gott«, flüsterte sie und blieb stehen, ohne dass sie es wollte. Sie zitterte am ganzen Leib. »Das hätte alles nicht geschehen dürfen.«

»Wir schaffen das. Denk an die Wüste, da waren es drei harte Monate. Jetzt werden es nur drei harte Tage.« Er berührte ihre Wange. Sie wollte eintauchen in diese dunklen Augen, die ihr Trost, aber auch Anstrengungen versprachen. »Danach bist du zu Hause.«

Grazia kramte nach ihrer Uhr und klappte sie auf. Vier Stunden waren sie nun gelaufen, im Niemandsland zwischen der Straße und der Schlucht.

Der mit vereinzelten Bäumen und viel Unterholz überwucherte Streifen war breit genug, um darin unterzutauchen, aber viel zu steinig für ihre zarten Füße. Sie hatte Anschar angebettelt, auf der Straße laufen zu dürfen. Die war zwar unbefestigt und sehr staubig, aber geebnet. Er gestattete es nicht, und sie fragte nicht mehr.

Anschar war in Schweigen versunken. Ab und zu bemerkte sie seine Tränen, die er um Henons willen vergoss.

»Ich brauche eine Pause, Anschar!«

Mit einer unleidlichen Geste schlug er die Kapuze zurück. »Jetzt schon? Na schön, es schadet wohl nichts.« Er führte sie in Richtung der Schlucht, wo das Gelände ein Stück abfiel. Ihr zitterten die Knie, als sie einige natürliche Felsenstufen hinabsteigen musste. Aufatmend hockte sie sich hin und kramte einen Becher aus ihrer Tasche.

»Durst müssen wir zwar nicht leiden«, sagte sie und hielt ihm den gefüllten Becher hin. »Aber wir haben nichts zu essen dabei.«

»Hast du Geld?«

»Ja. Ich würde aber gern von jeder Sorte eine Münze mit nach Hause nehmen.«

»Für deine Familie? Nun, morgen früh gehe ich ins nächstgelegene Dorf und sehe, ob sich unauffällig etwas Brot auftreiben lässt. Notfalls müssen wir Graswurzeln ausgraben. Verhungern werden wir schon nicht.« Er gab ihr den Becher zurück. »Dieses wohlschmeckende Wasser werde ich vermissen, wenn du fort bist.«

Die Bemerkung versetzte ihr einen Stich. Würde er nur das vermissen? Missmutig starrte sie in die Schlucht und sah zu, wie eine Kette von langschwänzigen Vögeln die Luft durchpflügte und an der gegenüberliegenden Felswand ihre Nester aufsuchte. Dunkel war sie, von zahllosen Rissen und Simsen durchzogen, aber das Gestein glatt. Es wirkte tatsächlich ein wenig wie von einer Riesenklinge durchtrennt. In den Rissen wuchs das allgegenwärtige Gras, das sich im Wind wiegte. Auch davon wollte sie etwas mitnehmen. Sie würde viele Beweise brauchen, um ihren Eltern und Friedrich glaubhaft zu machen, wo sie gewesen war.

»Wir müssen weiter, Feuerköpfchen.«

»Schon? Ich muss aber erst mein Korsett anziehen. Würdest du dich bitte umdrehen?«

»Dein was?«

»Aber du kennst es doch«, sagte sie verschwörerisch und zog es ein Stück aus der Tasche. »Siehst du? Heute früh war keine Zeit, es anzuziehen, und mir schmerzt ganz furchtbar der Rücken.«

»Es schwächt deine Muskeln, daher die Schmerzen.«

»Es gibt Frauen bei uns, die das auch sagen. Aber ein Mann käme nie auf die Idee, es einem ausreden zu wollen. Dazu gefallen wir ihnen darin viel zu gut.«

Mit einem verächtlichen Grunzen kehrte er ihr den Rücken zu. Sein Blick hatte jedoch verraten, dass er diese Ansicht nachvollziehen konnte. Grazia beeilte sich, das Korsett anzulegen und das Kleid wieder überzustreifen. »Es muss nachgeschnürt werden. Würdest du mir bitte helfen? Mein Arm schmerzt, ich kann es nicht richtig.« Sie griff hinter sich und zog das Kleid gerade so weit hoch, dass er die Schnürung sehen konnte. Ihre Schultern zitterten in der Erwartung, von ihm berührt zu werden. Der suchende Druck seiner Finger jagte ihr prickelnde Schauer über die Haut. Still saß sie da, mit geschlossenen Augen, um durch das Korsett seine Berührungen zu erfühlen. Schmerzhaft drückten ihre Brustwarzen gegen den Stoffpanzer.

Anschar zog an den Schnüren. »Gut so?«

»Fester.«

Er wiederholte es. »So?«

»Mhm. Ja.«

Mühelos arbeitete er sich hinauf und schlug dann den Stoff herunter. Grazia ordnete ihr Kleid und wandte sich ihm wieder zu. Sie hatte erwartet, dass er … interessierter vorgegangen wäre. Natürlich nur ein wenig, ein ganz klein wenig. Aber er schien darauf bedacht, sich keine zweite

Zurückweisung einzufangen. Vielleicht lag es auch an seiner Trauer. Oder einfach nur daran, dass Unterwäsche auf ihn keinen Reiz ausübte.

»Warum schmerzt dein Arm?«, wollte er wissen. »Hast du dich gestoßen?«

Er hatte in seiner Raserei tatsächlich nicht gemerkt, dass er sie von sich geschleudert hatte. Unwillkürlich rieb sie sich die schmerzende Stelle.

»Ja«, murmelte sie. »Ich weiß nicht. Irgendwie.«

»Zeig her.«

Sie streckte ihm den Arm hin. Er schob den Ärmel hinauf und betastete vorsichtig das Fleisch. Es war ihr unangenehm, denn bis auf einen dicken blauen Fleck war da nichts.

»Du bist wirklich verzärtelt.« Er lächelte und hob ihre Hand an die Lippen. Die zarte Berührung ging ihr durch und durch. Sie sehnte sich danach, dass er sie an sich zog, aber er tat es nicht. Dazu war es zu spät, das wusste er wohl. Bald würden sie voneinander getrennt sein, und dann war es besser, keine Erinnerungen zu haben, die einen auf ewig plagten. Keine Erinnerungen?, dachte sie. Du Närrin. Du hast ihn geküsst. Du hast neben ihm im Bett gelegen.

»Komm jetzt.« Er stand auf und half ihr, die Felsenstufen wieder hinaufzusteigen. Ihr Rücken schmerzte jetzt bedeutend weniger, aber gewiss würde sie heute Abend wieder jammern. Sie gingen ein Stück voraus, wo sich das Unterholz etwas lichtete. Auf einer freien Fläche stand ein Reiter. Deutlich sah sie den Schweif seines Reittiers, der nach Fliegen schlug; die Hand des Mannes, die über die Stirn strich, wie um Schweiß abzuwischen. Oder die Augen zu beschatten, um Ausschau zu halten. Im nächsten Augenblick kauerte sie auf dem Boden, hinter einem Felsblock. Anschar hatte den Rücken gegen den Stein gepresst und sie an sich gedrückt. Mit der freien Hand zog er langsam sein Schwert. Das Zischen des Metalls, das über das Scheidenmundblech glitt, kam ihr erschreckend laut vor. Sie musste an sich halten, nicht die Hand auszustrecken und ihn zurückzuhalten.

Gras knisterte unter den ungeduldigen Hufen des Pferdes. Es schnaubte. Grazia sah nichts, glaubte aber zu hören, dass es sich näherte, Schritt für Schritt. Sie krallte die Finger in Anschars Hemd und betete, dass sie verschont würden. Von der Straße her waren ebenfalls Huftritte zu hören und die Wortfetzen mehrerer Männer. Dann nahm sie nur noch ihren eigenen keuchenden Atem wahr, da sie die Hände auf die Ohren presste. Als der Druck von Anschars Arm schwand, hob sie den Kopf.

»Warte hier«, zischte er und rannte aus der Deckung. Sie wagte es, über den Rand des Felsens zu spähen. Der Reiter war fort, die Wildnis wirkte unberührt. Irgendwo voraus bewegten sich Blätter, ohne Zutun des Windes. Die Männer mussten noch in der Nähe sein. Was, wenn Anschar ihnen in die Hände fiel? Sie konnte kaum atmen, so dick saß der Kloß der Angst in ihrer Kehle. Aber da kehrte er zurück, machte einen Satz hinter den Felsen und kauerte wieder an ihrer Seite.

»Zwanzig habe ich gezählt«, berichtete er. »Herschedische Palastkrieger. Keine Frage, dass sie uns suchen. Sie sind nach Osten unterwegs.«

»Wissen sie, wo der heilige Mann ist?«

»Das ist anzunehmen.«

»Wir werden ihnen in die Arme laufen!«

»Nein.« Er zog sie wieder an sich. »Weiter voraus wird es zu unwegsam für Reiter. Sie werden auf der Straße bleiben. Wie wir uns dann unbemerkt der Einsiedelei nähern, weiß ich nicht, aber mach dir nicht mehr Sorgen als nötig. Jedenfalls freu dich, dass du dich noch ein Weilchen ausruhen kannst. Es ist wohl besser, ein wenig länger zu warten.«

Grazia unterdrückte das Angstbeben ihres Körpers und bettete den Kopf an seiner Brust. Die Klinge dicht vor ihren Augen gemahnte sie an das, was ihnen noch bevorstehen mochte. »Zwanzig Krieger! Vielleicht sind sie ja gar nicht unseretwegen unterwegs?«

»O doch.« Er lachte, und es klang böse. »Wären sie nicht mit Bogen bewaffnet, könnte ich mich fast gekränkt fühlen, dass es so wenige sind.«

Für die Nacht fanden sie eine mannshohe Felsspalte, an deren Grund der Boden einigermaßen eben war, fast wie eine kleine Höhle. Anschar hatte ein hasenähnliches Tier erlegt, das ihm vors Schwert gelaufen war. Die Schnelligkeit, mit der er es zubereitete, verriet seine frühere Tätigkeit in der Palastküche. Lediglich das Feuermachen nahm einige Zeit in Anspruch, da er nicht über Pyrit und Feuerstein und schon gar nicht über Streichhölzer verfügte. Kaum hingen die Fleischstücke auf Stöcke gespießt über dem Feuer, knurrte Grazia der Magen.

»Und du bist sicher, dass sie uns hier nicht finden?«, fragte sie.

»Ziemlich sicher. Wir sind hier geschützt, und sie sind weit voraus.« Er riss von irgendwoher ein Büschel Gras aus und säuberte die Dolchklinge. Dann setzte er sie an den Hals. Grazia hielt den Atem an. Aber er säbelte sich nur den Ziegenbart ab. Unzählige Male strich er mit den Fingern darüber, bis er endlich jedes Härchen entfernt hatte.

»Eigentlich schade«, meinte sie.

»Findest du?« Er klang empört.

»Es sah ziemlich verwegen aus. Und dann mit Goldperlen darin? Du sahst aus wie ein *Pirat*.«

»Deine harten Wörter quälen meine Ohren. *Korsett*. *Pirat*. Was immer das ist.«

Es zu umschreiben, war nicht leicht. Maritime Begriffe

waren hier schließlich in Vergessenheit geraten. »Ein Mann, der auf einem Schiff reist und andere Schiffe überfällt.«

Anschar hob belustigt eine Braue und wischte die Härchen von der Schneide. »Schwer vorstellbar für einen Argaden. Hier kennen wir ja nur den Großen See inmitten weitläufiger Getreidefelder, aber mehr als ein paar Fischerboote findet man darauf nicht. Sollte es mich je in deine Welt verschlagen, würde ich gern das Meer sehen. Die riesigen Schiffe. *Delfine.* Delfine? Richtig?«

»Ja. Aber nicht da, wo ich wohne; da ist es zu kalt.«

»Ach ja, die sind dort, wo die Mykener leben. Wie war das noch? Sie sind wie einstmals der Held Meya mit tausend Schiffen über das Meer gefahren, um eine Stadt zu erobern? Wegen einer Frau?«

»Ja, genau.«

Er warf ihr einen Seitenblick zu, der ihr ein Prickeln über die Haut jagte. »Sie ist gewiss sehr schön. Glaubst du, sie schaffen es?«

»O Anschar, das war doch ...« Sie musste lachen. »Ja, ich bin sicher.«

Er zog einen der Stöcke aus der Erde, begutachtete das Fleisch und reichte es ihr. So ganz ohne Gewürze war es kein besonderes Mahl, aber da Hunger der beste Koch ist, hatte sie es schnell vertilgt. Dann ergriff die Müdigkeit von ihr Besitz, und sie streckte sich neben dem Feuer aus. Längst war es dunkel geworden. Nach drei Monaten in der Wüste machte es ihr nichts mehr aus, im Freien zu nächtigen, aber das bohrende Gefühl, verfolgt zu werden, hielt sie wach. Sie starrte in den Himmel und suchte die argadischen Sternbilder. Stunde um Stunde verstrich, und als sie endlich einzunicken begann, hörte sie Anschar weinen.

Grazia setzte sich auf. Er hockte vornübergebeugt vor den nur noch schwach brennenden Scheiten. Seine Schultern zitterten. Sie rückte näher an ihn heran, doch als sie im schwachen Schein des Feuers sein Gesicht sah, zuckte sie zurück. Er hatte sich in Ermangelung blauer Farbe Ruß unter die Augen geschmiert. Tränen schwemmten ihn über seine Wangen.

»Anschar«, murmelte sie. Es war keine Erklärung nötig. Den Tag über hatte er sich wenig anmerken lassen. Jetzt brach die Trauer aus ihm heraus. Er bedeckte die Augen mit einer rußverschmierten Hand und heulte den Schmerz hinaus. Hilflos ergriff sie seine Hand und knetete die schlaffen, kalten Finger, die aus dem Verband herausschauten. Er schien es gar nicht zu bemerken.

»Ich wollte nicht, dass er nach Heria geht, um mich zu besuchen«, klagte er mit tränenerstickter Stimme. »Und was passiert? Egnasch kommt nach Argadye! Und schon war es um Henon geschehen. Das kann doch nicht sein! So ein Unglück kann es einfach nicht geben.«

Angesichts so viel Verzweiflung schossen auch ihr die Tränen ins Gesicht. Sie hatte den alten Mann gemocht, aber Anschars Schmerz schien aus einer anderen Welt zu stammen. Ihr saß ein Klumpen im Hals. »Wenn ich dich nicht gebeten hätte, ihn hinauszuschicken, wäre das nicht passiert.«

»Ich habe den Riegel vorgeschoben. Trotzdem haben wir beide keine Schuld.«

Sie fasste in seinen Nacken. Worte fehlten ihr, aber trösten wollte sie ihn. Er sank auf den Bauch, vergrub das Gesicht in ihrem Schoß und krallte die Finger in ihre Schenkel. Fast hätte sie aufgeschrien, so weh tat er ihr, aber sie hielt es aus. Sie strich ihm über den Kopf, die Schultern und wartete einfach ab, dass er sich beruhigte. Allmählich verebbte das Beben seines Körpers.

»Weißt du«, setzte sie bedächtig an. »Ich glaube, es würde ihn freuen, zu wissen, dass du jetzt frei bist.«

»Frei?«, murmelte er müde in ihren Schoß. »Ich bin nicht

frei, ich bin ein entlaufener Sklave. Und das fühlt sich nicht gut an.«

»Du *bist* frei.«

»Lass uns nicht darüber reden, Grazia.«

»Ach, Anschar. Ich weiß ja, wie sehr du dich gegen eine Flucht gesperrt hattest. An den Gedanken der Freiheit musst du dich eben noch gewöhnen. Findest du es etwa nicht richtig? Deine Mutter war unrechtmäßig gefangen genommen worden. Was jetzt ist …«

»Ich sagte, ich will nicht darüber reden!« Anschar ruckte hoch. Sein Gesicht war ihrem ganz nah. Ein Schreckensgesicht. Sie berührte seine Wange, um sich davon zu überzeugen, dass es wirklich nur Ruß war. Ihre Lippen hatten sich ohne ihr Zutun geöffnet. Er sah so furchtbar aus, aber die Nähe verwischte den Eindruck. Er packte ihren Kopf und presste den Mund so fest auf den ihren, dass sie glaubte, er werde gewalttätig. Da war seine Zunge – was wollte er? Er stieß damit in sie. Ihr Hinterkopf schlug gegen den Fels. Der Laut, den sie von sich gab, glich dem erschrockenen Fiepen eines Hundes. Nein, dachte sie, hör auf, du bist nicht der Richtige! Aber ihr Mund tat anderes als das, was sie für vernünftig hielt. Ihr Mund gab sich ihm hin.

Anschar war es, der es beendete. Nicht sie. Er schlug mit der Faust gegen den Fels und stöhnte auf. Die Gier stand noch in seinen Augen, aber er rückte von ihr ab und zog die Knie an. Seine Finger bohrten sich in die Kniekehlen. Er trauerte. Aber diesmal, so glaubte sie, nicht um Henon.

Grazia setzte sich auf und streckte den Rücken. Der Schlaf in ihrem Korsett war wohltuend gewesen. Es war inzwischen hell, das Feuer heruntergebrannt, jetzt glühten nur noch die Scheite. Eines der Fleischstücke lag, säuberlich in ein ledriges Blatt gewickelt, inmitten der Glut. Anschar musste es vor

Kurzem hineingelegt haben, eigens für sie, damit sie es warm essen konnte. Schläfrig verscheuchte sie ein paar Mücken und griff nach ihrer Uhr.

»Nicht!«, hörte sie ihn über sich sagen. Sie hielt nach ihm Ausschau. Er stand am Rand der Spalte, hatte einen Fuß auf einen Stein gestellt und auf dem Oberschenkel das Ende eines langen Astes, das er mit dem Dolch bearbeitete. »Das habe ich schon gemacht.«

Er hatte die Uhr zurückgestellt? Wie kam er dazu? Sie hatte ihm nie erklärt, wie das ging. »Warum?«, fragte sie.

»Weil dir etwas daran liegt.«

Grazia runzelte leicht die Stirn. Seine Beobachtungsgabe war bemerkenswert, und er wusste sie gut zu verstecken. Das war wohl eine der Eigenschaften, die einen der Zehn ausmachten. Sie strich über den Deckel und drückte die Uhr kurz an sich.

»Wie hast du geschlafen, Feuerköpfchen?« Er lächelte. Es tat so gut, ihn wieder lächeln zu sehen, obwohl sein rußverschmiertes Gesicht, jetzt bei Tage, fast noch schlimmer aussah.

»Recht gut. Wird das ein Speer? Willst du jagen?«

»Zumindest es versuchen. Pfeil und Bogen wären mir jetzt lieber als das hier, denn dann wäre es einfacher.« Er machte einen Satz über die Spalte hinweg und war fort. Grazia widmete sich dem Fleisch. Ein paar Graswurzeln lagen neben dem Feuer, säuberlich von der wenigen Erde befreit, die sie benötigten. Es waren lange, dünne und ausnehmend harte Fäden. Bisher hatte sie die Wurzeln nur in gekochtem Zustand kennen gelernt. Mit spitzen Zähnen biss sie ein Stück ab und würgte es herunter. Nein, lieber begnügte sie sich mit dem Fleisch. Da entdeckte sie ein zweites Blatt, in das etwas gewickelt war. Ein Brotfladen. Anschar war tatsächlich in einem Dorf oder auf der Straße gewesen. Allein! Wenigstens hätte er sie wecken sollen, damit sie wusste, worauf er sich einließ. Plötzlich war ihr der Gedanke, dass er mit seinem behelfsmäßigen Speer hier herumstapfte, verhasst. Sie stopfte sich ein großes Stück Brot in den Mund und kletterte aus der Spalte. Irgendwo voraus knisterte das Unterholz. Flügelschlag war zu hören, dann das ängstliche Geschrei eines Vogels. Trotz ihres beklommenen Gefühls schob sie sich an Baumstämmen und trocken knisterndem Gebüsch vorbei, um Anschar zu folgen.

Leise rief sie seinen Namen. Eine Klinge blitzte auf. Er kniete vor einem flachen Felsen und hielt in der Linken einen großen schwarzen Vogel an seinen Flügeln und in der Rechten sein Schwert. Er warf den Kopf in den Nacken, seine Lippen bewegten sich. Jäh riss er die Klinge hoch und ließ sie auf den Hals des Vogels niedersausen. Der Kopf flog zu Boden, eine Blutfontäne ergoss sich über den Stein. Grazia hatte aufgeschrien, ohne dass sie es wollte.

Anschar drückte das Tier auf den Stein, bis es sich nicht mehr rührte, was ewig zu dauern schien. Dann erst wandte er sich ihr zu.

»Ich wollte nicht, dass du es siehst. Geh lieber wieder zum Lager zurück.«

Sie wusste nicht, ob sie von diesem barbarischen Ritual abgestoßen oder fasziniert sein sollte. Es sah weniger schlimm aus als die Abschlachtung des Sturhorns. Die schwarzen Schwingen lagen schlaff auf dem Stein, die Füße reckten sich in die Höhe. Das Blut tropfte nicht nur aus dem Hals, es klebte auch auf den Flügelfedern, wo der Speer sie durchschlagen hatte. Anschar wischte sich mit einer blutigen Hand übers Gesicht, machte eine Geste in Richtung des Himmels und stand auf.

»Ich habe die Dreiheit angefleht, uns zu helfen.«

»Ach, Anschar.«

»Ja, ich weiß, dass du nichts davon hältst.« Er bückte sich nach einem breitblättrigen Gewächs und wischte daran die Klinge sauber. »Die Götter sind ja auch kaltherzig. Trotzdem wollen sie immer noch, dass man sie bittet. Ich meine, wir haben zwanzig Krieger vor uns und sind auf der Suche nach einem Priester des Inar. Da soll ich nicht opfern, um ihn zu finden?«

»Schon gut, ich sage ja nichts mehr. Eure Religion und alles, was damit zu tun hat, ist jedenfalls etwas, das ich nicht vermissen werde. Bitte tu mir den Gefallen und mach dich sauber.« Sie formte mit den Händen eine Schale und ließ Wasser hineinfließen. Anschar zögerte, aber dann bückte er sich und wusch sich das Blut und den Ruß aus dem Gesicht.

»Hier hat es gebrannt«, sagte er. Grazia verharrte, denn er hielt sie zurück. Das überwucherte Gelände war einem freien Feld gewichen, auf dem die Reste verkohlten Grases und schwarze Baumstümpfe standen. Noch waren sie in der Deckung einer geduckten Kiefer, die das Feuer verschont hatte. In der Luft hing der Geruch des Infernos. Dass das trockene Gras in Flammen aufgegangen war, konnte erst ein paar Tage zurückliegen. Von der Straße war nichts zu sehen, sie war längst in nordöstliche Richtung abgebogen. »Irgendwo dort muss ein Pfad abzweigen, der zu der Einsiedelei führt.« Anschar deutete voraus. »Den können wir nicht nehmen. Wir müssen über die Felsen.«

Die Ausläufer des Hyregor ragten ungemütlich über ihnen auf, kahl, schrundig, die fernen Gipfel von der Sonne beleuchtet. Grazia ahnte, dass der bisherige Weg im Vergleich zu dem, was jetzt auf sie zukam, ein Spaziergang gewesen war.

Sie hasteten über das freie Feld und tauchten in die Schatten aufragender Felsnadeln ein. Auch hier gab es so etwas wie einen Pfad, aber der war wesentlich schwieriger zu nehmen. Anschar ging voraus und hielt ihre Hand. Angesichts der Anstrengung schrumpfte die Frage, ob sie sich in diesem Felsengewirr nicht verirren mussten, zur Bedeutungslosigkeit. Grazia verlor jegliches Zeitgefühl, dachte nur an den nächsten Schritt, erbettelte sich Pausen und ergötzte sich, wenn die Mühen weniger schlimm waren, an der Landschaft. Die aufgeworfenen Felsen erklärten gut, wie die Legende vom Schwerthieb des Inar entstanden war. Braun bepelzte Tiere, Mardern ähnlich, aber gedrungener und mit spitzen Ohren, sprangen dicht vor ihren Füßen über die Spalten und Risse. Ab und an erhaschte sie einen Blick auf ferne Bergziegen, deren einzelne Hörner noch länger als die der Wüstenziegen waren, das Fell hingegen glatt und von hellem Grau. Sie reckten die Köpfe und sprangen behände davon. Koniferen wuchsen in den Spalten, nicht höher als Büsche, und je weiter Grazia und Anschar in den Hyregor vorstießen, desto weniger war von der Trockenheit des ebenen Landes zu spüren. Sie stießen sogar auf Quellen, die sich aus der Felswand ergossen, in Felsspalten verloren und sich in kleinen Tümpeln sammelten. Die Hitze hielt jedoch unvermindert an. Jeden Schweißtropfen zwang die Sonne unbarmherzig aus den Poren. Um in den Genuss kühlerer Luft zu kommen, würden sie wohl bis auf die Gipfel vorstoßen müssen.

Immer wieder schlug sich Anschar für kurze Zeit in die Büsche, um zu kontrollieren, dass sie sich parallel des Pfades befanden, den die Reiter genommen hatten. Jedes Mal, wenn er zurückkehrte, erklärte er, niemanden gesehen zu haben. Weder die Reiter noch sonst irgendeinen Menschen. So war es auch am Nachmittag, als Grazia überzeugt war, keinen Schritt mehr tun zu können. Während sie auf ihn wartete –

und wie so oft um ihn bangte –, zog sie die Bastschuhe aus und rieb sich die schmerzenden Füße.

Er sprang an ihrer Seite herab. »Wir sind da.«

»Wirklich?« Nur langsam begriff sie. »Die Herscheden! Sind sie dort?«

»Nein. Ich habe niemanden gesehen. Da ist nur eine Hütte dicht an der Felswand. Weit und breit keine Möglichkeit für zwanzig Männer, sich mitsamt ihren Pferden zu verstecken. Es könnte natürlich sein, dass es gar nicht die Einsiedelei ist, die wir suchen. Aber das werden wir gleich wissen. Komm.«

Nur noch ein paar Meter, sagte sie sich, dann war es geschafft. Zumindest fürs Erste, denn wo genau das Tor war, wussten sie ja nicht. Sie mussten noch ein wenig klettern und sich dann durch einen schmalen Felsspalt winden. An seinem Ende überblickten sie einen Talkessel, der auf der anderen Seite von dichtem Wald begrenzt wurde, welcher sich weit in der Ferne verlor. Der Zedernwald, glaubte Grazia zu erkennen. Deutlich war der Pfad zu sehen, der aus dem Tal heraufführte, eine mit Gras bewachsene Anhöhe überwand und sich zwischen Kiefern verlor, die im Halbkreis die Hütte umstanden. Dahinter ragte die Felswand empor, weiß und trutzig wie eine zinnenbewehrte Mauer. An einem erdigen und weniger steilen Hang standen Weinreben, voll mit Trauben.

Anschar half ihr beim Abstieg. Das weiche Gras des sanft ansteigenden Abhangs unter den Füßen zu spüren, war ein Genuss.

»Sieh doch!« Grazia deutete auf einen Mann hinter den Kiefern. Trotz seiner weißen, bis zum Boden fallenden Gewandung war seine drahtige Gestalt zu erahnen, die das karge Leben verriet, welches er führte. Er war offenbar damit beschäftigt, ein Pferd zu versorgen, das auf der von den Bäumen gebildeten Lichtung graste. Unvermittelt sah er auf, entdeckte sie und hob die Hand zum Gruß.

»Das ist er«, sagte Anschar. »Vor Jahren habe ich ihn in der Stadt gesehen.«

»Er macht einen freundlichen Eindruck.« Erleichtert atmete sie auf. Das erste Ziel war erreicht.

Der Mann hatte den Eimer, mit dem er wohl das Pferd tränken wollte, zu Boden gestellt, und sah nun neugierig zu, wie sie sich näherten. Als sie zwischen den knorrigen Kiefern hindurch auf den Platz vor der Hütte traten, glaubte Grazia ihren Augen nicht zu trauen. Der Hinterkopf des heiligen Mannes war bis auf einen Kranz ergrauten Haares geschoren. Er mochte jenseits der fünfzig sein, und seine Züge waren vielfach von Falten durchzogen. Sein Gewand war, wenngleich fadenscheinig und geflickt, nicht irgendein Gewand. Es besaß einen Schulterkragen und eine Kapuze. Am Gürtel hing ein Kreuz. Wie vom Donner gerührt blieb Grazia stehen.

Anschar bemerkte ihre Verwirrung, denn er hatte die Hand an sein Schwert gelegt und ließ wachsam den Blick schweifen. Als er Anstalten machte, es zu ziehen, wollte sie ihn an der Schulter berühren, um es zu verhindern, doch er machte einen Schritt seitwärts.

Der Mönch wirkte unbeeindruckt. »Wollt ihr mich gleich überfallen oder nicht doch lieber vorher einen Wein mit mir trinken?«, fragte er in makellosem Argadisch. Er nahm den Eimer wieder auf und stellte ihn vor seinen Braunen, der den Kopf senkte und zu saufen anfing.

»Was ist mit ihm?«, zischte Anschar ihr zu. »Warum starrst du ihn so an?«

»Er ist … er ist … aus meiner Welt!«

»Bist du sicher? Er lebt hier seit etlichen Jahren. Und er ist ein Priester des Inar.«

»Bin ich nicht«, warf der Mönch ein. »War ich nicht und werde ich nie sein. Aber das geht nicht in die Köpfe der Leute hier, und wenn ich noch einmal so viele Jahre darauf verwende, es ihnen einzutrichtern. Und nun wäre es mir sehr recht, wenn du die Hand von deiner Waffe nimmst.«

»Anschar, bitte.«

Äußerst langsam ließ Anschar den Griff fahren und nahm eine entspanntere Haltung ein. Jetzt lächelte der Mönch und winkte sie mit beiden Händen heran.

Grazia raffte den Mantel, machte einen Knicks und gab ihm die Hand. Er neigte den Kopf und deutete zu einem grob zusammengezimmerten Tisch, der mitten auf der Lichtung stand. Zwei Bänke standen an den Seiten, beladen mit Topfpflanzen. Er beeilte sich, sie wegzuräumen, und wischte mit dem Ärmel seines Habits über die Sitzfläche.

»Bitte«, sagte er. »Setzt euch doch. Ihr habt gewiss Hunger. Wartet einen Augenblick.«

Er verschwand in der Blockhütte, kaum mehr als ein fensterloser Verschlag mit einem Dach aus Schilf. Daneben befand sich ein Unterstand für das Pferd. Grazia ließ die Tasche von der Schulter gleiten und schob sich auf eine der Bänke.

»Nun verrate es mir«, sagte Anschar, der es vorzog, einen Fuß auf die Bank zu stellen und sich umzuschauen. Gemächlich streifte er seinen Mantel ab, warf ihn ins Gras und machte sich daran, den Verband von seiner Hand zu wickeln. »Wieso ist er nicht das, was alle Welt von ihm behauptet?«

»Er ist durchaus so etwas wie ein Priester. Aber eben von unserem Gott, nicht von Inar.« Wenn sie sich nicht täuschte, gehörte der weiße Habit zu den Dominikanern. »Mehr weiß ich auch nicht. Er könnte irgendwann durch das Tor geraten sein. Aber wenn er schon so lange hier lebt, heißt das wohl, dass er den Rückweg nicht kennt.«

»Das erkläre ich gleich alles!«, rief der Mönch aus der Hütte.

»Gute Ohren hat er jedenfalls«, brummte Anschar.

Grazia konnte es immer noch nicht fassen. Sie kramte nach ihrem Taschentuch und tupfte sich übers Gesicht. Auch hier oben war es heiß, und sie verspürte Durst. Sie legte den Kopf zurück und füllte sich den Mund. Anschar sah ihr dabei interessiert zu. Es sah vermutlich reichlich kindisch aus, wie sie schluckte und ihr das Wasser aus den Mundwinkeln rann, aber einen Becher hatte sie ja nicht zur Hand. Er machte eine Geste in Richtung der Hütte, wie um sie daran zu erinnern, dass sie darauf achten solle, es nicht in Gegenwart des Mönchs zu tun. Da kam er auch schon heraus, mit einem Tablett vor der Brust. Schnell richtete sich Grazia kerzengerade auf.

»Darf ich fragen, wie du heißt?«, fragte sie.

»Ich bin Bruder Benedikt. Und du?«

»Grazia Zimmermann. Und das ist Anschar.«

»Oh, *das* sehe ich. Er ist einer dieser zehn berühmten Krieger.« Er stellte Becher und eine mit Fladenbrot gefüllte Schale auf den Tisch. »Das Zeichen auf deinem Arm ist mir natürlich nicht unbekannt, werter Herr. Jetzt habe ich doch tatsächlich den Wein vergessen.« Er hastete in seine Hütte zurück. Dort war lautes Schnarchen zu hören.

Anschar beugte sich zu ihr herab. »Jetzt sag mir aber nicht, dass er tatsächlich dein Bruder ist«, meinte er leise. »Ich bin ja bereit, vieles zu glauben, aber das?«

»O Anschar! Natürlich nicht, das sagt man nur so. Eigentlich müsstest du ihn auch so nennen.«

»Inar bewahre mich davor. Warum sollte ich …«

Der hereilende Dominikaner schnitt ihm das Wort ab. »Lass nur, meine Tochter. Das verstehen die Argaden nicht.«

»So ist es«, knurrte Anschar. »Daher verkneife dir das mit der Tochter und was dir sonst noch an derartigem Unsinn einfallen mag.«

Grazia schnappte nach Luft. Bevor sie etwas sagen konnte, hatte Bruder Benedikt die Hände gehoben.

»Darüber müssen wir wirklich nicht streiten. Nun setz dich doch.« Er hockte sich seinerseits auf die Bank gegenüber Grazia und schien darauf zu warten, dass Anschar seiner Aufforderung folgte. Der tat es nicht.

»Waren Männer des Königs hier?«

»Ja. Mach dir keine Gedanken, sie sind fort. Sie fragten nach einer rothaarigen Frau und dem Sklaven, der einer der Zehn ist. Es war nicht nötig, lange über die Antwort nachzudenken, denn wenn ihr hierher flieht, dann doch nur, um das Tor zu finden. Also habe ich gesagt, es habe sich aufgetan und euch fortgenommen. Da sind sie wieder abgezogen.«

»Das haben sie geglaubt?«, fragte Anschar.

»Warum nicht? Einem ›heiligen Mann‹ glaubt man alles.« Der Mönch lächelte verschmitzt. Von dem Geschehen sichtlich unbeeindruckt, kratzte er mit einem Messer den Wachsverschluss vom Weinkrug. »Ja, es war eine Lüge, aber eine lässliche, hoffe ich doch. Deiner Kleidung nach, meine Toch… liebe Grazia, bist du eine edle Argadin, aber dein Aussehen weist auf etwas anderes hin. Ganz zu schweigen von deinem Namen. Du bist auch einstmals durch das Tor gefallen.«

Sie nickte.

»Und jetzt bist du hier, weil du gehört hast, es wäre irgendwo in der Nähe.« Er deutete zu den Felsen hinauf. »Dort oben ist es. Und es ist sogar offen.«

»Offen? Es leuchtet?« Grazia wollte aufspringen, doch er legte rasch eine Hand auf ihren Arm.

»Das tut es schon seit fast einem Jahr. Es ist nicht nötig, sofort hinaufzustürmen.«

»Anschar, hast du das gehört?«, hauchte sie. »Wir haben es gefunden.«

Er nickte nur. Seine Augen glühten vor innerer Abwehr, und sein nächster Atemzug kam schwer. Sie konnte ihm nicht verdenken, dass sich seine Freude in Grenzen hielt. Auch sie fühlte sich eher beklommen.

»Es besteht kein Grund zur Eile. Widmet euch lieber dem berühmten Tropfen von den Hängen des Hyregor«, sagte Bruder Benedikt, während er einschenkte. Mit beiden Händen umschloss Grazia den schmucklosen Zedernholzbecher und hob ihn an die Lippen. Sie versuchte sich darüber zu freuen, dass sie wahrscheinlich bald zu Hause sein würde. Hatte sie sich nicht die ganze Zeit danach gesehnt? Fast war es erreicht, und ihr Herz klopfte wild. Doch sie wusste nicht zu sagen, ob es Vorfreude oder die Furcht des Abschieds war.

Bruder Benedikt faltete die Hände und sprach ein Tischgebet.

»Wer ist das, der in deiner Hütte schläft?«, fiel Anschar ihm ins Wort.

»Anschar, bitte!«

Diesmal sah er Grazia so scharf an, dass sie verstummte. Er zum Glück auch; er zog es vor, weiterhin die Lichtung und den Hütteneingang im Auge zu behalten. Da kam ein Poltern aus der Hütte, gefolgt von schmerzhaftem Aufstöhnen. Sofort nahm Anschar den Fuß von der Bank.

»Er scheint wach zu sein«, verkündete Bruder Benedikt und stemmte sich hoch. »Ich werde nach ihm sehen. Entschuldigt mich.« Er eilte auf seine Behausung zu und blieb auf halbem Wege stehen, denn ein Mann tauchte im Eingang auf, rieb sich den Kopf und stützte sich mit der anderen Hand am Türrahmen ab. Dann taumelte er heraus, und erst, als Grazia aufschrie, schien er sich der Anwesenheit anderer Menschen bewusst zu werden.

Sie war aufgesprungen und wusste nicht, ob sie auf ihn zulaufen oder zurückweichen sollte. Als sie sich endlich entschieden hatte, zu ihm zu gehen, versperrte Anschar ihr mit der blanken Klinge den Weg.

»Du bleibst, wo du bist«, sagte er ruhig. »Bis ich weiß, warum er dir Angst einflößt.«

»Aber das tut er doch gar nicht.«

Er streckte das Schwert vor. »Er sieht aus wie der Kopf auf deinen Münzen«, spottete er. »Aber vermutlich tragen alle Männer bei euch solche hässlichen Bärte, daher dürfte es sich nicht um deinen König Wilhelm handeln.«

»Anschar, ich möchte jetzt gern im Boden versinken«, sagte sie. »Und zwar deinetwegen. So nimm doch das Schwert herunter! Es ist Friedrich.«

Die Schwertspitze drückte gegen Friedrichs Bauch, der sich genähert hatte und jetzt ungläubig auf die Klinge starrte. Anschar ließ sich Zeit. Schließlich stieß er die Waffe mit einer schwungvollen Bewegung zurück in die Scheide und trat beiseite.

»Wer ... wer ist das?«, stotterte Friedrich.

»Rede gefälligst Argadisch!«, fauchte Anschar ihn von der Seite an.

»Friedrich, kannst du Argadisch?«

»Ob ich *was* kann? Grazia, was soll das alles? Wo kommst du her? Wer ist das? Ich begreife gar nichts.«

Friedrich wankte zum Tisch, rutschte mit Mühe auf eine Bank und stützte den Kopf in die Hände. Dann fiel sein Blick auf die Becher, und sofort griff er sich einen und schüttete den Wein in sich hinein. Grazia lief zu ihm und rüttelte ihn an der Schulter.

»Friedrich, verstehst du denn nicht? Ich bin hier!«

Er wischte sich über den Schnauzbart und blickte zu ihr hoch. »Ich sehe dich, aber ich träume doch nur. Wie du aussiehst ...«, seine Hand betastete ihren Mantel. »Verrückter Traum. Wirklich verrückt.«

So war es ihr anfangs auch ergangen. Sie musste Geduld haben, also setzte sie sich an seine Seite und ergriff seine

Hand. »Was hast du zuletzt gemacht? Ich meine, daheim? Wie bist du in das Licht geraten? Wo?«

»Wo? Ja, wo … Auf der Insel. Ja, da war es. Du bist ins Wasser gefallen. Bist ertrunken.« Er schüttelte unentwegt den Kopf. »Ich bin dir hinterhergesprungen. Und dann … ja … weiß nicht. Alles war hell und dann schwarz, und plötzlich waren da Felsen. Mir ist schlecht.«

Nun war sie es, die fassungslos den Kopf schüttelte. Sie knetete seine Hand, als könne ihm das auf die Sprünge helfen. »Friedrich, das war vor einem Jahr! Genau genommen vor elf Monaten. Du bist so lange hier und hast immer noch keine Ahnung, was passiert ist?«

»Mir ist schlecht«, wiederholte er nur. Seine Wangen waren kalkweiß. Scharfe Falten verloren sich in seinem traurig herabhängenden Bart.

»Mein Gott, Friedrich. Du bist hier. Hier!«, murmelte sie immer noch ganz betäubt. Sie erinnerte sich sehr gut an jenen Moment, als sie gesunken war und ihn über sich gesehen hatte, immer kleiner werdend. Er hatte die Hände nach ihr ausgestreckt. Dass er ihr gefolgt sein könnte, daran hatte sie nie auch nur eine Sekunde gedacht. Tatsächlich trug er dieselbe hellbraune Hose und dasselbe weiße Hemd wie an jenem Tag. An den Füßen hatte er nur seine schwarzen Socken, wahrscheinlich hatte er seine Schuhe vor dem Sprung ins Wasser abgestreift. Zaghaft strich sie ihm über das schweißfeuchte Haar. Er schien es gar nicht zu bemerken.

»Er sollte sich wieder hinlegen.« Bruder Benedikt trat zu ihm und griff ihm unter die Achseln. »Der hier braucht noch eine Menge Schlaf.«

Friedrich machte keine Anstalten, aufzustehen. Kurzerhand beugte sich Anschar über ihn, packte sein Hemd vor der Brust und zog ihn hoch. Nach Luft ringend, zappelte Friedrich in seinem Griff. Er versuchte die Hand zu lösen, aber er erreichte nichts. »Grazia«, keuchte er. »Kann … kannst du deinen Hektor zurückpfeifen?«

Bevor sie dazwischengehen konnte, hatte Anschar ihn über die Schulter geworfen und schleppte ihn in die Hütte. Grazia rannte hinterher, sah aber nur noch, wie Friedrich reichlich unsanft auf einer Pritsche landete. Aufjaulend fasste er sich an den Kopf.

Bruder Benedikt schob sich an Grazia vorbei, beugte sich über ihn und flößte ihm noch etwas Wein ein. Vielleicht war es auch etwas anderes, denn es brachte Friedrich dazu, sich zu entspannen. Er murmelte unentwegt weiter, dass ihm übel sei, aber dann fielen ihm die Augen zu.

»Gott sei's gedankt, er schläft«, murmelte der Mönch, schlug ein Kreuz über ihm und sagte etwas auf Lateinisch, das sich wie ein Krankengebet anhörte.

»Benedik!«, knurrte Anschar. Der Name verlangte seiner argadischen Zunge alles ab. »Hast du nicht gesagt, du erklärst uns das hier? Du lässt dir damit reichlich Zeit.«

»Oh, überhaupt nicht, mein Freund. Du bist zu ungeduldig.« Der Mönch bedeutete ihnen mit ausgebreiteten Armen, wieder hinauszugehen. »Omnia tempus habent, sagt Salomo. Aber das ist dir ja alles kein Begriff. Und jetzt lasst den armen Mann schlafen. Ich habe ihn vor drei Tagen gefunden. Er ist ein bisschen unglücklich aus dem Tor gekullert und hat sich den Kopf angeschlagen.«

20

Der Dominikanermönch teilte ganz offensichtlich die argadische Vorliebe für gebratene Singvögel, denn außen an seiner Hütte hing ein Vogelbauer, in dem sich mindestens zwanzig gefangene Gelbschwänze tummelten. Er holte einen nach dem anderen der ängstlich piepsenden Federknäuel heraus und schlug ihre Köpfe gegen die Wand. Grazia schüttelte sich bei diesem Anblick. In einem Korb trug er fast ein ganzes Dutzend heran, setzte sich an den Tisch und machte sich daran, vorsichtig die Federn auszurupfen.

»Die verkaufe ich«, erklärte er. »Die Argaden sind ja ganz versessen auf Federn. Und wir haben nachher ein leckeres Abendessen.«

Zu Grazias Verblüffung setzte sich Anschar dazu, nahm einen Vogel in die Hand und befreite ihn schnell und geschickt von seinem Federkleid.

»Wo hast du das gelernt?«, fragte Bruder Benedikt nicht weniger erstaunt.

»In der Palastküche. Mit dem Schwert bin ich allerdings noch schneller. Und das zeige ich dir auch gleich, wenn du nicht endlich zu reden anfängst.«

»Das glaube ich dir auch so.« Der Mönch gab sich unbeeindruckt. »Nun denn. Es war an einem schönen Junitag, als ich am Flussufer entlangwanderte. Die Sonne brannte, mir taten die Füße weh, also kühlte ich sie im Wasser. Und wie ich so dastand, sah ich am gegenüberliegenden Ufer einen schmächtigen, halb nackten Mann ins Wasser gehen. Er hatte nur etwas Weißes um die Hüften geschlungen und trug so etwas wie ein Bündel unter dem Arm. Mehr ließ sich auf die Entfernung nicht erkennen.« Eingehend betrachtete er eine besonders schöne Schwanzfeder, zog sie durch die Finger und legte sie sorgfältig zu den anderen in einen Beutel. »Plötzlich verschwand er. Ich schaute und schaute, aber er tauchte nicht wieder auf. Es war wohl eine Fügung Gottes, dass sich ganz in der Nähe ein Boot befand, also schob ich es ins Wasser und ruderte zu jener Stelle, was für meine ungeübten Arme eine entsetzliche Anstrengung war.«

Er widmete sich dem nächsten Vogel. Anschar, der inzwischen zwei Stück gerupft hatte, spießte ihn mit seinem Blick auf, während Grazia an ihrem Daumennagel nagte.

»Da war ein Licht«, sprach er endlich weiter. »Kreisrund und in der Sonne kaum zu erkennen, aber ich wusste sofort, das ist nicht natürlichen Ursprungs. Ein Wunder? Ich beugte mich über den Bootsrand, griff ins Wasser, und dann …«

»Verspürtest du einen Sog?«, fragte sie atemlos.

»Erst einmal verlor ich recht unziemlich das Gleichgewicht. Im Wasser zerrte dann tatsächlich etwas an meinen Füßen. Ich schrie sämtliche Heiligen um Hilfe an, klammerte mich ans Boot, aber umsonst. Was dann passierte, nun, das weißt du ja.« Er deutete zu den Felsen hinauf. »Ein ganzes Stück in nördlicher Richtung, von hier aus gesehen, kam ich heraus. Die Lichtsäule verschwand daraufhin vor meinen Augen, und ich kletterte voller Panik einen ganzen Tag in den Felsen herum, bis ich plötzlich wieder auf sie stieß. Hier an diesem Ort.«

»Und dann?«

»Dann habe ich erst einmal meinem Herrgott auf Knien gedankt und mich in die Lichtsäule gestellt.« Er legte seinen Vogel in den Korb zurück und ließ Anschar die restliche Arbeit tun. »Und tatsächlich, ich kam wieder im Wasser heraus, an derselben Stelle. Aber was half mir das?« Als sei es erst gestern geschehen, machte er runde Augen und griff sich ans Herz. »Das Boot war fort! Ich kann nicht schwimmen, wie hätte ich also ans Ufer kommen sollen, so nah es auch war? Da war ein Steg, aber ich konnte ihn nicht erreichen. Ich kam ja nicht einmal aus dem Lichtkreis heraus! Mir blieb nichts anderes übrig, als mich wieder hinabziehen zu lassen. Ja, und somit bin ich hier gestrandet. Das ist nun siebzehn Jahre her.«

»Warum hast du nicht schwimmen gelernt und es noch einmal versucht?«, wollte Anschar wissen.

»Ein guter Einwand, mein Freund. Das hätte ich sofort getan, wäre ich hier nicht wiederum woanders herausgekommen. Ganz woanders diesmal; nach Scherach verschlug es mich, und es dauerte ein paar Monate, diesen Ort wiederzufinden. In all der Zeit habe ich allerdings nicht schwimmen gelernt, sondern mich mit dem Gedanken vertraut gemacht, dass es Gottes Wille sein könnte, hier zu leben und diesen gottlosen Menschen zu predigen. Leider hat sich gezeigt, dass der Boden des Hochlandes, was das betrifft, alles andere als fruchtbar ist. Sie wollen einfach nicht von ihren Baalen und Ascheren lassen. Wie dem auch sei, ich fand heraus, dass das Tor hier seinen festen Ort hat, an den es zurückkehrt, nachdem es irgendwo seinen Gast abgeladen hat. Als ich es wiedergefunden hatte, ging ich noch zweimal hindurch, doch das Ergebnis war jedes Mal das gleiche: Ich kam immer an derselben Stelle in der Havel heraus. Machte ich wieder kehrt, zurück in diese heidnische Welt, landete ich immer woanders und musste erst hierher zurückkehren. Das Spiel ging allerdings nur kurze Zeit, denn eines Tages war das Tor nicht mehr da. Es war geschlossen, verschwunden.«

»Ich verstehe das nicht«, warf Grazia kläglich ein. »Wie kann man immer woanders herauskommen?«

»Oh, dieses Tor ist unberechenbar. Ich habe all die Jahre

genutzt, um das dürftige Wissen zusammenzutragen und mit meiner eigenen Erfahrung zu ergänzen. Aber ganz sicher bin ich mir immer noch nicht, daher genießt meine Ausführungen mit einer gewissen Vorsicht. Dies zumindest lässt sich mit Gewissheit sagen.« Er holte aus den Falten seines Skapuliers ein Stück Kreide und malte eine Wellenlinie auf das Holz. Darunter eine zweite, gerade Linie.

»Es scheint so eine Art Oben und Unten zu geben. Oben ist immer Wasser. Unten fester Boden.« Beide Linien verband er mit einem kräftigen Strich. »Und dies ist das Tor.«

Anschar, der soeben mit seinem letzten Vogel fertig geworden war, verschränkte die Arme und legte den Kopf in den Nacken. »Du meinst, über uns ist Wasser? Schwer vorstellbar.«

»Nein, ganz so meinte ich das nicht. Bedenke, Grazias und meine Welt hat nur einen Mond, das ganze Firmament ist ein anderes. Sie kann nicht über uns schweben. Oben und Unten sollen das Verhältnis der Welten zueinander nur veranschaulichen. Der obige Ausgangspunkt ist immer derselbe. Der untere Punkt, der Punkt der Ankunft sozusagen …«, Bruder Benedikt deutete auf die zweite Linie. »Ja, der ist willkürlich.«

»Das ist also der Grund, weshalb Friedrich hier irgendwo herauskam und ich in der Wüste«, bemerkte Grazia. »Aber warum ist es so?«

»Ich weiß es nicht. Möglicherweise hält das Wasser die Lichtsäule im Zaum, während sie nach unten hin frei in der Luft schwebt. Aber das sind nur Mutmaßungen. Wie das Tor wirkt, weiß Gott allein.«

»So ist es«, warf Anschar ein. »Der letzte Gott öffnet das Tor und macht damit, was er will. Es liegt in seinem Ermessen. Was soll man denn da erklären?«

»Wir sprechen nicht von demselben Gott, junger Mann.«

»Meinetwegen. Wäre ich ein Priester, würde ich dir jetzt zeigen, was ich von deiner Bemerkung halte, aber das bin ich ja nicht.«

»Diese Götzenanbeter!« Der Mönch wandte den Blick zum Himmel. »Der Herr gebe mir Demut.«

Grazia räusperte sich. »Bruder Benedikt, du hast eines noch nicht erklärt. Wie kann es sein, dass Friedrich vor drei Tagen aus dem Tor kam und ich vor acht argadischen Monaten?«

»Nun, so wie es räumliche Abweichungen gibt, so gibt es auch geringe zeitliche. Ein paar Tage vielleicht, ein paar Monate. Oder wie in deinem Fall sogar mehr. Beim ersten Mal hatte ich nicht schlecht gestaunt, als ich im Frühsommer durch das Tor ging und im Spätherbst hierher zurückkehrte, obwohl ich nach meinem Gefühl nur ein paar Augenblicke unterwegs gewesen war. Das ist schon recht eigenartig.«

»Recht eigenartig? Eine feine Umschreibung für diesen Irrsinn«, meinte Anschar und rieb sich das Kinn. »Augenblick!«, schrie er plötzlich. »Siebzehn Jahre bist du hier, hast du gesagt? Der Mann, den du beobachtet hast – der ins Wasser ging, dort in deiner Welt! War es vielleicht ein Königsvogel, den er unter dem Arm trug?«

Bruder Benedikt schien unter der Wucht der Worte zu schrumpfen. »Ja, äh … so genau konnte ich das nicht erkennen. Aber ja, es könnte ein Pfau gewesen sein.«

»Es war Henon.« Anschar stand auf. Fast wäre er über die Bank gestolpert, so sehr zitterte er. »Du hast Henon gesehen. Ihr Götter.«

Er stapfte zu einer Kiefer und lehnte sich, ihnen den Rücken zuwendend, an den Stamm. In einer stummen Frage hob Bruder Benedikt die Brauen, doch Grazia hob beschwichtigend die Finger.

»Er kannte ihn.« Sie wechselte ins Deutsche. »Henon ist

vor ein paar Tagen gestorben. Er war durch das Tor getreten, damals vor siebzehn Jahren.« Die näheren Umstände verschwieg sie, das wollte sie nicht auch noch erklären müssen, zumal Anschar es gewiss nicht billigen würde.

»Ich verstehe. Und durch eine Fügung des Schicksals oder vielmehr Gottes Wille war ich in der Nähe. Oh, hören Sie nur, mir kommt ja nach all den Jahren meine Muttersprache wie ein Klumpen aus der Kehle!«

Grazia lächelte. Er hörte sich in der Tat etwas bemüht an. Das förmliche *Sie* kam ihr jetzt auch ungewohnt vor. »Bruder Benedikt, kann es sein, dass es gar nicht 1878 war, als Sie durch das Tor gingen?«

»Gewiss nicht. Es war im Jahr 1873. Am 3. Juni 1873, um genau zu sein.«

»Bei mir war's 1895.«

»Oh! Das ist allerdings eine Überraschung. Dann haben wir also eine Differenz von fünf Jahren. Aber wie, meine liebe Tochter – jetzt kann ich Sie ja so nennen, Anschar versteht uns nicht –, sind Sie darauf gekommen?«

»Na ja, vor siebzehn Jahren gab es in Berlin kein Dominikanerkloster mehr. Es wurde aufgelöst.«

»Ah.« Er nickte, als überraschte ihn dies nicht. »Für katholische Orden ist Berlin ein ebenso schlechter Ort wie dieses heidnische Land hier. Ein schlechterer noch – die Argaden lassen einen wenigstens in Ruhe.«

»Jedenfalls kann man bei fünf Jahren nicht mehr von einer geringen Abweichung reden, oder?«

»Nein. Aber es war ja auch, streng genommen, nicht dasselbe Tor. Es war all die Jahre über geschlossen und hat sich erst wieder mit der Ankunft jenes Herrn geöffnet, der jetzt auf meiner Pritsche schläft. Darüber sollten Sie sich keine Gedanken machen. Ich bin ziemlich sicher, dass Sie am Ufer der Pfaueninsel wieder herauskommen, und zwar zu Ihrer Zeit.«

»Das beruhigt mich.«

»Zweiundzwanzig Jahre!« Kopfschüttelnd machte er sich daran, den Federbeutel zu verknoten. »Jetzt hätte ich Gelegenheit, eine riesige Wissenslücke zu schließen.«

»Nur zu, fragen Sie mich. Noch bin ich ja da.«

Es dämmerte, als der Duft der Vogelleiber über die Lichtung strich. Bruder Benedikt hatte sie auf Spieße gesteckt und briet sie über dem heruntergebrannten Feuer inmitten eines geziegelten Herdes. Grazia zog sich fest den Mantel um die Schultern. Sie war erschöpft vom vielen Reden und sehnte sich nach Anschar, der immer noch am Abhang saß, das Tal im Auge behielt und vermutlich an tausend Dinge dachte, die ihn plagten. Sie raffte den Saum ihres Kleides und lief über das Gras. Er drehte sich nicht zu ihr um, obwohl er sie sicherlich kommen hörte. Als sie hinter ihm stand, griff sie in sein Haar und ließ die Zöpfe durch ihre Finger gleiten. Einer hatte sich gelöst. Sie flocht ihn neu.

»Hast du dich von der Überraschung mit Henon erholt?«, fragte sie leise.

»Hm. Komm her.«

Auffordernd hob er eine Hand. Sie setzte sich an seine Seite und legte das Kinn auf seine Schulter. Dunkel lag das Tal vor ihnen. Nur die Spitzen der östlichen Hügel waren in das Rot der untergehenden Sonne getaucht. Eine friedliche Gegend, wäre da nicht Anschars beständige Sorge, sie könne die Verfolger ausspucken.

»Was hältst du von all dem, was er erzählt hat?«, fragte er.

»Nun, Sildyu sagte ja, dass der letzte Gott seit langer, langer Zeit bestrebt sei, seinem Wüstengefängnis zu entfliehen. Und manchmal gelingt ihm das auch. Dann öffnet er das Tor und flieht in eine andere Welt, in der Hoffnung, dass die Götter ihn nicht finden. So war es wohl auch vor siebzehn

Jahren. Er öffnete für Henon und Siraia das Tor, und sie traten hindurch. Bruder Benedikt ebenso, nur in die andere Richtung. Der Gott wurde wieder eingefangen. Vor acht Monaten floh er erneut durch das Tor. Ich habe ihn gesehen, er hat mich berührt und mir die Gabe hinterlassen, Wasser zu erschaffen. Dann bin ich durchs Tor gefallen, Friedrich dicht hinter mir.«

Anschar stützte sich auf die Arme und legte den Kopf in den Nacken. »Irgendwohin führt das Tor. Dort hinauf? Wie weit mögen die Sterne entfernt sein?«

Sie folgte seinem Blick in den nächtlichen Himmel, in dem die fremden Sternbilder glitzerten. »Was denkst du?«

»Keine Ahnung. Vielleicht so weit, wie von einem Ende der Wüste bis zum anderen.«

»Von einem Ende der Wüste zum anderen mal tausend.« Sie ließ einen Finger kreisen. »Und dann noch einmal. Und noch einmal und noch einmal …«

»Feuerköpfchen!« Leise lachte er. »Nicht einmal ein Priester könnte dir noch folgen. Hier sind die wenigsten Menschen in der Lage, auch nur bis tausend zu zählen.«

Mit einem Mal war er auf den Beinen und hatte sich umgedreht. Grazia erhob sich, als sie Friedrich über die Lichtung wanken sah. Zwischen zwei Kiefernstämmen blieb er stehen und suchte Halt. Er wirkte noch immer schwach und benommen.

»Was tut ihr da?«

»Wir unterhalten uns nur«, sagte sie.

»Man kann sich mit dem unterhalten? Kann man das?« Er stieß sich von den Bäumen ab und kam unsicheren Schrittes näher. »Rede lieber mit mir, damit ich endlich begreife, was hier los ist. Teufel auch, was ist das für eine Gegend?« Er drohte nach vorne zu fallen. Anschar packte im Nacken sein Hemd und hielt ihn fest.

»Anschar, tu ihm nichts«, sagte Grazia schnell.

»Habe ich nicht vor. Was hat er gesagt?«

»Was hat er gesagt?« Friedrich rollte die Schultern, damit Anschar ihn losließ. Es gelang ihm, aus eigener Kraft zu stehen. Betont ärgerlich rückte er den Hemdkragen zurecht. Grazia war danach, sich einfach umzudrehen und die beiden allein zu lassen. Sie war schon drauf und dran, es zu tun, als Friedrichs Knie nachgaben und er auf den Hosenboden fiel.

Er strich sich über den Hinterkopf und kniff die Augen zusammen. »Da ist eine mächtige Beule. Aber klar denken kann ich im Moment. Glaube ich jedenfalls. Können wir reden, ohne dass dieser Kerl dabei ist? Er sieht mich an, als überlege er, ob er mich zum Abendessen verspeisen soll.«

Grazia musste sich ein Grinsen verkneifen. »Sei vorsichtig, er versteht ein paar Worte Deutsch.«

»Woher hat er das?«

»Er hat mit mir Argadisch gepaukt, da blieb das nicht aus.«

»Du ... du verstehst diese Sprache? Wie ist das möglich? Vor ein paar Tagen waren wir doch noch auf der Insel?«

»Nein, Friedrich, ich bin schon sehr viel länger hier. Warte bitte kurz.«

Sie hakte sich bei Anschar unter, zog ihn ein Stück weg und bat ihn, sie mit Friedrich allein zu lassen. Wie erwartet, missfiel ihm dieses Ansinnen. Das Aufflackern in seinen Augen hatte etwas Besitzergreifendes, aber er nickte widerstrebend.

»Du hast ohnehin nichts Wichtiges mit ihm zu bereden«, behauptete er. »Du wirst ihn über die Lage aufklären, und das war es.«

Es klang wie ein Befehl, aber sie begriff, dass es nur eine nüchtern geäußerte Vermutung war. »Du glaubst wirklich, Friedrich und ich hätten einander sonst nichts zu sagen? Wie kommst du darauf? Du kennst ihn doch gar nicht.«

»Er ist deiner nicht wert«, erwiderte er und verschwand in Richtung der Hütte. Hinter sich hörte sie Friedrich deutlich hörbar aufatmen. Sie kehrte zu ihm zurück und setzte sich an seine Seite. Der Wunsch, den Kopf auf seine Schulter zu legen, wie sie es bei Anschar gern tat, wollte sich nicht einstellen.

»Ich komme mir hier vor wie auf einer Freilichtbühne«, beklagte er sich. »Ein Mönch. Du in einem merkwürdigen Kostüm. Und dann dieser arrogante Schwertträger, den ich liebend gern aus dem Anzug stoßen würde, wäre ich in einer besseren Verfassung.«

Grazia fragte sich, ob es immer so war, wenn zwei Männer aufeinandertrafen, die auf dieselbe Frau ein Auge geworfen hatten. Eine Herde Sturhörner zu hüten, erschien ihr einfacher. »Ich bin froh, dass es dir nicht so gut geht. So muss ich keine Angst um dich haben.«

»Wieso? Ist er gefährlich?«

»Hast du das nicht gemerkt? Du solltest ihn nicht reizen, sonst kriegst nämlich du die Dresche.«

»Scheint dir ja wenig auszumachen! Was ist das überhaupt für ein Ton? So kenne ich dich ja gar nicht.«

»Bitte entschuldige.«

»Wo hast du ihn gefunden?«

»In der Wüste.«

»Was für eine Wüste?«

»Die, in die mich das Tor führte. Man geht an derselben Stelle hinein, aber man kommt unten immer an einer anderen Stelle heraus.« Tief holte sie Luft und nahm die Mühsal auf sich, Friedrich auf den Stand der Dinge zu bringen.

Grazia begnügte sich damit, an einem Fladenbrot zu knabbern, ebenso Friedrich, der mit verkniffenem Gesicht zusah, wie die beiden anderen Männer gierig in die mit Honig überkrusteten Vogelleiber bissen. Ihr lag mittlerweile der bevorstehende Abschied wie ein Stein im Magen.

»Die Stute leistet mir Gesellschaft und bringt mich überall hin, auch in das argadische Babylon, wenn es nötig ist«, erzählte Bruder Benedikt und wischte sich die Finger an seinem fadenscheinigen Skapulier ab. »Eigentlich sollte ich mich ja wie mein himmlischer Herr mit einem bescheideneren Reittier begnügen.«

Anschar sagte dazu nichts. Wie üblich verstand er die Anspielungen, die andere Welt betreffend, nicht. Grazia erklärte Friedrich, was Bruder Benedikt gesagt hatte. Meistens gebrauchte der Dominikaner das Argadische, ab und zu das Deutsche, und sie hatte alle Mühe, den beiden schweigsamen Zuhörern zu übersetzen. Und wenn sie ehrlich war, hatte sie den Eindruck, dass die beiden eher damit beschäftigt waren, einander abschätzig zu mustern.

»Ich versuche unter den Heiden das Wort Gottes zu säen, aber es ist ein denkbar steiniger Boden«, plauderte Bruder Benedikt weiter. »Eigentlich habe ich in all den Jahren nur erreicht, dass man mich für einen wohltätigen und irgendwie auch klugen Priester hält, der davon erzählt, dass der letzte Gott eines Tages zurückkehren wird. Sie wollen einfach nicht begreifen, dass ich gar nicht von *dem* rede!« Er rollte die Augen. »Ach, ein steiniges Land ist das hier, fürwahr! Warum nur hat mich dieses Tor nicht in irgendeinem Land jenseits der Wüste abgeladen? In ein fruchtbareres als dieses hier.«

»Da draußen ist nur Wüste, und die ist nicht fruchtbar«, sagte Anschar.

»Gottes Wort ist wie ein Samenkorn des Felsengrases – es kann überall Halt finden, wenn die Zuhörer es nur wollen. Ja, ich weiß, das hast du nicht gemeint. Außerdem ist dort nicht nur Wüste.«

»Temenon? Das ist zu weit weg.«

»Ach, Temenon. Diese Welt dürfte sehr viel größer sein als das, was man landläufig von ihr kennt.«

»Was redest du da für einen Unsinn?«, brauste Anschar auf. »Außerhalb der Wüste gibt es nichts. Was sollte da sein?«

»Vielleicht das Meer?«

»Es gab ...«

»Ja, ich weiß.« Bruder Benedikt winkte ab. »Ihr glaubt, es sei verschwunden, vor Hunderten von Jahren. Aber sag mir, woher wollt ihr das wissen, wenn niemand, nicht einmal die Wüstenmenschen, das Ende der Wüste gesehen haben?«

»Die Priester haben das gesagt.«

»Heidnische Priester!« Der Mönch ballte vor Anschars Nase eine Faust. Grazia hielt den Atem an. Das sollte er besser nicht tun. »Mag sein, dass es kein Meer gibt. Aber glaubst du wirklich, dass diese Welt nur Wüste birgt? Wüste und darin ein einziges Hochland, das eine hochentwickelte Kultur hervorgebracht hat? Ein Land, das im Vergleich zu dieser Faust so groß wie ein Sandkorn ist?«

Anschar schob die Faust beiseite. »Du scheinst mir ein Träumer zu sein. Bleib lieber hier und hüte weiterhin das Tor.«

»Ja. Was das betrifft, hast du vielleicht recht.«

»Wie kommt es, dass dich hier immer wieder Leute aufsuchen, aber niemand weiß, wo das Tor ist?«, fragte Grazia.

»Wer soll es finden? Ich sage nicht, wo es ist, und von allein kommt keiner auf die Idee, die Felsen hochzusteigen.«

»Grazia.« Friedrich, der bisher zu allem geschwiegen hatte, legte so unvermittelt eine Hand auf ihren Arm, dass sie zusammenzuckte. »Worauf warten wir eigentlich? Ich denke, ich schaffe es jetzt, auf die Felsen zu kommen. Am liebsten würde ich es gleich versuchen.«

»Bitte nicht! Lass uns bis morgen warten.« Sie spürte seinen bohrenden Blick und fügte hastig hinzu: »Morgen geht es dir bestimmt besser, und dann schaffst du es leichter hinauf.«

»Ich habe den Eindruck, als hättest du es gar nicht so eilig, zurück zu deiner Familie zu kommen.«

Es hatte vorwurfsvoll geklungen. »O doch ... doch, natürlich«, stammelte sie hilflos und sah erschrocken auf, als Anschar ein Bein über die Bank warf und die Lichtung verließ.

»Warum läuft er eigentlich dauernd da vorne hin und beobachtet das Tal?«, fragte Bruder Benedikt.

»Weil er verfolgt wird«, erwiderte sie auf Argadisch. Bevor Friedrich fragen konnte, warum sie die Sprache gewechselt hatte, sprang sie auf und rannte ebenfalls zwischen den Bäumen hindurch. Am Hang sah sie Anschar stehen, ein dunkler Schatten im schwindenden Abendlicht. Er schien sie nicht zu bemerken, als sie den Weg nordwärts einschlug, um sich abseits auf einen Stein unter der Felswand zu setzen und still in sich hineinzuweinen.

Der Tag, den sie vor einem Jahr so sehr herbeigesehnt hatte und jetzt verfluchen wollte, brach an. Sie hatte kaum geschlafen auf der Pritsche in der Hütte, während sich die drei Männer mit einem Schlafplatz auf der Lichtung begnügt hatten. Anschar schien am wenigsten geschlafen zu haben, denn er sah müde aus, als sie aus der Hütte trat und ihn begrüßte. Friedrich stand an einer Quelle, rieb sich die untere Gesichtshälfte mit Schaum aus Seifenkraut ein und prüfte mit dem Daumen die Schneide eines Rasiermessers.

Anschar sah aus einiger Entfernung zu, wie er sich rasierte. Sowie Friedrich fertig war und das restliche Seifenkraut mit einem Tuch entfernt hatte, ging Anschar zu ihm und streckte auffordernd die Hand aus. Mit äußerster Wachsamkeit gab Friedrich ihm das Messer und beobachtete seinerseits, wie er sich die Bartstoppeln entfernte. Anschar bemerkte es, denn er wandte sich um, doch streifte sein Blick Friedrich nur, während er an Grazia hängen blieb. Lange und bohrend. So durfte er sie nicht ansehen. Nicht in Friedrichs Gegenwart. Aber darum scherte er sich natürlich nicht. Sie war froh, Bruder Benedikt aus der Hütte treten zu sehen. Im Laufen faltete er ein Ledertuch auseinander und legte es auf den Tisch.

»Sie haben gesagt, liebes Fräulein Grazia, dass Sie ein Bündel Zeichnungen haben«, rief er sie auf Deutsch herbei. »Hiermit können Sie sie durch das Wasser bringen.«

Daran hatte sie noch gar nicht gedacht. Rasch brachte sie ihm die Papierrolle. Er schlug sie in das Ledertuch ein und begann die Ränder zuzunähen.

»Richtig wasserdicht ist das nicht«, meinte er. »Aber es ist ja nur für einen kurzen Augenblick. Der Schaden sollte sich in Grenzen halten.«

Grazia wollte sich bedanken, brachte aber nur ein Krächzen heraus. Die Zeit war gekommen. Sie hastete in die Hütte, zog die Tür hinter sich zu und schob den Riegel vor.

Es klopfte. »Grazia? Machst du dich fertig?«

»Ja, Friedrich«, presste sie heraus. »Ich beeile mich.«

»Gut.« Sie hörte, wie er sich wieder entfernte. Sie nahm aus der Tasche ihr Kleid und breitete es auf der Pritsche aus. Ein wenig musste sie sich überwinden, den argadischen Mantel und das Gewand auszuziehen, denn blickdicht waren die Bretterwände nicht. Vielleicht lag es auch nur daran, dass sie sich ungern von den seidigen Stoffen trennte. Mitnehmen würde sie die fremdartigen Kleidungsstücke natürlich, aber wann sollte sie sie jemals wieder tragen?

Ihr altes Kleid kam ihr ungewohnt vor. Der hochgeschlossene Kragen störte plötzlich. Alles war so eng, bis auf das Korsett, das zu tragen sie sich nie abgewöhnt hatte. Ein Schauer rann ihr den Rücken hinab, als sie daran dachte, wie

Anschar es geschnürt hatte. Du Heulsuse, schalt sie sich. Es ist vorbei.

Sie zupfte an dem Kleid herum, bis es halbwegs ordentlich saß, und stopfte die anderen Sachen in die Tasche.

Eine Faust schlug gegen die Tür. »Grazia!«

Sofort war sie an der Tür und riss sie auf. Anschar schob sie ins Innere zurück. Dann drehte er sich um, fauchte dem in der Nähe wartenden Friedrich zu, dass er sich nur verabschieden wolle – was dieser natürlich nicht verstand, aber daran dachte er offenbar nicht –, und warf die Tür zu. Grazia sackte auf die Pritsche zurück. In den Lichtstreifen, die durch die Ritzen fielen, konnte sie jede vertraute Einzelheit seines Gesichts erkennen. Die sanft gewölbten Brauen, dazwischen eine steile Falte. Seine dunklen Augen. Die ebenmäßigen Züge. Er war schön. Nicht so wie der Gott auf dem Steg – anders, wirklicher.

»Würdest du mir bitte in die Schuhe helfen?«, flüsterte sie und hielt ihm die Stiefeletten hin.

Anschar nahm sie, kniete sich hin und griff unter ihr Kleid. Fest legten sich seine Finger um ihre Wade, um das Bein anzuheben. Sie machte den Fuß spitz.

»Ich habe darüber nachgedacht, was wäre, wenn ich mit dir gehe«, sagte er.

Mit erschreckender Härte schloss sich der Schuh um ihren Fuß. Denselben Gedanken hatte sie in der Nacht gewälzt, und nun sprach Anschar ihn aus.

»Anschar, das geht nicht. Ich würde es mir so sehr wünschen, aber du kannst in meiner Welt nicht leben. Du würdest sie nicht verstehen.«

Er schnürte den Schuh, fast so geschickt, als hätte er das bereits viele Male getan. »Du verstehst *diese* Welt, jedenfalls gut genug, um dich zurechtzufinden. Und da sollte mir das umgekehrt nicht gelingen?«

»Es ist so, glaub mir. Du hättest dort Schwierigkeiten, von denen du keine Vorstellung hast.«

»Das hatte ich auch nicht, als ich zu Mallayur ging.«

»Würdest du denn in einer Welt leben wollen, in der es dir so ergeht wie bei Mallayur?«

»Deinetwegen könnte ich viel auf mich nehmen. Obwohl ich nicht glauben kann, dass es in deiner Nähe so schlimm wäre. Alles, was du erzählt hast, klingt nicht danach. Außer dass die Preußen ein bisschen steif sind. Ich meine, sie müssen ja steif sein. Wenn man solche Schuhe trägt.«

»O Anschar.« Sie presste die Augen zusammen. Wenn er doch nur aufhören würde, ihren Abschied zu zerreden. »Was man erzählt und wie es dann ist, das kann man nicht vergleichen. Außerdem würden dich meine Eltern niemals akzeptieren. Sie würden dich zum Essen einladen und danach höflich zur Tür hinausbitten. Und dann wüsstest du nicht, wohin, und ich könnte dir auch nicht helfen.«

»Das klingt in der Tat nicht sehr gastfreundlich.« Er schob den zweiten Fuß in den Schuh. »Aber bisher hatte ich nicht den Eindruck, dass du von hartherzigen Eltern erzählst.«

»Sie sind nicht hartherzig. Nur ist das in meinem Land mit der Gastfreundschaft anders als hier. Sie würden dich jedenfalls niemals in ihrem Haus leben lassen. Und wo solltest du sonst hingehen? Du müsstest selbst für dich sorgen. Aber wie? Männer, die mit Schwertern umgehen können, braucht man dort nicht. Die Sprache beherrschst du auch so gut wie nicht. Selbst wenn du irgendwo als Knecht auf einem Bauernhof unterkämst, wo du dann Vögel rupfst, was würde uns das helfen? Es würde dir in meiner Welt schlecht ergehen, und schon gar nicht würde man zulassen, dass wir zusammen sind. Niemals!«

Er schnürte den zweiten Schuh und setzte das Bein ab. Noch blieb er unten, seine Hand glitt über ihre Wade und verharrte in ihrer Kniekehle. Nie war sie so berührt worden, und es lähmte sie. Lass mich nicht los, dachte sie. Er hob den Kopf. Sie sah ihn an und fragte sich, ob in ihrem Gesicht der Abschiedsschmerz auch so deutlich zu lesen war wie in seinem.

»Ich weiß, dass es nicht geht«, sagte er dann. »Aber ich musste es ansprechen. Ich musste von dir hören, dass es unmöglich ist. Sonst hätte ich ewig darüber nachgedacht.«

Sie nickte. »Ich verstehe.« Es erleichterte sie, und doch wieder nicht. Erneut klopfte es an der Tür. Friedrich sagte nichts, aber sie wusste, dass er es war. Anschar stand auf und zog sie hoch. Während seine Finger sich mit ihren verflochten, zupfte er an ihrem Kragen und den Puffärmeln.

»Das wird alles nass. Solltest du das nicht besser auch in Leder packen?«

»Nein, das geht nicht anders. Ich kann mich doch nachher nicht im Freien umziehen.«

»Ach ja.« Er lächelte trübselig. »Natürlich kannst du das nicht.«

»Hier.« Sie angelte die Uhr von der Pritsche und drückte sie ihm in die Hand. »Damit du etwas von mir hast. Eigentlich gehört die ja Justus, aber er wird das verstehen.«

»Ich danke dir.« Er strich mit dem Daumen über den Deckel. »Ich hoffe nur, du schenkst mir nicht wieder etwas, das ich dann … verliere. Dein verdammtes Buch mit dem Bildnis darin vermisse ich immer noch.«

»Das Bildnis?«

»Ja, von dir und deiner Familie.«

»Oh.« Sie hatte gar nicht gewusst, dass sie diese Photographie bei sich gehabt hatte. Und Mallayur hatte sie verbrannt?

»Das tut mir leid. Aber die Uhr nimmt dir niemand weg, wenn du das nicht willst.« Sie berührte seine Wange, die sich so vertraut anfühlte. Ihre Finger schienen mit seiner Haut zu verschmelzen, wie um jede Einzelheit aufzunehmen. Die Fingerspitzen, so oft von ihren Zähnen malträtiert, glühten, als er sie an die Lippen führte. »Bitte, versprich mir, dass du nie nach Heria zurückgehst. Nicht einmal nach Argadye. Du musst frei sein.«

»Ich verspreche es«, sagte er kehlig, nahm die Hand herunter und wickelte die Kette um sein Handgelenk. »Ich würde dir auch gern etwas geben, leider habe ich nichts. Aber eines sollst du haben: den Schmuck meiner Mutter. Auch wenn du ihn in deiner Welt wohl nicht wirst tragen können.«

Wehmütig musste sie auflachen. »Nein, das ginge wohl nicht.«

Wieder klopfte es. Friedrich rief von draußen, sie möge sich beeilen. Sie rechnete damit, dass Anschar ihm eine gebrüllte Antwort gab, doch die blieb aus.

»Geh schon, Feuerköpfchen.«

Sie wandte sich ab, schaffte zwei Schritte, und einen Augenblick später lag sie an seiner Brust. »Nein! Nein!« Der Rest von all dem, was ihr noch auf der Zunge lag, ging in einem verzweifelten Aufschluchzen unter. Anschar drückte sie so fest an sich, dass sie kaum atmen konnte. Ihr Gesicht versank in seiner Halsbeuge. Schmerzhaft bohrten sich seine Fingerkuppen in ihren Hinterkopf. Es tat so gut, und es war so furchtbar. Als er ihre Arme lockerte, glänzten seine Wangen.

»Ich bringe dich hinauf.« Auch seine Stimme klang alles andere als fest. »Ich will sehen, wie du gehst.«

Sie wusste nicht, wie sie es schaffte, sich von ihm zu lösen, aber schließlich ging sie mit unsicheren Schritten zur Tür und öffnete sie. Friedrich stand einige Schritte entfernt, mit ihrer Tasche an der Schulter. Ihr entging nicht, dass er Anschar ziemlich unverblümt anstarrte. Was war an ihm anders als vorher? Natürlich, das verweinte Gesicht. Sie hoffte, dass Friedrich darüber keine Bemerkung machte, aber er nickte ihr nur zu und streckte die Hand nach ihr aus. Grazia ergriff sie und ließ sich von ihm den steinigen Hang hinaufführen. Es fiel ihr in ihren Stiefeletten nicht leicht, einige Male glaubte sie das Gleichgewicht zu verlieren. Anschar blieb dicht hinter ihr, was sie wesentlich mehr als Friedrichs Gegenwart beruhigte. Trotzdem atmete sie auf, als sie das Tor erreicht hatten. Bruder Benedikt wartete bereits, mit dem Kruzifix in den gefalteten Händen.

Die Lichtsäule erhob sich über dem felsigen Untergrund, sanft schimmernd. Wie aus Glas, hatte Sildyu gesagt, und so war es. Ein gläsernes Tor reckte sich in den Himmel, ein wenig zitternd, pulsierend – es schien zu leben. Nach wenigen Metern verlor es sich in der Luft, als verschwinde es im Nebel. Nur dass dort keiner war.

»Es ist das erste Mal, dass ich das Tor von außen sehe«, sagte Grazia und drehte sich zu Anschar um. »Es ist schön, findest du nicht?«

Angesichts dieses Wunders nickte er nur. Solchermaßen beeindruckt hatte sie ihn bisher noch nicht gesehen. Dennoch riss er sich von diesem Anblick los, nahm ihren Kopf in die Hände und küsste ihre Stirn, ganz so, wie er es damals auf der Brücke getan hatte.

»Möge der Herr es gelingen lassen«, sagte Bruder Benedikt und stimmte das Paternoster an.

»Komm jetzt«, drängte Friedrich.

Anschar ging zu ihm und sah ihn so finster wie eh und je an. Friedrichs Adamsapfel zuckte, während er zu ihm aufsah. Er war um einen halben Kopf kleiner und schien unter dem stechenden Blick noch zu schrumpfen.

»Zeig ihr … dass du es wert bist«, sagte Anschar auf Deutsch.

Grazia stand der Mund vor Staunen offen. Er hatte den Satz fehlerfrei und fast flüssig ausgesprochen. Auch Friedrich war überrascht; er schluckte noch heftiger und konnte nichts erwidern.

Anschar wandte sich von ihm ab, strich Grazia im Vorbeigehen über die Wange und kehrte dem Tor den Rücken zu. Dann drehte er sich noch einmal um. Seine Gesichtszüge waren das Erste, das sie in dieser Welt gesehen hatte, und sie würden das Letzte sein. Sie fühlte sich von Friedrich gepackt und in das Licht gezerrt. »Nein, nicht so schnell!«, rief sie, da riss ihr der Sog die Worte von den Lippen. Anschar! *Anschar!* Von gleißendem Licht umhüllt, ging ein Ruck durch ihren Körper. Sie warf den Kopf in den Nacken und erblickte in der Höhe ein schwarzes Loch. Eine Kraft hob sie vom Boden, ließ sie darauf zuschnellen. Friedrich stieß einen Angstschrei aus und streckte abwehrend eine Hand nach oben. Die Grenze zwischen den Welten war wie ein drohender, alles verschlingender Schlund. Auch Grazia schrie, riss die Arme hoch und fühlte ihre Finger hindurchgleiten. Dann waren nur noch Schwärze und Wasser um sie herum.

Anschar hatte damit gerechnet, dass sich das Tor schließen und verschwinden würde, sobald Grazia und Friedrich darin waren. Das war natürlich unsinnig, denn wann es sich schloss, lag allein in der Hand des Gottes, und so leuchtete und pulsierte es unvermindert vor sich hin. Er trat näher und berührte die Lichtsäule. Sie fühlte sich nach nichts an, nur ein wenig kalt. Langsam schob er seine Finger hinein. Ein leichter Sog war zu spüren.

»Nicht!«, schrie der Priester hinter ihm. »Bist du verrückt?«

»Warum?« Anschar zwang sich, die Hand zurückzuziehen. »Fändest du es so abwegig?«

»Mein Freund, das hat doch keinen Zweck. Komm.« Benedikt drückte das Symbol seines Gottes an die Lippen und band es wieder an seinen Gürtel. Sie machten sich an den Abstieg. Unten angekommen, strich er sich mit einem weißen Ärmel über die Stirn. Sein Gang war zittrig. »Gott hätte sich für den Standort seines Tores wahrhaftig eine leichter zugängliche Stelle aussuchen können. Ich bin dafür doch zu alt.«

Sie kehrten zur Hütte zurück. Anschar ließ sich auf eine der Bänke fallen und lehnte den Rücken an den Tisch. Er hatte hier nichts mehr verloren, aber noch trieb ihn nichts an. Es war angenehmer, auf der Bank zu sitzen und das Gesicht in die Sonne zu halten.

»Du fühlst dich jetzt schlecht«, sagte Benedikt, der sich an seine Seite gesetzt hatte.

»Ja und nein. Ich könnte losschreien, dass sie weg ist. Gleichzeitig bin ich aber erleichtert, sie zum Ziel geführt zu haben. Ihr ist nichts passiert, sie geht nach Hause. Darüber sollte ich froh sein.« Anschar stutzte, sah den Mönch an und legte wieder den Kopf in den Nacken. »Benedik! Wie komme ich bloß dazu, dir das zu erzählen?«

»Ach, weißt du, mir haben schon Viele ihr Herz ausgeschüttet. Das ist mein Dienst an den Menschen, und das tat ich auch in meinem alten Leben. Ehrenrührig ist es nicht, wenn du deine Seele erleichterst. Wohin wirst du jetzt gehen?«

Anschar hob die Schultern. Er befingerte die Uhr an seinem Handgelenk, klappte sie auf, betrachtete die fremden Zeichen und ließ sie wieder zuschnappen. Morgen früh würde er sie eine Stunde zurückstellen. Aber nicht, weil er das irgendwie nützlich fand. »Das wissen die Götter«, sagte er schließlich.

»Deine Götter helfen dir nicht.« Benedikt rümpfte hörbar die Nase. »Du hast dir darüber noch keine Gedanken gemacht?«

»Sie wünscht sich, dass ich frei bin. Es war ihr aber nie bewusst, dass ich das hier nicht sein kann. Mir schon. Die Hochebene ist klein – jedenfalls klein im Vergleich zu eurer Welt. Es gibt hier keinen Ort, wo ein entlaufener Sklave leben könnte.«

»Warum hast du ihr das nicht gesagt?«

»Hättest du das getan?«

»Nein«, räumte Benedikt nach einigem Zögern ein und kratzte sich die Stirn. »Aber du musst doch irgendein Ziel haben.«

»Ein Sklave hat kein Ziel. Jetzt soll ich mir eins ausdenken, das ist gar nicht so einfach. Ich werde wohl den Weg nach Nordwesten nehmen, etwas anderes bleibt mir kaum übrig. Dann sehe ich weiter. Vielleicht lässt es sich in Praned eine Weile untertauchen.«

Er glaubte es nicht. Es dürfte auf der gesamten Hochebene keinen einzigen Ort geben, wo man einen entlaufenen Sklaven nicht augenblicklich hinrichtete oder gebunden zurückschickte. Sein Herr würde dafür sorgen, dass überall bekannt wurde, wer er war. Die verfluchte Tätowierung ließ sich kaum verbergen.

»Du könntest in die Wüste gehen«, sagte Benedikt.

»Eher würde ich …«

Anschar stockte. Hufgetrappel ertönte von unten aus dem Tal. Er schnellte hoch, rannte zwischen den Bäumen hindurch und schlich geduckt auf den Abhang zu. Da waren sie, die zwanzig bis an die Zähne bewaffneten herschedischen Reiter. Und sie waren nah. Viel zu nah.

Er lief zu Benedikt zurück. »Irgendjemand unter ihnen fand deine Erklärung wohl doch nicht glaubwürdig.«

»Allmächtiger«, murmelte Benedikt und legte die Hände aneinander. »Jetzt musst du wohl doch durchs Tor.«

»Dazu ist es zu spät. Ich kann nicht mehr unbemerkt

hinaufklettern. Sie würden es entdecken und mir folgen. Ich werde einen Dreck tun und Grazia gefährden, indem ich Mallayurs Häscher in ihr Reich locke.«

»Dann nimm das Pferd. Um Gottes willen, schnell!«

Sie hasteten in den Stall. Benedikt legte der Stute das Zaumzeug um, Anschar warf ihr den Sattel über und gürtete ihn mit fliegenden Fingern. Noch im Aufspringen riss er das Schwert aus der Scheide, nahm die Zügel an sich und gab dem Tier die Fersen. Es sprang gehorsam aus dem Stall, galoppierte über die Lichtung hinweg und zwischen der Baumreihe hindurch. Der Weg nach Nordwesten wirkte mit einem Mal wie eine Verheißung.

Die Reiter hatten den Abhang bereits überwunden und waren im Begriff, sich aufzufächern und ihm den Weg abzuschneiden. Anschar trieb die Stute an, um hindurchzupreschen. Doch sie war verwirrt und drohte zu steigen. Er sah sich zehn gespannten Bogen und ebenso vielen Speeren gegenüber.

»Nicht schießen!«, hörte er Benedikt rufen. »Tut ihm nichts, vergießt kein Blut!« Der Priester war im Begriff, mit wedelnden Armen heranzulaufen. Ein Reiter hielt ihn mit der Flanke seines Pferdes auf, zog sein Schwert und befahl ihm mit der ausgestreckten Klinge, die auf seine Kehle deutete, stehen zu bleiben.

Anschar zügelte die unruhige Stute dicht an der Felswand. Es gab keine Fluchtmöglichkeit. Ihm blieb nur noch, in den Tod zu gehen und möglichst viele der Herscheden mitzunehmen. Wenn er das Pferd besser unter Kontrolle bekam, konnte er an der äußersten Flanke anfangen und sich bis zur Mitte durcharbeiten. Auf diese Weise waren sicherlich sieben oder acht Krieger zu schaffen, bis er, gespickt von Pfeilen und Speeren, fallen würde.

»Wirf dein Schwert weg und ergib dich«, rief einer der

Männer. »Das befehle ich dir im Namen deines Herrn Mallayur, Sklave. Wir sollen dich lebend und unversehrt zu ihm bringen.«

Der verhasste Name brachte Anschar dazu, auf den Boden zu spucken. »Damit er länger Freude an der Folter hat? Der Fluch möge sein Land verdorren lassen und seine scheußliche Seele dazu!«

»Ergib dich, Sklave!«

Das Wort saß zu tief und zu fest; wie eine stachelige Kette hakte es sich in sein Herz. Nicht im Kampf, wie es einem der Zehn angemessen war, würde er sterben, sondern durch die strafende Hand seines Herrn. Der Griff seines Schwertes wurde schlüpfrig, als er das erkannte. Kalter Schweiß lief ihm den Rücken hinab.

Nein, dachte er. Es kann so nicht enden. Ich bin einer der Zehn. Ich bin der Erste der Zehn!

»*Sklave!* Weg mit dem Schwert!«

Es musste so enden.

Er streifte die Uhrkette über seine Finger. Hinter seinem Rücken ließ er die Hand kreisen, bis die Uhr hinunterfiel. Dann schleuderte er das Schwert von sich. Auch den Dolch zog er aus dem Gürtel und warf ihn fort. Augenblicklich gaben zwei Reiter ihren Tieren die Fersen und entrollten im Näherkommen Bündel aus Grasbändern. Die anderen hielten weiterhin die Waffen auf ihn gerichtet.

»Hände auf den Rücken«, befahl der Anführer. Anschar gehorchte. Ihm wollten vor Wut und Enttäuschung die Tränen kommen, als sich die Grasbänder um seine Handgelenke schlangen. Er musste die Zähne zusammenbeißen, um das Elend nicht in den Himmel zu schreien. Auch um seine Füße wickelten die Männer Grasseile, die sie unter dem Pferdebauch zusammenknoteten. Erst dann ließ der Rest des Trupps die Waffen sinken.

Es kam kein Wort mehr, weder von den Herscheden noch von Benedikt, der abseits stand. Aber er machte ein Zeichen: Er berührte seine Stirn, seine Brust, die Schultern und faltete die Hände. Damit wusste Anschar nichts anzufangen, aber er nickte ihm dankend zu. Im gleichen Augenblick zog ein Krieger am Zügel der Stute, sodass er sich nach vorn wenden musste. Der Zug setzte sich in Bewegung.

Die Herscheden wandten sich jedoch nicht wieder dem Abhang zu. Sie nahmen den Weg, der in den Wald führte.

DER
LETZTE GOTT

1

Grazias Lunge schrie nach Luft. Ihre Hände reckten sich nach oben. Friedrichs Arm lag noch immer um ihre Taille. Doch sie sah ihn nicht, sie sah nichts als das kleine helle Rund weit oben – so weit entfernt. Sie presste die Augen zusammen und konzentrierte sich nur noch darauf, es zu ertragen. Ihre Finger glitten durch Wasserpflanzen.

Dann ein Windhauch. Grazia warf den Kopf zurück und sog rasselnd die kalte Berliner Luft ein.

»Weg! Weg von dem Licht, bevor es uns wieder hinunterzieht!«, schrie Friedrich neben ihr. Er stieß sie nach vorn, hin zum Steg. Fast blind tastete sie nach der Kante. Mehr konnte sie nicht tun, es war genug; die Anstrengung der Flucht machte sich bemerkbar. Der Steg knarrte, als Friedrich sich hochwuchtete. Er brauchte ewig, sie hinaufzuziehen. Ihre vollgesogenen Kleider waren wie Gewichte an ihren Füßen. Dann war es geschafft, sie lag auf dem Steg.

»Bist du in Ordnung?«

Ihre Zähne schlugen aufeinander, so sehr fror sie. Nur langsam gelang es ihr, die Umgebung genauer zu betrachten. Das Holz unter ihr fühlte sich vertraut an, auch die Eichen, die über ihr rauschten, erkannte sie wieder. Friedrich, der neben ihr kniete, wischte sich das Wasser aus dem Bart und sah sich um.

»Scheint so, als hätten wir Glück gehabt. Die Frage ist nur, welche Zeit haben wir jetzt?«

Seine Worte brachten Grazia zur Besinnung. Die Furcht, sie könnten weit abseits ihrer Zeit zurückgekehrt sein, ließ sie alles andere für den Moment vergessen. »Das Grab! Schau nach, ob das Grab da ist.«

Er stand auf und zog sie auf die Füße. Vorsichtig tasteten sie sich über die morschen Planken. Sobald sie festen Boden unter sich hatten, ließ er sie los und rannte durchs Schilf. »Es ist da!«, hörte sie ihn rufen. Erleichtert atmete sie auf und stapfte schweren Schrittes über das Gras.

Die Hände in den Seiten, stand Friedrich an der Grube. Nichts hatte sich verändert. Da war die Plane, da waren die Steine, die sie beschwerten. Er stieg über die Umzäunung, schob ein paar Steine beiseite und hob die Plane an. »Sieht unverändert aus. Wäre viel Zeit vergangen, hätte man es wenigstens mit Brettern abgedeckt.«

»Bitte, Friedrich, lass es gut sein. Es war Anschars Mutter.«

Er stutzte, nickte und verteilte wieder die Plane auf dem Rand. »Du hast recht. Das hier ist leider keine archäologische Sensation. Das Grab ist siebzehn Jahre alt. Oder sind es zweiundzwanzig? Was soll ich mit diesem Wissen jetzt anfangen? Ich bin gespannt, was dein Vater dazu meint. Aber wird er das alles überhaupt glauben?«

»Weiß ich nicht.« Ihr war nach Herumjammern zumute. Sie presste die Tasche an sich, aus der es troff. »Mir ist kalt. Ich will nach Hause!«

Friedrich nahm sie an die Hand. Schlotternd und zähneklappernd hastete sie neben ihm her. Für die Insel hatte sie keinen Blick. Das, was sie sah, kam ihr fremd vor. Die Wege, die welken Rosenbüsche, die Schlossruine, selbst der Geruch. Die Sonne schien, aber das Licht war irgendwie anders. Und es war kalt, viel kälter als bei ihrem Aufbruch. Oder kam ihr das nach einem Jahr Hitze, die ihr schier den Schweiß aus allen Poren getrieben und die sie oft verwünscht hatte, nur so vor?

Sie begegneten ein paar Spaziergängern, die sie verdutzt anstarrten. Am Fährhaus stand ein Mann, der im Begriff war, sich eine Zigarre anzustecken. Sie fiel ihm aus dem Mundwinkel.

»Herr Mittenzwey!«, rief der Fährmann. »Wusste ja janisch, dat Se hier sind. Und det Frollein ooch? Und alle beede patschnass!«

»Den Wievielten haben wir heute?«, fragte Friedrich.

»Den Achtzehnten.«

»Welcher Monat?«

Der Mann kratzte sich sichtlich verwirrt unter der Mütze. »Na, September.«

»Bringen Sie uns bitte hinüber. Und wenn Sie eine Decke für die Dame hätten?«

»Na ja, na sicher«, murmelte der Fährmann, verschwand kopfschüttelnd im Fährhaus und kehrte mit einer Decke zurück, die Friedrich ihm aus den Händen nahm, um sie Grazia um die Schultern zu legen. Er stützte sie, als sie auf die Fähre stieg, die ihr so schwankend wie nie vorkam. Bald waren sie auf der anderen Uferseite angelangt, aber inzwischen war ihr so kalt geworden, dass sie darüber fast das Zittern vergaß. Eine Droschke rollte heran. Friedrich holte aus seiner nassen Hosentasche ein paar Groschen.

»Ich würde uns gern die Zugfahrt ersparen. Aber nicht einmal dafür reicht es.«

Grazia holte den Zehnmarkschein aus ihrem Portemonnaie. Als Friedrich ihn entgegennahm, hätte sie das Geld fast wieder an sich gerissen.

»Was ist denn?«, fragte er.

»Stell dir vor, der Kaiser hätte den Schein in der Hand gehabt. Würdest du ihn dann einfach ausgeben wollen?«

»Wovon redest du nur?« Er nannte dem Kutscher das Ziel. Dann half er ihr in die Droschke, setzte sich an ihre Seite und schloss den Schlag. Das Klappern der Hufe, das Rattern der Räder, es war so vertraut und doch so unwirklich. Wann hatte sie zuletzt schmutzige Jungs beim Bolzen gesehen, wie jetzt am Straßenrand? Eine Spreewaldamme mit ihrer ausladenden weißen Haube? Oder einen Mann im zerschlissenen Frack, der Drehorgel spielte? Die Polizisten mit ihren Pickelhauben, die soeben einen Motorwagen angehalten hatten und ratlos dreinschauten, als überlegten sie, ob so ein Gefährt hier überhaupt fahren durfte? Ich war viel länger weg, dachte Grazia und packte Friedrichs Arm.

»Er hat gesagt, es gibt hier keine Zeitabweichungen. Aber so genau kann er es doch gar nicht gewusst haben.«

»Der Mönch? Das weiß *ich* doch nicht.«

Sie ließ ihn wieder los. »Wir müssen eine Zeitung kaufen. Ich habe gerade einen Zeitungsjungen gesehen.«

»Grazia, wir sind doch gleich da. Deine Eltern werden schon bestätigen, dass wir den achtzehnten September haben.«

»Aber vielleicht ein Jahr später!«

Friedrich brummte etwas in seinen Bart und klopfte gegen das Sichtfenster. Sobald die Droschke stand, stieß er den Verschlag auf und sprang hinaus. Nur wenige Augenblicke später kehrte er zurück, befahl die Weiterfahrt und legte Grazia eine Zeitung auf den Schoß.

»18. September 1895«, murmelte sie, erleichtert das Papier betastend. Sie waren nach hiesiger Zeitrechnung tatsächlich nur einen Tag fort gewesen. »Weißt du, dass sich das argadische Papier ganz ähnlich anfühlt? Es ist aber nicht grau, eher grünlich. Das liegt an den Felsengrasfasern. Es gibt aber auch weißes, das ist fast schon wie Buchdruckpapier. Und auf Ton schreibt man dort nur wichtige Sachen, weil Ton dauerhafter ist. Es ist genau andersherum als beispielsweise in Ägypten, wo Tonscherben als wertloses Schreibmaterial galten. Ist das nicht erstaunlich?«

»Woher weißt du das?«

»Ich war doch länger dort als du.«

»Ach ja, richtig. Das werde ich wohl nie begreifen.«

»Außerdem hat Anschar mir das mit dem Papier erklärt. Er hatte ...«

»Es wäre mir recht, wenn du nicht über ihn sprechen würdest«, unterbrach er sie barsch.

Grazia schluckte ihre Worte herunter. Ihr wollten vor Ärger die Tränen kommen. Verlangte er allen Ernstes, dass sie Anschar nie wieder erwähnte?

»Nur eines will ich von ihm wissen«, sagte Friedrich. »Hat dieser Barbar sich dir aufgedrängt?«

»Aufgedrängt?«

»Du weißt, was ich meine. Er hat deinetwegen geflennt wie ein Kind. Hast du mit ihm irgendwelche Dummheiten gemacht?«

Dummheiten? Meinte er etwa das, was sie in der Nacht vor der Flucht beinahe mit Anschar getan hätte? Friedrichs Blick bohrte sich in sie. Sicherlich konnte er sehen, wie ihr Herz gegen ihren Hals schlug. »Nein«, brachte sie endlich heraus. Es war nur ein Flüstern. »Nein, ich schwöre es. Die Argaden haben bloß nah am Wasser gebaut.«

»Na schön. Dann wollen wir ihn vergessen.«

Ihre Finger bohrten Löcher in die Zeitung. Friedrichs Aufforderung war durchaus als großzügiges Angebot zu werten, dennoch! Wie konnte sie den Mann vergessen, den sie liebte?

Sie erschrak vor sich selbst. Nun hatte sie es sich eingestanden. Sie liebte Anschar. Begriff sie das wirklich erst jetzt? War sie so blind gewesen? Hatte sie es nicht wahrhaben wollen? Nun war sie da, die Erkenntnis, und sie war ebenso schmerzhaft wie berauschend. Mit aller Kraft presste sie die bebenden Lippen aufeinander, um nicht loszuheulen. Anschar. *An-*

schar ... Ewig würde sich der Name in ihr Herz brennen. Ihn vergessen? Wie oft hatte man das nun schon von ihr verlangt? Und war es ihr je gelungen? Nein, niemals. Niemals.

Die Droschke brauchte bis zum Abend, bis sie vor der Bel Etage ihrer Eltern hielt. Grazia stieg aus und betrachtete die Hausfassade mit ihrer klassizistischen Front. Fünf Stockwerke. Der argadische Palast war fast ebenso hoch gewesen, aber ohne all die Erker, Dreiecksgiebel über den Fenstern, Pilaster und Medusenhäupter, die ihr jetzt so fremd vorkamen. Über das schmiedeeiserne Balkongitter beugte sich das Dienstmädchen.

»Fräulein Grazia!«, schrie Adele, wedelte wild mit der Gießkanne, sodass Wasser herunterspritzte, und stürzte durch die Balkontür, die in den Salon führte. Kurz darauf öffnete sich die Haustür, und sie flog ihr entgegen. »Was ist denn nur passiert? Sind Sie in die Havel gefallen? Wo waren Sie denn bloß?«

»Alles zu seiner Zeit«, antwortete Friedrich an Grazias statt. »Wenn wir nicht gleich in trockene Sachen kommen, holen wir uns noch eine Erkältung.«

Justus kam die marmorne Treppe heruntergesprungen. Skeptisch beäugte er seine Schwester, aber nicht lange, denn sie stürzte auf ihn zu und riss ihn in die Arme. Er ließ es über sich ergehen. Erst als sie ihn abküssen wollte, wehrte er sich.

»Du tust ja grade so, als wärst du ...«

»... ein Jahr fort gewesen«, nahm sie ihm die Worte aus dem Mund. Eigenartig, dachte sie. Erst Justus erinnerte sie daran, dass sie die ganze Zeit unter Heimweh gelitten hatte. Sie fuhr mit den Fingern durch seinen Schopf. »Und, haste Senge gekriegt?«

»Na klar. Hab ich doch gleich gewusst.«

»Ich wollte nicht, dass das so passiert, ehrlich. Justus, ich habe deine Uhr verschenkt.«

»An wen denn?«

Sie warf einen vorsichtigen Seitenblick zu Friedrich, aber der drängte schon die Treppe hinauf. »An einen Mann, den du mögen würdest. Einer wie ... wie Michael Strogoff.«

»Du redest ja komisches Zeug.« Er hüpfte die Stufen hinauf. »Vielleicht krieg ich ja zu Weihnachten 'ne neue.«

»Du glaubst mir nicht?« Sie hastete ihm nach. »Na warte, du wirst staunen, das verspreche ich dir!«

»Grazia!« Ihre Mutter stand in der Wohnungstür, die Hand vor den aufgerissenen Mund geschlagen. »Du bist ja ...«

»Nass, ja.« Grazia gab ein Niesen von sich, das sie fast von den Füßen hob.

»Deine Haut ist ja so anders. Und ganz klamm.« Die Mutter umfasste ihre Wangen mit Fingern, die selbst nicht warm waren. »Du musst sofort aus den Sachen heraus. Was hast du da?« Sie machte Anstalten, ihr die Tasche wegzunehmen. »Das sieht ja ganz schäbig aus.«

»Lass sie mir.« Grazia klammerte sich an der Tasche fest. Wo war Friedrich? Sie sah ihn im Salon stehen und mit ihrem Vater sprechen. Auch wenn es schön war, die Mutter wiederzusehen – der Anblick des Vaters ließ sie vor Freude jubeln. Sie gab ihr einen Kuss, schob sich an ihr vorbei und eilte ihm entgegen. So sehr hatte sie sich danach gesehnt, nach seiner breiten Brust, dem Geruch nach Zigarren und Rasierwasser und dem, was ihn unvergleichlich machte. Sie ließ die Tasche fallen, um die Arme um seinen Leib legen zu können. Er drückte sie an sich und streichelte ihr Haar. Über ihren Kopf hinweg redete er irgendetwas von einem nötigen, aber nicht allzu dringlichen Anruf bei der Polizei. Anscheinend hatte er sie als vermisst gemeldet. Welche ehrbare Tochter verschwand auch spurlos und blieb über Nacht fort? Im

Hintergrund hörte sie ihre Mutter, wie sie Adele anwies, für ein heißes Bad zu sorgen.

»Hat dir jemand irgendetwas angetan?«, fragte er.

Sie schüttelte den Kopf. »Es ist mir nichts passiert. Aber es ist eine lange Geschichte. Viel länger, als du denkst. Bist du mir böse?«

»Gestern war ich das noch. Jetzt bin ich nur erleichtert. Wenn es für diese Geschichte keine Kurzfassung gibt, müssen wir uns wohl in Geduld üben. Das heißt, Herr Mittenzwey ist ja da und kann hoffentlich für Abhilfe sorgen. Du begibst dich jetzt erst einmal in die Hände deiner Mutter.«

Er schob sie von sich und tätschelte ihre Wange. Friedrich sah angesichts der Aufgabe, die vor ihm lag, regelrecht verzweifelt aus. Grazia nahm hastig die Tasche an sich und folgte ihrer Mutter in ihr Zimmer. Im Vergleich zu dem Schlafzimmer, das sie noch bis vor Kurzem bewohnt hatte, kam es ihr klein und muffig vor. Die holzvertäfelten Wände wirkten erdrückend. Das Fenster – so klein! Und erst das Bett. Es war das Bett eines Mädchens.

»Ich brauche keine Hilfe«, sagte sie zu ihrer wartenden Mutter, die langsam nickte und das Zimmer verließ. Grazia drehte den Schlüssel um. Dann machte sie, dass sie aus den Kleidern kam, die ihr am Leib klebten. Sowie sie das geschafft hatte, war ihr gar nicht mehr so kalt. Aus dem Schrank holte sie ihren Morgenmantel und schlüpfte hinein. Von der Frisierkommode nahm sie ihren Schildpattkamm und fing an, die Haare zu entwirren. Der Mantel sprang auf und offenbarte einen weißen Körper, der einen seltsamen Gegensatz zu ihrem sonnengebräunten Gesicht bildete. Sie betrachtete ihre Brust und legte eine Hand darauf. Wäre jetzt irgendetwas anders, wenn sie sich Anschar hingegeben hätte? Sie schloss die Augen und versuchte sich vorzustellen, dass er es war, der sie streichelte.

Hör auf damit, ermahnte sie sich. Er ist so weit weg, wie du es dir nicht vorstellen kannst. Es ist, als existiere er nicht.

Sie schluckte schwer und machte sich daran, die Tasche zu leeren. Den blauen Mantel hängte sie auf einem Kleiderbügel an ihren Schrank. Aus der Frisierkommode holte sie eine Schere und schnitt die Lederrolle auf. Dort, wo die Papiere die Naht berührt hatten, waren sie aufgeweicht, aber im Großen und Ganzen waren sie trocken geblieben. Sie breitete sie auf ihrem Damenschreibtisch aus und beschwerte die Ecken. Als ihr die silberne Blume von Heria in die Hände fiel, hätte sie wieder weinen mögen. Auch wenn es sein verhasstes Sklavenzeichen gewesen war, so war es doch der einzige Gegenstand, den sie von ihm besaß. Sie drückte die Blume an die Lippen und legte sie auf den Nachttisch. Dann klopfte Adele auch schon an die Tür und rief, dass das Bad bereit sei. Grazia schlang den Morgenmantel fest um sich und begab sich in die Küche, wo es aus dem Blechzuber dampfte.

Adele trug dicke Handtücher und Kernseife heran. »Ich kümmere mich um Ihre nassen Sachen.«

»Aber nur um meine Kleider, Adele. Sonst rührst du in meinem Zimmer nichts an. Nichts! Hast du verstanden?«

Das Dienstmädchen machte große Augen. »Ja, ja«, murmelte es und ging kopfschüttelnd aus der Küche. »Ist recht.«

Grazia kauerte sich in den Zuber. Das Wasser war so heiß, dass sie glaubte, die Haut müsse aufplatzen. Sie schrubbte sich den argadischen Staub aus allen Poren. Nur die Haare zu waschen, dazu war sie zu erschöpft. Die Müdigkeit senkte sich wie Blei auf sie herab. Fast wäre sie im Zuber eingenickt, aber dann trocknete sie sich ab, schlüpfte in ihr Nachtkleid und schlich in ihr Zimmer zurück. Die nassen Sachen waren fort, ihre Andenken unberührt. Sie nahm den silbernen Anhänger, bog mit der Schere die Öse zusammen und fädelte ein dünnes Silberkettchen hindurch.

»Was hast du denn da?«, fragte ihre Mutter, die eintrat, als sie sich die Kette um den Hals legte.

»Oh, nur, äh, ein Andenken an jemanden, der mir geholfen hat.« Grazia war froh, dass sie niesen musste, so hatte sie einen Vorwand, sich dem Taschentuch zu widmen, und wenn es nur für ein paar Sekunden war.

»So. Und wer war das?«

Sie biss sich auf die Lippen. Ihr Gesicht war erhitzt, und das nicht nur vom Bad. Schnell schob sie sich unter die Bettdecke und zog sie bis zum Hals hoch. Währenddessen sah sie zu, wie ihre Mutter im Zimmer herumging und die fremden Sachen betrachtete, ohne sie anzufassen. Auch der Vater erschien, zwinkerte ihr beruhigend zu und sah sich um. Vom Schreibtisch nahm er eine Zeichnung und hielt sie vor sich.

»Justus, du gehst«, sagte die Mutter, als sich auch der Bruder anschickte, neugierig herumzuschnüffeln. Von den Eltern unbemerkt, zog er eine enttäuschte Grimasse und trollte sich.

»Was ist mit Friedrich?«, murmelte Grazia in den Samtvolant der Bettdecke.

»Der wärmt sich gerade von innen«, sagte der Vater. »Er hat mich förmlich um einen Cognac angefleht. Adele hat ihm etwas zum Anziehen gegeben und bügelt seine Sachen auf. Und, nein, er hat noch nicht viel erzählt. Er stottert herum, und ich wüsste jetzt gern, wieso.«

Er schloss die Tür. Das elterliche Tribunal hatte begonnen. Grazia wünschte sich, noch weiter unter den Decken verschwinden zu können. Aber es half ja nichts.

»Also, das war so«, fing sie an und fürchtete, lächerlich zu klingen. Nichts an ihrer Geschichte war glaubhaft, nichts.

Sie saß in der kaiserlichen Loge des Kolosseums und sah dem Zweikampf der besten Kämpfer zu. Anschar und Darur rannten durch die riesige Arena, wirbelten mit den Füßen den Sand auf und beharkten sich mit Speeren, Dreizacks, Wurfnetzen, Schwertern und was sie sonst noch auf dem Boden an Waffen fanden. Jeder blutete aus Dutzenden von Wunden. Seit Stunden währte der Kampf. Der Kaiser, der an Grazias Seite saß, wirkte gelangweilt. Sie hingegen schrie sich die Kehle aus dem Leib – nein, sie versuchte es, aber es drang kein Laut hervor, so sehr sie sich auch anstrengte. Sie wusste, dass Anschar unterlag, wenn es ihr nicht gelang, ihn anzufeuern. Er hieb und stieß sich seiner Niederlage entgegen. Dann fiel er. Darur packte seine Zöpfe und zerrte ihn auf die Knie. Das Schwert lag an Anschars Kehle. Der Sieger blickte zum Kaiser hoch. Der Reichsadler auf dem Helm reckte sich in die Höhe, als sich Wilhelm erhob – eine in eine prächtige Galauniform gehüllte Gestalt, deren Epauletten, Schnüre und Orden in der Sonne glänzten. Er strich sich mit einer behandschuhten Hand über den Bart. War es nicht doch Friedrich, der da stand? Aber Friedrich hatte keinen verkürzten linken Arm. Der Kaiser streckte den rechten Arm vor und den Daumen seitwärts aus. Gebannt starrte Grazia darauf, als könne sie mit ihrem Blick dafür sorgen, dass er sich hob. Er tat es auch, doch nur, um sich plötzlich nach unten zu wenden. Sie sprang auf, um den Arm zu packen, griff ins Leere, taumelte gegen die Brüstung und stürzte in die Tiefe.

Das Gefühl, als hebe sich ihr Magen, weckte sie auf. Oder waren es die Stimmen ihrer Eltern gewesen? Grazia setzte sich auf und entzündete die Kerze auf ihrem Nachttisch. Wie früher blickte sie ihr verschlafenes Spiegelbild über der Kommode an. Wann hatte sie sich zuletzt in einem richtigen Spiegel gesehen? Ein Kupferspiegel hatte klare Vorteile, wie sie fand. Man sah nicht jede ernüchternde Einzelheit. Nicht die aufgequollenen Augen, nicht die blassen Wangen. Nicht die Trauer.

Der Wecker zeigte kurz nach elf. Ihr Vater war zwar oft lange wach, um seinen Studien nachzugehen, aber ihre Mutter hielt so schnell nichts davon ab, spätestens um neun Uhr zu Bett zu gehen. Heute hat sie einen Grund, schlaflos zu sein, dachte Grazia. Sie hörte, wie Friedrich leise zur Wohnungstür geleitet wurde.

»Grüßen Sie bitte Grazia. Ich möchte morgen gern wiederkommen und sehen, wie es ihr geht.«

»Darauf freuen wir uns, Herr Mittenzwey.«

Die Dielen knarrten unter seinen Schritten. Die Tür klappte zu. Grazia lief zum Fenster und sah zu, wie er in einen Kremser stieg. Es machte ihr nichts aus, dass sie ihn nicht mehr zu Gesicht bekommen hatte, weil sie über ihrer Erzählung eingeschlafen war. Gar nichts.

Sie hörte ihren Namen fallen. Leise öffnete sie ihre Zimmertür. Der Salon war hell erleuchtet. Ihre Eltern standen unter dem elektrischen Lüster. Sehen konnte sie nur eine Hand ihrer Mutter, die mit einem Taschentuch gestikulierte.

»Sie hat irgendetwas angestellt und den Tag genutzt, sich diese Theaterrequisiten zu beschaffen. Carl! Du kannst ihr das doch nicht allen Ernstes glauben?«

»Kennst du deine Tochter so schlecht? Du glaubst wirklich, dass sie sich das aus den Fingern saugt, um etwas zu vertuschen, was immer das sein soll? Das sähe ihr nicht ähnlich.«

»Nein. Aber dass diese Geschichte stimmt, ist ja noch weniger zu glauben.«

»Luise, das sind keine Requisiten. Das Gold an dem Mantel ist echt. Pures Gold! Hast du eine Vorstellung, was er wert ist? Die Zeichnungen – sie können unmöglich ihrer Fantasie entsprungen sein. Glaubst du wirklich, sie hat das Gedicht vom Herrn Ribbeck in eine Fantasiesprache übersetzt? Es hatte Rhythmus, Diktion und klang sehr vielfältig; das war nichts Ausgedachtes.«

»Gewiss war es das. Wo soll sie denn so schnell eine fremde Sprache herhaben?«

»Warum nicht, sie ist ein kluges Kind. Schliemann hat etliche Sprachen gelernt und dafür nur jeweils ein paar Wochen gebraucht, um sie fließend zu beherrschen. Unmöglich ist das nicht.«

»Jetzt kommst du mir mit Heinrich Schliemann! Das wird ja immer schöner.«

»Und wie erklärst du dir, dass sie vorgestern Abend vornehme Blässe aufwies und heute aussieht, als habe sie den ganzen Sommer in Italien verbracht? Was ist mit Friedrich? Er bestätigt ihre Geschichte. Hast du gesehen, wie verwirrt er den ganzen Abend über war? Fast eingeschüchtert? Ein gestandener Kerl wie er?«

»Für das alles muss es plausiblere Erklärungen geben als das, was Grazia erzählt.«

»Gut, und welche fallen dir ein?«

Schweigen setzte ein. Grazia hörte, wie er sich eine Zigarre anzündete. Und sie glaubte sogar zu hören, wie ihre Mutter streng den Mund spitzte.

»Ich glaube, sie ist an irgendeinen Kerl geraten. Und jetzt muss sie die Folgen vertuschen. Zwar hätte ich Friedrich nicht so eingeschätzt, dass er sie dabei unterstützt, aber nun ja, er tut es.«

»Das ist doch Mumpitz.«

»Carl!«

»Hab noch nie davon gehört, dass ein Fehltritt eine solch ungewöhnliche Vertuschungsaktion nach sich zieht. Da wäre es wirklich einfacher, sich hinzustellen und dazu zu stehen. Und genau das würde Grazia tun.«

»Ich sage dir, der Grund ist dieser Mann, von dem sie erzählt hat. Der hat ihr auch diesen Anhänger gegeben, den sie wie ihren Augapfel hütet. Wenn du nur Augen im Kopf hättest, wüsstest du, dass sie verliebt ist. Und es sieht anders aus als damals mit Friedrich. Es sieht *ernst* aus.«

Hörbar sog er an der Zigarre und blies den Rauch aus. Das tat er mehrere Male. »Hm«, machte er schließlich. Grazia konnte sich vorstellen, wie er die Zigarre anstarrte, während er nachdachte. »Würde das ihre Geschichte nicht bestätigen? Ernst kann es nur werden, wenn es Zeit hatte zu reifen. Aber wenn es so ist, haben wir wirklich ein Problem.«

Ich vor allem, dachte Grazia und schloss lautlos die Tür. Die Diskussion ließe sich leicht beenden – sie musste nur die Hand ausstrecken und den endgültigen Beweis liefern. Aber danach würde ihr Leben nie mehr so sein wie zuvor. Sie wollte ihr altes Leben zurück. Sie wollte der Vernunft gehorchen, Anschar vergessen und Friedrich lieben.

Warum trägst du dann den Anhänger?, fragte sie ihr Spiegelbild. Sie tastete nach dem Schmuckstück unter ihrem Nachthemd. Die Erinnerung, die daran hing, war so schmerzlich wie wohltuend.

Ihn vergessen. *Vergessen.*

Sie ging zu ihrem Damenschreibtisch und öffnete die Schublade. Auf der Suche nach ihrem Aquarellkasten fiel ihr eine staubige Muschel in die Hand. Sie blies darüber und betrachtete sie von allen Seiten, als wäre es eine Kostbarkeit. Dann zog sie den Kasten heraus und hockte sich wieder auf die Bettkante.

Man benutzte dunkles Blau. Das edle Pariser Blau erschien ihr angemessen. Grazia befeuchtete den Tiegel und strich mit dem Daumen darüber, bis sich die Farbe löste. Dann fuhr sie sich damit durchs Gesicht, unterhalb der Augen, immer wieder, bis die Wangen fast bis zu den Nasenflügeln bedeckt waren. Schon flossen die Tränen und zogen Furchen durch die Farbe. Blaue Tropfen rannen über die Wangen, den Hals hinunter und in den Ausschnitt des Nachthemds. Sie ließ den Kasten fallen, griff sich ins Haar und raufte es.

Es klopfte kurz, die Tür flog auf, und ihre Mutter rauschte herein. Grazia zuckte zusammen. Hatte sie wirklich so laut geweint?

»Kind, was ist denn? Was … o Gott!«

Sofort war die Mutter über ihr und rüttelte sie an den Armen.

»Was tust du denn da? Grazia, was ist nur in dich gefahren? Carl! Carl!«

Der Vater kam mit schnellen Schritten ins Zimmer. »Was ist denn los?«

»Sieh dir das an!« Sie drehte Grazia an den Schultern zu ihm herum. »Was ist nur aus ihr in diesen anderthalb Tagen geworden? Was sollen wir bloß machen?«

Grazia versuchte sich zu befreien und unter die Bettdecke zu flüchten. Hätte sie es nur sein lassen, sich so zu verunstalten! Ihre Mutter zerrte sie kurzerhand in die Küche und wusch ihr über dem Spülstein das Gesicht. Wie einer kleinen Rotznase bekam sie jeden Winkel gesäubert und trocken gerieben.

»Dass du mir so etwas nicht noch einmal tust!«, rief die Mutter. »Warum hast du geweint? Warum bist du so verändert? Herr Mittenzwey hat das auch gesagt.«

»Du glaubst also, dass ich ein Jahr weg war?«

»Gewiss nicht«, schnappte die Mutter pikiert. »Ich glaube, dass du schon länger einen Liebhaber hast. Und jetzt hat er dich herumgekriegt. Ist es so?«

»Nein!«

»Aber etwas hat er mit dir getan.« Sie zog Grazia vom Spülstein weg und rüttelte sie wieder. Viel würde nicht fehlen, und Grazia wäre imstande, ihr einen Wasserschwall ins Gesicht zu schleudern.

»Lass mich los!«, rief sie. »Sonst tue ich etwas, das dir wirklich nicht gefällt!«

Abrupt wich die Mutter zurück, als hätte sie sich verbrannt. »Wenn ich es nicht besser wüsste, würde ich glauben, das kann nicht unsere Tochter sein.«

»Luise«, sagte der Vater von der Küchentür her.

»Versuch du dein Glück«, murmelte sie. Grazia rannte an ihm vorbei in ihr Zimmer und wollte sich in ihr Bett verkriechen, aber da war er schon hinter ihr und schloss die Tür. Sie wirbelte herum, warf sich an seine Brust und krallte sich in seine Weste.

»Es stimmt! Papa! Ich liebe ihn. Ich …«, die folgenden Worte gingen in Schluchzen über. Erleichtert spürte sie die Hand ihres Vaters auf dem Rücken. Er würde ihr nicht helfen können, aber er würde ihr verzeihen. »Ich liebe ihn. Er wollte mitkommen, aber ich hab's ihm ausgeredet. Ach, vielleicht hätte ich es zulassen sollen.«

»Ganz ruhig, Töchterlein.« Er tätschelte ihren Rücken. »Komm, zeig ihn mir. Welcher auf deinen Zeichnungen ist es?«

»Hier!« Sie stellte die Kerze auf den Schreibtisch und sammelte die Blätter ein. Männerkörper konnte sie nicht zeichnen, dementsprechend sah Anschar auch nicht aus, wie sie ihn in Erinnerung hatte. Und doch durchdrang sie der Stolz auf ihn. Ihr Vater nahm den Papierstoß entgegen und setzte sich an den Tisch.

»Ein antiker Krieger. Nicht gerade das, was man sich unter einem geeigneten Schwiegersohn vorstellt«, sagte er und blickte sie über den Rand der Brille hinweg an. »Wie hieß er noch gleich?«

»Anschar«, hauchte sie.

»So hast du Friedrichs Namen nie ausgesprochen«, bemerkte er und deutete auf die Zeichnung. »Und du bist sicher, dass du diesen Zweikampf nicht in einem Zirkus gesehen hast? Hm?«

»Ja.« Sie hockte sich auf seinen Oberschenkel und legte den Arm um seine Schulter.

»Und hier kämpft er gegen eine Chimäre?« Er hob eine andere Zeichnung hoch.

»Nein, das ist nicht Anschar. Das ist Meya, ein alter mythischer Held der Argaden. Er war zu seiner Zeit, was etwa achthundert Jahre zurückliegt, der König und der größte Krieger. Er bestritt an der Küste von Temenon viele Zweikämpfe und war immer siegreich. Als er dem besten Krieger von Temenon gegenübertrat, sagte er, er wolle das Leben seines Sohnes geben, wenn er nur diesen Kampf noch gewänne. Das schaffte er, und die Götter schickten die Große Bestie.« Sie deutete auf den Schamindar. »Sie forderten das Versprechen ein, aber er bereute es so sehr, dass er sich selbst dem Schamindar als Opfer hingab.«

Er blätterte weiter. »Was ist das? Sieht ein bisschen aus wie Böcklins Toteninsel.«

»An die hatte ich auch gedacht, und es ist tatsächlich eine Toteninsel. Das argadische Elysium. Auf dem Hochland gibt es einen großen See, in den münden die wenigen Flüsse, die noch nicht versandet sind. Darum herum ist Ackerland, und in der Mitte liegen mehrere Inseln. Die Argaden befahren den See nicht, daher wissen sie nicht genau, wie es auf den Inseln aussieht.«

»Und wer ist das? Der hat ja eine ziemliche Wampe.«

»Ach, der.« Sie kicherte. »Das ist ein herschedischer Weinhändler.«

Er legte die Blätter zurück und umfasste ihre Taille. »Kind, ob deine Geschichte nun stimmt oder nicht, ändert nichts an deinem eigentlichen Problem. Es haben sich schon oft Frauen in die falschen Männer verliebt. Trotzdem sind sie damit klargekommen. Und Friedrich hat eine Menge Geduld mit dir. Reize sie nicht vollends aus. Du willst doch, dass alles wieder so wie früher wird?«

»Ja!«

»Dann entscheide dich dafür.«

»Aber kann ich vergessen, wo ich gewesen bin?«

»Das sollst du ja gar nicht. Aber du kannst nicht an jener Welt hängen, nur weil sie anders und auf fantastische Weise zu erreichen ist. Stell dir vor, du hättest Tante Charlotte in Deutsch-Ostafrika besucht, hättest all das dort erlebt und wärst nun wieder zurück. Dann würdest du dich doch auch in dein alltägliches Leben schicken, gleichgültig, wie aufregend die Reise war. Oder nicht?«

Wieder nickte sie. Es klang alles so vernünftig.

»Schreib es auf«, schlug er vor. »Mach eine Reiseerzählung daraus.«

»So wie die Wanderungen durch die Mark Brandenburg?« Jetzt musste sie lachen.

»Wohl eher so wie Jules Vernes Reise zum Mittelpunkt der Erde.«

»So etwas kann ich doch gar nicht.«

»Das ist nicht wichtig.« Er schob sie von seinem Bein und stand auf. »Pack deine Bilder gut weg, nicht dass deine Mutter sie in den Ofen steckt. Und sei gefälligst freundlich zu ihr! Eigentlich sollte ich dich noch schnell übers Knie legen, aber dazu bin ich zu müde. Schlaf weiter. Morgen früh kommt Friedrich wieder. Mach mit ihm eine Spazierfahrt in den Grunewald. Oder schaut euch im Viktoriapark den Wasserfall an.«

»Och, den nun gerade nicht. Ich hab von Wasser die Neese voll.«

»Er gibt sich Mühe, die Sache irgendwie wieder einzurenken. Tu du das auch.«

Ihr grauste davor, obwohl sie nicht wusste, weshalb. Die Fahrt in der Droschke war schon schlimm gewesen. Aber sie würde sich Mühe geben. Bestimmt. »Danke, Papa.« Sie küsste ihn auf die Wange. Nun sah alles etwas weniger trostlos aus.

2

Im Gehen ergriff Friedrich ihre Hand. Sie ließ es geschehen. Warum auch nicht? Er war ihr Verlobter. Ihrem Gefühl nach war es dennoch falsch, als betrüge sie damit Anschar. Sie stellte sich vor, wie er dies sähe, und spürte den Impuls, die Hand fortzuziehen. Entschlossen drückte sie zu. Friedrich schenkte ihr ein steifes Lächeln, und sie erwiderte es nicht weniger steif. Wie wäre es, diesen Mann zu küssen? Ähnlich wild und aufregend wie bei *ihm*? Eigentlich sollte sie das noch wissen, schließlich hatte sie Friedrich irgendwann einmal geküsst. Nur wann, wo und wie, das wusste sie nicht mehr.

Er räusperte sich. Bitte frage nicht, was mir jetzt im Kopf herumgeht, bat sie ihn innerlich. Verzweifelt versuchte sie die Gedanken zu zerstreuen, aber sie blieben dort, wo sie nicht hingehörten. Grazia sah schlanke Körper in durchscheinenden Gewändern, geschminkte Brustspitzen; Hände, die um Taillen lagen; Hüften, die sich verräterisch bewegten. Der Meya und Fidya eng umschlungen. Ein Leibwächter, der dem Treiben teilnahmslos beiwohnte, während er an der Tür aufgepflanzt dastand. Ich liebe einen Mann, der anderen …

dabei zugesehen hat, dachte sie und wusste nicht, ob sie das entsetzlich oder aufregend finden sollte. Ihre Hand wurde heiß und feucht.

»Was ist?«, fragte Friedrich.

Sie hatte ihm die Hand entrissen und war stehen geblieben. Vor ihr ragte das Zauntor von Onkel Toms Hütte auf. »Nichts, nur … wir sind da.«

»Das sehe ich.« Er bot ihr den Arm. Sie hakte sich unter, und sie betraten das Ausflugslokal. Es war ein sonniger Tag, und so tummelten sich viele Gäste an den Tischen. Auf der Terrasse, wo feine Damen saßen und beim Ansetzen der Mokkatässchen die kleinen Finger abspreizten, glänzte das Tafelsilber und blitzte das Porzellan. Dort zog es Grazia nicht hin; so fein war sie nicht, auch wenn sie schon mit einem Großkönig gespeist hatte. Sie schlenderte in den Schatten der strohgedeckten Halle, der das Lokal seinen Namen verdankte, und ließ sich von Friedrich an einen freien Tisch führen. Er faltete ihren Sonnenschirm zusammen, lehnte ihn an den Tisch und schob ihr den Stuhl zurecht. Artig bedankte sie sich. Plötzlich kam ihr alles wieder normal und richtig vor. Als er ihr gegenübersaß, legte sie kurz die Hand auf seine und lächelte wieder.

»Friedrich, ich habe mich noch gar nicht bei dir bedankt.«
»Wofür?«
»Dass du mir ins Wasser nachgesprungen warst, um mir zu helfen.«

»Ach.« Er strich sich den Bart glatt. »Das war doch selbstverständlich.«

»Findest du? Nein, ganz und gar nicht! Das war sehr mutig.«

Das war es zwar nicht, schließlich hatte er von dem Licht nichts gesehen, aber er freute sich, und darauf kam es ihr an. An ihr sollte die Sache nicht scheitern.

»Was möchtest du?«, fragte Friedrich, als der Ober an ihrem Tisch stand.

»Eine Fassbrause. Ha' ick een Dohscht!« Sie strahlte ihn an.

»Für die Dame eine Fassbrause. Für mich ein Schultheiss.«

»Und für mich einen Pfannkuchen! Ich könnte dafür jetzt sterben.«

»Einen Pfannkuchen für die Dame.«

»Sehr wohl, der Herr.« Der Ober schlug die Hacken zusammen und entfernte sich.

»Was hast du denn da?«, fragte Friedrich. Sie hatte ihr Jäckchen aufgeknöpft, und nun war die silberne Heria auf ihrem Busen nicht zu übersehen.

»Ein Mitbringsel aus der anderen Welt.« Sie zog die Kette über ihren Kopf und reichte sie ihm. Er rieb das Schmuckstück zwischen den Fingern. Da er nichts sagte, fügte sie hinzu: »Es ist herschedisch, nicht argadisch.«

»Hm? Oh.«

»Die Blume ist so eine Art Wappensymbol. Und die Stadt, wo sie herkommt, heißt genauso. Du liebe Zeit, habe ich lange dafür gebraucht, das zu begreifen, obwohl mir das mit der Sprache ja recht leicht gefallen ist. Nur die Schrift habe ich nicht gelernt, die ist wirklich schwierig. Man kennt dort unendlich viele Symbole. Es gibt eine Symbolschrift und eine Art Keilschrift, und die ist auch nicht einfacher. Du kennst doch diese mesopotamischen Tonkissen, wo man denkt, wie kann ein Mensch sich je durch dieses Gewühl hindurchfinden?«

»Natürlich kenne ich die.«

»Ja, so verwirrend ist es dort auch.«

Der Ober kehrte zurück. Friedrich legte den Anhänger beiseite, um sich seinem Bier zu widmen. Grazia trank die

Hälfte ihrer Limonade auf der Stelle leer und biss herzhaft in ihren Pfannkuchen. Wohlig seufzte sie auf, während sie den Puderzucker aus den Mundwinkeln leckte. »Schön hier, nicht?«

»Ja, sehr.«

Er schien das Schmuckstück vergessen zu haben. Auch als sie es sich wieder umhängte, achtete er nicht mehr darauf. Er wirkte verdrossen. Hatte sie irgendetwas falsch gemacht? Sie gab sich heiter und bemühte sich, ganz wie ihr Vater es verlangt hatte. Störte ihn etwa der Anhänger?

»Friedrich?«

Er hob das Glas an die Lippen, trank und wischte sich mit dem Mundrücken den Schaum aus dem Bart. »Was ist?«

»Du warst so begeistert von dem Grabfund. Alte Kulturen haben dich immer so fasziniert. Das hat mich wiederum an dir fasziniert.«

»Ja. Und?«

Grazia befingerte ihr Glas. Seine Einsilbigkeit verunsicherte sie. »Na ja, also, ich dachte ... du und ich, das ist wie Heinrich, äh, Schliemann und Sophia.« Du meine Güte, dachte sie, ich rede mich um Kopf und Kragen. »Verstehst du?«

»Noch nicht.«

»Es wundert mich, dass du so wenig Interesse an der argadischen Welt zeigst, obwohl du sie gesehen hast. Ich meine, du als Archäologe ...«

»Was habe ich denn gesehen?«, unterbrach er sie. »Eine Hütte. Einen Mann. Und der war ein Dominikaner.«

»Und Anschar?«

Prompt sträubte er sein Gefieder. Sein giftiger Blick flog ihr so heftig entgegen, dass es sie fast zurückwarf. »Ich bat dich, ihn nicht wieder zu erwähnen!«

Wollte er Anschars Existenz leugnen? Grazia begriff, dass die Sache anders hätte ausgehen können, wäre Anschar nicht gewesen. Vielleicht hätte Friedrich sich als der neugierige Forscher entpuppt, der er doch war. »Friedrich! So schlimm war eure Begegnung nun auch wieder nicht. Man könnte ja meinen, er hat dir …« Sie schlug sich auf den Mund. Anschar hatte ihm den Schneid abgekauft. Aber das durfte sie nicht sagen.

»Er hat was?«, fragte er lauernd.

»Dich … dich beeindruckt, wollte ich sagen«, stotterte sie.

Ärgerlich winkte er ab. »Beeindruckt? Ein langhaariger Wilder mit bemalten Armen und nackten Beinen? Ich bitte dich! Beeindruckt hat mich höchstens sein Schwert, aber das auch nur, weil … nun ja, das hätte ich mir gern näher angesehen. Es war ja im Grunde das einzig vorhandene Relikt dieser sagenhaften Welt.«

»Und meine Sachen? Der Mantel? Die Münzen?«

»Ja, die auch«, räumte er ein. »Aber das alles ist letztlich nichts wert. Ich hatte geglaubt, eine alte Kultur zu entdecken, und was ist davon übrig? Eine Welt, die es eigentlich gar nicht geben dürfte. Ein Grab, jünger als das meines Vaters, der im Siebziger Krieg geblieben ist, Gott hab ihn selig. Der Schmuck!« Er warf die Hände hoch. »Der stammt aus einem Land, das in deiner Fantasiewelt wiederum so etwas wie ein Fantasieland ist. Na, wenn das kein sensationeller Fund ist. Wie hieß es noch?«

»Temenon«, hauchte sie, überfahren von seinem plötzlichen Wortschwall.

»Und dafür hat der Kaiser Gelder locker gemacht? Wie stehe ich denn da, wenn er erfährt, was dabei herausgekommen ist? Herrgott noch mal – ich kann nicht den kleinsten Artikel darüber schreiben, ohne mich lächerlich zu machen! Jetzt ahne ich wenigstens, wie sich Schliemann gefühlt hat, als man ihn wegen seiner Absicht, Troja zu finden, überall ausgelacht hat.« Fahrig rieb er sich die Stirn. »Ich überlege die ganze Zeit, ob ich mir das mit dieser Lichtsäule nicht eingebildet habe. Und alles andere auch. Es wäre das Beste für sämtliche Beteiligten.«

Grazia starrte auf den Rest ihres Pfannkuchens. Sie war satt. »Was willst du tun?«

Er hob die Schultern. »Ich werde den Schmuck und die Knochen dem archäologischen Reichsinstitut ausliefern und einen abschließenden Bericht schreiben, in dem steht, dass ich nichts damit anzufangen weiß. Wird meine Karriere nicht gerade vorantreiben, aber was bleibt mir übrig?«

»Das kannst du nicht«, platzte sie heraus. »Der Schmuck gehört mir.«

»Dir? Bitte?«

»Anschar hat ihn mir geschenkt. Und ich gebe ihn bestimmt nicht her, damit er in irgendeiner Vitrine herumliegt.« Das waren kühne Worte, denn um etwas behalten zu wollen, musste man es erst haben. Wenn sie sich nicht täuschte, befand sich der Schmuck noch im Besitz ihres Vaters. »Anschar würde …«

Friedrich stieß ein Grollen hervor und stellte sein Glas so heftig ab, dass das Bier überschwappte. »Wie oft muss ich dir noch sagen, dass du ihn vergessen sollst? Glaubst du, ich will eine Ehe mit einer Frau führen, die ständig von einem anderen plappert?«

»Entschuldige.« Grazia zerrte aus ihrem Ärmel ein Batisttüchlein hervor und presste es an die Lippen. »Es wird nicht wieder vorkommen. Ich finde allein nach Hause.«

Aufschluchzend sprang sie auf, griff nach ihrem Schirm und marschierte zum Ausgang.

»Grazia!«

Er fluchte verhalten. Münzen klimperten, als er sie auf den Tisch warf. Der Kies knirschte unter seinen Schritten. Sie warf einen Blick zurück, und als er sie fast erreicht hatte, spannte sie den Schirm auf und legte ihn sich über die Schulter. Es hielt ihn nicht auf; er packte ihren Ellbogen und hielt sie fest.

»Lass mich!«

»Grazia, komm zur Vernunft.« Er schüttelte ihren Arm. Als sie sich losriss und zu ihm umdrehte, starrte er sie so wütend an, dass sie glaubte, er werde sie ohrfeigen. »Wie kannst du wegen dieses Neandertalers so eine Szene machen!«

»Neandertaler? *Neandertaler?*« Hatte sie das wirklich gehört? Hatte er das wirklich gesagt? »O Friedrich!«, schrie sie, die Stimme von den Tränen kaum kenntlich. »Das verzeihe ich dir nie!« Sie zerrte den Verlobungsring vom Finger und warf ihn vor seine Füße. Dann lief sie weiter, so schnell es ihre Röcke zuließen. Diesmal folgte er ihr nicht.

Ihr Kopf war wie leer gefegt. Nicht einmal Vorwürfe fanden sich darin. Sie sah nur das Grün des Waldes vorbeirauschen, hörte das Rattern der Schienen und spürte irgendwo in sich einen dumpfen Schmerz. Ihre Erstarrung löste sich erst, als der Zug an der Endstation Potsdamer Bahnhof hielt. Nur noch eine kurze Zeit trennte sie von ihrem Zuhause und einem handfesten Skandal. Der nette Backfisch, der sich von einem Tag auf den anderen in ein fremdes Wesen verwandelt hatte und seine Lieben beschämte. »Mist!«, stieß sie laut und vernehmlich hervor, als sie auf dem Bahnsteig stand. »Und was tue ich jetzt?«

Womit sie die Rückkehr noch ein paar Stunden hinauszögern konnte, das zumindest wusste sie. Entschlossen spannte sie den Sonnenschirm auf, hob die Nase und tauchte ein in das pralle Leben Unter den Linden. Wenn sie Glück hatte, bekam sie schicke Offiziersuniformen, ellenlange Pferdegespanne und stolze Reiter zu sehen. Heute war kein Feiertag;

trotz Hohenzollernwetter würde sie den Kaiser wohl nicht zu Gesicht bekommen. Aber auch ohne Parade war die Allee mit ihren vier Baumreihen und den barocken und klassizistischen Prachtbauten einen Besuch wert. Was der Meya wohl dazu sagen würde? Was war dagegen der Boulevard von Argadye mit seinen blau glasierten Pfeilern und den Statuen des Schamindar?

Winzig, dachte Grazia. Archaisch. Babylonisch. Schöner.

Sehnlichst wünschte sie sich dorthin zurück. Und das lag nicht nur an dem Donnerwetter, das sie erwartete.

Was Friedrich wohl tat? Vielleicht klopfte er in diesem Augenblick an die Wohnungstür ihrer Eltern, um seiner Empörung Luft zu machen. Vielleicht hockte er auf den Treppenstufen, weil niemand zu Hause war. Vielleicht kam er auf die gleiche Idee wie sie und suchte hier Ablenkung. Grazia wirbelte auf dem Absatz herum, als stünde er hinter ihr. Auf der anderen Straßenseite entdeckte sie eine Buchhandlung, und ehe sie es sich versah, war sie darin verschwunden.

Tief atmete sie den vertrauten Geruch ein, während sie den Schirm schloss und über den Arm hängte. Hier war sie schon oft gewesen. Regale voller Bücher, Tische voller Bücher. Am liebsten ging sie in die geschichtliche Ecke und hielt nach Homer Ausschau. Sie zog eine Ausgabe der Ilias aus dem Regal, die sie noch nicht kannte, und betrachtete die Illustrationen. Antike Recken im Zweikampf, bewaffnet mit Speeren und Schwertern ... Aufseufzend stellte sie das Buch wieder zurück. Würde sie je wieder ein solches Werk in die Hand nehmen können, ohne an Anschar zu denken?

»Wertes Fräulein, kann ich helfen?«

Grazia wandte sich dem Buchhändler zu. »Wenn der Herr so freundlich wäre? Ich möchte den dritten Band der Wanderungen durch die Mark Brandenburg kaufen.«

»Nur den dritten?«

»Die anderen habe ich, nur den Havelland-Band hatte ich verschenkt.«

»Der ist ja auch besonders gelungen. Nach der Lektüre möchte man am liebsten sofort hinaus auf die Pfaueninsel, nicht wahr?« Er lächelte geflissentlich und brachte ihr den dritten Band. Vorsichtig strich sie über den Einband, und noch vorsichtiger schlug sie die Seiten auf.

»Ich kenne die Pfaueninsel. ›Ein rätselvolles Eiland, eine Oase, ein Blumenteppich inmitten der Mark …‹, o ja, und ob ich sie kenne.«

Dieses Buch kannte sie noch besser. Sie hatte es Anschar in die Hände gedrückt. Und er hatte gesagt, dass er es vermisste. Weil er *sie* vermisste. Grazia versuchte sich zu beherrschen, aber das war ein hoffnungsloses Unterfangen. Lauthals brach sie in Tränen aus. Sie lief zu einer gepolsterten Bank unter dem Schaufenster, setzte sich und legte das Buch auf den Schoß. Wo war nur ihr Taschentuch? Fahrig kramte sie in ihrer Handtasche. Was sollten nur die Leute von ihr denken? Doch glücklicherweise war der Buchhändler zu anderen Kunden weitergezogen. Hier am Eingang war der Laden weitgehend leer, bis auf einen Mann, der sie schief beäugte.

»So etwas habe ich noch nicht erlebt«, sagte er.

»Was?« Gereizt sah sie auf. Ein hochgewachsener Mann in den Siebzigern stand vor ihr, mit lockigen weißen Koteletten und einem Schnurrbart, der seinen Mund vollkommen verdeckte. Er neigte den Kopf.

»Na, dass ein hübsches Fräulein über meinem Havelband Tränen vergießt. So schlecht ist er mir nun wirklich nicht geraten.«

»Ihr Band?«, fragte sie verständnislos, während sie das Tüchlein an die Wangen presste.

Er lüpfte den Hut. »Gestatten. Fontane, Theodor.«

»Was machen *Sie* denn hier?«, entfuhr es ihr. »Verzeihung,

ich bin, äh ... Donnerlittchen, mir fällt jetzt gar nichts mehr ein.«

»Habe mich für ein paar Tage hier in der Nähe einquartiert. Nach mehreren Wochen Kur in Karlsbad brauche ich mal wieder das pralle Stadtleben um mich herum. Sonst vergreise ich ja noch. Oder wollten Sie wissen, was ich jetzt und hier in diesem Buchladen mache? Ach, ich wollte nur schauen, ob mein neuer Roman schon erhältlich ist und ob hier auch mehr als ein Exemplar herumliegt. Ein kleiner Eitelkeitsanflug, vergessen Sie es. Warum nun die Tränen, wenn die Frage erlaubt ist?«

Schon flossen sie wieder. Ihr Batisttuch war längst feucht. »Ich bin eine argadische Heulsuse geworden!«

»Argadisch? Nie gehört. Sie sind nicht von hier?«

»Doch, doch.« Grazia schnäuzte sich. »Ich bin eine echte Berliner Pflanze. Argad, das gibt es eigentlich gar nicht. Aber wenn ich in Ihrem Buch lese, muss ich daran denken, verstehen Sie?«

»Kein Wort. Ein paar Informationen mehr könnten hilfreich sein. Darf ich?« Er setzte sich an ihre Seite und legte eine abgenutzte Aktentasche auf die Knie. Hieß es nicht, er sei in sich gekehrt? Wenigstens jetzt war davon nichts zu merken. Ein helles Augenpaar musterte sie verschmitzt.

»Ich kann gar nicht glauben, dass Sie hier neben mir sitzen«, sagte sie. »Nach allem, was ich in letzter Zeit erlebt habe, bringt mich das jetzt aber auch nicht mehr aus der Fassung.«

»Nun erzählen Sie schon!«

Ach, dachte sie betrübt, wäre Friedrich doch auch so neugierig.

»Es fing auf der Pfaueninsel an. Ich hatte Ihr Buch dabei. ›Wie ein Märchen steigt ein Bild aus meinen Kindertagen vor mir auf: ein Schloß, Palmen und Känguruhs ...‹ Ich kann's wirklich auswendig. Und dieses Buch habe ich dem Mann geschenkt, den ich liebe. Das ist aber nicht der, den ich heiraten soll. Ach, das ist alles viel komplizierter, aber im Grunde geht es darum. Verstehen Sie jetzt?«

»Es geht immer darum. Sagen wir, meistens. Und meistens geht es nicht gut aus. Deshalb ist bei der Liebe ja immer von Liebesglück die Rede. Nicht weil es glücklich macht, sondern weil es so flüchtig ist.«

»Ich will aber nicht unglücklich sein.«

»Tja.« Er seufzte schwer und blickte geradeaus, wie in die Ferne. »Junge Damen wie Sie haben mehr als andere mit den Konventionen zu kämpfen. Aber das Glück besteht darin, dass man da steht, wo man seiner Natur nach hingehört. Selbst die Tugend- und Moralfrage verblasst daneben.«

Sie wusste, dass sie an Anschars Seite gehörte. Nur, dort war sie nicht. Warum habe ich ihn gehen lassen?, fragte sie das Taschentuch, als sie erneut hineinschnäuzte. Verschämt räusperte sie sich.

»Geht's wieder?«, fragte er.

»Ja, danke. Hatten Sie nicht eben etwas von einem neuen Roman gesagt? Ich habe so viel von Ihnen gelesen, und ich *liebe* den Herrn Ribbeck! Sagen Sie, ist das mit den Birnen eigentlich zweideutig gemeint?«

An den Seiten seines Schnurrbartes blitzten die Mundwinkel hervor. »Wie kommen Sie denn darauf?«, rief er entrüstet und stand zackig auf. Er marschierte an einen Büchertisch. Hatte sie ihn beleidigt? Aber da kam er zurück und hielt ihr ein Buch hin. Sie nahm den Schutzumschlag ab. Hervor kam ein blauer Einband, darauf eine wunderschöne Federzeichnung in Schwarz und Gold.

»Effi Briest?«

»Das ist auch so eine Herzschmerzgeschichte«, sagte er mit einem stolzen Lächeln. »Machen Sie einem alten Mann die

Freude und lassen Sie es sich von mir schenken. Einen Stift zum Signieren müsste ich auch irgendwo haben.« Suchend klopfte er auf seine Rocktaschen.

Die unverhoffte Begegnung hatte spätestens an der Wohnungstür ihren Reiz eingebüßt. Wie gerne wäre Grazia hineingeplatzt, um davon zu erzählen. Aber vor ihrem inneren Auge lag ein riesiger Schuttberg, den es erst zu überwinden galt. Augen zu und durch, sagte sie sich, blähte die Backen und drehte die Türklingel. Draußen war es dunkel geworden, aber ihr langes Fortbleiben würde in dem zu erwartenden Drama keine Rolle spielen. Ihr wäre um eine Winzigkeit wohler, wüsste sie, was Friedrich in der Zwischenzeit getan hatte. Aber auch das spielte im Grunde keine Rolle. Sie hörte Adeles schnelle Schritte. Das Herz klopfte ihr bis zum Hals.

Die Tür flog auf. »Fräulein Grazia, da sind Sie ja endlich! Ihr Herr Vater wartet seit Stunden auf Sie.«

»Das kann ich mir denken.« Grazia reichte ihr den Sonnenschirm und das Handtäschchen.

»Glaube ich nicht.« Adele half ihr aus dem Jäckchen. »Da wartet Besuch auf Sie.«

»Herr Mittenzwey?« Jetzt schlug ihr das Herz in den Ohren, sodass sie rauschten.

»Nee, der Herr Archäologe hat sich nicht blicken lassen.«

»Den ganzen Tag nicht?«

»Nee, sag ich doch. Ihre Frau Mutter hat sich mit Kopfweh hingelegt.«

Was war nun davon zu halten? Egal, dachte sie. Wenn Friedrich schmollen wollte – bitte. Das konnte sie auch. Sie wappnete sich innerlich und betrat den Salon. Ihr Vater saß am Esstisch, auf dem eine Cognacflasche und zwei Gläser standen. Er winkte sie näher, aber ihre Füße bewegten sich nicht. Sie starrte auf den Gast im weißen Habit.

»Bruder Benedikt«, hauchte sie und rang vergebens nach Luft. Ihr wurde schwarz vor Augen. Hart schlug sie auf dem Wohnzimmerteppich auf. Das brachte sie wieder ein wenig zur Besinnung. Der stechende Ammoniakgestank, der plötzlich vor ihrer Nase auftauchte und sie zu einem tiefen Atemzug veranlasste, tat ein Übriges. Ihr Vater beugte sich über sie und klopfte ihre Wange.

»Geht's wieder, Kindchen?«

»Papa, ich habe Friedrich die Verlobung aufgekündigt.«

»Du hast *was*? Adele, lassen Sie für meine Gattin das Riechsalz da.«

Er half ihr aufzustehen und geleitete sie an den Tisch. Adele starrte sie an, als sei sie aus einer anderen Welt. Was ja irgendwie stimmte. Bruder Benedikt war aufgestanden. Sein Habit war weitgehend getrocknet, verströmte aber noch den Geruch erdigen Havelwassers.

»Ich wollte Sie nicht erschrecken, Fräulein Grazia.« Er rückte ihr einen Stuhl zurecht, auf der ihr Vater sie absetzte. »Aber das ließ sich wohl nicht vermeiden. Heute Mittag bin ich an Land geschwommen.«

Warum? *Warum*? Sie steckte den Daumennagel in den Mund und wollte zu nagen anfangen, aber ihr Vater zog ihre Hand weg.

»Hör auf, an deinen Fingern zu kauen.«

»Entschuldige.« Sie verschränkte die Hände im Schoß. »Bruder Benedikt, wie konnten Sie mich finden?«

»Ich habe einfach den Fährmann gefragt, ob er in letzter Zeit zwei Leuten begegnet ist, die nass waren. Danach war es einfach, wenn man davon absieht, dass die Berliner einem katholischen Ordensbruder ziemlich stoffelig begegnen. Von Ihrem Herrn Vater natürlich abgesehen. Liebes Fräulein Grazia, ich habe keine guten Nachrichten.«

»Anschar«, flüsterte sie. »Es ist seinetwegen.«

»Er wurde von einem herschedischen Trupp gefangen genommen, kaum dass Sie fort waren.«

»Nein«, keuchte sie. »Nein! O Gott, nein.«

»Ich fürchte, doch. Sehen Sie.« Er zog etwas unter seinem Skapulier hervor und legte es auf den Tisch. Die Uhr. »Er hatte sie weggeworfen, damit sie nicht in die Hände der Herscheden fällt.«

Die Ohnmacht wollte sie wieder umfangen, doch sie schaffte es, sitzen zu bleiben. Nur langsam drang der Inhalt der Worte vollständig in ihr Inneres vor. Gefangen. Von Mallayur. Zurück in die Sklaverei, was immer das hieß – der Kerker oder die Werkstätten. Oder der Tod? Gewiss nicht, Anschar war trotz allem einer der Zehn. Sie nahm die Uhr so vorsichtig an sich, als könne sie sie zerdrücken. »Hat man gesagt, was mit ihm geschieht?«

»Nein. Sie haben ihn gefesselt und sind wieder abgezogen. Gelungen ist ihnen das wohl nur, weil er noch ganz benommen von Ihrem Fortgehen war, glaube ich. Ich habe lange im Gebet mit mir gerungen, ob ich Ihnen das überhaupt sagen soll. Aber ich denke, es war meine Pflicht, obwohl ich mir immer noch nicht sicher bin, das Richtige getan zu haben.«

»Natürlich war es richtig! Auch wenn ich nicht weiß, wie ich den Gedanken aushalten soll.« Sie starrte auf die Cognacflasche. Rüdesheimer Cognac. Stärkeres als Wein hatte sie noch nie getrunken. Ein paar Sekunden später hatte sie sich etwas eingeschenkt und hob den Schwenker an die Lippen.

»Grazia!«, rief ihre Mutter in ihrem Rücken. »Was, um alles in der Welt, tust du da?«

Sie drehte sich um. Im gleichen Moment ging der Leuchter über ihrem Kopf an. Ihre Mutter stand in der Tür, den Finger am Drehschalter. Bruder Benedikt verzog angesichts des ungewohnten elektrischen Lichts das Gesicht und rieb sich die Augen.

»Mutter.« Grazia trank das Glas in einem hastigen Zug leer. »Ich habe Friedrich in die Wüste geschickt.«

Der Vater nahm ihr das Glas aus der Hand und verpasste ihr eine Backpfeife, dass ihr die Ohren klingelten. Das hatte er zuletzt vor Jahren getan. Sie schlug die Hände vors Gesicht, aber die Tränen blieben aus, sie hatte heute genug geweint. Er eilte zu ihrer Mutter und nötigte sie, sich wieder hinzulegen, was sie auch tat.

»Tut mir leid, Kind«, sagte er in einem Ton, der eher resignierend als zornig klang. »Aber was nötig ist, ist nötig. Du machst deiner Mutter, seit du zurück bist, nur noch Kummer.«

»Es tut mir auch leid«, murmelte sie. Fast hätte sie sich wieder den Daumennagel zwischen die Zähne gesteckt, aber sie beherrschte sich. »Papa, ich muss zu Anschar.«

Er kratzte sich an der Schläfe. »Lass mich das sortieren. Die Herscheden, das sind diejenigen, die ihn versklavt haben. Und jetzt ist er wieder in deren Händen. Richtig?«

»Ja, richtig.«

»Daran kannst du doch gar nichts ändern.«

»Doch! Ich gehe zu Madyur-Meya und sage ihm, was passiert ist. Er wird Anschar helfen.« Was redete sie da? Wie oft hatte sie ihn bereits um Hilfe für Anschar angefleht? Was hatte er getan? Wenig bis nichts. Anschar war ein entlaufener Sklave, und die bestrafte man hart. In der Welt des Hochlandes war das recht und billig. Dennoch, sie konnte nicht tatenlos zusehen. Wenn Madyur nichts tat, würde sie sich eben Mallayur vor die Füße werfen. Immerhin besaß sie etwas, für das er sich brennend interessierte.

»Grazia.« Ihr Vater legte ihr die Hand auf die Schulter. »Ich nehme an, es würde dich nicht zufriedenstellen, wenn der Herr Mönch, der sich in jener Welt ja wohl bestens auskennt, diese Aufgabe übernähme?«

»Das würde ich natürlich tun«, sagte Bruder Benedikt. Er stand noch immer unter dem Lüster, die Hände in die Ärmel geschoben. »Ich fürchte nur ...«

Sie fiel ihm ins Wort, bevor er Dinge sagte, die ihr Vater nicht wissen durfte. »Würde es nicht. Papa, ich will Anschar nicht nur geholfen wissen. Ich will bei ihm sein.«

Er setzte sich zu ihr an den Tisch und griff nach seinem Cognacglas. Eine halbe Ewigkeit schwenkte er es. Dann stellte er es beiseite, ohne getrunken zu haben, und zog eine Zigarre aus der Westentasche. Grazia beeilte sich, ihm das Streichholzetui und den gläsernen Aschenbecher zu bringen. Dabei rückte sie ihren Stuhl näher an ihn heran und hakte sich bei ihm unter.

»Versuch nicht, dich einzuschmeicheln.« Er zündete die Zigarre an und nahm einen tiefen Zug. »Du gehörst ja in feste Hände. Aber in feste hiesige.«

»Friedrichs Hände sind es aber nicht.«

»Da bist du dir so sicher?«

»Anschar wollte, dass Friedrich mir zeigt, dass er es wert ist. Ich weiß nicht, ob Friedrich es ist. Anschar ist es in jedem Fall. Er ist der Richtige.«

»Hm. Vielleicht hat deine Mutter ja recht. Dieser Anschar ist ein Zirkusmensch, und das alles ist inszeniert.«

»Papa!«

Er schmunzelte. »Du musst doch zugeben, dass Bruder Benedikt zum richtigen Zeitpunkt erschienen ist. Denn dass du Friedrich den Laufpass gegeben hast, ist ein Thema, das soeben klammheimlich im Hintergrund verschwindet.«

Bruder Benedikt räusperte sich. »Vielleicht sollte ich einen Spaziergang machen. Es ist noch recht warm draußen.«

»Nein, nein.« Ihr Vater winkte ihn auf einen Stuhl. »Immerhin kennen Sie den Mann, der daran schuld ist, dass meine Tochter aus der Bahn geraten ist. Glauben Sie, ich wollte mich bei der Entscheidungsfindung allein auf ihre von der Verliebtheit getrübte Wahrnehmung verlassen?«

»Dann erwägst du, mich gehen zu lassen?«, fragte sie.

»Hat sich das so angehört? Sehen Sie?« Mit der Zigarre deutete er auf sie, während er den Gast ansah. »Sie hört, was sie will, und ich fürchte, sie tut, was sie will. Helfen Sie mir, es ihr auszureden.«

Bruder Benedikt hob abwehrend die Hände. »Was soll ich dazu sagen? Des Menschen Herz erdenkt sich seinen Weg, aber der Herr allein lenkt seinen Schritt. Das sagt Salomo.«

Grazia schmiegte sich an die Brust des Vaters. »Ich liebe die Familie, und ich liebe Anschar. Man verlässt das Elternhaus und geht zu dem, den man liebt, so ist es doch?«

»Ja, nur ist der Ort, zu dem du gehen willst, die große Unbekannte in dieser Rechnung.«

»Nicht für mich. Du hast gesagt, es wäre, als hätte ich Tante Charlotte besucht. Damit sie jemand besuchen kann, muss sie ja auch erst dorthin gekommen sein. Niemand hat sie zurückgehalten, als sie ihrem Oberstleutnant nach Deutsch-Ostafrika folgte. Und da ist es doch wirklich nicht ganz ungefährlich.«

»Bruder Benedikt, hören Sie sich das an! Die Göre benutzt meine eigenen Waffen gegen mich!« Er legte den Zigarrenstummel in den Aschenbecher. »Zeit fürs Bett, bevor ich ihr gleich unterliege. Wo ist das verflixte Dienstmädchen? Sie soll unseren Gast hinauf in die Mansarde bringen. Morgen am helllichten Tag lässt sich klarer denken.«

Er stand auf. Grazia reckte sich und küsste ihn auf die Wange. Sie hatte das Gefühl, den Sieg errungen zu haben. Die Nacht indes würde schrecklich werden. Vielleicht die längste ihres Lebens.

Der nächste Tag war ein Sonntag. Eine gewissenhafte Kirchgängerin war Grazia nie gewesen, aber diesmal betete sie im Gottesdienst so inbrünstig wie nie. Auch Bruder Benedikt hatte die Familie begleitet und mit seinem weißen Habit die Blicke auf sich gezogen. Daheim saßen alle beim Frühstückstisch beisammen. Die Stimmung war getrübt. Grazia aß schweigend ihre Butterstulle, und auch vom Vater kamen nur Kommandos, wenn er Kaffee nachgeschenkt bekommen wollte. Lauter als sonst prasselte der Regen gegen die Fensterscheiben. Das Thema ihres Fortgangs lastete auf allen, und es war, als habe sich die Entscheidung über Nacht herabgesenkt, ohne dass sie jetzt noch in Frage gestellt werden konnte.

Als Adele das Geschirr abräumte, holte Grazia aus der Kommode ein riesiges ledergebundenes Familienalbum. Auf jeder Seite war eine Photographie eingesteckt.

»Was willst du denn jetzt damit?«, fragte die Mutter. Seit dem Morgen hatte sie kaum ein Wort gesprochen.

Grazia versuchte ein Lächeln, das hilflos geriet. »Ich möchte ein Bild mitnehmen, wenn ich darf.«

»Mitnehmen? Wohin?«

»Nach Argad. Für Anschar. Er hatte schon eines, aber das ist ihm verloren gegangen.«

Die Mutter sperrte den Mund auf. »Nach Argad«, wiederholte sie nach einer Weile.

Der Anblick der Familienbilder war nicht dazu angetan, Grazias Laune zu bessern. Wer mochte schon wissen, für wie lange der Abschied diesmal galt? Nicht für ewig, das wollte sie nicht. Sie wollte Anschar finden und dann, wenn auch für kurze Zeit, hierher zurückkehren, um ihren Eltern den Mann ihres Herzens zu zeigen. Ihr Platz war bei ihm, und seiner war in Argad. So war es. »Die Argaden sagen, die tiefste Sehnsucht eines Mannes wäre es, sich in Abenteuern zu bewähren.

Und die tiefste Sehnsucht der Frau, ihn dabei zu begleiten. Ich glaube, das stimmt. Ich will Anschar begleiten.«

»Abenteuer! Was sind das nur für Dummheiten?«

»Luise«, sagte der Vater mit Bedacht, doch die Mutter stand auf und marschierte mit wehendem Rock aus dem Salon. Er folgte ihr. Grazia kaute an der Unterlippe und steckte die Nase in das Album. Aus der Küche drangen erregte Stimmen. Justus rutschte unbehaglich auf seinem Stuhl herum. Auch er war schweigsam.

»Das ist aber auch eine Stimmung heute«, murmelte Adele, während sie das Tablett belud. »Passt wenigstens zum Wetter.«

Am liebsten hätte Grazia sich die Ohren zugehalten, um nichts von dem zu hören, was in der Küche vor sich ging. Doch die Neugier war größer, wenngleich nur einzelne Wortfetzen zu hören waren. Leise klappte sie die Pappseiten des Albums herum. Sie sah sich als kleines Mädchen; es saß auf dem Schoß einer ganz in Weiß gekleideten Spreewaldamme, deren Haube das pausbäckige Gesichtchen beschattete. Justus im Matrosenanzug, der vor einer Schultafel stand. Die Mutter auf einem Stuhl, umringt von der Familie. Die folgende Seite war leer; darin war die Photographie gewesen, die Grazia unwissentlich in ihrem Havelband mit in die argadische Welt genommen hatte.

Sie nahm das letzte Bild heraus. Adele trug das Tablett in die Küche.

»Carl, was ist nur in dich gefahren? Du bist bereit, sie zu einem Mann gehen zu lassen, den wir nicht kennen? Den wahrscheinlich nicht einmal sie richtig kennt?«

»Das tut sie, das glaube ich sehr wohl.«

»Er ist bestimmt ein Sträfling! Nur Verbrecher lassen sich die Arme bemalen.«

»Aber sie hat doch erklärt, was es damit auf sich hat.«

Die Küchentür klappte zu. Dann öffnete sie sich wieder, als Adele herauskam. Grazia sprang auf und rannte an ihr vorbei zu ihrer Mutter.

»Bitte, du irrst dich.« Verzweifelt ballte sie die Hände. »Kannst du mir nicht einfach vertrauen?«

»Du verlangst zu viel.«

»Nein, *du* verlangst zu viel. Du verlangst, dass ich auf ewig unglücklich bin. Das ist sehr hart von dir, weißt du das?«

Grazia wartete auf das Donnerwetter, das diesen Worten folgen musste. Ihr Vater schwieg. Ihre Mutter schlang die Arme um sich und bedeckte dann mit einer Hand die Augen. »Was habe ich nur falsch gemacht?«

»Nichts, Mutter.« Grazia stellte sich an den Spülstein und streckte die Hand aus. »Es tut mir so weh wie dir. Aber du musst mich gehen lassen. Bitte!«

Sie spürte den kalten Luftzug auf der Haut. Ihre Mutter warf einen verständnislosen Blick auf ihre Hand, bevor sie ihr traurig, aber fest in die Augen sah. »Dann geh, wenn dein Vater es erlaubt. Geh mit Gott, aber geh.«

»Wem das Herz voll ist, dem geht der Mund über«, sagte Bruder Benedikt. Er saß im Salon, die Hände vor der schmalen Brust verschränkt, und sah zu, wie Grazia durch die Wohnung fegte und dabei unentwegt von Anschar und der argadischen Welt sprach. Sie war erleichtert. Sie durfte gehen. Es war ein großer Vertrauensbeweis, denn sie bestieg keinen Zug, sondern würde in die Havel springen. Ihre Mutter hatte deutlich gemacht, dass sie über die Einzelheiten der Reise nichts wissen wollte, und sich in ihr Schlafzimmer zurückgezogen. Der Vater gab sich gelassen. Grazia fragte sich, ob er die ganze Tragweite begriff.

»Ich möchte ihn wirklich gerne kennen lernen«, sagte er. Sie legte den Havelland-Band vor ihn auf den Tisch.

»Schreib ihm doch etwas hinein. Er wird sich freuen. Darf ich die Photographie mitnehmen?«

»Natürlich. Bist du schon am Packen?«

»Ja.« Sie ließ sich auf seinen Schoß sinken und von ihm umarmen. »Ich brauche irgendetwas, um meine Sachen einigermaßen trocken in die andere Welt zu bekommen.«

»Da werden wir schon etwas finden.«

»Und dann ist da noch etwas sehr Wichtiges.«

»Ja?«

»Bitte sorge dafür, dass Siraia wieder beerdigt wird.«

Er nickte nur. Grazia drückte ihm einen Kuss auf die Wange, sprang wieder auf und lief in ihr Zimmer. Mittlerweile hatte sie einiges zusammengetragen. Ein schwarzer Lederkoffer lag geöffnet auf dem Bett. Daneben Bücher, Unterwäsche, dies und das. Unruhe hatte sie erfasst, und sie wünschte sich sehnlichst nach Argad, um zu erfahren, was mit Anschar war. Daran, dass das Tor sie sonstwohin bringen mochte, wollte sie nicht denken. Bruder Benedikt hatte diese Unwägbarkeit bisher verschwiegen, und sie hoffte, dass er es weiterhin tun würde. Andernfalls würden ihre Eltern sie niemals gehen lassen.

Die Tür flog auf. Justus platzte herein. »Entschuldige«, murmelte er, als sie ihn tadelnd ansah, und ließ ein zaghaftes Klopfen gegen den Türrahmen folgen.

»Ach, komm her.« Sie setzte sich auf den Bettrand und breitete die Arme aus. Normalerweise wäre er einer solchen Aufforderung nicht gefolgt, aber jetzt flog er ihr entgegen.

»Tut mir leid, kleiner Bruder.« Ihr Ohr lag auf seiner Brust. Sein Herz schlug laut.

»Mir auch.«

Sie ließ ihn los, und er hockte sich an ihre Seite.

»Wann kommst du wieder?«

»Weeß ick nisch.« Aus dem Ärmel zog sie ihr Tüchlein und

wischte ihm über die feuchten Augen. Er schüttelte sich, wie um zu verbergen, dass es ihm so naheging. Trotz allem musste sie lachen. »Wenn du Anschar doch nur kennen würdest! Du kannst dir nicht vorstellen, wie viele Tränen er vergießen kann. Sturzbäche!«

»Männer flennen nicht. Und Krieger erst recht nicht.«

»Ist aber so. Jedenfalls bei den Argaden. Ich fand's auch erst sehr merkwürdig.«

Er zog die Nase hoch, wischte sich mit dem Handrücken über die Augen und straffte sich. »Ich würde ja gern mit, aber da brauch ich wohl gar nicht erst fragen, wa?«

»Nee. Ach, Justus, ich würde dich mitnehmen. Aber wahrscheinlich lässt Papa dich nicht einmal auf die Insel, damit du nicht siehst, wo das Tor ist, und mir irgendwann hinterherspringst. Außerdem musst du morgen zur Schule.«

Er gab ein entsetztes Schnaufen von sich. Sie deutete auf ihren Schreibtisch.

»Passt du auf meine Zeichnungen auf?«

»Is' jebongt.«

»Und darf ich deine Uhr wieder mitnehmen?«

»Na, meinetwegen.«

»Danke.« Sie legte den Arm um seine Schulter. Es war schön und traurig zugleich, wie er sich an sie schmiegte und sich wiegen ließ. Doch als es wieder am Türblatt klopfte und Adele Wachspapier brachte, sprang er wie von der Tarantel gestochen auf. Grazia breitete die Bogen auf dem Bett aus und wickelte ihre Sachen darin ein.

Kopfschüttelnd sah das Dienstmädchen dabei zu. »Dass das Fräulein einfach so gehen soll … Ich kann's noch nicht glauben.« Mit einem Seufzer wandte sie sich um und verließ das Zimmer.

»So viel Unterwäsche.« Mit zwei Fingern hielt Justus ein Strumpfband hoch. »Mir würde ja eine Garnitur reichen.«

»Ja, dir, du bist ja auch keine Dame.« Sie schlug es ihm aus der Hand. »In Argadye kann ich nichts nachkaufen, schon gar keine Korsetts.«

»Dann lass sie doch weg.«

Pikiert hob sie eine Braue. »Du Bengel kommst ja auf Ideen!«

»Und was willst du mit dem Lexikon? Und dann gleich ein dreibändiges. Das ist doch viel zu trocken.«

»Ist es nicht.« Die Hände in den Seiten, betrachtete sie den halb gefüllten Koffer. Unmöglich konnte sie alle diese Bücher mitnehmen. Aber es wäre schade, darauf zu verzichten und Anschar und der stets neugierigen Fidya die Bilder darin vorzuenthalten. Grazia trug die Bände in den Salon zurück und suchte stattdessen einige Zeitschriften aus. Diese Idee war sogar noch besser, denn darin fanden sich viel mehr Bilder und Zeichnungen. Zufrieden wickelte sie sie in Wachspapier und legte sie in den Koffer. Ein paar Bücher brauchte sie trotzdem – natürlich Theodor Fontanes neuen Roman, den Havelband und ihren Homer. Auf ihr Gebetbuch wollte sie auch nicht verzichten. Und damit war der kleine Koffer bereits fast voll.

»Im Keller steht doch der große Kabinenkoffer«, schlug Justus vor. »Da kannste den Friedrich auch mit reinstecken.«

»O ja, natürlich.« Sie rollte die Augen. »Nein, größer darf der Koffer nicht sein, sonst könnte es passieren, dass ich ihn unterwegs nicht festhalten kann. Und dann landet er woanders als ich – etliche Kilometer entfernt. Von unterschiedlichen Zeiten nicht zu reden.«

»Potzblitz!«

»Da sagste wat. Ich glaube, ich bin fertig. Brüderchen, leb wohl.«

Sie küsste ihn auf die Stirn, drückte ihn noch einmal fest an sich. Dann löste sie sich von ihm und warf einen letzten Blick in den Spiegel. Eine erwachsene Frau blickte ihr entgegen. Statt des Sonntagskleids hatte sie einen dunklen Rock und eine grün-weiß gestreifte Bluse gewählt. Lange würde sie diese Sachen in Argad ohnehin nicht tragen. Sie rief Adele, um sich in die Stiefeletten helfen zu lassen. Ihr Vater verkündete, dass die Droschke schon warte. Es wurde Zeit. Zaghaft klopfte sie an die Schlafzimmertür ihrer Eltern und lauschte auf die Aufforderung ihrer Mutter, einzutreten. Einige bange Sekunden vergingen, dann kam ein leises »Herein.« Die Mutter saß am Fenster zum Innenhof, die Hände im Schoß verschränkt.

»Es ist so weit«, sagte sie mit müder Stimme und erhob sich langsam.

»Ja.« Grazia näherte sich zögernd. Als sie vor ihr stand, wusste sie nicht, was sie tun sollte. Schuldbewusst blickte sie zu Boden.

»Komm wieder.« Die Mutter nahm sie in die Arme. Ohne diese Geste des Verzeihens wäre es so viel schwieriger geworden. Dankbar spürte sie einen Kuss auf der Wange.

Während der Fahrt zur Pfaueninsel ließ sie ihre Heimat nicht aus den Augen und die Hand des Vaters nicht los. Wann würde sie zurückkehren? Würde sie ewig zwischen zwei Welten hin- und hergerissen sein? Aber dann dachte sie an Anschar, und sie legte die Hand auf ihr Herz, weil es so fest schlug. Wenn sie ihn doch nur befreien könnte!

»Du zitterst«, sagte ihr Vater. »Hast du Angst?«

Sie nickte. »Um ihn, ja.«

Dann waren sie auf der Insel, und auch hier nahm sie alles tief in sich auf. Schon als Kind hatte sie die Spaziergänge auf den verwunschenen Wegen geliebt. All die Wunder des preußischen Arkadiens … Sie heftete den Blick auf den Weg, in der Hoffnung, eine Pfauenfeder zu finden. Bei diesem

Regenwetter war nicht einmal ein Pfau zu hören, geschweige denn zu sehen. Die herbstlich gefärbten Blätter der Bäume rauschten und trieben ihr entgegen. Vor wenigen Tagen, als sie an Friedrichs Seite hier gewesen war, ohne zu ahnen, was auf sie zukam, hatte die Insel noch sehr viel sommerlicher gewirkt. Vielleicht glaubte sie das auch nur, weil es nach ihrem Gefühl so viele Monate zurücklag.

Friedrich ... Er stand vornübergebeugt am Zaun, der das Grab umschloss, und hatte die Arme aufgestützt. Seine Kleidung war durchnässt. Wie lange stand er schon da und starrte in die Grube? Bei ihrem Nähertreten streckte er sich mit unübersehbarer Verwunderung.

»Grazia ... ich – ich wusste nicht, dass du herkommst«, stotterte er. Sein Blick wanderte zwischen ihr, dem Vater und Bruder Benedikt hin und her. »Du willst gehen?«

»Ja.«

Er räusperte sich und schüttelte den Männern die Hand. Dann stand er da, kerzengerade und verlegen. Fast wirkten die Regentropfen, die an seinem Gesicht herabperlten, wie Tränen.

»Bitte sei mir nicht böse«, sagte sie.

Er hob die Hand, als wolle er eine feuchte Strähne, die ihr vorm Auge hing, hinters Ohr streichen. Aber dann kratzte er sich nur am Kinn. »Ich hoffe darauf, dass das, was dich umtreibt, nur eine vorübergehende Sache ist. Ich bin bereit, dir zu verzeihen, wenn du dich besinnst.«

»Das ist großzügig von dir.« Sie meinte es ernst, denn sie verstand, wie verletzt er sich fühlen musste. Der Gedanke, sich im Streit von ihm zu trennen, war ihr verhasst gewesen, daher war sie dankbar für diese Geste. Sie reichte ihm die Hand, und er hob sie an die Lippen. »Adieu, Friedrich.«

Ihr Vater gab Bruder Benedikt den Koffer. Vorsichtig, den Regenschirm hochhaltend, setzte er einen Fuß auf den Steg.

»Sieht brüchig aus.«

»Papa, pass auf.«

»Na, wenn ihr das geschafft habt, werde ich jetzt nicht hier stehen bleiben.« Entschlossen klemmte er Grazias Hand unter den Arm und stapfte mit ihr ans Ende des Stegs. Das vom Regen aufgeweichte Holz knarrte. »Und wo ist nun das Licht?«

Sie deutete auf das Wasser unmittelbar vor ihm. Das Licht war zu sehen, aber es leuchtete schwach. Er neigte sich vor, und da war es, als antworte es seiner Bewegung. Es wurde stärker, bis die kreisförmige Öffnung des Tors nicht zu übersehen war.

»Alle Wetter! Das ist ja fantastisch! Als seien Lampen darin versenkt.«

»Genau das dachte ich anfangs auch.« Es entlockte ihr ein stolzes Lächeln, wie sich die drei Männer über den Rand des Stegs beugten. Auch Friedrich war ihnen gefolgt, und obwohl er das Tor kannte, wirkte er nicht weniger beeindruckt.

»Wird es wieder schwächer, wenn du darin verschwunden bist?«, fragte ihr Vater.

»Ich glaube schon. Aber so genau weiß ich das nicht.«

»Wenn ich nur wüsste, dass du wirklich in dieser anderen Welt herauskommst und nicht etwa am Grund der Havel ertrinkst!«

»Das passiert nicht.«

»Ja, das weißt *du*! Das weiß jeder von euch, wie ihr hier steht. Ich jedoch nicht.«

»Warten Sie, ich habe eine Idee.« Friedrich lief über den Steg, verschwand zwischen dem Schilf und kehrte kurz darauf mit der Plane zurück, die auf der Grube gelegen hatte. Aus der Hosentasche zog er ein Taschenmesser und begann sie in Streifen zu schneiden.

»Was wird denn das?«, fragte der Vater.

»Ein Seil.« Friedrich knotete einige der Streifen aneinander, ging zu Grazia und machte Anstalten, ihre Taille zu umfassen. Er hielt inne und reichte ihr sodann ein Ende. »Ich glaube, das machst du lieber selbst.«

Sie legte es sich um und knotete es zusammen. »Willst du mich etwa wieder herausziehen? Das schaffst du nie, das Tor ist stärker.«

»Nein, das will ich nicht. Es dient nur dazu, deinen Vater zu beruhigen. Ich weiß nicht, wie tief die Havel hier an dieser Stelle ist. Es können eigentlich nur ein paar Meter sein, wenn überhaupt. Das Seil dürfte zehn Meter lang sein. Wenn du durchs Tor gehst, verschwindet das Seil. Wenn du aber lediglich auf den Grund sinkst, verbleibt es in meiner Hand, und ich kann dich wieder heraufziehen.« Er schüttelte unmerklich den Kopf. »Ich weiß ja, du wirst verschwinden. Es soll nur ein Beweis sein.«

»Danke, Friedrich. Das ist sehr umsichtig von dir.«

Ihr Vater war bleich geworden, als erfasse er erst jetzt die ganze Tragweite. Es tat ihr so leid. »Ach, Papa«, sie drückte sich an ihn. »Ich werde immer Heimweh haben, immer, egal wie lange es dauert.«

Er strich ihr übers Haar. »Ich werde dich vermissen.«

»Aber vielleicht nicht lange. Ich will ja wiederkommen, so bald wie möglich. Mit Anschar, ihr sollt ihn kennen lernen. Vielleicht schließt sich das Tor nicht, so lange ich in Argad bin. Dann käme ich jetzt und hier wieder heraus. Es könnte sein, dass du nach Hause kommst, dir eine Zigarre anzündest, und ehe du sie aufgeraucht hast, klingelt es an der Tür, und das bin ich.«

Er seufzte in ihr Ohr. »Mach mir nicht solche nervenzerreißenden Hoffnungen. Aber ich verstehe schon – in der argadischen Welt warst du ein Jahr, während hier nur anderthalb Tage vergangen sind. Nun, es wäre tröstlich, wenn es dieses *Vielleicht* nicht gäbe.«

Tief sog sie den Duft seines Rasierwassers in sich auf. Seine Stimme, die Falten seines Rocks unter ihren Fingern, alles wollte sie bewahren. Er küsste ihr die Augen, dann ließ er sie los. Es war so weit. Sie wandte sich dem Wasser zu.

»Halten Sie den Koffer für mich, Bruder Benedikt?«
»Natürlich, ich habe ihn.«

Sie umklammerte seine Hand. Gemeinsam setzten sie sich an den Rand des Stegs und ließen die Beine baumeln. Auf der Wange spürte sie die streichelnden Finger des Vaters.

»Leb wohl, Kind.«

»Papa«, presste sie hervor, obwohl sie viel lieber geschrien hätte. Er sollte nicht merken, wie weh es ihr tat, aber wahrscheinlich merkte er es doch.

»Auf drei?«, fragte Bruder Benedikt.

»Geben Sie mir lieber einen Schubs.«

»Aber gern. Verzeihung.« Er legte einen Arm um ihre Mitte. »Gebe der Herr, dass es gut ausgeht. Und jetzt tief Luft holen.«

Sie presste die Augen fest zu und rutschte von der Kante. Kaltes Wasser schlug über ihr zusammen.

3

So schwach hatte sich Anschar bisher nur einmal gefühlt: als er in der Wüste fast verdurstet wäre. Nun schien es wieder so weit zu sein. Seine Zunge war ein unförmiger Klumpen, die Kehle so trocken, dass er nicht mehr schlucken konnte. Den ganzen Tag hatte er nichts zu trinken bekommen. Er hockte auf dem gestampften Lehmboden eines Bauernhauses, gefesselt an einen Holzpfeiler. Seine Bewacher hatten vor einigen Stunden die Bewohner verjagt und das Haus an sich gerissen, um hier zu warten. Worauf, wusste er nicht. Allmählich schmerzten seine Schultern, denn seine Hände waren über dem Kopf gekreuzt. Vergeblich suchte er eine bequemere Haltung einzunehmen, um wenigstens ein bisschen Schlaf zu finden. Doch er konnte nur beständig an die letzten Tage denken. Grazia, das Tor, der Ritt hierher. Er hätte nicht auf sie hören, sondern mit ihr gehen sollen. Aber was half es, jetzt noch zu hadern? Er sah sie vor sich. Ihre grünen Augen, die blasse Haut mit den Flecken, das leuchtend rote Haar. *Feuerköpfchen* … Als er daran dachte, dass sie ihm mühelos und von seinen Bewachern unbemerkt zu trinken geben könnte, wäre sie nur hier, musste er lachen.

Die drei Herscheden, die auf einem Holzstapel gesessen hatten, sprangen misstrauisch auf und griffen nach ihren Waffen. Sie ließen ihn nicht aus den Augen. Dass sie seine Hände über dem Kopf gefesselt hatten, sodass sich ein Befreiungsversuch nicht verbergen ließ, verriet, für wie gefährlich sie ihn hielten. Dabei konnte sich kein Mensch von einer Felsengrasfessel befreien, auch er nicht.

»Wann bekomme ich etwas zu trinken, ihr Hunde?«, schrie er sie an. Sie steckten die Köpfe zusammen und berieten sich, ob es vertretbar sei, ihm endlich etwas zu geben. Einer holte schließlich einen Lederbalg, beugte sich über ihn und hielt ihm die Öffnung an die Lippen. Viel bekam er nicht, aber es genügte, die Benommenheit abzuschütteln.

»Danke!«, polterte er. »Wenn du jetzt noch so freundlich wärst, mir zu sagen, warum wir nicht in Heria sind?«

»Darauf wird dir dein Herr antworten«, erwiderte der Mann. Sie ließen sich wieder auf dem Holzstapel nieder. »Er wird bald hier sein.«

Abgesehen von einem bohrenden Hungergefühl, auf das er nicht weiter achtete, blieb nur das beständige Kreisen um die Frage, was Mallayur mit ihm vorhatte. Bei seiner Festnahme hatte Anschar natürlich angenommen, er werde nach Heria zurückgebracht, um dort im Palastkeller zu verrotten, zu Tode gepeitscht zu werden oder in den Becken der Papierwerkstätten zu ersaufen. Für einen entflohenen Sklaven hatte man keine Verwendung, nicht einmal, wenn er einer der Zehn war. Es gab Herren, die sich zu Gnadenakten hinreißen ließen, aber zu hoffen, dass Mallayur sich als solcher entpuppte, war mehr als dumm. Gab es in dieser waldigen Gegend eine zweite Papierwerkstätte, von der Anschar nichts wusste? Oder etwas dergleichen? Was gab es in diesen Wäldern für einen Sklaven zu tun? Zedern fällen? Dazu waren sie viel zu tief ins Innere vorgestoßen; niemand holte von so weit her Holz. Was es auch war, es erklärte nicht, warum sich Mallayur die Mühe machte herzukommen.

Eines zumindest glaubte Anschar zu wissen: Diese Scheune war nicht das Ziel. Hier sollten sie nur auf Mallayur warten. Sie war groß, mehr als drei Manneslängen hoch und mit abgeschrägtem Dach. So etwas gab es nur in den Bergen, wo es öfter als in der Ebene regnete. Ein Gitter von dicken Balken, die das Dach stützten, unterteilte sie in drei Bereiche. In einem standen die Pferde, im zweiten hockte er, und im dritten waren die Herscheden dabei, ein Lager herzurichten, das einigermaßen erträglich für einen König war. Sie fegten den Boden, beseitigten Unrat, schleppten heran, was sich an Möbeln fand – ein schiefer Tisch und ein Hocker –, und füllten Wasser in einen kupfernen Kessel. Es sah nach frischem Quellwasser aus, was seinen Durst wieder anheizte, aber er verlangte nicht noch einmal, dass man ihm zu trinken gab. Als es dunkelte, legten sich die Männer schlafen, bis auf die drei, die ihm gegenüber Wache hielten.

Eine einsame Kerze brannte auf dem Tisch. Anschar bewegte seine Finger, damit das Blut besser floss. Es war zermürbend, so zu sitzen, Stunde um Stunde. Ab und zu nickte er ein, aber an richtigen Schlaf war nicht zu denken. Als er die Geräusche eintreffender Menschen hörte, war er hellwach. Die Tür öffnete sich, Sklaven kamen herein und brachten Felle, Decken, Kissen und Kästen. Sie bereiteten ihrem Herrn, der ihnen müden Schrittes folgte, ein bequemes Lager. Im Schein der Lampe sah Anschar, wie Mallayur seine Reisekleidung abstreifte, sich über den Kessel beugte und den Staub von seinen Gliedern wusch.

»Gab es Tote?«, hörte er ihn fragen.

»Nein, er verhielt sich weitgehend ruhig«, antwortete der Anführer des Trupps, der bei seinem Eintreten aufgesprungen war und am Rand des Lichtscheins wartete. »Er hockt dort drüben und ist sicher verwahrt.«

»Ist er unverletzt?«

»Ja, Herr.«

Angespannt lauschte Anschar, doch es wurden keine weiteren Worte gewechselt. Der Anführer kehrte zu seinem Ruheplatz zurück und legte sich schlafen. Auch die Sklaven, die Mallayur mitgebracht hatte, machten sich daran, Plätze für ihre Grasmatten zu suchen. Eine verhüllte Frau trat ein, hinter sich zwei Sklavinnen, die weitere Körbe und Decken trugen. Sie trat zu Mallayur, küsste ihn und streifte die Kapuze ihres Mantels ab. Langes schwarzes Haar ergoss sich über ihre Schultern.

»Es ist wirklich kalt in den Wäldern«, beklagte sie sich, während sie im Kessel notdürftig die Hände wusch.

»Ich sagte, du musst nicht mitkommen.«

»Aber ich will ihn doch sterben sehen.« Suchend blickte sie um sich. Selbst in der Düsternis waren ihre silbernen Augen deutlich zu erkennen. »Wo ist er?«

»Ich bin hier«, sagte Anschar.

Ihr Kopf ruckte hoch. Sie entdeckte ihn und lächelte kühl. Das Bedürfnis, ihn sich näher anzusehen, hatte sie jedoch nicht, denn sie folgte Mallayurs stummer Aufforderung, zu ihm zu kommen. Er saß bereits auf dem Lager, nackt und mit gierig aufgerichtetem Glied. Langsam streifte Geeryu den Mantel ab und kniete vor ihm. »Die Männer hätten ein Feuer machen sollen«, nörgelte sie.

»So kalt ist es nun wirklich nicht. Und in ein paar Stunden ziehen wir ja weiter. Komm her, gleich wird dir warm.«

Die Nihaye ließ sich von ihm auf die Felle drücken. Aufreizend räkelte sie sich, während er ihr Gewand hochstreifte und ihre Beine spreizte. Von dem, was darauf folgte, sah Anschar nur den schwach beleuchteten Leib des Königs. Sein Hinterteil hob und senkte sich im Takt seines schweren Atems. Geeryu gefiel es, denn sie stimmte in sein Stöhnen ein. Es sah anders aus als an jenem Morgen vor dem Zweikampf, als sie Mallayur mit unsichtbaren Schlägen gepeinigt hatte. Anschar konnte einen Anflug von Neid nicht leugnen. So verhasst ihm diese beiden Menschen waren, sofern man von Geeryu als einem Menschen sprechen konnte, sie hatten etwas, das er schmerzlich vermisste. Sie hatten einander.

Das Wissen um seinen Tod berührte ihn kaum. Interessant an der Sache war nur noch, warum er in diesen Wäldern sterben sollte. Wenn er es recht bedachte, konnte er nicht klagen. Er hatte Grazia dazu verholfen, nach Hause zurückzukehren. Er würde nicht länger von Mallayur gequält werden. Sein Sklavendasein hatte ein Ende; stattdessen würde er in das Reich der Toten gehen, wo sich Nihar, der Erdgott der Dreiheit, seiner als einem tapferen Krieger erinnerte und ihn mit dem ewigen Leben auf den Inseln belohnte.

»Herr?«, unterbrach er das Spiel. »Herr!«

Widerwillig erstarb Mallayurs Stöhnen. »Was ist?«

»Heute keine Schläge von Geeryu?«

»Halt den Mund, sonst lasse ich dich an deinem Schwanz aufhängen.«

Anschar lachte geringschätzig. »Womit willst du mir jetzt noch drohen?«

Verbissenes Schweigen war die Antwort, es folgte Geeryus wohliges Seufzen. Das Paar setzte das Spiel fort.

»Wie war das eigentlich mit Hadur?«, fragte Anschar aufs Geratewohl. »Warum hattest du ihm befohlen, mich zu töten?«

Mallayur erstarrte. Er schob Geeryus besitzergreifende Arme beiseite und setzte sich auf. »Du weißt davon?«

Also doch, dachte Anschar. Er hatte längst nicht mehr an jenen Überfall in der Wüste gedacht, er war ihm ganz unverhofft in den Sinn gekommen. Grazia hatte die Vermutung geäußert, Mallayur könne dahinterstecken, und sie hatte recht behalten. Sein Herr kam auf die Füße, wickelte sich den Rock um die Hüften und suchte zwischen den Stützbalken hindurch den Weg zu ihm. Die drei Wachen sprangen auf und neigten die Köpfe, aber er beachtete sie nicht. Aus irgendeiner Scheide zog er ein Schwert, mit dem er sich über Anschar aufbaute.

»Du weißt davon?«, wiederholte er.

»Offensichtlich. Ist das wichtig?«

Sein Herr setzte sich ihm gegenüber auf den Holzstapel. Im Gegenlicht der Kerze waren kaum mehr als seine Umrisse zu erkennen. Er legte das Schwert über seine Oberschenkel – eine Geste, deren drohende Wirkung angesichts des Todes verblasste. »Eigentlich nicht, aber ich bin neugierig. Hadur ist nie zurückgekehrt. Hast du ihn getötet?«

»Ich würde sagen, ich habe die Arbeit der Wüste überlassen.«

Langsam nickte Mallayur. »Ich hätte mir denken können,

dass er es nicht schafft. Und *das* war mein bester Mann? Wahrlich kein Verlust.« Er drehte sich zu seiner Lagerstatt um, wo Geeryu murrte. »Ja, ich komme gleich. Gieriges Weib.«

»Warum?«, fragte Anschar erneut. »Ich verstehe dich nicht.«

»Das ist auch nicht wichtig, oder?« Mallayur kehrte zu seinem Schlafplatz zurück, legte das Schwert an seine Seite und sank in Geeryus Arme. In die Geräusche des Liebesspiels mischten sich die ersten Schmerzlaute. Hier und da hob ein neugieriger Krieger den Kopf und versuchte einen Blick auf das Treiben zu erhaschen. Anschar verschloss seine Ohren. Er hatte den Eindruck, die Antwort greifbar vor sich zu haben. Mallayur hatte seinen umfangreichen Suchtrupp dem argadischen nachgejagt, um diesen zu vernichten. Er wollte den Gott für sich allein. Vermutlich hatte sich sein Trupp aufgeteilt: die eine Hälfte hatte die Oase gesucht, die andere war unter Hadurs Führung dem argadischen Trupp gefolgt.

»Ich sollte mich geschmeichelt fühlen, dass Hadur glaubte, ich hätte den Gott noch finden können«, sagte Anschar erheitert. »Dabei war ich allein und beinahe verdurstet. Aber gut, Befehl ist Befehl, und wenn er als dein bester Mann auch ein schlechter war, so war er doch gewissenhaft. Hast du den Gott?«

Mallayur stöhnte verärgert auf. »Ja, verdammt, ich habe den Gott! Ein paar Tage nach deiner Rückkehr aus der Wüste brachte Geeryu ihn mir. Sie hatte die Oase gefunden. Morgen wirst du ihm geopfert, damit er sich gefügig zeigt.« Seine Stimme überschlug sich vor Ärger. »Und damit sind deine Fragen hoffentlich beantwortet!«

»Geopfert? Ich? Oh, ich verstehe.« O ja, Anschar verstand. Nur die besten Krieger waren es nach alter Tradition wert, für die Götter zu sterben. Er hatte in seinem Zweikampf bewiesen, dass er einer der besten war, vielleicht gar der Erste der Zehn. Ein würdiges Opfer für einen Gott. Vielleicht hatte es Mallayur von Anfang an darauf angelegt, ihn dieser Prüfung zu unterziehen. Vielleicht war er aber auch erst zu dem Entschluss gekommen, ihn auf eine nützliche Art zu beseitigen, als er Egnaschs Leiche gesehen hatte. Das war nicht wichtig.

»Du willst, dass der Gott dir dient? Dir allein und nicht dem Meya? Ich werde mich gegen den Tod nicht sträuben, aber du wirst dadurch niemals erreichen, dass er dir zu Willen ist. Die Götter wollen keine Menschenopfer.« Er wurde so laut, dass einige Herscheden aufsprangen und nach ihren Waffen griffen. Mit aller Kraft spuckte er seine Abscheu heraus. »Und schon gar nicht von dir!«

»Schweig!«, schrie Mallayur. »Du störst meine Nachtruhe.«

»Ach, und die Hündin, die gerade unter dir liegt«, redete Anschar weiter. Noch konnte er es. »Sie also hat dir den Gott gebracht, und mit ihrer Kraft hältst du ihn gefangen. In dem unsichtbaren Behälter, ja? Ich habe ihn gesehen. Ein Gefängnis aus gefestigter Luft. Sag, was hat die Hündin eigentlich davon, dass sie dir dient? Liebt sie dich so sehr?«

»Geeryu. Bring ihn zum Schweigen.«

Sie setzte sich auf und machte eine Handbewegung, die Anschar schon kannte. Er konnte dem Hieb gehärteter Luft nicht ausweichen. Eine unsichtbare Faust hämmerte gegen seine Schläfe und schlug seinen Kopf auf die andere Seite. Er schwieg. Es gab ohnehin nichts mehr zu sagen.

Bei Anbruch der Morgendämmerung brachen sie auf. Es ging tiefer in den Wald hinein, auf einem Pfad, der stetig hügelan verlief. Auch hier machten sich erste Anzeichen der Trockenheit bemerkbar, durch kahle Gewächse inmitten des dichten Zedernbestandes. Ab und zu überquerten sie einen Bachlauf, der nur noch ein Rinnsal war oder gar kein Wasser mehr führte. Je weiter sie in den Hyregor vorstießen, desto kühler wurde es, und gegen Mittag ließ ein kurzer Regenguss die Bäume rauschen. Die Männer genossen die wenigen Tropfen, die das Dach des Waldes hindurchließ, nur Geeryu rutschte unbehaglich auf dem Pferderücken hin und her und zog die Kapuze ihres Mantels tief ins Gesicht. Bald lichtete sich der Wald und ging in kahle Felsenhänge über. Heller Staub bedeckte den Boden und drang, aufgewirbelt von den Pferdehufen, in Augen und Nase. Vor ihnen ragten die weißen Felsen des Gebirges auf. Anschar bemerkte, dass die Männer, je weiter sie kamen, immer unruhiger wurden. Ständig drehten sie sich in den Sätteln, um zurück in die Düsternis der Bäume zu spähen. Keinen Augenblick ließen sie die Finger von den Waffen. Er glaubte den Grund zu kennen. In diesem Gebiet, so erzählte man sich, streifte die Große Bestie herum. Jedoch nur nachts, daher war der Ritt ungefährlich, wenn man von anderen größeren Waldtieren absah, denen sie ebenso wenig begegnet waren. Aber wer mochte wissen, was davon der Wahrheit entsprach? Möglich, dass die Bestie jeden Augenblick aus dem Unterholz brach, um den Hang hinaufzupreschen und eines der Pferde zu reißen. Möglich, dass es sie gar nicht gab. Aber falls der Schamindar hier sein Unwesen trieb, war für Anschar die Frage nach der Art seines Todes beantwortet.

Mallayur hob die Hand und zügelte sein Pferd. »Wir sind da.«

Auf der Anhöhe erhob sich ein weißer Felsenhügel. Mit gelben Herbstblüten besetzte Grasbüschel wuchsen in den Spalten und Ritzen. Das Gebilde wirkte harmlos, hätte es nicht den Gestank nach Verwesung ausgedünstet. Und wäre nicht auf seiner abgeflachten Kuppe ein bronzener Haken eingelassen. Die Männer stiegen von den Pferden und nahmen im Halbkreis um Anschar Aufstellung. Sie spannten die Bogen und legten Pfeile an, erst dann bekam er die Fußfessel entfernt, sodass er absteigen konnte. Auch seine Hände wurden befreit.

»Zieh dich aus«, befahl Mallayur. »Alles. Kleidung stört nur, wenn du dem Schamindar dargeboten wirst.«

Anschar wickelte seinen Rock ab und zog sich das Hemd über den Kopf. Nach der Zeit in den Werkstätten machte ihm das nichts mehr aus. Auch die Sandalen musste er abstreifen. Ein Herschede raffte das Bündel zusammen und klemmte es sich unter den Arm.

»Das Ritual ist schlicht.« Mallayur trat dicht vor ihn. Noch während Anschar darüber nachdachte, ihn anzuspringen und ihm das Genick zu brechen, bevor er von Pfeilen gespickt wurde, legte sich von hinten eine Klinge an seine Kehle. Sein Herr zog einen Dolch aus dem Gürtel. »Ich empfehle dich dem Gott und seinem geliebten Schoßtier. Möge er erkennen, dass ich ihm nichts Böses will, und Freude an deinem Kriegerblut haben. Besseres kann er nicht bekommen. Ich bin überzeugt, dass du der Erste der Zehn bist. Und jetzt halt still.«

Er hob den Dolch. Geeryu trat herzu und legte eine Hand auf seinen Arm.

»Nein. Lass mich das machen.«

»Wie du willst. Aber nur ein kleiner Schnitt, ja? Es dient nur dazu, die Bestie anzulocken. Eine Verwundung würde den Wert des Opfers schmälern.«

Welch ein Irrsinn, dachte Anschar. Sie wollten tatsächlich, dass der Geruch seines Blutes dem Schamindar in die Nase stieg. Geeryus silberne Augen leuchteten noch stärker als sonst, als sie den Dolch ergriff. Ihre Zungenspitze glitt zwischen die Zähne, ihre Brauen waren konzentriert gerunzelt. Unterhalb seines linken Schlüsselbeins setzte sie ihn an. Anschar verzog keine Miene, als sie die Klinge eine Handbreit nach unten zog und einen roten Strich hinterließ. Erst als sie seiner Brustwarze gefährlich nahe kam, schlug er ihr den Dolch aus der Hand. Sofort hoben sich sämtliche Bogen noch ein Stück höher. Geeryu rieb sich die Hand und sperrte empört den Mund auf, aber er lächelte nur.

»Schlag mich, Hure, spuck mich an. Einem Toten kannst auch du nicht mehr drohen.«

Sie hob eine Faust, aber Mallayur drehte sie zu sich herum und schüttelte den Kopf. »Lass ihn. Er gehört dem Schamindar.«

Geeryu trat zwei Schritte zurück, aber ihre Augen funkelten noch immer.

»Ich hätte dich länger in den Werkstätten lassen sollen«, sagte Mallayur, zu Anschar gewandt. »Vielleicht wäre es mit dir dann anders gekommen. Die Überlegung, dich zu opfern, kam erst auf, als ich mich gezwungen sah, dich dorthin zu schicken. Ich hatte gehofft, dass dich der Aufenthalt gefügig machen würde. Aber genauso hatte ich befürchtet, dass es nicht gelingt. Letztlich hast du selbst entschieden, für den Gott zu sterben. Wenigstens als Opfergabe wirst du mich nicht enttäuschen. Steig auf den Felsen.«

Mit einer Handbewegung befahl er zwei seiner Leute ebenfalls hinauf. Der Felsen war anderthalb Manneslängen hoch, ließ sich aber an einer Seite recht einfach erklimmen. Anschar hatte starren Blickes zugehört. Was sollte er tun? Jede Regung, die verriet, dass er anderes im Sinn hatte, als diesen Opferfelsen zu besteigen, würde dazu führen, dass er mit Pfeilen gespickt wurde.

»Geh«, wiederholte Mallayur. Es war die eiseskalte Stimme, die Anschar dazu brachte, zu gehorchen. Alles war aussichtslos, aber dort auf dem Felsen würde er wenigstens der verhassten Gegenwart seines Herrn entkommen. Er stieg hinauf und kauerte neben dem Bronzehaken. Die Männer legten die Enden einer Leine um seinen Hals und den Haken, verknoteten die Fasern und stiegen wieder hinab. Die Bogenschützen senkten ihre Waffen.

»Komm«, sagte Mallayur zu seiner Hure und half ihr, in den Sattel ihres Pferdes zu steigen. Dann schwang er sich auf seines. Die Männer taten es ihm nach. Er blickte zu Anschar zurück, fast ein wenig bedauernd, und hieb die Fersen in die Flanken. Sie ritten den Weg zurück, den sie gekommen waren; bald waren sie außer Sichtweite. Die Geräusche der trommelnden Hufe verklangen. Anschar fragte sich, wann sie zurückkehrten, um sich davon zu überzeugen, dass der Schamindar sich an ihm gütlich getan hatte. Morgen früh vermutlich. Über Nacht trieben sie sich gewiss nicht in der Nähe herum.

Er prüfte die Knoten. Sie waren nicht zu lösen, alles andere hätte ihn auch sehr verwundert. Ebenso wies der Fels erwartungsgemäß keine scharfen Kanten auf, mit denen sich die Leine durchscheuern ließe. Nur der Vollständigkeit halber versuchte er den Haken zu lösen, indem er die Füße gegen den Fels stemmte und mit aller Kraft an dem Band zog. Das Metall bewegte sich nicht. Er kroch an den Felsrand. Ein steiler Abgrund tat sich vor ihm auf, durch einige handbreite Sprünge und Risse gemildert. Am Fuß des Felsens lagen gebleichte Knochen, an denen stellenweise von der Sonne gedörrtes Fleisch hing. War dieser Ort ein bevorzugter Fressplatz für die Bestie? Grundlos hatte Mallayur ihn gewiss nicht ausgewählt. Anschar hockte sich auf den blanken Hintern und zog die Knie an. Die nur mühsam aufrechterhaltene Selbstbeherrschung versickerte wie Wasser im Sand. Ein Angstbeben durchdrang seinen Körper. Er schlang die Arme um sich, um dem Zittern Herr zu werden. Wie es aussah, würde er tatsächlich hier auf diesem Felsblock sterben. Wodurch, das war noch offen. Wirklich durch den Schamindar? Oder durch Hunger und Durst? In einer flachen Kuhle stand etwas Wasser. Regengüsse würden demnach seinen Tod hinauszögern. Es sei denn, er beendete sein Leben selbst, indem er sich erhängte.

War dies nicht besser? Dann hätte er es hinter sich. Aber auch das Ausharren war ein Kampf, und er hatte noch nie aufgegeben. Wie er gegen Hunger oder die Bestie kämpfen sollte, wusste er nicht. Eines jedoch hatte er gelernt: Wer nichts tun konnte, wartete, bis die Zeit des Handelns gekommen war, und verlor sich nicht im Hadern. Er versuchte sich abzulenken, an etwas Angenehmes zu denken. Nicht dass ihm viel in den Sinn kam, aber es hatte Zeiten in seinem Leben gegeben, da war er glücklich gewesen. Wenn er nicht darüber nachgedacht hatte, dass er ein Sklave war. Wenn die Sonne die Palastmauern leuchten ließ und die Vögel in ihren Rundhäusern vor Lebensfreude zu platzen schienen. Wenn er mit Henon beim Bier saß, oben auf seiner Terrasse, und der sinkenden Sonne zusah. Wenn Grazia …

Grazia. Sie gekannt zu haben, machte das Ende umso schmerzlicher. Oder leichter? Sie hatte seinem kurzen Leben im Nachhinein einen weit höheren Wert gegeben als den, ein guter Schwertkämpfer zu sein. »Warum nur habe ich mich davon abhalten lassen, mit dir zu gehen, Feuerköpfchen?«, fragte er. »Ich weiß, dass du es auch bedauerst. Ich weiß es.« Er glaubte sie vor sich zu sehen, in ihrer Stadt voller wunderlicher Dinge, mit blau beschmiertem, verweintem Gesicht, als erahne sie seinen Tod.

Der Tag schleppte sich mit quälender Langsamkeit dahin. Auf der freien Fläche zwischen den Felsen und dem Wald regte sich kein Leben. Anschar achtete auf alles, was sich tat, aber da waren nur über den Wipfeln der Zedern kreisende Vögel. Mit Einbruch der Nacht begann er zu frieren. Selbst wenn der Schamindar nicht kam, würde es eine der übelsten Nächte seines Lebens werden.

Auch in der Dunkelheit hatte er gut im Blick, was sich auf dem Abhang tat. Der Mond des Inar war schwarz, aber der seiner Gemahlin leuchtete in fast voller Pracht. Er nickte ein, denn das angestrengte Starren machte ihn müde. Doch als er vom Wald her das Unterholz knacken hörte, war er sofort hellwach.

Ein großer schwarzer Schatten kam aus dem Wald und bewegte sich den Abhang herauf. Anschar presste sich bäuchlings auf den Fels, um sich so unsichtbar wie möglich zu machen. Das Tier näherte sich, dabei verharrte es immer wieder, um den massigen Kopf in die Höhe zu recken und die Witterung des Blutes aufzunehmen. Anschar war sich sicher, dass es der Schamindar war – sonst gab es kein Tier dieser Größe in den Wäldern, außer Bären, aber dies hier war schlank und bewegte sich mit katzenhafter Geschmeidigkeit. Deutlich waren die drei quastenbesetzten Schwänze zu sehen, die aufgeregt hin und her schwangen.

Die Furcht wich für einen Augenblick der Faszination, zum ersten Mal das von ihm so bewunderte Tier zu sehen. Es kam heran. Anschar kroch an die Kante. Unter sich sah er den schwarzen Schatten, wie er dicht an der Felswand entlangglitt. Der schlanke Kopf verharrte an der Stelle, wo die Knochen lagen. Deutlich war zu hören, wie er schnüffelte. Anschar legte die Hand auf die verkrustete Wunde, als ließe sich so aufhalten, dass die Bestie ihn roch. Da hob sie den Kopf. Sie starrte ihn an.

Er wich zurück. Ein Fauchen durchriss die nächtliche Stille, dass es ihm in den Ohren dröhnte. Und dann war sie mit einem Satz oben.

Einer der Schwänze peitschte so heftig gegen seine Schulter, dass es ihn auf den Rücken warf. Gemächlich drehte sich der Schamindar. Der Himmel wurde schwarz, als sich sein Schädel in Anschars Blickfeld schob. Der Kopf senkte sich herab. Die Nase glitt über seine Brust, eine feuchte Zunge über die Wunde. Anschar roch etwas von dem, was die Bestie hier gefressen hatte, den süßlichen Gestank der Verwesung. Er drehte den Kopf weg, als die Nase sein Gesicht ertastete. Barthaare, hart wie Bronzedraht, kratzten über seine Haut. Endlich hatte die Bestie begriffen, dass er ihr Futter war – sie fauchte ihn an. Vier fahlweiße Fangzähne, lang wie Finger, tauchten aus dem Schatten auf. Anschar schüttelte seine Erstarrung ab. Er schlug mit der Faust so fest gegen die Nase, wie es ihm möglich war. Nein, er hatte keine Hoffnung, aus diesem Kampf siegreich hervorzugehen. Aber hier zu liegen und so zu tun, als sei er bereits tot, wollte er keinesfalls. Er warf den Kopf beiseite, als eine Pfote sich hob. Deutlich sah er die drei dicken, spitz endenden Krallen.

Ein reißender Schmerz zog sich über seine Schulter hinweg. Anschar schrie auf. Die Bestie wich zurück. Er rollte sich auf den Bauch, versuchte einem neuerlichen Prankenhieb auszuweichen und rutschte über die Kante.

Das Grasband spannte sich. Fahrig tastete er nach Rissen und vorspringenden Kanten. Seine Zehen und Finger fanden Halt, aber sein Hals war gestreckt. Nur mühsam konnte er noch atmen. Jetzt war er der Bestie hilflos ausgeliefert. Er hörte, wie ihre Krallen über den Fels kratzten, hörte sie fauchen und schnaufen. Dann sprang sie auf der anderen Seite hinunter. Anschar wappnete sich gegen den tödlichen Schlag gegen seinen Rücken, sobald sie den Felsen umrundet hatte. Kalter Schweiß brach aus all seinen Poren, rann zwischen den Schulterblättern hinab und machte die Felskanten schlüpfrig. Nichts geschah. Stille kehrte ein. Über die Schulter konnte er nicht blicken, ohne sich vollends zu erwürgen, also wartete er ab. Es schien, als sei der Schamindar fort.

Seine Glieder begannen zu zittern, und das nicht nur wegen seines erkaltenden Schweißes. Lange konnte er sich nicht mehr halten. Der Schmerz in der Schulter hingegen störte nicht weiter – nicht in dieser misslichen Lage. Vorsichtig ertastete er die Felswand und versuchte hinaufzuklettern, aber alles, was ihm gelang, war, das Band zu lockern. Er hob einen Arm und schlang es um sein Handgelenk. Es würde vielleicht verhindern, dass er sich erwürgte, wenn er abrutschte. Wozu diese Bemühungen noch gut sein sollten, wusste er allerdings nicht.

Die Bestie kehrte nicht zurück. In quälender Langsamkeit schleppte sich die Nacht dahin. Die Hand wurde allmählich taub. Mit der Linken umklammerte er ein trauriges Grasbüschel, das ihn niemals halten würde. Irgendwann spürte er seinen Körper nicht mehr, aber noch atmete er, noch war er nicht gefallen.

»Schamindar, wo steckst du?«, flüsterte er gegen den Fels. Hatte er nicht eben Schritte hinter sich gehört? »Ja, komm her. Mach dem ein Ende.«

»So schnell stirbt sich's nicht«, sagte jemand. »Nicht einmal hier.« Er erschrak, so dicht war die Stimme hinter ihm. Mit dem Fuß trat er nach hinten aus. Fast hätte es ihn den Halt gekostet. Wer immer es war, den er getroffen hatte, stöhnte vor Schmerz auf.

»Der will wohl gar nicht befreit werden«, sagte ein anderer. »Sollen wir ihn hängen lassen?«

»Jernamach hat gesagt, wir sollen ihn holen. Also holen wir ihn, und zwar schnell, bevor das Biest sich doch wieder blicken lässt. Ich habe keine Lust, als Futtergabe zu enden. Und du, Fremder, halt still. Wir wollen dir ja nur helfen.«

Eine Schulter schob sich zwischen seine Beine und stützte ihn. Kurz darauf löste sich das Band. Anschar zerrte seine Hand aus der Schlinge und sprang hinab.

»Wer seid ihr?« Viel war nicht zu erkennen, nur zwei Schemen vor dem Felsblock. »Der Name, den ihr genannt habt, hörte sich verdächtig nach der einer Wüstenratte an.«

»Wüstenratte? Was willst du damit sagen? Dass du ein Herschede bist?«

Anschar rieb sich den geschundenen Hals. »Ich bin Argade.«

»Leise!«, zischte der andere. »Wir wissen nicht, ob sich die Herscheden am Waldrand aufhalten, um nachher, wenn es hell wird, deinen Tod zu überprüfen. Also verschwindet! Ich kümmere mich um den Rest.«

Anschar erhielt die Anweisung, dicht hinter dem Mann zu bleiben, der ihn in den Wald führte. Hinarsyas Mond war längst hinter dem Hyregor verschwunden, so konnten sie ungesehen über den Abhang laufen. Es war ihm fast gleichgültig, was hier vor sich ging und warum. Er war sich nicht einmal sicher, ob er nicht in Wahrheit noch am Felsen hing und er sich diese unerwartete Wendung seines Schicksals nur vorgaukelte. Im Wald fühlte er sich an der Hand gepackt. Gefügig stapfte er hinter seinem Retter her. Wurzeln, Nadeln und harte Gräser peinigten seine Fußsohlen, Äste scheuerten über seine Haut. Er konnte kaum die Hand vor Augen sehen, dennoch bewegte sich sein Begleiter sicher, wenn auch langsam. Schließlich kamen sie auf eine Lichtung, wo es um eine Winzigkeit heller war. Anschar erkannte die Umrisse eines knotigen Baumes mit niedrigen Ästen.

»Hier bleibst du und wartest«, erklärte der Mann. »Halt still, ich schneide dir das Band ab. Ich bin übrigens Tenam. Wie ist dein Name?«

»Ihr habt mich gerettet und wisst nicht, wer ich bin?«

»Nein. Woher sollen wir das wissen? Hier«, der Mann drückte ihm ein Bündel in die Hand. »Zieh dir das an. Und dann hinauf mit dir. Im Baum bist du vor der Bestie sicher.

Ich gehe zurück und helfe Jalam, die Opferstätte so zu hinterlassen, dass niemand erkennt, was geschah.«

Anschar warf sich das wollene Hemd über, nichts weiter als zwei an den Schultern miteinander vernähte Vierecke. Er wickelte das Grasband um seine Mitte. Tenam war bereits verschwunden, also stieg er in den Baum und hocke sich auf einen dicken Ast. Ob er glauben sollte, was da geschehen war, wusste er noch nicht, und je länger die beiden Männer fortblieben, desto mehr wähnte er sich im Vorraum der Unterwelt, wo eine ebenso undurchdringliche Dunkelheit herrschte und jeden Augenblick ein fahles Licht erscheinen würde, das ihn vor Hinarsya in ihrer Gestalt als Totenrichterin führte. Aber dann besäße er keinen Körper mehr. Die Schmerzen in seiner Schulter und der Schweißgestank, den er verströmte, wären verschwunden. Trotz seiner Verwirrung übermannte ihn die Müdigkeit. Er lehnte sich gegen den Stamm, verschwendete nur einen kurzen Gedanken daran, vielleicht im Schlaf herunterzufallen, und schloss die Augen.

4

Als sie zurückkehrten und ihn weckten, herrschte immer noch tiefste Nacht. Dennoch brachen sie sofort auf. Anschar schluckte sämtliche Fragen herunter, um sich auf seine Schritte zu konzentrieren. Nach vielleicht zwei Stunden musste er wieder in einen Baum steigen; diesmal jedoch stieß er in der Krone auf eine Behausung. Tenam, der vor ihm hinaufgeklettert war, schlug eine Decke zurück, die den Eingang verhängte. Dahinter war ein kleiner Raum zu erkennen, von einem Öllämpchen schwach erhellt.

»Wir haben ihn«, hörte Anschar ihn sagen. »Es gab keine Schwierigkeiten.«

»Gut gemacht. Lass ihn herein. Und ihr macht euch auf ins Dorf.«

»Nichts lieber als das.« Tenam schlug Anschar auf die schmerzende Schulter und schob sich an ihm vorbei, um wieder nach unten zu steigen. Anschar wollte sich aufrichten, aber die Hütte reichte ihm kaum bis zu den Schultern, also kroch er hinein. Vier Männer hockten hier, allesamt schwarzbärtig und mit dem unverkennbaren Hautton der Wüstenmenschen. Bei seinem Erscheinen runzelten sie die Stirn und warfen sich verwunderte Blicke zu.

»Er ist kein Wüstenmann.«

»Dessen ungeachtet teilt er unser Schicksal.«

Einer der Männer sorgte mit erhobener Hand für Stille und wandte sich ihm zu. Es war ein Greis, mit kahlem Haupt, von dem einzelne weiße Strähnen abstanden, und vielfach gerunzelter Haut. »Willkommen. Ich bin Jernamach. Wir hatten nicht damit gerechnet, dass Tenam und Jalam uns einen Einheimischen bringen. Du bist ein Argade, oder?«

»O ja, das ist er! Und ein Verräter dazu!«

Ein Mann sprang mit vorgestreckten Händen vor. Anschar packte seine Handgelenke und stieß ihm das Knie gegen die Rippen. Nach der Anstrengung der letzten Tage kam er sich behäbig vor, gleichwohl japste der Angreifer, krümmte sich und wich zurück. Mit hilflos geballten Fäusten starrte er ihn voller Wut an.

»Was soll das, Parrad?«, schimpfte Jernamach, der die Lampe an sich genommen hatte und schützend die Hand vor die Flamme hielt. »Bist du von Sinnen?«

»Er war mit mir in den Papierwerkstätten«, antwortete

der Mann, mit dem Anschar drei Monate lang auf Gedeih und Verderb verbunden gewesen war. »Er hatte mich verraten. Und ausgerechnet er wurde jetzt gerettet? Welch ein Hohn.«

»Ist das wahr?«, fragte Jernamach, an Anschar gewandt.

»Es stimmt, dass ich mit ihm in den Werkstätten war. Den Rest träumt er sich gerade zusammen.«

»Ich habe geträumt, dass du meine Flucht verhindert hast?« Parrad streckte den Rücken. Seine Halssehnen traten hervor, die Nasenflügel bebten. Er hob eine Faust, wagte aber nicht zuzuschlagen.

Erneut packte Anschar sein Handgelenk. »Was hast du dich auch so dumm angestellt?«, schnaubte er. »Gib nicht mir für deine Kopflosigkeit die Schuld. Erkläre mir lieber, wie du deinen Hals gerettet hast.«

»Auf dieselbe Art wie du«, antwortete Jernamach an Parrads statt.

»Was?« Anschar ließ Parrad los. »Du willst damit sagen, auch er hätte geopfert werden sollen? Aber was …«

Jernamach unterbrach ihn, indem er eine Hand hob. Dann griff er hinter sich und förderte einen Lederbalg zutage. Bedächtig wickelte er die Schnur von der Öffnung und reichte ihn Anschar. »Trink erst einmal, du musst Durst haben. Deinem Hunger werden wir morgen früh abhelfen, wenn wir zurück in unserem Dorf sind. Was im Übrigen dein Zuhause sein wird, denn du bist ein zum Tode verurteilter Sklave.« Mit diesen Worten fasste er sich an ein Ohrläppchen. Deutlich war das Loch zu erkennen, doch der Haken, der ihn zu irgendeiner früheren Zeit als Sklave ausgewiesen hatte, fehlte. »Der Schamindar hätte dich fressen sollen. Du existierst eigentlich nicht mehr. Nur noch hier in den Wäldern. Wie heißt du?«

»Mein Zuhause?«, wiederholte Anschar. Empört wollte er das von sich weisen, aber ihm dämmerte, dass es gar nicht so verrückt war, wie es sich anhörte. Wo sollte er hin? Jernamach hatte recht, sein früheres Leben gab es nicht mehr. »Ich heiße Anschar«, presste er unwillig hervor.

»Anschar«, wiederholten die Männer, nur Parrad schwieg verbissen. Der Name schien den Wüstenmännern nichts zu sagen. Auch seine Tätowierung rief kein Echo hervor. Er nahm den Schlauch entgegen und setzte ihn an die Lippen. Es war Bier, allerdings kein gutes. Er ließ sich Zeit, um über das Gehörte nachzudenken. Zu schnell waren die Veränderungen auf ihn eingestürzt. Vor wenigen Stunden hatte er mit seinem Leben abgeschlossen. Plötzlich gehörte er einer Bande entlaufener Sklaven an. Wüstenmännern.

»Ich weiß immer noch nicht, ob ich das alles glauben soll«, sagte er düster. »Bis eben noch hielt ich mich für tot. Ich sollte wohl dankbar sein. Aber es fühlt sich an, als hätte mich jemand zurück in die Werkstätten versetzt und wieder an ihn gebunden.« Er nickte in Parrads Richtung.

»Oh, so fühlt es sich nicht an.« Jernamach lächelte. »Du musst kein Gras treten, und wenn du allein sein willst, brauchst du nur ein paar Schritte in den Wald zu gehen.« Mit einer Handbewegung forderte er ihn auf, den Schlauch an seinen Sitznachbarn weiterzureichen. »Dieses Leben ist dem Tod durchaus vorzuziehen. Wir müssen uns auch erst daran gewöhnen, einen Argaden unter uns zu haben. Du wirst im Dorf für Aufsehen sorgen.«

»Dieses Dorf... Wo, bei Inar, ist hier ein Dorf? Davon habe ich noch nie gehört.«

»Es wäre auch schlimm, wenn es anders wäre. Es ist verborgen, so wie unser gesamtes Leben hier im Verborgenen abläuft. Sieh mich an: Ich arbeitete noch vor ein paar Jahren auf einem herschedischen Landgut ganz in der Nähe des Waldes. Ich war zwar alt, aber zäh. Bis ich mir ein Bein brach und dauernd kränkelte. Seither fürchtete ich um mein Leben.

Ja, ich weiß, das herschedische Gesetz sagt, dass Sklaven, wenn sie alt und nutzlos geworden sind, gut behandelt werden müssen, aber das kümmerte meinen Herrn nicht. Eines Tages ging ich einfach weg. Ich weiß bis heute nicht, wie ich ungesehen entkommen konnte. Und was ich mir eigentlich in den Wäldern erhoffte. Aber ich wurde gefunden und ins Dorf gebracht. Seither lebe ich hier.«

Allmächtige Götter, dachte Anschar. Es gab tatsächlich so etwas wie eine Siedlung ehemaliger Sklaven, von der die Welt nichts wusste? Und das seit Jahren? Der Reihe nach musterte er die Männer. Sie brummten zustimmend, nur Parrad hielt an seiner verdrossenen Miene fest.

»Andere, wie Parrad, hätten der Bestie geopfert werden sollen«, fuhr Jernamach fort. »Jeder der derzeit hundertunddrei Menschen des Dorfes hat seine eigene Geschichte.«

»Ich hatte geglaubt, ich sei das erste und einzige Opfer.«

»Nein. Du bist das fünfte. Das heißt, das fünfte, das wir gerettet haben. Ab und zu lassen wir auch eines sterben, sonst fällt es irgendwann auf. Außerdem bekommen wir nicht immer mit, wann ein neues gebracht wird.« Jernamach ließ sich auf einen Ellbogen hinab und suchte auf dem unregelmäßigen Bretterboden eine bequemere Haltung. »Es fing vor etwa zwei Monaten an. Einer unserer Leute entdeckte bei der Jagd, dass in den Felsen ein Kupferhaken eingeschlagen worden war. Wir rätselten, was es damit auf sich haben könnte, und kehrten einige Tage danach zu dem Felsen zurück. Da war getrocknetes Blut. Eine zerfetzte Grasleine. Etwa zu der Zeit beobachteten wir zum ersten Mal die Bestie, die dein Volk den Schamindar nennt. Natürlich kennen wir die Legenden – dass er durch die Wälder streift und mehr Beute reißt, als er fressen kann, aus Zorn darüber, nicht bei seinem Herrn zu sein, dem letzten Gott. Immer wieder schickte ich die mutigsten Männer aus, um nachzusehen, was sich bei dem Felsen tat. Und wahrhaftig fanden sie bald darauf einen Sklaven, der dort angebunden war, so wie du. Dann einen zweiten. Dann wieder frische Blutspuren. Einmal mussten sie mit ansehen, wie der Schamindar das Opfer verschlang. Ein anderes Mal ließen sie eines zurück, weil sie den Verdacht hegten, nicht unbemerkt an den Felsen heranzukommen. Wir vermuten, dass in diesen Monaten etwa so viele starben, wie wir befreien konnten. Aber warum, das wissen wir nicht.«

»Ich weiß es«, erwiderte Anschar.

»Du weißt es?« Jernamach setzte sich wieder auf. Die anderen Männer beugten sich vor, um die Antwort von Anschars Lippen zu reißen. Abwehrend hob er die Hände.

»Lasst mich nachdenken. Ganz sicher bin ich mir nicht. Der König von Hersched hat den letzten Gott in seiner Gewalt. Ihr habt von den Suchtrupps gehört, die von den Königen in die Wüste geschickt wurden, um den Gott zu finden?«

Sie nickten zustimmend.

»Mallayurs Trupp war erfolgreich. Nun hat er den Gott, aber der verweigert sich ihm. Daher will er ihn mit dem Blut eines tapferen Kriegers gefügig machen. Die alten Krieger hatten vor langer Zeit ihre Leben hingegeben, um die Götter zu besänftigen. Es hatte nichts geholfen. Mallayur glaubt aber noch daran. Ich hätte dieses Opfer sein sollen. Ich oder wen immer er sonst in seinen Reihen für den besten Krieger hält. Da ich nicht ganz so gehorsam war, wie er mich gern gehabt hätte, entschied er sich für mich.«

»Du bist ein Krieger?«, fragte ein Wüstenmann.

»Ja«, warf Parrad grimmig ein. »Die Tätowierung auf seinem Arm weist ihn als einen der zehn gefährlichsten aus. Und das ist er, das kann ich beschwören.«

Anschar winkte ab, damit er schwieg und seine Überlegungen nicht störte. »Das Blut von Wüstenmännern ist kein angemessenes Opfer. Bevor ihr jetzt aufbegehrt – so sieht man das bei den Völkern des Hochlandes. Dass es vergossen wurde, dafür kann es nur einen Grund geben. Mallayur hat sich Sklaven aus den Werkstätten geholt und mit ihnen den Schamindar ... angefüttert. Ich weiß, das klingt übel, aber er ist auch ein übler Mensch. Hätte er es nicht getan, hätte die Große Bestie nicht gewusst, wann sie sich das eigentliche Opfer holen kann. Ich wäre womöglich auf dem Felsen verhungert und von Krähen angefressen worden. Dann wäre der beste Krieger als Opfer vergeudet gewesen.«

»Wie schändlich!«, rief einer der Männer. »Was sind die Hochländer doch für ein blutdürstiges Volk.«

Anschars Augen verengten sich. Er hätte ihm gern an den Kopf geworfen, dass Wüstenhunde ihre Opfer ohne Proviant in die Wüste zu schicken pflegten, doch er beherrschte sich. Er musste sich beherrschen – vorerst.

»Wir werden bald wissen, ob deine Vermutung stimmt«, ergriff Jernamach wieder das Wort. »Wenn es so ist, werden die Opfer jetzt aufhören. Der Schamindar hat, was er bekommen sollte. Jedenfalls glauben das die Herscheden, sofern Tenam und Jalam sorgfältig gearbeitet haben.«

»Was haben sie überhaupt getan?«, fragte Anschar.

Die Männer lachten verhalten. »Falsche Spuren gelegt«, erklärte Jernamach. »Dazu nehmen sie einen Schlauch mit frischem Ziegenblut, das sie am Felsen verspritzen. Das durchgeschnittene Ende des Bandes kämmen sie aus, sodass es aussieht, als sei es gerissen. Und dann ziehen sie Spuren im Geröll, als hätte die Bestie dich weggeschleppt. Es ist ziemlich aufwendig, aber sie machen das hervorragend. Bisher scheint niemand auf den Gedanken gekommen zu sein, dass nicht alle Sklaven dem Schamindar begegnet sind.«

Anschar betastete seine verletzte Schulter. Bisher hatte er auf das Brennen nicht geachtet, doch es wurde zusehends schlimmer. »Dann hatte ich wohl Pech, denn ich bin ihm begegnet.«

»Du bist verletzt?« Jernamach rückte an ihn heran und schob den Stoff hoch, bis die Wunde frei lag. »Beim Herrn des Windes! Die Bestie hat dich gezeichnet. Das werden wir nachher gut versorgen. Nicht dass du doch noch ihr Opfer wirst.« Er hob die Decke an und warf einen Blick hinaus. »Es dämmert bereits. Es wird Zeit, dass du den Ort kennen lernst, wo du den Rest deines Lebens verbringen wirst.«

Anschar hockte auf einem gefällten Baumstamm, den Rücken an eine knotige Zeder gelehnt. Er hatte den Überwurf ausgezogen und sich um die Hüften gewickelt. Eine Frau saß an seiner Seite und behandelte seine Schulter, während das ganze Dorf im Halbkreis um ihn stand und ihn musterte. Es waren viele Frauen darunter, auch alte Männer und Kinder. Das älteste Kind, dessen Ohr nie durchbohrt worden war, mochte fünf Jahre alt sein, ein Wüstenkind, das nur den Wald kannte und nichts anderes sehen würde. Immer noch fiel es Anschar schwer, all das zu glauben, obwohl er während der Wanderung an kaum etwas anderes gedacht hatte. Sie waren fast unsichtbaren Pfaden gefolgt, hatten sich durch dichtes Unterholz geschlagen, Bachläufe und kleine Schluchten überquert, und das auf derart verschlungenem Wege, dass Anschar seine Frage beantwortet sah, warum das Dorf, wie Jernamach es so hochtrabend nannte, schon so lange unentdeckt geblieben war. Es waren nur ein paar Zelte, die auf einer Lichtung standen. In der Mitte befand sich eine Kochstelle, ganz ähnlich wie in jener Nomadensiedlung in der Wüste.

»Warum geht ihr nicht zurück in die Wüste?«, fragte er in die Runde. »Ausgerechnet ihr habt euch die kälteste Gegend des Hochlandes ausgesucht, wenn man von den Höhen des Hyregor absieht.«

Niemand antwortete ihm. Sie wirkten nicht glücklich darüber, plötzlich einen Argaden unter sich zu haben. Jernamach klatschte in die Hände, damit sie sich wieder zerstreuten. Die Frauen und Kinder scharten sich um die Kochstelle, die Männer hockten sich vor ihre Zelte. Nur die Frau an seiner Seite blieb. Sie hatte die Wunde gesäubert und öffnete nun einen tönernen Tiegel, in dem sich eine grünliche Paste befand. Großzügig verteilte sie die streng riechende Masse auf den Kratzern. Es brannte so fürchterlich, dass er die Zähne zusammenbeißen musste.

»Du musst doch die Antwort kennen«, erwiderte Jernamach. »Hier kann man überleben. An den Felswänden der Hochebene nicht. Sämtliche gangbaren Wege hinunter in die Wüste sind bewacht, und unten lauern die Sklavenfänger. Man kommt da nicht durch. Einige haben versucht, den Hyregor zu überwinden. Aber was aus ihnen wurde, weiß niemand. Ich glaube, sie sind tot.«

»Trotzdem. Ihr habt wenigstens einen Ort, von dem ihr träumen könnt. Ich nicht. Hätte ich ihn aber, würde ich lieber bei dem Versuch sterben, ihn zu erreichen.« Anschar nickte zu den Zelten. »Darin zu hausen, ist doch kein Leben.«

Jernamach folgte seinem Blick. »Man gewöhnt sich daran, wenngleich jeder hier von der Weite und Schönheit der Wüste träumt. Wenn man dort geboren und aufgewachsen ist, kommt die Schönheit der Wälder nicht dagegen an.« Er winkte Parrad herbei, der sich in der Nähe herumdrückte. »Parrad, zeig ihm seine Hütte. Die von Jebenimech, du weißt schon.«

»Hütten?«, fragte Anschar.

Jernamach legte zur Antwort den Kopf in den Nacken. Nun erst sah Anschar die dicken Grasseile an den Baumstämmen, die in regelmäßigen Abständen Knoten aufwiesen, um das Hinaufklettern zu erleichtern. Hoch oben zwischen den Ästen waren Bretter zu erkennen.

»Dort schlafen wir. Nicht wegen der Herscheden, bisher hat sich noch niemand hierher verirrt. Aber manchmal streift des Nachts die Große Bestie umher. Glücklicherweise kam es bisher nie zu einem schlimmen Zwischenfall. Tagsüber lässt sie sich nie blicken.«

Anschar folgte Parrad, der ihn ein Stück von der Lichtung wegführte, zu einer der riesigen Zedern. Auch hier hing ein vielfach geknotetes Seil herab. Hoch oben befand sich eine Hütte, ganz ähnlich wie jene, die er bereits gesehen hatte. Vor ihrem Eingang gab es sogar etwas, das man mit viel gutem Willen eine Terrasse nennen konnte: ein paar aneinander geschobene, grob gespaltene Bretter, die auf zwei dicke Äste genagelt waren. Parrad hockte sich darauf. »Die Hütte gehört jetzt dir«, sagte er steif. »Der Mann, der sie vorher bewohnte, hatte sich beim Holzfällen ein paar Finger abgehackt und ist daran gestorben.«

Anschar warf einen Blick hinein. Sie roch modrig und war von Spinnweben durchzogen. Nichts befand sich darin. Er schob sich an Parrads Seite und zog die Beine an, um an ihnen zu kratzen. »So, und das soll mein Zuhause sein. Ihr seid doch verrückt.« Nur wenige Schritte von der Zeder entfernt entdeckte er einen winzigen Bachlauf. »Wenigstens kann ich mich hier waschen. Um ein Messer zum Rasieren muss ich dann wohl betteln, wie um alles andere.«

Parrad machte Anstalten, hinunterzuklettern. »Geh mit deinem Hochmut dem Wald auf die Nerven, Argade.«

»Warte.« Anschar hielt ihn an der Schulter zurück. »Setz dich wieder!«

Der Wüstenmann tat es zögernd und verschränkte die Arme. »Wir haben einander nichts zu sagen.«

»O doch! So leichtfertig, wie du mich in den Werkstätten deinen Freund genannt hast, so schnell passiert wohl auch das Gegenteil. Du bist mir ein windiger Freund.«

»Du wolltest nie, dass ich dich so nenne.«

»Stimmt. Du magst mich nicht, das ist verständlich. Ich mag dich ja auch nicht. Aber selbst Tiere gehen gelegentlich Zweckbündnisse ein. Parrad! Ich wollte dich nicht verraten. Wir waren beide nicht Herr unserer Sinne. Du musst das wissen, es geschah erst vor einer Woche.«

»Vor elf Tagen, um genau zu sein.«

»Elf Tage. Kommt mir wie eine halbe Ewigkeit vor, wenn man bedenkt, was seitdem alles geschehen ist. Ich bitte dich, vergib mir.«

Anschar zuckte vor seinen eigenen Worten zurück. Hatte er soeben wahrhaftig einen Wüstenmenschen um Verzeihung gebeten? Er schüttelte den Kopf. Wenn er Glück hatte, wies Parrad seine Bitte ab. Doch der schürzte die Lippen und nickte.

»Wenn ich es recht bedenke, habe ich es nur dir zu verdanken, dass ich jetzt hier bin. Andernfalls wäre ich in dem Becken verreckt. Also gut, Anschar. Aber das Wort *Freund* verkneife ich mir vorerst.«

»Das ist in meinem Sinne«, brummte Anschar. »Und jetzt hau ab. Ich brauche dringend Schlaf.«

Jemand wollte nach ihm greifen. Er spürte es, obwohl er noch nicht vollends wach war. Er schnellte hoch, packte den Eindringling und warf ihn auf den Rücken. Dann erst sah er, was er gefangen hatte: eine Frau, die ihn verängstigt anstarrte. Eine Wüstenfrau. Er hatte geträumt, zurück in Argadye zu sein, in seinen Gemächern, wo eine hübsche rothaarige Frau auf ihn wartete. Die Wirklichkeit war erbärmlich.

»Was willst du?«, knurrte er sie an. Sie ließ ein Bündel

aus den Armen gleiten. Zwei Decken, ein Messer, ein paar hölzerne Schalen und lederne Beutel. Dazu ein schwarzes Hemd, ein schwarzer Wickelrock und ein Paar Sandalen.

»Tenam hat die Kleider gefunden. Er glaubt, sie gehören dir.«

»Ja, das sind meine.« Er machte sich sofort daran, den Lumpen zu entfernen, den er immer noch trug, und sich anzukleiden. Das vertraute Gefühl auf der Haut besserte seine Laune jedoch nur wenig. Lange konnte er nicht geschlafen haben. Er fühlte sich zerschlagen. Seine Schulter brannte.

»Du bekommst noch mehr Decken, damit du es nachts warm hast.« Sie wagte kaum, ihn anzusehen. »Und ich soll dir sagen, dass das Essen bereitet ist.«

»Ich könnte einen Reisigbesen oder so etwas gebrauchen, um die hundert Spinnen hinauszujagen, die mir den Platz streitig machen.«

»Ich ... ich werde die Hütte säubern.« Ihr Blick glitt unsicher über die Bretterwände. »Jernamach sagte, ich solle mich um dich kümmern. Du musst nicht allein sein. Er meinte, du seiest jemand, der eine Frau an der Seite braucht.«

»Ach, meint er das?« Anschar ärgerte sich über seinen verächtlichen Tonfall, aber dieses Ansinnen war ihm zuwider. »Warum?«

»Wenn hier zwei Menschen ohne Gefährten sind, rücken sie notgedrungen zusammen. Ich wohnte hier mit Jebenimech, bevor er starb.«

»So groß ist meine Not nicht, also verschwinde.«

Sie zuckte unter seinem harschen Ton zusammen und kroch eilends aus der Hütte. Mit einem erbosten Knurren ließ er sich auf den Bauch fallen und stopfte eine der Decken unter seinen Kopf. Eine Wüstenfrau! Diesen Fehler hatte er einmal begangen, ein zweites Mal würde er es nicht tun. Es mochte sein, dass er das nicht ewig durchhielt, aber das

Feuerköpfchen war viel zu sehr in seinem Innern verankert, als dass er zu diesem Zeitpunkt an eine andere Frau auch nur denken konnte. Die Decke wurde feucht unter seinen Tränen. Wutentbrannt machte er sich an den Abstieg und stapfte auf die Lichtung. Jernamach saß vor einem Zelt und hatte die Finger in eine Essschale gesteckt. Von der Frau war nichts zu sehen.

»Schick mir nicht noch einmal eine Frau!«, bellte Anschar und hielt ihm den Finger vor die Nase. »So tief bin ich noch nicht gesunken, dass ich eine Wüstenfrau anfasse. Hast du verstanden?«

Jernamach nickte langsam. »Ja, du schreist laut genug. Es ist nicht gut, allein zu sein, das wirst du noch merken.«

»Ich merke es schon die ganze Zeit.« Auf dem Absatz machte Anschar kehrt und stieß fast mit einem Jungen zusammen, der ihm eine Schale hinhielt. Beinahe hätte er sie ihm aus den Händen geschlagen, aber er beherrschte sich und nahm sie entgegen. Dann hockte er sich auf den Baumstamm und schaufelte das Essen mit den Fingern in sich hinein. Es waren zarte Fleischfasern, unter die man süße Beeren und den unvermeidlichen Graswurzelbrei gemischt hatte. Unter den gegebenen Umständen ein Festmahl. Parrad setzte sich an seine Seite und reichte ihm einen grob aus Holz geschnitzten Becher, in dem wieder das vergorene, entfernt an Bier erinnernde Zeug schwappte. Es schmeckte eher wie flüssiges Brot.

»Richtiges Bier kriegen sie hier nicht hin«, erklärte Parrad. »Ich habe mich auch noch nicht daran gewöhnt. Aber dafür gibt es genügend Fleisch. Jagen können die Männer, nur gescheite Waffen haben sie nicht, denn es gibt bloß einen Mann, der sich zum Tauschhandel aus dem Wald wagt. Du verstehst es sicher auch, zu jagen?«

»Zumindest stelle ich mich nicht dumm an, und ich muss

dann wenigstens nicht den ganzen Tag vor den Zelten sitzen, wie es bei euch üblich ist, und mich anstarren lassen.«

Auch jetzt waren sämtliche Blicke auf Anschar gerichtet. Er fand es erstaunlich, wie die Frauen ihren Tätigkeiten rund um die Herdstelle nachgehen konnten, ohne ihn aus den Augen zu lassen. Wie lange würde es dauern, bis sich dieses Misstrauen legte?

»Das musst du ja nicht«, meinte Parrad. »Ich genieße es noch, frei durch den Wald zu laufen. Keine Peitsche, keine Halsschlinge. Versuch es. Da draußen lässt sich von der Freiheit träumen.«

»Daran liegt mir nichts. Freiheit, das ist mir unbekannt. Ich träume davon, dass mein Leben so wird wie früher, als ich in den Diensten des Meya stand. Es war kein schlechtes. Ich würde alles wagen, es zurückzubekommen, wenn ich nur eine Möglichkeit sähe. Aber es gibt keine.« Anschar stand auf und warf einem Kind die Schale zu. Es fing sie ungeschickt auf und rannte zu einer der Frauen an der Kochstelle, wo es sich an ihr schäbiges Gewand schmiegte und ihn mit großen Augen ansah. »Meine Geschichte kennst du ja.«

»Habe ich das richtig gehört?«, fragte da Jernamach, der sich näherte. »Du würdest es tatsächlich vorziehen, ein Sklave zu bleiben?«

»Was meinst du damit? Ich bin es doch. Ihr auch. Dass wir hier sind, ändert daran gar nichts. Wir sind immer noch Gefangene. Der Wald ist unser Gefängnis.« Anschar zupfte an seinem Ohrläppchen. »Ihr habt eure Ohrhaken entfernt, aber die Löcher markieren euch trotzdem. Zugegeben, euer Leben in Hersched war erbärmlich, daher kann ich nachvollziehen, dass ihr euch jetzt vorgaukeln wollt, frei zu sein.«

»Er bringt nur Unruhe mit seinem Gerede!«, rief eine alte Frau, die im Kessel an der Feuerstelle rührte. »Ein Argade unter uns, wie lange kann das gut gehen?«

Zustimmendes Gemurmel machte sich breit. Anschar warf die Hände hoch und stand auf. Wozu redete er mit diesen Leuten? Es konnte ihm gleichgültig sein, was sie dachten. Seine Freunde würden sie ohnehin nie werden. »Ihr müsst nicht zuhören, beachtet mich einfach nicht. Ich wäre froh darum!«

Jernamach wiegte beschwichtigend das kahle Haupt. »Deine Einstellung verwundert uns, das ist alles. Wir werden uns schon aneinander gewöhnen.«

»Ich bin von Geburt an Sklave, daran liegt es wohl. Weißt du, wo das nächstgelegene Dorf mit einer Schmiede ist?«

Die Augen des Alten weiteten sich. Er fasste Anschar am Arm und nötigte ihn, sich mit ihm ein paar Schritte zu entfernen. Seine Stimme senkte sich. »Was willst du dort?«

»Mir ein Schwert beschaffen.«

»Hier brauchst du Pfeil und Bogen, aber kein Schwert. Ja, Parrad hatte erwähnt, dass du ein Krieger bist. Aber hier ist niemand, gegen den du kämpfen musst.«

»Wer kann das schon wissen? Ich komme mir ohne Schwert nackt vor, aber auch das ist etwas, über das wir ewig streiten können, also beantworte einfach meine Frage.«

Jernamach stieß ein ergebenes Seufzen aus. »Du bist wirklich schwierig. Nun gut, es ist deine Sache. Ja, wir wissen von einem Dorf, und da gibt es auch einen Schmied. Ab und zu wagt sich einer unserer jüngeren Männer dorthin, um Dinge für unseren Bedarf einzutauschen. Er ist der Einzige, dem nie das Ohr gestochen wurde, weil er rechtzeitig floh. Ich sage ihm, dass er dich begleiten soll, denn allein würdest du dich verirren. Aber du musst versprechen, dass du uns nicht verrätst, sollte man dich gefangen nehmen.«

»Eher lasse ich mir die Zunge herausschneiden.« Anschar würde sowieso mit äußerster Vorsicht vorgehen müssen, denn ihm blieb keine andere Wahl, als die Waffe zu stehlen. Er hatte nichts zum Tauschen. »Ihr solltet euch auch anständig bewaffnen.«

»Wir?« Jernamach lachte unsicher. »Wir sind ein friedfertiges Volk.«

5

Kurz vor der Ankunft verlor Grazia die Orientierung. So war es auch beim ersten Mal gewesen – nur Schwärze, von der sie nicht wusste, ob es eine Ohnmacht war. Hart schlug sie auf und blieb benommen und nach Luft ringend liegen. Licht schimmerte durch ihre Lider, die unendlich schwer zu öffnen waren. Als sie es geschafft hatte, erblickte sie die Lichtsäule. In wenigen Metern Entfernung schwebte sie über dem Boden, tatsächlich wie aus milchigem Glas. Es war Nacht, und so leuchtete das Tor stärker als je zuvor.

»Fräulein Grazia! Alles in Ordnung?« Bruder Benedikt tauchte an ihrer Seite auf und half ihr aufzustehen. Sie musste sich an seinem Arm festklammern.

»Ja, meine Knie sind nur so zittrig. Wo ist mein Koffer?«

»Den habe ich. Sehen Sie! Das Tor verschwindet. Es kehrt in die Berge zurück.«

Das Licht wurde schwächer. Die Säule schien sich in nichts aufzulösen. Nach und nach wurde Grazia gewahr, dass sie wieder in der argadischen Welt war. Aber wo genau? Noch war sie geblendet vom Licht. Sie rieb sich die Augen und gab sich der Hoffnung hin, nicht in der Wüste gelandet zu sein. Dann erkannte sie im Schimmer der inzwischen vertrauten

Monde schlichte getünchte Hauswände, geschlossene Fensterläden. Kahle Büsche, die über kniehohe Mauern ragten. Sie befand sich in einer Stadt, in einer menschenleeren Gasse. Aber wo? Welche Stadt mochte dies sein?

»Ich bin mir nicht sicher«, beantwortete Bruder Benedikt die unausgesprochene Frage. »Aber wir müssen ... Fräulein Grazia, was tun Sie da?«

Sie hatte das Seil aufgeknotet und war auf eine der Mauern zugegangen. Vorsichtig streckte sie die Finger nach einer Blume aus, die über den Mauerkranz ragte, und betastete die abgestorbenen Blüten. »Da schlag doch einer lang hin! Wir sind in Hersched. Diese Blume wächst nur hier.«

»Ich glaube, wir sind sogar in Heria. Aber seien Sie um Himmels willen leise, nicht dass gleich die Fensterläden auffliegen und es Geschrei gibt. Fräulein Grazia, Sie müssen Ihre Schuhe ausziehen, wenn Sie nicht wollen, dass Sie damit Tote aufwecken.«

»Oh. Ja, natürlich.« Sie ließ sich den Koffer geben, legte ihn auf das Mäuerchen und kramte nach dem argadischen Schuhwerk. »Wenn Sie sie bitte aufschnüren würden?«

Angesichts dieser unsittlichen Aufgabe schlug Benedikt ein Kreuz und ließ sich auf die Knie nieder, um ihr aus den nassen Stiefeletten und in die Sandalen zu helfen. Grazia überlegte, sich in der allerdunkelsten Ecke gleich ganz umzuziehen, aber das war ihr dann doch zu abenteuerlich.

»Machen wir, dass wir fortkommen.« Er nahm wieder den Koffer an sich und fasste ihren Ellbogen. Sich in Heria zu befinden, war unangenehm. Andererseits war sie zutiefst erleichtert, nicht irgendwo in der Wildnis zu sein. Gar in der Wüste! Das war ihre größte Sorge gewesen. Sie schickte ein Dankgebet in den Himmel. Aber wie viel Zeit war vergangen? Hier war niemand, den sie fragen konnten. Ein herumschlendernder Mann, der offenbar von einer Zechtour kam, drückte sich an eine Hauswand, als sie an ihm vorbeieilten. Ein vermeintlicher Inar-Priester und eine Frau in fremder Kleidung, beide klitschnass, das musste jeden aufmerken lassen.

»Dort ist die Schlucht«, flüsterte Bruder Benedikt. »Kommen Sie!«

Er schlug den Weg in eine Gasse ein, die rechter Hand zur Schlucht führte. Sie mündete in eine weitere Gasse, die entlang der hüfthohen Mauer verlief, welche sie vom Abgrund trennte. Der glatte Fels schimmerte fahl im Mondlicht. Grazia konnte die Gräser in den Spalten sehen, wie sie sich in der nächtlichen Brise wiegten. Ein trockener Geruch nach Staub stieg aus der Schlucht empor. Nach einigen Minuten endete der Weg vor einem nicht sehr weitläufigen Platz, der von kleinen Läden, der Umfassungsmauer des Palastes und der Brücke nach Argadye begrenzt wurde.

»Ich weiß, wo wir sind«, flüsterte sie. »Das tägliche Treiben hier habe ich oft von der argadischen Seite aus beobachtet.«

Da waren die Weinhandlung und daneben der Laden, in dem man Tongefäße erwerben konnte. Am Tor der Palastmauer, auch das wusste sie, standen stets zwei Wachtposten.

»Und jetzt?«, fragte Bruder Benedikt. »Haben wir von diesen Männern irgendetwas zu befürchten?«

»Falls sie mich wiedererkennen, werden sie mich sicherlich zu Mallayur bringen wollen. Ich war bereits in diesem Palast, und das reicht mir für den Rest meines Lebens.«

»Dann sollten wir wohl einen Umweg machen.«

»Warum laufen wir nicht einfach? Bis sie uns eingeholt haben, sind wir drüben in Argadye.«

»Also gut.« Er presste den Koffer an sich. »Gott befohlen und los!«

Sie rannten über den Platz. Grazia achtete nicht darauf, ob sie verfolgt wurden. Mit einer Hand raffte sie den Rock, mit der anderen hielt sie sich an Bruder Benedikt fest. In den Sandalen lief es sich leicht, und so hatten sie schnell die Brücke erreicht. Hier warteten zwei argadische Wachposten, die ihre Speere senkten.

»Lasst uns in die Stadt!«, rief Bruder Benedikt. »Wir müssen augenblicklich zum Meya.«

»Er ist ein Priester«, sagte einer der Wächter. »Wir sollten ihn durchlassen.«

»Sich ein weißes Gewand überstreifen kann jeder«, erwiderte der andere. »Er soll bis zum Morgengrauen warten, wie es üblich ist.«

»Ich bin nicht irgendein Priester!«, dröhnte Bruder Benedikt, dass es von den Wänden der Schlucht widerhallte. »Ich bin der heilige Mann!«

Grazia hörte, wie sich etwas im Palast des Meya regte. Eine Gestalt erschien über einer Terrassenbrüstung im ersten Stock, gewandet in Gelb. Der gewölbte Leib war im Schein einer Lampe deutlich zu erkennen.

»Fidya?«, flüsterte Grazia. Konnte es wirklich das Vögelchen sein? Mit diesem Bauch? »Fidya!«, schrie sie und winkte. »Ich bin es, Grazia! Wir müssen zum König.«

»Grazia?« Die Nebenfrau des Meya beugte sich über die Brüstung, so weit es ihr möglich war. Die Geburt musste kurz bevorstehen. Es war viel Zeit vergangen. Zu viel Zeit.

»Geht schon«, einer der Wächter winkte sie durch. »Bevor ihr beide Städte aufweckt.«

Bruder Benedikt nahm Grazia an der Hand und hastete zwischen den argadischen Torpfeilern hindurch. »Gott möge mir verzeihen, dass ich mich selbst einen heiligen Mann genannt habe. Aber Not kennt kein Gebot. Jetzt muss ich es wohl noch einmal tun.«

Sie hatten die Straße überquert und erreichten den Palasteingang. Auch hier standen zwei Wachen, und sie wirkten äußerst aufmerksam; das Geschrei auf der Brücke konnte ihnen nicht entgangen sein. Doch bevor ein Wort gewechselt wurde, rief Fidya einen Befehl herunter. Die Männer hoben die Köpfe, nickten ihr zu und öffneten einen Torflügel.

»Es ist geschafft.« Bruder Benedikt wischte sich mit einem Ärmel über die Stirn, als sie im Inneren waren. »Und nun?«

Grazia musste stehen bleiben und sich sammeln. Wie gelangte sie von hier aus zu Fidyas Gemach? Aber da kam ihr schon eine Sklavin entgegengelaufen, eine Fackel in der Hand. Sie folgten ihr durch verlassene Gänge und eine Treppe hinauf, wo Fidya bereits vor der Tür ihrer Gemächer wartete. Mit ausgebreiteten Armen lief sie auf Grazia zu und umarmte sie, so gut es mit ihrer Körperfülle ging.

»Wie lange war ich fort?«, fragte Grazia, ohne sich mit der Begrüßung aufzuhalten.

»Du bist einfach weggelaufen, das war dumm. Nun, wann war das? Vor vier Monaten, glaube ich.«

Vier Monate! Grazia warf einen verzweifelten Blick zu Bruder Benedikt, aber der hob nur die Schultern.

»Wir mussten damit rechnen.«

»Und wenn wir zurückkehren und erneut reisen?« Noch während sie sprach, merkte sie, wie unsinnig das war. »Vielleicht kommen wir zu einer früheren Zeit wieder heraus?«

Mahnend hob er den Zeigefinger. »Ja, dann aber in Teufels Küche. Vor solchen Experimenten sollten wir uns hüten. Mag sein, dass wir früher hier wären, nur wo? So ein unverschämtes Glück haben wir womöglich kein zweites Mal. Und der Standort des Tores ist ja auch nicht gerade um die Ecke. Lassen Sie es gut sein, Fräulein Grazia.«

Sie bemerkte Fidyas verständnislosen Blick, denn sie hatten Deutsch gesprochen. »Ach, Fidya«, sagte Grazia auf Argadisch. »Es tut mir leid, dass wir einfach so hereinplatzen. Aber es ist wichtig. Ich *muss* den Meya sprechen. Ist er noch wach? Weißt du, was mit Anschar ist?«

»Anschar? Ich ... ah ... warte, ich hole ihn. Madyur, meine ich natürlich. Er wird dich sicher sofort sehen wollen.«

»Strengt es dich auch nicht an?«

»Nur ein bisschen.« Fidya drückte ihre Hände und lächelte inniglich, anders als sonst, mütterlicher und ein wenig reifer. »Du wirst dich sicher deiner nassen Kleider entledigen wollen. Brauchst du irgendetwas? Leider ist gerade kein Wasser in meinem Becken, ich müsste erst nach den Sklaven ... Oh, ich vergaß, du brauchst ja niemanden, der dir Wasser holt. Drinnen auf dem Tisch ist etwas zu essen. Ich bin bald wieder zurück.«

»Danke«, flüsterte Grazia, aber da hatte die Nebenfrau des Königs die Tür bereits einladend geöffnet und sich auf den Weg zum Meya begeben, so rasch es ihr Zustand zuließ. Sie derart verändert zu sehen, war für Grazia nach wie vor unfassbar.

»Sehr glücklich über unser Erscheinen wirkte die Dame nicht«, meinte Bruder Benedikt, nachdem sie Fidyas Salon betreten hatten. Er beäugte, was im Schein einer Öllampe auf dem Tisch stand: Schalen mit den Resten irgendeiner Pastete, Öl und Brotstückchen. Er hielt einen bronzenen Kelch an die Nase, nickte zufrieden und nippte daran. »Ich glaube, für die nächste halbe Stunde ist dieser Tisch der meinige. Fräulein Grazia, das Bad gehört Ihnen. Ich werde nicht stören.«

Als sie das Bad betreten wollte, sah sie sich einem altbekannten Problem gegenüber. »Bruder Benedikt? Würde es Ihnen, ähm, etwas ausmachen, draußen zu warten? Das Bad hat ja keine Tür.«

Mit leidender Miene verabschiedete er sich von dem Essen und begab sich zurück auf den Korridor. Grazia machte sich daran, die Kleider zu wechseln. Wohin mit den nassen Sachen? Es blieb nur die Terrasse, wo sie hoffentlich trockneten, bevor sich jemand hinausverirrte und ihre Unterwäsche sah. Solcherlei Umstände hatte sie in Berlin wahrhaftig nicht vermisst! Sie wusch sich das erdige Havelwasser vom Leib, schlüpfte in das argadische Kleid aus ihrem Koffer und zupfte daran herum, bis es anständig saß. Stimmen waren von draußen zu hören. Der Meya. Sie schluckte einen Kloß herunter und eilte zur Tür. Jetzt wurde es ernst.

Sie versuchte sich an einem herzlichen Lächeln. Es gefror, als er vor ihr stand, erbost auf sie herabstarrte und einen Schritt auf sie zumachte, sodass sie zurückstolperte.

Er drehte sich um die Achse, auf der Suche nach Bruder Benedikt, der sich hastig verneigte. Sein Mantel umwehte ihn – der Mantel mit den Pfauenfedern. Vielleicht hätten wir es wie Henon machen und einen Pfau mitbringen sollen, um ihn zu besänftigen, dachte Grazia.

»Hat er dich die ganze Zeit versteckt?« Er deutete auf Bruder Benedikt.

»Nein, Herr. Ich bin durchs Tor gegangen. Ich war zu Hause.«

»Dort hättest du bleiben sollen.« Er baute sich mit in die Seiten gestemmten Fäusten vor ihr auf. Ein Duft nach edlem Körperöl und Schweiß umwehte ihn. Sein markantes Gesicht war beeindruckend wie immer, doch es sah aus, als seien mehr als vier Monate an ihm vorübergezogen. Der Goldreif, Zeichen seiner Königswürde, saß auf einer faltigen Stirn. »Was soll ich jetzt mit dir machen? Dich wieder einsperren?«

»Nein, nur mich anhören. Bitte.«

Seine Schultern sackten herab. Er ging zum Tisch, hockte sich auf einen Stuhl und stützte die Ellbogen auf die Tischplatte. Es war, als sei innerlich etwas in ihm zerbrochen. Er schien nicht wahrzunehmen, dass Fidya hinter ihn trat und ihm besänftigend über die Schulter strich.

»Ich habe heute schon so viel gehört, was ich nicht hören wollte. Die Getreidefelder am Großen See sind in Flammen aufgegangen, bevor die Ernte eingefahren werden konnte. Auch viele Grasfelder hat es erwischt. Bald wird es Brot nur noch für die Wohlhabenden geben. Sogar die Papierpreise werden steigen; das hat es noch nie gegeben. Ich sprach eben mit den Gesandten aus Scherach und Praned. Die Trockenheit ist auch dort weit fortgeschritten. Bald werden wir uns mit Graswurzelbrei die Ohren verkleben, damit wir keine schlechten Nachrichten mehr hören müssen. Und welche hast du?«

»Gute, hoffe ich.« Grazia legte den Koffer auf den Tisch und hob den Deckel. Sie kramte nach ihrem Necessaire und bemerkte zufrieden, dass sie es schaffte, Madyurs Aufmerksamkeit auf sich zu ziehen. Mit offenem Mund hockte er da und sah zu, wie sie das Toilettentäschchen öffnete und den Stoffbeutel mit dem Schmuck herausnahm. Vorsichtig schnürte sie ihn auf und ließ das Gold herausgleiten. »Kennst du diesen Schmuck?«

Er machte ein verkniffenes Gesicht. Ein Hauch von Neugier war darin zu erkennen. »Er ist wunderschön«, raunte Fidya und reckte neugierig den Hals. »Ist das deiner?«

»Ja. Anschar hat ihn mir geschenkt. Davor gehörte er seiner Mutter.«

»Seiner – *Mutter*?« Madyur wedelte mit der Hand, damit Grazia die Öllampe näher schob. Dann hielt er das Diadem hoch, drehte es im Licht und legte es kopfschüttelnd wieder hin. »Seiner Mutter! Und das glaubst du? Ich hätte ihm so eine Lüge nicht zugetraut, nur um eine Frau herumzukriegen.«

»Du glaubst, dass er das nötig hätte?«, konterte sie, worauf er ein Kopfschütteln andeutete.

Dann winkte er ab. »Du musst doch wissen, dass seine Mutter eine Sklavin war. Irgendeine Frau aus der Wüste. Die besitzen keinen Goldschmuck, schon gar nicht so großartig verarbeiteten. Und sein Vater? Ein Sklavenaufseher. Man weiß nicht einmal, welcher es war. Der wird ihn ihr kaum geschenkt haben.«

»Und woher soll Anschar ihn dann haben?«

»Was weiß ich?« Er befingerte die Perlen und Halbedelsteine. »Schön ist er, wahrhaftig. Selbst Hinarsyas Haupt würde sich davon geschmeichelt fühlen. Warum zeigst du ihn mir? Und hätte das nicht bis morgen Zeit gehabt? Es ist spät, ich habe einen langen Tag hinter mir.«

»Nein, bitte.« Sie wagte es, eine Hand auf die seine zu legen. Er ließ es geschehen. Grazia setzte sich an den Tisch, schob den Koffer beiseite und sah ihn eindringlich an. »Herr, ich weiß, woher der Schmuck stammt. Henon, der alte Sklave, hat es mir erzählt.«

»Henon? Jetzt sag nicht, du redest von dieser Geschichte, die du mir bereits aufzutischen versucht hast.«

»Doch, davon rede ich. Henon hat die Wahrheit gesprochen.«

»Hatte ich dir nicht klargemacht, dass ich solchen Unsinn nicht hören will?«, blaffte er sie an.

»Ja, das hattest du.« Sie deutete auf den Schmuck. »Aber sieh ihn dir noch einmal an und hör mir bitte endlich zu!«

Wutschnaubend riss er seine Hand zurück und verschränkte die Arme, doch er schwieg.

»Henon kannte die Wahrheit«, redete sie schnell weiter. »Vor etlichen Jahren – etwa so viele, wie Anschar alt ist – kam eine Sklavin zu dir und erzählte dir dieselbe Geschichte.«

»Das muss aber recht lange her sein«, spottete er. »Und daran soll ich mich erinnern?«

»Sie erzählte dir, dass sie unrechtmäßig von Sklavenjägern eingefangen worden war.«

»Ja, solche Behauptungen sind mir schon oft zu Ohren gekommen.«

Grazia ließ sich nicht beirren. »Sie erzählte dir aber noch etwas anderes. Etwas, das du weder vorher noch nachher je wieder gehört hast. Nämlich dass sie aus dem Land Temenon stammt und hergeschickt wurde, um den Streit beizulegen, der zwischen euren Völkern seit Hunderten von Jahren herrscht.«

Madyurs Augen blitzten flüchtig auf. Er erinnerte sich. Aber sie spürte, wie er sich dagegen sperrte.

»Ihr Name war Siraia«, redete sie weiter. »Eine Gesandte aus Temenon. Den Schmuck hat sie dir nicht gezeigt, nicht wahr?«

»Nein.« Er musste sich räuspern. »Nein, ich … sie … ich erinnere mich. Da war eine Frau. Es ist wirklich lange her. Ich verließ die Banketthalle, und da kam sie aus irgendeiner Ecke auf mich zugelaufen und warf sich vor mir auf die Knie. Eine Frau in einem Sklavenkittel. Wie hätte sie mir den Schmuck zeigen sollen? Er wäre ihr sofort weggenommen worden. Ich verstehe ohnehin nicht, wie sie ihn hat verstecken können. Wie, hast du gesagt, war ihr Name?«

»Siraia.«

Er nahm das Diadem wieder an sich und zog eine Perle nach der anderen durch die Finger. »Wir sollten morgen darüber sprechen«, sagte er kehlig. »Ich bin müde.«

»Erzähl weiter«, drängte Grazia ihn, und er nickte langsam.

»Nun gut. Du bist ohnedies viel zu hartnäckig, als dass ich mich dagegen wehren könnte. Ich blieb stehen und hörte sie an … ich weiß nicht mehr genau … ja, ich erinnere mich an ihre Worte. Aber sie drangen nicht richtig zu mir durch. Wie hätte ich so etwas Abwegiges auch glauben sollen? Viele Sklaven versuchen ihre Lage zu verbessern, indem sie sich mit dreisten Behauptungen aufwerten. Sie seien Herrscher und reiche Männer in ihren Sippen – ständig hört man so etwas.

An jener Geschichte verwunderte mich allerdings, woher eine frisch eingefangene Wüstenfrau von Temenon und dem Fluch der Götter wusste. Ja, das weiß ich noch. Trotzdem gab ich nichts darauf und vergaß es. Danach habe ich sie nie wieder gesehen. Jedenfalls erinnere ich mich an keine weitere Begegnung.«

»Glaubst du ihr jetzt?«

»Ihr glauben? Wo ist sie? Ich will sie anhören.«

»Sie ist seit vielen Jahren tot.«

Er legte das Diadem zurück. »Ich nehme an, aus deinem Land stammt der Schmuck nicht.«

»Er ist aus Temenon. Du musst es glauben.«

Madyur drehte sich zu Fidya um. »Gelbköpfchen! Muss ich es?«

Sie zuckte die Achseln. Blass war sie, kurzatmig. Ihre Hände stützten den Bauch. Sie begriff ebenso langsam wie er. Aber sie begriff, Grazia sah es ihr an.

»Ich fürchte, ich muss«, sagte er. »Temenon. Große Götter. Große Götter! Jahrhundertelang haben Temenon und Argad versucht, zueinanderzukommen, um den Streit beizulegen, und Temenon war es gelungen? Ich hätte nichts weiter tun müssen, als Siraia zu glauben? Ihre Hand zu ergreifen?« Er erhob sich und ging mit elend schweren Schritten hinaus auf die Terrasse. Grazia wechselte besorgte Blicke mit Bruder Benedikt, aber er beruhigte sie, indem er einen Finger auf den Mund legte. Für Madyur war es an der Zeit, das Gehörte sich setzen zu lassen. Es war eine bittere Erkenntnis, die nicht leicht zu schlucken war. Lange Minuten geschah nichts. Fidya war auf Madyurs Stuhl gesunken. Bruder Benedikts Lippen bewegten sich wie im Gebet, während Grazia an einem Daumennagel kaute. Hatte sie alles richtig gemacht?

Ein erstickter Schrei ertönte auf der Terrasse. »Ihr Götter! Nein! Warum? Warum nur? Es lag in meiner Hand, den Fluch abzuwenden. Und ich habe es nicht begriffen. Ich habe es nicht begriffen!«

Ein zweiter Schrei ließ fast die Wände erzittern. Madyur kam hereingestürzt. Fidya flog ihm entgegen und versuchte ihn zu beruhigen. »Schscht, mein Meya«, sagte sie leise. »Noch ist ja nichts verloren.«

»Ist es nicht?« Er zog sie an sich und bettete den Kopf auf ihrer Schulter. »Ach, mein unbedarftes Gelbköpfchen, was verstehst du davon? Ich hatte es in der Hand, den Fluch abzuwenden, und habe es nicht gewusst. Was bleibt mir jetzt? Alle meine Maßnahmen, alle Gebete und Opfer haben nichts bewirkt. Der Suchtrupp, den ich aussandte, konnte den Gott nicht finden. Nichts hat gefruchtet, nichts.«

Plötzlich richtete er sich mit einem Ruck auf und schob sie beiseite. Es schien, als werfe er von einer Sekunde auf die andere die Schwäche ab. »Dich hatte ich auch überschätzt, Grazia Zimmermann. Ich dachte, mit deiner Gabe ließe sich das Ende eine Zeit lang aufhalten, aber du bist kein Ersatz für den Gott. Nur er könnte uns helfen, aber er sitzt wohl immer noch in seinem Wüstengefängnis. Bisher kehrte von den vier Suchtrupps nur Anschar zurück. Ich könnte weitere aussenden, gewiss. Aber die würden ebenso im Sand verrotten, wie wohl die anderen auch. Inar und Hinarsya haben ihren Sohn ja nicht umsonst in die tiefste Wüste verbannt. Sie wollen nicht, dass wir ihn finden. So ist die Lage. Ich sehe nirgends einen Ausweg.«

»Wirklich nicht?«, fragte Grazia vorsichtig. »Was ist mit Anschar?«

»Was soll mit ihm sein?«

»Er ist Siraias Sohn. Mach an ihm gut, was du bei ihr versäumt hast. Vielleicht bewirkt das ja irgendetwas. Jetzt, wo du weißt, wer er ist, musst du ihm endlich helfen!« Sie spürte, wie sie mit diesem Tonfall dünnes Eis betrat, aber das war ihr gleichgültig. »Du musst deinem Bruder befehlen, ihn gehen zu lassen. Er hat ihn vor vier Monaten gefangen genommen, und ich will mir nicht ausmalen, was er seitdem mit ihm alles getan hat.«

»Mit welchem Recht könnte ich Mallayur einen solchen Befehl erteilen?«, erwiderte er barsch. »Er ist der rechtmäßige Besitzer, die Herkunft eines Sklaven ändert daran nicht das Geringste. Aber jedes Wort zu dieser Sache ist zu viel. Anschar ist tot. Mallayur hat ihn hingerichtet. Vor vier Monaten, irgendwo in den Wäldern des Hyregor.«

Das darf nicht wahr sein!, wollte Grazia schreien, aber die Worte blieben ihr in der Kehle stecken, bis sie keine Luft mehr bekam. Tot, tot, tot. Das Wort wollte sich in ihr Hirn hämmern, schmerzhaft, gewaltig, endgültig. Bruder Benedikt saß mit einem Mal neben ihr. Sie krampfte die Finger in seinen Habit und drückte das Gesicht gegen den Stoff. »Nein ...«, würgte sie hervor. Jetzt war sie es, die schrie. War das ihre Stimme? Es hörte sich so unmenschlich an. Das war nicht sie, und was sie gehört hatte, betraf nicht Anschar. Unfassbar. Unfassbar! So viel Unglück konnte es nicht geben. Hinter sich hörte sie Stühlerücken und Flüstern. Der Meya ging. Er ließ sie mit seiner ungeheuerlichen Behauptung allein. »Das ist nicht wahr«, heulte sie, aber wahrscheinlich hörte er sie nicht mehr.

Ihr Herz fühlte sich an wie zersprungenes Glas. Kalt, mit scharfen Kanten, die ihr Inneres zerschnitten, wenn sie sich nur bewegte. Sie stand auf der Terrasse ihrer Wohnung – *seiner* Wohnung. Die Sonne ging auf und übergoss die Flachdächer Herias mit sanftem Rot. Friedlich lag die herschedische Hauptstadt unter ihr. Da war Mallayurs Palast, da war der Platz davor, den sie in der Nacht mit Bruder Benedikt überquert hatte. Das Palasttor wurde soeben für den Tag geöffnet. Der Weinhändler scheuchte seine Sklaven umher, Frauen mit Körben auf den Köpfen schritten über den Platz. Wie oft hatte Grazia dies alles beobachtet? Wie oft hatte sie hier gestanden und sich gefragt, wie es Anschar dort drüben erging? Sich erhofft, ihn irgendwo an den Fenstern oder auf der Freitreppe hinter den Palastmauern zu sehen? Nie war es geschehen. Es würde nie mehr geschehen.

Sie kehrte in die Wohnung zurück. Warum hatte sie sich nicht dagegen gewehrt, in seinen Gemächern einquartiert zu werden? Alles hier erinnerte an ihn, mehr noch als der Ausblick dort draußen. Die Fresken mit dem Schamindar. Der Vorhang vor dem Bad, den sie hatte anbringen lassen. Alles war wie zuvor, niemand hatte offenbar seither hier gewohnt. Grazia betrat das Bad und schritt die Stufen hinab. Das Becken war leer. Sie stieg hinein, hob eine Hand und ließ das Wasser fließen. Er hatte aus ihrer Hand getrunken. Er war zu ihr gekommen, als sie hier gebadet hatte. Grazia sackte auf den gefliesten Boden. Ihr Kleid wurde nass, aber das störte sie nicht. Sie schloss die Augen, hob die Finger an die Wangen und sehnte sich nach dem Gefühl, das er ihn ihr ausgelöst hatte, als sie von seinen Küssen überschüttet worden war. Tränen rannen ihr die Wangen herab – Sturzbäche im wahrsten Sinne des Wortes. Die Gabe kam aus ihr heraus, und in ihr Heulen mischte sich Gurgeln und Zischen, als gewinne das Wasser durch ihre Hände eigenes Leben; es brodelte und spritzte hoch hinauf. Bald war sie bis zum Scheitel durchnässt, aber sie merkte es kaum. Sie gab sich ihrem Schmerz hin und schrie seinen Namen.

Fremde Hände griffen nach ihr und zogen sie auf die Füße. Verwundert stellte sie fest, dass sie das Becken bis zur dritten Stufe gefüllt hatte. Das Wasser zerrte an ihren Beinen, als sie hinausstieg. Die beiden Sklavinnen mussten alle Kraft aufbieten, um sie hinauf in die Wohnung zu bekommen.

Grazia wehrte sich nicht, als sie anfingen, sie zu entkleiden. Fast ohne es zu merken, half sie nach, warf das Korsett ab und stieg nackt aus dem Unterkleid. Doch dann wurde sie ihres Zustandes gewahr, riss ihr argadisches Gewand an sich, rannte ins Schlafzimmer und verbarg sich unter der Zudecke, wo sie sich mühsam ankleidete.

Rücklings ließ sie sich in die Kissen fallen, der Blick wieder von Tränen verschleiert. Mehr als alles andere barg dieses Zimmer Erinnerungen. Hier hätte sie sich Anschar beinahe hingegeben – wie sehr bereute sie jetzt, es nicht getan zu haben! Und hier hatte der tote Henon gelegen …

Sie bekam einen Becher an die Lippen gesetzt. Süßer Wein glitt ihr die Kehle hinab. Ein bitterer Nachgeschmack folgte, der sie müde machte. Bitte keine Träume, dachte sie, als sie in den Schlaf hinüberglitt. Gleich, ob sie schön oder schrecklich waren, sie würden ihr nur wehtun.

Die Helligkeit ließ sie blinzeln. Ihr Kopf schmerzte. Das Kissen war nass, als habe sie im Schlaf weiterhin Tränen vergossen. Jäh zerschlug sich die Hoffnung, einem Irrtum aufgesessen zu sein, und die Wirklichkeit senkte sich schwer wie Blei auf sie herab. Anschar war tot. Sie war allein. Allein in der fremden Welt.

Grazia wischte sich über die verklebten Augen. Wie spät war es? Sie wollte nach ihrer Uhr tasten, aber die war noch im Koffer, und welche Zeit sie einstellen musste, wusste sie nicht. Weshalb auch? War das nicht gleichgültig? War nicht alles gleichgültig geworden? Sie quälte sich aus dem Bett, zog den Nachttopf hervor und hockte sich darauf. Draußen im Salon war jemand; er würde hören, wie sie ihr Wasser ließ. Selbst das kümmerte sie nicht. Sie ließ sich zurück aufs Bett fallen, beseelt von dem Wunsch, weiterzuschlafen – ewig, damit sie nicht an ihren Verlust denken musste. Aber sie war nicht mehr müde.

»Wer ist da?«, rief sie mit schleppender Stimme. Sogar das Sprechen war eine Last, von der sie nicht wusste, wozu sie noch gut war. Konnte sie nicht einfach tatenlos hier liegen, bis sie irgendwann wie Niobe zu Stein wurde? Sie hatte Anschar die Geschichte von der thebanischen Königin erzählt, deren Kinder von den Göttern getötet worden waren. Niobe hatte nicht zu weinen aufgehört, selbst als sie in Stein verwandelt worden war. Bist du sicher, dass sie keine Argadin war?, hatte er daraufhin gemeint.

Ach, warum nur musste jeder Gedanke an ihn erinnern?

Eine in schlichtes Weiß gewandete Gestalt erschien im Durchgang zum Wohnzimmer. Ein tröstender Engel? Nein, es war Bruder Benedikt, der auf sie zukam, sich über sie beugte und ihr über die Stirn strich.

»Ich habe draußen auf einer Matte geschlafen«, sagte er und versuchte sich an einem aufmunternden Lächeln. »War eigentlich recht bequem; in meiner Hütte habe ich es auch nicht besser. Wie Ihre Nacht war, muss ich wohl nicht fragen, oder?«

»Nein.«

Er nickte langsam. »Haben Sie Hunger? Ein junger Mann hat eben Frühstück hereingetragen, es sieht wirklich einladend aus.«

»Ich will nichts.«

»Sie wollen weinen. Ja, tun Sie das.«

»Ich kann es immer noch nicht glauben«, flüsterte sie. »Und das ist das Schlimmste von allem. Vielleicht wäre es erträglicher, wenn ich ihn hätte sterben sehen.«

»Leider ist es die Wahrheit. Ich habe ja gesehen, wie sie mit ihm in Richtung der Wälder ritten. Den Tod eines geliebten

Menschen zu leugnen, ist eine natürliche Reaktion. Aber durch Trauer wird das Herz gebessert, sagt Salomo. Und David sagt: Der Herr hört mein Weinen. Er hört auch Ihres, Fräulein Grazia. Oft erspart Gott einem nicht das Leid, aber immer hilft er, es zu überwinden. Das Leben hält an Ihnen fest. Sie sind noch so jung. Irgendwann sind die Tränen geweint, auch wenn Sie das jetzt nicht glauben können.«

»Oh, ich habe einen unerschöpflichen Vorrat an Tränen. Sie haben ja keine Ahnung, wie groß der ist.« Sie schüttelte entschieden den Kopf. Bruder Benedikt bemühte sich um hilfreiche Worte, aber nichts konnte sie jetzt trösten. »Vielleicht sollte ich noch einmal durch das Tor gehen und wieder zurück.«

»Und dann? Selbst wenn Sie hundertmal durchs Tor gingen, bis es Sie am selben Tage herauslässt, an dem er verhaftet wurde, könnten Sie ihn doch nicht retten.«

»Vielleicht bringt es mich ja vorher heraus?« Sie setzte sich auf und rüttelte an seinem Habit. »Dann könnte ich ihn warnen!«

»Das tut es aber nicht. Mehr als Gedankenspiele können das nicht sein, und die quälen Sie nur.« Unbeholfen tätschelte er ihren Rücken. »Hätte ich das alles vorher gewusst, wäre ich Ihnen nicht nach Berlin gefolgt. Dann wären Sie ...«

»Nein!« Sie drückte das Gesicht an seine Schulter. »Glauben Sie, ich wollte mich daheim nach ihm verzehren, ohne zu wissen, dass er tot ist? Es ist gut, dass ich es weiß. Aber was soll ich nur tun?«

»Wollen Sie hierbleiben?«

»Hier? Ohne ihn? Das halte ich nicht aus. Ganz Argad erinnert mich ständig an ihn. Und ich bin doch hier ganz allein.«

»Gehen Sie nach Hause. Ihre Eltern werden Sie mit offenen Armen empfangen und sehr erleichtert sein, das wissen

Sie ja. Und über die geplatzte Verlobung redet dann auch keiner mehr. Es war letztlich doch nur ein Ausflug zu Tante Charlotte.«

»Was für eine große … *große* Niederlage.« Wie sollte sie Friedrich je wieder unter die Augen treten? Nicht dass sie ihn noch wollte, aber zu Gesicht bekommen würde sie ihn irgendwann. Etwas Schmachvolleres konnte sie sich kaum vorstellen.

»Ach, meine liebe Tochter, auch die wird überwunden werden. Seltsam, mir fällt gerade auf, dass ich Sie die ganze Zeit nicht mehr so genannt habe, nur weil er es nicht wollte. Er hatte ja schon ein gewisses Talent, Leute einzuschüchtern.«

»Bitte nicht.« Sie löste sich von ihm und tastete nach dem Bettlaken, um sich die Augen zu trocknen. So etwas zu hören, machte es nur noch schlimmer.

Bruder Benedikt nickte verständnisinnig. Er deckte sie zu, nachdem sie sich wieder aufs Bett hatte sinken lassen, und stand auf, denn ein weiterer Besucher erschien am Eingang. Es war Sildyu, die ihm ein zerstreutes Lächeln schenkte und sich ihr zuwandte. Er verschwand im Wohnzimmer, während die Königsgemahlin seinen Platz am Bettrand einnahm.

Als ob ich krank wäre, dachte Grazia. Wie viele Leute würden heute noch kommen und sie bedauern? Sie wollte sich aufrichten, aber Sildyu drückte sie ins Kissen zurück.

»Du siehst müde aus. Als hättest du eine Woche nicht geschlafen.« Sie verschränkte die Finger über einem Kästchen, das sie mitgebracht hatte, und schwieg eine Weile. Ihre Miene war ernst.

»Hat der Meya dir von Siraia erzählt?«

Die Königin nickte. »Ich danke dir, dass du es zu deiner Herzenssache gemacht hast, ihm die Augen zu öffnen, auch wenn es nichts mehr hilft. Es ist besser, als im Ungewissen zu tappen. Wir schulden dir sehr viel. Du bist uns willkommen, das weißt du. Diese Gemächer sind deine. Du kannst aber auch andere haben.«

»Ich möchte nach Hause zurück. Falls der König mich gehen lässt.«

Sildyu senkte beschämt die Lider. »Das wird er gewiss. Er bedauert es sehr, dass er dich wegen deiner Gabe so genötigt hat. Und hier festgehalten. Das war nicht recht. Genützt hat es ja auch nichts. Es ist wohl nicht von den Göttern vorgesehen, dass eine junge Frau aus einer fremden Welt den Fluch abwendet. Das Problem wurde in dieser Welt geschaffen, und die Menschen hier müssen es lösen. Auch wenn so aussieht, als sei es unmöglich. Sieh her«, sie hob das Kästchen und öffnete es. Tönerne Tiegel waren darin.

»Was ist das?«

»Blaue Farbe. Damit du deine Trauer zeigen kannst, wenn du das möchtest.«

»Ja, das möchte ich. Danke.« Grazia nahm das Kästchen entgegen und drückte es an die Brust.

»Komm in den Tempel, wenn du dich dazu fähig fühlst. Ich opfere an deiner statt ein Tier.«

»Oh, das – das ist freundlich von dir, aber nicht nötig.«

»Bestimmt nicht? Für eine gute Reise? Es muss ja nicht heute sein, du wirst ohnehin noch ein paar Tage warten müssen, bis die Reisevorbereitungen getroffen sind. Wir möchten sichergehen, dass du wohlbehalten in den Bergen ankommst. Die Gegend dort ist unsicher, ab und zu werden Reisende überfallen.«

»Unsicher? Davon höre ich zum ersten Mal. Als wir vor vier Monaten die Strecke zurückgelegt haben, wirkte die Gegend friedlich.« Wenn man von den herschedischen Verfolgern absieht, fügte Grazia in Gedanken hinzu.

»Es fing erst danach an. Wüstenmenschen sollen angeblich

dahinterstecken. Entflohene Sklaven. Bisher ist noch niemand getötet worden, aber lange wird Madyur dem Treiben nicht mehr zusehen.«

Grazia interessierte das herzlich wenig. Sie hätte sich auch allein auf den Weg gemacht. Ein anstrengender Marsch durch die geschundene Landschaft wäre in ihrer Lage gewiss Balsam für die Seele gewesen. Nun gut, dann würde sie eben warten und sich im Schutz einer Eskorte nach Osten begeben. Möglicherweise war das Tor bis dahin geschlossen. Falls es so war, hatte sie wenigstens einen Grund, sich in die Schlucht zu stürzen.

Sie grub das Gesicht ins Kissen. Schmerzhaft drückte das Kästchen gegen ihre steinerne Brust. Ich habe dich geliebt, dachte sie, während erneut die Tränen flossen. Warum nur habe ich es dir nicht gesagt?

6

Parrad drückte sich in die hinterste Ecke der Schenke und zog die Kapuze seines Mantels tief in die Stirn. »Ich bin mir nicht sicher, ob es mir hier gefällt«, raunte er Anschar zu, der neben ihm auf einer wackligen Bank hockte. »Warum wolltest du unbedingt hierher?«

»Ich gebe ja zu, so gemütlich wie in der schwebenden Stadt ist es hier nicht. Und von der Güte des Weines wollen wir erst gar nicht reden.« Auch Anschar hatte das Gesicht mit einer Kapuze überschattet. Wenigstens wies er nicht den verräterischen Hautton der Wüstenmenschen auf. Parrad hatte sich Gesicht und Hände mit hellem Erdstaub beschmiert, als käme er von der Feldarbeit. Da es Nacht war und hier in diesem schäbigen Schankraum ohnehin nur eine kleine Lampe brannte, war die Gefahr gering, dass er auffiel. Dennoch war es jederzeit möglich, dass ihm jemand die Kapuze herunterriss, um zu überprüfen, ob sein Ohr markiert war.

»Der Wein schmeckt schal, wenn man in Gefahr ist«, murrte Parrad und setzte den Becher an die Lippen. »Da! Hat dieser Kerl dort nicht zu uns herübergeschaut? Ich wette, er sieht deinen Ohrhaken glänzen.«

Anschar griff sich an den Kopf, um den Sitz der Kapuze zu überprüfen, trank seinen Becher leer und winkte die Frau des Wirts herbei. Die zahnlose Alte brachte einen frischen Tonkrug, stellte ihn auf den Tisch und streckte auffordernd die Hand aus. Er ließ ein Kupferstück hineinfallen.

»Na, verletzt?«, fragte sie ohne sonderliches Interesse und deutete mit dem Kinn auf seine Hand, die er mit einer Binde umwickelt hatte.

»Ja, verbrannt.«

»Mhm. Tut's weh? Dann bringe ich stärkeren Wein, damit du die Schmerzen wegsaufen kannst.«

Er wollte sagen, dass er das bereits getan hatte, doch da war sie schon an der Wand, wo auf Regalen zahllose Krüge standen. Sie wählte einen aus, entfernte das Wachs, das ihn verschloss, und drückte ihn einer Frau in die Hände. Mit einem Kopfnicken wies sie in Anschars Richtung. Die Jüngere trug den Wein mit wiegenden Hüften heran. Sie war leicht bekleidet, der Halsausschnitt verbarg kaum die hängenden Brüste. Sie hatte wohl schon mehrere Kinder empfangen – vermutlich in einem rückwärtigen Raum, wo sie die Gäste hinlockte, um sie um ein paar Münzen zu erleichtern. Sie trat an den Tisch, ließ den Blick von Anschar zu Parrad und zurück wandern und stellte langsam den Krug ab. Dunkelbraune Brustspitzen schlüpften fast aus dem Kleid. Parrad leckte sich die Lippen.

»Wer von euch ist der, der ein wenig Trost braucht?«, fragte sie mit dunkler Stimme.

»Ich«, sagte Parrad sofort.

Anschar hob belustigt eine Braue.

Als sie sich aufrichtete, war eine Schulter entblößt. Sie strich ihr unordentliches Haar nach vorne, wie um sich zu bedecken. Eine sinnliche Bewegung, die ihre Wirkung auf Männer, die beständig darben mussten, nicht verfehlte. Anschar spürte es zwischen seinen Schenkeln pochen. Er warf ein Bein über das andere, um es zu unterdrücken. Der Frau entging es nicht, denn sie kicherte.

»Du willst nicht?«, fragte sie ihn. »Wäre ich dir kein Kupferstück wert?«

Er presste die Zähne zusammen. So armselig sie war, sie war keine Wüstenfrau. Was, wenn er ihr das Geld gab und sich mit ihr zurückzog? Es würde schnell gehen. Schneller, als er sich Gedanken darum machen konnte, ob es seiner Not überhaupt abhalf.

Die Überlegung schwand so rasch, wie sie gekommen war. Er schüttelte den Kopf.

»Dann du?« Sie beugte sich über Parrad und streckte eine Hand nach seiner Kapuze aus. »Lass mich aber erst sehen, ob du wirklich so schmutzig bist, wie du wirkst.«

Parrad starrte sie an, als habe ihn eine Schlange mit ihrem Blick gelähmt. Anschar konnte förmlich sehen, wie ihm der Speichel im Mund zusammenfloss. Gleich würde sich ein Sturzbach in die Tiefe ergießen. Er schlug eine Hand auf Parrads Knie und bohrte die Finger so fest hinein, dass Parrad zusammenzuckte.

»Er will auch nicht«, erklärte Anschar ruhig. »Wir haben einander.«

»Ihr habt euch?« Angewidert verzog die Hure die Lippen. »Ach, so ist das. Ja, dann ... gehe ich wohl wieder.«

Ihr Hüftschwung war um einiges weniger bemüht, als sie sich entfernte. Anschar zog seine Hand zurück.

»Was sollte denn *das*?«, zischte Parrad empört und wischte sich über die feuchten Lippen. »Hast du's mir nicht gegönnt? Mir wäre sie jetzt gerade recht gekommen.«

»Wäre es dir auch recht gewesen, wenn sie ›Sklave‹ geschrien hätte? Vor lauter Geilheit hast du nicht bemerkt, dass sie uns in Gefahr gebracht hat. Es gibt weitaus bessere Orte, sich enttarnen zu lassen, als eine belebte Schenke.«

»Verdammt, verdammt«, fluchte Parrad, aber er nickte zustimmend. In der Tat war der Raum zum Bersten gefüllt. An den Tischen hockten Argaden, Herscheden und sogar eine Gruppe Scheracheden, unverkennbar mit ihren gelockten Haarsträhnen. Das Dorf lag an der Straße nach Nordwesten, und die meisten der Anwesenden waren Durchreisende. Es war der bestmögliche Ort, Dinge zu besorgen, ohne aufzufallen. Keiner fragte, wer jemand war und was ihn herführte. Doch wenn es galt, einen flüchtigen Sklaven aufzustöbern, waren die Menschen hier so aufmerksam wie überall. Der Wirt scheuchte einen Jungen, der sich damit abmühte, einen mit einer Schnur verknoteten Krug zu öffnen. Sein Ohrhaken war ihm frisch eingesetzt worden. Das Ohrläppchen war dick und gerötet, und ständig zupfte er daran herum, bis sein Herr ihn auf den Hinterkopf schlug, damit er es bleiben ließ. Endlich hatte er es geschafft, den Krug zu öffnen, und schleppte ihn an einen Tisch, an dem ein paar Herscheden saßen. Sie ließen sich die Becher füllen, stießen sie auf die Tischplatte, sodass der billige Wein überschwappte, und stürzten ihn die Kehlen hinunter. Auch die Hure war dort zu finden. Sie hockte auf dem Schoß einer der Männer.

»Wenn ich's euch sage«, rief er und befahl dem Jungen

mit einem Nicken, erneut nachzuschenken. »Die Schwägerin meiner Schwester hat es gesehen. Mit eigenen Augen.«

»Wer? Deine Frau?«

»Nein, du Dummkopf! Die Schwester ihres Mannes. Sie sah es, als sie aufs Haus stieg, um auf dem Dach zu schlafen.«

»Wer weiß, was sie dort oben wollte – so ganz allein.«

»Na, wenn schon. Jedenfalls war da ein Licht, sagt sie. Es war wie ein Baumstamm, dick und gerade. Ganz merkwürdig.«

»Die hat einen anderen Baumstamm gesehen. Der wird aber auch dick und gerade gewesen sein.«

Gelächter folgte, das die Wände erzittern ließ. Die Hand des Mannes verschwand im Ausschnitt der Frau und knetete grob eine Brust. Auf ihrer Miene spiegelte sich der Versuch, den Schmerz zu unterdrücken und zugleich willig zu wirken. Anschar winkte den Jungen herbei und steckte ihm eine Münze zu.

»Frag sie ein bisschen aus, wegen dieses Lichts. Unauffällig natürlich.«

»Wieso denn das?«, fragte Parrad, nachdem der Junge wieder an den Tisch der Herscheden zurückgekehrt war. »Seit wann interessierst du dich für die Bettgeschichten anderer Leute?«

»Parrad, manchmal möchte ich deinen Kopf nehmen und ihn irgendwo untertauchen.« Mehr sagte Anschar nicht, aber es genügte, ihn zum Schweigen zu bringen. Er sah zu, wie der Junge um den Tisch der Herscheden hüpfte und sich redliche Mühe gab, ihrem grenzenlosen Durst nach Wein und Bier abzuhelfen. Die Hure saß inzwischen rittlings auf dem Mann, während seine Zechkumpane ihre Becher im Takt seiner Stöße auf die Tischplatte hämmerten. Anschar war erleichtert, seinem Drang nicht nachgegeben zu haben.

Es wäre nicht anders ausgegangen als mit jener Frau in den Papierwerkstätten, er hätte sich hinterher noch schlimmer gefühlt. Das Hämmern endete in einem wilden Geschrei. Die Hure rutschte von dem Mann herunter. Ein anderer fing sie auf und ließ sich nicht lange bitten. Anschar fürchtete schon, dass die Beobachtung der Schwägerin in dem ausgelassenen Treiben nicht mehr zur Sprache kam, doch nach einer Weile kehrte der Junge zu ihm zurück.

»Es war wie eine dicke Säule«, berichtete er, während er an seinem wunden Ohr zerrte. »Die ganze Gasse war in helles Licht getaucht. Er will seinem Schwager sagen, dass er seiner Schwester den Hintern versohlen soll, weil sie so dummes Zeug erzählt.«

»Danke.« Anschar schlug Parrad auf die Schulter und stand auf. »Komm, lass uns verschwinden. Mir reicht es. Das Dreckloch hier ist einfach kein Ersatz für Schelgiurs Hütte.«

Sie schoben sich zwischen den Tischen hindurch zur Eingangstür, einem Geflecht aus Felsengras, das an Bändern vom Türsturz hing. Noch während Anschar die Hand hob, um es beiseite zu drücken, sah er durch das Geflecht einen Mann auf dem Dorfplatz knien. Zwei Männer standen vor ihm; einer hatte seinen schwarzen Haarschopf gepackt.

»Oream ist in Schwierigkeiten«, murmelte Parrad. »Und nun?«

Anschar warf einen Blick zurück. Breitbeinig stand die Hure neben dem Tisch. Der Nächste hatte schon seine gierige Hand nach ihr ausgestreckt, der sie sich erschöpft zu erwehren versuchte. Es war höchste Zeit, diesen Ort zu verlassen. Sklaven sollten sich nicht dort aufhalten, wo Männer nicht mehr Herr ihrer Sinne waren.

»Das ist eine Wüstenratte«, hörte er den Mann sagen, der Oream festhielt. »Ich kann es förmlich riechen.«

»Ich bin kein Sklave«, widersprach Oream.

»Zeig dein Ohr.« Es klatschte, und Oream begehrte mit einem Knurren gegen die Ohrfeige auf. »Er ist nicht markiert. Aber er sieht verdammt nach Wüste aus. Bestimmt hat er noch jede Menge Sand in der Gesäßspalte. Unter die Wirtshauslaterne mit ihm. Sehen wir uns seine Haut genauer an!«

»Meine Mutter ist eine Sklavin, ja, aber mein Vater ist ein freier Mann. Also lasst mich gehen.« Oream versuchte sich dem Griff zu entziehen, doch der Mann, ein kräftiger Argade, ließ sich nicht abschütteln. Anschar drückte die Matte beiseite und ging hinaus. Es würde nicht lange dauern, bis die beiden Kerle darauf kamen, dass Kinder solcher Verbindungen niemals freie Menschen waren.

Er stapfte auf die Männer zu. Sie stießen Oream in den Dreck. Seine schlaksige Gestalt zitterte vor Furcht. »Lasst ihn in Ruhe, ihr habt es ja gehört«, rief Anschar. »Er ist ein freier Mann.«

»Das sagst du, wer immer du bist. Wenn hier einer dieser entlaufenen Sklaven herumläuft, werden wir ihn schnappen und dem Dorfältesten ausliefern. Oder besser selbst zu den Sklavenhändlern nach Argadye bringen. Die werden ja feststellen können, wo er hingehört.«

»Du hast doch gesehen, dass er keinen Ohrhaken trägt«, erwiderte Anschar ruhig.

»Und was ist mit euch?« Einer der Männer deutete auf Parrad. »Nehmt die Kapuzen ab.«

»Wir sind euch keine Rechenschaft schuldig. Oream, steh auf. Wir gehen.«

Oream rappelte sich auf die Füße und angelte nach seinem Umhang, den sie ihm vom Leib gerissen hatten. Es sah aus, als wollten sie Ruhe geben, doch Parrad zerrte ihn zu hastig mit sich. Einer der Argaden sprang auf Parrad zu und riss ihm die Kapuze herunter.

»Wusste ich's doch!«, schrie er. »Der hier hat ein Ohrloch,

und zwar ein ziemlich großes. Wo ist dein Ohrhaken? Hast du entfernt, ja? Es sind entflohene Sklaven!«

Der Zweite streckte die Hände nach Anschar aus. Einen Lidschlag später sackte er zu Boden, gefällt von einem Kinnhaken. Anschar stürzte sich auf den anderen und hieb ihm den Ellbogen in den Nacken. Auch dieser sackte bewusstlos zu Boden. Aber es war zu spät, der Ruf zu laut gewesen. Aus der Schenke drängten die Zecher, kratzten sich orientierungslos an den mit Bier gefüllten Bäuchen und sahen sich um.

»Zu den Pferden, schnell!« Anschar stieß Parrad und Oream vorwärts und rannte los. Der Unterstand war auf der anderen Seite des Dorfplatzes, dort hatten sie ihre Pferde angebunden. Der flinke Oream sprang in den Sattel und hatte die Zügel an sich genommen, während Parrad sich noch mit der Sattelschlaufe abmühte. Endlich war er oben, aber er saß so steif da, dass Anschar es bitter bereute, ihn mitgenommen zu haben, um das geraubte Geld gegen Säcke voller Waren einzutauschen. Jetzt würden sie mit leeren Händen zurückkehren. Die Männer des Dorfes rannten über den Platz. Einige hatten Messer gezückt, aber die meisten schienen immer noch nicht begriffen zu haben, was hier vor sich ging. Anschar hieb die Fersen in die Flanken seines Tieres und preschte über den Platz, hin zu der Gasse, die aus dem Dorf hinausführte. Dort wendete er es, um zu sehen, wie die Wüstenmänner zurechtkamen. Sie mühten sich ab, ihre Pferde durch die Menge zu lenken. Die beiden Argaden, die Oream aufgegriffen hatten, zerrten an Parrads Zügeln.

»Es sind flüchtige Sklaven! Haltet sie fest!«

Selbst unter dem Dreck, den Parrad sich ins Gesicht geschmiert hatte, ließ sich erkennen, wie bleich er war. Nicht anders hatte er bei seinem Versuch ausgesehen, den Werkstätten zu entkommen. Oream hingegen hatte sich gefasst und ritt auf den Wald zu.

»Parrad, wozu hast du ein Schwert?«, schrie Anschar. Parrad tastete nach seiner Waffe und versuchte sie zu ziehen, aber Anschar sah schon, dass dabei nichts herauskommen würde. Er packte den eigenen Schwertgriff. Doch dann griff er in den Beutel, den er am Gürtel trug, und schleuderte eine Handvoll Münzen in die Menge. Bis auf die zwei Argaden, die sich darin verbissen hatten, die Sklaven zu stellen, ließen alle von Parrad ab und bückten sich nach den Münzen. Anschar stieß mit dem Fuß die beiden Männer beiseite, gab Parrads Pferd einen Tritt, der es in Bewegung brachte, und galoppierte hinter ihm durch die Gasse. Wenige Augenblicke später waren sie im Wald.

Er überließ Oream die Führung. Auch nach vier Monaten war es weder ihm noch Parrad gelungen, sich hier zurechtzufinden, schon gar nicht im Dunkeln. Sie folgten verschlungenen Pfaden, ritten an Felshängen entlang und schlängelten sich durchs Unterholz, das so eng stand, dass die Pferde nur mit Mühe hindurchkamen und sie ständig die Arme heben mussten, um sich vor niedrigen Ästen zu schützen. Mit Hinarsyas Hinterteil im Zenit, das sein Licht durchs Geäst schickte, erreichten sie recht schnell ihr Lager. Oream brachte sein Pferd zum Stehen und drehte sich zu Parrad um.

»Hier finden sie uns nicht, falls sie uns überhaupt gefolgt sind, was ich nicht glaube. Aber wohl ist mir nicht. Wir hatten am Rand des Dorfes übernachten wollen. Und jetzt? Jetzt sind wir mitten im Wald, ohne Schutz vor dem Schamindar. Und das nur, weil du den Kopf verloren hast.«

»Ich?«, empörte sich Parrad. »Was habe ich denn getan?«

»Du hättest nicht weglaufen sollen! Solche Kerle brauchen nur jemanden, an dem sie ihren Ärger auslassen können. Von denen, die nachts die Schenke aufsuchen wollen, macht sich keiner die Mühe, den Dorfältesten aus dem Bett zu holen. Ist mir jedenfalls die paar Male, die ich dort war, nie passiert.« Oream rieb sich die Arme, vor Kälte oder weil ihm der Schreck noch in den Gliedern saß. »Die waren allerdings ziemlich bedrohlich, das gebe ich zu.«

»Und ob sie das waren«, verteidigte sich Parrad. »Es war keine gute Idee, mich mitzunehmen.«

»Es war deine«, warf Anschar ein. »Ich habe dir gleich gesagt, dass du noch nicht so weit bist. Du kannst ja ein Pferd nicht von einem Sturhorn unterscheiden.«

»Na schön, na schön!«, rief Parrad ärgerlich. »Und was tun wir jetzt? Auf einen Baum klettern und zusehen, wie der Schamindar unsere Pferde reißt?«

»Etwas anderes bleibt uns kaum übrig«, sagte Oream. »Es wäre aber unwahrscheinlich, dass die Große Bestie ausgerechnet hierher kommt. Dazu ist der Wald zu groß. Viel schlimmer finde ich, dass wir unsere Käufe nicht tätigen konnten. Und das Geld ist auch weg, oder?«

Anschar grub die Hand in den Beutel. »Ein paar Münzen sind noch da.«

»Warum hast du ihnen nicht einfach die Schädel eingeschlagen?«, wollte Parrad wissen. »Du wärst doch mit Leichtigkeit mit ihnen fertig geworden.«

»Ja. Und wie lange würde es dauern, bis man sich wieder in ein Dorf wagen kann, in dem Blut geflossen ist?« Anschar knüpfte den Beutel vom Gürtel und schleuderte ihn von sich. »Liebend gern hätte ich sie um einen Kopf kürzer gemacht. Und euch auch!« Als Nächstes riss er sich den Verband herunter. »Ich kann dieses Versteckspiel nicht länger ertragen. Ich hasse diesen Wald. Ihr Götter, wie sehr ich ihn hasse! Warum nur hat mich der Schamindar nicht getötet, bevor ihr herangekrochen kamt? Wofür habt ihr mich gerettet? Dafür, dass ich für den Rest meines Lebens irgendwelchen Leuten ihr Geld abnehme, um dieses Leben erträglicher zu machen?«

»Aber das ist es doch geworden«, wandte Oream vorsichtig ein. »Bevor du kamst, haben wir wie Tiere in unseren löchrigen Zelten gehaust. Jetzt haben wir gute Werkzeuge, Waffen, anständige Kleidung, wir haben …«

»Das alles hat nichts geändert, weil ihr Tiere *seid!*«, schrie Anschar. »Warum tue ich das nur? Damit Jernamach mich jedes Mal schief ansieht, wenn ich wieder losziehe? Dass eure Weiber mir die Sachen, die ich anschleppe, aus den Händen reißen, und mich verfluchen, wenn ich ihnen den Rücken zukehre? Dass ich … ach.«

»Was, ach? Dass du dich selbst nicht mehr ertragen kannst?«, fragte Parrad.

»Noch ein Wort und ich drehe dir den Hals um.«

»Was ist nur mit dir? Schlechte Laune hast du ja ständig, aber dieses, ähm, Missgeschick würde dich normalerweise nicht so in Wut versetzen. Zumal ja gar nichts passiert ist. Gut, wir haben das Geld verloren, aber dafür unsere Haut gerettet.«

»Irgendwann werde ich wirklich mit dem Schwert durch irgendein Dorf stürmen.« Oder mich von einem Felsen stürzen, dachte Anschar. Oder beides. »Es könnte auch eures sein.« Er strich seinem Pferd über die Nüstern, den Hals und bettete die Wange an seinem warmen Fell. Dieses Leben widerte ihn so sehr an, dass er seinem Pferd, das er vor einigen Wochen auf mühseligem Wege in einem weiter entfernten Dorf erworben hatte, nicht einmal einen Namen gab. Auf diese Weise konnte er sich einreden, es nur vorübergehend zu besitzen, so wie er seine Hütte nur vorübergehend bewohnte. Die Sache musste ein Ende haben. Seit vier Monaten war ihm das bewusst.

Und heute war es vielleicht so weit.

»Hört zu.« Er wandte sich den beiden wieder zu. »In der Schenke wurde ein seltsames Licht erwähnt. Ich weiß, was dahintersteckt. Es war das Tor. Das Tor des letzten Gottes, mit dem er in fremde Welten reist. Irgendjemanden hat es nach Heria gebracht, und ich meine zu wissen, um wen es sich handelt. Ich reite heute noch los, um es zu überprüfen. Falls ich mich täusche oder es mir nicht gelingt, was wahrscheinlich ist, mag mit mir geschehen, was will, es ist mir gleichgültig. Aber ich muss es herausfinden. Oream, ich bitte dich darum, mich aus dem Wald zu führen, in südwestliche Richtung, auf die Schlucht zu.«

Er konnte hören, wie Oream nach Worten suchte. »Na gut, warum nicht?«, sagte der Wüstenmann schließlich. »Ist auch nicht schlimmer, als hier im Baum zu hocken.«

»He, und was ist mit mir?«, rief Parrad. »Wollt ihr mich allein hier zurücklassen?«

»Macht dir die Dunkelheit Angst?«, fragte Anschar anzüglich.

»Nein! Natürlich nicht. Aber bevor ich mir Äste in den Hintern sitze, kann ich auch mitkommen.«

»Du bist zwar nutzlos und lästig, aber meinetwegen.« Anschar hob den Verband vom Waldboden auf, schüttelte Laub und Nadeln ab und wickelte ihn auf. Spätestens auf der Straße nach Argadye würde er ihn wieder brauchen. Er stopfte ihn in den Gürtel. Dann nahm er den Wasserbeutel vom Sattel und gab dem Pferd zu trinken. Mit den Gedanken war er bereits aus dem verfluchten Wald heraus und in Argadye. Vielmehr in Heria. Anderthalb Tage würde er brauchen. Vielleicht länger, wenn er frühzeitig vom Pferd steigen und sich durchs Niemandsland längs der Schlucht schlagen musste. Wo genau mochte das Tor Grazia, falls sie es gewesen war, abgeladen haben? Die Vorstellung, sie könne in Mallayurs Hände geraten sein, ließ die Strecke zehnmal so lang erscheinen. Wie sollte es ihm gelingen, sie zu finden?

Bist du es, Feuerköpfchen?, dachte er, als er sich in den

Sattel schwang. Warum bist du zurückgekehrt? Ich will es nur wissen. Ich will sehen, dass es dir gut geht. Danach gehe ich in den Tod, wenn es sein muss.

»Die Lichter dort ... Sind wir wieder beim Dorf herausgekommen?« Parrad hatte sein Pferd an Anschars Seite gelenkt und deutete voraus. Erst vor Kurzem hatten sie den Wald verlassen und die Straße gekreuzt, die in den Nordwesten der Hochebene führte. »Seht ihr? Was ist das?«

»Ein Lager«, erwiderte Anschar. »Es werden Reisende nach Praned oder Scherach sein. Händler wahrscheinlich. Es ist wohl besser, wir machen einen großen Bogen um sie.«

»Wir könnten ja schauen, ob sie sich um Geld erleichtern lassen«, meinte Oream.

»Ja, dann tut es doch«, spottete Anschar. »Das ist bei so einem großen Lager sicher einfach. Ich reite derweil weiter. Ich verstehe sowieso nicht, warum ihr immer noch bei mir seid. Ihr seid keine Hilfe.«

»Ich frage mich auch, wieso wir nicht von dir lassen können«, brummte Parrad. »Bis Mittag könnte ich zurück in meiner Hütte sein.«

»Was du dein Heim nennst, ist auch nicht besser, als irgendwo unter einem Gebüsch zu schlafen.«

»Mein Heim? Das habe ich nie gesagt! Mein Heim ist ein Zelt in der Wüste, mit drei Frauen und achtzehn Kindern darin, das weißt du doch.«

»Dann hör auf, so zu tun, als sei dieses Drecksloch im Wald ein Ersatz.«

»Müsst ihr immer darüber streiten?«, fuhr Oream dazwischen. »Kein Mann der Wüste kann glücklich im Wald sein! Aber es ist besser, als zu sterben.«

»Und warum seid ihr mir dann gefolgt? Was, glaubst du, passiert mit uns in Argadye?«

»Nicht einmal du stirbst freiwillig«, sagte Parrad.

»Sei dir nicht so sicher.«

Darauf sagte niemand mehr etwas. Anschar wusste selbst nicht, ob ihm die Begleitung der beiden Wüstenmänner recht war. Er hätte sie wegschicken können, doch er hatte es hingenommen, als sie ihm aus dem Wald heraus gefolgt waren. Jetzt war es zu spät. Aber da sie diese Handelsreisenden weitläufig umgehen würden, war es nicht wahrscheinlich, auf Leute zu stoßen, die allzu eifrig auf vermeintliche Sklaven achteten. Die Stadttore von Argadye waren des Nachts offen; drei Reiter, die sich die Kapuzen ihrer Mäntel ins Gesicht zogen, fielen nicht weiter auf. In der Stadt würde er dafür sorgen, dass Oream und Parrad sich nicht mit ihm in Gefahr begäben. Er würde sie abhängen, bevor er über die Brücke nach Heria ging. Und dann? Was tue ich dann?, fragte er sich. Zu Schelgiur hinuntersteigen? Nachdem es die Geschichte von dem Licht bis in ein Dorf am Waldrand geschafft hatte, würde der beste Wirt der schwebenden Stadt erst recht darüber Bescheid wissen.

Die Lichtpunkte des Lagers erwiesen sich beim Näherkommen als Fackeln, deren Ständer man in die harte Erde gehauen hatte. Anschar lenkte sein Pferd über den kaum weniger harten Ackerboden, um das Lager weiträumig zu umgehen. Im Licht der Monde waren er und seine Begleiter gut zu erkennen, aber so lange sie sich unauffällig verhielten, würde kein Wächter beunruhigt sein. Ein ganzes Stück weiter voraus war eine Ansammlung von Kuppelgräbern, spätestens in ihrem Schatten wären sie sicher. Er erkannte ein großes Zelt, davor und dahinter kleinere für die Eskorte. Einige Männer waren damit beschäftigt, die Pferde zu füttern und ein Lagerfeuer anzuzünden; zwei weitere schlenderten um das grosse Zelt, die Speere auf den Schultern. Ein Sturhorn kniete am Ende des Trosses, den massigen Kopf auf der Erde, und prustete im Schlaf. Schwarz bestickte Bänder wehten im Nachtwind von den Zeltstangen. Selbst auf die Entfernung hin war auf ihnen das Zeichen des Schamindar zu erkennen. Wen immer das Zelt beherbergte, er reiste im Schutz des Meya.

»Es sind Argaden, oder?«, fragte Oream.

»Ja.«

»Da ist einer, der hat etwas am Arm, so wie du.«

»Was sagst du da?« Anschar hatte das Lager nicht weiter beachtet, nachdem ihm klar geworden war, dass keine Gefahr drohte. Mit einem Ruck brachte er sein Pferd zum Stehen. »Wer?«

»Einer von denen, die das Zelt bewachen. Er hat einen Speer.«

Anschar sah ihn, aber nicht die Tätowierung, denn der Mann hatte ihnen seine linke Seite zugewandt. Er trug Schwarz, das war unschwer zu erkennen. Schwarze Kleidung, wie jeder der Zehn. Er stand am Eingang, stützte sich auf seinen Speer und war in ein Gespräch mit einem anderen vertieft. Dabei blickte er immer wieder auf die Ebene hinaus.

»Wir müssen weiter.« Unwillkürlich glättete Anschar den Ärmel seines Mantels. »Sonst werden sie misstrauisch. Du bist dir sicher?«

»Ziemlich sicher. So genau habe ich nun auch nicht hingesehen, aber ich dachte sofort, he, das sieht aus wie bei dir. Was bedeutet das nun? Du hast es nie erklärt, aber irgendeiner aus dem Dorf meinte, damit zeichne man besondere Krieger aus. Zehn solche Krieger soll es geben.«

»Wenn sich in der Zwischenzeit nichts daran geändert hat, gibt es nur drei, mich eingeschlossen.« Falls Oream sich nicht getäuscht hatte, standen dort vor dem Zelt entweder

Schemgad oder Buyudrar. Vielleicht waren sogar beide im Tross. Den König bewachten sie nicht, denn dann wäre das Lager zehnmal so groß. Anschar merkte kaum, wie das Pferd ihn weitertrug und sich vor ihm die ersten Grabkuppeln wie weiße, spitz zugehauene Felsen aus der Nacht schälten. Ein Verdacht keimte in ihm, so schrecklich wie berauschend. Seine Gedanken überschlugen sich. Konnte es wahr sein? Was, wenn tatsächlich Grazia in jenem Zelt war? Dann entfernte er sich von ihr mit jedem weiteren Schritt.

Es ist der Weg zurück zum Tor, erkannte er. Sie ist gekommen, um mich zu suchen. Aber sie konnte mich nicht finden, weil …

»Wartet!« Im Schutz einer der Kuppeln brachte er sein Pferd zum Stehen und sprang ab. Vielleicht war alles nur ein Hirngespinst. Aber er musste es nachprüfen. »Ich werde einen Blick in das Zelt werfen.«

Auf die unverständlichen Proteste seiner Begleiter achtete er nicht; er band die Zügel locker um den niedrigen Ast einer Kiefer, prüfte den Sitz des Messers im Rücken und den seines Schwertes. Parrad knurrte etwas Unverständliches in seinen Bart. Er stieg ab und stellte sich ihm in den Weg.

»Bist du wahnsinnig? Wir finden leichtere Opfer, die wir um ihre Geldbeutel erleichtern können.«

»Du sandfressender Hohlkopf! Mache ich den Eindruck, als ginge es mir um Geld? Glaubst du, ich sei deshalb nach Argadye aufgebrochen? Wenn sich diejenige, von der ich es vermute, in diesem Zelt aufhält, können wir uns den Rest des Weges sparen.«

»Eine Frau? Es geht dir um eine Frau? Und ich hatte immer den Eindruck, als würdest du sämtliche Bedürfnisse herunterschlucken oder was auch immer.«

Anschar zog das Schwert ein Stück heraus und stieß es wieder zurück. »Geh mir aus dem Weg, sonst bereue ich es, dich nicht in den Werkstätten erwürgt zu haben, wo ich unendlich viele Gelegenheiten dazu hatte.«

»Das hier ist nicht gerade ein passender Ort, mein Leben zu bedrohen.«

»Ihr streitet ja schon wieder«, sagte Oream von seinem Pferd herab.

»Wenn er auch solche Dummheiten macht? Anschar, du kannst nicht …«

»Halt den Mund, Parrad, und lass mich gehen. Es dauert nicht lange. Wenn ihr merkt, dass es misslingt, versteckt euch einfach.«

»Es wird misslingen! Das Zelt ist viel zu gut bewacht. Du wirst einen riesigen Aufruhr verursachen. Ich sehe ihn schon vor mir.«

»Mag sein, aber jetzt seid leise. Unnötig heraufbeschwören müssen wir das ja nicht.«

Anschar machte sich auf den Rückweg. Hinter ihm stöhnten Parrad und Oream verhalten, aber sie enthielten sich weiterer Einwände und folgten ihm in die Wildnis. Ihr Nutzen war bei dieser Sache zweifelhaft, aber wenigstens setzten sie ihre Schritte so leise wie er. Als sie in die Nähe des Lagers kamen, entledigte er sich seines Mantels, um mehr Bewegungsfreiheit zu haben. Im Schutz der Büsche kauerten sie auf der Erde. Auch hier, auf der dem Niemandsland zugewandten Seite des Zeltes, waren zwei Fackeln aufgestellt. Buyudrar schlenderte zwischen ihnen auf und ab. Er wirkte nicht sehr aufmerksam, aber das hatte bei einem der Zehn nichts zu bedeuten.

Es blieb vorerst nichts anderes zu tun, als unsichtbar auszuharren und die Lage zu beobachten. Nach einer elend langen Zeit machte Buyudrar einem anderen Wächter Platz. Anschar wartete, bis er sicher war, dass sein früherer Kamerad vorerst nicht zurückkehrte, und schlich sich an den Posten heran. Ihm blieb nur die Gelegenheit für einen einzigen gut platzierten Hieb. Außerhalb des Fackelscheins kniete er geduckt am Boden, zog langsam sein Messer aus dem Gürtel und wartete, dass der Mann ihm den Rücken zukehrte. Dann sprang er ihn an und schlug den Griff des Messers gegen seine Schläfe. Zugleich presste er die Hand auf seinen Mund, um einen Schmerzenslaut zu unterdrücken. Als er ihn zu Boden gleiten lassen wollte, war Parrad herangekommen, ergriff die Füße und half ihm, den Bewusstlosen geräuschlos hinzulegen.

Ob er ihn lange genug in den Schlaf geschickt hatte, wusste er nicht. Die Spitze der Klinge drückte gegen die Kehle. Doch dann ließ er sie sinken, denn ungern hätte er einen Argaden getötet. Jetzt musste er schnell sein. Er trat zwischen die Fackeln.

»Buyudrar?« Der Posten, der auf der anderen Seite Wache hielt, war um die Ecke gekommen. »Mir war so, als hätte ich ein Geräusch gehört. Ist alles in Ordnung?«

»Ja.« Anschar hatte ihm seine rechte Seite zugewandt. Das Fackellicht streifte seinen Arm. Sollte dieses unbeabsichtigte Täuschungsmanöver gelingen, so hätte er damit vermutlich das Glück eines ganzen Lebens aufgebraucht. Er machte sich mit dem Gedanken vertraut, blitzschnell sein Schwert zu ziehen und den Wächter möglichst lautlos niederzumachen, sollte dieser sich nur einen weiteren Schritt nähern, doch der Mann nickte ihm zu und verschwand wieder um die Zeltecke.

Anschar hörte, wie er auf der anderen Seite des Zeltes hin und her schlenderte. Er wartete, ob der Wächter wiederkehrte, und als das nicht geschah, ging er auf die Knie und hob die Zeltplane einen Spalt weit an. Licht schimmerte im Innern, von einem Lämpchen geworfen, das auf einem bronzenen Dreibein stand. Nichts war zu hören, bis auf den regelmäßigen tiefen Atem eines Schlafenden. Grazia? War sie es? Er musste sich zwingen, mit Bedacht vorzugehen, statt in das Zelt zu stürmen. Langsam schnitt er die Plane ein

Stück auf. Die scharfe Klinge verursachte fast kein Geräusch, dennoch hielt er immer wieder inne, um zu lauschen. Wer da im Zelt war, wurde nicht wach, und auch der Posten auf der anderen Seite verhielt sich ruhig. Schließlich steckte Anschar die Klinge zurück und kroch ins Zelt.

Er sah sie sofort. Sie lag auf einer mit Fellen üppig belegten Pritsche, die Arme um eine Wolldecke gelegt. Ihr lockiges Haar, zu einem dicken Zopf zusammengefasst, fiel auf ihre Brust. Deutlich konnte er sehen, wie sich ihre Brüste unter dem Stoff abzeichneten und hoben und senkten. Sein Mund stand schon offen, um ihren Namen auszusprechen, seine Hände lösten sich vom Boden, um auf sie zuzustürzen und sie in die Arme zu reißen. Aber so planlos durfte er nicht vorgehen, so sehr es ihn auch danach drängte. Er kauerte an der Zeltwand, eine Hand auf dem Knie, und sah sich um. Der Raum war groß, viel befand sich jedoch nicht darin. Vor der Pritsche lag ein lederner Kasten mit metallenen Beschlägen. Aus seinem Inneren quollen Stoffe. Auf der anderen Seite konnte Anschar den Schatten des Wächters über die Plane wandern sehen, der hierhin und dorthin ein paar Schritte machte, eine Hand an den Mund hob und vernehmlich gähnte. Von Sklavinnen war nichts zu sehen; Grazia hatte es nie gemocht, von Unfreien bedient zu werden. Er schlich auf die Pritsche zu und richtete sich auf.

Nun, da er sie wieder sah, kamen ihm die letzten vier Monate wie ein unüberwindliches Gebirge vor, das er irgendwie überstiegen hatte, ohne zu wissen, wie es eigentlich zu schaffen gewesen war. In ihren Augenwinkeln klebten Reste blauer Farbe. Hatte sie um ihn geweint? Sachte berührte er den Zopf. Ihr Haar fühlte sich an wie zuvor, anders als jedes andere Haar. Er betrachtete ihre Hautflecken, die ihr Gesicht bis in jeden Winkel durchzogen. Die hellen, schimmernden Wimpern, kaum zu erkennen im schwachen Schein der

Lampe. Die vollen Lippen, aus denen Feuchtigkeit ins Kissen sickerte. Seine Hand schwebte über ihrem Gesicht, während er mit dem Daumen einen Tropfen auffing, unendlich vorsichtig, um sie nicht zu wecken. Er musste sie aus dem Schlaf holen, ohne dass sie einen überraschten Laut von sich gab. Er machte sich bereit, die Hand auf ihren Mund zu pressen.

Fast hätte er es getan. Neben ihrem Kopf lag etwas, das er kannte. Etwas, das nicht hier sein durfte. Das Buch.

Zögerlich streckte er die Hand danach aus. Das Buch existierte nicht mehr. Mallayur hatte es verbrannt, vor seinen Augen. Es konnte nur ein Trugbild sein. Mit einem entschlossenen Knurren griff er danach und stellte fest, dass es sich auch so anfühlte wie zuvor. Er klappte es auf, und wie er es erwartet hatte, fand sich das Bild ihrer Familie darin. Es hatte sich verändert, und die Blätter des Buches waren nicht mehr wellig, aber sonst war kein Unterschied zu sehen. Nein, dies war kein Trugbild. Dies war *sein* Buch.

Anschar legte es zurück. So lautlos wie er eingedrungen war, verließ er das Zelt.

Es geschah so schnell, dass Grazia nicht auf den Gedanken kam, sich zu wehren. Jemand drückte eine Hand auf ihren Mund. Ein Gesicht tauchte vor ihr auf, zerfurcht, ledrig, dunkel getönt. Ein Wüstenmann. Ein anderer fesselte ihre Handgelenke. Wer sie auch waren und warum sie das taten, es war unnötig, denn ihre Glieder fühlten sich an wie aus Grütze. Beinahe hätte sie ihr Unterzeug nass gemacht, so sehr war ihr der Schreck durch den Körper gefahren. Sie rang nach Luft, als die Hand weggenommen wurde, doch nur kurz, dann wurde ein Stoffknäuel in ihren Mund gestopft und mit Stoffstreifen fixiert, die rau und schmutzig waren. Sie schüttelte den Kopf, um die Fesseln loszuwerden, und würgte und hustete hinein.

»Dir geschieht nichts«, flüsterte der Wüstenmann. »Wenn du nur stillhältst.«

Grazia versuchte es, aber sie bebte am ganzen Leib. Wo waren die Wachen? Einen sah sie vor dem Zelt stehen; sein Schatten fiel auf die Plane. Aber er hatte sich einige Schritte entfernt und sprach mit jemandem. Seine Stimme war dunkel und drohend. Sie begriff, dass es ein Ablenkungsmanöver war. Die beiden Eindringlinge zerrten sie auf die Füße zur rückwärtigen Zeltwand, wo ein Riss klaffte. Grob wurde sie niedergedrückt, damit sie hindurchkroch. Sie wollte es nicht, aber ehe sie es sich versah, war sie draußen und landete bäuchlings auf einer sehnigen Schulter. Dann wurde es dunkel um sie herum. Sie sah die Lichter der Fackeln kleiner werden und hinter Gestrüpp verschwinden. Die Stimme des Wächters wurde schwächer und verklang. Was blieb, waren das Keuchen des Mannes unter ihr und ihr eigenes Wimmern. Zweige streiften ihre bloßen Waden. Die Finger ihres Entführers bohrten sich schmerzhaft in ihre Oberschenkel. Was hatte er vor? War seinen Worten zu trauen? Wem diente er überhaupt? Wüstenmänner dienten immer jemandem. Es sei denn, sie waren geflohen. Gesetzlose. Sildyu hatte sie erwähnt: Räuber, die Reisenden auflauerten und sie um ihr Geld brachten. Vielleicht wollten sie ja Lösegeld erpressen. Nur von wem? Warum raubten sie ausgerechnet sie?

Sie wurde im Schatten aufragender Kuppelgräber abgesetzt, doch nur, um auf einen Pferderücken gehoben zu werden. Die Furcht wich der Benommenheit, als ihre Entführer durch die Nacht ritten. Grazia kämpfte darum, sich nicht zu übergeben. Irgendwo hinter sich vermeinte sie Schwertergeklirr zu hören. Und eine Stimme, die sich über die der Wächter erhob. Eine Stimme, die etwas in ihr anrührte, eine tiefe Sehnsucht. Eine Stimme, die zu hören nicht wahr sein konnte. Sie täuschte sich. Sie musste sich täuschen!

7

Ihr Gesicht war nass geweint vor Furcht und Verzweiflung. Ihr ganzer Körper schmerzte. Sie schrie in den Knebel, als sie vom Pferd gehoben wurde. Erst dann wurde sie gewahr, dass die Pferde standen. Sie strampelte im Griff des Mannes, der sie losließ, und setzte sich unfreiwillig auf den Hintern. Wurzeln drückten in ihren Rücken. Auch der andere war abgestiegen und beugte sich über sie. Gemeinsam lösten sie die Fesseln und zogen ihr die nassen Stoffstreifen aus dem Mund. Grazia hustete und rang keuchend nach Luft.

»Du hast bestimmt Durst.« Ein Lederbalg wurde ihr an die Lippen gehalten. Sie schlug ihn beiseite, warf sich herum und versuchte wegzukriechen, über hochstehende Wurzeln, bemooste Steine und Laubhaufen hinweg. Sie war in einem Wald. Über ihr kreischten Vögel, hinter ihr fluchten die Männer. Eine Hand packte sie am Fußgelenk. Grazia ließ sich fallen und trat nach hinten aus, während sie sich an einer Wurzel festklammerte. Es war hoffnungslos, der Mann zog sie zurück und drehte sie um. Das zerfurchte Gesicht, dessen Alter undeutbar war, wirkte gar nicht so feindselig. Eher so, als sei er selbst verwirrt. Sie bemerkte, dass er statt eines Sklavenohrrings nur ein Loch im Ohrläppchen hatte.

»Wo bleibt er nur?«, hörte sie den anderen sagen, der bei den Pferden stand. »Er war dicht hinter uns.«

»Ich bin hier«, kam die Antwort. »Lasst uns allein.«

O Gott, dachte sie, diese Stimme. Sie gehört wirklich ihm.

Nein!, wollte sie aufbegehren, um nicht einer grausamen

Täuschung zu erliegen, die sogleich zerstob, wenn sie ihn sah. Er war es nicht, er konnte es nicht sein.

Die beiden Wüstenmänner zogen sich zurück. Warum nur war es hell geworden? Längst war die Nacht dem Tag gewichen. Düster war es noch, aber sie konnte alles erkennen. Konnte sehen, wie er herantrat, sich über ihr aufbaute und auf sie herabstarrte. Ungläubig wanderte ihr Blick über seinen Körper, von seinen harten Augen bis hinunter zu den nackten Unterschenkeln, wo die aufgekratzten Stellen schimmernden Narben gewichen waren. Sie hatte sich nicht getäuscht. Er war es.

Sie wollte sich aufsetzen, aber ihr ganzer Körper war bleischwer. Schmerzhaft drückten sich die Wurzeln in ihren Rücken. Als er sich an ihrer Seite hinkniete, zuckte sie zusammen. Und als er sich über sie beugte, glaubte sie sich einer Ohnmacht nahe. Das geschah nicht wirklich. Dieser Mann war nicht der, den sie zurückgelassen hatte. Er trug dieselbe Kleidung – das schwarze ärmellose Hemd, den schwarzen Wickelrock, beides jedoch mit ausgefransten Säumen, rissig und schmutzig. Seine Haare waren zerzaust und nachlässig zu einem einzigen Zopf zusammengefügt, als halte er es der Mühe nicht für wert, sich mehrere kleine Zöpfe zu flechten, so wie er es früher getan hatte. Was für ein Leben war dies, dass es ihn so zugerichtet hatte? Woher rührte der kalte Blick? Ein Elend lag darin, dass ihr selbst innerlich kalt wurde. Das Elend eines Flüchtigen.

»Warum bist du zurückgekommen?«, fragte er.

Grazia bewegte die Lippen. Es kostete Kraft, auch nur einen Laut auszustoßen. »Ich … ich …«, würgte sie verzweifelt hervor. Mehr schaffte sie nicht.

Er packte ihr Gesicht. Eine Geste, die sie ersehnt, erträumt hatte. Es fühlte sich nicht nach ihren Träumen an. Eher, als wolle er sie untersuchen. Fast schmerzhaft bohrte sich sein

Blick in sie, sodass sie die Augen schließen musste. »Anschar«, flüsterte sie. Jetzt, da sie nur Schwärze sah, fiel es leichter zu sprechen. »Bruder Benedikt kam zu mir nach Hause, um zu sagen, dass du verhaftet worden warst. Da bin ich zurückgekommen, aber die Zeitabweichung … Du erinnerst dich an die Zeitabweichungen?«

»Ja«, sagte er widerwillig.

»Ich kam erst jetzt. Und da hieß es, du seist tot. Hingerichtet. Von Mallayur.«

Etwas tropfte auf ihre Wange. Sie öffnete die Augen, und da schwebte sein Gesicht dicht über ihr. Dieselbe Verzweiflung, die sie empfand, war darin zu sehen. Zaghaft hob sie eine Hand, um seine Tränen abzuwischen, wie er es bei ihr immer getan hatte, doch sie wagte es nicht. Plötzlich ließ er sie los, stemmte sich hoch und ging zu den Pferden. Aus einer Tasche am Sattel holte er etwas, das er ihr auf den Bauch legte. Seine Augen schienen in Flammen zu stehen, als er wieder neben ihr kauerte. Ihr wurde angst und bange zumute, denn so hatte er sie noch nie angesehen. Oder selten – als sie nach dem Zweikampf zu ihm gekommen war, ja, daran erinnerte sie sich.

»Bist du wirklich meinetwegen gekommen?«, fragte er.

»Anschar, bitte …«, sie drückte das Buch an sich. »Was ist nur? Was ist mit dem Buch? Ich habe es mitgebracht, um dir eine Freude zu machen.«

»Von wo mitgebracht?« Wieder beugte er sich über sie. »Das Buch war in Mallayurs Händen. Er hatte es ins Feuer gesteckt, mitsamt dem Bild. Das jedenfalls dachte ich bis vorhin.«

Glaubte er am Ende, sie sei bei Mallayur gewesen und habe von ihm das Buch zurückgeschenkt bekommen? Wie konnte er das auch nur für eine Sekunde erwägen? Sie wollte aufbegehren, ihn fragen, wie er darauf kam, doch jäh begriff sie. Wäre er nicht so zornig, hätte sie vor Erleichterung aufgelacht. »Das ist ein gewaltiges Missverständnis. Das Buch habe ich von daheim mitgebracht.«

»Belüge mich nicht, das ertrage ich nicht auch noch.«

»Ich sage die Wahrheit!« Sie wollte ihn schütteln, ihn am liebsten ohrfeigen, damit er das dumme Misstrauen fortwarf. »Du weißt doch, in meiner Welt gibt es Techniken, die dir gänzlich fremd sind. Es ist …«

»Ihr könnt Sachen, die verbrannt sind, wiederherstellen? Aber auch dann muss er dir die Asche gegeben haben.« Beharrlich schüttelte er den Kopf. Fast schien es ihr, als verweigere er sich allein deshalb, weil er Angst hatte, sie könne sich doch noch als Trugbild erweisen. Es war dieselbe Angst, die auch sie plagte.

»So hör doch zu! Es ist nicht dasselbe Buch. Die Technik besteht darin, es in großen Mengen herzustellen.« Sie setzte sich auf. Es tat weh zu sehen, wie er vor ihr zurückwich. »Von diesem Buch gibt es Tausende. Es ist ein anderes, und ich war selbstverständlich nicht bei Mallayur.«

Er kämpfte mit sich. Endlich wagte sie es, ihm die Tränen abzuwischen.

»Deshalb hast du mich entführt?«, fragte sie. »Aber du konntest gar nicht wissen, dass ich es habe. Woher hast du gewusst, dass ich in diesem Zelt bin?«

»Ich habe es nur vermutet. Ich wollte wissen, was dich zurückgeführt hat, und dir sagen, dass ich noch lebe. Es war nicht meine Absicht, dich zu entführen. Das verdammte Buch hat mich kopflos werden lassen.« Er legte die Hand auf den Einband und schüttelte den Kopf. »Tausende. Und es ist kein Unterschied zu sehen«, murmelte er. »Allmählich begreife ich, warum du solche Bedenken hattest, mich in deine Welt mitzunehmen. Verzeih mir. Du bei Mallayur – ich konnte es nicht glauben. Aber es gab für mich keine andere Erklärung.«

Vor Erleichterung hätte sie heulen mögen. Sie tastete sich seine Schulter hinauf, und da nahm er sie in die Arme. Endlich wusste sie, dass sie keiner Täuschung unterlag. Derselbe Druck seiner Hände, derselbe Körper. Dieselben Lippen, die zittrig über ihre Haut wischten und ihren Mund suchten. Befreit aufatmend erwiderte sie den Kuss. Mehr, dachte sie, mehr. Sie wollte es genau wissen, wollte wissen, dass er lebte. Ihm erging es nicht anders; prüfend wanderten seine Finger über ihr Gesicht, ihren Hals, ihre Hände.

»Trotzdem bin ich ein wenig enttäuscht«, raunte er ihr zu, immer noch etwas benommen. »Ich dachte, das Buch sei etwas Besonderes. Stattdessen kann man es wegwerfen und sich einfach ein anderes beschaffen. Wenn es doch so viele davon gibt?«

»Nein.« Ihr Lachen klang albern, so erleichtert war sie. »Glaub mir, auch bei uns ist ein Buch etwas Besonderes. Außerdem gibt es einen Unterschied. Sieh her.« Sie nahm das Buch, schlug die erste Seite auf und zeigte ihm die Widmung.

Er nahm es ihr aus der Hand. »Ja, das war in dem anderen nicht.«

»Mein Vater hat das geschrieben. Für dich. Es heißt: *Möge der unbekannte Freund meiner Tochter darin Trost und Gottes Segen finden. Dies wünscht mit herzlichen Grüßen Carl Philipp Zimmermann.*«

Sie gab es noch einmal auf Argadisch wieder. Darauf vermochte er lange nichts zu sagen. Es freute sie unbändig, dass er gerührt war. Nach endlosen Minuten legte er das Buch wieder hin. »Ich nehme an, das gibt es nicht auch Tausende Male.«

»Nein, nur einmal.«

»Dein Vater scheint ein großherziger Mensch zu sein.«

»Das ist er. Und ich vermisse ihn jetzt schon.«

»Grazia …«, er strich ihr über die Wange. »Es tut mir leid, dass ich dir Gewalt angetan habe. Das hätte nie passieren dürfen. Ich bringe dich wieder zurück.«

»Zurück?«, rief sie. »Anschar! Sie werden dich töten! Du hast mit Buyudrar gekämpft, oder? Lebt er noch?«

»Natürlich, er ist viel zu stark, als dass er sich einfach besiegen ließe. Ich habe ihn nur abgelenkt.«

»Ich will nicht, dass ihr noch einmal aufeinandertrefft. Lass es gut sein. Ich bin jetzt hier. Und ich wollte zu dir! Alles habe ich dafür stehen und liegen lassen. Sogar mit Friedrich habe ich mich überworfen.« Sie barg das Gesicht in den Händen. Er durfte sie nicht wegschicken, eine zweite Trennung würde sie nicht ertragen. Die Anspannung der letzten Tage, die Verzweiflung, die umsonst gelebte Trauer, all das brach aus ihr heraus, und sie weinte in seinen Armen, bis sie vor Erschöpfung in sich zusammensank.

Sie fühlte sich von Anschar hochgehoben und sanft auf die Füße gestellt. Inzwischen spürte sie die Kälte des Waldbodens, der ihre Glieder durchdrungen hatte.

»Gegen deinen Willen tue ich es nicht.« Fest hielt er sie im Arm und strich ihr über den Rücken. »Erst einmal kommst du mit. Dann sehen wir weiter.«

Zitternd ließ sie sich zu den Pferden führen. Er winkte die beiden Wüstenmänner heran, die irgendwo am Rand der Lichtung gewartet hatten. Grazia bemerkte, dass sie nicht weniger zerlumpt waren, dennoch wirkten sie nicht länger bedrohlich. Sie halfen ihr auf eines der Pferde. Anschar schwang sich hinter sie und legte einen Arm um ihre Taille, während er die Zügel ergriff. Auch die Wüstenmänner stiegen etwas unbeholfen auf ihre Pferde. Mittlerweile war es so hell geworden, dass der Wald ein wenig seine Bedrohlichkeit verlor. Irgendwo zwischen den Zedern begann ein schmaler Pfad, den die Männer einschlugen. Wohin mochte der Ritt gehen?

»Meine Sachen«, rief sie. Wo war ihr Koffer? »Der schwarze Lederkasten – wo ist er?«

»Hängt hier am Sattel«, erwiderte Anschar. »Ich weiß doch, du hättest mich zurück ins Lager geschickt, täte er es nicht.«

Grazia musste lächeln. Sie legte die Hände auf Anschars Finger auf ihrem Bauch. Die Kälte wich.

Stunde um Stunde verstrich. Obwohl sie sich in einem dichten Wald befanden, fühlte sich Grazia an den Weg durch die Wüste erinnert. Auch damals war Anschar so heruntergekommen gewesen – und so schweigsam, als bedrücke es ihn, das Ziel zu erreichen. Seine Berührungen waren umso beredter. Er drückte sie an sich, sodass sie seinen harten Brustkorb an den Schulterblättern spürte, und seine Hand glitt über ihren Bauch, wie um sich davon zu überzeugen, dass sie wirklich da war. Manchmal umfasste er sie mit beiden Händen. Sein Atem strich dann über ihre Wange, und sie legte den Nacken an seine Schulter. Die Wipfel riesiger Nadelbäume ragten über ihnen auf. Wie Libanonzedern sahen sie aus, mit unregelmäßigem Wuchs und breiten Kronen. Dazwischen karstige Felsen, an deren Hängen das allgegenwärtige zähe Gras wuchs. Schwarze Vögel, Krähen ähnlich, hockten darauf. Ein kleiner Wasserfall entsprang den Felsen und verlor sich zwischen den Bäumen. Hier war von der Trockenheit im Süden des Hochlandes wenig zu sehen. Es mochte täuschen; in wenigen Jahren würde das Land hier vielleicht ebenso gezeichnet sein. Aber noch war der Wald von fruchtbarer Schönheit. Nur wie konnten Menschen, die heißen Sand unter den Füßen gewohnt waren, hier leben? Wie konnte überhaupt jemand dauerhaft hier leben?

Das Gelände stieg sanft bergan, und in der Ferne sah sie die Hänge des Hyregor in der Sonne leuchten. Unruhig rutschte Grazia im Sattel hin und her, da ihr das Gesäss schmerzte. Ab und zu richtete Anschar das Wort an die Männer, die vorausritten. Kein sehr freundliches zumeist, und sie gaben es ebenso unfreundlich zurück. Ernst klang es nie, doch deutlich war seine Verbitterung herauszuhören. Grazia wusste ja, wie wenig er die Wüstenmenschen mochte, deren ständige Gegenwart er jetzt teilte.

»Wir sind da«, sagte der Mann, den er Oream nannte. Zunächst sah sie nur eine Wand von dicht beieinanderstehenden Zedern. Eine Frau kam zwischen den Stämmen hervor. Oream sprang vom Pferd und nahm sie in die Arme. Weitere Menschen tauchten auf. Nicht nur Männer, sondern auch Frauen und Kinder. Eine grosse Lichtung tat sich vor Grazia auf. Es war, als hätte man das Nomadendorf der Wüste hierher versetzt. Zelte, mit roten Quasten geschmückt, umstanden eine Art Dorfplatz mit einer Kochstelle, die von Frauen umringt wurde. Sie alle legten ihre Arbeiten nieder und standen auf.

Anschar sprang ab und hob Grazia vom Pferd. Er blieb dicht neben ihr stehen, was sie ein wenig beruhigte. Die Blicke der Leute waren nicht feindselig, aber verschlossen. Als eines der Kinder auf sie zulaufen wollte, wurde es von einer Frau zurückgehalten.

»Sie ist krank«, zischte eine andere. »Er hat eine kranke Frau mitgebracht.«

Anschar legte den Arm um Grazias Schulter und betrat mit ihr die Lichtung. Dann streckte er eine Hand aus und winkte die Frau, die das gesagt hatte, herbei. Sie gehorchte auch, aber mit sichtlichem Widerwillen. Er packte sie am Handgelenk und zog sie näher.

»Sieh sie dir an! Sie ist nicht krank.«

Die Frau war nur eine Armlänge entfernt. Sie zitterte, nickte heftig und versuchte sich aus seinem Griff zu befreien. Endlich spreizte er die Finger, und sie stolperte davon. Grazia senkte die Lider, denn sein Verhalten beschämte sie. Entschlossen hob sie den Kopf. »Das war alles nicht so geplant«, sprudelte es aus ihr heraus. »Eigentlich wollte ich nach Osten, aber dann kam Anschar und … Es tut mir leid, wenn ich euch ängstige, aber ich bin harmlos, wirklich. Ich will euch nichts Böses.«

»Erkennt ihr denn nicht, wer sie ist?« Ein alter Mann erhob sich von einem umgestürzten Baumstamm und kam, auf einen Stock gestützt, auf sie zu. Freundlich nickte er, dann wandte er sich zu den Menschen um. »Die Frau mit dem Feuer im Haar. Er hat sie oft genug erwähnt.«

»Hast du das?«, flüsterte Grazia zu Anschar.

»Ja, ab und zu. Wie hätte ich es nicht tun sollen, selbst ihnen gegenüber? Aber sie sind eben dumm.«

»Warum bist du hier?«, fragte der Alte, und dann, zu Anschar gewandt: »Wolltest du für dein geraubtes Geld nicht anderes holen? Was war das noch? Hauptsächlich Getreide und neue Werkzeuge, wenn ich mich nicht irre.«

»Mach mir keine Vorhaltungen, Jernamach. Ohne mich würdet ihr heute noch Käfer aus den Baumrinden kratzen.«

Der alte Mann hatte es gar nicht vorwurfsvoll geäußert, aber er widersprach nicht. Stattdessen lächelte er in sich hinein, als habe er sich längst an diesen Ton gewöhnt. »Wirst du es mir gestatten, der Frau etwas zu trinken anzubieten?« Er machte eine einladende Geste auf den Baumstamm zu, der offenbar sein bevorzugter Aufenthaltsort war. Grazia folgte ihm, ohne darauf zu warten, ob Anschar Einwände erhob. Jernamach erinnerte sie an Tuhram, den Sippenältesten aus der Wüste: genauso zerfurcht und mit Haaren, die man zählen konnte. Im Nachhinein war sie froh über die Zeit, die sie unter Wüstenmenschen verbracht hatte, andernfalls hätte die ungewohnte Situation sie sehr geängstigt. Der Baum erwies sich als recht bequem. Der Alte ließ sich in gebührendem Abstand neben ihr nieder und winkte ein Mädchen herzu, das sich beeilte, etwas aus einem groben tönernen Krug in einen ebenso grob gearbeiteten Becher zu gießen und es ihr zu bringen. Überrascht stellte Grazia fest, dass es ein wohlschmeckend süßer Wein war. Der gehörte vermutlich auch zu den Sachen, die Anschar mit seinen Beutezügen bezahlt hatte. Er ließ sich zu ihrer anderen Seite nieder. Auch ihm brachte das Mädchen einen Becher, für den er sich mit einem leidlich freundlichen Nicken bedankte. Oream und der Mann namens Parrad hatten sich zur Kochstelle begeben und nahmen gefüllte Brotstücke in Empfang, die sie im Stehen in sich hineinstopften. Das Mädchen begab sich zu einem Gatter, in dem sich ein Dutzend graubraune Einhornziegen mit abgesägten Hornstümpfen drängten, und machte sich daran, sie zu melken.

»Hast du Hunger?«, fragte Anschar.

Grazia verneinte. Gegen einen Bissen hätte sie nichts einzuwenden gehabt, nur aß sie ungern, wenn ihr ein ganzes Dorf auf die Finger starrte. Ihr fiel auf, dass niemand hier einen Ohrhaken trug. Bis auf Anschar.

»Willst du hierbleiben, edle Frau?«, fragte Jernamach. »Versteh mich nicht falsch, du darfst bleiben. Aber ist es das, was du willst?« Er machte eine umfassende Geste, mit der er wohl auf die Armseligkeit des Ortes hinweisen wollte.

»Ich habe es eine Zeit lang in einem Wüstendorf ausgehalten, daher schreckt mich das nicht.« Aber wie lange würde sie es aushalten? Und was kam danach? Noch verklärte die Freude, Anschar wiederzuhaben, die raue Wirklichkeit. »Lass uns ein andermal darüber reden. Die Nacht war so kurz, und ich bin müde. Kann ich mich irgendwo ausruhen?«

»Gewiss. Du bekommst alles, was du brauchst, sofern wir es haben.« Er stand auf und wies eine Frau an, die besten Decken zu holen, die sie besaßen. Anschar nahm sie an der Hand und führte sie ein kurzes Stück tiefer in den Wald, bis hin zu einer knotigen, vielfach verästelten Zeder. Ein Bach floss hier entlang und sprang über ihre Wurzeln. Zweifellos ein romantischer Anblick, aber wo konnte sie hier schlafen?

»Sieh hinauf.« Er deutete in die Baumkrone. »Das ist, nun ja, mein Zuhause.«

»Ein Baumhaus?« Unangenehm pochte ihr das Herz, während sie den Kopf in den Nacken legte. In fünf oder sechs Metern Höhe waren Bretter zu erkennen. Ein dickes, vielfach verknotetes Grasseil führte hinauf. »Du meinst, ich soll da hoch?«

»Es sieht schlimmer aus, als es ist. Ich bleibe hinter dir.«

»Na schön.« Am besten war es wohl, den Aufstieg anzugehen, ohne vorher darüber nachzudenken. Sie holte tief Luft, packte das Seil und den untersten Ast und stellte den Fuß auf einen Astknoten. Das hier war auch nicht schlimmer als die schwebende Stadt, versuchte sie sich einzureden, und dafür wesentlich kürzer. Anschars Gegenwart beruhigte sie ein wenig. Wenn sie fiel, würde er sie halten. Ihr Rock war jedoch hinderlich, und als sie sicheren Halt auf einem der unteren, quer stehenden Äste hatte, bückte sie sich und zog den Saum hoch, um ihn in den Bund zu klemmen.

Wenn das meine Eltern wüssten, dachte sie. Schrecklich! Wie würde sich ihre Familie wohl ausmalen, was sie in diesem Moment tat? Wie es ihr ging? Auf den Gedanken, dass sie in Bäumen herumkletterte, kam sie sicher nicht. Aber es half nichts; wenn dies dort oben fürs Erste ihre Wohnstatt sein würde, musste sie noch oft hinauf und hinunter, wenngleich der Abstieg etwas war, an das sie jetzt keinesfalls denken durfte. Als sie die Bretter erreichte und mit Händen und Knien in die Hütte kroch, fiel sie vor Erleichterung aufseufzend in sich zusammen.

»Gut gemacht«, sagte Anschar. »Ich hatte es mir schlimmer vorgestellt. Jetzt hole ich deine Sachen.«

»Schlimmer?« Sie drehte sich auf den Knien um und sah ihm nach. Ich bin keine verzärtelte Dame mehr, wollte sie ihm sagen, aber da war er fast schon wieder unten. Er sprang vom untersten Ast und verschwand aus ihrem Blickfeld.

Von hier oben wirkte der Wald noch undurchdringlicher – eine grüne Wand, in der es raschelte, knackte, summte und zwitscherte. Welch ein Unterschied zu der Stille der Wüste. Sie pflückte Zedernnadeln aus ihrem Haar und zuckte zusammen, als es über ihr pochte. Sicherlich ein Vogel, der über das Dach hüpfte. Die Hütte war düster, wirkte aber sauber. Der Boden war dick mit Fellen gepolstert. Eine zerknüllte Decke fand sich, die schüttelte sie aus und legte sie sich um, dann kroch sie in die hinterste Ecke. Sehr viel mehr als sich auszustrecken konnte man hier nicht. Auf eigenartige Weise fühlte sie sich heimisch. Es musste an den Kreidezeichnungen liegen, mit denen Anschar die Wände übersät hatte. Genauso hatte er es in der Wüstenhöhle gemacht, nur dass sich zu seinem Lieblingsmotiv, dem Schamindar, ein anderes dazugesellt hatte: eine Frau in einem Kleid mit Puffärmeln und an den Füßen weit ausgestelltem Rock, auf archaische Weise stilisiert. Sie sah sich selbst, in das Tor schreitend oder mit vorgestreckten Händen, von denen gepunktete Linien hinabführten. Manchmal schien etwas weggewischt und übermalt worden zu sein. Sie stellte sich vor, wie er hier allabendlich gelegen und seine Sehnsucht wegzumalen versucht hatte. Der Gedanke tat ihr weh.

»Ich hoffe, du findest den Anblick nicht völlig unerträglich.«

Sie fuhr herum. Anschar schob den Koffer hinein, dazu ein paar weitere Decken und sein Buch.

»Nein, er hat mich nur erstaunt.« Sie zog den Koffer heran und öffnete ihn. Auf halber Höhe war ein Brett angebracht, das als Wandbord diente, darauf legte sie ihre Bücher, ihr Handtäschchen, den Schmuckbeutel und all die anderen kleinen Dinge, die sie mitgebracht hatte. Nur ihre Kleider beließ sie im Koffer, der ihr jetzt als Schrank dienen musste. Sie schob ihn in eine Ecke und wandte sich Anschar zu, der immer noch am Eingang kauerte. »Wo ... auf welcher Seite darf ich schlafen?«

»Wo du willst.«

Grazia legte sich hin und deckte sich zu. Ohne dass sie ihn darum bitten musste, schnürte er die Stiefeletten auf und zog sie ihr von den Füßen. Dann faltete er eine Decke zusammen und hob ihren Kopf an, um sie unterzulegen. Sie fühlte sich angenehm entspannt.

»Was ist das?« Sie streckte eine Hand nach seiner Schulter aus und schob den Armausschnitt seines Hemdes ein Stück zurück. Drei wulstige Narben verliefen von der Schulter zur Brust. »Das hattest du vorher noch nicht! Was ist geschehen?«

»Das war der Schamindar.«

»Der ... o Anschar, das ist ja unglaublich.« Die Große Bestie, das heilige Tier Argads? Das war in der Tat zu unglaublich, um es sich auszumalen. Es war, als hätte er beiläufig erzählt, auf dem Pegasus geritten zu sein. »Es sieht schrecklich aus.«

»Nun ja, da man mir die Krallen des Schamindar ausgebrannt hatte, hielt er es wohl für nötig, mich nachhaltiger zu zeichnen. Aber wir haben später noch viel Zeit für solche Geschichten.« Er ergriff ihre Hand und beugte sich herab. Sein Kuss war erst zögerlich, doch plötzlich ging ein Zittern durch seinen Körper. Er ließ sich halb auf sie fallen, halb von ihr ziehen, und küsste sie so heftig, dass es ihren Puls beschleunigte. Als er sich wieder hochstemmte, wirkten seine

Züge sehr viel weniger hart. Das gequälte Lächeln, das seinen Mund umspielte, ließ sie in den Schlaf gleiten.

Die Bretter unter ihr erzitterten leicht. Mit einem Ruck fuhr Grazia hoch. Für einen Augenblick wusste sie nicht, wo sie sich befand. Dann wollte sie vor Erleichterung aufseufzen. Sie war sicher. Sie war bei Anschar. Er warf die Decke, die den Eingang verhängte, zurück und kroch in die Hütte. Seine Haare waren feucht, sein Körper in eines der unförmigen Wüstengewänder gehüllt, die nur aus zwei aneinandergeknüpften Vierecken bestanden. Offenbar hatte er sich im Bach gewaschen.

»Gut geschlafen, Feuerköpfchen?«

Sie nickte. Die Frage, wie spät es war, lag ihr auf der Zunge. »Ist schon Abend?«

»Es dämmert gerade. Wenn du noch einmal hinunter willst, solltest du es jetzt tun.«

»Nein. Eigentlich bin ich immer noch müde. Hast du die schon gesehen?« Sie nahm die Uhr vom Bord. »Bruder Benedikt hat sie mir gebracht.«

»Er hat sie also gefunden. Das hatte ich gehofft.«

»Ja.« Im schwindenden Licht erkannte sie, dass die Uhr halb eins zeigte. Was sollte sie jetzt einstellen? Ob es ein argadisches Wort für die Tagundnachtgleiche gab? »Wann war der Tag, als der Tag so lang war wie die Nacht?«

»Lass mich überlegen. Vor drei Wochen. Nein, vier. Dreieinhalb.«

Sie stellte die Zeiger auf halb acht. Das war gewiss nicht korrekt, aber zur Orientierung genügte es. Dann wollte sie ihm die Uhr geben, doch er schob ihre Hand von sich.

»Das war ein Abschiedsgeschenk. Wir sind aber jetzt zusammen. Außerdem habe ich das Buch wieder.«

»Das war aber auch ein Abschiedsgeschenk.«

»Nicht ganz.« Er gab ihr ein Bündel. »Das soll ich dir von Ralaod geben, der Frau, die gestern solche Angst vor dir hatte.«

Sie nahm ein wollenes Gewand in Empfang, das auffällig fein und dicht gewebt war. Es war dunkelgrün, an den Kanten mit roten Stickereien und Quasten versehen und besaß Löcher, um einen Gürtel hindurchzustecken. Anschar legte ihr einen roten Schal dazu. »Das kann ich unmöglich annehmen«, sagte sie.

»Du musst. Deine Sachen sind nicht robust genug für dieses Waldleben. Der Winter fängt bald an, das heißt, nachts wird es kalt, und es gibt ab und zu Regengüsse, sofern der Fluch dieses Jahr den Wald noch verschont.«

»Na gut.« Sie strich über den Stoff. »Wie sind diese Leute denn so?«

»Unterschiedlich, wie alle Menschen.«

»Früher hast du gesagt, sie seien Tiere.«

»Was? Nein, ich habe gesagt, sie seien *wie* Tiere. Und das sind sie ja auch.«

Sie lächelte in sich hinein, denn sie erinnerte sich genau. »Sie haben ihre Ohrhaken abgenommen. Warum du nicht?«

Unbewusst griff er an sein Ohr. »Warum sollte ich ihn abnehmen? Um mir etwas vorzumachen, das so nicht ist? Die Wüstenmenschen sind nicht von Geburt an versklavt, sie kannten ein anderes Leben und hängen an ihren Erinnerungen. Ich habe keine. Vielleicht ist das der Grund, weshalb ich mich nicht täuschen lasse.«

Er hatte es tonlos dahergesagt, mit schleppender Stimme. Es betrübte sie, dass er trotz ihrer Gegenwart so niedergeschlagen war. Als drücke dieses Dasein seine Schultern nieder. Wie mochte es ihm da ergangen sein, als er allein gewesen war?

Der Schmuck!, fiel ihr ein. In all der Aufregung hatte sie

ihn vergessen. Sie nahm den Schmuckbeutel vom Bord und öffnete ihn. Anschar war näher herangekrochen. Seine Augen weiteten sich.

»So sieht er also aus«, murmelte er ergriffen. Beinahe ehrfürchtig berührte er das Gold. »Seltsam, nie habe ich ihn gesehen, nur den anderen Ohrring, und der ist jetzt weg. Der liegt immer noch unter meiner Matratze in Herias Sklavenkeller. Nein, da ist er sicher längst nicht mehr, irgendjemand wird ihn schon gefunden haben.«

»Ich hatte den Schmuck nicht nur mitgebracht, weil ich ihn mag«, sagte sie ernst und sah ihn fest an. »Sondern auch, um ihn Madyur zu zeigen.«

»Wozu? Um ihn davon zu überzeugen, dass Siraia tatsächlich aus Temenon stammte?«

»Genau das.«

Seine Miene verschloss sich. »Und? Hat er dir geglaubt?«

»Ja.«

Er lachte hart auf. »Nun, das ändert wohl alles, wie? Das hattest du dir jedenfalls so ausgemalt. Aber ich sage dir, es ändert nichts. Ob er mich für tot hält oder nicht, ob er glaubt, dass meine Mutter eine Frau aus Temenon war oder nicht – das alles ist völlig gleichgültig, da ich nichts mehr mit ihm zu tun habe. Alles nur wegen einer lächerlichen Wette! Ich gönne ihm das Gefühl, sich jedes Haar einzeln ausraufen zu wollen.«

Sie nickte betrübt.

»Da wir schon dabei sind …«, fuhr er mit säuerlichem Unterton fort und ließ den Schmuck zurück in den Beutel gleiten. »Ich weiß auch etwas zu erzählen, das für Madyur neu wäre, wüsste er es. Erinnerst du dich an das, was du nach dem Zweikampf in Herias Felsenkeller gesehen hast? Dieses säulenartige Ding, das mit einem Tuch bedeckt war?«

»Ja. Du weißt, was es war?«

»Darin ist der Gott gefangen.«

»Der Gott? Du willst damit sagen, Mallayur habe den Gott gefunden? Aber das ist doch ...«

»Unmöglich? Nicht, wenn man eine Nihaye hat. Sie hat ihn mit ihrer Kraft gefangen und Mallayur gebracht. Das muss schon passiert sein, als wir dort unten im Keller waren, denn Geeryu war zu diesem Zeitpunkt in Heria.«

Geeryu – die Nihaye und Mallayurs Geliebte. Grazia war über diese Frau im Bilde, soweit das möglich war. Es klang unglaublich, aber was gab es hier schon noch, das man nicht glauben konnte? »Du willst damit sagen, dass wir, wären wir in das Gewölbe hinabgestiegen und hätten einen Blick unter das Tuch geworfen, den Gott gesehen hätten?«

»Das wäre möglich.«

Sie wusste nicht, wie sie sich das vorstellen sollte. Ein Gott, gefangen in einem Behälter? Es schmerzte sie innerlich, wenn sie an jenen Mann auf dem Steg zurückdachte, der so verzweifelt gewesen war. So von Furcht erfüllt. Sein Aussehen war das eines Gottes gewesen, aber gebärdet hatte er sich wie ein Kind, das eine harte Hand gezüchtigt hatte. Sie erinnerte sich an die Sanftmut, die er ausgestrahlt hatte. »Dieses friedfertige Wesen in den Händen Mallayurs und seiner Nihaye? Kaum vorstellbar.«

»Nein. Und ich sehe keine Lösung. Es bleibt nicht einmal die Hoffnung, dass Mallayur die Trockenheit abmildern kann, denn der Gott verweigert sich ihm. Und wenn er es täte, würde das wohl nur Hersched nützen. Es ist alles verfahren. Warum nur sind diese Dinge nichts, was man mit einem Schwert zerhacken kann?«

»Wie den gordischen Knoten.«

»Was ist das?«

Sie verschloss den Beutel und legte ihn auf das Bord zurück. Dann kroch sie zu Anschar und bettete den Kopf auf seinen Schenkel. »Das war ein Gewirr aus Seilen, das Joch und Deichsel eines Wagens miteinander verband. Die Götter prophezeiten demjenigen, der das Gewirr lösen könne, einen großen Sieg. Es schaffte aber niemand, weil alles so verworren war. Irgendjemandem gelang es aber doch. Es gibt immer jemanden. Ein berühmter König und Eroberer schlug ihn mit seinem Schwert entzwei.«

»Ah. Und er bekam den Sieg?«

»Ja. Er galt als der größte Feldherr seiner Zeit. Aber er ist viel zu jung gestorben.«

»Natürlich. Die Helden deiner Sagen sterben immer jung. Nicht gerade ermutigend.« Gedankenverloren betastete er ihre Hände und strich mit den Fingerkuppen über ihre abgekauten Nägel und die rissige Nagelhaut. »Warum tust du das?«

Sie wollte ihm die Hände entziehen, aber er hielt sie fest. »Früher habe ich das nicht so schlimm getrieben«, murmelte sie. »Da hatte ich weniger Sorgen.«

Er spreizte ihren Zeigefinger ab und küsste die Kuppe. Plötzlich verschwand der Finger in seinem Mund. Eine warme Zunge schmiegte sich daran. Grazia war, als werde sie von heißen Nadeln durchbohrt. Sie keuchte auf. Konnte das wahr sein? Konnte es wirklich sein, dass Anschar allein dadurch sämtliche Gedanken fortjagte und sie nur noch den Wunsch verspürte, von ihm ... *berührt* zu werden? Sie drückte den Rücken durch. Mit einer Hand hielt er ihren Finger fest, während die andere über ihren Körper glitt und auf ihrer Brust verharrte. Ihre Kleidung war ihr zu viel, das Korsett wie ein Panzer.

Er fing an, die Bluse aufzuhaken. Grazia schloss die Augen. Seine Hand glitt unter die Stofflagen, schob sich unter den Rand des Korsetts und suchte eine Brustwarze. Als die Fingerspitzen sich darum schlossen, war es wieder, als treibe sich etwas Glühendes in ihren Körper. Ihr Finger kam frei. Kalt strich die Luft darüber. Dann spürte sie Anschars Mund auf den Lippen. In sie züngelte etwas hinein. Zitternd hielt sie still. Es fühlte sich gut an, berauschend. War daran irgendetwas falsch? Sie gehörte ihm, nicht mehr Friedrich. Sie hatte alles Recht dazu. Aber hatte sie auch den Mut?

Sie machte sich stocksteif. Anschar spürte es wohl, denn er entließ sie aus der Umarmung.

»War es zu viel?«

»Ich weiß nicht.« Die Worte kamen kehlig. Besänftigend küsste er ihre Stirn. Als er sich bäuchlings auf die Felle sinken ließ und den Kopf auf den Arm bettete, wirkte er dennoch zufrieden. Wir haben Zeit, schien er ihr sagen zu wollen. Grazia streckte sich an seiner Seite aus, denn sie war immer noch müde. Sie berührte seine Hand. Aus seinem Gesicht war die Härte gewichen. Es war ein Genuss, ihn zu betrachten, wie er dalag, ganz und gar wirklich. Und ein merkwürdiges Gefühl, neben ihm zu liegen, als sei sie seine Frau. Als zum ersten Mal in ihrem Leben eine Heirat zur Sprache gekommen war, hatte sie sich ausgemalt, wie es sein würde, mit einem Mann im selben Bett zu liegen. Eben so, wie die Eltern schliefen, in dicken Federbetten, auf knarrenden Matratzen, auf dem Bauch ein Buch und in der kalten Jahreszeit eine Bettpfanne an den Füßen. Ziemlich unromantisch, aber gemütlich. Das, was sie nun bekommen hatte, war so weit davon entfernt, wie es nur möglich war. Kein Bett, stattdessen Felle in einem schäbigen Bretterverschlag, in dem man nicht einmal stehen konnte. Wildromantisch.

Er hockte am Eingang. Die Decke war beiseite geschoben. Auf den Knien hatte er das Buch; es war aufgeschlagen. Sie erkannte die Photographie, in deren Betrachtung er versunken war. Genüsslich rekelte sie sich in den Fellen. Anschar sah auf.

»Wann kommt der Moment, da sich die Menschen auf diesen Bildern bewegen?«

Bewegte Bilder gab es wohl, aber wie kam er darauf? Sie musste sich ins Gedächtnis rufen, dass jemand, der mit derlei Dingen nicht vertraut war, auf abwegige Gedanken kommen konnte. Und Anschar hatte das Talent für äusserst abwegige Gedanken.

Grazia setzte sich auf und rutschte an ihn heran, bis sie den Kopf auf seine Schulter legen konnte. Das Licht des anbrechenden Morgens spiegelte sich auf der Photopappe. »Was meinst du damit?«

»Zuvor hat dein Vater auf dem Stuhl gesessen, und jetzt ist es deine Mutter.«

»Anschar! Ich dachte, du hättest verstanden, dass das andere Bild verbrannt ist?«

»Ja, ja, das habe ich ja auch. Aber dies hier ist das Gleiche – eines von vielen. Nur hat es sich ganz offensichtlich verändert.«

»Nein, mit den Bildern ist es nicht wie mit den Büchern. Diese gibt es nur einmal, meistens jedenfalls. Es ist das Abbild eines Augenblicks, es verändert sich nicht.«

Er nickte langsam. »Ich versuche mir vorzustellen, dass der Mann, der dein Vater ist, die Worte spricht, die er geschrieben hat.«

»Vielleicht hörst du ihn ja eines Tages. Er meinte, er würde dich gern kennen lernen.«

Er steckte die Photographie zwischen die Seiten, klappte das Buch zu und tat einen lauten Atemzug. »Ich habe meinen Vater nie zu Gesicht bekommen. Er war wahrscheinlich auch so ein Hund wie Egnasch.«

Es war das erste Mal, dass er von dem Sklavenaufseher sprach, der seine Mutter mit Gewalt genommen hatte. Sie wusste nicht, was sie darauf sagen sollte.

»Ich würde deinen Vater gern sehen«, fuhr er fort. »Aber dazu kann es nie kommen. Was würde er denn sagen, wüsste er, wo du jetzt bist? Das hier ist für mich kein Leben, wie könnte es eines für dich sein? Ich bin froh, dass du wieder zurück bist, aber leiden sehen will ich dich auch nicht. Vielleicht solltest du gehen, solange das Tor noch offen ist.«

Wie lange wälzte er schon diese betrüblichen Gedanken, während sie geschlafen hatte? »O nein. Diesen Fehler habe ich hinter mir. Einmal genügt.« Sie berührte sein Kinn. Er wandte ihr den Kopf zu und leckte sanft ihre Lippen. Es war richtig gewesen, durchs Tor zu gehen, das wusste sie auch ohne diesen Kuss. Sie bettete die Wange auf seiner Schulter und sah zu, wie der Morgen anbrach. Aus den anderen Baumhütten hörte sie die Bewohner klettern und ihre müden Stimmen erheben. Kinder lachten. Frauen fingen an zu schwatzen, während sie die Töpfe klirren ließen.

»Anschar«, raunte sie ihm zu, als könne man sie mehr als drei Meter weit hören. »Wo kann ich hier … du weißt schon?«

»Was weiß ich denn?«

»Ich muss mal.«

»Was?«

Strullern, dachte sie. Auf die Toilette gehen. Plötzlich wollte ihr das richtige Wort nicht einfallen. »Wasser lassen«, sagte sie schließlich. »Und waschen muss ich mich auch.«

Er grinste. »Du hast ja dein eigenes Wasser, also ist das einfach. Komm, gehen wir hinunter. Es ist jetzt hell genug.«

Er streifte sich das Gewand ab und schlang einen Wickelrock um die Hüften. Sie zog die Grassandalen an, gab ihm das Wüstengewand, damit er es für sie hinunter trug, und machte sich mit seiner Hilfe an den Abstieg, der kaum weniger schlimm als der Aufstieg war. Aber sie war zuversichtlich, sich bald daran zu gewöhnen. Anschar führte sie ein paar

Schritte weit von der Siedlung weg, zu einer Baumgruppe, deren wuchtige Stämme dicht beieinander standen, sodass sie bestmöglichen Sichtschutz boten. Nur wer sich unmittelbar in der Nähe befand, konnte sie sehen. Aus dem Dorf holte er ihr Tücher, die eher Lumpen ähnelten, aber sauber waren, und ein Bündel Seifenkraut. Dann entfernte er sich einige Schritte, um sie nicht zu stören. Es war ein eigenartiges Gefühl, ihn ganz in der Nähe zu wissen, während sie den Rock sinken ließ und ihre Bluse aufhakte. Sie schob den Träger des Unterkleides über die Schulter. Die kalte Morgenluft strich über die Wölbung ihrer Brust. Grazia berührte die empfindliche Spitze und schloss die Augen. Wie aufregend, so etwas im Freien zu tun und den Mann, den sie liebte, dicht bei sich zu wissen. Es ließ sie sich frei fühlen, geradezu verwegen. Dann aber rief sie sich zur Vernunft. Eilends kauerte sie sich hin und fing an, sich zu waschen.

»Anschar?«

»Ja?«

»Beobachtest du mich auch nicht?«

Er grunzte erheitert. »Würde ich mir nie erlauben.«

Sie lächelte in sich hinein. Ihre erste Begegnung kam ihr in den Sinn. Er, der fremde schmutzige Mann, hatte versucht, ihr in den Ausschnitt zu schauen. Was war sie so heftig erschrocken! Seine Gegenwart hatte ihr damals schon den Atem geraubt. Eigentlich hatte sich seitdem nicht viel verändert. Beide waren sie wieder in einem verwahrlosten Zustand und von Wildnis umgeben.

Sie schlüpfte in das Wüstengewand. Mit ihren Kleidern unter dem Arm stieg sie über die Wurzeln und breitete sie zum Entlüften über einem Ast aus. Wann sie sie wohl wieder tragen würde? Anschar nahm ihr den Schal aus der Hand, schob ihn durch die Öffnungen des Gewandes und verknotete ihn vor ihrem Bauch. Dann folgte sie ihm auf den

Dorfplatz. Etwas betreten blickte sie zu Boden, denn jeder hob den Kopf. Noch war der Platz nicht belebt; viele befanden sich offenbar noch in ihren Baumhütten. Frauen und Kinder heizten das Feuer unter dem Kessel an, hackten auf flachen Steinen Gras- und andere Wurzeln klein, zerrieben Getreide und kneteten flache Teige. All das taten sie blind, während sie Grazia betrachteten. Die Blicke waren nicht ganz so abweisend wie am Tag zuvor. Ob es daran lag, dass sie als Anschars Gefährtin galt?

Sie setzte sich neben ihn auf den gefällten Baumstamm. Eine Frau brachte ihnen Schalen mit Graswurzelbrei und harte Brotfladen, die als Löffel dienten. Eine andere kam mit einem Krug, aus dem es erdig roch; es sollte wohl Bier sein. Grazia ließ die Finger davon. Anschar trank, aber zu schmecken schien es ihm auch nicht.

»Sag, bist du der Anführer dieser Menschen?«, fragte sie leise.

»Nein, das ist Jernamach, der Alte. Aber sie hören auf mich. Es ist ein Zweckbündnis – sie lieben mich nicht, und ich verachte sie.«

»Du verachtest sie? Auch die, mit denen du unterwegs warst?«

Er hob die Schultern. »Es sind Wüstenmänner.«

Die beiden kamen, in dicke Gewänder gehüllt, auf die Lichtung. Sogleich gingen sie zur Kochstelle und ließen sich Schalen mit Brei geben. Anschar winkte sie herbei. Sie gehorchten sofort. Die Begrüßung fiel spärlich aus. Sie schienen nicht recht zu wissen, wie sie sich heute der Frau gegenüber verhalten sollten, die sie gestern entführt hatten.

»Ihr wisst, was wir zu tun haben«, fing er an. Sie nickten.

»Wann?«, fragte der Mann namens Parrad.

»Sofort.«

»Gut.« Parrad drückte die Hand auf den Bauch. »Lass

mich nur in Ruhe im Gebüsch hocken. Ich glaube, der Wein in dieser Schenke war, ähm, ungewohnt.«

Anschar nickte, und sie entfernten sich ein Stück, um im Stehen das Frühstück herunterzuschlingen und sich anschließend mit einem kupfernen Schaufelblatt in die Büsche zu schlagen.

»Was habt ihr denn zu tun?«, fragte Grazia, der mit einem Mal ganz beklommen zumute war. Nichts, was ein Mann hier tun musste, war harmlos.

»Wir müssen nachholen, was gestern hätte getan werden sollen. Du hast ja mitbekommen, dass wir eigentlich unterwegs waren, um ein paar Sachen zu besorgen. Das ist leider gründlich misslungen.«

»Meinetwegen?«

»Nein, es gab Schwierigkeiten im Dorf, in dem wir uns aufhielten, dabei habe ich mein Geld verloren. Ich habe noch Geld, also werde ich mich nachher aufmachen und meine Einkäufe tätigen.«

»Anschar!« Sie stellte die Schale auf der Baumrinde ab und wandte sich ihm zu. »Da draußen sind sicherlich die Argaden unterwegs, um mich zu suchen. Ist es nicht viel zu gefährlich, jetzt noch einmal loszuziehen?«

»Es sollte dich nicht beunruhigen. Das Dorf liegt in westlicher Richtung; falls sie sich wirklich die Mühe machen, so weit zu laufen, werden sie es morgen erst erreichen. Daher bleibt uns nur der heutige Tag. Ich hole, was ich bekommen kann, und danach ist es wirklich das Beste, ein paar Tage die Nase nicht aus dem Wald zu stecken. In den Wald werden sie nicht vordringen, denn da wüssten sie ja kaum, wo sie mit der Suche anfangen sollen. Und sonst gibt es nicht viele Möglichkeiten. Ist Benedik eigentlich mit dir gereist? Im Lager schien er nicht zu sein, allerdings habe ich nicht nach ihm Ausschau gehalten.«

»Er ist allein geritten, wie er es immer hielt. Zum Glück! Es wäre mir nicht recht gewesen, wenn er in deinen Überfall verwickelt worden wäre. Anschar, mir macht das Angst.«

Er strich ihr eine feuchte Strähne aus der Stirn. »Ja, Feuerköpfchen, das verstehe ich. Die Gefahr ist Teil dieses Lebens hier, aber sieh es so: Es ist für mich wesentlich ungefährlicher als zu meiner Zeit bei Mallayur.«

Unzufrieden blähte sie die Backen. Dieses Argument überzeugte sie nicht. Er kniff ihr in die Wange und lächelte sie aufmunternd an.

»Es geschieht mir nichts, ich verspreche es dir. Ich schaffe es schon in die *Teufelküche*.«

Wann hatte sie ihm diesen Ausdruck beigebracht? Das musste eine halbe Ewigkeit her sein, und er hatte es sich gemerkt. Beinahe jedenfalls. »Nein. Du *kommst* in Teufels Küche, und das ist gar nicht gut.«

»Wie auch immer. Es muss getan werden.« Er sah auf, als Parrad und Oream wieder die Lichtung betraten. Beide hatten sich Kapuzenmäntel geholt. Einen warfen sie Anschar zu, der aufstand und ihn ausschüttelte. Der grobe Wollstoff war von dunklem Grau und löchrig. Anschar schlüpfte hinein und zerrte am Ärmel, als wolle er überprüfen, ob er seine Tätowierung ausreichend verdeckte. »Meinen hab ich gestern verloren«, erklärte er ihr. Noch einmal verschwand er in Richtung seiner Baumhütte und kehrte mit einem kleinen Beutel und seinem Schwert zurück. Es war ein anderes als das, was sie kannte: schmuckloser, aber zweifellos nicht weniger gefährlich. Mit bangem Herzen sah sie zu, wie er sich den Schwertgürtel umschnallte und den Geldbeutel daran festband. Auch Parrad und Oream legten sich Schwerter um.

»Machen wir es besser als gestern.« Anschar schickte Parrad einen Blick, der vorwurfsvoll wirkte. Ergeben seufzte der Wüstenmann auf.

Anschar beugte sich zu Grazia herab und berührte sie unter dem Kinn. »Mach dir nicht zu viele Sorgen. Und wenn du es tust, bete zu deinem Gott für mich.«

Sie wollte ihn umarmen. Bleischwer lagen ihre Hände im Schoß.

Er ging mit Parrad und Oream zu dem Unterstand und sattelte die Pferde. Es waren zwei Schwarzbraune und ein Hellbrauner. Die argadischen Pferde waren schlank, beinahe dürr. Schopf und Mähne besaßen sie nicht. Dennoch waren es schöne Tiere. Ob auch sie geraubt waren? Grazia sah zu, wie Anschar sich in den Sattel schwang und die Zügel ergriff. Die Frauen hatten sich erhoben, als er, Oream und Parrad hinter sich, an der Kochstelle vorbeiritt. Er lenkte sein Pferd auf jenen Pfad, den sie gestern gekommen waren. Bald hatte der Wald sie verschluckt, und die Frauen setzten sich wieder hin. Gespräche kamen in Gang, die sich um das drehten, was die drei Männer holen wollten. Getreide und Werkzeuge vor allem. Küchenmesser, Schnitzmesser, Beile, Reibsteine zum Glätten von Holz. Bronze war wesentlich, um den erbärmlichen Lebensstandard zu halten, und Grazia fragte sich, wie sie gehaust hatten, bevor Anschar gekommen war. Hatten sie Steinwerkzeuge benutzt? Sie hörte, wie sich zwei Männer darüber unterhielten, dass es besser sei, eine eigene Schmiede zu haben. Aber niemand verstand sich hier aufs Schmiedehandwerk.

Eine Frau kam und hielt ihr ein begonnenes Flechtwerk hin. »Möchtest du uns helfen?«, fragte sie und lächelte schüchtern.

Grazia nahm es entgegen, dankbar für die Aufmerksamkeit. »Sehr gern. Aber gut bin ich darin nicht.«

Sie befingerte das Gewirr der Grasfasern. Die Lage erinnerte sie an jene Tage in der Wüste, als sie geglaubt hatte, Anschar müsse sterben, weil er ohne Wasser fortgejagt worden war. Inmitten eines primitiven Volkes beschäftigte sie sich mit Körbeflechten, während er in Gefahr war. Was hatte sich seitdem eigentlich getan? Drehten sie sich im Kreis? Würde das nie enden? Er hatte recht, das war kein Leben.

Mit einem leisen Aufschrei warf sie die Arbeit weg, raffte das Gewand und hastete in den Wald. »Anschar!«, schrie sie. »Anschar! Warte!«

Es war erschreckend düster im Wald. Die Bäume und das Unterholz warfen lange Schatten. Bereits nach wenigen Schritten wusste sie nicht, ob sie sich noch auf dem Pfad befand. Hinter sich hörte sie jemanden rufen, sie möge stehen bleiben, aber sie rannte weiter, stolperte fast über den unebenen Boden und stieß sich die Zehen an einer aufragenden Wurzel. Mit zusammengebissenen Zähnen lief sie weiter. Und dann sah sie ihn. Er wendete das Pferd zwischen den Bäumen und sprang ab. Grazia rannte ihm entgegen. Seine starken Hände fingen sie auf. Sie krallte sich an seinem Mantel fest und fing an zu weinen. Doch ihre Tränen stockten, als sie spürte, dass er zornig war. Er zerrte ihre Hände herunter, hielt sie auf Abstand und funkelte sie an, mit einer Mischung aus Mitleid und Ärger.

»Tu das nie wieder!«, herrschte er sie an. »So kopflos rennt man nicht in den Wald! Du hast dich hier schneller verirrt, als du dir vorstellen kannst.«

»Aber ich …«

»Nein!« Sein Zeigefinger schwebte dicht vor ihren Augen. »Dafür gibt es keine Entschuldigung.«

»Ich habe Angst um dich.«

»Ja, das weiß ich. Es hilft aber nicht, wenn du dafür sorgst, dass ich auch um dich fürchten muss.«

»Nimm mich mit.«

Hart lachte er auf. Der Gedanke musste ihm so abwegig erscheinen, dass er nichts einzuwenden wusste.

»Bitte!«

»Geh wieder zurück.« Seine Erregung wich. Er strich ihr über die Wange. »Wenn heute alles gut geht, brauche ich ein paar Wochen nicht mehr loszuziehen.«

Ein paar Wochen? Nur ein paar Wochen Ruhe vor der nächsten Furcht, die sie ausstehen musste? Anschar ließ sie los und stieg wieder auf sein Pferd. Er warf einen begütigenden Blick zurück über die Schulter, dann folgte er Parrad und Oream, die gewartet hatten. Als sich Grazia umwandte, stand einer der Wüstenmänner vor ihr.

»Es ist gefährlich …«, fing er an, aber sie winkte ab.

»Wenn ich etwas begriffen habe, dann das«, antwortete sie düster. Wie sollte das Leben an der Seite eines Kriegers ungefährlich sein? Im Grunde, so versuchte sie sich einzureden, war es auch nicht viel anders, als wäre sie eine Soldatenfrau. Und sie, eine Preußin, gebärdete sich so unbeherrscht! Kein Wunder, dass Anschar wütend geworden war. Sie folgte dem Mann zurück ins Dorf, nahm das Flechtwerk vom Boden auf und setzte sich auf den Baumstamm, wo sich inzwischen Jernamach niedergelassen hatte.

»Hast du es schon bereut?«, fragte er.

»Nein. Aber Anschar hat recht, so kann man nicht dauerhaft leben. Warum versucht ihr nicht, zurück in die Wüste zu kommen?«

»Weil ich uns davon abhalte. Parrad und noch ein paar andere würden es wagen. Anschar auch, obwohl es ihm nichts nützt, denn uns in die Wüste folgen würde er nicht.«

»Und warum verhinderst du es?«

»Weil dieses Leben der Gefangenschaft oder dem Tod vorzuziehen ist. Wir sind nicht gerade fähige Waldbewohner, aber für die Sklaverei ist *kein* Volk geschaffen. Anschar ist schwer zu begreifen. Er sorgt mit seinen Unternehmungen dafür, dass unser Leben hier etwas leichter ist – obwohl er das natürlich hauptsächlich für sich selbst tut. Andererseits findet er es nicht richtig, dass wir uns unseren Herren entzogen haben. Seiner Meinung nach sind wir Sklaven und bleiben es auch, solange wir uns auf der Hochebene befinden. Und er selbst wünscht sich nichts sehnlicher, als wieder bei seinem früheren Herrn zu sein. Niemand sollte Sklave sein, aber einer wie er schon gar nicht. Er hat einen starken Freiheitsdrang. Nur weiß er das nicht.«

»Er will es nicht wissen.« Sie dachte daran, wie lange er es von sich gewiesen hatte, auch nur an Flucht zu denken. »Diese Unternehmungen – sind die eigentlich immer gut ausgegangen? Ist er schon einmal verletzt worden? Oder fast erwischt? Wie wahrscheinlich ist es, dass er heute Abend zurückkehrt?«

»Ach, das schafft er schon. Ewig geht das natürlich nicht gut. Ja, ich weiß, man kann niemandem raten, einfach nicht daran zu denken. Versuch es trotzdem.«

Grazia versuchte es. Wenn sie sich auf die Flechtarbeit konzentrierte, musste es doch gelingen. Es gelang nicht, und das, was sie tat, war hässlich anzusehen. Ständig wanderte ein Finger in den Mund, um an der Nagelhaut zu knabbern. Schließlich legte sie die Arbeit wieder beiseite und stand auf. Besser war es, oben in der Hütte zu warten. Dort konnte sie lesen und die Zeit verschlafen. Keine Art, den Tag zu verbringen, aber heute wollte sie sich das gestatten. Sie ging zum Baum und griff nach dem Seil und dem untersten Ast. Ihre Glieder erlahmten. Ohne Anschar wagte sie es nicht hinaufzusteigen. Hilflos sackte sie in sich zusammen. Ein Wasserschwall ergoss sich aus ihren Augen.

8

Grazia spannte die Schnur, die sie geflochten hatte, nickte zufrieden und fädelte sie durch die Öse der Taschenuhr. Irgendwann am Nachmittag hatte sie jemanden gebeten, in die Hütte hinaufzusteigen und ihr die Uhr zu holen. Inzwischen war sie ganz froh, den Tag hier unten zu verbringen, wo die Frauen mehr und mehr auftauten und sie in Gespräche verwickelten. Sie hatte gelernt, die Ziegen zu melken und Getreide auf einem flachen Stein zu mahlen.

»Das ist ein sehr ungewöhnliches Schmuckstück«, sagte Ralaod, als sie sich die Uhr um den Hals hängte. »Es sieht gar nicht argadisch aus.«

Grazia überlegte, ob sie erklären sollte, dass sie das Schmuckstück trug, weil es die Zeit anzeigte, in der mit Anschars Rückkehr zu rechnen war. Aber für solche Geschichten war es noch zu früh. Und doch, die Frau schien ihre Gedanken zu erraten.

»Mit Oream geht es mir ähnlich. Immer hat man Angst. Wir können nicht ohne die Männer, aber mit ihnen ist es irgendwie auch furchtbar.« Ralaod entblößte eine gelbe Zahnreihe, in der ein Schneidezahn fehlte, zu einem hilflosen Lächeln. »Ich hasse Anschar dafür, dass er Oream immer mitnimmt. Keiner kennt sich im Wald so gut aus wie Oream, und er hat ja auch kein gezeichnetes Ohr. Bisher ist es immer gut gegangen.«

»Und heute? Es wird bald dunkel.«

Ralaod blickte in den Himmel. »Ja. Bis zum Einbruch der Dämmerung waren sie immer da.«

Sie stand auf und verschwand in einem der Zelte. Kurz darauf kehrte sie zurück und legte Grazia ein Säckchen in den Schoß. Neugierig schnürte Grazia es auf. Es waren weiße, flache Muscheln mit jeweils einem kleinen Loch am Rand.

»Für dich«, erklärte Ralaod feierlich. »Ich wollte sie mir an ein Gewand nähen, aber immer waren sie mir zu schade.«

»Danke.« Grazia war gerührt. Diese Muschelverzierungen kannte sie noch von Tuhrod, der Nomadenherrin. Ralaod hockte sich im Schneidersitz vor sie und nähte die Muscheln an den Saum ihres Gewandes. Es sah hübsch aus, auch wenn Grazia auf diese Weise eine ständige Mahnung an den Fluch mit sich herumtrug. Sie war froh, dass die Wüstenfrau ihre anfängliche Abneigung so rasch abgelegt hatte. Bei den anderen würde es früher oder später auch der Fall sein. Falls sie bis dahin noch hier lebte. Beim besten Willen vermochte sie es sich nicht vorzustellen. Einige Zeit, ja. Doch was war im Winter? Was war, wenn sie es nicht mehr aushielt, ohne weitere Bücher zu sein? Was, wenn das Heimweh übermächtig wurde? Noch war sie von dem Glück beherrscht, Anschar lebend wiedergefunden zu haben. Zumindest dies hatte sie vorher gewusst: Falls er lebte, würde sie zukünftig von der Sorge gequält werden, ihn wieder zu verlieren.

Die Nacht brach an. Grazia warf einen Blick auf die Uhr. Ihr entging nicht, wie sich einige darüber unterhielten, dass die Männer diesmal lange fortblieben. Die Frauen packten ihre Sachen zusammen und trugen sie in die Zelte. Die Ersten begaben sich hinauf in ihre Hütten.

»Sie kommen bald. Sie kommen bald«, murmelte Ralaod unentwegt, während sie auf dem Boden saß und den Oberkörper vor- und zurückwiegte. »Der Herr des Windes gebe es.«

Jäh riss sie den Kopf hoch. Die Dorfbewohner sprangen auf. Zwei Pferde kamen auf die Lichtung. Parrad und Oream sprangen ab und zerrten die Säcke von den Sätteln. Beide wirkten erschöpft, als hätten sie eine lange Reise hinter sich. Oder einen Kampf. Sie achteten nicht auf die Menschen, die sich um sie scharten. Ralaod hing an Oream, doch der wehrte sie ab.

»Die Pferde müssen in den Stall. Und dann alle auf die Bäume.« Er wischte sich mit dem Ärmel seines Mantels über die Stirn. Sein Blick irrte umher und blieb an Grazia hängen. »Anschar kommt gleich. Er war dicht hinter uns.«

»Was ist passiert?«, fragte Jernamach, der inmitten des Getümmels starr wie eine Birke dastand.

»Nichts«, erwiderte Parrad. »Es ist gut verlaufen. Wir haben fast alles besorgen können. Keine Probleme, keine argadischen Krieger, die nach Anschar gesucht haben.«

»Aber?«

Oream deutete in den Wald. »Die Große Bestie ... Wir sind fast auf sie gestoßen. Sie läuft ganz in der Nähe herum.«

»Dann schnell«, Jernamach wedelte mit den Armen, um die Leute anzutreiben. »Lasst das Feuer brennen.«

Grazia half mit, die Säcke in eines der Zelte zu bringen. Derweil führten andere die Pferde in den Unterstand. Parrad und Oream gossen sich Wasser über die verschwitzten Haare. Mittlerweile war es so dunkel geworden, dass nur noch das Herdfeuer Licht spendete. Aber half es auch, die Bestie abzuhalten?

»Wo soll ich hin?«, fragte Grazia, als sich alle zu ihren Bäumen begaben. Selbst der alte Jernamach stieg so flink wie die jungen Männer hinauf. Sie waren es gewohnt, nur sie stand hilflos da. Ralaod nahm sie an der Hand und führte sie zu einem Baum, auf dessen unterstem Ast Oream stand. Es half nichts, Grazia musste hinauf. Anschars Baum wäre ihr lieber gewesen, aber allein wollte sie auch nicht sein. Als sie neben Oream stand, zwei Meter über dem Erdboden, atmete sie tief durch. Sie wollte sagen, dass es sicher hoch genug war und Anschar ja bald zurückkäme, als ein erstickter Schrei aus einem der anderen Bäume erklang. Das Unterholz raschelte, und dann sah sie einen Schemen außerhalb des Feuerscheins.

»Weiter hinauf«, zischte Oream. »Schnell!«

»O Gott, was ist das?«, flüsterte Grazia. »Was ist das?«

»Der Schamindar.«

Ralaod verschwand zwischen den Ästen über ihr. Oream half Grazia einen weiteren Ast hinauf. Dann erst begriff sie, was sie gehört hatte, und vor Schreck konnte sie sich nicht mehr rühren. Sie hatte die Arme um einen Ast auf Augenhöhe geschlungen. Ihre Füße hatten sicheren Stand. Kein Grund, sich weiterer Gefahr auszusetzen. Sie machte sich steif, als Oream sie an der Schulter rüttelte. Gottlob begriff er, dass sie viel zu sehr von Furcht erfüllt war, um weiter hinaufzusteigen, denn er machte keine Anstalten, sie zum Weiterklettern zu bewegen. Grazia vergaß zu atmen, als sie den Schemen herankommen sah. Ein Tier, riesenhaft wie ein Bär, aber von der Gestalt eines Löwen, glitt unter ihren Füßen entlang. Im Schein des Feuers erkannte sie einen länglichen, muskelbepackten Hals, einen hundeähnlichen Kopf, echsenartige Krallen und drei quastenbesetzte Schwänze, die sich gegenseitig umschlängelten. Es war die Chimäre, die sie auf so vielen Fresken und Statuen gesehen hatte – das heilige Tier Argads, der Begleiter des letzten Gottes. Ja, die Wüstenmenschen hatten gesagt, dass die Große Bestie hier in den Wäldern herumstreife, aber niemals hätte Grazia geglaubt, ihr zu begegnen. Das Tier umkreiste langsam das Feuer. Sie tastete sich etwas weiter vor, um es besser sehen zu können. Doch als der Ast knackte und das Tier sich herumwarf, um dem Geräusch nachzugehen, bereute sie es.

Der Schamindar tauchte wieder unter ihren Füßen auf. Sie

glaubte das Feuer in einem Auge sich spiegeln zu sehen. Wie weit war sie entfernt? Drei Meter? Genügte es? Er warf den Kopf zurück, entblößte fingerlange, messerscharfe Fangzähne und stieß ein Brüllen aus, dass sie glaubte, der Baum müsse wanken. Ihr wurde schwindlig. In ihren Ohren pulsierte das Blut, und ihre Hände waren schlüpfrig von kaltem Schweiß. Gleich würde sie fallen. Sie spürte, wie ihr das Wasser an den Schenkeln herunterlief.

Ein Speer schlug neben dem Schamindar auf und schlitterte über den Boden. Es war ein schwacher Versuch, der die Furcht des Werfers verriet. Es war Parrad gewesen, der in einem der Bäume auf der gegenüberliegenden Seite der Lichtung stand. Wenigstens lenkte der Wurf den Schamindar ab, denn er machte einen Satz seitwärts, fauchte und knurrte und drehte eine weitere Runde um das Feuer.

Plötzlich erstarrte er. Die Schnauze erzitterte. Es war totenstill auf der Lichtung, nur das Knistern des Feuers war zu hören. Dann knackte es irgendwo dort draußen. Ein Pferd wieherte ängstlich. Es war keines aus dem Stall, es musste Anschars Pferd sein. Der Schamindar machte einen gewaltigen Satz über das Feuer hinweg und verschwand in der Dunkelheit. Nur wenige Sekunden später kreischte es tief im Wald, und Grazia wusste nicht, welches Tier ein so entsetzliches Geräusch ausstieß – der Schamindar oder die Beute, die er riss. Ihre Muskeln waren mit einem Mal butterweich. Ihre Füße glitten ab, und sie fiel bäuchlings auf den untersten Ast. Das Korsett bewahrte sie vor dem gröbsten Schmerz, doch die Luft entwich ihr aus den Lungen. Ihr wurde schwarz vor Augen. Oream, der ihr nachgesprungen war, griff nach ihr. Sie wollte ihm die Hand reichen, aber dann verlor sie endgültig den Halt und stürzte auf den Waldboden.

»Anschar…« Wo war Anschar? Starb er gerade unter den Fängen der Bestie? Grazia mühte sich auf die Knie. Alles an ihr und in ihr schmerzte. Ihr Blick irrte zu der Stelle, wo die Bestie in den Wald gesprungen war. Die Geräusche des Todeskampfes waren verebbt.

Da sah sie Anschar kommen. Das Pferd war fort, er sah aus wie ausgeraubt. Sein Mantel war ihm von der Schulter gerutscht. Die nackte Brust glänzte dunkel.

Seine Schritte waren nicht ganz fest. Vom Hals bis zur Hüfte zog sich die glänzende Blutspur hin. In der Hand hielt er sein Schwert. Es war unbefleckt.

Er wankte. Als er auf die Knie ging und das Schwert in die Erde stieß, um nicht vollends zu fallen, war Grazia auf den Beinen und hastete ungeachtet ihrer Schmerzen zu ihm.

»Ich bin nicht verletzt«, sagte er. Sein Blick ging durch sie hindurch, als nehme er sie nur halb wahr. »Das Blut stammt vom Pferd. Der Schamindar hat es mir unter dem Hintern weggerissen.«

»Dir ist wirklich nichts passiert?« Ihre Hände schwebten über seinem Brustkorb, aber in das Blut zu greifen, wagte sie nicht.

»Ich bin nur erschrocken.«

Das war eine milde Umschreibung dessen, was sich auf seinem fahlen Gesicht abspielte – blankes Entsetzen. Sie wollte das Blut abwaschen, doch sie war so zittrig, dass nur ein Rinnsal aus ihren Händen kam.

»Lass das.« Matt schob er ihre Hände beiseite. »Sie können dich sehen.«

Grazia warf einen Blick zurück. Sie glaubte in den Bäumen blasse Gesichter auszumachen. Ein paar Männer waren herabgesprungen; Oream und Parrad kamen näher, aber bevor sie Anschar erreichten, stemmte er sich hoch und wankte in Richtung seiner Hütte. Am Bach ließ er den Mantel zu Boden gleiten. Umständlich befingerte er den Schwertgürtel, bis es ihm gelang, ihn abzunehmen. Der Länge nach sackte er ins

Wasser und ließ sich die Schultern umspülen. Das Schwert hatte er auf die Steine am Ufer gelegt. Er ergriff es, als er wieder hinausstieg. Nun sah Grazia, dass er wirklich und wahrhaftig unverletzt war, bis auf ein paar Schrammen, die nicht bluteten. Er trat zu den Männern in den Lichtkegel des Feuers.

»Sehen wir uns morgen an, was der Schamindar angerichtet hat. Für heute wird er ja wohl nicht zurückkommen.« Etwas zögerlich schob er das Schwert in die Scheide. Parrad und Oream nickten ihm zu und machten sich daran, zu ihren Schlafplätzen hinaufzuklettern. Anschar sah ihnen nach.

»Einen Herzschlag lang hatte ich die Gelegenheit, ihn zu töten«, sagte er wie zu sich selbst. »Oder es wenigstens zu versuchen. Aber dann hätte ich dem Gott Leid zugefügt.«

»Und wenn das Biest morgen zurückkehrt? Oder übermorgen?«, fragte Grazia.

»Glaube ich nicht.«

»Du weißt es aber nicht.«

Mit einer matten Geste strich er sich die nassen Haare aus dem Gesicht. »Nein. Es tut mir leid. Ich habe mein Versprechen nicht gehalten.«

»Du wirst es nie halten können.«

»Ich weiß.«

Grazia ahnte, dass nicht der zurückliegende Angriff der Bestie ihn plagte, sondern die vielen Gefahren, die ihnen noch bevorstehen mochten. Die Aussichtslosigkeit, ihre Lage zu ändern, drückte ihn nieder. Jetzt, da sie hier war, mehr als zuvor.

»Anschar, lass uns weggehen.«

»Wohin, Feuerköpfchen? Wohin? Soll ich dich ein zweites Mal durchs Tor schicken? Soll ich diesmal mitkommen?«

»Das habe ich mich so oft gefragt.« Ihre Hand stahl sich in seine. Ihre Finger verkeilten sich ineinander. Für sie wäre das

Leben dort erträglicher, aber nicht für ihn; an dieser Überlegung hatte sich nichts geändert. Er gehörte nach Argadye, und das war es ja auch, was er sich ersehnte. Es war immer noch ein gordischer Knoten, geknüpft aus der verhängnisvollen Wette eines leichtsinnigen Königs.

Anschar sagte nichts mehr. Sie merkte, wie müde er war, also ließ sie das Thema fallen. Er ging in ein Zelt und kam mit einem Krug unter dem Arm heraus. »Ein teurer Wein aus dem Hyregor«, erklärte er. »Den habe ich mir jetzt wohl verdient.« Er führte sie zu ihrem Baum und half ihr hinauf. Jetzt in der Nacht war es noch schwieriger, und sie brauchte ewig, bis sie endlich auf die Plattform vor der Hütte kriechen konnte. Im Innern war es erbärmlich kalt und so dunkel, dass sie die Hand nicht vor Augen sah.

»Ich brauche Licht«, murmelte sie, während sie nach dem Streichholzetui tastete, das sie auf das Wandbord gelegt hatte. »Heute ertrage ich diese Dunkelheit nicht.«

Ihre Finger waren so klamm und zittrig, dass es ihr nicht gelang, ein Hölzchen anzuzünden. Plötzlich spürte sie Anschars Hand, die sich um ihre schloss und das Etui an sich nahm. Im nächsten Moment hielt er ein brennendes Streichholz hoch, und kurz darauf hatte er das Öllämpchen auf dem Bord entzündet. Das Licht beruhigte sie. Erleichtert kuschelte sie sich in die Felle und ließ sich von ihm zudecken. Er sank neben sie und legte eine Hand auf ihren Bauch. Den Wein hatte er wohl vergessen. Wollte er allen Ernstes jetzt einen weiteren Vorstoß wagen? Nein, seine Lider waren schon zugefallen, die Finger erschlafft, und im nächsten Augenblick atmete er tief und gleichmäßig. Grazia berührte seine Hand und strich über Mallayurs schrundiges Schandmal.

Mallayur ...

»Anschar!« Sie warf sich herum und rüttelte ihn. »Wie lautete die Wette?«

»Lass uns nicht daran denken«, murmelte er, ohne die Augen zu öffnen. »Wenigstens jetzt nicht.«
»Bitte!«
»Na schön.« Er hob sich auf einen Ellbogen und wischte sich übers Gesicht, als habe er bereits Stunden geschlafen. »Wessen Suchtrupp versagt, der muss dem anderen seinen besten Krieger übergeben.«
»Und, hat Madyurs Trupp versagt?«
»Hast du nicht zugehört? Mallayur hat den Gott.«
»Ja, Mallayur!«
Er runzelte die Stirn. »Das ist doch …«
»Haarspalterei, ich weiß.« Aufgeregt biss sie in ihren Daumen. »Aber es ist doch wahr. Oder nicht? Hätten Mallayurs Leute ihn gebracht, müsste der Meya ihn haben. Er hat ihn aber nicht.«
»Mallayur würde diese Deutung nie akzeptieren.«
»Ist das nicht egal? Wichtig ist, dass Madyur es tut. Das wirst du besser wissen.«
Anschar setzte sich auf. Auf seinem Gesicht spiegelte sich Abwehr. Es schien, als wolle er nicht an eine unverhoffte Lösung glauben, um nicht doch noch enttäuscht zu werden. Aber sie sah die Hoffnung aufglimmen. »Natürlich täte er es. Ich schätze, er würde dich mit Gold überschütten und dich zu seiner Beraterin machen.« Er umfasste ihren Kopf und schüttelte sie sanft. »Du bist unglaublich, weißt du das?«
»Nein.« Sie lächelte. »Also lass uns nach Heria gehen und die Aufgabe vollenden, die dir der Meya gestellt hat. Bringen wir ihm den Gott.«
»Wir?« Seine Miene verhärtete sich wieder. »Dir ist schon klar, dass es für mich darauf hinausläuft, aufs Neue in Mallayurs Hände zu fallen? Wie wahrscheinlich ist es, in den Palast einzudringen, den Gott aus seinem merkwürdigen Gefängnis zu befreien und wieder zu entkommen? Wir wissen ja nicht

einmal, wie sich dieser Behälter öffnen lässt. Selbst *er* kann es nicht! Wie sollte es uns da gelingen? Ich werde es versuchen, aber allein.«

»Nein!« Entsetzt stieß sie ihn zurück. »Ich halte das nicht aus, wenn du ohne mich gehst. Dieser eine Tag war schlimm genug. Ich will mitgehen.«

»Aber Grazia, wie könntest du mir denn dabei helfen?«

»Ich weiß es nicht. Vielleicht ist das ja der Grund, weshalb der Gott mir die Fähigkeit gegeben hat ... weil er all das kommen sah? Wäre das nicht möglich?«

»Das könnte höchstens ein Priester beantworten«, brummte er abweisend. »Deine Wasserkraft ist schwach. Sie ist gut, jemandes Durst zu löschen, aber damit hat es sich schon.«

»Das stimmt ja gar nicht! Was glaubst du, wie du es geschafft hast, den Kampf gegen Darur zu überstehen? Du hast zwar nichts davon gemerkt, aber ich habe dir zum Sieg verholfen.« Entrüstet verschränkte sie die Arme und rückte an die andere Wand. »So viel zu meiner Nutzlosigkeit.«

Anschar verfiel in Schweigen. Sie konnte förmlich sehen, wie es in ihm arbeitete. »Du hast mir geholfen?«, fragte er schließlich. »Wie denn?«

»Ich – ich habe ...«

»Ja?«

Jetzt kam ihr lächerlich vor, was sie getan hatte. »Ich habe ihn abgelenkt, indem ich sein Gesicht nass gespritzt habe. So hat er nicht gemerkt, wie du seinen Dolch an dich genommen hast.« Er würde sie auslachen. Was waren schon ein paar Wassertropfen? Damit konnte man einer Kraft, die einen Gott gefangen hielt, schwerlich etwas entgegensetzen.

Er lachte nicht. »Du hast vielleicht recht. Ich kann das nicht beurteilen. Vielleicht ist es keine Frage der Menge, sondern wie man es einsetzt. Du kannst deinen Mund mit Wasser füllen. Kannst du auch meinen füllen?«

»Du meinst, ohne dass ich dich küsse?«

»Ja, ja!« Auffordernd winkte er mit den Fingern. »Versuch mich zu ersticken. Los, versuch es.«

»Anschar! Was verlangst du da?«

»Dass du deine Waffe erprobst. Also?«

Sie versuchte sich vorzustellen, wie sich sein Mund und seine Kehle füllten. Tatsächlich rann ihm in der nächsten Sekunde Wasser aus dem Mund. Er spuckte es aus, nahm einen tiefen Atemzug und rieb sich über das Gesicht. Es musste schneller geschehen, mit mehr Kraft. Grazia streckte die Hände vor, wie sie es in der Arena getan hatte. Sein Kopf schlug gegen die Bretterwand; er fasste sich an den Hals und fiel vornüber, einen endlosen Schwall Wasser ausspuckend.

»Anschar!« Sie packte seine Schultern und schüttelte ihn. »Das wollte ich nicht.«

Er richtete sich auf, hustete und keuchte. »Das war schon nicht schlecht. Nur müsstest du es länger durchhalten.«

»Es macht mir aber Angst.«

»Dann bleib hier.«

»Nein.« Sie zerrte das nasse Fell unter seinen Knien hervor, kroch zum Ausgang und schüttelte es aus. All das war viel zu abenteuerlich für ihren Geschmack, aber wenn auch nur die geringste Möglichkeit bestand, dass sie helfen konnte, den Knoten zu zerschlagen, würde sie es tun. »Ich habe dich einmal allein gelassen und es bitter bereut. Ein zweites Mal mache ich diesen Fehler nicht.«

Sein Atem strich über ihren Hals, seine Arme umfingen sie. »Ich gebe mich geschlagen«, sagte er verschwörerisch. »Aber bevor wir in den Tod gehen, lass uns endlich zusammenkommen.«

»Jetzt?«, fragte sie erschrocken.

»Weeß ick nisch. Was meinst du?«

»Ich? Oh, ähm ... lieber morgen.«

»Na gut. Ich bin ohnehin nicht so sicher, dass ich heute noch etwas zustande brächte.«

Sie sah zu, wie er sich schlafen legte. Was immer du damit meinst, dachte sie. Was auch immer.

Der nächste Tag kam ihr wie einer der verwirrendsten ihres jungen Lebens vor. Beständig kreisten ihre Gedanken um zwei Dinge: die wahnwitzige Absicht, einen Gott zu befreien, und die kommende Nacht, die ihr nicht weniger wahnwitzig erschien. Der Abend brachte einen Regenguss, wie sie ihn in der argadischen Welt noch nie erlebt hatte. Trotz des dichten Blätterwerks befürchtete sie, die Hütte werde unter Wasser gesetzt. Doch das aus Grasgarben gebildete Dach hielt dicht. Sie streckte den Kopf hinaus und genoss das kühle Nass. Unten entdeckte sie Anschar im Bach. Nackt stand er im Wasser, das ihm bis zu den Knien reichte. Unvermittelt warf er den Kopf zurück, und aus Grazias Kehle löste sich ein Schrei, der im Regen unterging. Schon wieder Blut! Es bedeckte Anschars Gesicht. Seine Augen waren geschlossen. Er hielt still, während der Regen es seinen Körper hinabschwemmte. In den ausgestreckten Händen hielt er ein Messer und den kopflosen Kadaver eines der krähenartigen Vögel. Jäh wurde Grazia daran erinnert, dass sie an einen Mann mit barbarischen Bräuchen geraten war. Er würde nie aufhören, Tieropfer darzubringen, auch nicht ihr zuliebe.

Er fixierte das Tier am Erdboden, indem er das Messer in einen Flügel stieß, und kniete im Bach, um sich reinzuwaschen. Von einer trockenen Stelle nahm er sein Wüstengewand und streifte es sich über. Dann ging er zur Lichtung, wo sie ihn aus den Augen verlor, doch kurz darauf kehrte er zurück und kletterte zu ihr hoch.

Sie nahm an, dass er für das Gelingen ihrer Unternehmung geopfert hatte. Oder für das Gelingen der Nacht? Es war so weit, das war ihr klar. Was sollte sie jetzt tun? Sie wich zur gegenüberliegenden Wand zurück. Sich von dem teuren Wein einzuschenken, war ein guter Gedanke. Fahrig tastete sie nach dem Krug auf dem Bord. Fast hätte sie ihn fallen lassen. Einen Becher hatten sie nicht, also setzte sie den Krug an die Lippen. Der Wein rann ihr das Kinn herunter, so nervös war sie. Anschar lachte in sich hinein und nahm ihr den Krug ab.

»Der war viel zu teuer erkauft, um ihn so hinunterzuschütten«, tadelte er sie mit leisem Spott. Er stellte ihn zurück auf das Brett, dann zog er sie an sich und leckte ihr Kinn sauber. Dabei teilte seine Zunge ihre Lippen, als wolle er sich keinen Tropfen entgehen lassen. Jetzt fiel es ihr leichter, auf diese Art zu küssen, und ihr wurde angenehm warm. So warm, dass sie ein Schweißrinnsal zwischen ihren Schulterblättern spürte. Doch als Anschar nach dem Schal um ihre Mitte griff, um ihn aufzuknüpfen, zuckten ihre Bauchmuskeln zurück. Es kostete sie Überwindung, ihn nicht abzuwehren. Gleichzeitig sehnte sie sich danach, dass er es endlich schaffte, ihre Bedenken wegzuwischen. Eine zweite Nacht wie jene in Argadye, als er unverhofft aus den Werkstätten zurückgekehrt war, wollte sie nicht erleben.

»Bei dem, was uns in Heria bevorsteht, muss ich jetzt wohl keine Angst haben«, murmelte sie.

»Nein«, sagte er nur. Seine Finger strichen sanft und langsam über ihr Gesicht, über ihren Nacken, unter ihr Kleid, soweit es möglich war. Seine Augen schwebten so dicht über ihr, dass sie kaum an etwas anderes denken konnte als an ihn. Sie vertraute ihm, ja. Warum tat sie das erst jetzt? Sie hatte Zeit verschenkt.

Er warf den Schal beiseite und packte den Saum des Gewandes, um ihn über ihre Hüften zu rollen. Sie half ihm, das unförmige Ding über ihren Kopf zu streifen. Mit zerzausten Haaren kam sie wieder hervor. Er strich ihr eine Strähne aus der Stirn, dann tastete er sich zu ihrem Korsett vor.

»Bin ich die erste Frau in dieser Hütte?«, platzte sie heraus. Du Dummerjahn!, schalt sie sich. Worte halfen hier nicht mehr.

»Nein.«

»Nicht?«

»Du bist die erste Frau in dieser Hütte, seit ich hier wohne. Das sind vier Monate. Vier *lange* Monate.«

»Hundertsechzig Tage«, bestätigte sie. Es überraschte sie, als das Korsett aufsprang. Warum begriff er diese fremden Dinge immer so schnell? Jetzt blieb ihr nur noch das Unterhemd, aber auch das wurde seine Beute. Sie hielt die Arme hoch, während er es ihr abstreifte, und bedeckte ihre Brüste, bevor er Gelegenheit hatte, genauer hinzuschauen. Sah sie mit ihrem hellen Körper und dem gebräunten Gesicht nicht schrecklich aus? Vielleicht war es doch besser, das Licht zu löschen, aber dazu würde sie einen Arm abspreizen müssen. Es war verzwickt.

Er entdeckte die silberne Heria zwischen ihren Brüsten und packte die Kette. Grazia machte sich darauf gefasst, dass er sie ihr einfach vom Hals riss, aber er betrachtete das Schmuckstück nur eingehend und ließ es los. Eine Weile geschah nichts. Schließlich fing er an, seinen Gürtel zu lösen und das Gewand auszuziehen. Dankbar bemerkte sie, dass er es über seinen Schoß warf. Aber auch das würde nichts aufhalten. Er rutschte nah heran, sodass sie die Wärme, die er ausstrahlte, spüren konnte. Den feinen Duft des Waldes riechen, der ihm anhaftete. Und eine Spur des Blutes, das er vergossen hatte. War da nicht im Winkel seiner Nase etwas Blut? Bevor sie genauer hinsehen konnte, drückte er sie an ihren Hals und küsste ihr Schlüsselbein. Noch hatte sie die

Arme verschränkt, aber sie wurden zusehends schwerer. Als er sich wieder etwas aufrichtete und ihre Hände ergriff, ließ sie den Widerstand fahren. Aber Anschar ansehen – nein, das konnte sie jetzt nicht. Gefiel ihm, was er sah? War ihr Körper schön? Sie hatte keine Ahnung. Nicht die geringste.

Seine Hand umschloss mühelos eine Brust. Sein Daumen umkreiste die Spitze. Es war wie beim ersten Mal; etwas Glühendes bohrte sich in ihren Unterleib und ließ sie aufstöhnen. Ein Beben durchfuhr sie, sodass sie für einen Augenblick nicht wusste, ob es die Erde war, die wankte. Dann fasste sie sich, atmete sich seiner Hand entgegen, berührte sein Haar, schnupperte daran. Es roch frisch, wie alles an ihm. Sie ließ es geschehen, dass er sie sanft auf die Felle drückte und sich halb auf sie legte. Als er sie küsste, schmeckten seine Lippen salzig.

»Warum weinst du?«, fragte sie verwundert.

»Mir ist danach.«

»Dass ein Volk, das unter der Trockenheit leidet, so viel weinen kann.«

Er lächelte wehmütig. »Und dabei bin ich nur ein halber Argade. Henon, der es am besten konnte, war gar keiner.« Letzte Tränen drangen unter seinen Augen hervor, als er sie schloss. Sie strich über sein feuchtes Gesicht, und da küsste er ihre Handinnenfläche. Ohne es zu wollen, ließ sie ein kleines Rinnsal aus ihrer Hand laufen. Als habe er nur darauf gewartet, seinen Durst zu löschen, leckte er es auf. Seine Lippen wanderten bis hinunter zu ihrer Armbeuge. Er zerrte das Stoffknäuel, das seinen Unterleib von ihr trennte, beiseite. Etwas Hartes drückte gegen ihre Hüfte.

»O Himmel, was ist das?«

»Das weißt du nicht?«

»Doch, aber ...« Sie bedeckte den Mund. Natürlich wusste sie es. Aber gesehen hatte sie es nur bei antiken Statuen und auf Vasenmalereien. Und da war diese ... *Unaussprechlichkeit* immer so klein gewesen. Sie dachte daran, wie er sich in Gegenwart seines Königs zwischen die Beine gegriffen hatte. Nervös lachte sie auf.

»Ich heule, du lachst«, meinte er belustigt. »Es ist wirklich schwierig, wenn zwei Menschen aus so unterschiedlichen Welten zueinanderfinden wollen.«

»Entschuldige. Ich musste gerade an eine Birne denken.«

»Ach ja?« Jetzt lachte er auch. »Und kommt ein Jung' übern Kirchhof her, so flüstert's im Baume: ›Wiste 'ne Beer?‹ Und kommt ein Mädel, so flüstert's: ›Lütt Dirn, kumm man röwer, ick gew' di 'ne Birn.‹«

»So spendet Segen noch immer die Hand des von Ribbeck auf Ribbeck im Havelland. Du hast es wirklich nicht vergessen?«

»Niemals. Auch wenn die Wörter noch so schwierig sind.«

»Es gibt auch einfache: *Ich liebe dich.*«

Fragend sah er sie an. Sie wiederholte es auf Argadisch. Seine Augen blitzten auf.

»Die Sprache deiner eisernen Welt kennt dafür weiche Wörter? Wer hätte das gedacht?«

Was er empfand, zeigte er mit einem schweigsamen, unendlich zärtlichen Kuss. Dann hielt er still. Er lag nur da, betrachtete sie und strich hin und wieder mit einem Finger unter ihren Augen entlang, um ein paar Tränen abzuwischen. Warum weinte sie überhaupt? Sie fühlte sich glücklich in diesem Moment. Aber auch zutiefst verunsichert. Anschar ließ ihr Zeit, vielleicht zu viel. Sie hörte die Regentropfen, die den Wald zum Rauschen brachten. Hörte es kratzen und knacken. Sie wusste wieder, wo sie war und was sie zurückgelassen hatte. Ein Schauer rieselte über ihre Haut, und sie wollte die Decke noch weiter hinaufziehen, aber dann begriff sie, was sie brauchte. Seine Nähe. Ihn hatte sie jetzt, sonst nichts – nur er konnte sie wärmen. Sie umschlang ihn, hob sich ihm entgegen. Er hielt sie fest, strich über ihren Rücken, bis ihr der Schweiß aus allen Poren brach. Sie zog die Decke beiseite, und als sie sich wieder sinken ließ, breitete sie die Arme aus. Nichts wollte sie mehr bedecken, nichts gab es mehr zu schützen. Seine Lippen glitten über ihren Körper, seine Finger kreiselten in den Haaren zwischen ihren Beinen. Sie wollte aufschreien. Würde es nicht seltsam klingen, sich so gehen zu lassen? Sie ließ es zu, dass er ihre Beine sanft auseinander drückte, aber sie presste den Mund fest zusammen. Sie schämte sich viel zu sehr, ihm zu zeigen, was seine Berührungen in ihr auslösten. Dass sie keuchte und fiepte wie ein Tier. Unmöglich, sich so gehen zu lassen – unmöglich! Unmöglich, es zu verhindern … Sie hörte sich aus tiefster Kehle aufstöhnen, als er sich auf sie legte. Das war nicht sie, die sich ihm öffnete. Das war nicht sie, die seinen Kuss so heftig erwiderte, als wolle sie seine Zunge verschlingen. Nicht sie bohrte die Finger so fest in seine Schultern, dass es ihm wehtun musste. Nicht sie schrie den Schmerz in seinen Mund, als er in sie eindrang. Und ihre Lust. Nicht sie, niemals.

Niemals … O doch, ich bin es, dachte sie. Endlich. Ich lebe.

Morgen waren sie vielleicht gefangen. Oder tot. Jetzt verstand sie, warum er sich diese Nacht erbeten hatte. Sie kosteten ein Stück von der Ewigkeit. Nichts konnte das noch verhindern.

9

Der Abschied von den Wüstenmenschen fiel ihr leicht, auch wenn sie einige inzwischen mochte. Ralaod drückte ihre Hand. Jernamach sah sie nur schweigend an, doch er nickte aufmunternd. Parrad, der geholfen hatte, die Pferde zu satteln, hielt Anschar die Hand hin.

»Der Herr des Windes möge dich segnen, Freund.«

»Ach, jetzt doch wieder ›Freund‹?« Anschar grinste ihn an und packte die Hand.

»Ist mir so herausgerutscht. Verdammt, ich bin froh, wenn du weg bist. Jetzt wird das Dasein wieder weniger arg.«

»Und langweiliger.« Anschar knotete den Koffer am Sattel fest. Dann half er Grazia hinauf und schwang sich hinter sie. Im Wald, so hatte er gesagt, wollte er sie lieber vor sich wissen als ungeschützt hinter dem Rücken. Ihr war mehr als beklommen zumute. Vielleicht war es keine gute Idee gewesen, sich ihm hinzugeben, denn jetzt würde es noch mehr schmerzen, wenn ihm etwas geschah.

Oream ritt voraus. Anschar nahm die Zügel und legte eine Hand auf ihre Taille. Grazia bog den Nacken, um die Größe der Zedern zu erfassen. Es würde einen Tag dauern, aus dem Wald zu kommen. Der Umweg war nötig, um möglichen Suchtrupps zu entgehen. Und die Einsiedelei zu erreichen.

»Fräulein Grazia! Da soll mich doch der Blitz erschlagen! Ich hatte schon das Schlimmste befürchtet.« Bruder Benedikt kam auf sie zugelaufen und ergriff ihre Hand. »Was ist passiert? Wie sind Sie hergekommen? Und vor allem – mit wem?«

Sie drehte sich um und wies auf Anschar, der das Pferd an einer Zeder festgebunden hatte und ein Deckenbündel vom Sattel löste, das er sich über die Schulter warf. Er trat zwischen den Bäumen hindurch auf den Platz vor der Hütte des Dominikaners. Seine Hand lag am Schwertgriff, und er drehte sich um die Achse, während er den Blick über die Hütte und den Felshang schweifen ließ. Weder argadische noch herschedische Krieger hatten ihren Weg gekreuzt, seit sie den Wald verlassen hatten, aber seine Aufmerksamkeit ließ nicht nach.

Bruder Benedikts Augen weiteten sich, als Anschar auf ihn zukam; er schien es gar nicht zu merken, dass er die Hand nach ihm ausstreckte. Anschar ergriff sie kurz, aber so fest, dass der Mönch einen Schmerzenslaut von sich gab. »Sie – Sie leben?«, stotterte er.

»Ja, ich lebe«, sagte Anschar auf Deutsch und dann, auf Argadisch: »Aber lasst uns lieber bei meiner Sprache bleiben.«

»N-natürlich.« Bruder Benedikt machte zwei Schritte rückwärts und ließ sich auf die Bank vor dem Tisch fallen, der mitten auf der Lichtung stand. Mit dem Saum seines Ärmels wischte er sich über die Augen. »Dann stimmte das gar nicht, was der König sagte? Das mit der Hinrichtung?«

»Offensichtlich nicht.« Anschar ließ das Bündel auf die Bank gleiten. »Jedenfalls noch nicht. Ich werde nach Heria gehen und versuchen, den letzten Gott zu befreien. Mallayur hat ihn in seiner Gewalt.«

»Den Gott? Aber das ist doch Irrsinn.«

Grazia legte ihren Koffer auf den Tisch und setzte sich neben den Dominikaner. »Ich wollte dich bitten, meine Sachen aufzubewahren, Bruder Benedikt. In Heria können wir die nicht gebrauchen.«

»Was heißt das? Dass du Anschar begleiten willst?« Sein Blick flog zwischen beiden hin und her. »Irrsinn, sage ich!«

Sie biss sich auf die Unterlippe. »Nur bis zur Stadt.« Mit Anschar hatte sie ausgemacht, Benedikt nicht die volle Wahrheit zu sagen. Die Lüge fiel ihr schwer, aber so fühlte sie sich wohler. »Ich möchte dich bitten, für das Gelingen zu beten.«

»Ich fühle mich gerade wie von einem Felsblock überrollt.« Er machte ein Kreuzzeichen. »Gott sei es gedankt, dass ihr lebt. Aber ich soll dafür beten, dass ein … ja, was? Ein anderer Gott? Es gibt keine anderen Götter.«

»Ah, ich wusste, dass er sich ziert.« Anschar baute sich über Benedikt auf, der sich unbehaglich gegen die Tischkante drückte, und stieß ihm den Finger gegen die Brust. »Ich weiß, dass es deinem Gott nicht passt, wenn man andere verehrt. Aber das tut Grazia ja nicht. Sie opfert nie, also wird er sich nicht beschweren können.«

»Anschar, bitte«, warf sie ein. »Das ist nicht so, wie du dir das vorstellst.«

Er machte einen Schritt zurück, und Bruder Benedikt richtete sich wieder auf.

»Das versuche ich den Argaden seit siebzehn Jahren beizubringen. Du wirst es auch nicht schneller schaffen, liebe Tochter. Natürlich werde ich beten, aber vielleicht wäre es doch besser, wenn ihr beide eure Pläne, die ich gar nicht so genau wissen will, fallen lasst. Leider kann ich euch stattdessen nicht raten, durchs Tor zu gehen. Es ist nicht mehr da. Es ist geschlossen.«

»Oh.« Nach dem ersten Schreck verspürte sie auch ein wenig Erleichterung. Die ganze Zeit hatte sie befürchtet, dass Anschar doch noch darauf bestehen könnte, sie hindurchzuschicken. Allerdings war nun auch offen, wann sie ihre Familie wiedersehen würde.

Du hast gewusst, dass es auch schmerzlich ist, von zu Hause fort zu sein, sagte sie sich. Jetzt beklage dich nicht.

»Ja.« Bruder Benedikt nickte langsam. »Vielleicht vergehen wieder Jahre, bis es zurückkehrt. Wie geht ihr jetzt vor?«

»Hattest du nicht gesagt, dich interessieren unsere Pläne nicht?«, fragte Anschar.

»Die Neugier ist oft stärker als die Vernunft. Und ich muss ja wissen, wofür ich beten soll. Also?«

»Na schön. Wir werden das Pferd hierlassen, wenn du es gestattest, und zu Fuß über die Felsen in südöstliche Richtung gehen. Es ist ein Umweg nötig, da wir nicht einfach durch Heria spazieren können, ohne aufzufallen. Wir steigen hinunter in die Wüste, besorgen uns ein Sturhorn und reiten am Fuß des Hochlandes bis hin zur schwebenden Stadt. Wenn wir die hinter uns gebracht haben, sind wir, das heißt ich, fast schon am Palast von Heria.«

»Das klingt ja einfach. Und dann?«

»Dann sehe ich weiter.«

»Oh, hm, das klingt ja noch einfacher.« Bruder Benedikt stand auf. »Aber ihr werdet sicher erst hier in meiner Hütte nächtigen wollen?«

Das hätte Grazia zu gern getan, zumal ihr plötzlich alles viel zu schnell ging, aber sie wusste, dass Anschar ablehnen würde.

»Das, was mir hier zuletzt widerfahren ist, genügt, um genau das nicht zu wollen«, sagte er. »Wir verschwinden zwischen den Felsen, solange es noch hell genug ist.« Er streckte die Hand nach Grazia aus und zog sie von der Bank hoch. Dann nahm er das Bündel an sich. Es enthielt das Nötigste, um einige Tage im Freien durchzustehen. Grazia wünschte sich, sie hätten wenigstens die Felsen schon überwunden. Es würde hart werden. Aber sie hatte bereits so viel durchgestanden, dass ihr Vorhaben ihr nicht mehr unüberwindlich erschien.

»Leb wohl«, sagte sie und ergriff Bruder Benedikts Hände. Er wirkte immer noch überrumpelt.

»Gottes Segen«, erwiderte er.

Die Nächte am Fuß der von der Sonne aufgeheizten Felswand waren warm, die Tage trotz des nahenden Winters heiß wie eh und je. Grazia kam es unwirklich vor, dass es in den Wäldern geschüttet hatte. Die Wüste hingegen war ein Glutofen. Das Korsett fühlte sich an wie ein Schraubstock, und das Gewand klebte förmlich an ihrem schweißfeuchten Körper. Es war wie in jenen langen Wochen, als sie mit Anschar die Wüste durchquert hatte. Doch es gab Unterschiede: Die Reise währte nur ein paar Tage, und sie führte nicht über sandige Dünen, die dafür sorgten, dass es ständig zwischen den Zähnen knirschte und überall juckte. Das Sturhorn bewegte seinen massigen Leib durch Felder meterhohen Felsengrases und über staubige, von unzähligen Sturhornfüßen geebnete Wege. Der größte Unterschied war jedoch, dass Grazia es nicht mehr heimlich tun musste, wenn sie ihr Wasser machte, um sich zu erfrischen. Oft schob sie die Hand in Anschars Nacken und ließ es seinen Rücken hinabfließen. Manchmal zog er auffordernd seinen Wickelrock hoch; dann nässte sie seine Schenkel. Und manchmal beklagte er sich im Nachhinein, dass sie das nicht schon auf der Herreise getan hatte.

Dem Hunger konnte sie nicht abhelfen. Ihre wenigen Vorräte waren aufgebraucht, und zu jagen gab es hier nichts. Aber er hatte gesagt, dass die schwebende Stadt nicht mehr weit sei.

»Wir werden bei Schelgiur das beste Bier trinken, das es je gab«, verkündete er. »Seinen in Essig eingelegten Braten wollte ich früher nie essen, aber jetzt kann ich es kaum erwarten.«

Zwei Reiter auf Sturhörnern kamen ihnen entgegen, beachteten sie jedoch nicht. Die Männer, an ihren Ziegenbärten als Herscheden erkennbar, hatten mit der Hitze zu kämpfen, wischten sich den Schweiß aus den Augen und stierten dumpf vor sich hin. Weitere Reiter kamen in Sichtweite. Nicht alle waren Sklavenfänger, hatte Anschar versichert, doch je näher sie Heria kamen, desto größer war die Gefahr, an welche zu geraten.

Er brachte das Sturhorn zum Stehen, sprang ab und half ihr hinunter. Rasch vergewisserte er sich, dass das Tier genügend Sichtschutz bot, prüfte den Sitz ihres Tuches, mit dem sie ihr Haar verdeckte, und schob ihr zusätzlich die Kapuze ihres Mantels in die Stirn. Dann nahm er ein Grasband.

»Warte«, sagte sie. »Lass mich dich vorher noch einmal umarmen.«

»Nur zu, Feuerköpfchen.«

Fest zog er sie an sich, sodass ihre Brüste gegen seinen harten Oberkörper drückten. Sie schob die Finger in die Armausschnitte seines inzwischen löchrigen schwarzen Hemdes und benetzte ein letztes Mal seinen Rücken. Dann küsste sie die Narben auf seiner Schulter. Es war anders, seitdem er sie genommen hatte. Früher hatte sie seine Nähe genossen, jetzt aber glaubte sie ein Teil von ihm zu sein.

Die Angst kehrte zurück, als er sich von ihr löste und das Band um ihre Hände schlang. Es missfiel ihm, das zu tun, denn seine Miene war verkniffen.

»Ist das wirklich nötig?«, fragte sie kläglich. »Damit wird es eine Qual werden, die Stadt hinaufzusteigen.«

Er zögerte, nickte dann und knüpfte das Band nur um ihr rechtes Handgelenk. »Das wird genügen.« Als er fertig war, umwickelte er die Tätowierung auf seiner Hand mit Binden, nahm vom Rücken des Sturhorns seinen Mantel und schlüpfte hinein. Auch er warf die Kapuze über den Kopf, damit sie sein

Ohr verbarg. »Damals, als wir aus der Wüste kamen, war das nicht nötig«, sagte er voller Abscheu. »Ich wünsche mir so sehr, dass Mallayur für alles bezahlt, was seitdem geschehen ist. Und dass Madyur wenigstens schlaflose Nächte hat.«

Er gab ihr einen fahrigen Kuss. Dann half er ihr wieder hinauf und setzte sich hinter sie. Grazia ließ den Kopf hängen und setzte eine eingeschüchterte Miene auf. Sie verließen das Grasfeld, als sie ein Stück voraus einige Sklaven sahen, die damit beschäftigt waren, es abzuernten. Allerorten waren am Fuß der Wand Hütten und Zelte errichtet, in denen Männer hockten, bei vermutlich viel zu warmem Bier Geschäfte tätigten, mit ihren frisch eingefangenen Sklaven prahlten und Grazia neugierige Blicke zuwarfen. Niemand kam, um sie anzusprechen. Ab und zu flüsterte Anschar ihr ein beruhigendes Wort zu, das dennoch spüren ließ, wie angespannt er selbst war. Nach einer endlos langen Zeit erkannte sie in der Ferne eine ganze Sturhornherde und darüber die Hütten der schwebenden Stadt. In der hoch am Himmel stehenden Sonne warfen sie lange Schatten, sodass es aussah, als hinge an der Felswand ein riesiger dunkler Teppich mit verschacheltem Muster.

Grazia zuckte zusammen, als sie aus dem Gewirr unterhalb der Stadt Peitschenschläge vernahm. Menschen jammerten, andere brüllten. Diesmal sah sie keine Kette von eingefangenen Wüstenmenschen; es waren nur zwei, die mit gebundenen Händen in die Wüste liefen. Die Fänger sprangen auf ihre Pferde und hatten sie Sekunden später eingeholt. Im Näherkommen sah Grazia die vor ohnmächtiger Wut verzerrten Gesichter der Eingefangenen. Die Fänger warfen ihnen Schlingen um die Hälse und zogen sie hinter sich her. Bei der schwebenden Stadt dann, wo Dutzende von Sturhörnern angebunden waren, prügelten sie sie die Treppen hinauf.

»Eine ungewöhnliche Wüstenfrau«, hörte sie eine Stimme

an der Seite. Ein Herschede musterte sie und befingerte dabei seine Bartperlen. »Ist das deine?«

»Ja, leider«, sagte Anschar.

»Wieso leider?«

Er drehte ihren Kopf ein wenig und schob ihre Kapuze gerade so weit zurück, dass ihre Wange deutlich sichtbar war. »Sie hat sich irgendetwas eingefangen, und ich weiß nicht, was es ist.«

»Bei Inar! Ein Ausschlag. Schade, sie hat ein schönes Profil.« Der Mann hatte das Interesse verloren und machte, dass er weiter kam. Andere reckten neugierig die Köpfe, sagten aber nichts, und so gelangten sie unbehelligt zur Stadt. Es war so schrecklich wie beim ersten Mal, als der Lärm über Grazia hinweggerollt war. Sturhörner schnaubten, Männer schrien sich an. Still stand sie da, nachdem Anschar sie vom Rücken des Sturhorns gehoben hatte. Ihr fiel es alles andere als schwer, die ängstliche Sklavin zu spielen. Anschar warf einem Jungen die Zügel und eines seiner letzten Geldstücke zu und wies ihn an, gut auf das Vieh aufzupassen. In der Linken hielt er das Band, an dem er Grazia zu den Treppen führte.

Sie stieß ein innerliches Seufzen aus und machte sich daran, hinter ihm hinaufzusteigen. Sie kannte es ja schon, aber das machte es nicht leichter. Wenigstens verschaffte ihr die Fessel ein wenig das Gefühl, gesichert zu sein. Den Blick fest auf seinen Rücken geheftet, um nicht in die Versuchung zu geraten, in die Tiefe zu blicken, nahm sie Stufe um Stufe, Hütte um Hütte. Die Stadt war so belebt, wie sie sie in Erinnerung hatte; ständig wurden sie von Männern überholt, oder es kamen ihr welche entgegen, und dann erzitterten die Bretter unter ihren Füßen. Sklaven schleppten Tonkrüge in die Wirtshütten, Frauen lungerten herum und lauerten auf Dinge, über die Grazia lieber nichts wissen wollte. Der Wind, der ab und zu die schwebende Stadt erzittern ließ, konnte den Geruch nach Bier, Schweiß und vielerlei anderem nicht vertreiben.

Nachdem sie die Hälfte hinter sich gebracht hatten, erreichten sie durch eine Bodenklappe eine Hütte, die Anschar für gut genug befand, eine längere Rast einzulegen. Grazia sackte auf eine Bank und rieb sich über die müden Schenkel. Gerne hätte sie lauthals gejammert, aber eine Sklavin durfte das nicht. Verstohlen hielt sie die Hand vor den Mund, damit niemand sah, wie sie ihren Durst löschte. Anschar ließ sich einen Becher mit rötlichem Bier bringen, das er ohne Genuss hinunterkippte.

»Einfach zu warm. Hier haben sie keine Felsnische zum Kühlen.«

Die Frau, die es gebracht hatte und nun das Kupferstück in Empfang nahm, rümpfte die Nase. »Dann musst du hinauf zu Schelgiur. Aber da ist's auch teurer, sag ich dir.«

»Das weiß ich.«

»Was ist mit der?« Sie deutete auf Grazia.

»Was soll mit ihr sein?«

»Kriegt sie nichts zu trinken?«

»Wüstenfrauen sind genügsam.«

»Das stimmt.« Die Herschedin beugte sich über sie und befingerte den bestickten Saum des Wüstengewandes. »Schönes Gewand. Die ist bestimmt teuer, oder?«

Er hielt Grazias Hand an der Fessel hoch. »Sie gehört Fergo höchstpersönlich. Sie war ihm weggelaufen, als sie markiert werden sollte, und ich bringe sie zurück.«

»Dem mächtigsten aller Sklavenhändler?« Beeindruckt pfiff die Frau durch die Zähne. »Dann kriegst du sicher eine Belohnung. Vielleicht magst du die ja hier ausgeben?«

»Vielleicht.« Er lächelte, und sie entfernte sich mit einem vielsagenden Blick, um sich den anderen Gästen zu widmen. Nicht zum ersten Mal sorgte die Erklärung dafür, dass man nicht auf den Gedanken kam, er könne selbst ein Sklave sein.

»Hast du dich genug ausgeruht, Feuerköpfchen?«

»Ausgeruht ja – genug ganz bestimmt nicht.«

»Es ist nicht mehr weit zu Schelgiurs Hütte, dort rasten wir ein bisschen länger. Jetzt komm …«

Mit Getöse flog die Deckenluke auf, die zur Hütte über ihnen führte, und ein Mann sprang die Treppe herab. Hinter ihm folgten zwei weitere.

»Feuer!«, brüllte er. »Oben ist Feuer ausgebrochen! Runter, schnell!«

Sie rissen die Bodenklappe auf und waren in Windeseile verschwunden. Augenblicklich sprangen die Gäste auf und drängten hinunter. Anschar zerrte Grazia mit sich. Sein Ziel schien jedoch der Weg hinauf zu sein. Sie versuchte ihn zur Bodenklappe zu ziehen, aber genauso gut hätte sie an einem Felsblock rütteln können. Die Herschedin stieß Grazia beiseite und kletterte flink hinab. Hinter ihr brüllte der Wirt seine Wut heraus, dass sie sein Haus so schnell im Stich ließ.

Zwei weitere Männer kamen von oben, kaum dass Anschar einen Fuß auf die unterste Treppenstufe gesetzt hatte. Grazia begriff nicht, wie er hinaufkommen wollte. Und warum. Sie stellte sich vor, wie es aussah, wenn eine hängende Stadt, die gänzlich aus Holz bestand, in Brand geriet. Nein, sie konnte es sich gar nicht vorstellen. Wie weit waren sie über dem Boden? Schon viel zu weit! Womöglich würde sich das Feuer schneller hinunterfressen, als sie fliehen konnten. Aber sie waren auch zu weit von der Hochebene entfernt. Er glaubte allen Ernstes, dass der Aufstieg noch zu schaffen war?

»Was tust du?«, schrie sie.

»Wir müssen nach oben.« Er zerrte einen Mann beiseite, der herunterkam, dann den nächsten. Jäh stieß er einen wuterfüllten Schrei aus, riss den Mantel von den Schultern und das Schwert aus der Scheide. Für einen Moment schien alles Leben auf der dicht gedrängten Treppe zu erstarren. Dann ergriff er ihre Hand und zog sie mit sich hinauf. Die Männer sprangen seitlich herunter oder stolperten rückwärts hinauf, wo andere, die den Grund für den Rückzug nicht sahen, lauthals fluchten. Grazia hörte, wie sie Anschars Namen beinahe ehrfurchtsvoll flüsterten. Wer ihn mit dem Schwert und der Tätowierung sah, die nur auf dem Handrücken von den Binden bedeckt wurde, machte ihm Platz.

In der Hütte darüber mussten sie hinaus auf eine der wackligen Treppen im Freien. Dicht drängte er sie an die Hüttenwand, während von oben ein Strom von Menschen kam und sich an ihnen vorbeischob. Er hielt das Schwert vor sich. Grazia versuchte nach dem Feuer Ausschau zu halten, aber die Treppen und vorspringenden Hütten verdeckten die Sicht. Als ein brennendes Grasseil herabsegelte, wusste sie, dass die Nachricht der Wahrheit entsprach. Wieder versuchte sie Anschar dazu zu bringen, mit den anderen nach unten zu laufen, aber er schüttelte nur den Kopf, ohne sie anzusehen.

Die Menschen auf der Treppe schrien auf, als ein Schatten an ihnen vorbeiflog. Ein Körper? Vor Entsetzen knickten Grazia die Knie weg. Anschar umfasste ihre Taille und kämpfte sich in eine der Hütten durch. Hier war mehr Platz, und sie konnten in den nächsten Minuten unbehelligt weitersteigen. Grazia rang nach Atem. Roch es da nicht nach Rauch? Ihr Arm schmerzte, denn Anschar zog unerbittlich an ihrer Fessel. Er hatte das Seil um sein Handgelenk geschlungen.

»Anschar!« Schelgiur kam ihnen entgegengesprungen. Aus seinem Ziegenbart troff der Schweiß. »Ich dachte, du bist tot? Was, bei allen Göttern … Macht, dass ihr nach unten kommt!« Der Wirt hastete zur Bodenluke. Bevor er gänzlich darin verschwand, bückte sich Anschar und hielt ihn an seinem Kittel fest.

»Nach unten schaffst du es erst recht nicht! Es geht viel zu langsam vorwärts.«

Schelgiur stieß seine Hand weg. »Ich bin doch nicht irre und laufe dem Feuer entgegen? Da oben brennt *alles!*«

Er verschwand im darunterliegenden Raum. »Schwachkopf!«, fauchte Anschar ihm hinterher.

Grazia überfiel eine Mattigkeit, die ihre Füße erlahmen ließ. »Wir schaffen es«, sagte er und wollte sie zur nächsten Treppe drängen, als vor ihnen ein riesiger Tonkrug durch die Decke krachte. Wein spritzte umher. Der Krug durchbrach den Boden. Ein dumpfer Schlag ertönte, dem Schreie folgten. Es krachte, als habe der Krug Knochen zersplittert. Grazia fand sich im nächsthöheren Geschoss wieder, ohne sich zu erinnern, wie sie hinaufgekommen war. Über ihr klaffte eine riesige Lücke in der Felswand – dort, wo eine Hütte gewesen war, hingen nur noch Bretter an gerissenen Seilen. Ein Mann hing an einem Brett. Vor ihren Augen sackte er, das Holz umklammernd, in die Tiefe.

Vielleicht zehn Meter über ihrem Kopf brannte die Stadt. Aus dichtem schwarzem Rauch züngelten rötliche Flammen. Etwas kam auf sie zu, das einen Rauchschweif nach sich zog. Sie starrte darauf, unfähig, sich zu rühren. Anschar hob sie beiseite, und da sauste es dicht an ihr vorbei. Es war ein Sack. Oder ein Tier? Als Nächstes folgte ein zersplitterter Tisch. Aufschreiend kreuzte sie die Arme vor dem Gesicht.

»Nichts ist passiert«, keuchte Anschar. »Weiter.«

Sie versuchte ihrer wackligen Knie Herr zu werden, als sie hinter ihm ein schmales Sims betrat, das schräg zu einer weiteren Hütte führte. Nicht nach unten sehen, ermahnte sie sich. Aber auch nicht hinauf! Sie schrie auf, als brennende Grasseile vor ihrem Gesicht auftauchten. Mit seinem Schwert fuhr Anschar dazwischen.

»Dort!« Er deutete mit dem Schwert voraus, schräg die

Wand hinauf. »Schelgiurs Hütte. Wir müssen in seine Felsnische, dort sind wir sicher.«

Das Sims mündete in Stufen, die aus den Felsen gehauen waren. Von oben suchten Herscheden ihren Weg. Anschar rannte die Stufen hinauf, bevor die Männer die Treppe betraten, und warf sich mit Grazia in die nächste Hütte, deren Dach Feuer gefangen hatte. Sie würden es niemals schaffen! Grazia bewegte sich nur noch, weil Anschar es wollte. Mit dem Band um ihre Hand zwang er sie immer weiter, obwohl ihre Beine kraftlos waren. Schließlich steckte er das Schwert weg, um sie halb zu ziehen, halb zu tragen. Schelgiurs Hütte war fast erreicht. Doch sie stand in Flammen. Der Wind wehte die Hitze und den Qualm zu ihnen herüber.

»Was jetzt?« Grazia hustete und klammerte sich an seine Schulter. Auch er war erstarrt. Der Boden unter ihnen erzitterte. Sie kniff die Augen zusammen, als könne sie dem Regen der brennenden Gegenstände entgehen. Fahrig wischte sie sich über das Gesicht. Wasser!, dachte sie. Aber sie war viel zu verwirrt, um mehr als ihren Kopf benetzen zu können. Was half es auch? Sie würden gleich abstürzen.

Schelgiurs Hütte brach mit einem ohrenbetäubenden Krachen in sich zusammen und sackte, wie von einer Flutwelle fortgeschwemmt, mitsamt Tischen, Bänken, Krügen, Essgeschirr in die Tiefe. Nur die Seile, die sie in der Felswand verankert hatten, blieben zurück.

»Halt dich an mir fest«, befahl Anschar und packte das einzige Seil, das er erreichen konnte. Grazia warf die Arme über seine Schultern. Einen Atemzug später durchschlug irgendetwas den Boden und riss ihn von ihren Füßen weg. Anschar stieß einen heiseren Schrei aus, als das Seil sich unter ihrem Gewicht spannte. Es waren nur zwei Meter bis zur Nische. Nur zwei – doch die rettende Kante schien so fern wie das Ufer auf der anderen Seite der Havel zu sein.

Handbreit um Handbreit kämpfte er sich nach oben. Über das allgegenwärtige Entsetzensgeschrei hinweg hörte sie ihn stöhnen und mit den Zähnen knirschen. Ihre Arme drohten an seinen schweißnassen Schultern abzugleiten. Warum kann ich nichts tun?, schrie es in ihr. Warum bin ich so hilflos?

»Grazia«, stieß er mühsam hervor. »Das Seil ... brennt. Du musst es löschen.«

Sie hob den Kopf. Auf halber Strecke, fast zum Greifen nah, flackerte eine Flamme, so klein wie gefährlich. Es gab keinen zweiten Versuch. Grazia streckte die Hand aus. Ein Wasserstrahl schoss heraus. Die Flamme zischte und verglühte.

Drohend dehnten sich die verbliebenen Fasern.

»Wir werden sterben«, hauchte sie in sein Ohr.

»Das werden wir.« Mit einem heiseren Schrei reckte er sich und packte das Seil oberhalb der beschädigten Stelle. »Aber nicht jetzt!«

Seine Finger ertasteten die Nischenkante. Er reckte einen Arm ins Innere, während er sich am Seil hochzog. Stück für Stück schob er sich in die Nische, bis Grazia es wagte, von ihm herunterzukriechen. Aus dem Augenwinkel sah sie eine brennende Hütte auf sie zukommen. Verzweifelt zerrte sie an Anschars Hemd. Er warf die Beine über die Kante. Eine Qualmwolke hüllte sie ein, als das Gewirr aus Brettern und Seilen dicht neben ihnen herabstürzte. Sie fühlte sich von ihm hochgezogen und tiefer in die Nische gedrängt, wo sie nach Atem ringend auf die Knie sackten. Als sie den Schatten eines fallenden Menschen vorbeifliegen sah, warf sie sich an seine Schulter.

»Schscht, Feuerköpfchen, es ist ja vorbei.«

»Vorbei?« Jetzt, da sie Zeit dazu hatte, hörte sie all die Schreckensgeräusche sterbender Menschen, krachender Behausungen, fauchender Flammen. Sie presste die Hände auf die Ohren. Ihre Stimme dröhnte in ihrem Kopf, als sie schrie: »Wir werden hier auch sterben!«

»Nein.« Er legte die Hände auf ihre und sah sie eindringlich an. Schmutz hatte sich in den Winkeln seines Gesichts gesammelt, und der Schweiß lief ihm in Strömen herab. Seine Haare waren zerzaust und von herabgeregneter Asche bedeckt, die Zöpfe halb aufgelöst. »Nein, vertrau mir. Wir sind hier sicher.«

»Ich vertraue dir.« Sie zuckte zusammen, als sie einen neuerlichen Schrei hörte. Dann kauerte sie sich an seine Seite, im verzweifelten Bemühen, nichts mehr zu hören und nichts mehr zu denken.

Die Stille nach dem Inferno war gespenstisch. Grazia hob den Kopf. Wie viel Zeit war vergangen? Sie wusste es nicht. Anschar stand auf und ging gebückt auf die Kante zu. Dort kniete er sich hin und streckte vorsichtig den Kopf hinaus. Sein Blick ging in alle Richtungen. Er schien nicht glauben zu können, was er sah.

»Die schwebende Stadt gibt es nicht mehr«, sagte er rau. »Hin und wieder bricht ein Feuer aus, aber so verheerend war es noch nie. Die verfluchte Trockenheit! Ganz Hersched ist ja ein einziger Zunder.«

Von einem Stapel nahm er einen Krug, schlug ihn an der Wand auf und reichte ihn ihr. Nach Wein war ihr nicht zumute, aber vielleicht beruhigte es ihre zitternden Glieder. Angenehm kühl rann das herbsüße Getränk ihre Kehle hinab. Auch Anschar öffnete sich einen Krug. Der Wein rann ihm über die Brust. Er wischte sich den Mund und ließ den Krug fallen.

»Was machen wir denn jetzt?«, fragte sie. »Niemand weiß, dass wir hier sind, und das soll ja auch niemand wissen. Entweder wir sterben hier, oder wir rufen um Hilfe und werden zu Mallayur gebracht.«

»Oder wir gehen durch den Gang.«

»Den … Gang?«

Anschar deutete mit dem Daumen ans Ende der Nische, wo sich unzählige hüfthohe Krüge auf kunstvolle Weise stapelten. »Da hinten. Er führt zur Weinhandlung vor dem Palast.«

Die Weinhandlung? Oft hatte sie von der Terrasse aus beobachtet, wie im Boden vor dem Laden die Sklaven mit schweren Krügen verschwunden waren, aber nie war sie auf den Gedanken gekommen, es könne etwas anderes als ein Keller sein. »Anschar! Warum sagst du mir das erst jetzt?«

»Ich wollte ja gar nicht durch den Gang. Oder hältst du es für eine gute Idee, in Sichtweite der Palastwachen aus dem Fels zu steigen? Wir sehen nicht gerade wie Trägersklaven aus, und nach dem Brand wird erst recht jeder hinschauen.«

Sie blinzelte immer noch verwirrt.

»Überrascht dich das so? Hast du wirklich gedacht, Schelgiur ließe sich diese riesigen Krüge über die Treppen bringen? Die wären unter dem Gewicht eingebrochen.«

»Ob er es geschafft hat?«

Er hob einen der kleineren Krüge herunter und stellte ihn auf den Boden. Dann packte er den Rand eines hüfthohen Gefäßes, um es beiseitezudrehen. Unvermittelt ließ er den Kopf sinken, bis die Stirn den Deckel berührte. »Er hätte nur einen Schritt hier herein machen müssen, statt sich von der Panik anstecken zu lassen.« Mit einem grimmigen Knurren richtete er sich auf und machte weiter. Grazia betastete die flachen Deckel der großen Gefäße. Sie wirkten dünner als die Seitenwände.

»Können wir sie nicht einschlagen und umkippen?«

»Nein, wir sollten tunlichst vermeiden, auf uns aufmerksam zu machen, indem wir es Bier und Wein regnen lassen. Wir müssen die verdammten Dinger sorgfältig umschichten.«

»Und wenn jemand den Gang nimmt, um hier nachzuschauen?«

»Man kann die Falltür nur von dieser Seite öffnen, wenn ich mich nicht irre.«

Sie half ihm, indem sie die kleineren Krüge zur Seite räumte. Bald wurde eine schmale Öffnung sichtbar. Anschar fluchte, während er sich abmühte, einen Durchgang zu schaffen. Dabei ließ er es sich nicht nehmen, den ein oder anderen Bierkrug mit dem Griff seines Messers aufzuschlagen und zu kosten. »Umsonst kriege ich's nie wieder«, meinte er. »Was hat den Gierhals nur bewogen, so viele Krüge einzukaufen? Ohne deine Gabe könnte ich jetzt guten Gewissens sagen, hier wenigstens nicht verdursten zu müssen. Vielleicht wäre es besser, hierzubleiben und auf den Hungertod zu warten. Mir ist nämlich nicht ganz klar, wie wir ungesehen den Platz vor dem Palast betreten wollen.«

Der Gang war frei. Anschar ging hinein und suchte die Wand ab. Bereits nach wenigen Schritten war es stockdunkel. »Du hast nicht zufällig deine Feuerhölzchen dabei?«

»Nein.«

»Hier irgendwo … Ah, hier.« Auf dem Boden fand er Material zum Feuermachen; sie hörte es klicken, und kurz darauf richtete er sich mit einem Kienspan in den Fingern auf. Aus einem Ring an der Wand nahm er eine Fackel und entzündete sie. »Komm.«

Sie folgte ihm in die Schwärze. Der Gang war unregelmäßig aus dem Fels gehauen und führte leicht nach oben. Unter ihren Sohlen knirschte allerlei Unrat, den die Sklaven im Lauf der Zeit hinterlassen hatten. Scherben, Trageseile, eine alte Sandale. Aber wenigstens gab es kaum Spinnweben und kein Getier, das einem über die Füße zu huschen drohte. Nach einigen Metern begann eine Treppe. Grazia raffte ihr Gewand. Die Stufen waren unregelmäßig und ausgetreten, sodass sie den Blick fest auf Anschars Schritte richten musste. Endlos zog sich die Treppe hin, dann folgte ein weiterer Gang, der wiederum in einer Treppe endete. Gerade als sie etwas anmerken wollte, gelangten sie in einen kleinen Raum. Auch hier standen Gefäße an den Wänden. Ein kleines Kühlbecken, ähnlich jenem, das sie im herschedischen Palastkeller gesehen hatte, nahm eine Hälfte der Kammer ein. Wasser glitzerte im Fackellicht. An der anderen Seite führte eine Treppe hinauf, die in der meterdicken Felsendecke verschwand. Grazia entdeckte an ihrem Ende die Falltür. Der bronzene Riegel glänzte wie frisch eingefettet.

»Hörst du das?«, flüsterte Anschar. Gedämpft waren die Stimmen der Menschen zu hören, die über den Platz gingen. Die Falltür klapperte, als jemand darauftrat. »Wir müssen leise sein.«

Er steckte die Fackel in einen Ring an der Wand. Grazia setzte sich auf die Treppe und zog die Knie an. Es war kalt hier unten. Oder zitterte sie, weil sie sich fürchtete? Sie war dankbar dafür, dass Anschar sich an ihre Seite hockte und den Arm um ihre Schultern legte. Ihm schien nicht kalt zu sein, obwohl er seinen Mantel nicht mehr hatte. Sie schob einen Finger unter die Fessel an ihrem Handgelenk. Die Haut war aufgeschürft und brannte.

Er bemerkte es. »Ich habe ziemlich an dir herumgezerrt, was? Tut mir leid.«

»Wie geht es jetzt weiter?« Wieder klapperte die Falltür, und sie zuckte zusammen.

»Schwierig. Wir können nicht im Hellen hinaus, und wenn wir im Dunkeln hinausgehen, ist der Palast geschlossen.«

»Anschar …«

»Lass mich nachdenken.«

»Anschar! Sie schließen das Tor erst eine halbe Stunde nach Einbruch der Dunkelheit. Manchmal auch erst eine Stunde.

Ich hatte wahrhaftig viele Gelegenheiten, das von deiner Terrasse aus zu beobachten.«

»Du hast ja recht, nur – woher wissen wir, wann diese halbe Stunde ist? Ich fürchte, ich muss wieder nach unten und die Dämmerung abwarten. Und dann ...«

»O nein, bitte lass mich nicht hier allein zurück. Es ist auch gar nicht nötig.« Sie tastete nach der Schnur um ihren Hals, zog die Uhr aus dem Ausschnitt und klappte sie auf. »Siehst du? Wir müssen etwas mehr als eine Stunde warten. Ich sagte doch, sie ist nützlich.«

Er nickte zögernd. »Deine Stunden sind kürzer als argadische. Oder länger? Ach, sag einfach Bescheid.«

»Diese wird so oder so elend lang werden«, murmelte sie beklommen. Als sie einen Daumennagel bearbeiten wollte, nahm er ihre Hände und hielt sie auf seinem Schoß fest. Sie legte die Wange an seine Schulter und lauschte seinem beruhigenden Atem. Beim Anblick des Kühlbeckens kamen ihr Bilder in den Sinn, die sie längst hatte vergessen wollen. All die Demütigungen, die er hatte erdulden müssen. Sein geschundener Körper. Er hatte es überstanden. *Sie* hatten es überstanden. Bis hierhin. Die Angst verengte ihre Kehle, und die Stunde verging schneller, als sie gedacht hatte. Viel zu schnell. Als sie ihm zunickte und die Uhr wieder in den Ausschnitt ihres Gewandes gleiten ließ, war sie überzeugt davon, keinen Schritt tun zu können. Doch dann stand sie mit ihm auf. Er nahm die Fackel aus ihrer Halterung und warf sie ins Becken.

»Die Falltür ist unmittelbar an der Hauswand«, erklärte er, obwohl sie das ja wusste. »Neben dem Haus beginnt eine schmale Gasse, da laufen wir hin. Bist du bereit?«

Nein, dachte sie. »Ja.«

Er nahm sie an der Hand und führte sie die Stufen hinauf. Den Geräuschen nach war der Platz immer noch belebt.

War das gut? War das schlecht? Sie wusste es nicht. Ein Stoßgebet lag ihr auf der Zunge, aber ihr Kopf war wie leer gefegt. Schließlich hörte sie den Riegel zurückgleiten. Anschar hob die Tür leicht an. Gesprächsfetzen und schwaches Licht drangen durch den Spalt. Schritte kamen und gingen. Er war wie erstarrt, doch dann warf er die Tür auf, sprang hinaus und packte ihre Hand. Mit der anderen raffte sie das Gewand. Sekunden später drückte sie sich an die Hauswand, während er die Tür wieder schloss. Dann tauchten sie in die nachtschwarze Gasse. Es war so schnell gegangen, dass sie nicht gesehen hatte, was sich auf dem Platz tat. Oder am Tor des Palastes. Die Stadt war unruhiger als sonst, was gewiss an dem verheerenden Feuer lag. Der Brandgestank hing in der Abendluft. Aber zu sehen war nichts; es schien gelöscht zu sein.

»Nicht stolpern«, flüsterte Anschar. »Da ist eine Abflussrille.«

Sie tastete sich mit dem Fuß an der Rille entlang, in der nichts floss. Ein paar Schritte weiter drückte Anschar sie an die Hauswand. Dicht vor ihrem Auge befand sich ein Fenster, deren Läden offen standen.

»Ich steige kurz hinein und hole mir den Mantel des Händlers.«

»Wenn dich jemand sieht?«

»Keine Angst, ich finde mich schon zurecht. Es wird ganz schnell gehen. Ohne Mantel schaffe ich es nicht in den Palast, das weißt du.«

Sie nickte. Man würde ihn augenblicklich erkennen und festnehmen. Er schnallte den Schwertgürtel ab, wohl um nirgends damit anzustoßen, und gab ihn ihr. Wie ein Schatten glitt er zu der düsteren Fensteröffnung und verschwand lautlos.

Grazia drückte das Schwert an sich und ging zurück zur

Gassenmündung. Erst vor wenigen Tagen hatte sie diesen Platz mit Bruder Benedikt überquert. Allmählich leerte er sich. Vorsichtig lugte sie um die Ecke. Durch das Palasttor, im Schein zweier Fackeln, drängten noch Menschen. Die Wächter wirkten nachlässig; sie schenkten keinem, den sie hineinließen, größere Beachtung. Grazia blickte hinüber zur Brücke, wo die argadischen Wachtposten noch ein paar Leute hinüberließen, bevor sie ihre Speere für die Nacht kreuzten. Sie versuchte sich vorzustellen, wie sie nachher mit Anschar vor die Männer trat, bei sich einen Gott, der ihnen Durchlass verschaffte. Undenkbar. Sie wandte sich ab.

Eine Hand legte sich auf ihre Schulter. Vor Schreck ließ sie das Schwert fallen. Bevor sie auch nur einen Schritt zurück in die Gasse tun konnte, wurde sie auf den Platz gezogen und herumgedreht. Einer der herschedischen Wächter stand vor ihr.

»War mir doch so, als hätte ich eine verhüllte Gestalt aus dem Boden kriechen sehen«, sagte er, eher verwundert als misstrauisch. »Ich dachte, ich hätte mich getäuscht. Du warst das, oder?«

»Nein«, sagte sie, innerlich erzitternd. Es kostete sie unendliche Mühe, ihre Stimme halbwegs fest klingen zu lassen. »Ich weiß nicht, wovon du redest. Ich krieche nicht in Kellern herum.«

»Ist ja schon gut.« Er ließ sie los. Fast sah es so aus, als wolle er es dabei bewenden lassen, doch dann zupfte er nachdenklich an seinem Ziegenbart und musterte sie von Kopf bis Fuß. »Du hast ein Wüstengewand an. Du bist eine Sklavin?«

»J-ja. Genau. Ich bin …«

Er griff nach dem Band und hob ihre Hand hoch. »Bist wohl frisch eingefangen worden, was?«

»Das wollte ich gerade sagen.«

»Wo ist dein Herr?«

»A-austreten. Er soll mich in den Palast bringen.«

»Und dann lässt er dich einfach hier unbeaufsichtigt stehen?«

»Wo soll ich denn hin? Ich laufe bestimmt nicht weg.«

Er grinste. »Um Antworten bist du nicht verlegen, aber irgendwie gefallen sie mir nicht. Im Gegensatz zu dir.« Beinahe sanft schob er ihr die Kapuze herunter. Sie tastete nach dem Kopftuch, ob es noch richtig saß. Doch auch das entfernte er, um mit kundigem Griff ihre Ohrläppchen zu prüfen. Seine Brauen schoben sich misstrauisch zusammen.

»Komm mit.« An der Fessel zog er sie mit sich, hin zum Tor, wo er sie in den Lichtkegel drängte.

»Was ist mit der?«, fragte der zweite Posten. »Ist doch nur eine Sklavin, oder nicht?«

»Sieh dir die Haare an!«

Grazia spürte, wie ihr Zopfband durchgeschnitten wurde. Hände wühlten ihre Haare auf.

»Rot! Das ist die Wassernihaye!« Der Mann drehte sie an den Schultern zu sich herum. »Ist das so, Frau?«

Was sollte sie jetzt sagen? Sie blickte zurück auf den Platz, suchte nach Anschar, doch er war nicht zu sehen.

»Ich bin es«, sagte sie. »Und deshalb müsst ihr mich gehen lassen. Der Meya wartet auf mich.«

»Ach, jetzt ist dein Herr der Meya? Das ist mir alles zu verworren. Ich bringe dich zu Mallayur.« Seine Finger krallten sich schmerzhaft in ihren Arm, als er sie mit sich in den Palasthof zog. Grazia riss sich los und wollte zurück auf den Platz rennen, aber nach wenigen Schritten hatte er sie eingeholt und packte sie an den Haaren. Sie versuchte sich von ihm wegzudrücken. Seine Hände waren wie Schraubstöcke, unbarmherzig zog er sie durchs Tor. Plötzlich würgte er, beugte sich vor und spie einen Schwall Wasser aus. Nach Atem ringend, richtete er sich auf. »Warst du das?«, schrie er sie an und schlug ihr so fest ins Gesicht, dass Blitze vor ihren Augen tanzten. »Wage es nicht noch einmal, deine verfluchte Kraft an mir anzuwenden!«

Er schlug ein zweites Mal zu. Sie begriff, dass er sich fürchtete, aber ihre Angst war viel größer. Verzweifelt versuchte sie sich loszureißen. Der dritte Schlag ließ sie taumeln, und sie sackte zu Füßen des Mannes zusammen. Er kniete über ihr. Der Schmerz eines weiteren Hiebes raubte ihr fast die Besinnung. Ihre Unterlippe schmeckte nach Blut.

»Nicht …«

»Hör auf!«

Ich tue nichts mehr, wollte sie sagen, aber sie war nur noch eine willenlose Hülle. Er hob sie auf und warf sie sich über die Schulter. Schemenhaft sah sie durch die hervorspringenden Tränen das Tor und die Menschen, die sich nach ihr umgewandt hatten. Anschars Name lag ihr auf den Lippen. Sie sehnte sich danach, ihn hinauszuschreien, doch sie zwang sich, es nicht zu tun. Ihn zu verraten hieße, die Hoffnung zu verlieren.

10

Das Haus des Händlers war groß genug, um es zu durchqueren, ohne jemandem in die Arme zu laufen. Eine schmale Frau hockte in einem Gemach auf einem Bett und ließ sich von einer Sklavin waschen. Anschar erhaschte den Anblick einer gebräunten Schulter und eines Rückens, der jeden Wirbel zeigte. Die Frauen, versunken in ihre Tätigkeit, flüsterten leise miteinander und bemerkten ihn nicht, als er an der offenen Tür vorbeiging. In einer anderen Kammer greinte ein Kind. Er drückte sich in den Schatten eines Pfeilers und wartete, ob das Jammern die Frauen herausrief, doch das geschah nicht, und so ging er unbehelligt dorthin, wo er das vermutete, was Grazia einen *Salon* nannte. Hier, so hoffte er, fand er, was er suchte, und er wurde nicht enttäuscht. Im Schein des Lichtes, das sich aus einem Nebenraum über den Fliesenboden ergoss, raffte er ein rostrotes Kleidungsstück auf, das von einer Sessellehne gerutscht war, einen kostbar mit goldenen Fransen und grünlichen Edelsteinen verzierten Mantel. Das war genau das, was er brauchte. Mit einem solchen Mantel würden sich die Wachen dreimal überlegen, irgendein Misstrauen zu hegen. Er wollte sein Glück nicht herausfordern, also trat er geduckt den Rückzug an. Die Stimme des Händlers, die aus dem Nebengelass kam, das wohl sein Arbeitszimmer war, ließ ihn innehalten.

»Morgen früh lasse ich die Falltür aufbrechen. Kann ja wohl nicht sein, dass meine Schätze da unten im Fels bleiben.«

»Schelgiur hat sie doch bezahlt?«

»Sicher, sicher! Aber er ist tot, er hat nichts mehr davon. Ich schon.«

»Wir wissen doch gar nicht, ob er wirklich tot ist. Vielleicht hockt er ja verletzt in seiner Felsnische und wartet auf Rettung?«

Der Händler schnaubte. »Dann wird er ja froh und hoffentlich auch entsprechend dankbar sein, wenn wir ihm zu Hilfe eilen. Zerbrich *du* dir darüber nicht den Kopf!«

»Ja, Herr.«

Papier knisterte. Der Schatten des Händlers zog sich an der Wand in die Breite, während er sich zurücklehnte und die Hände vor dem Wanst verschränkte. »Was würde der verdammte Hund wohl dazu sagen, wenn er wüsste, dass er es seinem König verdankt, seine schöne Hütte verloren zu haben?« Er strich sich über den Bart. Eine Geste, die höchst genießerisch wirkte.

»Seinem König?«

»Nun, würdest du sagen, ein Mann, der zur Palastwache gehört, hält eigenmächtig eine Fackel ans Dach der ersten Hütte? Ich habe es selbst beobachtet.«

»Nein, warum sollte er? Aber warum sollte der König … nein, das … niemals!«

»O doch. Was Mallayur davon hat, weiß ich nicht. Vielleicht hatte er Kopfschmerzen und konnte den Lärm nicht ertragen.«

Interessant, das zu wissen, dachte Anschar. Ein Verdacht keimte in ihm, der ihn nicht zweifeln ließ, dass wahrhaftig Mallayur die schwebende Stadt vernichtet hatte.

»Es ist natürlich ein Jammer«, redete der Händler weiter. »So viele Menschen sind in den Tod gestürzt. Aber wir wollen vorbereitet sein, denn die schwebende Stadt ist schneller wieder aufgebaut, als man Bier brauen kann, und daher sind Schelgiurs Vorräte jetzt Gold wert.«

Anschar hatte genug gehört. Er huschte gebückt zurück zum Fenster. Mit einem Satz war er auf der Gasse. Es brauchte einen Moment, bis sich seine Augen wieder an die Finsternis gewöhnt hatten.

»Grazia!«, zischte er. Sie war nicht da. Es konnte nicht sein. Es durfte nicht sein! Er lief tiefer in die Gasse hinein, bis zur nächsten Quergasse. Schwankend zwischen Furcht und Zorn über ihren Ungehorsam warf er sich den Mantel über und rannte zurück. Als er den Platz fast erreicht hatte, fand er in der Abflussrille sein Schwert.

Er hob es auf. Mit einem raschen Blick um die Hausecke sah er, dass am Tor, das noch offen war, nur ein Posten stand. Der andere hatte Grazia ergriffen, das war ihm so klar wie … *Kloßbrühe*. Fast ohne es zu merken, zog er die Klinge ein Stück heraus. Alles in ihm drängte danach, zum Tor zu stürzen und sie mit Gewalt zu befreien. Aber das wäre ihrer beider sicherer Tod.

Er rückte den Schwertgürtel zurecht, sodass sich die Klinge nicht unter dem Mantel abzeichnete, warf sich die Kapuze über und betrat den Platz. Der Mantel war zu kurz, aber dafür weit. Scheinbar gemächlich schlenderte er auf das Tor zu. Wenn er die Hoffnung haben wollte, nicht angesprochen zu werden, musste er mit den letzten Menschen, die das Tor passierten, hindurch. Doch dann besann er sich anders. Es war zu gewagt. Der verbliebene Posten wirkte hellwach. Was immer vorgefallen war, hatte seine Aufmerksamkeit verdoppelt. Anschar machte einen Bogen, überquerte den Platz und ging an der Brücke vorbei in Richtung der Klippe. Niemand hielt ihn auf, niemand schien ihn zu erkennen. Übler Brandgestank drang ihm in die Nase. Dort, wo die Treppen begonnen hatten, war nichts mehr. Verkohlte, stellenweise noch glimmende Balken, die in die Luft ragten, waren das letzte Überbleibsel der schwebenden Stadt. Eine Menschenansammlung stand an der Klippe und versuchte im Schein der Monde zu erkennen, was übrig war. Frauen mit dunkel bemalten Gesichtern lagen sich in den Armen und schrien ihre Klage hinaus.

Er folgte der Umfassungsmauer des Palastes. Sie war doppelt mannshoch und aus glatten, gut verfugten Steinen errichtet. Ausgeschlossen, sie zu erklimmen. Er fand ein Seitenportal. Es war geschlossen. Ihm blieb nur ein Weg: die Zeder neben der Arena. Einen Baum zu erklettern, sollte nach den Monaten im Wald so einfach sein, als laufe man eine Treppe hoch.

Kaum dass er sie erreicht hatte, sah er schon, dass ihre Äste nicht weit genug an die Mauer heranreichten. Er hatte gehofft, über die Tribünen ins Gebäude zu gelangen. Im Schatten der Zeder blieb er stehen. Es gab keine Möglichkeit mehr. Sollte er die Nacht abwarten, um am Morgen durch das Tor zu gehen? Bis dahin konnte Schlimmes geschehen – allein der Gedanke, hier ausharren zu müssen, war absurd. Da fiel sein Blick auf eine schmale Pforte wenige Schritte entfernt. Er kannte sie nicht, aber wenn er sich nicht täuschte, führte sie in die Räume unterhalb der Tribünen.

Er hämmerte mit der Faust dagegen.

Lange Zeit tat sich nichts. Die Sorge um Grazia machte ihn wütend, und er malte sich aus, wie er die verdammte Tür einrannte. Da öffnete sie sich.

»Ich hoffe, du hast einen Grund für den Lärm.« Ein Mann reckte mürrisch den Kopf vor. Sein mit Bronzeplättchen versehenes Hemd wies ihn als Palastwächter aus. Die Hand auf seinem Schwertgriff war unmissverständlich.

Anschar wickelte die Binde von seiner Hand und schob den Ärmel zurück. Die Augen des Mannes weiteten sich.

»Du ... aber du bist tot!«

»Sehe ich so aus?«

Noch während er fragte, hieb er ihm den Ellbogen ins Gesicht. Knackend gab die Nase nach. Die Augen des Wächters brachen, und mit ungläubigem Stöhnen sackte er zusammen. Anschar schleppte ihn ins Innere, legte ihn in einer Ecke ab und schloss die Tür.

Er hatte keine Ahnung, wohin Grazia gebracht worden war. Nur eines wusste er – wo der Gott war. Und er wusste auch den Weg dorthin. Das Kellergewölbe war nicht weit. Er hastete die Treppen hinunter, drückte sich in dunkle Ecken, wenn Sklaven vorüberkamen, und erreichte den Gang, der in das Gewölbe mündete. Diesmal lag es im Dunkeln. Ihm blieb nichts anderes übrig, als sich dort Licht zu holen, wo er wusste, dass es zu finden war, also machte er kehrt und lief in den Sklaventrakt. Wie er dort hineingelangen wollte, ohne bemerkt zu werden, war ihm indes schleierhaft. Als er Schritte hörte, drückte er sich in den Eingang einer Seitenkammer. Ein alter Sklave schlurfte vorüber, wohl um seine Matratze aufzusuchen. Anschar atmete auf. Fast hätte er zu spät bemerkt, dass er mit dem Rücken die Tür hinter sich aufgedrückt hatte. Er drehte sich um und wollte sie schließen, da fiel sein Blick auf zwei nackte Hinterbacken, die sich auf eindeutige Weise bewegten. Von einem Gürtel hing eine Peitsche, die im Takt der Stöße mitschwang.

Der Sklavenaufseher blickte ärgerlich über die Schulter. Als er Anschar sah, löste er sich von seinem Opfer und griff nach der Peitsche. Im nächsten Augenblick fiel sein Kopf von den Schultern und schlug auf dem steinernen Boden auf. Wenige Lidschläge später folgte sein Körper.

Ein junger Mann stieß sich von dem Tisch ab, über den er sich hatte beugen müssen, und schlug den Rock herunter. Sein Leib erbebte vor Entsetzen, und er starrte auf das blutige Schwert in Anschars Hand. Er riss den Mund zu einem Schrei auf, doch dann blieb sein Blick an der kostbaren Aufmachung des Mantels hängen.

»Herr, wer …«

Anschar gebot ihm mit einer erhobenen Hand, leise zu sein. »Erkennst du mich nicht?«

»A-Anschar?«

»Ja.«

»Aber …«

»Ja, ich weiß, ich bin eigentlich tot. Egal. Bist du nicht der, dem schon Egnasch solche Abscheulichkeiten abgezwungen hatte? Was ist denn an dir, dass die Aufseher dich so begehren?«

»Wenn ich das nur wüsste.«

Anschar beugte sich über den Toten, wischte die Klinge

an dessen Rock ab und steckte sie zurück. »Da anscheinend immer ich derjenige bin, der deine Peiniger in die tiefste Tiefe der Unterwelt schickt – wirst du mir helfen und mich nicht verraten?«

Der Junge biss sich auf die Unterlippe. Furcht lag in den großen Augen, aber auch unverhohlene Bewunderung. Schließlich nickte er. »Was soll ich tun?«

»Ich brauche Licht.«

Sichtlich erleichtert, dass es nur eine Kleinigkeit war, lief er in Richtung des Sklavenschlafraums. Bald darauf brachte er ein winziges kugelförmiges Öllämpchen. Anschar nahm es an sich und nickte ihm dankend zu. Es war Zeit, zu verschwinden, bevor einer der anderen Sklaven ihn bemerkte. Was er von ihnen zu erwarten hatte, wusste er nicht genau. Egnasch erstochen zu haben, hielt man ihm sicher zugute; andererseits hatte er ihnen gegenüber selten einen Hehl daraus gemacht, wie sehr er sie verachtete. Flüchtig fragte er sich, ob sich daran seit der Zeit im Wald etwas geändert hatte. Aber rasch verdrängte er die Überlegung, denn dazu war wahrhaftig keine Zeit. Bedeutungslos war es ohnehin. Grazia war in Gefahr, und er selbst ebenfalls.

Unbehelligt gelangte er in das Gewölbe. Als er auf der obersten Stufe der Treppe stand, die linker Hand hinunterführte, streckte er die Lampe vor, auf der Suche nach dem Behälter. Nur zu gut erinnerte er sich an das Gefühl harten Metalls unter den Fingern, das keines war, sondern – nichts. Wie konnte man ein Nichts beschädigen oder gar zerstören? Wild mit dem Schwert darauf einschlagen? Es umkippen? Alles das würde ein Getöse erzeugen, das den ganzen Palast zusammentrieb. Und sollte es wider Erwarten gelingen, war ihm der Gott dann ein Verbündeter? Oder kümmerte ihn nicht, was mit der Frau geschah, der er die Fähigkeit geschenkt hatte, Wasser zu schaffen?

Mit der Hand schirmte er die Flamme ab, während er hinunterstieg. Aus der Schwärze schälten sich all die Gegenstände, die er hier gesehen hatte. Auch der Tisch stand noch da, auf den Egnasch und der Sklavenjunge gestiegen waren. Nur der Behälter war nicht zu sehen.

»Verdammt! Auch das noch.« Mit vorgestreckter Hand, tastend wie ein Blinder, ging er dorthin, wo er vermutete, dass er stand.

»Ich hätte nicht gedacht, dich noch einmal wiederzusehen.« Mallayur fasste ihr ins Haar und zwirbelte nachdenklich eine Strähne. Sie wollte zurückweichen, doch der Palastsoldat hielt sie unbarmherzig an der Schulter fest, während er ihr einen Dolch an die Kehle hielt. Grazia wagte kaum zu schlucken, so dicht drückte sich die Klinge an ihre Haut. Der Mann hatte sie in einen von Kolonnaden umschlossenen Garten geführt. Fackeln steckten im Gras, das eher nach Stroh aussah, und beleuchteten kahle Büsche und umherwehendes Herbstlaub.

Die Finger des Königs wanderten über ihre aufgeplatzte Wange hinunter zu der geschwollenen Lippe. Es tat weh, als er in ihr Kinn kniff, um ihren Kopf zu drehen. »Siehst ja schlimm aus.« Unter hochgezogener Augenbraue warf er einen Blick zu seinem Untergebenen, tadelnd wie anerkennend zugleich.

»Sie hat sich gewehrt, Herr«, erklärte der Wächter. »Sie kann Wasser machen, und ich nähme den Dolch ungern herunter.«

»Ich weiß. Pass gut auf sie auf.« Mallayur ließ nicht ab, sie zu betrachten und zu befingern. »Wieso hast du dich als Wüstenfrau herausgeputzt? Möchtest du etwa Sklavin werden? In meinem Haushalt ist immer Platz. Es war dumm von dir, damals wegzulaufen. Ich hätte dich mit Gold überschüttet, damit du mir dienst.«

»Ich kann …«, hauchte sie und hielt aus Furcht vor dem Dolch inne.

»Ja?«

»Ich kann Hersched nicht bewässern.«

Er nickte langsam. »Ja, das ist mir dann auch klar geworden. Andernfalls hätte Argad die Dürre überwunden. Du warst lange genug im Gewahrsam meines Bruders, aber auch er hat aus dir nicht viel herausholen können. Das hast du im Tempel ja eindrucksvoll bewiesen. Trotzdem hätte es mir gefallen, dich … zu haben.« Wieder strich er ihr durchs Haar. »Dein Wasser zu trinken. Und diesen Garten zu bewässern. Wenigstens dafür hätte es doch gereicht, oder?«

Wollte er darauf jetzt noch eine Antwort haben? Grazia presste die schmerzenden Lippen zusammen und schwieg.

»Weißt du«, sagte er mit verschwörerischem Unterton, wobei er der Frau mit den silbernen Augen, die wenige Schritte abseits stand, einen Blick zuwarf. »Wasser ist so viel erfreulicher als Luft. Man kann so viel mehr damit machen. Könnte ich mir jedenfalls vorstellen.«

Die Frau hob belustigt einen Mundwinkel und trat näher. Mit beiden Händen formte sie eine Schale und hielt sie Grazia vor die Nase. »Zeig mir, was du kannst. Bisher habe ich davon nur gehört, aber nichts gesehen.«

Grazia tat nichts.

»Willst du nicht? Oder kannst du nicht?«

»Sie kann, Geeryu. Sie kann.«

Die Frau starrte sie so eindringlich an, dass die silbernen Regenbogenhäute um ihre Pupillen zu kreisen schienen. »Sie will nicht!«

»Wenn ihr mich so einschüchtert, kann ich gar nichts«, murmelte Grazia.

Geeryu warf lachend den Kopf zurück, strich sich in einer überheblichen Geste die glänzend schwarzen Haare über die Schulter und offenbarte einen goldenen Reif, der von ihrem Ohr hing. Einen Reif mit zwei geflügelten Fabelwesen, die einander zugewandt waren. »Die das Wasser beherrschen, sind anscheinend alle leicht einzuschüchtern. Du genauso wie der zarte Gott.« Sie ließ von Grazia ab und schlenderte zu einem Teich. Geschmeidig ließ sie sich auf dem Mäuerchen nieder, das ihn umgab, schlug ein Bein über das andere und ordnete ihr fließendes Gewand. Silberne Ringe blitzten an den Zehen. Sie war eine äußerst schöne Frau, doch auch seltsam alterslos. Dies war die Nihaye, das hatte Grazia ja schon am Tag des Zweikampfes geahnt. Die Nihaye mit der Gabe, die Luft zu festigen. Eine Halbgöttin.

Mallayur kehrte Grazia den nackten Rücken zu und verschränkte die Arme. Ein Schweißrinnsal lief aus dem kleinen geflochtenen Zopf zwischen seine Schulterblätter und rann in den Bund seines knöchellangen Wickelrocks. Er schien in die Betrachtung einer dicken, drei Meter hohen Säule zu versinken. Ein Tuch bedeckte sie, von Grasseilen gehalten. Der Behälter! Grazia vergaß ihre missliche Lage. Dort unter dem Tuch, dort war der Gott.

Jäh wirbelte Mallayur zu ihr herum, packte das Band, das von ihrem Handgelenk hing, und zerrte sie hinter sich her. Dicht vor dem Behälter blieb er stehen und schob sie vor sich. Nun war er es, der sie festhielt, nur nutzte er keinen Dolch, sondern legte die Hand auf ihre Kehle. Sie zweifelte nicht, dass er die Kraft hatte, ihr den Hals umzudrehen. Oder wenigstens sie blitzschnell zu erwürgen.

»Entferne das Tuch«, befahl er dem Wächter.

Der Mann schnitt das Seil durch und wickelte es ab; das tat er ganz arglos, als wüsste er nicht, was sich darunter verbarg. Kaum war das Seil entfernt, glitt das Tuch herunter. Er stieß einen nur mühsam unterdrückten Schrei aus und ließ den Dolch fallen. Dann besann er sich auf die Disziplin eines Palastkriegers, hob die Waffe mit fahrigen Fingern auf und taumelte nach hinten, den Kopf im Nacken, die Augen aufgerissen. Hinter sich hörte Grazia den König von Hersched erregt aufseufzen. Seine Finger legten sich um ihren Kiefer und zwangen sie hinzusehen. Es war unnötig. Nicht einmal die Lichtsäule des Tors, in ihren Ausmaßen dieser hier ganz ähnlich, konnte beeindruckender sein. Grazia streckte die Hand aus und erfühlte kalte, feste Luft.

Anschar blieb stehen, als ein Räuspern auf der Treppe erklang. Er hatte sich mittlerweile durch den halben Kellerraum getastet und kochte vor Wut. Es fehlte nicht viel, und er hätte sein Schwert gezogen, um es sich leichter zu machen. Nur die Gefahr, damit tatsächlich den Behälter zu finden, hielt ihn davon ab. Es hätte Lärm verursacht, der bis zu den Verdammten in der tiefsten Tiefe des Felsens gedrungen wäre.

Der junge Sklave stand auf der obersten Stufe, die Hände auf den frierenden Armen. »Was tust du da? Hier darf niemand her.«

»Ich suche den Behälter, in dem der letzte Gott gefangen ist!«

»Der wurde gestern in den Garten gebracht.«

Der Junge machte einen Satz nach hinten, als Anschar die Treppe hochstürmte und ihn beiseitedrückte. Grazia – sie musste dort sein. Alles andere war undenkbar. Zumindest unwahrscheinlich. Sie *musste* es, andernfalls würde er sich nicht mehr beherrschen können und eine blutige Spur durch den Palast ziehen. Mit der Hand am Schwert und der Lampe in der anderen hastete er den Weg zurück und eine Treppe hinauf.

»Wer ist da so gerannt?«, hörte er unten jemanden fragen.

»Ich war das«, sagte der junge Sklave, ohne zu zögern. »Ich bin vor dem Aufseher geflüchtet.«

Die Antwort verstand Anschar nicht mehr, und es war ihm fast gleichgültig, ob er erwischt wurde oder nicht. Erst im Erdgeschoss besann er sich. Kopflosigkeit half weder Grazia noch ihm. Er folgte weiteren Korridoren, huschte von einer dunklen Ecke zur nächsten und gelangte in die Nähe des Gartens. Als er eine Tür erreichte, welche auf einen der Pfeilergänge hinausführte, die den Garten umgaben, blieb er stehen. Was erwartete ihn dort draussen? Er wäre nicht nur blind, sondern auch dumm, ginge er einfach durch diese Tür. Erst musste er sich einen Überblick verschaffen, also hastete er zurück und eine weitere Treppe hinauf. Hier begegnete er einem Sklaven, der sich an die Wand drückte, aber ruhig blieb. Anschar beachtete ihn nicht; es sah nicht so aus, als hätte er etwas von ihm zu befürchten. Lediglich dem herumschlendernden Palastwächter, dem er nach einer Biegung fast in die Arme lief, schleuderte er die Lampe ins Gesicht. Der Mann liess seinen Speer fallen, warf die Arme hoch und riss sie wieder herunter, als sich Anschars Klinge in seine Brust bohrte. Er starb so schnell, dass er keine Zeit hatte, einen Laut von sich zu geben. Anschar schleppte ihn ins nächstbeste Zimmer und nahm den Speer an sich. Jederzeit konnten Menschen auftauchen, aber es war spät, die meisten schliefen sicherlich längst. Er musste sich einfach darauf verlassen, dass er noch eine Weile unentdeckt blieb.

Die Lampe lag zerbrochen auf dem Boden. Den Rest des Weges musste er sich vorwärtstasten, aber es war nur ein kurzes Stück. Bald sah er Licht – Fackeln erhellten den Garten. Er gelangte auf die Galerie über den Pfeilergängen und duckte sich hinter die Brüstung. Aus dem Augenwinkel hatte er Grazia gesehen. Für einen Augenblick war er blind vor Erleichterung. Sie lebte.

Er schob sich hoch, bis er über die Brüstung spähen konnte. Was er dort unten im Garten sah, zerrte an seinem Verstand. Inmitten der Rasenfläche, unweit des Vogelhauses, stand das, was er in Gedanken immer den Behälter genannt hatte. Jetzt sah er, was darin war: Wasser. Dort unten auf dem Gras stand eine Säule aus Wasser. Das flackernde Licht der Fackeln ließ sie glänzen und glitzern. In ihr schwebte der Gott; er hatte Anschar den Rücken zugekehrt. Wie Wasserpflanzen tanzten seine Haare um die breiten Schultern.

So atemberaubend der Anblick des Gottes in seiner Wassersäule war, Anschar konnte kaum die Augen von Grazia losreißen. Er wollte schreien angesichts dessen, was ihr zugefügt worden war. Ihre Wange war gerötet, wie von Schlägen, und auf ihren geschwollenen Lippen und am Kinn klebte Blut. Ihr Haar war zerzaust und umfloss sie bis zu den Ellbogen. Mallayur, der hinter ihr stand, hatte die Hand um ihren Hals gelegt, sodass sie gestreckt dastand und sich nicht rühren konnte. Bleich war sie, von Furcht gezeichnet.

Ein Palastkrieger stand bei ihnen. Anschar glaubte in ihm einen der beiden Torwächter zu erkennen. Und auch die Nihaye war da. Wenige Schritte entfernt betrachtete sie die seltsame Szenerie eher belustigt. Eine Hand lag lose auf ihrer Hüfte. Sie hatte die Lider halb geschlossen. An ihrem linken Ohr hing ein Reif, den Anschar nur zu gut kannte. Der Ohrring seiner Mutter.

Langsam richtete er sich auf, verdeckt von einem hölzernen Pfeiler. Seine Hände glitten den Speerschaft entlang, auf der Suche nach der Stelle, wo die Waffe bestmöglich zu packen war.

Eine Bewegung lenkte seine Aufmerksamkeit zu dem Gang, aus dem er gekommen war. Dort stand der Sklave und reckte neugierig den Kopf. Anschar bedeutete ihm, vorsichtig näher zu kommen.

»Ich brauche noch einmal Licht«, flüsterte er. »Ein schwaches.«

Der Junge nickte und huschte geduckt fort. Bald darauf kehrte er mit einem weiteren Kugellämpchen zurück. Die winzige Flamme, so hoffte Anschar, würde vom hell erleuchteten Garten aus, in dem jeder nur Augen für den Gott hatte, unbemerkt bleiben. Er nahm die Lampe entgegen und stellte sie auf den Boden.

»Und jetzt?«, fragte der Sklave.

»Jetzt lauf in die Sklavenräume. Und bleib dort.«

Der Junge öffnete ängstlich den Mund, wagte aber kein Widerwort. Leise zog er sich zurück und verschwand in der Schwärze des Ganges.

Anschar streifte den Mantel ab und ließ ihn fallen. Mit dem Fuß schob er das Lämpchen dicht an den Stoff. Es war an der Zeit, er musste sich entscheiden. Wen sollte er wählen? Mallayur, den Anführer all diesen Übels? Er stand viel zu nah bei Grazia. Und auch wenn der Wurf gelang, blieb noch die Nihaye. Sie war das gefährlichste Geschöpf dort unten. Sollte er auf sie zielen? Aber was, wenn sie sich schützte? Der Speer nutzlos an ihr abprallte?

Sie redeten. Anschar hörte die Worte, aber sie drangen nicht in ihn. Der Speerschaft drückte gegen seine Wange. Er spürte, wie ihm der Schweiß aus allen Poren drang, von seiner Schläfe tropfte, seine Finger schlüpfrig machte und ihm kalt den Rücken hinunterlief. Er schluckte, atmete schwer und schloss die Lider. Angst war keine gute Hilfe, wenn es galt, mit einem gezielten Wurf zu töten. Er wusste, dass er es konnte, aber er wusste jetzt auch, dass es schwieriger war, wenn man sich um jemanden sorgte.

Anschar nahm einen letzten tiefen Atemzug. Langsam machte er zwei Schritte zurück, um Platz für den Wurf zu haben.

Es war wie Metall., Anschar hatte es ihr geschildert, und genauso fühlte sich der unsichtbare Behälter an. Aber das war es nicht, was Grazias Aufmerksamkeit fesselte. Sie hatte ihn wiedergefunden – ihn, den letzten Gott, den Gott ohne Namen. Ihn, der sie umarmt, der sie geküsst und ihr seine Gabe geschenkt hatte. Erkannte auch er sie wieder? Ja, das tat er, sie sah es unzweifelhaft in seinen silbrigen Augen. Gefangen in Wasser, das ein Teil von ihm war, schwamm er in seinem Gefängnis und blickte von oben auf sie herab. Seine Hände drückten gegen die unsichtbare Röhre; seine schwarzen Haare schwebten wie ein großer Fächer im Wasser. Er war nackt, wie sie ihn in Erinnerung hatte. Diesmal machte es ihr weniger aus, seine Männlichkeit zu betrachten. So fremd war ihr das nicht mehr, und in dieser Lage war keine Zeit, sich darum Gedanken zu machen. Wahrhaftig war er das schönste Geschöpf, das sie je gesehen hatte. Ein Gott, als hätten ihn antike Bildhauer zum Leben erweckt, mit kräftigen Muskeln und sehnigen Gliedern. Und einem Gesicht, das beinahe kindlich wirkte. Die großen Augen verrieten seine Hilflosigkeit. Es war kaum zu glauben, dass ein so sanft wirkendes Wesen eine Bestie wie den Schamindar liebte.

Er ist keine Bestie. Er ist nur traurig, und das macht ihn zornig. Hat er dir wehgetan?

Der Gott hatte die Lippen nicht bewegt, er sah sie nur an. Die Stimme hallte in ihrem Kopf.

Nein, dachte sie und lächelte. Er hat mich nur erschreckt.

»Sag, was hat er mit dir zu schaffen?«, raunte Mallayur in ihr Ohr. »Du kennst ihn, nicht wahr? Ich sehe doch, dass ihr euch kennt. Tochter und Vater sind vereint. Du bist eine Nihaye, und wenn du es noch so oft abstreitest.«

Sie hielt es für möglich, dass sie so etwas wie eine Adoptivtochter war. Aber mochte Mallayur glauben, was er wollte, das kümmerte sie nicht. Sie schwieg. Sein harter Griff um ihren Hals machte es ohnehin schwer, etwas zu sagen.

»Vielleicht hört er ja auf dich«, sagte er. »Ich bin es leid, auf ihn einzureden. Ich habe alles versucht. Alles! Sag du ihm, er soll Hersched bewässern. Dann lasse ich ihn heraus.«

Ich diene ihm nicht, drang es in ihren Kopf. Sie fragte sich, ob der Gott so auch mit Mallayur sprach.

Nein, kam die Antwort. *Ich schweige.*

Hast du wirklich nicht die Macht, dich zu befreien?, fragte sie ihn.

Nein.

Der Gott senkte den Kopf, als beschäme es ihn.

»Was ist?«, drängte Mallayur.

Grazia schluckte. »Er hat abgelehnt«, sagte sie heiser.

Der Griff lockerte sich ein wenig. »Du hast ihn ja noch gar nicht gefragt!«

»Aber er hat es mir gesagt. Ich kann nichts machen. Und das will ich auch gar nicht.«

»So!« Mallayur drehte sie herum und stieß sie in die Arme des Palastwächters. »Und wenn ich ihn nun zwinge, indem ich dich zu töten drohe? Was dann? Werdet ihr beide dann gefügiger?«

Die Nihaye lachte. Der Gott bewegte die Füße, als wolle er nach oben schwimmen, hinaus aus dem Behälter. Aber auch dort gab es keinen Weg. Das Wasser schwappte gegen eine unsichtbare Decke.

»Ah, der Gedanke erschreckt ihn.« Mallayur gab dem Wächter einen Wink, und der hielt wieder den Dolch an Grazias Kehle. »Gott ohne Namen, sieh dir die Klinge an ihrem Hals an.«

Dumpf schlugen die Hände des Gottes gegen die Barriere. Das Wasser brodelte. Grazia glaubte einen Tränenstrom zu sehen, der aus seinen Augen schoss – er war wahrhaftig ein argadischer Gott. Ein scharfer Schmerz an ihrer Kehle ließ sie ihn für einen Augenblick vergessen. Sie warf den Kopf zurück, wollte sich an den Hals greifen und schreien. Etwas flog heran und schlug in den Körper des Mannes hinter ihr. Der Druck auf ihre Kehle ließ nach. Das Geschoss verschwand aus ihrem Blickfeld, und dann hörte sie hinter sich einen dumpfen Aufprall. Sie machte einen Satz nach vorn, bevor sie es wagte, sich umzudrehen. Der Herschede lag auf dem Rücken. Seine Hände umklammerten einen Speerschaft, der ihm aus der Brust ragte, dicht oberhalb des Herzens. Er gab keinen Laut von sich, stierte nur verblüfft in den Nachthimmel. Sein Körper zuckte und erschlaffte.

Mallayur stellte einen Fuß auf seine Schulter, riss den Speer an sich und wirbelte herum. Die blutige Spitze deutete in die Richtung, aus der sie gekommen war.

»Anschar!«, donnerte er.

Er war es. Grazias Knie waren augenblicklich weich wie Butter. Die Erleichterung überflutete sie, dass sie auflachen wollte. Anschar stand auf der Galerie.

»Komm herunter, Sklave«, sagte Mallayur. Grazia bemerkte, wie Geeryu an ihr Ohr griff, als überlege sie, ob sie den Reif verdecken oder noch deutlicher zeigen solle. Ansonsten zeigte sie mit keiner Regung, ob sie überrascht war.

Anschar sprang über die Brüstung.

»Wirf dein Schwert weg.« Der nächste Befehl. Grazia stockte das Herz, als Anschar es fast ohne zu zögern tat. Was hatte er vor? Hatte er überhaupt irgendeinen Plan? Oder war das Sklavendasein so tief in ihm verankert, dass er gar nicht anders konnte, als seinem Herrn zu gehorchen? Er wirkte gehetzt. Sein Blick flog zwischen Mallayur und Geeryu hin und her. Den Gott beachtete er nicht.

»Jetzt weiß ich wenigstens, wieso den Gott mein Opfer nicht erfreute«, sagte Mallayur, den es verwirren musste, dass Anschar am Leben war. »Bei Hinarsyas Schoß, wie bist du entkommen?«

»Ist das wichtig?«

»Wenn ich bedenke, was ich alles wegen dieses Gottes tat – ja! Ich habe seinem Schoßtier das bestmögliche, das edelste Opfer dargebracht und die ganze Zeit geglaubt, er habe es verworfen. Dabei hat der Schamindar dich gar nicht angerührt! Ich hätte das verfluchte Biest einfangen sollen.«

»So wie du den Gott gefangen hast? Mit Geeryus Hilfe?« Anschar ging langsam auf ihn zu. »Um den Gott damit zu erpressen?«

Mallayurs Antwort war ein grollendes Schnauben.

»Der Gott wird dein Land nicht retten«, fuhr Anschar scheinbar ungerührt fort. Grazia kannte ihn gut genug, um die Anspannung zu spüren, unter der er litt. »Du hast mich opfern wollen. Du hast sogar die schwebende Stadt in Brand gesteckt, um den Gott zu erpressen. Aber du kannst noch so viele Leben vernichten, es wird dir nichts nützen. Ein Gott kann nicht der Sklave eines Menschen sein.«

»Was redest du da für ein Zeug? Was verstehst du schon davon?«

»Besonders klug muss man dafür wirklich nicht sein. Was nicht für dich spricht, würde ich sagen.«

»Bleib stehen!« Der König von Hersched wich einen Schritt zurück, gleichzeitig hob er abwehrbereit den Speer. »Geeryu? Wo steckst du?«

»Hier, mein Herr, ich habe mich nicht von der Stelle gerührt«, sagte sie ruhig.

»Dann mach dich nützlich. Halte ihn auf!«

Ein Lächeln umspielte ihre Lippen. Gemächlich reckte sie sich. Grazia versuchte sich zu sammeln, um etwas zu tun, von dem sie nicht wusste, was das sein sollte, und das vermutlich aussichtslos war. Mit ihrer Fähigkeit hatte sie es nicht einmal geschafft, dem Wächter zu entkommen. Was konnte sie gegen diese Frau ausrichten?

Geeryu hob eine Hand. Der unsichtbare Schlag gegen Anschar blieb jedoch aus. Auf ihrem Gesicht spiegelte sich jähes Erschrecken, und sie deutete auf die Galerie.

Flammen fraßen sich an einem der Holzpfeiler hinauf.

Ein Schrei ertönte, der Anschar durch die Knochen ging. Zwei, drei Menschen hasteten die Galerie entlang, fort von dem Feuer. Mallayurs Miene wirkte leer, während er nach oben starrte. Anschar warf sich zu Boden. Er rollte über das Gras, ergriff im Aufspringen sein Schwert und tauchte unter dem Speer hinweg, um es ihm in den Bauch zu stoßen. Mallayur japste und machte, wohl unbeabsichtigt, einen Schritt seitwärts. Die Bronzeklinge glitt ins Leere. Anschar fluchte innerlich. Es musste schnell gehen! Er stürzte an ihm vorbei, wirbelte herum und führte einen Schlag aus, der Mallayur den Kopf von den Schultern trennen sollte. Doch eine Handbreit vor dem Ziel wurde die Klinge von einer unsichtbaren Barriere aufgehalten.

Mallayur taumelte weg, als habe er wenigstens einen Schlag gespürt. Er drehte sich um und hob den Speer. »Ist dir nicht bewusst, dass du deinen Herrn angreifst, Sklave?«

Der Speer rauschte dicht an Anschar vorbei, durch die trockenen Büsche und klapperte über die Pflastersteine des Pfeilergangs.

Anschar rannte auf Mallayur zu. Ihm war bewusst, dass er seinen Herrn zu töten gedachte, und es machte ihn eine Spur langsamer. Aber er durfte nicht daran denken, dass er nach wie vor und noch sein ganzes Leben lang ein Sklave war. Nicht jetzt. Er holte aus. Wieder prallte das Schwert gegen ein von Geeryu geschaffenes Hindernis.

Allmählich schien Mallayur zu begreifen, dass er geschützt

wurde. Er straffte sich und eilte zu dem Leichnam des Wächters, um dessen Schwert an sich zu nehmen. Anschar setzte ihm nach. Gegen Geeryu konnte er nichts unternehmen, aber er musste wenigstens Mallayur beschäftigen, bevor dieser auf den Gedanken kam, Grazia als zweiten Schutzschild zu gebrauchen. Sie hatte sich in ihrer Furcht hinter die Wassersäule geflüchtet und die Hände dagegen gepresst. Er hatte gehofft, sie werde in den Schatten des Pfeilergangs flüchten, wo man sie vergaß. So aber stand sie gut sichtbar im Licht der Fackeln. Ihr Gesicht war bleich, und sie verfolgte zitternd den Kampf. Er wollte ihr zurufen, dass sie woanders Schutz suchen solle, aber er fürchtete, dass sie zu verschreckt war, um zu handeln, und er durch einen Ruf nur die Aufmerksamkeit auf sie lenken würde. Was der Gott tat, entzog sich ihm, denn er hatte keine Zeit, genauer hinzusehen. Es gelang ihm, einen Hieb zu setzen, der nicht von Geeryus Kraft aufgehalten wurde, doch Mallayur parierte. Sein Herr war durchaus kein schwacher Gegner.

Die Flammen hatten mittlerweile den nächsten Holzpfeiler erfasst. Die Galerie erbebte unter den Schritten flüchtender Menschen. Anschar wich zurück, nachdem der nächste Hieb wieder an der Barriere der Nihaye abgeprallt war. Er musste einsehen, dass sein Überraschungsangriff fehlgeschlagen war. Was hatte er bisher erreicht? Dass ein Palastkrieger tot am Boden lag. Mehr nicht. Auch das Feuer zeigte keine Wirkung, denn Mallayur ließ sich nicht davon ablenken.

»Das Feuer!«, rief er schließlich. »Willst du nichts dagegen tun?«

»Was sollte das sein?« Mallayur hatte der brennenden Galerie den Rücken zugekehrt. Leicht geduckt und mit gehobenem Schwert beobachtete er jeden Schritt seines Gegners.

»Wenn die Nihaye den Gott freilässt, kann er es löschen.«

»Ach, so hast du dir das gedacht? Oh, Geeryu würde das gewiss gern tun, wenn ich es ihr sage. Aber bevor er sich mir nicht unterworfen hat, geschieht das nicht. Das habe ich ihm gestern schon gesagt.«

»Hier geht es aber um deinen eigenen Palast, nicht um die schwebende Stadt. Den willst du allen Ernstes abbrennen lassen, nur weil du deinen Willen nicht bekommst?«

»Was sollte das ausgerechnet den kümmern, der das Feuer gelegt hat?«

Darauf wusste Anschar zunächst nichts zu erwidern. Ihm lag nichts daran, dass hier Menschen starben, und das würden sie auch nicht, denn die schützenden Felsengewölbe waren von überall leicht zu erreichen. Aber das konnte sich ändern, wenn die Flammen auf die Stadt übergriffen. »Was willst du denn mit dem Gott, wenn hier alles abgebrannt ist? Er nützt dir sowieso nichts, denn er kann den Fluch nicht abwenden. Das muss dir doch klar sein. Lass ihn frei!«

Mallayur reckte den Kopf in Geeryus Richtung. Er wirkte verunsichert. Sie hatte die Hände gehoben, bereit, wieder in den Kampf einzugreifen. Und als sie fast unmerklich den Kopf schüttelte, stürzte er wieder auf Anschar zu. »Ein Sklave, der Befehle erteilen will? Das kann nur ein Scherz sein«, rief er und holte aus. Anschar parierte den Hieb ohne Mühe. Als er nachsetzen wollte, schlug etwas mit voller Wucht gegen sein Kinn. Er taumelte rückwärts. Wieder musste er sich gegen Mallayur erwehren, und wieder war sein Gegenschlag so kraftvoll, dass er fast das Schwert aus der Hand seines verhassten Feindes geschlagen hätte. Er vermochte einen Schrei nicht zu unterdrücken, als er aufs Neue den unsichtbaren Hieb spürte. Es war wie während seines Zweikampfes mit Darur. Die Nihaye übte ihre Kraft aus. Plötzlich fand er sich auf dem Boden wieder. Mallayurs Schwert sauste ihm entgegen. Gerade noch rechtzeitig konnte er sich auf die

Seite rollen und aufspringen. Geeryu lächelte ihm zu. Sie hatte die Hände erhoben. Mit der linken Hand machte sie eine streichelnde Bewegung, und er glaubte geohrfeigt zu werden. Mit der rechten wiederholte sie es, und sein Kopf flog auf die andere Seite.

Du Hure, dachte er wutentbrannt. Du von den Göttern verfluchte Hure!

Anschar tauchte in den Schatten des Pfeilergangs. Die unsichtbaren Angriffe hörten auf. Nach wenigen Schritten fand er, was er suchte. Er raffte den Speer auf, rannte zurück in den Garten und schleuderte ihn auf die Nihaye.

»Pass auf!«, schrie Mallayur. Ein metallisches Klirren ertönte; der Speer prallte eine Schrittlänge vor Geeryu ab und fiel ins Gras.

Vielleicht brachte es ihm wenigstens Zeit. Anschar stürzte auf Mallayur zu. Die Schwerthiebe prasselten auf seinen Herrn ein, der sich ihrer kaum erwehren konnte. Schon stürzte er rücklings zu Boden. Über seine nackte Brust zog sich eine Schnittwunde. Das Schwert glitt ihm aus der Hand. Anschar wollte die Klinge an seinem Hals ansetzen, da stieß ihn Geeryu wieder zurück. Vor Enttäuschung aufbrüllend rollte er über das Gras. Blut floss ihm aus der Nase. Mittlerweile war sein Gesicht ähnlich zugerichtet wie Grazias, wenn nicht noch schlimmer. Sie lugte hinter der Wassersäule hervor, ihr Blick eine einzige Verzweiflung. Als der brennende Pfeiler krachend in den Garten fiel, kauerte sie sich am Fuß der Säule zusammen. Mittlerweile brannte die gesamte Längsseite der Galerie. Das Feuer fraß sich bereits in das darüberliegende Stockwerk. Die Luft war heiß und schwer zu atmen.

Anschar kam auf die Füße. Fahrig wischte er sich durchs Gesicht und betrachtete seinen blutigen Handrücken. Auch Mallayur stand geduckt da und betastete seine sich in heftigen Atemstößen hebende Brust, über die das Blut floss. Der

Schnitt war nicht tief, aber sicherlich schmerzhaft. Hasserfüllt starrte er Anschar an. Dann glitt sein Blick zu Grazia. Er machte einen Schritt auf sie zu.

Wenn Grazia in seine Gewalt gerät, ist alles verloren, dachte Anschar gehetzt. Das war es ohnehin, wie ihm schien, aber solange er kämpfen konnte, wollte er nicht daran glauben. Er setzte Mallayur nach und schnitt ihm den Weg ab. Mit Hieben, begleitet von gehetzten Schreien, trieb er ihn von der Säule fort, auf Geeryu zu. Es war deutlich, dass der Schnitt Mallayur schwächte, denn er blinzelte sich den Schweiß aus der Stirn, während er sich des zornigen Angriffs zu erwehren versuchte. Im Zurückweichen strauchelte er über seinen knöchellangen Rock. Anschar sah hinter ihm die Nihaye, wie sie die Hände hob. Bevor die Luftschläge ihn erreichen konnten, ließ er sich auf den Boden fallen. Klirrend prallte Geeryus Kraft gegen den Behälter.

Anschar warf einen Blick zurück. Das Wasser in der Säule brodelte so heftig, dass der Gott nur noch schemenhaft zu erkennen war. Sie erzitterte, aber sie brach nicht.

Er rollte sich auf den Rücken und hieb den Schwertgriff in Mallayurs Gesicht. Widerwärtig knackte es. Aufheulend drückte Mallayur die Hand auf die Nase, kroch von ihm fort und stemmte sich hoch. Er schien sich in den Pfeilergang retten zu wollen, doch ein Teil der brennenden Brüstung brach dicht vor ihm herunter und fiel in ein Gebüsch, das sofort in Flammen stand. Er machte kehrt. Das Schwert war ihm aus der Hand geglitten. Mit blutüberströmtem Gesicht, die Augen zugekniffen, wankte er auf Anschar zu.

Das betörende Gefühl der Genugtuung, seinen Herrn so leiden zu sehen, lähmte Anschar für einen winzigen Augenblick. Dann machte er sich daran, ihm den Todesstoß zu versetzen. Doch er hatte zu lange gewartet. Er prallte gegen eine weitere Barriere. Mit dem Schwert stieß er dagegen, jedoch erreichte er damit nichts. Würde das Anrennen gegen Geeryus Kraft nie enden?

»Du verwünschte Hure«, giftete er sie an. »Hör auf damit. Hör endlich auf!«

Ihre Finger schnellten vor. Eine unsichtbare Faust traf sein Gesicht und warf ihn auf die Knie. Die Schläge prasselten so schnell auf ihn ein, dass er nichts dagegen tun konnte. Nicht wehren, nicht flüchten. Das harte Gras drückte sich in seinen Rücken, als er fiel. Irgendwo hörte er das Feuerköpfchen schreien – ein Laut, der seine Seele wie eine Klinge zu schneiden vermochte.

Ich weiß nicht, ob ich Mallayur besiegt habe, dachte er, während er nach Grazia Ausschau hielt. Aber das hier überfordert mich. Es tut mir leid.

Grazia stand neben der Säule und lehnte sich dagegen. Tränen strömten an ihr herab. Schlaff hingen die Arme an ihren Seiten; aus den Händen floss Wasser. Sie schien es gar nicht zu bemerken. Anschar wandte sich von dem traurigen Anblick ab. Er kämpfte sich zurück auf die Knie. Sein Mund war voller Blut; spuckend stemmte er sich hoch. Geeryu hatte ihre Angriffe eingestellt, aber noch die Hände erhoben. Gleich würde sie ihm den Rest geben.

Mit einem Mal füllte sich sein Mund mit Wasser. Es war eine kleine Erleichterung, und er spuckte es mitsamt dem Blut aus. Dann machte er sich innerlich bereit für den letzten Versuch, Geeryus Barriere zu durchbrechen. Es würde sein Schwert, dessen Klinge schon schartig war, endgültig ruinieren. Es würde ihm den Tod bringen.

Da sah er, wenige Handbreit vor Geeryus Gesicht, die blutigen Wassertropfen. Sie schwebten in der Luft, flossen herab und hinterließen rötliche Schlieren.

»Grazia!«, schrie er. »Mach sie nass. *Mach sie nass!*«

Wenn sie nicht schnell genug handelte, würde sich Geeryu

ihr widmen, und er würde es nicht verhindern können. Doch da spritzte Wasser auf die Nihaye und machte die gehärtete Luft sichtbar. Geeryu begriff, was geschah. Ihr Mund verzog sich vor ungezügelter Wut. Ihre Hände zuckten vor. Aber jetzt konnte er sehen, was auf ihn zukam. Er konnte ausweichen.

»Weiter«, rief er, ohne sich zu Grazia umzuwenden. »Lass nicht nach!«

Er erkannte, dass die Barriere keine einzige große Fläche war. Es gab Lücken. Die Lufthindernisse tauchten auf und verschwanden wieder; gleichzeitig wurde er weiterhin von unsichtbaren Fäusten gepeinigt, an denen das Wasser abperlte. Es war nicht leicht, ihnen auszuweichen, auch wenn er sie sehen konnte. Als er an der Stirn getroffen wurde, gaben seine Knie nach. Er schüttelte sich, versuchte die Benommenheit abzuwerfen. Das Wasser, das ihn beständig von der Seite benetzte, wirkte belebend. Grazia war näher gekommen. Er sah nur ihre Füße. Langsam schritt sie über das Gras. Plötzlich blieb sie stehen, als sei sie mit den Zehen gegen irgendetwas gestoßen.

»Pass auf! Sie will dich einschließen!«

Und wahrhaftig sah es so aus, als wolle die Nihaye um Grazia eine Säule weben, wie um den Gott. Anschar warf sich zu Boden, packte Mallayurs Schwert und hieb es im Hochspringen gegen Geeryu. Es prallte ab, aber er erkannte die Regelmäßigkeit in ihren Bewegungen. Er passte sich ihr an, wenn er die Schläge abwehrte, und stieß es unvermittelt in eine auftauchende Lücke, seitlich neben ihrem Kopf. Das Schwert trennte ihr Ohr ab.

Geeryu riss den Mund zu einem schier unmenschlichen Schrei auf. Ihre Barrieren fielen, die Wassertropfen sackten zu Boden. Anschar stieß ihr das Schwert in die Brust.

»Du hast eine gefährliche Waffe, aber du hättest lernen sollen, damit zu fechten«, sagte er und zog es wieder heraus. Sie gab einen würgenden Laut von sich und stürzte ins Gras.

»Vater ...«, keuchte sie. »Hilf mir!«

Der Ruf war umsonst, der Luftgott weilte in einer anderen Welt. Geeryu kauerte auf allen vieren. Sie hob den Kopf und streckte eine Hand aus, wie um nach etwas zu greifen. Anschar beugte sich über sie, wollte ihr den Kopf abschlagen, da sah er eine blutüberströmte Gestalt heranstürzen. Mallayur warf sich ihm entgegen und riss ihn von den Füßen. Die Hände seines Herrn legten sich um seinen Hals. Verärgert darüber, dass er sich so einfach hatte überrumpeln lassen, ließ er das Schwert fahren, packte ihn an den Schultern und stieß ihm im Liegen das Knie in den Bauch. Mallayur ließ ihn los und krümmte sich aufstöhnend. Auf den Knien, nach dem Schwert tastend, starrte Anschar auf den Irrsinn, der sich vor seinen Augen abspielte. Grazia hatte die Arme angewinkelt, die Finger abgespreizt und sich in eine Wasserwolke gehüllt, die ihre Tropfen nach allen Seiten verspritzte. Bis zu den Knien stand sie in einem Wassergefängnis, gewoben von den Händen der Nihaye, die bäuchlings im Gras liegend gegen den eigenen Tod ankämpfte. Doch ihre Macht schwand, sie würde Grazia nicht mehr einschließen können. Das Gefängnis des Gottes war brüchig geworden, Wasserstrahlen spritzten daraus hervor. Es riss auf, ließ das Wasser frei. Der Gott schien darin zu tanzen, während er sich die Freiheit erkämpfte. Anschar sprang auf, zerrte Mallayur zu der schwindenden Säule und schleuderte ihn hinein. Mallayurs Schrei erstarb in einem entsetzten Gurgeln. Er wedelte mit den Armen, während das Wasser ihn umhüllte, ihn ertränkte und mit einem ohrenbetäubenden Knall den Behälter endgültig bersten ließ.

Das Wasser des Gottes spritzte nach allen Seiten; überall qualmte und zischte es, als es auf die Flammen traf. Ringsum brannte der Palast und erhellte den Nachthimmel. Anschar rannte zu Grazia, die in einer Wasserlache lag. Der Gedanke, dieser seltsame Kampf könne sie überfordert und gar getötet haben, machte ihn rasend, sodass er sich zwingen musste, nur leicht gegen ihre Wange zu klopfen.

Sie öffnete kurz die Augen. »Anschar«, murmelte sie. Im Tosen der Flammen hörte er sie kaum. »Ist der Gott frei?«

Er warf einen kurzen Blick dorthin, wo die Säule gewesen war. Der Gott war fort, und nur noch Mallayurs Leiche auf dem nassen Gras erinnerte an das, was geschehen war. Wo war Geeryu? Offenbar war sie mit letzter Kraft in die Büsche gekrochen, wo sie hoffentlich verbrannte. Glühende Asche wehte durch den Garten und entflammte das Gras, wo es noch trocken war. Auch das Vogelhaus war ein Opfer des Feuers geworden; die Vögel flatterten im brennenden Geflecht umher. Anschar hatte das Gefühl, die Hitze senge ihm sämtliche Härchen vom Leib. Sie mussten hier heraus, bevor es zu spät war. Er hob Grazia auf die Arme und eilte durch eine der Türen zwischen den Pfeilern. Der Gang, der vor ihm lag, wirkte verlassen. Qualm machte die Sicht schwierig. Anschar holte tief Luft, warf sich Grazia über die Schulter und rannte mit ihr fast blindlings durch den Palast. Schnell hatte er die Freitreppe erreicht. Der Vorhof lag verlassen da. Die Flammen, die sich überall durch trockenes Holz fraßen, schienen eine tote Stadt anzugreifen. Anschar lief durch das Palasttor. Selbst hier brannte alles – der Toraufbau, die Weinhandlung. Hatte der Kampf so lange gedauert? Unter den Sandalen spürte er heißen Erdboden; selbst dieser schien jeden Augenblick in Flammen aufzugehen. Beißende Luft fraß sich in seine Lungen. Grazia glitt ihm aus den Händen. Lebte sie überhaupt noch? Er sackte über ihr zusammen. Rasselnd holte er Luft, aber was er in seine Lunge quälte, ließ sich nicht atmen.

Sie flüsterte etwas, ohne die Augen zu öffnen. Er konnte es

nicht verstehen, vielleicht hatte er es sich auch nur eingebildet. Dennoch gab es ihm Kraft. Wasser floss aus ihren Fingern und benetzte sein geschundenes Gesicht. Er nahm einen tiefen Atemzug, packte sie und stand auf. Nur noch wenige Schritte. Die rettende Brücke war nicht weit. Doch auch sie hatte das Feuer schon erreicht.

Auf der anderen Seite herrschte Verwirrung. Wirkte Heria wie ausgestorben, rannten hier die Menschen kopflos über die Straßen. Andere standen an der Brücke und starrten wie gebannt auf das, was auf Argadye zukam. Einige Herscheden hatten sich zu ihnen geflüchtet. Anschar erkannte den Weinhändler, der die Hände zum Himmel gereckt hielt, als wolle er die Götter anklagen, dass sein Besitz soeben dem Brand zum Opfer fiel. An den Fenstern und auf den Terrassen des Palastes drängten sich fassungslose, verängstigte Gesichter.

Kaum jemand beachtete Anschar, als er mit Grazia auf den Armen über die Brücke lief. In seine Schultern bissen glühende Aschebrocken, die er missachtete. Als er Argadye fast erreicht hatte, drehte er sich um.

»Ich habe das begonnen«, sagte er. »Aber, ihr Götter, muss es wirklich so enden?«

Er legte Grazia auf den Boden und hielt sie im Arm. Wieder klopfte er gegen ihre Wange. »Feuerköpfchen, du hast noch eine Aufgabe vor dir. Heria brennt, und gleich wird es mit Argadye nicht anders aussehen, wenn du nichts dagegen tust.«

Ihre Lider hoben sich unendlich langsam und senkten sich wieder. Ihr zitternder Körper erschlaffte. Nein, dachte er, du musst das jetzt noch schaffen. Du musst! Das Feuer fraß sich in das Holz der Brücke. Schreiend wichen die Menschen zurück.

»Das ist der Fluch der Götter!«, schrie eine Frau.

Anschar blickte über die Schulter zurück. Die Frau raufte sich die Haare, als wolle sie das sterbende Land beklagen. Der Fluch der Götter, erfüllte er sich jetzt?

»Nein!« Er rüttelte Grazia am Kinn. »Mach Wasser. Nur ein letztes Mal!«

Ihre Hand lag auf dem Brückenboden. Ihre Finger bewegten sich. Und dann sah er ein Wasserrinnsal hervortreten. Quälend langsam wuchs es an und kroch über die Brücke, bis es auf der anderen Seite zischend in den Flammen verdampfte.

»Das genügt nicht«, rief er. »Streng dich an. Streng dich an!«

Die geschwollenen, blutigen Lippen bewegten sich. Es kamen Worte in ihrer Sprache; keines verstand er. Verzweifelt drückte er sie an sich, küsste das geschundene Gesicht und wiegte sie. Schlagen wollte er sie, anschreien, durchrütteln. Stattdessen strich er begütigend über ihre Wange. Tränen flossen heraus, und er wusste nicht, waren es seine oder ihre. Diese dumme argadische Angewohnheit, am Ende würde sie noch ausreichen, das Feuer zu löschen. »Mach weiter, Feuerköpfchen«, flüsterte er ihr zu. »Weine. Weine …«

EPILOG

Der Himmel war bleiern, die Luft rau und schwer zu atmen. Grazia presste eine Hand auf die Kehle und hustete. Es wollte nicht enden. Ihre Lunge schmerzte – nein, ihr ganzer Körper. Mit der anderen Hand rieb sie sich die Augen. Da war die Schlucht, dort drüben Heria. Die Fliesen der Torpfeiler waren geschwärzt. Die Mauern des Palastes. Die Ruinen der Häuser rund um den Platz. Überall kräuselten sich Rauchfahnen über den Dächern. Brannte es noch? Sie sah Menschen zwischen den Trümmern wanken, hörte sie schreien, klagen und heulen. Aber es brannte nicht mehr. Der Boden glänzte von schlammiger Feuchtigkeit.

»Hat ... hat Regen das Feuer gelöscht?«, fragte sie, ohne recht zu wissen, wem die Frage galt. Sie glaubte zu spüren, dass Anschar dicht bei ihr war. Aber war es so? »Anschar! Wo bist du?«

»Hier.«

Sie lag in seinen Armen, jetzt wusste sie es. Was gegen ihren Rücken drückte, das war er. Erleichterung durchflutete sie. Noch begriff sie nicht ganz, was geschehen war. Bilder, Erinnerungen ... ein sich befreiender Gott, ein sterbender Mann. Feuer. Wasser. Unendlich viel Wasser. Die brennende Brücke. Grazia tastete unter sich, erfühlte Nässe. Nun drang ihr auch der Gestank verbrannten Holzes in die Nase, und sie sah, dass die Brücke nur noch aus zwei Stümpfen bestand. Der auf dieser Seite war nass; der andere, der zu Heria gehörte, geschwärzt.

»Anschar, sag nicht, dass ich *das* getan habe.«

»Doch, hast du. Dein Wasser hat das Feuer aufgehalten.«

Sie wollte widersprechen. Es musste die ganze Nacht angedauert haben, bis die Brücke von dem Feuer geteilt worden war. So lange hatte sie das Wasser fließen lassen? Nun, es musste ja so sein, sie sah das Ergebnis vor sich. Und in der Tat fühlte sie sich zerschlagen wie noch nie. Erschöpft drehte sie sich in Anschars Armen, bis sie das Gesicht an seine Brust betten konnte.

»Geht es dir gut?«, flüsterte sie.

»Ja. Mallayur ist tot. Geeryu auch, hoffe ich. Wir haben ein paar Wunden davongetragen.«

Sie hob den Kopf. Wahrhaftig, sein Gesicht sah schlimm aus, voll von getrocknetem Blut. Aber was hatten sie erreicht? Das zu ergründen, war sie zu ermattet, und in ihren Schläfen pochte es. Die Schreie der klagenden Herscheden drangen schmerzhaft in ihre Ohren. »Bitte, Anschar, ich will hier weg. Irgendwo schlafen. Ein paar Tage, wenn ich darf.«

»Ich bringe dich in den Palast.«

Sie fühlte sich von ihm hochgehoben und sanft auf die Füße gestellt. Sein Arm lag um ihre Mitte. Stirnrunzelnd blickte sie um sich. Dutzende von Argaden hatten sie weitläufig umringt. An den Fenstern und auf den Terrassen des Palastes drängten sich weitere Zuschauer. Sie hatte das Gefühl, die ganze Stadt starre sie an. Still war es auf der argadischen Seite, nur hier und da hustete jemand verhalten. Fast glaubte sie, versteinerte Menschen vor sich zu sehen. Der Wind ließ ihre Gewänder und die vor Furcht zerzausten Haare aufflattern. Erst als Anschar einen Schritt auf sie zumachte, erwachten sie zum Leben. Sie wichen vor ihm zurück. Grazia klammerte sich müde an seine Schulter und machte sich bereit, mit seiner Unterstützung einen Fuß vor den nächsten zu setzen, da blieb er wieder stehen.

Buyudrar tauchte aus der Menge auf, hinter sich Madyur-

Meya, und diesem folgte Schemgad. Beide Leibwächter traten zur Seite. Der König hatte nur einen schlichten Umhang umgeworfen und war barfuß. Das Entsetzen stand ihm noch ins Gesicht geschrieben. Aber er wirkte gefasst.

»Bruder Benedikt!«, hauchte Grazia, als sie den Mönch im Gefolge des Königs sah. Er eilte zu ihr, nickte Anschar kurz zu und ergriff ihre freie Hand.

»Ich hab's in meiner Hütte nicht ausgehalten, nachdem ihr fort wart«, sagte er leise. »Dazu klang das, was ihr vorhattet, zu bedrohlich, und wie man sieht, war es das auch.«

Eine Handbewegung des Meya hieß ihn, beiseitezutreten und zu schweigen. Madyur-Meya trat zu Anschar. Es musste ihn sehr verwundern, den Mann vor sich zu sehen, von dem er geglaubt hatte, er sei tot. Doch er sagte dazu nichts. Lange wanderte sein Blick über Anschars vielerlei Verletzungen. Dann nickte er.

»Was ist mit meinem Bruder?«, fragte er tonlos.

»Er ist tot«, antwortete Anschar. Die Augen des Königs weiteten sich, doch offenbar nicht wegen dieser Nachricht. Anschar machte zwei rasche Schritte vorwärts, bevor er sich mit Grazia in den Armen umdrehte. Sie musste einen Aufschrei unterdrücken, als sie am Rand der Schlucht, noch auf dem Rest der Brücke stehend, den Gott erblickte. Allerorten waren Laute des Staunens zu vernehmen, angesichts des nackten, strahlend schönen Mannes, dessen silberner Blick über die Menge schweifte, bis er schließlich an Anschar hängen blieb und sich zustimmend senkte.

»Was bedeutet das?«, flüsterte Madyur.

»Herr«, sagte Anschar, dessen Stimme ebenfalls belegt klang. »Ich habe meine Aufgabe erfüllt. Ich bringe dir den Gott.«

Madyur schlug Halt suchend auf die Schulter seines früheren Sklaven. »Du meinst …«

»Ja.«

»Und was tue ich jetzt mit ihm?«

»Das weiß ich nicht. Es scheint so, als habe er das Feuer drüben gelöscht. Aber ob er dir hilft, den Fluch aufzuhalten?«

»Ich weiß inzwischen, dass es so nicht geht.« Langsam schritt der König auf den Gott zu und sah zu ihm hoch. Sein Adamsapfel bewegte sich, als kaue er an Worten, aber er sagte nichts. Der Gott erwiderte den Blick, und Grazia glaubte zu wissen, dass sie sich schweigend austauschten. Doch dann spürte sie unverhofft die Augen des Gottes auf sich ruhen. Er lächelte.

»Warum ich?«, entschlüpfte ihr die Frage, die ihr so lange auf der Seele lastete.

War denn meine Wahl falsch?

Aber weshalb hast du mir die Fähigkeit geschenkt?, fragte sie ihn in Gedanken. Wozu ist es gut, dass ich Wasser machen kann?

Du hast die Macht, dem zu helfen, der den Fluch beenden kann. Aber es steckt mehr dahinter als nur das.

»Was …«, hob sie an, aber da warf er den Kopf in den Nacken. Eine gläsern schimmernde Säule schälte sich aus dem Nichts und begann ihn zu umschließen. Hinter sich hörte sie die Menschen erschrocken und ehrfurchtsvoll aufschreien. Niemand von ihnen hatte je das Tor gesehen.

Nach wenigen Augenblicken hatte das Licht den Gott vollständig umschlossen. Es hob sich, schwebte einen Meter über dem Boden, dann zwei, und löste sich in nichts auf. Das Tor war fort, und mit ihm der Gott.

Stille senkte sich wieder über die Menge, und auch von der herschedischen Seite war nichts mehr zu hören, als hätte das Erscheinen des Gottes die Klage beendet. Einige Argaden kauerten auf dem Boden und weinten leise. Madyur war zurückgetreten. Er nickte, wie um sich selbst davon zu überzeugen, dass diese Begegnung wirklich stattgefunden hatte. Er straffte sich.

»Wir müssen reden, Anschar. Über deine nächste Reise – in das Land deiner Mutter, nach Temenon.«

Anschars Hand schloss sich so fest um Grazias, dass es wehtat. Die Farbe wich aus seinem Gesicht. »Herr, nicht dass ich mich verweigern dürfte, aber vergisst du dabei nicht, dass ich schon einmal mit leeren Händen aus der Wüste zurückkam?«

»Wieso leere Hände?« Madyurs Worte klangen scharf wie eh und je, er schien die Begegnung mit dem Gott bereits verdaut zu haben. »Du hast ihn mir doch gebracht? Ein bisschen spät, das gebe ich zu, nichtsdestotrotz warst du erfolgreich. Du gehörst wieder mir, und ich befehle es dir, so einfach ist das. Die Frau aus der fernen Welt, die Argad in der letzten Nacht gerettet hat – ist sie nicht wie ein Geschenk der Götter, um diesen Weg zurücklegen zu können?«

Er deutete auf Grazia.

»Und du, Frau, komm ja nicht auf die Idee, dich wieder zu sperren, verstanden?«

Diese Ankündigung kam viel zu plötzlich, als dass sie dazu auch nur ein Wort hätte sagen können. Und lag es nicht auf der Hand? Nur mit ihrer Hilfe ließ sich die Strecke bewältigen. Ohne Zweifel war es dies, was der Gott gemeint hatte. Wie viele Kilometer waren es eigentlich? Sie hatte keine Ahnung, und ihr erster Impuls war in der Tat, sich zu verweigern. Aber war sie nach Argad zurückgekehrt, um das Land sterben zu lassen?

Madyur wandte sich wieder an Anschar. »Dieser Auftrag gilt meinem besten Krieger, dem Ersten der Zehn. Deshalb wirst du mir gehorchen. Nicht jedoch, weil du mein Sklave bist. Das bist du nämlich nicht mehr.«

»Hast du nicht eben gesagt ...«

»Ich lasse dich frei.«

Anschar schwieg. Außer dass er die Brauen gehoben hatte, zeigte er keine Reaktion. Grazias Herz hüpfte vor Freude.

»Warum?«, fragte er.

»Vielleicht aus Dankbarkeit, oder aus Dummheit. Ja, ich weiß«, der Meya machte eine ungeduldige Handbewegung. »Sklaven sterben unfrei. Aber ich habe schon einen Sklaven zu einem der Zehn gemacht, und es war richtig. So viel ändert sich für dich dadurch ja nicht. Aber da du so wenig Freude zeigst – wir können es auch belassen, wie es ist!«

»Ich nehme das Geschenk an«, sagte Anschar. »Du hast recht, ich diene dir weiterhin, aber der Unterschied ist durchaus fühlbar.«

»Ach ja? Inwiefern?«

»Ich weiß jetzt, dass ich keine Angst mehr haben muss, irgendwann wieder als Wetteinsatz dienen zu müssen, nur weil du dich reizen lässt.«

Madyur schürzte die Lippen und nickte. »Der Tadel ist berechtigt. Und wie man sieht, zeitigt deine Freilassung schon ihre Auswirkungen, denn andernfalls würde ich dich vielleicht zu einem der Sklavenaufseher schicken, damit du dir ein paar Streiche auf den Rücken abholst. Vielleicht, wohlgemerkt; ich war mit dir ja immer zu nachsichtig. Aber jetzt lasst uns aufhören, hier auf der Straße zu plappern. Ihr beide braucht dringend ein Bad und sicher auch Ruhe. Danach besprechen wir die Reise – was du mitnimmst, wer dich begleitet und all das.«

»Die Erfahrung hat gezeigt, dass man ohne Wüstenmenschen nicht in die Wüste gehen sollte. Und ich wüsste da welche.«

»Was hast du mit Wüstenmenschen zu schaffen?«

»Das, Herr, erfährst du später.« Anschar drückte die Lippen auf Grazias Schläfe. »Kannst du laufen, Feuerköpfchen, oder soll ich dich tragen?«

»Vorerst versuche ich es selbst. Wenn du mich nur festhältst«, erwiderte sie, überwältigt von der Erleichterung, ihn frei zu wissen.

Der Meya schritt auf das Palasttor zu, begleitet von seinen Leibwächtern, deren es wieder drei waren. Die Menschen verneigten sich, als der König in den Schatten des Tors eintauchte. Bruder Benedikt kam an Grazias Seite. Bevor er etwas sagen konnte, fragte Anschar: »Willst du mit in die Wüste? Einen heiligen Mann bei sich zu haben, schadet vielleicht nicht.«

»Großer Gott.« Bruder Benedikt schlug ein Kreuz. »Ich bezweifle, dass die Menschen in Temenon offenere Ohren für meine Predigten haben werden. Und die gebeutelten Herscheden haben einen Mann, der sich ihrer Nöte mit seinen bescheidenen Mitteln annimmt, wohl nötiger.«

»Glaubst du immer noch, dass es unsere Götter nicht gibt?«

»Wo waren denn Götter? Ich habe einen jungen, schönen Mann gesehen. Beweise du mir, dass es kein Engel war.«

»Ein *Engel*? Was ist das nun wieder?«

»Das wird ein argadischer Sturschädel wie du leider nie verstehen«, seufzte der Mönch. Sie betraten die angenehme Kühle des Palastes. Die Stufen waren für Grazia schwer zu nehmen, aber die Aussicht auf die Rückkehr in Anschars Wohnung – gemeinsam mit ihm – weckte ihre letzten Kräfte.

»Ich erkläre dir das«, sagte sie lächelnd.

DANKSAGUNG

Viele haben zum Entstehen und Gelingen dieses Buches beigetragen, als da wären:

Natalja Schmidt, die es unter ihre Fittiche nahm; Martina Vogl, die mit ihren glänzenden Vorschlägen dem Buch die richtige Richtung gab; Angela Kuepper, die es einfühlsam und mit einer Begeisterung bearbeitete, die man sich als Autor nur wünschen kann.

Die Testleser mit all ihren wertvollen Hinweisen: Alessandra Bernardi, Stefanie Dettmers, Peter Dobrovka, Juliane Korelski, Charlotte Lyne, Uschi Timm-Winkmann.

Die fachlichen Berater mit ihrem unermüdlichen Einsatz: Frank Beck (Klima), Stefanie Dettmers (Archäologie, historische Kostüme), Christina von Elm (Archäologie).

Ihnen allen möchte ich ganz herzlich danken.

Christoph Marzi

Das Tor zu einer phantastischen Welt

»*Christoph Marzi ist ein magischer Autor, der uns die Welt um uns herum vergessen lässt! Er schreibt so fesselnd wie Cornelia Funke oder Jonathan Stroud*«
Bild am Sonntag

»*Wenn Sie Fantasy mögen, müssen Sie Christoph Marzis wunderbare Werke lesen. Eine echte Entdeckung!*«
Stern

978-3-453-52327-2

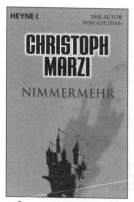

978-3-453-53275-5

HEYNE

Elizabeth Haydon

»*Ein wundervolles, romantisches Epos mit einer bezaubernden Heldin - die beste Fantasy-Saga seit Jahren!*« **Publishers Weekly**

»*Grandios! Elizabeth Haydon ist die neue herausragende Stimme der epischen Fantasy – ein Muss für alle Fans von J.R.R. Tolkien und Robert Jordan.*« **The Guardian**

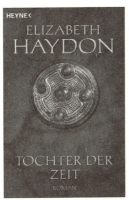

978-3-453-87911-9

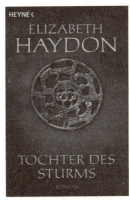

978-3-453-52067-7

Mary H. Herbert
Die Gabria-Saga

Ein bezauberndes Fantasy-Epos über die Macht
der Magie und der Freundschaft –
Der große Publikumserfolg aus den USA!

Valorians Kinder
978-3-453-52203-9

Die Tochter der Zauberin
978-3-453-52155-1

Die letzte Zauberin
978-3-453-53066-9

Die dunkle Zauberin
978-3-453-52174-2

978-3-453-53066-9

978-3-453-52155-1